유리
망치

THE GLASS HAMMER

©Yusuke KISHI 2004

Edited by KADOKAWA SHOTEN

First published in Japan in 2004 by KADOKAWA CORPORATION, Tokyo.

Korean translation rights arranged with

KADOKAWA CORPORATION, Tokyo through BC Agency.

유리
망치

THE
GLASS
HAMMER

기시 유스케 지음

이선희 옮김

창해

/ 차례 /

롯폰기센터 빌딩

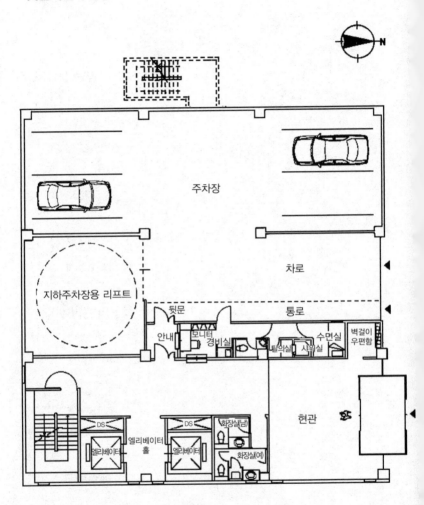

1층

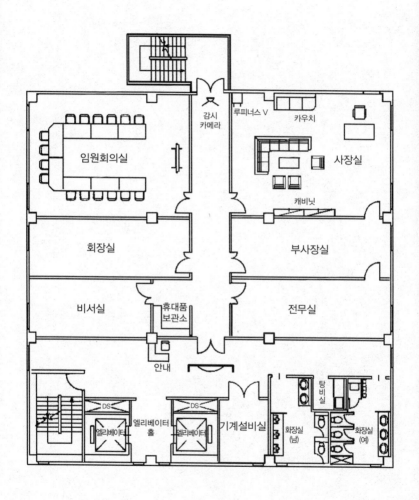

임원회의실

감시
카메라

루피너스 Ⅴ

카우치

사장실

캐비닛

회장실

부사장실

비서실

휴대품
보관소

전무실

안내

DS

DS

엘리베이터
홀

엘리베이터

엘리베이터

기계설비실

탕비
실

화장실
(남)

화장실
(여)

12층

I.

보이지 않는 살인자

범행 당일

오전 8시 30분

지하철 계단을 올라가자 눈부신 아침햇살이 온몸으로 쏟아졌다. 사와다 마사노리는 입이 찢어져라 하품했다. 갑자기 차가운 바깥공기와 맞닥뜨려서일까? 눈에 눈물이 고이며 앞이 뿌예졌다.

어젯밤에는 오랜만에 술을 마시지 않고 맨정신으로 잘 생각이었다. 하지만 잠자리에 들기 전 TV를 켜자 수영복 차림의 아이돌이 총출동해 수영장에서 게임을 하고 있었다. 해마다 연말이면 볼 수 있는 특집 프로그램이었다.

혹시라도 출연자의 브래지어가 벗겨지지는 않을까 하는 기대감으로 그는 시선을 고정했다. 그러던 중 오키나와의 명물인 아와모리 소주에 얼음을 넣고 딱 한 잔만 마셔야겠다고 생각한 게 잘못이었다. 어느새 한 잔이 두 잔이 되고 두 잔이 석 잔이 되었다. 그리하여 문득 정신을 차렸을 때는 1리터짜리 페트병이 바닥을 드러내고 있었다.

지금 그에게 유일한 스트레스 해소법은 술이었다. 하지만 아무리 마셔도 스트레스는 사라지지 않았다. 결국 남는 건 만성피로와 권태감뿐. 최근 들어 얼굴과 손발이 붓고, 눈의 흰자위에 황달기가 나타나기 시작했다. 오랜 세월 혹사당해 온 간장이 마침내 비명을 지르는 모양이었다.

지금도 여전히 몸에 남아 있는 알코올 기운 때문에 머릿속이 안개가 낀 듯 몽롱했다. 그는 지저분한 수염과 번들거리는 피부의 감촉을 확인이라도 하듯 턱을 어루만졌다.

오늘 아침에는 알람 소리에도 잠에서 못 깨어나 결국 세수도 생략한 채 집에서 튀어나와야 했다. 숨을 내쉴 때마다 입에서 악취가 풍겼다.

잠에 대한 미련은 쉬이 사라지지 않았다. 3평짜리 작은 방에 깔린 따뜻한 이부자리(한 번도 갠 적은 없었다). 여름에도 계속 놓여 있는 탁자용 난방기구. 다시 그곳에 기어들어가 편안히 잘 수 있다면 얼마나 좋을까?

그는 구깃구깃한 재킷 윗주머니에서 눅눅해진 담배를 한 개비 꺼내 물었다. 그리고 옆주머니를 양손으로 더듬어 가스가 바닥나기 직전의 100엔짜리 라이터를 찾았다.

길을 걸으며 담배연기를 길게 내뿜자 기분이 조금 나아졌다. 여기가 담배를 피우면 벌금을 내야 하는 금연구역이 아니라서 얼마나 다행인가?

아직도 초점이 맞지 않는 눈을 그는 가늘게 떴다. 왼쪽에는 칙칙한 고층빌딩이 늘어서 있고 차도쪽에는 아래위 2단으로 된 수도고속도로 3호선이 우뚝 솟아 있었다. 익숙한 광경이지만 늘 숨이 막힐 만큼 지긋지긋했다.

그나마 일요일이라서 한산한 편이었다. 정장 차림의 샐러리맨들도 찾아보기 힘들고 차량도 평일보다 훨씬 적었다.

당연하다. 오늘은 연말을 코앞에 둔 마지막 일요일이다. 이런 날 출근하는 사람은 자신처럼 밑바닥일을 하는 사람뿐이리라.

빌딩과 수도고속도로 사이로 펼쳐진 도쿄의 푸른 하늘을 올려다보았다. 그러자 마치 신기루처럼 푸른 경마장이 떠올랐다.

올해의 마지막을 장식하는 GI 레이스(Grade I Race. 경마에서 최고등급의 레이스). 아리마 기념 경주.

몸속 깊은 곳에서 뜨거운 전율이 솟구쳤다. 올해의 진용은 특히 화려했다. GI 경주마 일곱 마리를 포함해 최강의 멤버가 모두 출전한다.

눈을 감자 햇빛을 받아 반짝반짝 빛나는 한 무리의 서러브레드(경주마의 대표적 품종)가 눈꺼풀에 되살아났다. 마지막 코너를 돌아 하나의 덩어리가 직선으로 들어온다. 천지를 울리는 환호성이 장내를 뒤흔든다. 흥분을 이기지 못하고 벌떡 일어나 목이 터져라 말의 이름을 외친다.

그깟 경주가 뭐라고…….

사와다는 담배연기가 섞인 한숨을 코로 내뿜었다.

넌 진짜 바보야. 이제 지긋지긋할 때도 됐잖아. 그동안 인생을 송두리째 JRA(일본중앙경마회)에 갖다 바쳐놓고 아직도 미련이 남았어?

몇 푼 안 되는 횡령을 들키는 바람에 고등학교를 졸업하고 착실하게 근무하던 부동산회사에서 잘린 것도, 주택마련 통장에 한 푼도 없는 걸 알고 아내가 집을 나간 것도 모두 그 흥분을 가라앉히지 못했기 때문 아닌가?

하지만 이제 모두 끝났다. 도박중독에서 벗어났다. 올해 들어 마권을 한 장도 사지 않았다. GI 레이스가 다가오면 자기도 모르게 피가 뜨거워지지만, 스포츠 신문을 보며 예상하는 정도로 참고 있다. 경마장에도 마권 발매소에도 발을 들여놓지 않았다. 물론 경마 도박꾼과는 제일 먼저 인연을 끊었다.

마권을 사지 않으면 돈을 날릴 일도 없다. 그런 단순한 진리를 깨닫는 데 얼마나 많은 수업료를 치렀던가? 아무리 애써봤자 경마에서 돈을 벌 리는 없었다. 어느 노름판 주인이 25퍼센트나 미리 웃돈을 뗀단 말인가? 그런 짓은 카지노에서도 하지 않는다. 공영 도박장인 경마장이 마피아보다 더 악랄하게 서민들의 주머닛돈을 탈탈 털어가는 셈이었다.

오늘 경비를 서야 하는 것은 하늘의 배려가 틀림없었다. 그렇지 않았으면 날씨가 좋다는 핑계를 대며 어슬렁어슬렁 나카야마 경마장으로 향했을지도 모른다.

인생을 한 계단씩 천천히 올라가기는 힘들지만, 밑으로 굴러 떨어지는 건 한순간이었다. 이번에 실패하면 끝이다. 지금 같은 불황에 회사에서 쫓겨나면 그야말로 끝장이었다. 아무 능력도 없는 쉰셋의 남자에게 재취업이란 도쿄대 입시만큼이나 좁은 문이다.

이 나이에 젊은 현장감독에게 욕을 먹으며 막노동하고, 아파트 우편함에 성인용품 전단지를 던져넣고, 사기 비슷한 리모델링 주문을 받으러 돌아다니는 건 딱 질색이었다.

그에 비해 지요다 경비보장은 이쪽 업계에서 꽤 알려진 회사로, 급여수준도 나쁘지 않았다. 일한 지 아직 석 달밖에 안 되었지만, 사무용 건물의 상주 경비는 웃음이 나올 만큼 편안한 일이었다.

왼쪽 전방에 빨간 벽돌풍 타일 건물이 보였다. 롯폰기센터 빌딩. 일명 로쿠센 빌딩이다. 거창한 이름에 걸맞지 않게 소박한 12층짜리 건물이었다.

본래 양쪽 옆의 빌딩보다 조금 높았다. 하지만 서쪽 건물 옥상에 직장인을 대상으로 돈을 빌려주는 소비자금융의 거대한 간판이 들어선 다음부터는 햇볕이 잘 들지 않는다. 위치도 롯폰기 중심에서 한참 떨어져 있었다.

휴일이라서 정면의 현관문은 잠겨 있었다. 사와다는 담배를 입에 문 채 뒷문쪽으로 갔다.

경비실을 들여다보자 당직인 이시이 료가 넙대대하고 두루뭉술한 얼굴을 들었다. 가느다란 눈은 원래 삼백안 기미가 있는데, 위로 치켜뜨면 더욱 음험해 보인다. 사와다는 인사 대신 손을 살짝 들었다. 하지만 이시이는 무표정하게 시선을 돌렸다.

사와다는 화가 치밀었다. 스무 살 남짓한 어린 녀석이 아버지 뻘 되는 사람에게 이토록 건방진 태도를 취하다니 이해가 되지 않았다. 기회를 봐서 따끔하게 야단치려고 마음속으로 몇 번이나 별렀지만, 자기보다 15센티미터나 크고 밋밋한 얼굴이 무슨 생각을 하는지 알 길이 없었다. 그런 점이 섬뜩해서 무의식중에 시선을 내리깔곤 했는데, 그 상황에 더욱 분통이 터지곤 했다.

사와다가 경비실에 들어갔지만 이시이는 고개도 들지 않았다. 무엇을 하는지 그의 시선은 휴대용 단말기 화면에 못박혀 있었다. 이런 녀석들을 오타쿠라고 하던가? 얼마 전 녀석의 이력서를 본 적이 있는데, 시나가와공업대학 학생이라고 쓰여 있었다. 사람과는 커뮤니케이션을 못하지만, 기계와는 궁합이 맞을지도 모르겠다.

사와다는 담배를 재떨이에 내려놓고 작은 로커를 열었다. 그런 다음 수건과 면도기, 양치 세트를 들고 경비실 안의 세면대로 향했다.

급탕시설이 없어 수도꼭지에서 나오는 물은 손이 곱을 정도로 차가웠다. 세면대 거울에 거품을 튀기면서 이를 닦고, 손 세정용 초록색 물비누로 냉기를 참으며 세수했다. 그러자 순식간에 정신이 번쩍 들었다. 뻣뻣한 싸구려 수건으로 얼굴을 닦은 뒤, 희끗희끗하고 지저분한 수염을 면도기로 밀었다.

마지막으로 빗을 꺼내 머리를 깔끔히 빗었다. 누군가를 만날 일은 없지만 근무 중일 때만은 단정하게 보이도록 신경쓰곤 했다.

I. 보이지 않는 살인자

"40분."

이미 경비원 제복을 벗고 용이 수놓아진 블루종과 청바지로 갈아입은 이시이가 부루퉁하게 말했다.

"뭐?"

"교대시간이 8시 40분이잖아요."

벽시계를 보니 5분쯤 지나 있었다.

"아…… 미안해. 면도하느라 시간이 좀 걸렸네."

이시이는 가느다란 눈으로 사와다를 힐끔 쳐다보더니, 묵직해 보이는 빨간 스포츠 가방을 메고 경비실을 나갔다.

사와다의 출근시간은 분명 8시 40분이지만, 이시이의 근무시간은 9시까지가 아닌가?

사와다가 그 사실을 떠올리고 경비실 밖으로 얼굴을 내밀었으나, 이시이의 모습은 이미 사라지고 없었다.

이시이는 늘 큼지막한 농구화를 신고 커다란 덩치와 어울리지 않게 소리 없이 돌아다녔다. 무표정할 뿐만 아니라 사와다가 끔찍이 싫어하는 고양이를 연상시켜 더욱 못마땅했다.

겨우 10여 분 때문에 일부러 그를 찾아나서는 건 소모적인 일이었다. 화가 났지만 이시이에 대해 잊어버리는 수밖에 방법이 없었다.

이제 곧 입주회사 직원들이 출근할지도 모른다. 휴일 출입자 기록일지를 보니 벌써 네 명이 출근해 있었다. 모두 세 개의 최상층을 사용하는 베일리프라는 회사의 직원들이었다. 부서나 직책은 표기되지 않은 채 이토와 오구라, 안요지, 이와키리라는 이름만 쓰여져 있다. 다들 먹고살기 위해 일요일까지 회사에 출근한다. 하지만 아무리 그렇게 충성해도 회사는 당신들을 손톱만큼도 생각해주지 않는다고 말해주고 싶었다.

이 빌딩에서 일요일까지 출근하는 사람은 베일리프 직원들뿐이었다. 일중독자만 모여 있는지, 휴일에도 반드시 누군가가 출근했다. 골치 아픈 사람들이다. 오늘도 분명히 몇 명 더 나올 것이다.

사와다는 미간에 주름을 잡고는 피우다 만 담배에 다시 불을 붙였다. 황급히 두 모금을 빨고 그는 재빨리 진남색 제복으로 갈아입었다.

오전 9시 15분

가와무라 시노부는 창문 너머로 경비원에게 눈인사를 하고 출입자 기록일지에 이름을 적었다.

휴일에는 로쿠센 빌딩의 정문 현관이 잠기므로, 주차장 진입로에서 경비실 옆을 지나 안으로 들어가야 했다. 최근에는 시간외 출입구에 IC 카드 리더기를 설치하는 빌딩이 많은데, 이 건물은 아직이었다. 따라서 수상한 사람이 나타나면 경비원이 확인해 막는 수밖에 없었다.

하지만 시노부는 경비실의 작은 창문을 볼 때마다 불안감이 들었다. 너무나 작고 시야가 한정되어 있었기 때문이다. 이곳 사정을 아는 사람이라면 경비원의 눈을 피해 빌딩으로 쉽게 들어갈 수 있을 것이다. 몸을 살짝 구부려 창문의 사각지대를 통과하면 되는 것이다.

지난번 사건 이후로 총무부장이 엘리베이터 안에도 감시카메라를 설치해 달라고 빌딩 관리회사에 요청했다. 하지만 여러 회사가 입주해 있는 만큼 프라이버시 보호 차원에서 곤란하다는 대답을 들었다고 한다. 그 대신 도입된 것 중 하나가 비밀번호 시크릿콜이라는 시스템이었다.

엘리베이터를 타고 문이 닫히자 시노부는 12층 다음에 네 자리의 비밀번호를 눌렀다. 3-4-2-4.

시노부가 근무하는 베일리프는 빌딩 꼭대기 세 개 층을 사용했는데, 사장실이 있는 최상층의 경우 비밀번호를 누르지 않으면 엘리베이터가 움직이지 않도록 설계되어 있었다.

내부계단 문은 자동잠금이라 플로어에서는 여닫을 수 있지만 계단쪽에서 들어오려면 열쇠가 필요했다.

엘리베이터 문이 열렸다. 휴일에는 엘리베이터 홀의 조명을 낮추므로 상당히 어두컴컴했다. 손님을 맞이하는 안내 부스에는 아무도 없었다.

정면으로 뻗은 복도의 오른쪽은 앞에서부터 전무실, 부사장실, 사장실 순이고, 왼쪽에는 시노부가 속한 비서실과 회장실, 그리고 임원회의실이 위치했다.

복도의 막다른 곳에는 비상계단이 있고, 문 위에는 화재경보기 비슷하게 생긴 반원형 감시카메라가 설치되어 있었다. 이것도 방범대책의 하나로 도입된 것이다. 시노부는 감시카메라를 힐끔 쳐다본 뒤 비서실로 들어갔다.

먼저 와 있던 사장의 비서 이토 히로미가 고개를 들었다.

"일찍 왔네."

"좋은 아침입니다!"

시노부는 행거에 코트를 걸고 가방을 내려놓았다.

히로미는 다섯 종류의 신문을 스크랩해 들고 있었다. 그녀는 평일이든 휴일이든 사장이 출근하는 날에는 업무와 조금이라도 관련 있는 기사를 오려 붙였다. 그리고 영지차와 비타민제, 물수건과 같이 사장의 책상으로 가져갔다. 스크랩한 부분 뒤쪽에도 관련 기사가 있을 경우 그 내용을 복사해야 했으므로 손이 꽤 많이 가는 일이었다.

히로미는 언제나 감정의 기복 없이 단조로운 일을 묵묵히 해냈다. 시노부는 새삼 존경하는 눈빛으로 그녀를 바라보았다.

"……다 됐다. 이거 복사할래?"

"늘 고맙습니다."

시노부는 감사의 인사를 말하고 두꺼운 종이다발을 받았다.

전무 비서인 시노부와 부사장 비서인 사야카는, 똑같은 신문을 몇 부씩 구독하는 것은 낭비라는 사장의 벼락같은 한마디 덕분에 히로미가 스크랩한 것을 받아서 복사했다.

비서실에 있는 복사기는 구식이라 한 장씩 원고를 세팅해야 했다. 어차피 손이 가는 건 마찬가지라서, 시노부는 사야카 몫까지 두 장씩 복사했다.

복사를 다 마쳤을 무렵 엘리베이터 올라오는 소리가 들렸다.

"좋은 아침입니다!"

비서 가운데 제일 젊은 사야카가 큼직한 루이뷔통 가방을 들고 들어왔다.

"오늘은 일찍 왔네."

사야카는 평소 지각하기 직전 아슬아슬하게 들어오는 일이 많았다.

"흥분한 탓인지 어젯밤에는 잠을 통 못 잤지 뭐예요? 오늘 아침에도 눈이 일찍 떠져 머리가 묵지근해요."

그 말에 히로미가 미소를 지었다.

"무리도 아니지. 어쨌든 사야카 씨가 주인공이잖아."

"아니요. 주인공은 제가 아니죠."

"하지만 중요한 역할이잖아."

"그야 뭐……."

사야카는 손이 곱은 듯 두 손을 마주잡고 비볐다. 어딘지 모르게 안색이 창백했다. 배짱이 두둑한 그녀가 이토록 조심스러운 모습을 보이는 건 처음이었다.

부사장 비서라고는 하지만 그녀는 중요한 업무에 관여하지 않았다. 다른 부서에서 외모만 보고 채용한 거라며 쑥군거렸지만, 정작 본인은 별로 신경쓰지 않았다. 오히려 가녀린 모습에 어울리지 않게 대범한 모습을 보였다.

시노부가 사야카에게 복사한 것들을 건넸다.

"아, 매번 죄송해요."

"괜찮아요. 그리고, 사야카 씨라면 오늘 문제 없을 거예요."

"지금도 다리가 후들거려요. 할 수만 있다면 시노부 씨에게 대신 부탁하고 싶을 정도예요."

"에이, 괜히 엄살떨긴."

시노부가 생긋 웃으며 사야카의 등을 토닥였다.

"이 날을 위해 지금까지 열심히 해온 거잖아요."

"사야카 씨, 그거 안 보이는 곳에 두는 게 낫지 않을까? 누가 보면 곤란하잖아."

히로미가 빵빵하게 부푼 사야카의 가방을 가리키며 말했다.

"그렇네요. 죄송해요."

사야카는 가방을 책상 밑에 쑤셔넣었다.

일단 그것으로 아침에 할 일은 끝났다. 히로미는 서류를 정리하기 시작하고, 시노부는 집에서 가져온 문고본 책을 펼쳤다. 사야카는 탕비실에서 3인분의 커피를 타온 다음, 패션 잡지를 보았다.

최근 몇 년 동안 사장은 몸을 움직일 수 없을 만큼 컨디션이 안 좋은 날을 제외하고는 계속 출근했다. 따라서 히로미도 대부분의 휴일을 희생해왔다. 입사한 지 얼마 안 되었을 때 시노부는 존경과 동정이 섞인 눈으로 히로미를 바라보았다. 자신이라면 절대 견디지 못할 거라고 생각하면서……

사장이 매일 출근해야 할 만큼 일이 많은 것은 아니었다. 취미로 회사에 나오는 것이나 마찬가지였다.

그런데 회사를 주식시장에 상장하려는 계획이 결정된 다음부터는 부사장과 전무까지 툭하면 휴일을 반납하고 출근하게 되었다. 그 때문에 시노부와 사야카까지 출근했다.

사야카가 탄 커피에는 향이 거의 없었는데, 싸구려 원두인 만큼 어쩔 수 없는 일이었다. 사장 전용인 블루마운틴 넘버원과는 맛에서 하늘과 땅 차이였다. 인스턴트가 아닌 것으로 감지덕지해야 할까?

이 커피와도 이제 곧 헤어진다고 생각하니 향 없는 커피가 참을 만했다.

오전 9시 36분

뒷문쪽에서 인기척을 느낀 사와다는 경비실 창밖으로 시선을 돌렸다. 눈에 익은 키 큰 사내가 출입자 기록일지에 사인을 하고 있었다. 금박 볼펜이 형광등 불빛에 화려한 자태를 자랑했다. 일지 옆에 놓인 싸구려 볼펜에는 눈길도 주지 않았다.

사와다가 인사했지만 사내는 볼펜을 집어넣더니 엘리베이터 쪽으로 사라졌다. 대놓고 당당하게 무시하니 화도 나지 않았다.

이름을 확인하기 위해 출입일지를 봤지만, 어려운 한자에 글씨가 마구 휘갈겨져 알아보기 어려웠다. 베일리프라는 회사 이름만 간신히 확인할 수 있었다. 아직 30대 중반밖에 안 되었으나 베일리프 부사장이 틀림없었다.

새파랗게 젊은 녀석이 이렇게 무례하게 행동하다니! 경비원 따위는 집 지키는 개 정도로밖에 여기지 않는단 말인가? 화가 치밀었지만 그렇다고 내색할 수는 없었다. 저런 돼먹지 않은 인간은 사소한 일에도 갑질을 하며 경비회사에 불만을 제기할 것이다. 그러면 즉시 을의 처지에 놓인 그의 모가지가 날아갈 게 뻔하다.

그런 생각에 몰두해 있던 차라, 밖에서 들려오는 작은 소리에 뛰어오를 듯이 놀랐다.

"안녕하신가."

온화한 목소리였다. 고개를 들자 몸집이 작은 노인이 서 있었다. 사와다는 "안녕하십니까" 하고 인사했다. 노인은 출입일지에 이름을 쓰고는 느긋한 걸음으로 엘리베이터를 향했다.

같은 회사 사람인데 어쩌면 이렇게 다를까? 방금 지나간 사람은 전무가 틀림없다. 사와다는 창문으로 손을 내밀어 일지를 들어올렸다. 하지만 베일리프라고 쓴 것까지만 확인이 가능할 뿐, 이번에는 너무 달필이라 읽기가 어려웠다.

오전 9시 37분

엘리베이터가 올라왔다.

이제 슬슬 높은 사람들이 행차할 시간이다. 세 명의 비서는 제각기 심심풀이로 하던 일을 멈추고 자신의 부스 옆에 섰다.

차임벨이 울리며 엘리베이터 문 열리는 소리가 들리고 부사장인 에바라 마사키가 나타났다. 시노부의 머릿속에서 영화 〈스타워즈〉의 다스 베이더 테마음악이 흐르기 시작했다. 부사장은 성큼성큼 엘리베이터 홀을 가로질러 왔다.

"안녕하세요."

시노부는 180센티미터가 훌쩍 넘는 큰 키를 힐끔 올려다보았다. 운동선수처럼 온몸이 탄탄해 보인다. 그걸 유지하기 위해 일주일에 세 번 피트니스클럽에서 운동하는 그의 노력과 끈기에 감탄하지 않을 수 없었다. 서양인 체형에 적합한 양복은 빈약한 체구의 동양인에게 어울리지 않지만, 부사장은 가슴이 실팍하고 어깨가 넓어 서양의 당당한 경영자에게 뒤지지 않았다.

얼굴 역시 잘생겼다고는 할 수 없지만, 이목구비가 뚜렷하고 야성미가 있으며 쩌렁쩌렁한 저음의 바리톤 목소리에 반했다고 말하는 여직원들도 꽤 많았다.

하지만 시노부는 그에게 한 번도 매력을 느낀 적이 없었다. 분명히 머리도 좋고 모든 면에서 뛰어났지만, 인간적인 따뜻함과 포용력은 찾아보기 어려웠다.

"아무도 들이지 마. 차는 필요 없어."

주변에 눈길 한 번 주지 않은 채, 부사장은 자신의 비서인 사야카에게 그렇게 말하고 부사장실로 들어갔다.

셋이 비서실로 들어가 잠시 시간을 보내는 동안 다시 엘리베이터 소리가 들렸다.

"자아, 또 행차하신다!"

히로미를 선두로 셋은 쪼르륵 복도로 나왔다. 다음에 등장한 사람은 전무인 히사나가 도쿠지였다.

"안녕하세요."

"그래, 다들 일찍 나왔군."

히사나가 전무가 고개를 끄덕였다. 둥그런 돋보기 너머에서 다정한 눈빛이 느껴졌다.

"사장님은 아직이신가?"

"네, 부사장님은 나오셨고요."

"그래?"

전무의 미소가 살짝 일그러졌다. 젊은 부사장과는 모든 면에서 인간적인 궁합이 맞지 않았다.

"어제 골프는 어떠셨어요?"

시노부가 묻자 전무는 부드러운 미소를 지었다.

"오랜만에 쳐서 그런지 감이 영 안 잡히더군. 시작하자마자 오른손에 물집이 생기더니, 결국 61타나 초과했어. 어때? 다음에 같이 갈 텐가?"

"늘 말씀만 그렇게 하시고 데려가신 적은 한 번도 없잖아요."

"그랬던가? 어쨌든 다음엔 같이 가지. 약속할게. 차 좀 줄래? 아주 뜨거운 걸로."

"알겠습니다."

전무가 집무실로 들어가자 시노부는 탕비실로 갔다. 그리고 전무의 찻잔에 끓기 직전의 뜨거운 찻물을 부었다. 전무실에 차를 내려놓고 비서실로 돌아오니 내선전화가 울렸다.

"비서실입니다."

"안요지 과장인데, 사장님 나오셨나?"

"아직 안 나오셨어요. 부사장님과 전무님은 나오셨고요."

"그래? 사장님 나오시면 알려줘."

"네."

수화기 건너편에서 원숭이 울음소리가 들려왔다. 안요지가 기르는 간병 원숭이다.

"후사오와 마키는 잘 있어요?"

"응, 얌전히 잘 있어."

안요지는 살짝 웃더니 전화를 끊었다.

오전 9시 45분

출입구에 백발의 노인이 나타났다. 체격은 별로 크지 않지만 여든 가까운 나이에도 혈색이 좋았다. 또한 저승사자처럼 무서운 얼굴로 주위를 노려보는 모습이 상당히 위압적이었다. 특히 얼굴 길이의 3분의 2를 차지할 만큼 큼지막한 귀가 인상적이었다.

사와다가 창문 너머로 "안녕하십니까" 하고 인사를 건네자 그는 근엄한 표정으로 천천히 고개를 끄덕였다. 하지만 출입일지는 쳐다보지도 않은 채 지나갔다.

사와다는 할 수 없이 직접 '베일리프 사장'이라고 썼다.

오전 9시 46분

열병식의 마지막을 장식하는 사람은 항상 사장이다. 비서 세 사람은 나란히 서서 그를 기다렸다. 일요일 아침에 이게 무슨 한

심한 짓인가 하는 생각이 들었다.

엘리베이터가 열리고 에바라 사장과 오구라 총무과장의 얼굴이 보였다. 오구라는 한 손으로 엘리베이터 문을 조심스럽게 잡고 있었다. 사장은 근엄한 표정으로 가볍게 고개를 끄덕이더니 비서들 앞을 지나갔다.

엘리베이터쪽을 힐끔 쳐다보자 오구라가 숱이 줄어든 정수리를 이쪽으로 향한 채 배꼽인사 중이었다. 시노부는 웃음이 터질 것 같아 가벼운 재채기로 얼른 상황을 얼버무렸다. 오구라는 하루도 빠짐없이 사장과 함께 엘리베이터를 탔다. 층수와 비밀번호를 누르고 엘리베이터 문을 잡아주기 위해서였다.

비서들은 오구라를 '엘리베이터 보이'라고 불렀다. 보이치고는 지나치게 나이가 많은 게 흠이었지만 말이다.

다시 엘리베이터쪽을 쳐다보니 문이 닫히는 참이었다. 오구라가 힐끔 이쪽을 보는 통에 비서들은 황급히 시선을 돌렸다.

시노부는 내선전화를 이용해 안요지에게 사장이 출근했음을 알렸다.

오전 10시 11분

시노부는 휠체어에 앉은 채 어색한 미소를 지었다. 몇 미터 떨어진 곳에서 사장과 부사장, 전무를 비롯한 몇몇 남자들이 그녀의 모습을 지켜보았다.

안요지 과장이 말했다.

"그럼 시작하죠."

시노부는 자신이 왜 이런 일까지 해야 하나 싶었지만 어쩔 도리가 없었다.

"후사오."

그녀가 이름을 부르자 굵은 홰 위에 앉아 있던 원숭이 두 마리 가운데 한 마리가 뛰어내렸다.

"단추."

그러자 몸집이 작은 원숭이가 그녀의 무릎 위로 올라갔다. 크게 무겁지는 않았으나 동물에게 몸을 맡긴다는 게 왠지 불안했다.

원숭이는 시노부가 블라우스 위에 걸친 파자마 단추를 위에서부터 차례로 잠갔다. 손놀림이 인간에게 뒤지지 않을 만큼 절묘했다. 손이 작은 것을 감안하면 섬세한 수작업도 가능할 듯했다.

아무리 그래도 원숭이가 무릎에 올라앉은 상황에는 좀처럼 익숙해지지 않았다. 몸길이가 50센티미터도 채 안 되지만, 머리에 있는 검은 털과 도편수를 연상시키는 짧은 머리 때문에 작은 인간인 듯한 착각마저 들었다. 움직이는 기다란 꼬리에 놀라며 원숭이라는 사실을 새삼 깨닫곤 하지만.

시노부는 안요지를 쳐다보았다. 그러자 안요지는 전화하는 듯한 몸짓을 했다.

시노부가 홰 위에 남아 있던 원숭이를 보며 "마키" 하고 불렀다. 그러자 즉시 원숭이가 다가왔다. 그녀가 "전화" 하고 지시하자 조금 떨어진 곳에 놓여 있던 전화기를 가져왔다.

"고마워. 아이, 착해라."

그녀는 두 원숭이의 머리를 쓰다듬었다. 누가 박수라도 쳐서 이 괴로운 상황에서 벗어나게 해주면 얼마나 좋을까?

전무의 입에서 감탄사가 흘러나왔다.

"정말 굉장하군. 이렇게 작은 원숭이가 사람을 돕다니!"

"남아메리카산 꼬리감기원숭이(일본명은 후사오마키)입니다. 체구는 작지만 원숭이용 지능검사에서 침팬지만큼 점수가 높죠. 신세계 유인원이라는 별명이 있을 정도입니다."

안요지는 혈색 좋은 동안에 미소를 지으며 시노부에게 속삭였다.

"자, 그럼 다음."

시노부는 한숨을 감추고 "후사오, 멜론" 하고 말했다.

그러자 후사오는 구석에 있던 소형 냉장고로 달려갔다. 그리고 문을 열더니 멜론 반 통이 놓인 접시를 꺼내 들고 뒷다리와 꼬리로 균형을 잡으며 돌아왔다.

"숟가락은?"

새로운 지시에 후사오는 반대쪽 식기 선반으로 향하더니, 서랍에서 숟가락을 꺼낸 다음 닫았다. 시노부의 무릎에 앉아 숟가락을 내미는 모습이 마치 영국의 오래된 저택에 살며 부엌일을 한다는 꼬마요정 브라우니만큼이나 귀여웠다.

"시노부 씨, 수고했어요."

안요지의 말을 끝으로 그녀는 끔찍한 상황에서 해방되었다.

박수는 없었다. 부사장이 물었다.

"꼬리감기원숭이를 간병에 활용하려면 아직은 장애물이 많겠지?"

"네. 하지만 미국에서는 이미 간병 원숭이의 존재가 알려져 있고……"

안요지가 설명을 하려는데, 부사장이 부루퉁한 얼굴로 말허리를 잘랐다.

"미국 이야기는 됐어. 중요한 건 일본에서는 꼬리감기원숭이가 아직 위험동물로 취급되고 있다는 사실이야."

그러자 전무가 되물었다.

"위험동물이요? 저 원숭이가 위험하다고요?"

"송곳니에 물릴 수도 있으니 위험하지 않다고 100퍼센트 장담할 수는 없습니다. 하지만 덩치 큰 개에 비하면 훨씬 얌전하고, 잘만 훈련시키면……"

안요지가 변명하듯 말하자 부사장이 다시 말허리를 잘랐다.

"내 말은, 아직 일본에서는 간병 원숭이가 보급될 전망이 없다는 거야. IR에서 지금처럼 실연해도 그 점을 파고들면 오히려역효과가 날 게 뻔하잖아!"

베일리프는 내년에 주식 상장을 목표로 하고 있었다. IR(Investor Relations)이란 새로 발행하는 주식을 인수할 투자가 대상의 기업 설명을 말한다. 짧은 시간에 회사의 장래성이 얼마나 좋은지를 어필하려면 재무제표의 무미건조한 숫자나 슬라이드 영상을 보여주는 것으로는 부족했다. 투자가의 인상에 남을 만한 멋진 프레젠테이션이 필요하다.

　노인이나 장애인을 간병하는 회사로서 앞서나간다는 걸 보여줄 좋은 소재가 바로 간병 원숭이나 간병 로봇을 활용한 실연이었다. 그때까지 침묵하던 사장이 혼잣말처럼 중얼거렸다.

　"……하긴 아직 시기상조일지도 모르지."

　어색한 분위기를 무마하려는 듯 오구라 과장이 나섰다.

　"다음은 루피너스 V의 실연을 보시겠습니다. 이와키리 과장, 부탁합니다."

　안요지 과장은 아직 하고 싶은 말이 있는 듯했으나, 원숭이 두 마리를 데리고 한쪽 구석으로 물러났다. 피간병인 역할을 한 시노부 역시 휠체어를 밀고 뒤로 물러섰다.

　새롭게 등장한 사람은 무선조종 컨트롤러 같은 것을 든 이와키리 과장이었다.

　"사야카 씨……, 저기에 누워주십시오."

　이와키리가 더듬거리며 말하자 사야카는 구두를 벗고 한가운데에 위치한 소파에 누웠다. 조금 전보다 남자들의 눈빛이 더 반짝거리는 듯했다.

　"루피너스 V는 아직 프로토타입(Prototype. 본격적인 상품화 전에 성능을 검증하고 개선하기 위해 핵심기능만 넣어 제작한 기본 모델)이므로, 시중에서 파는 10채널짜리 컨트롤러를 사용합니다. 상품화할 경우 스크램블이 달린 전용 컨트롤러를 만들 예정입니다."

　사야카를 뚫어지게 쳐다보는 남자들 귀에 이와키리의 설명이 들릴까?

이와키리가 컨트롤러를 조종하자 한쪽에 있던 기계에서 나지막한 모터 소리가 흘러나왔다. 그와 동시에 로봇 상부에 있는 모니터에 불이 들어오고 부드러운 여성의 목소리가 울려퍼졌다.

"저는 간병 로봇 루피너스 V입니다. 피간병인의 이동, 휠체어 태우기, 목욕 보조 등의 기능이 있습니다. 현재 충전률은 100퍼센트입니다."

루피너스 V의 윗부분에 있는 모니터에 안내화면이 나타났다. 각각의 작업을 선택할 수 있도록 구성되어 있었다.

이와키리는 안내화면을 무시하고 커다란 엄지손가락으로 조이스틱을 조종했다. 그러자 루피너스 V가 앞으로 천천히 움직이기 시작했다. 소형 지게차처럼 생겼지만, 육각형 바닥에는 바퀴 대신 여섯 개의 공이 끼워져 있었다.

"루피너스 V의 상부는 회전이 가능하며, 하부는 전후좌우 어느 방향으로든 부드럽게 움직일 수 있습니다. 계단은 올라갈 수 없지만, 20~30센티미터 높이는 어렵지 않게 넘어갈 수 있습니다. 또 피간병인을 안은 채 5센티미터 정도를 안전하게 넘어갈 수 있습니다."

간병 로봇은 방을 천천히 가로질러 소파에 누운 사야카 앞에서 멈추었다.

"이제 피간병인을 안아올리는 동작을 보여드리겠습니다."

말이 끝나자마자 간병 로봇은 기다란 두 개의 팔을 들어올렸다. 인간의 팔과는 관절이 반대로 구부러져 팔꿈치가 위를 향했다. 유압 피스톤이 천천히 움직이며 팔 끝이 사야카에게 다가갔다.

"팔 끝에 있는 가이드에 주목해 주십시오."

이와키리는 굵은 팔 끝에 매달린 구부러진 안테나처럼 생긴 부분을 가리켰다.

"이 가이드는 탄력성이 뛰어난 소재로 구성되어 피간병인에게 상처를 입힐 걱정이 없습니다. 사람의 손가락과 동일한 감각의 센서가 내장되어 팔을 어디에 끼우는 게 좋을지 찾아냅니다."

두 개의 가이드가 사야카의 등과 무릎 밑으로 들어갔다. 이어서 굵은 팔도 매끄럽게 몸 아래로 들어갔다. 반대편으로 나온 가이드가 살짝 위로 꺾이며 사야카의 몸을 가볍게 감쌌다.

"이제 들어올리겠습니다."

이와키리가 자랑스러운 목소리로 조이스틱을 움직이자 간병 로봇이 사야카의 몸을 천천히 들어올렸다. 평평한 팔이 등에 밀착되어 조금도 위험해 보이지 않았다.

사람들 사이에 웅성거림이 일었고, 로봇에게 시선이 집중되었다. 하지만 사장은 눈을 가늘게 뜬 채 미소를 지을 뿐이었다. 얼마 전부터 사장실에 루피너스 V를 두고 이런 퍼포먼스를 수없이 보았기 때문이다.

"그럼 옮겨보겠습니다."

간병 로봇은 사야카의 몸을 안고 천천히 이동했다.

"루피너스 V는 중심위치를 1초에 20회 측정합니다. 그 결과 조금이라도 정해진 범위에서 벗어나면 즉시 수정합니다. 따라서 절대로 균형을 잃지 않습니다. 사야카 씨의 체중은 매우 가볍겠지만, 설계상 300킬로그램의 피간병인까지 감당할 수 있습니다."

여기저기서 한꺼번에 웃음이 터졌다. 시노부는 그런 상황에 화가 났다. 이건 공개적인 성추행 아닌가!

이어서 이와키리는 목욕 보조 모의실연을 하며 로봇의 안전성에 대해 설명하고 쇼를 마쳤다. 아까는 한 번도 나오지 않았던 박수가 쏟아졌다. 여러 가지 의미에서 시노부는 기분이 좋지 않았다.

안요지의 얼굴에 낙담하는 표정이 역력했다. IR의 주인공을 로봇에게 빼앗겼다는 사실보다는, 자신이 연구 중인 간병 원숭이의 우수성을 제대로 알리지 못한 점이 분하고 억울한 듯했다. 이런 상황이라면 간병 원숭이 연구가 중단될지도 모른다.

시노부도 안타까움을 금할 수 없었다. 이제 막 후사오와 마키가 좋아지기 시작했는데……

오전 11시 57분

주문한 도시락이 도착한 것은 정오가 되기 2, 3분 전이었다.
"아이 참, 늦어도 15분 전에는 도착해야 한다고 그렇게 말했는데 이제 가져오다니."

시노부가 투덜거렸다.
"불평 그만하고 어서 준비해. 12시 정각에 준비되지 않으면 사장님께서 또 날벼락을 내리실 거야."

그렇게 말하고 히로미는 임원회의실 문을 열었다.

비서들은 10명이 넘게 앉을 수 있는 테이블 위에 도시락 3인
분과 찻주전자, 찻잔, 사장용 한약, 혈압약, 물주전자, 컵 등을
배치했다.

"아니야. 그건 부사장님 거야."

사야카가 사장 자리에 도시락을 놓으려 하자 히로미가 말했다.

"네? 전부 똑같은 도시락 아니에요?"

"뭐야? 한두 번도 아닌데 아마추어처럼 왜 그래? 잘 봐."

당황한 표정의 사야카에게 시노부가 도움의 손길을 내밀었다.

"사장님 도시락만 조금 화려해요. 참새우도 크고, 전복도 들
어 있고요."

"어머나, 정말 그러네."

시노부는 그런 말을 하는 자신이 어리석게 여겨졌다. 이런 하
찮은 일까지 신경써야 하는 비서라는 직업은 역시 맞지 않는다.
정말이지 2년 동안 용케 버텨왔다.

"반대로 전무님 도시락엔 성게가 들어 있어요. 고혈압이라 염
분도 줄였고요."

"사장님은 아무거나 드셔도 괜찮아요? 머리 수술도 하셨는
데요."

"이젠 괜찮을 거예요. 연세도 있고요."

"꼭 사형수의 마지막 식사 같네요."

히로미의 헛기침에 두 사람은 입을 다물었다.

손목시계 바늘이 12시를 가리킴과 동시에 사장과 전무가 나타났고, 조금 늦게 부사장이 들어왔다.

가장 상석인 의장석에 사장이 앉고 안쪽에 전무, 그 앞쪽에 부사장이 앉았다. 부사장이 직위는 더 높지만 연장자를 대접하는 의미에서 안쪽 자리를 전무에게 내주었다.

하지만 시노부는 부사장이 그런 것에 신경쓸 사람이 아니므로 입구 가까운 자리가 재빨리 사라지기 유리해서라고 생각했다.

부사장은 무엇보다 효율을 중시하는 사람이다. 따라서 지루하고 형식적인 회의를 끔찍히 싫어했다. 경영에 관해 의견을 교환한다는 명목으로 셋이 점심을 같이 먹는 것도 내심 시간낭비라고 여길 것이다.

장인인 에바라 사장이 죽고 나면 당장 다음날부터 사내 개혁에 착수할 것이 틀림없었다. 히사나가 전무를 비롯해 구스노키 회장까지, 아무 쓸모없는 고액 연봉자들은 당장 모가지가 날아갈 것이다. 그렇게 되면 전무 비서인 자신 역시 마찬가지 신세가 되지 않을까?

베일리프에 돈을 벌어주는 건 전국적으로 네트워크를 가지고 있는 간병센터로, 사실 경리 등 최소 인원으로 관리가 가능했다. 사장, 부사장, 전무에게 각각 비서가 있는 것 자체가 낭비라는 의견도 일부 있었다.

시노부는 이미 6개월 전부터 다른 일자리를 찾는 중이다. 하지만 지금과 비슷한 대우를 해주는 회사는 흔치 않았다. 간병이라는 일에 낭만을 느껴 스튜어디스를 그만두고 이곳에 들어왔는데, 설마 이런 날을 맞이하리라고곤 꿈에도 생각지 못했다.

세 명의 비서는 차를 내놓은 다음 가볍게 인사하고 밖으로 나왔다. 오늘 당번인 시노부는 시간에 맞춰 식후 커피를 준비해야 했다.

미식가를 자처하는 사장은 커피에도 까다로웠다. 빈속에 마시면 속이 쓰리다며 아침식사를 거른 날에는 영지차로 대신했다. 하지만 점심시간 후에는 아무리 바빠도 반드시 최고의 커피를 즐겼다.

시부야의 커피 전문점에 원두 종류뿐만 아니라 볶는 방법까지 지정해 놓았으며, 커피 내리는 방법은 더욱 엄격했다.

시노부는 식사가 끝날 시간에 맞춰 커피를 준비했다.

약하게 볶은 블루마운틴 넘버원을 불필요한 마찰열이 발생하지 않는 그라인더로 적당히 분쇄한 다음, 맛을 텁텁하게 만드는 미세한 가루와 실버스킨을 꼼꼼히 제거한다. 종이필터는 절대 사용하지 않으며, 도자기 드리퍼에 물을 적셔 냉장고에 보관 중인 융필터를 씌운다. 그리고 끓기 직전의 뜨거운 연수 미네랄워터를 원을 그리며 조금씩 떨어뜨린다. 그로부터 20초쯤 후에 다시 뜨거운 물을 천천히 붓는다. 그러는 사이 탕비실에는 그윽한 향기가 가득해진다.

최근 2년 동안 커피 전문점을 차려도 될 만큼 커피 추출의 도사가 되었다. 하지만 이따금 허무해지곤 했다. 커피를 내리는 일이 비서 본연의 업무와 거리가 멀어서가 아니다. 어쩌면 사장이 커피맛을 전혀 모르는 게 아닌가 하는 의심 때문이었다.

6개월 전, 사장이 머리 수술을 받고 얼마 후였다. 커피 당번이었던 사야카가 깜빡하고 에스프레소용 이탈리안 로스팅 원두를 사용하고 말았다.

풀시티나 프렌치 로스팅보다 강하게 볶은 이탈리안 로스팅 원두는 보기에도 진한 흑갈색에 기름을 바른 것처럼 반질반질해 웬만해서는 착각하기가 어려웠다. 더구나 쓴맛이 훨씬 강하기 때문에 부드러우면서도 깊은 맛이 나는 블루마운틴 넘버원과는 차원이 달랐다.

사야카가 커피를 가져간 뒤에야 사실을 안 시노부는 당장 날벼락이 떨어질 것이라 예상했다. 하지만 그것은 기우에 불과했다. 사장은 평소와 마찬가지로 만족스럽게 식후 커피를 즐겼으며, 맛에 대해서는 한마디도 하지 않았다.

시노부는 따뜻한 물로 덥힌 커피잔에 뜨거운 커피를 부었다. 여기에 신선한 우유를 담은 밀크저그와 하나씩 포장된 갈색 각설탕을 곁들이면 된다.

뜨거운 김이 오르는 세 개의 커피잔을 쟁반에 얹고 노크한 다음, 임원회의실 문을 열었다. 그 순간 고함소리가 귀 안쪽을 파고들었다.

"······잠깐! 그건 말씀이 지나치신 것 같은데요? 기업이란 어디까지나 사람으로 이루어지는 거니까······."

전무가 시노부를 보더니 말꼬리를 흐렸다. 평소와 다른 험악한 분위기에 시노부는 숨을 들이마셨다.

"정에 휩쓸려 무능한 사람에게조차 월급을 줄 여유는 없습니다. 그런 시대는 끝났다는 사실을 이제 전무님도 아셔야 합니다."

부사장의 말투에는 불만이 가득 담겨 있었다. 시노부가 들어온 것을 알 텐데도 완전히 무시했다. 절대 권력자인 사장도 웬일인지 입을 다물고 있었다.

전무는 창백한 얼굴로 입술을 핥았다. 무언가를 더 말하려다 시노부를 보고는 망설였다. 그러자 부사장이 시노부쪽으로 고개를 돌렸다.

"이리 줘."

부사장이 손을 내밀어 쟁반을 받았다.

"죄송합니다."

"됐어."

얼른 나가라는 뜻인 듯했다. 그의 날카로운 눈빛에 시노부는 흠칫했다. 전무가 그녀를 보더니 고개를 끄덕였다.

시노부는 조용히 목례한 뒤 밖으로 나왔다. 부사장이 사장 앞에 커피잔을 내려놓는 것이 닫히는 문틈으로 보였다.

"무슨 일이야?"

히로미가 깜짝 놀란 얼굴로 물었다.

"잘 모르겠어요."

문을 닫았으니 말소리가 안쪽까지 들릴 리는 없었다. 하지만 시노부는 무의식중에 목소리를 낮추었다.

"부사장님과 전무님이 경영방침을 둘러싸고 한판 붙으려는 건가?"

그러자 사야카가 어린애처럼 장난스럽게 말했다.

"이미 몇 판 붙은 것 같은데요?"

"내 예감으로는 피 튀기는 살인사건으로 발전할 것 같아."

그렇게 말하는 히로미의 얼굴에 불안의 그림자가 드리웠다.

오후 12시 30분

사와다는 경비실 책상에 있는 소형 TV의 채널을 'TV K'로 바꾸었다.

로쿠센 빌딩에 파견되자마자 '중앙 경마 와이드 중계'를 보기 위해 TV K가 나오도록 설정해 두었다. 다행히 로쿠센 빌딩에는 UHF용 TV 안테나가 있고 송신탑 방향에 높은 빌딩도 없어서, 화질이 훌륭하지는 않지만 시청하는 데 문제는 없었다.

아리마 기념 같은 큰 레이스는 NHK나 후지 TV에서도 방영하지만, 그 전의 경주를, 그것도 이 시간에 보려면 케이블 TV나 지방 방송국을 이용하는 수밖에 없었다.

마침 나카야마의 제5레이스 출주시간을 맞이한 참이었다. 3세 이상, 500만 엔 이하의 레이스이므로 사와다가 모르는 말들뿐이었지만, 아리마 기념 레이스를 앞두고 분위기를 띄울 수는 있을 것 같았다.

게이트가 열리고 말들이 힘차게 출발했다.

오후 12시 30분

히로미의 예상은 빗나가, 세 수뇌부는 목숨이 붙은 채 임원 회의실에서 나왔다. 사장은 졸음이 쏟아지는 얼굴로 사장실로 들어갔다.

히로미가 자리에서 일어났다. 사장은 점심식사 후 커피를 마시고도 종종 카우치에서 낮잠을 잤다. 그때마다 들어가 담요를 덮어주곤 한다. 그런데 이날은 전무까지 하품을 늘어지게 하며 전무실로 들어갔다.

시노부는 어이없다는 표정으로 자리에서 일어났다.

"나참, 다들 왜 저래요? 저도 할아버지에게 담요 덮어주러 갑니다."

사야카가 부루퉁한 얼굴로 투덜거렸다.

"저분들, 회사에 자러 오는 거 아니에요? 휴일에 노인네들 낮잠 시중이나 들어야 하다니, 이게 무슨 짓인지 모르겠어요."

"우리 회사가 무슨 일을 하는 곳인지 잊었어요?"

"네?"

"간병 서비스 회사잖아요."

사야카는 혀를 쏙 내밀더니 지긋지긋하다는 듯 고개를 흔들었다.

그때 부사장이 비서실을 슬쩍 들여다보았다. 두 사람은 흠칫 놀라 재빨리 자세를 바로 잡았다.

"지금 외출해서 한두 시간 후에 올 거야."

부사장은 사야카에게 그렇게 말하더니 재빨리 모습을 감추었다. 잠시 후 12층에 멈추는 엘리베이터 소리와 함께 내려가는 모터 소리가 들렸다.

시노부가 전무실로 들어갔을 때 전무는 의자에 앉은 채 새근새근 잠들어 있었다. 전무에게 담요를 덮어주었지만, 자꾸 흘러내렸다.

오랜만에 스튜어디스 시절을 떠올려 담요의 끝자락을 등받이와 팔걸이 사이에 밀어넣었다. 이렇게 하면 웬만큼 움직여도 담요가 흘러내리지 않는다.

시노부는 비서실로 돌아왔다. 휴일임에도 결재가 필요한 몇 가지 서류가 있었다. 세 비서는 서류와 메모 등을 들고 비서실과 세 개의 집무실을 오가며 주어진 일을 했다.

"점심식사 드시고 오세요."

시노부가 시계를 보며 히로미와 사야카에게 말했다. 벌써 12시 37분에 접어들고 있었다.

평일 근무 때 비서 중 한 명은 반드시 비서실에 남아야 했다. 따라서 휴일에도 가급적 그렇게 하고 있었다.

"그럼 먼저 다녀올게."

"뭣 좀 사다줄까요?"

시노부가 말없이 도시락을 꺼냈다.

"웬일로 도시락을 싸왔어?"

"오늘 일찍 일어났거든요. 그러니까 신경쓰지 말고 천천히 식사하고 오세요."

"그래? 그럼 오늘 수고했으니까 내가 롯폰기 힐스에서 맛있는 것 사다줄게."

히로미가 엘리베이터쪽을 향해 사야카의 등을 밀었다.

오후 12시 55분

"안녕하세요! 시부야 빌딩보수회사에서 왔습니다."

사와다는 스포츠 신문의 경마 코너에서 눈을 떼고 상대를 올려다보았다. 창밖에 하얀 헬멧에 멜빵바지를 입은 청년이 서 있었다. 샴푸라고 하는 대걸레와 스퀴지(창문 닦을 때 쓰는 고무 롤러)가 든 양동이를 들고 어깨에는 묵직해 보이는 가방을 메고 있었다.

사와다는 식은 차를 한 모금 마시고 일어났다. 벽의 열쇠함에 옥상 문과 전기공급 박스, 그리고 청소용 곤돌라의 열쇠를 꺼냈다. 보통 마스터키 하나로 충분하므로 다른 열쇠를 사용하는 경우는 드물었다.

롯폰기센터 빌딩은 수도고속도로의 바로 옆에 위치해 자동차 배기가스며 먼지를 많이 뒤집어썼다. 디젤차의 도쿄 진입을 규제한 덕분에 조금 나아졌지만, 소음으로 유리창을 열 수 없어 거의 매달 청소해야 했다.

사와다는 창문 너머로 청년에게 열쇠 세 개를 건네주었다.

본래는 경비원이 옥상까지 가서 곤돌라를 내릴 때 입회해야 했다. 하지만 지금 같은 한겨울의 건물 옥상에는 살을 에는 듯한 찬바람이 불 것이다. 특별히 할 일도 없으면서 우두커니 서 있는 건 고문이나 마찬가지였다.

마침 혼자서 근무하는 휴일에는 필요한 열쇠를 건네기만 하면 되었다. 사와다가 옥상에 동행할 경우 뒷문을 지킬 사람이 없기 때문이다.

"수고가 많군. 어? 오늘은 혼자 왔나?"

"잠깐 도구를 가지러 갔어요. 한 시간이면 끝날 겁니다."

"그래? 연말인데 고생이 많네."

"괜찮습니다. 늘 하던 대로 한 시간이면 끝나니까요."

스무 살쯤 됐을까? 꽤 야무져 보이는 청년이었다. 간사이 사투리를 써서 개그맨 같은 느낌도 주었지만, 적어도 이시이 녀석에 비하면 훨씬 성실해 보였다.

"일이 끝나면 열쇠를 갖다줘."

청년의 뒷모습을 눈으로 좇으며 창문을 닫으려던 사와다는 고개를 갸웃거렸다.

창문 밖에 작은 카운터가 있고 입주회사 직원용 출입일지 옆에 '분실물'이라고 쓰여진 보드지 상자가 놓여 있었다. 그런데 그곳에 봉투가 들어 있었던 것이다.

아침에 왔을 때는 분명히 없었다. 그는 봉투를 들어 앞뒤로 확인해 보았다. 평범한 B5 크기의 서류봉투로 회사 이름은 적혀 있지 않았다.

아마도 어제 입주회사 직원이 떨어뜨린 모양이다. 어느 회사인지 알면 돌려줄 텐데. 그러면 점수를 따거나 용돈이라도 생길지 모른다.

아무렇게나 접혀진 봉투를 열고 입김을 불어넣자 봉투 아래 쪽에서 작은 종이다발이 보였다.

사와다는 멍하니 쳐다보다 이내 쓴웃음을 지었다. 무엇을 기대하는 건가? 그런 꿈같은 일이 일어날 리 없지 않은가? 아마도 이미 끝난 레이스의 휴지조각이 된 마권일 것이다.

그는 봉투를 뒤집어 마권다발을 손바닥에 떨어뜨렸다. 사와다는 하마터면 소리를 지를 뻔했다. 심장이 세차게 방망이질 했다. 그는 재빨리 주위를 둘러보고 경비실로 뛰어들었다. 그런 다음 문을 잠그고 창문에서 잘 보이지 않는 곳으로 자리를 옮겼다.

바들바들 떨리는 손으로 전리품을 확인했다. 틀림없었다. 이것은 오늘 레이스의 마권이다. 언뜻 보아도 10여 장쯤 되었다. 이걸 잃어버린 사람은 지금쯤 입에 거품을 물고 기절하기 직전일 것이다.

하지만 찾으러 와도 이미 늦었다. 이걸 돌려줄 바보가 어디 있으랴. 분실물 상자에는 처음부터 아무것도 들어 있지 않았다. 나는 아무것도 보지 못했다. 증거는 하나도 없다. 아무리 물어도 모르쇠로 일관하면 된다.

그는 한동안 마권을 잃어버린 사람과 옥신각신하는 장면을 상상하고 혼자 흥분했다. 그러다 TV 화면이 눈에 들어오자 저절로 입꼬리가 올라갔다. 이제 오늘 경마중계를 마음껏 즐길 수 있다. 큰 게 한방 터지기라도 하면 주머니가 두둑해질지 모른다.

I. 보이지 않는 살인자

그야말로 하늘이 내린 선물 아닌가?

그나저나 도대체 어떤 마권일까? 그는 신칸센의 기차표처럼 생긴 종이다발을 쳐다보았다.

이게 뭐야?! 사와다는 자기도 모르게 이마를 찡그렸다. 마권은 2만 엔어치가 넘었지만 기대했던 아리마 기념 레이스 마권은 한 장도 없었다. 무슨 이유에서인지 제6레이스 마권뿐이었다.

경마신문을 보았다. 13시 10분 출주 나카야마 제6레이스 호프풀스텍스. 2세마의 오픈전치고는 비교적 장거리인 잔디 2천 미터였다. 타이틀에 비해 조금 소박한 레이스지만, 더비에서 우승한 위닝티켓, 사쓰키상과 깃카상을 거머쥔 에어샤칼 등이 역대 우승마에 포함되어 있었다.

결코 시시한 레이스는 아니었다. 그런데 지금 뜨거운 열기를 자랑하는 아리마 기념 레이스를 제쳐두고 왜 하필이면 호프풀스텍스일까?

그는 TV 화면으로 시선을 돌렸다. 마침 패덕(paddock. 레이스에 출전할 말을 관객들에게 보여주는 장소)에서 말을 소개하기 시작했다.

열 마리가 달리는 레이스였지만 이름을 아는 건 1,600미터 신마전(新馬戰)에서 4마신(馬身. 1마신은 말의 코 끝에서 엉덩이 끝까지를 의미함)으로 승리를 차지한 데인힐 종마의 새끼말 한 마리뿐이었다. 랜슬럿이라는 이름의 말이 압도적으로 인기가 많았지만, 사와다는 그 말의 마권은 절대로 사지 않았다.

배에 살이 적당히 오른 멋진 말이었지만 목이 굵고 허리통이 두툼했다. 고개를 학처럼 안으로 구부리거나 안절부절못하며 연신 발을 들어올리는 것도 감점요인이었다. 성격이 급한 마일러(1,400~1,600미터용 경주마) 타입으로 2천 미터를 달리기엔 힘이 부족하지 않을까?

대항마로 추천된 팀버컨트리 종마의 새끼말인 아일리시무스도 더트 주로(dirt road) 1,800미터의 미승리마 경주에서 화려하게 이겼지만, 조련사가 이끄는 대로 터덜터덜 걷는 게 거슬렸다. 움직임이 느린 데다 눈빛도 멍하고 총기(聰氣)가 없었다.

작은 TV 화면으론 정확히 파악하기가 어렵지만 반지르르한 검은 털의 로치스터가 시선을 끌었다. 하지만 그것 역시 다리에 문제가 있어 석 달이나 쉬었기 때문에 성과를 기대하기는 어려웠다.

그 다음 눈에 띈 건, 수말치고는 체구가 작은 430킬로그램이지만 지난번 나카야마 경기장의 잔디 1,200미터 경기 때 4코너 최후방에서 단숨에 2등으로 골인한 그린맨 정도?

아무튼 열 마리 가운데 가슴을 뛰게 만드는 말은 없었다.

만일 사와다에게 2만 엔이 있다면 아리마 기념 레이스 하나에 승부를 걸 것이다. GI 말이 총출동한 올해는 예년보다 뜨거운 명승부가 기대되었다. 정확히 예상하기는 어렵지만, 어떤 마권을 사든 고배당을 노릴 수 있었다.

물론 아침부터 경마장에 틀어박혀 레이스를 지켜보다 이것저것 찔끔찔끔 사는 경우도 있다. 하지만 이것은 이미 말과 레이스를 정하고 산 마권이었다.

　　　　　　　　　　　　　　　　　　　I. 보이지 않는 살인자

아리마 기념 레이스를 제쳐두고 호프풀스텍스를 노리려면 뭔가 확실한 목적이 있어야 한다. 수상한 내부정보든 자신의 감을 믿고 찍은 것이든 상관없다. JRA의 암호에 관한 온갖 소문은 경마팬 사이에서 프리메이슨 음모보다 널리 퍼져 있었다.

하지만 이 마권은 아무리 생각해도 이해가 되지 않았다. 도대체 무엇을 노리고 이렇게 황당한 선택을 했을까?

인기 면에서 선두를 다투는 랜슬럿과 아일리시무스부터 적당한 말들로 3연복을 택하고, 마지막에는 복승을 선택했다.

복승(複勝)이란 말을 한 마리 선택해 3등 안에 들어오면 되는 마권이다. 다른 마권에 비해 맞힐 확률이 크지만 배당은 참새의 눈물 정도밖에 되지 않았다. 사와다의 눈으로 보면 이런 건 마권이라고도 할 수 없었다. 따라서 지금까지 한 번도 산 적이 없었다.

그런데 투입된 금액의 3분의 1이 복승이었다. 그것도 우승후보부터 차례로 인기순위 5위까지. 설사 랜슬럿이 맞는다고 해도 백 엔이나 돌아올까? 이런 걸 일부러 사는 사람은 미쳤다고밖에 할 수 없었다.

그렇지만 어차피 굴러들어온 호박 아닌가? 무엇을 샀든 잔소리할 입장이 아니라고 마음을 고쳐먹었다.

출주 시각이 다가오자 전에 없이 가슴이 두근거렸다. 이 마권이 없었다면 이토록 손에 땀을 쥐고 제6레이스를 볼 수 없었으리라. 그는 의자를 바싹 끌어당기고 모든 신경을 TV 화면에 집중했다.

오후 1시 4분

점심식사 후 커피를 마시면서 시노부는 취업정보 잡지를 뒤적였다. 그때 둔탁한 소리가 희미하게 들렸다.

뭐지?

뭔가가 부딪친 듯한 묵직하고 단단한 소리.

고개를 들고 귀를 기울였지만 더 이상 아무 소리도 들리지 않았다.

아마 빌딩 밖에서 나는 소리겠지.

그녀는 다시 '인재 구함'이라는 글씨에 눈길을 돌렸다.

오후 1시 10분

게이트가 열렸다. 랜슬럿의 출발이 조금 늦었지만 열 마리의 말이 출주했다.

무명의 서머매클레르가 빨랐는데, 정면 스탠드 앞에서 벌써 3마신을 앞서나가고 있었다. 뒤를 이어 사카핀치, 그 바깥을 로치스터, 1마신 떨어져서 턴블위드가 쫓아갔다. 아일리시무스는 다리가 아픈지 뒤쪽에서 대기했다.

별안간 장내에 환호성이 터졌다. 우승후보인 랜슬럿이 꼴찌에서 단숨에 선두그룹으로 따라붙었다. 꽤 속도가 붙은 듯했다.

3코너로 접어들자 쾌속 질주하던 서머매클레르의 다리가 급격히 둔해졌다. 대신 랜슬럿이 떠밀리듯 선두로 나섰다. 안쪽 울타리를 따라 달리는 사카핀치가 2등이고, 바로 그 뒤를 로치스터가 쫓아갔다. 턴블위드는 서서히 뒤로 처졌다.

4코너 입구에서 다음 그룹이 맹렬히 추격해왔다. 랜슬럿이 사카핀치, 로치스터와 나란히 서는가 싶더니 순식간에 뒤로 처져버렸다.

말들을 가르며 가미노후부키가 로치스터를 따라붙고, 가장 바깥쪽에서 그린맘바가 긴 목을 추켜세우고 발을 쭉 내밀며 선두를 추격했다.

사와다는 손에 땀을 쥐며 화면을 쳐다보았다. 이토록 열광한 적은 GI에서도 없었다. 손에 마권이 있지만 어떤 말을 응원해야 할지도 모르는 상황이었다.

레이스는 사카핀치의 우승으로 막을 내렸다. 2등은 그린맘바다. 그렇다면 3등은 가미노후부키인가?

그는 망연히 마권을 바라보았다.

됐다. 틀림없는 만마권(万馬券. 백 엔에 1만 엔 이상이 돌아오는 마권)이다. 영문은 모르지만, 이 인기 없는 3연복승에 천 엔이나 밀어넣었다. 이게 웬 행운이란 말인가? 마신(馬神)이 주는 때 이른 세뱃돈인가?

사와다는 상금을 어디에 쓸지 머리를 굴리기 시작했다. 어차피 꺼림칙한 돈이니 아무 데나 써버려도 상관없지만, 살림살이 대부분이 오늘내일 하는 터였다. 특히 냉장고가 비명을 질렀다. 여름철이 되어 캔맥주를 냉동실에 넣어놓아도 도무지 차가워지지 않았다. 콤프레서의 수명이 다한 모양이었다.

손목시계도 필요했다. 지금 차고 있는 것은 예전에 홍콩여행 선물로 받은 짝퉁 롤렉스로, 이미 군데군데 도금이 벗겨졌다. 더욱이 하루에 5분 이상 늦어지는 데다, 신용이 중요한 일을 하면서 짝퉁 롤렉스를 차는 것에는 문제가 있었다.

그렇게 생각하니 15만 엔이란 돈도 별로 큰 금액이 아니었다. 그렇다면 이것을 종잣돈으로 다시 승부를 걸어볼까?

아니다. 경마는 이미 끊기로 맹세하지 않았는가?

하지만 이 마권은 저절로 굴러들어왔다. 어쩌면 운명의 신호일지도 모른다. 지금까지 내 운명의 파동은 오랫동안 인생의 밑바닥을 기어다녔다. 그것이 드디어 상승곡선을 그리기 시작한 것 아닐까?

그런데 잠깐. 저게 뭐지? ……심판들이 심의 중임을 알리는 푸른 램프가 깜빡거렸다.

그는 화면을 뚫어져라 쳐다보았다. 승리마가 확정될 때까지 마권을 버리지 말라는 안내방송이 나오고 있었다. 중계방송에 따르면, 가미노후부키가 다른 말의 진로를 방해한 혐의가 있다고 했다.

맙소사. 이게 무슨 날벼락인가? 그는 손으로 머리를 감쌌다.

이윽고 결과가 나왔다. 3등으로 들어온 가미노후부키가 사행(斜行)에 의한 진로방해를 인정받아 4등으로 강등, 마침내 확정된 순위는 사카핀치, 그린맘바, 올소란 순으로, 마번 9-6-10 순이었다.

그는 터져나오는 한숨을 애써 누르며 마권을 바라보았다. 결국 적중한 건 그린맘바 복승뿐이었다. 뭐, 남의 돈으로 이만큼 즐겼으면 돈을 딴 거나 마찬가지 아닐까?

그때 누가 창밖을 지나가는 듯한 기척이 감지되었다. 하지만 창문을 열고 둘러봤을 때는 그림자도 보이지 않았다.

오후 1시 26분

"선물."

히로미가 시노부의 책상에 케이크 상자를 내려놓았다.

"와아, 고맙습니다. 좀 더 천천히 오셔도 되는데요."

시노부는 커피를 내리기 위해 일어섰다.

"여러 가지가 신경쓰여 그럴 수가 있어야지. 게다가 롯폰기 힐스는 사람들로 빽빽해 편안히 있을 곳도 없었어."

"하긴 그렇겠네요. 일요일이니까요."

"일부러 줄 서서 부르디갈라 케이크를 샀으니, 오늘은 특별히 맛있는 커피를 마시는 게 어때요?"

사야카가 눈을 반짝이며 말했다. 그야말로 악마의 유혹이다.

"그러고 보니 아까 내린 사장님의 블루마운틴 넘버원이 아직 서버에 남아 있어."

"그냥 버리긴 아깝네요."

히로미가 결론을 내렸다.

"좋아. 사장님은 더 이상 마시지 않을 테니까."

오후 1시 50분

엘리베이터 올라오는 소리가 들렸다.

사야카는 루이뷔통 가방을 급히 집어넣으려 했으나, 서두른 탓에 지퍼가 걸려버렸다. 부사장이 비서실 입구에 멈추었다.

"사장님은?"

히로미가 대답했다.

"주무세요."

"아직도?"

부사장이 미간을 찡그렸다.

시노부는 손목시계를 쳐다보았다. 평소보다 낮잠시간이 길다. 하지만 도중에 깨우기라도 하면 심장이 내려앉을 만큼 화를 내기 때문에, 아무도 깨우려 하지 않았다.

부사장이 이번에는 사야카를 향해 물었다.

"전화는 없었나?"

"네. 없었습니다."

부사장이 발길을 돌리다 말고 뒤를 돌아보았다.

"그건 또 뭐야?"

사야카의 가방에서 가발이 삐져나와 있었다.

아뿔싸! 세 명의 비서는 숨을 들이마셨다.

"죄송합니다."

"뭐냐고 물었잖아?"

"가발이에요."

"가발을 왜 회사에 가져온 거지?"

"죄송합니다."

시노부와 히로미가 마른침을 삼켰다. 하지만 부사장은 더 이상 캐묻지 않았다. 휴일에 출근했다는 점이 작용했을 것이다.

"사장님 일어나시면 알려줘. 그리고 커피 부탁해."

"알겠습니다."

부사장이 방으로 들어가고 2분 후, 시노부의 책상에 있는 전화벨이 울렸다.

오후 1시 51분

창문닦이 청년이 곤돌라 조작반의 주행 스위치를 눌렀다.

"혹시 컨디션이 안 좋은 거 아니에요?"

옥상에서 후배가 물었다.

"아니, 괜찮아. 어제 좀 많이 마셔서 그래."

"역시 술은 적당히 마시는 게 좋아요."

"적당히 마셨어. 죽을 정도는 아니니까 걱정 마."

"설마 술 좀 많이 마신다고 죽기야 하겠어요? 그런데 안색이 정말 안 좋아요."

"아까부터 머리가 좀 아프네."

"저도 과음하면 머리가 아프더라구요. 어쨌든 작업이 꽤 늦어졌으니, 서두르세요."

후배가 조금의 여유도 없이 재촉했다.

"늦게 온 게 누군데 독촉이야?"

창문닦이 청년이 투덜거렸다.

대차(臺車. 레일 위를 달리는 바퀴가 달린 차)가 천천히 오른쪽으로 이동하자, 북쪽 면의 서쪽부터 두 번째 줄의 창문이 나타났다. 레이스 커튼은 닫혀 있었지만 가운데가 약간 벌어져 있었다. 실내는 어두웠다.

수도고속도로와 마주한 북쪽 면은 유리창이 특히 더러웠다. 창문닦이 청년은 세제가 든 양동이에 샴푸를 넣고 유리에 거품을 듬뿍 발랐다.

통증을 참으며 천천히 거품을 쓸어모으는 순간, 오른손에서 스퀴지가 미끄러지며 밑으로 떨어졌다. 커튼 사이로 믿기 힘든 광경이 펼쳐진 것이다.

소스라치게 놀라 창문에 얼굴을 댔다. 사무실 문 바로 옆에 사람이 쓰러져 있었다. 얼굴은 보이지 않았다. 움직임이 없었고, 숨을 쉬는 것 같지도 않았다.

살아 있는 걸까?

창밖에서는 판단할 수가 없었다. 잠시 망설이다 주먹으로 유리를 두들겼다. 둔탁한 소리가 났지만 아무런 반응이 없었다.

그는 잠깐 망설이다 인터폰을 집어들었다.

"야부, 거기 있어?"

긴박한 상황에도 농담이나 하는 상사처럼 입에서 태평한 소리가 나왔다.

"네."

I. 보이지 않는 살인자

잠시 후 야부가 대답했다.

"비상이야, 비상! 즉시 경비실에 연락해 줘."

"무슨 일인데 그래요?"

"최상층 북서쪽 사무실에 사람이 쓰러져 있어."

"사람이 쓰러져 있다고요?"

"말대꾸 그만하고 얼른 뛰어가지 못해!?"

창문닦이 청년이 소리치자 후배는 "알겠습니다" 하고 대답했다. 그리고 발소리가 울렸다. 인터폰을 그대로 둔 채 뛰어간 모양이다.

창문닦이 청년은 다시 안쪽을 들여다보았다. 온몸에 소름이 돋았다. 아무리 봐도 시체가 틀림없었다.

오후 1시 54분

시노부가 수화기를 들었다. 경비원 목소리가 들렸지만, 흥분해서 따발총처럼 떠들어대는 통에 무슨 말인지 알아들을 수 없었다.

"네? 무슨 일이세요?"

"지금 곧장 가보세요. 쓰러지신 것 같거든요."

"쓰러지셨다고요?"

"그러니까 사무실 안에서요."

"누구 말씀이세요?"

"그게 그러니까……, 아마 그 회사 사장님 같은데요."

"네에?"

1층에 있는 경비원이 그걸 어떻게 알지?

"무슨 일이야?"

심상치 않은 분위기를 느끼고 히로미가 물었다. 시노부는 고개를 가로저었다.

"방금 창문을 닦던 사람이 발견했대요."

경비원이 그렇게 말한 후에야 겨우 이해가 되었다. 시노부는 전화기를 손으로 막고 두 사람에게 내용을 전했다.

세 명의 비서가 복도로 나왔을 때 부사장실 문이 열렸다.

"무슨 일이지?"

서류철을 들고 나타난 부사장은 비서들의 심상치 않은 모습에 미간을 찌푸렸다.

"사장님께서 쓰러지신 것 같아요."

히로미의 말에 부사장은 서둘러 사장실 문을 노크했다. 대답이 없었다.

부사장이 문을 열자 바닥에 쓰러져 있는 사장이 보였다. 백발. 큼지막한 귀.

사야카의 입에서 작은 비명이 새어나왔다. 부사장은 황급히 안으로 들어가 사장을 살폈다.

"구급차…… 빨리!"

히로미가 소리치자 사야카가 비서실쪽으로 몸을 돌렸다.

"아니, 경찰에 신고해!"

그렇게 말한 부사장의 목소리는 평소처럼 매우 냉정했다.

"이미 돌아가셨어."

부사장은 맥을 짚던 사장의 손을 조용히 내려놓았다.

"그럴 리가……."

그때 창밖에 멈춰선 곤돌라의 실루엣이 시노부의 눈에 들어왔다. 창문닦이 청년이 깜짝 놀란 듯 레이스 커튼 사이로 이쪽을 보고 있었다.

부사장이 리모컨을 눌러 드레이프 커튼을 닫았다. 실내가 어두워지자 히로미가 전등을 켰다.

히로미에 이어 시노부와 사야카도 두세 걸음 사장에게 다가가려 했다. 하지만 부사장이 그들을 막았다.

"안 돼. 여긴 경찰이 올 때까지 출입금지야."

"네? 왜죠?"

시노부의 질문에 대답하지 않은 채 부사장은 세 사람을 내보냈다. 그리고 다짜고짜 안에서 문을 닫았다. 세 사람은 문 앞에 우두커니 서 있었다.

"어떡해요?"

사야카가 시노부를 쳐다보며 속삭이듯 말했다.

"경찰에 연락하랬잖아. 두 사람도 들었지? 빨리 연락해."

히로미의 지시에 사야카가 튕기듯 뛰어나갔다.

1, 2분쯤 지나서 사장실 문이 열렸다.

"경찰은?"

부사장 얼굴이 몹시 심각해 보였다.

"지금 연락하고 있어요. 사장님 상태는 어떠세요?"

히로미의 질문에 미간에 잡힌 부사장의 주름이 더욱 깊어졌다.

"모르겠어. 하지만 누군가에게 살해된 것 같아."

"살해요? 마, 말도 안 돼요. 사장실에는 아무도 들어가지 않았어요."

히로미가 아연한 표정으로 말했다. 고개를 돌려 "그렇지?"라며 확인을 구하자 시노부는 고개를 끄덕였다.

부사장은 말없이 오른손을 내밀었다. 그 순간 두 사람은 숨을 집어삼켰다. 부사장의 집게손가락과 가운뎃손가락에 검붉은 피가 묻어 있었다. 부사장이 손수건으로 피를 닦으며 말했다.

"뒷머리에 상흔이 있어. 사고라고 하기에는 부자연스러워. 상황상……."

문을 닫으면서 부사장은 별안간 떠오른 것처럼 물었다.

"전무님은?"

시노부가 대답했다.

"전무실에서 쉬고 계시는데요……."

부사장은 전무실로 가더니 노크도 하지 않은 채 문을 벌컥 열었다. 시노부도 부사장을 따라갔다. 의자에 기대어 깊은 잠에 빠진 전무의 모습이 눈에 들어왔다.

부사장은 전무의 어깨를 난폭하게 흔들었다. 전무의 몸을 덮고 있던 담요가 미끄러지며 바닥에 떨어졌다.

"전무님, 일어나세요!"

전무의 입에서 잠꼬대 같은 신음소리가 흘러나왔다.

"일어나라고!"

I. 보이지 않는 살인자

부사장이 전무의 뺨을 때렸다.

"그만하세요!"

히로미가 소리쳤다. 하지만 부사장은 들은 척도 하지 않았다. 전무는 눈을 떴지만 의식이 여전히 몽롱한 듯했다.

"당신, 계속 여기 있었어?"

"무, 무슨……."

"사장님이 살해됐어. 당신은 뭔가 알고 있지?"

"뭐? 사, 사장님이…… 살해됐다고?"

전무가 일어서려 했지만, 부사장이 어깨를 눌러 다시 의자에 앉혔다.

"그냥 여기 있어. 경찰이 올 때까지 꼼짝도 하지 말고!"

"그, 그럴 리가. 사장님이……."

전무는 숨을 헐떡이며 심하게 기침했다.

도저히 보고 있기가 힘들어 시노부는 고개를 돌렸다.

"아까 한 말 틀림없지?"

부사장이 날카로운 눈길로 시노부를 노려보았다.

"네?"

"사장실에 아무도 들어가지 않았다는 것 말이야."

"아…… 네. 아, 아니요……."

시노부는 너무나 당황해서 말을 더듬었다.

"정말로 그랬는지는 잘 모르겠어요. 계속 문을 보고 있었던 건 아니라서요."

부사장의 시선이 전무실에서 부사장실로 통하는 문으로 향했다. 자물쇠가 없는 문이다. 부사장실에도 사장실로 통하는 문이 있으므로, 여기서라면 누구의 눈에도 띄지 않은 채 사장실로 갈 수 있다. 하지만 아무리 그래도…….

"부사장님, 손 좀 놔주세요. 전무님이……."

히로미의 다급한 목소리에 부사장은 전무를 누르던 손에서 힘을 뺐다. 전무의 입에서 고통스러운 신음이 새어나왔다. 부사장은 소름이 끼칠 만큼 차가운 눈으로 전무를 내려다보았다.

"어쨌든 모든 걸 밝혀내겠어. 감시카메라 영상을 조사하면 알게 되겠지."

오후 3시 18분

이럴 수가. 믿을 수 없다. 이 빌딩 안에서 살인이 일어나다니. 이게 도대체 어떻게 된 일인가?

사와다는 안절부절못한 채 경비실 의자에 앉았다 일어서기를 반복했다. 빌딩 주차장에는 경찰차가 가득하고, 수많은 형사들이 드나들어 가만히 앉아 있을 수가 없었다.

경찰은 똑같은 질문을 몇 번이나 물어야 직성이 풀릴까? 설마 자신을 의심하는 건 아니겠지만, 이런 상황이라면 언제 집에 갈지 짐작도 되지 않았다. 최악의 경우에는 경찰서로 가서 똑같은 이야기를 되풀이할 가능성도 있었다.

오늘처럼 이상한 날은 태어나서 처음이다. 이렇게 짧은 시간에 흔치 않은 사건이 연달아 일어나다니.

　　　　　　　　　　　I. 보이지 않는 살인자

문득 시계를 보니 시곗바늘이 3시 19분을 지나고 있었다.

이런! 그는 벌떡 일어섰다. 아리마 기념 레이스의 출주시간이다. 하늘이 무너져도 이것만은 놓칠 수 없었다. 비록 마권은 사지 않았지만, 결과는 직접 봐야 한다.

소형 TV를 켜려고 하는데, 문을 노크하는 소리가 들렸다. 그는 절망적인 심정으로 돌아보았다.

"잠시 시간이 되세요? 위에서 다시 얘기를 듣고 싶은데요."

젊은 형사가 들어왔다. 사와다는 속으로 욕설을 퍼부었다.

'이 돌대가리 같은 녀석! 넌 머리란 게 달려 있냐? 왜 똑같은 이야기를 계속 묻는 거야? 난 아무것도 몰라. 참고가 될 만한 얘기는 하나도 없어. 난 이 자리를 계속 지켰다고. 그렇다면 그냥 내버려둬도 되잖아. 지금 나에게 시비 거는 거냐?'

"괜찮으시겠어요?"

경비실에서 꼼짝도 하지 않으려는 사와다를 보고 형사가 미간에 세로주름을 잡았다.

"저…… 잠깐만요."

"왜요? 무슨 일이라도 있나요?"

"그게 그러니까…… 2, 3분 후에 하면 안 될까요?"

형사가 눈을 크게 뜨고 사와다쪽으로 몸을 돌렸다.

"네? 무슨 일이신데요?"

살인사건의 참고인 조사보다 중요한 일이 있는가? 있다면 말해보라는 표정이었다.

"아, 아니, 괜찮습니다."

사와다는 마지못해 경비실을 나섰다. 뒤를 돌아보니 초까지 정확히 맞춘 시곗바늘이 3시 20분 정각을 가리키고 있었다.

멀리 나카야마 경마장에서 게이트가 열린다. 말들이 멋지게 스타트를 끊는다. 앞으로 두고두고 회자될 만큼 엄청난 레이스다.

앞서가던 형사가 우물쭈물하는 사와다를 짜증난 얼굴로 돌아보았다. 그 순간 아름다운 서러브레드(경마용 말)들의 환영이 흔적도 없이 사라졌다.

사와다는 억지미소를 지으며 걸음을 빨리했다.

방범 컨설턴트

아침부터 차가운 비가 내렸다. 조금 더 기온이 내려가면 눈으로 변하겠지만, 도쿄의 날씨는 심술이라도 부리듯 눈으로 변하기 직전에 멈추었다.

아직 새해 분위기가 가시지 않은 데다 월요일 오전이라서 그런지, 신주쿠 뒷골목에서 사람의 그림자를 찾아보기 어려웠다.

아오토 준코는 쓰고 있던 우산을 뒤로 젖히고 폭이 4미터 정도밖에 되지 않는 펜슬빌딩을 올려다보았다. 벽면에 있는 입주사 간판을 확인할 것까지도 없었다. 2층 창문에 'F&F 시큐리티 숍'이라는 글자가 보였다. 유리창 안쪽에서 파란색 비닐테이프로 붙여놓았다.

빌딩 현관으로 들어가니 장마철처럼 퀴퀴한 곰팡이 냄새가 떠다니고 있었다. 준코는 우산을 접어 빗물을 털어낸 다음 우산꽂이에 꽂았다.

엘리베이터가 1층에 멈춰 있었지만 2층이니 굳이 탈 필요가 없었다. 어른 한 사람이 가까스로 지나갈 만큼 좁은 계단을 올라가자 정면의 문에 플라스틱 간판이 붙어 있었다.

'F&F' 로고 밑에 'Forewarned & Forearmed'라는 글자가 보였다. 'Forewarned is forearmed'(유비무환)라는 격언을 패러디한 듯했다. '경계하고 무장한다'는 뜻이라고나 할까?

준코는 콤팩트로 머리모양을 확인한 뒤 손수건으로 옷깃에 묻은 물방울을 닦았다. 그러다가 황금색으로 빛나는 배지를 옷에서 빼 숄더백에 넣었다.

알루미늄 문을 열자 작게 차임벨이 울렸다. 가게 안은 생각보다 넓었다. 열 평쯤 될까? 다른 손님은 보이지 않았다.

"어서 오세요."

오른쪽 카운터에 앉아 있던 남자가 조심스럽게 인사했다. 피부가 하얗고 섬세한 느낌을 주는 갸름한 얼굴이었다. 아르바이트 직원일지도 모른다.

남자는 커다란 눈으로 준코를 힐끔 쳐다보더니 이내 시선을 떨구었다. 카운터에 놓여 있는 문고본을 읽는 중인 듯했다.

준코는 일단 가게 안을 살펴보기로 했다. 카운터 반대쪽 벽면에 수많은 감시카메라가 놓여 있었다. 위장 카메라라고 적혀 있는 것도 많았지만, 빨간 LED 라이트가 켜져 있어 진짜 카메라와 구분이 되지 않았다.

가까운 진열장에는 출입문용 보조자물쇠와 자물쇠 따기에 강하다는 각종 실린더, 카바 스타, 멀티록, 이콘, 에바, 알파, 오프너스, 로열가디언, PR 실린더 등이 진열되어 있었다. 그리고 각각의 아래에는 꼼꼼한 손글씨로 숙련된 열쇠공이나 도둑이 자물쇠를 여는 데 걸리는 시간이 적혀 있었다.

모형 새시창에는 창문용 보조자물쇠와 진동 센서, 방범용 이중유리 견본까지 붙어 있었다. 게다가 체온을 감지하는 수동형 센서, 적외선 센서, 초음파 센서, 펜스에 설치하는 케이블 모양의 압력 센서 등이 빼곡히 전시되어 있었다.

일본의 치안 상황이 급속히 나빠지고 있다는 건 느끼고 있지만, 새삼 안전에 대한 수요가 얼마나 절실한지 깨닫게 되었다. 이렇게나 다양한 방범상품은, 단지 도둑에게 경계심을 안겨주는 장식품이라기보다 현실의 급격한 변화를 따라가지 못해 당황한 사람들의 비명 같다는 생각이 들었다. 일찍이 물과 안전은 공짜라고 생각했던 시대가 있었다는 게 거짓말 같았다.

"뭐 찾으시는 거라도 있습니까?"

카운터에 있던 남자가 말을 걸었다.

준코는 남자의 목소리를 듣고 예상 연령을 크게 끌어올렸다. 손님이 대강 상품을 둘러볼 때까지 기다린 다음 말을 거는 태도까지 고려하면 자기보다 나이가 많지 않을까? 적어도 30대 중반은 될 것이다. 그렇다면 아르바이트 직원이 아니라 만나려는 당사자일지도 모른다.

"좀 쉽게 방범대책을 세울 수 없을까 해서요. 요즘 세상이 워낙 뒤숭숭하잖아요."

준코는 찾아온 목적을 밝히기 전에 잠시 이야기를 나눠보기로 했다. 믿을 만한 사람인지 아닌지 알아보고 싶었다.

"그러세요? 괜찮으시면 자리에 좀 앉으세요. 방범상담은 무료니까요."

남자는 일어서서 카운터 앞의 의자를 가리켰다.

준코는 고개를 끄덕이며 다가갔다. 잠깐 마주섰는데, 남자의 눈높이가 하이힐을 신은 준코와 별 차이가 없었다. 키가 170센티미터를 넘지 않는 듯했다. 수수한 회색 셔츠에 진바지 차림이었다.

"사시는 곳은 아파트인가요, 단독주택인가요?"

남자가 질문을 시작했다. 말투는 정중하고 침착했다.

"임대 아파트예요. 9층 건물의 맨 위층이죠."

"한 층에 몇 가구입니까?"

"세 가구예요."

"이웃과 친하게 지내시나요?"

"전혀요. 귀찮기도 하고 시간대도 맞지 않아서요."

"요즘은 그런 집이 많지요. 하지만 그건 상당히 위험한 일입니다."

남자는 카운터에 대형 파일을 올려놓았다. 그리고 아파트 모형도가 그려진 페이지를 펼쳐 준코에게 보여주었다.

"맨 위층은 1, 2층 다음으로 표적이 되기 쉽습니다. 다른 층에 비해 사람이 없는 경우가 많고, 비교적 고소득자가 거주할 확률이 높으니까요. 적어도 같은 층에 사는 사람들끼리 눈인사라도 하면 안전도가 눈에 띄게 높아지죠. 관리인은 상주하나요?"

"아뇨. 쓰레기 버리는 날만 와요. 하지만 일단 오토록(자동잠금) 시스템이에요."

"그래요? 뭐 오토록이 소용 없다는 건 아닙니다. 방문판매원도 상당히 줄고, 책임능력은 없지만 살상능력은 있는 사람들이 함부로 들어오는 것도 막아주니까요."

준코는 책임능력이라는 말을 이런 데서 듣고 싶지는 않았다. 그렇다고 해서 입 밖으로 드러내지는 않았다.

"……하지만 오토록을 과신해서는 안 됩니다. 옛날 방식이라면 종이를 끼워 센서를 차단하기만 해도 열리니까요. 그게 아니라도 낮에는 쉽게 침입할 수 있습니다. 입주민을 가장해 들어갈 수도 있고, 적당한 집의 인터폰을 눌러 택배나 가스 검침을 이유로 문을 열어달라고 할 수 있으니까요. 오토록은 비밀번호 방식인가요?"

"아니요. 열쇠인데요……."

"그게 더 낫습니다. 비밀번호가 도둑들 사이에서 이미 퍼졌을지도 모르니까요. 시간이 오래 지나면 특정 숫자의 버튼에 손때가 묻음으로써 번호를 짐작할 수 있습니다. 물론 열쇠인 경우에도 여벌열쇠가 돌아다닐 가능성이 있죠. 그밖에 피킹(자물쇠를 여는 것)으로도 얼마든지 딸 수 있어요."

준코는 점점 불안해졌다.

"일단 건물 안으로 침입하면 도둑은 표적이 될 집을 마음대로 물색할 수 있습니다. 그때 가장 위험한 건 옥상에 올라갈 수 있다는 거죠. 옥상으로 올라가 밧줄을 내리면 대부분의 집 베란다나 창문에 접근할 수 있고, 맨 위층이라면 밧줄도 필요 없는 경우가 있으니까요. 옥상에는 마음대로 올라갈 수 있게 되어 있나요?"

"아뇨. 평소에는 잠겨 있을 거예요. ……하지만 자물쇠는 피킹 등으로 얼마든지 열 수 있겠지요?"

"물론이죠. 옥상 자물쇠는 대충 아무거나 달아놓으니까요. 그 부분은 관리인과 이야기할 수밖에 없겠지요."

남자는 파일을 넘겼다.

"다음으로 위험한 건 역시 현관문입니다. 맨 위층의 경우 세 집 모두 사람이 없으면 다른 층보다 자물쇠를 여는 데 많은 시간을 투자할 수 있으니까요. 어떤 자물쇠가 달려 있지요?"

"어떤 자물쇠라뇨……?"

"열쇠구멍이 가로인가요, 세로인가요? 열쇠 끝이 울퉁불퉁한가요? 아니면 열쇠 몸체가 움푹 들어갔나요?"

"그러니까…… 열쇠구멍은 가로고, 열쇠 몸체가 움푹 들어간 거예요."

준코는 기억을 더듬으며 대답했다. 가방에서 집 열쇠를 꺼내 처음 보는 상대에게 보여주고 싶지는 않았다.

"딤플키군요. 디스크 실린더에 비해 안전도는 높지만, 그래도 2, 3분이면 열 수 있습니다. 현관문 자물쇠가 적어도 두 개는 필요합니다. 현관문을 고정하는 볼트가 두 개일 때 물리적 내구력이 훨씬 강해지니까요."

"하지만 자물쇠가 두 개가 되면 관리가 번거로워지잖아요."

엄격히 따지면 집의 현관문은 공용부문이므로, 새로운 자물쇠를 달려면 관리인의 허락을 받아야 한다. 게다가 집에 드나들 때마다 열쇠 두 개를 비교해 어느 쪽 열쇠인지 확인하는 것도 꽤나 번거로운 일이다.

"둘 다 같은 실린더로 설치하면 열쇠 하나로 열 수 있습니다. 그래도 피킹 등으로 자물쇠를 여는 시간에는 거의 변함이 없지요."

"음, 그렇군요. 요즘은 가짜 열쇠구멍을 많이 팔잖아요. 그건 어떤가요?"

남자는 고개를 흔들었다.

"그건 별로 의미가 없습니다. 현재 판매되는 상품은 한 종류뿐이어서 프로라면 10미터 앞에서도 알 수 있지요."

이제 와서 그걸로 이미 설치했다고 말할 수는 없었다. 준코는 DIY 가게 직원에게 들은 설명을 떠올렸다.

"하지만 집주인이 방범에 관심이 있는 것처럼 보이면 도둑 입장에서는 들어가기가 꺼려진다고 하던데요."

그러자 남자가 하얀 치아를 드러내며 웃었다.

"관심이 있는 것처럼 보인다고 해서요? 유감스럽지만 도둑들이 그렇게 어리석지는 않습니다. 죽느냐 사느냐를 결정하는 현관문 방범에 겨우 몇백 엔밖에 안 쓰는 집이라고 비웃을 겁니다."

"그럼 역시 자물쇠가 두 개 필요하단 거네요."

남자의 커다란 갈색 눈이 반짝거렸다.

"다른 가게에선 원도어 투록이면 충분하다고 하겠지만, 저희

가게에선 쓰리록을 권합니다. 그 정도면 대부분의 도둑이 포기할 겁니다."

"하지만 아무리 열쇠가 같더라도 출입할 때마다 세 개씩 열고 잠그는 건 좀……."

"번거로운 게 싫다면 투록과 다름없는 방법도 있지요."

남자는 파일을 넘겨 현관문 그림이 그려진 페이지를 펼쳤다. 자물쇠 세 개가 달려 있었다.

"가장 간단한 방법은 세 개의 자물쇠 중 위아래 두 개만 잠그고 가운데 자물쇠는 잠그지 않는 겁니다. 단, 가운데 자물쇠는 여는 방향이 위아래와 반대가 되도록 해야 합니다. 보통 오른쪽으로 돌리면 열리니 왼쪽으로 돌아가게 하는 거죠. 도둑이 피킹으로 자물쇠 세 개를 차례로 연다 해도, 가운데 자물쇠는 도둑 스스로 잠그는 셈이 됩니다."

준코는 고개를 끄덕였다. 그러면 쓰리록에 도전한 도둑은 분명히 낙담할 것이다. 물론 이 방법도 도둑이 눈치를 채면 소용없긴 하지만.

"……하지만 침입방법은 피킹 말고도 많습니다. 최근에는 드릴로 자물쇠를 부수거나 바이패스 자물쇠 따기, 섬턴 돌리기 등이 주류를 이루고 있지요. 앞으로는 핀실린더를 열거나 열쇠구멍에 강한 용해액을 넣어 자물쇠를 망가뜨리는 새로운 수법 외에, 볼트클리퍼로 손잡이를 자르거나 강력한 도구로 문을 비틀어 볼트를 빼내는 등 전문적인 방법이 늘어날 겁니다. 따라서 이제부터는 피킹에 강한 자물쇠뿐만 아니라 문 자체의 강도를 높여야 하죠."

남자는 갑자기 진지한 표정으로 말을 이었다.

"더구나 지금까지는 평범한 도둑을 전제로 말씀드린 겁니다."

"무슨 뜻이죠?"

"평범한 도둑은 방어가 견고해 어렵거나 위험하다 싶으면 포기하고 다른 사냥감을 찾을 겁니다. 하지만 원한이 있거나 집념이 강한 스토커는 무슨 수를 쓰든 침입하려고 하겠죠. 그런 경우에는 더 강력한 대책이 필요합니다."

듣다 보니 섬뜩한 기분이 들었다. 직업상 원한을 살 수도 있었기 때문이다.

"특히 변호사님의 경우에는 언제 어떤 상대가 노릴지 모르니 미리 대책을 세워두시는 게 좋겠습니다. 예산이 있을 테지만 만일의 경우를 생각해, 연수입의 3퍼센트 정도는……."

"자, 잠깐만요!"

준코는 깜짝 놀라 남자의 말을 가로막았다.

"물론 3퍼센트란 건 하나의 기준에 불과하죠. 건물의 위치라든지 방범 방법이라든지, 방범 난이도라든지……."

"그게 아니라 제가 변호사란 걸 어떻게 아셨죠?"

남자는 생각에 잠긴 표정으로 팔짱을 꼈다.

"글쎄요. 분위기랄까요?"

"시치미 떼지 마세요!"

날카롭게 쏘아붙이자 남자가 눈을 살짝 치켜떴다.

"젊은 여성이 입는 슈트치고는 색상이 지나치게 수수하더군요. 칼라 라인도 꽤 남성적이고요. 더구나 요즘 어깨 패드가 들어간 슈트는 찾아보기 힘들지요. 특히 퇴근 후에는 입지 않습니다. 그건 비즈니스맨의 전투복 같은 거니까요."

주제 넘는 참견 그만하시지!

"그런 슈트를 입는 사람의 직업으로 변호사 정도밖에는 안 떠오르더군요."

준코는 불신의 눈으로 남자를 쳐다보았다. 아무리 생각해도 그런 이유만으로 변호사라고 단정짓기는 어려운 일이었다.

"예전에 어디서 만난 적이 있던가요?"

"아뇨. 오늘 처음 봅니다."

"그럼 진짜 이유가 뭐죠?"

남자는 곤란한 듯 입꼬리를 살짝 올리며 웃었다.

"슈트……, 특히 그 칼라 말입니다."

"이 정도는 일반 직장여성들도 입지 않나요?"

"플라워홀 옆에 아주 작은 구멍이 뚫려 있어요."

남자의 말에 준코는 흠칫했다.

"슈트의 플라워홀에는 보통 회사 배지를 답니다. 그런데 그 구멍은 배지 같은 걸 직접 꽂은 흔적이더군요. 한눈에도 고가임을 알 수 있는 슈트라서 가능하면 핀홀을 남기고 싶지 않았을 겁니다. 특히 여성이라면 말이죠."

"……그래서요?"

"그럼에도 구태여 칼라에 꽂았다면 절대로 잃어버려서는 안 되는 배지일 겁니다. 핀식 배지를 끼우는 타이택보다 플라워홀이 클 경우 자칫 빠질 수 있으니까요."

"그래서 변호사 배지란 말인가요?"

"만약 변호사 배지를 잃어버릴 경우 그것을 주운 사람이 악용할 가능성이 크지요. 재발급 받으려면 변호사협회에 경위서도 써야 하고요. 남성용 배지는 나사식이지만, 여성용은 핀식도 선택할 수 있지 않을까요?"

이 남자는 어떻게 그런 것까지 알고 있을까?

"하지만 그것만으로 변호사 배지라고 단정할 수는 없을 텐데요."

"밖에 비가 내리고 있는데도 슈트에는 다림질한 흔적이 희미하게 남아 있습니다. 세탁한 지 얼마 안 돼서 그렇겠지요. 그런데도 핀홀이 그렇게 확실히 눈에 띄는 건 방금 전까지 배지를 꽂고 있었기 때문이고, 그런 배지를 일부러 뺐다는 건 평범한 회사가 아니기 때문일 겁니다. 변호사 배지가 아니라면 검찰이나 국회의원, 조직에 몸담고 있는 사람 아닐까요?"

"그래요? 모르는 사람에게 자신이 어느 회사에 다니는지 알리고 싶지 않았기 때문인지도 모르잖아요."

"그런 사람이라면 처음부터 회사 배지를 안 달았을 겁니다. 변호사 배지라면 신분증 대신 달고 있는 게 여러모로 편리할 수도 있겠지만요."

"아무리 그래도……."

"게다가 제가 조금 전 '책임능력'이란 말을 사용했을 때 약간 예민하게 반응하시더군요. 어쩌면 변호사가 아닐까 생각한 게 바로 그때입니다."

준코는 남자의 말을 곱씹어 보았다. 도무지 납득하기 어려웠고, 근거가 약하다는 느낌을 지울 수 없었다. 하지만 마냥 거짓말로 몰아붙일 수는 없었다. 자신이 변호사인 건 사실이고, 그 이유를 계속 따져봤자 무슨 의미가 있겠는가?

"관찰력이 대단하시네요."

준코는 명함집에서 명함을 꺼내 카운터에 놓았다.

"아오토 준코라고 해요. 말씀하신 대로 변호사예요. 에노모토 케이 씨인가요?"

되갚아줄 생각으로 단도직입적으로 물었으나, 남자는 전혀 놀라는 기색이 없었다.

"그렇습니다."

"방범 컨설턴트시죠?"

"가끔 그런 명칭을 사용하지만, 그저 방범용품 가게의 주인일 뿐입니다."

"손님인 척해서 죄송해요. 실은 부탁드릴 게 있어서 왔어요."

"괜찮습니다. 어차피 한가하니까요."

케이는 빙긋이 웃으면서 덧붙였다.

"게다가 아까도 말씀드렸다시피 방범상담은 무료입니다."

준코는 김이 피어오르는 향기로운 커피를 입으로 가져갔다.

"맛있어요!"

무심결에 중얼거린 말은 인사치레가 아니었다.

"에노모토 케이표죠."

케이는 약간 고개를 기울인 채 커피를 음미하며 말했다.

"가게는 괜찮아요?"

준코는 아무도 없는 문 너머가 신경이 쓰였다.

"손님이 오면 알 수 있습니다."

"하지만 몰래 도둑이 들어올 수도 있잖아요."

그러자 케이가 조금 발끈한 표정을 지었다.

"여긴 방범용품 가게입니다. 문이 열리면 차임벨이 울리죠. 그리고 센서도 설치해 두었어요."

"어떤 건데요?"

"그건 비밀입니다. 방범의 핵심은 비밀을 알려주지 않는 거니까요. 그보다 의뢰하려는 일에 대해 듣고 싶은데요."

준코는 고개를 끄덕이고는 커피잔을 내려놓았다.

"에노모토 케이 씨에 대해서는 신조 변호사님께 들었어요. 예전에 마쓰도 시에서 일어난 살인사건에서 변호인측 증인으로 나와 피고의 무죄를 증명하셨다면서요?"

케이는 겸연쩍은 표정을 지었다.

"제가 무죄를 증명한 건 아닙니다. 검찰측에서 현장이 열쇠를 가진 피고 말고는 누구도 들어갈 수 없는 밀실이라고 주장하기에, 변호사님의 의뢰를 받아 외부에서도 침입할 수 있음을 증명했을 뿐이죠."

"……밀실이라고요?"

"3층짜리 빌라의 맨 위층으로 현관은 오토록이고, 현관과 엘리베이터에는 감시카메라가 있었습니다. 당시로서는 최첨단 방범 시스템이었지요. 어느 카메라에도 수상한 사람이 찍히지 않았기 때문에 경찰은 같은 빌라에 사는 피고를 의심했습니다."

"그럼 범인이 현관을 통하지 않고 침입했나요?"

"네. 그런데 그게 쉽지는 않았어요. 옆 건물과 꽤 떨어져 있는데다 높이가 달라 기다란 사다리를 사용해도 건너가기 힘들었거든요. 빌라의 벽면에는 매끄러운 타일이 붙어 있고, 배수관이나 빗물통이 없어 기어오르는 것도 불가능했어요."

"아래층에서 베란다를 타고 올라갈 수는 없었나요?"

"닌자처럼 갈고리밧줄을 사용하지 않는 한 어려웠지요. 그 베란다는 쇠창살이 아니라 위에서 아래까지 걸 데가 하나도 없는 콘크리트였으니까요."

"그럼 가로수나 전봇대에 올라가는 건……?"

그 말에 케이가 히죽 웃었다.

"예리한 지적입니다. 빌라 베란다쪽의 좁은 골목길에 전봇대가 있었지요. 하지만 빌라는 전봇대와 전봇대의 딱 중간에 있었고, 가장 가까운 전봇대와도 몇 미터 떨어져 있었습니다. 빌라로 몸을 날리기는 불가능한 거리였죠."

"그럼 범인이 어디로 침입했나요?"

"전깃줄입니다."

준코는 놀라서 입이 다물어지지 않았다.

"전깃줄? 전봇대의 전깃줄이요?"

"네. 범인은 전봇대에 올라간 다음 생쥐처럼 전깃줄을 타고 들어갔어요."

등줄기가 오싹해졌다.

"감전되지 않나요?"

"전봇대에는 수많은 전깃줄이 연결되어 있지만 6,600볼트의 고압선에만 닿지 않으면 괜찮습니다. 요즘 전깃줄은 피복이 잘 되어 있으니까요."

"하지만 전깃줄이 사람의 체중을 지탱할 수 있을까요?"

"전기회사에서는 전깃줄이나 고정쇠가 상당한 하중을 견딜 수 있도록 해놓았습니다. 전깃줄이 한 줄이라면 위험하겠지만, 카라비너(Karabiner. 암벽 등반 등에 사용하는 금속제 고리) 등을 사용해 몇 개의 줄에 체중을 분산시키면 가능합니다."

"아무리 그래도……. 전깃줄에서 빌라까진 어떻게 갔죠?"

"100볼트나 200볼트 저압선이 마침 빌라의 3층 높이에 있었습니다. 또 우연하게도 범행현장의 옆방에서 케이블 TV를 보기 위해 전깃줄을 끌어왔죠. 범인은 전깃줄을 타고 그 방의 베란다쪽으로 간 뒤, 끌어들인 전깃줄의 동축(同軸) 케이블을 잡아당겨 전깃줄에서 베란다까지 거리를 좁힌 뒤 옮겨갔을 겁니다."

서커스 같은 곡예로 들리지만, 실제로는 그렇게 어렵지 않을지도 모른다.

"그 다음은 간단합니다. 범인은 베란다를 통해 원하는 방에 침입했지요. 여름이라서 창문 새시는 열려 있고 방충망뿐이었습니다. 피해자가 빌라의 안전성을 과신했겠지요."

준코는 심장이 덜컹 내려앉았다. 한여름에 에어컨을 계속 켜놓으면 머리가 아파서 종종 유리문을 열어둔 채 잠을 자곤 했기 때문이다.

"평범한 도둑은 이런 방법을 생각할 수 없습니다. 티롤리언 브리지(Tyrolean bridge, 계곡이나 크레바스 등에서 사용되는 자일에 의한 횡단방법)처럼 로프를 타고 건너는 기술을 마스터해야 하고, 예상치 못한 사고가 일어날 가능성도 있으니까요. 게다가 아무리 깊은 밤이라도 누군가의 눈에 띄면 끝장이지요. 나중에 범인이 잡혔는데, 공공기관에서 유격훈련을 받은 적이 있는 사람이더군요. 깊은 원한이 동기였습니다."

"나올 때도 다시 전깃줄을 탔나요?"

그는 고개를 저었다.

"탈출은 침입보다 훨씬 쉽습니다. 범인은 등산용 로프를 베란다 난간에 걸치고 능숙한 유격기술을 이용했어요."

준코는 롯폰기센터 빌딩의 외관을 떠올렸다. 그 건물에도 보통 사람은 알아차릴 수 없는 침입경로가 있는 걸까?

"……지금 제가 맡은 사건이 그 마쓰도 사건의 상황과 흡사해요."

"사건현장이 밀실이란 말입니까?"

준코는 고개를 끄덕였다.

"네. 작년 말 일요일이었어요. 미나토 구에 있는 12층 건물의 맨 위층에서 어느 회사 사장이 살해되었죠. 범행현장인 사장실 앞 복도에 감시카메라가 있었는데, 범행시각 전후로 아무도 출입하지 않은 게 확인됐고요."

I. 보이지 않는 살인자

"그 사건은 신문에서 봤습니다."

그는 기억을 더듬듯 눈을 감으며 덧붙였다.

"모델 번호는 아시나요?"

"모델 번호요?"

"감시카메라 기종이요."

준코는 수첩을 보았다. 거기까지는 적혀 있지 않았다.

"물론 조사해보면 알 수 있겠지요."

"카메라로 찍은 영상은 어떤 식으로 처리되고 있나요?"

"1층 경비실에서 모니터하고, 녹화도 하고 있었어요."

"그럼 그 비디오데크의 모델 번호도 함께 알고 싶군요."

"알았어요."

준코는 살짝 당황하며 메모했다. 기종에 따라 상황이 달라지기라도 한단 말인가? 아직 무엇을 의뢰할지도 모르면서.

"현재 피의자인 내 의뢰인은 그 회사 전무예요. 전무실은 방하나를 사이에 두고 사장실과 통해요. 즉, 전무는 카메라에 찍히지 않고 사장실에 드나들 수 있는 유일한 사람이지요."

"그 사람이 무죄라는 확실한 증거가 있나요?"

"본인이 범행을 완강히 부인하고 있어요."

"그래요?"

케이는 생각에 잠긴 얼굴로 커피잔을 들었다.

"케이 씨가 꼭 한 번 현장을 확인해 줬으면 해요."

"정말로 밀실이었는지, 다른 침입경로는 없는지 확인해 달라는 말이군요."

"네, 그래요."

케이의 연갈색 눈에서 강한 호기심이 느껴졌다.

"제 의뢰인이 변호사님인가요?"

"아니에요. 실은 전무님 가족이라고 할 수 있는데, 조건을 말씀해 주시면……."

"일당은 2만 엔. 이 가게의 아르바이트 직원을 쓰는 데 하루 1만 엔이 드는데, 그 비용과 교통비, 사용한 기자재 등은 실비입니다. 3일마다 현금으로 지급해 주시고, 조사 결과에 따라 10만 엔에서 50만 엔의 보수는 별도입니다."

일당은 그렇다 치고 아르바이트 직원 비용은 바가지인 것 같다. 더구나 단기간임을 감안하면 최종적인 요구가 상당히 고액이다. 변호사 보수와 비교해도 어이가 없을 정도였다.

"……조사 결과에 따라서란 건 무슨 뜻이죠?"

"마쓰도 사건과 마찬가지로 피의자 외에 누군가가 현장에 침입할 수 있었다는 걸 증명하면 50만 엔, 반대로 그게 불가능하단 걸 증명하면 10만 엔입니다. 단, 침입할 수 있었다는 증명에는 구체적인 증거 제시까지는 포함되지 않습니다."

준코는 고개를 끄덕였다.

"가설이라든지 가능성만 제시해 줘도 좋아요. 그 경우 법정에서 증언해 주실 거죠?"

"법원에서 주는 일당 및 교통비와는 별도로, 법정에 나가 한 번 증언하는 데 2만 엔입니다."

준코는 잠시 망설였다. 자신의 약점을 간파당했다는 생각이 들었다. 또한 예산도 초과가 아닌가?

하지만 자신의 주머닛돈에서 나가는 것도 아니고, 비용에 대해서는 의뢰인이 어느 정도 받아들인 터였다. 사면초가인 지금 상황을 타개해 준다면 그만한 가치가 있을지도 모른다.

"알았어요. 그 조건으로 부탁드려요. 증언료에 관해선 쓰지 않겠지만, 그밖의 비용은 서면으로 정리할까요?"

"아니, 구두로 충분합니다. 그보다 지금 당장 현장을 볼 수 있을까요?"

"그래요."

케이가 자리에서 일어섰다. 아무래도 오늘부터 일당이 발생할 듯했다. 아르바이트 직원을 안 구해도 되나 싶었지만, 물어보기 뭣해 준코는 다른 질문을 했다.

"시력이 참 좋으시네요."

"무슨 뜻이죠?"

"내 칼라의 핀홀을 금방 알아차리셨잖아요."

그러자 케이가 고개를 살짝 갸웃거리며 말했다.

"그건 시력과는 상관이 없습니다."

"네?"

"이 가게에 있는 감시카메라는 전시용을 포함해 모두 작동 중이죠. 위장 카메라라고 되어 있는 건 거짓입니다."

준코는 어이가 없었다. 하지만 가게에 들어섰을 때부터 자신이 계속 관찰당했다는 사실에도 이상하게 화가 나지 않았다.

선배 변호사의 이야기를 듣고 지푸라기라도 잡는 심정으로 찾아왔다. 이 사람이라면 뭔가 돌파구를 만들어줄지 모른다.

"기묘하군요."

사건에 관해 대강 이야기를 들은 케이는 핸들을 잡은 채 고개를 갸웃거렸다.

"기묘하다고요?"

교통정체가 심하자 그는 하얀색 짐니(스즈키 사의 경차)의 사이드브레이크를 당겼다.

"……간단히 정리하면 이렇게 되나요? 현장은 빌딩의 최상층으로 관계자 말고는 아무도 들어갈 수 없다. 피해자인 사장은 정오에 같은 층에서 부사장, 피의자인 전무와 함께 점심을 먹고, 평소 습관대로 사장실에서 낮잠을 잤다. 시각은 12시 반이 넘었을 무렵. 같은 시간 전무도 자기 방에서 낮잠을 잤다. 전무가 낮잠을 자는 일은 사장에 비하면 매우 드문 일이다."

"그래요."

"부사장은 외출하고 세 명의 비서 중 두 명도 점심을 먹으러 나갔다. 그 층에는 자기 방에서 낮잠을 자던 사장과 전무, 점심 당번인 전무 비서만 남아 있었다. 즉, 사장의 사망 추정시각인 12시 55분부터 1시 15분 사이 그 층에 있었던 사람은 세 명뿐이다. ……맞나요?"

"네."

"점심식사를 하러 나간 두 비서가 돌아온 게 오후 1시 반 이전이고, 1시 50분경 부사장도 돌아온다. 그 무렵 유리창을 청소하던 사람이 쓰러져 있던 사장을 발견하고 경비실에 연락한다. 경비원이 비서실에 전화한 건 부사장이 회사로 돌아온 지 2분 후. 부사장과 세 명의 비서는 머리에 상처를 입고 사망해 있는 사장을 발견한다. 상황을 살펴보기 위해 1~2분 동안 부사장 혼자 사장실에 있었다……."

준코는 고개를 끄덕였다. 한 번 설명했을 뿐인데 해당 시각까지 기억하다니, 그저 놀라울 뿐이었다.

"부사장은 사장실에서 나와 비서들과 같이 전무실로 갑니다. 겉으로 보기에 전무는 계속 자고 있었던 것 같고요."

준코가 목소리에 힘을 주어 말했다.

"정말로 자고 있었어요!"

"그럼에도 부사장이 전무를 의심한 건 범행시각에 제3자가 침입하기 어려운 상황 때문이라는 거죠? 사장실 앞 복도의 감시카메라에 찍히지 않고 사장실로 들어가기란 현실적으로 불가능하다는 이유도 있고요. 물론 그 시점의 카메라 영상을 아직 확인하지는 않았지만요."

"그래요."

"변호사님은 방범카메라 영상을 보셨나요?"

"아뇨. 끈질기게 요구했지만 결국 실패했어요. 하지만 문제 시간대에 사장실을 드나든 사람은 아무도 없었다고 하더군요."

"……신고를 받고 출동한 경찰의 검시 결과, 사장의 사인은 머리 타격에 의한 뇌출혈이라고요? 타격 정도가 그렇게 강하지 않아 보통 사람이라면 죽음에 이르지 않았을지도 모르고요. 하

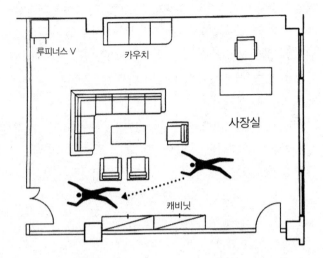

지만 사장은 원래 머리에 문제가 있었다면서요?"

"네. 작년에 뇌동맥류 수술을 받아 두개골을 열었다고 하더군요."

"미리 계획한 살인이라면, 범인이 그 부분까지 계산했다는 거네요."

"……그런 사실을 미리 알았을지도 모르죠. 사장이 수술을 받았다는 건 회사 사람들 대부분이 알고 있으니까요."

그러는 사이 차가 조금씩 움직이기 시작했다. 하지만 이내 속도가 느려졌다.

"검시에 따르면, 사장의 머리 상처는 평평한 둔기에 의한 것이라고요? 사건현장인 사장실에서 흉기는 발견되지 않았지만, 응

I. 보이지 않는 살인자

접세트의 유리 테이블에서 미량의 혈흔이 검출되었고요."

"그래요."

준코는 괴로운 기억을 곱씹었다. 경찰은 수사 결과를 전혀 알려주지 않았다. 유리 테이블에서 미량의 혈흔이 나왔다는 것도 간신히 알아낸 사실이었다.

교통정체 상태에서 신호가 바뀌자 케이는 조바심이 난 듯 사이드브레이크를 당겼다.

"여기서 첫 번째 의문입니다. 경찰은 왜 사고 가능성을 제외시켰을까요? 그게 가장 자연스러운 해석 같은데요."

"사장이 우연히 뒤로 쓰러져 머리를 부딪쳤단 말인가요?"

"그래요. 고령인 데다 잠에 취해 있었다면 충분히 가능하지 않을까요?"

"처음엔 경찰도 그렇게 생각했던 모양이에요. 하지만 구체적으로 검증해 보니 앞뒤가 맞지 않았던 것 같아요."

"앞뒤가 맞지 않다뇨?"

"머리에 있던 상처의 위치 말인데요. 타격을 받은 건 뒷머리와 정수리의 경계부분이었어요. 더미 인형을 이용해 실험했더니, 그런 상황이 되려면 몸이 거의 수평이 되거나 몸보다 다리가 높은 상태에서 떨어져야 한대요."

"그렇군요. 자연스럽게 쓰러졌다면 허리부터 바닥에 떨어지니 뒷머리를 부딪친다 해도 좀 더 아래쪽이 부딪쳤겠죠. ……그렇다면 테이블에 어깨를 부딪친 다음 머리를 부딪친 게 아닐까요?"

준코는 고개를 흔들었다.

"그런 가능성도 검토해 봤는데, 역시 각도상 문제가 있는 것 같아요. 게다가 그렇다면 처음에 부딪친 곳에도 흔적이 남아야 하는데, 머리 외에는 작은 멍 하나 발견되지 않았나 봐요."

그러자 케이가 중얼거리듯 말했다.

"그렇다면 더욱 기묘하군요. 전무가 사장의 몸을 들어올려 머리부터 테이블 위로 떨어뜨렸단 건가요? 아니면 발다리 후리기 같은 유도기술을 사용해 허공에서 내리치기라도 했단 말인가요?"

"난 말이 안 된다고 생각하지만, 경찰에선 다른 흉기가 있었다고 생각하는 모양이에요."

"다른 흉기요? 어떤 흉기 말인가요?"

"전무의 방에 커다란 크리스털 재떨이가 있었거든요. 그 재떨이 바닥으로 내리치면 비슷한 상처가 날 수도 있다는 거죠."

"재떨이에서 혈흔이 나왔나요?"

"아뇨. 미리 말하자면 전무의 손수건과 의류, 실내에 있던 종이까지 모두 조사했지만 혈흔을 닦거나 크리스털 재떨이에 뒤집어씌운 천 같은 건 전혀 찾지 못했어요."

"전무에게는 그걸 치울 기회도 없었지요?"

"그래요."

케이는 다시 생각에 잠기는 듯했다.

"흉기가 별도로 있었다면 유리 테이블의 혈흔은 위장공작이라는 얘기가 되는군요. 재떨이가 있었다는 걸 보니 전무가 담배를 피웠나 보죠?"

"네."

"사장도 담배를 피웠나요?"

"아니요. 담배냄새를 끔찍하게 싫어해 다른 사람도 피우지 못하게 했대요. 전무도 자기 방에서만 몰래 피운 모양이에요."

"그럼 전무가 담배를 피우기 위해 재떨이를 들고 사장실로 가는 건 있을 수 없는 일이군요. 자기 방에서 흉기를 가져간 이상, 우연히 살인을 했더라도 황급히 위장공작을 했을 리 없고요. 또한 이 모든 게 계획적이었다는 건 말이 안 됩니다. 일부러 가장 의심받을 만한 상황을 만들어낸 셈이 되니까요."

"바로 그거예요. 전무가 범인이라는 건 역시 말이 안 돼요. 누군가가 전무에게 죄를 뒤집어씌운 것이라고밖엔……."

준코는 그의 추리에 용기를 얻은 듯했다.

드디어 교통정체에서 빠져나와 케이가 액셀을 밟았다.

"정말로 전무에게 죄를 뒤집어씌울 생각이었다면, 나 같으면 더 철저하게 했을 겁니다. 전무의 지문이 묻은 재떨이를 전무실이 아니라 현장에 떨어뜨려 놓았겠죠. 때리는 힘이 어중간했다는 것도 좀 이상하고요. 실제로 사장이 즉사하지 않았다고요?"

"네. 사장을 발견했을 때 사장의 바지 밑단이 많이 올라간 상태였고, 카펫의 미세한 털도 붙어 있었어요. 사장실 가운데에서 머리에 타박상을 입고 문 근처까지 기어간 것 같아요."

"그거야말로 기묘한 이야기군요."

케이는 앞을 보면서 말을 이었다.

"사장이 죽지 않을 경우, 범인은 파멸의 길을 걸을 수밖에 없습니다. 그런데 왜 확실히 숨통을 끊지 않았을까요?"

케이는 짐니를 타고 롯폰기센터 빌딩으로 들어갔다. 1층 주차장에는 4대 정도 주차할 공간이 있었지만 빈 자리가 없었다. 차량 전용 리프트를 타고 지하 주차장으로 내려갔다.

준코가 먼저 내렸다. 케이는 윈드브레이커를 걸친 뒤 숄더백과 알루미늄 접이식 사다리를 휴대했다.

계단을 통해 1층으로 올라가자 엘리베이터 홀이 나왔다. 여기서 빌딩 밖으로 나가려면 경비실 옆을 통과해야 한다는 사실을 확인하고 밖으로 나갔다. 케이는 잠시 빌딩의 정면에서 건물을 둘러보고 주변을 관찰했다.

"출입문을 통하지 않고 밖에서 침입하기는 어렵겠죠?"

준코의 질문에 그는 무표정한 얼굴로 대답했다.

"어렵다기보다 흔적을 남기지 않고는 거의 불가능합니다. 이 빌딩의 창문은 전부 열지 못하게 되어 있으니까요."

프로는 한눈에 알 수 있는 모양이었다. 그런데 '거의'라는 것은 무슨 뜻일까?

두 사람은 정면 현관으로 돌아가 빌딩으로 들어갔다. 케이는 엘리베이터 옆의 복도를 지나 뒷문을 안쪽부터 조사했다.

"일요일에는 경비실에 경비원이 한 명만 있어요. 하지만 뒷문에서 몸을 숙이면 누구의 눈에도 띄지 않고 빌딩으로 들어오는 게 가능할 거예요."

케이는 경비실 창문을 보면서 골똘히 생각에 잠기는 듯했다.

"……알겠습니다. 이제 사건현장을 보여주시죠."

두 사람은 엘리베이터를 탔다. 케이가 12층을 눌렀지만 버튼에 불이 들어오지 않았다. 준코는 11층을 눌렀다. 그러자 숫자 버튼에 불이 들어오고 엘리베이터가 움직이기 시작했다.

"12층 버튼에 잠금이 걸려 있나 보군요."

"네. 최상층은 임원 전용층이라 비밀번호를 누르든지 위에서 조치해주지 않으면 엘리베이터가 서지 않아요."

비밀번호 입력은 일반적으로 별도의 조작반을 달지 않고 층수 버튼으로 대신한다. 케이는 조작반 앞에서 허리를 구부린 채 층수 버튼을 뚫어지게 쳐다보았다. 버릇인지 검지손톱으로 엄지손톱을 연신 튕겼다.

엘리베이터가 11층에 멈추고 문이 열렸다. 그러자 오구라 총무과장이 종종걸음으로 다가왔다. 얼굴에 주름이 거의 없는 걸 보면 마흔 안팎으로 보였다. 하지만 마음고생을 많이 한 탓인지 이마가 휑하니 벗겨졌고 정수리도 허허벌판으로 변하고 있었다.

"변호사님, 수고가 많으십니다."

"안녕하세요. 이분이 아까 전화로 말씀드린 방범 컨설턴트 에노모토 케이 씨예요. 죄송하지만 사장실을 볼 수 있을까요?"

케이는 엘리베이터에서 나오지 않은 채 계속 열림 버튼을 눌렀다. 오구라는 테 없는 안경 너머로 그를 힐끔 쳐다보더니 떨떠름한 표정을 지었다.

"저기, 그게요……. 조금 전까지 경찰분들이 와 있었습니다.

사건현장에 중요한 증거가 남아 있을지 모르니, 경찰관이 입회할 때 말고는 어느 누구도 들여보내지 말라고 해서요……."

"경찰은 지금 어디 있나요?"

"방금 전에 갔습니다."

준코는 화가 치밀었다. 그들은 고의적으로 피의자 접견을 방해했으며, 변호사에게도 증거를 감춘 채 조사를 방해했다. 전화로 승낙하는 체하고 이렇게 허탕을 치도록 만드는 건 그들의 흔한 수법이었다.

"중요한 증거라뇨. 경찰에서 이미 사장실 감식을 끝냈잖아요?"

"아니……, 그게…… 아마 그럴 겁니다."

오구라가 손수건을 꺼내 이마의 땀을 닦았다. 준코는 머리끝까지 화가 솟구쳤다. 하지만 케이는 냉정한 목소리로 순순히 물러섰다.

"알겠습니다. 오늘은 사장실은 됐습니다. 하지만 최상층 플로어는 보여주실 수 있죠?"

"하지만 그것만 갖고 어떻게……."

준코는 순간적으로 발끈했다. 가장 중요한 현장을 보지 않고 경찰도 모르는 침입방법을 어떻게 찾아낸단 말인가?

"일단 밖에서 확인해보죠. 밀실을 푸는 열쇠가 플로어 전체와 감시카메라에 있을지도 모르니까요."

케이는 그렇게 말하더니 준코에게 뜻을 알 수 없는 눈짓을 했다.

세 사람은 엘리베이터를 탔다. 오구라는 조작반에 바짝 붙어 왼손으로 닫힘 버튼을 누르면서 오른손으로 재빨리 층수 버튼 몇 개를 눌렀다. 다른 사람이 비밀번호를 알아차리지 못하게 하려는 듯했다. 버튼에 불빛이 들어오고 엘리베이터가 움직이기 시작했다.

케이가 오구라에게 물었다.

"비밀번호는 몇 분 정도 알고 있습니까?"

오구라는 말해도 괜찮은지 망설이는 듯했으나, 준코쪽을 바라보며 마지못한 표정으로 대답했다.

"글쎄요. 임원들이 전부 알고 있으니 열 명입니다. 사장님을 빼면 아홉 명이고요……. 그리고 비서 세 명과 총무부장, 저. 상장 준비실장. 전부 열다섯 명쯤 될까요? 물론 빌딩 관리회사와 경비회사 사람도 알 테고요."

엘리베이터 문이 열렸다.

비서 부스에 앉아 있던 여성이 미소를 지으며 가볍게 인사했다. 준코는 그녀의 이름을 떠올렸다. 부사장 비서인 마쓰모토 사야카다.

준코와 오구라는 엘리베이터에서 바로 내렸지만, 케이는 조금 시간이 걸렸다. 오구라가 이상한 듯 케이를 돌아보았다.

"가능하면 우선 계단쪽을 보여주시지요."

케이는 접이식 사다리를 어깨에 걸치고 천천히 엘리베이터에서 나왔다.

"평소에 사용하는 계단은 저쪽입니다."

오구라는 왼쪽에 있는 철문을 가리켰다. 케이는 문 앞으로 가서 금속제 손잡이를 눌러 철문을 열었다. 계단 통로쪽에서 금속 특유의 날카로운 소리가 메아리쳤다.

"오토록이군요."

그는 준코에게도 보이도록 레버핸들과 열쇠구멍을 가리켰다.

"호텔 도어와 똑같습니다. 플로어에서는 손잡이를 움직일 수 있어 마음대로 열지만, 계단에서는 열쇠가 없으면 열지 못하죠."

"여기 열쇠는 누가 갖고 있죠?"

"저기…… 돌아가신 사장님과 부사장님, 전무님, 그리고 세 명의 비서입니다. 총무부에도 하나 있고요. 아……, 물론 경비실에 있는 마스터키로도 열 수 있어요."

"전부 여덟 개인가요?"

케이가 허리를 구부리더니 숄더백을 열었다. 가방 안에 공구류가 잔뜩 들어 있었다. 그는 손잡이가 달린 망치 모양의 조준기를 꺼내 열쇠구멍을 살펴보았다. 조준기 끝에는 전등이 달려 있어 희미한 빛이 주변으로 흘러나왔다.

"됐습니다."

"뭐 좀 알아내셨어요?"

준코의 질문에 케이가 느긋하게 대답했다.

"이 빌딩의 자물쇠는 모두 같은 종류의 실린더가 사용되었군요. 이 실린더에 대해 들은 적이 있나요?"

케이는 제조사 이름과 모델 번호를 말했다.

"아뇨."

"일본에서 7백만 개 이상 사용된 디스크 실린더 자물쇠가 너무나 쉽게 피킹된다는 사실이 알려지고, 급하게 만들어진 게 이 실린더죠. 물론 예전보다 피킹에 시간이 많이 걸리지만, 쉽게 부서진다는 치명적인 결함이 드러났습니다."

"부서져요?"

"자물쇠를 깨뜨리는 겁니다. 지금은 이 실린더를 깨뜨리는 전용 공구도 판매 중이고, 블랭크키(blank key. 가공하지 않은 열쇠)를 전동드릴 끝에 매달아 강제로 회전시킬 수도 있어요."

준코가 미간을 찌푸렸다.

"그렇게 간단히 부서져요?"

"초기 제품은 불과 10초 만에 부술 수 있었지요. 그 후로 개선되어 조금 튼튼해졌지만, 지금도 전용 공구를 사용하면 큰소리 없이 1분 안에 부술 수 있습니다. 만일 전문적인 도둑이 여기로 침입했다면, 십중팔구 부수고 들어왔을 겁니다. 하지만 보시다시피……."

케이는 열쇠구멍을 가리키며 말을 이었다.

"아주 깨끗합니다."

살인범과 도둑을 똑같이 생각해도 괜찮을까, 하고 준코는 생각했다.

"조금 시간이 걸려도 피킹으로 열었다면 흔적이 안 남지 않을까요?"

"피킹을 이용해 억지로 자물쇠를 따면, 표면은 그렇다 치더라도 실린더 안에 미세한 흠집이 많이 생깁니다. 하지만 육안상으로 그런 흔적이 전혀 없어요. 바이패스를 이용해 자물쇠를 땄다면 실린더에 흠집이 안 남겠지만, 이 자물쇠와 문에서는 불가능합니다."

"무슨 말인지 잘 모르겠지만, 요컨대 이쪽 계단으로 침입한 건 아니란 뜻인가요?"

케이가 고개를 가로저었다.

"아닙니다. 만약 이쪽으로 침입했다면 여벌 열쇠를 가지고 있었을 거란 뜻이죠."

여벌 열쇠?

준코는 생각했다. 가능성은 있다. 이 빌딩의 열쇠 관리가 그렇게 철저했다고는 할 수 없다. 내부 사람이라면 훔쳐내서 여벌 열쇠를 만들었을 수도 있다. 그렇다면 용의자의 범위가 단숨에 넓어진다…….

아니다. 무슨 착각을 하는가? 준코의 입에서 실망의 한숨이 새어나왔다. 가장 중요한 밀실은 아직 손도 대지 못했다.

"다른 계단은 어디에 있나요?"

"복도 끝입니다."

오구라가 앞장서서 걸어갔다. 오구라의 뒤를 따르며 준코가 작은 소리로 케이에게 물었다.

"다른 계단이 있다는 건 어떻게 아셨어요?"

"건축기준법 시행령에 따라 6층 이상의 빌딩에는 계단이 두 곳 있어야 해요."

세 사람은 복도를 지나 막다른 곳에 도착했다. 오른쪽에 문

세 개가 나란히 있었다. 앞에서부터 전무실, 부사장실, 그리고 사건현장인 사장실이다.

사장실 문에는 노란 테이프가 덕지덕지 붙어 있었다. 빨간색으로 'Keep Out 출입금지'라는 글씨가 인쇄되어 있었다.

소리를 들었는지 전무실 맞은편 방에서 수수한 슈트를 입은 20대 후반 여성이 나타났다. 전무 비서인 가와무라 시노부였다.

"누구시죠……?"

"괜찮아. 아오토 변호사님은 알지? 이쪽 분은 그러니까…… 방범 컨설턴트야. 현장을 보고 싶다고 해서 말이야."

시노부는 준코를 향해 깊숙이 머리를 숙였다. 두 눈에는 어떻게든 전무의 혐의를 벗겨달라는 애원이 담겨 있었다.

비상계단으로 통하는 문을 살펴보던 케이가 말했다.

"……이쪽 계단으론 침입이 불가능하겠어요."

"절대로요?"

"네. 이쪽은 바깥 계단으로 통하는 문이지만 비상시에만 사용할 수 있습니다. 안쪽에서 열 때는 이 플라스틱 커버를 부수고 잠금을 해제해야 하는데, 그러면 비상벨이 울릴 겁니다."

"밖에서는요?"

"아마 바깥쪽에는 열쇠구멍이 없지 않을까요?"

케이의 말에 오구라가 고개를 끄덕였다.

"그렇습니다."

"이 문을 열면 반드시 흔적이 남게 돼요. 여기도 제외시켜야겠군요."

케이의 시선이 시노부에게 향했다.

"잠시 감시카메라를 살펴보겠습니다. 혹시 모니터 중인 경비실에서 연락이 오면 잘 설명해 주십시오."

시노부가 고개를 끄덕였다.

"알겠습니다. 그건 제가 알아서 할게요."

케이는 높이 1미터쯤 되는 접이식 사다리를 세우더니 발판 위로 올라갔다. 그리고 순찰차의 회전등을 거꾸로 매달아놓은 듯한 반원형 감시카메라에 얼굴을 들이댔다. 안을 자세히 쳐다보자 내장된 감시카메라가 희미하게 보였다. 그 옆에는 방범용품 가게에서 보았던 센서라이트가 달려 있었다.

오구라는 눈을 크게 뜨고 케이의 모습을 지켜보았다. 그 눈길에는 이제 와서 뭘 알아낼 수 있겠냐는 불신의 마음이 담겨 있었다. 오구라는 미간에 세로주름을 잡더니 손수건을 꺼내 신경질적으로 손끝을 닦았다. 그리고 조바심을 토해내듯 날카로운 목소리로 말했다.

"시노부 씨, 여긴 내가 있을 테니 그만 가서 일해."

그러자 시노부는 다시 한 번 고개를 숙인 뒤 비서실로 들어갔다. 오구라의 시선이 잠시 다른 쪽을 향하는 순간, 케이가 재빨리 오른손으로 감시카메라의 표면에서 뭔가를 잡는 듯했다. 준코는 잠시 숨을 멈추었다.

오구라의 시선이 돌아왔을 때 케이의 오른손은 이미 주머니 안에 들어가 있었다.

"죄송하지만, 시간이 좀 더 걸리겠는데요?"

케이가 접이식 사다리 위에서 태연한 얼굴로 오구라에게 말했다.

"아아, 그러세요?"

케이의 의도를 알아차리고는 준코도 말을 맞추었다.

"안내해 주셔서 고마워요. 이젠 우리끼리 있어도 괜찮아요. 필요한 게 있으면 비서실에 부탁할게요."

"그래요? 알겠습니다. 그럼 천천히 보십시오."

오구라의 말투는 정중했다. 하지만 눈빛에는 무례하리만큼 강한 의혹이 깃들어 있었다.

"변호사님, 잠깐 여기 좀 보시겠습니까?"

오구라가 사라지자 케이가 말했다.

"네?"

대체 뭘 보라는 걸까? 준코는 이해가 되지 않아 고개를 갸웃거렸다.

"괜찮으니 올라와서 보세요."

케이가 사다리에서 내려오고, 준코가 조심스레 발을 올려놓았다. 사다리는 그다지 높지 않았지만, 하이힐을 신고 올라가기에는 상당히 불안하고 두려웠다.

준코는 결국 양쪽 힐을 벗었다. 알루미늄 판의 냉기가 스타킹을 통해 발바닥에 고스란히 전해졌다.

케이가 준코를 살짝 잡아주며 속삭였다.

"반원처럼 생긴 부분 안에 카메라가 보이죠?"

"네."

"제가 가볍게 혀를 차면 잠깐 감시카메라 앞을 막아주세요."

"네?"

"손으로 막으면 이상하게 여길 테니, 얼굴을 가까이 대고 카메라를 보는 것처럼 해주세요."

준코는 그제야 그의 속내를 알아차렸다. 그러는 사이 사장실에 침입하려는 것이다.

경찰의 막무가내식 수법에 화가 나지만, 그렇다고 변호사란 사람이 불법침입을 도와도 될까? 게다가 경비실 모니터에는 자기 얼굴이 복어처럼 보일 텐데…….

그때 목덜미에 가벼운 바람이 느껴졌다. 돌아보니 등 뒤쪽 문이 열려 있고, 에바라 마사키 부사장이 서 있었다. 준코는 크게 당황해 순간적으로 말을 더듬었다.

"아……, 잠깐 살펴보고 있었어요."

부사장의 존재는 생각지도 못했다. 권위 있는 모습을 보이고 싶었지만, 구두를 벗고 사다리에 올라간 자세로는 불가능했다.

"그러세요? 뭐 좀 알아냈나요?"

부사장은 연극배우처럼 울림통이 좋은 바리톤 목소리로 물었다.

"아뇨. 아직은 아무것도요."

잠깐의 침묵 후 부사장이 미소를 지었다.

"드릴 말씀이 있습니다. 괜찮으시면 제 방으로 갈까요?"

말투는 정중했지만 명령에 가까운 압박감이 느껴졌다. 30대 중반의 젊은 나이에 실질적으로 회사를 경영한다고 하는데, 그의 카리스마를 보면 충분히 고개가 끄덕여졌다.

준코는 사다리에서 내려와 황급히 힐을 신었다. 혹시 조금 전 대화를 들은 건 아닐까? 사장실에 침입하려던 계획이 탄로나면 골치 아픈 일이 생길지도 모른다.

"자, 이쪽으로 오시죠."

부사장이 앞장서 집무실로 들어갔다. 준코는 장난치다 들킨 초등학생처럼 얌전히 그 뒤를 따랐다. 돌아보니 케이는 사다리를 접고 있었다. 왜 사다리를 그대로 두지 않는지 의아했다. 이대로 순순히 물러날 생각일까?

부사장실은 10평 정도의 안정된 공간이었다. 컴퓨터가 있는 책상과 책장, 그리고 천으로 된 응접세트 외에 별다른 집기류는 없었다.

부사장은 문을 닫더니 왼쪽을 가리켰다. 사장실로 통하는 문이었다. 아까 복도에서 본 것과 마찬가지로 노란 테이프가 덕지덕지 붙어 있었다.

"이쪽으로 들어가면 카메라에 비치지 않습니다. 마음껏 살펴보십시오."

역시 두 사람의 대화를 들은 게 틀림없었다. 준코는 얼굴이 화끈거리는 걸 애써 참았다.

그런데 부사장의 말은 진심일까?

"괜찮겠어요? 경찰에서는……."

"물론 경찰이 잘하고 있겠지만, 그렇다고 전적으로 맡겨둘 생각은 없습니다. 만일 히사나가 전무가 무죄일 가능성이 있다면 꼭 증명해 주십시오."

부사장의 눈이 케이에게 쏠렸다.

"이분은 탐정이신가요?"

키가 큰 부사장이 케이를 쳐다보자 저절로 내려다보는 형태가 되었다. 마치 어른과 어린아이 같았다. 하지만 케이는 어깨에 사다리를 짊어진 채 당당히 대꾸했다.

"네, 비슷합니다. 그렇게 배려해 주신다니 잠시 사장실 안을 살펴보겠습니다."

그는 오른손 세 손가락으로 손잡이를 돌리더니 왼손으로 조용히 문을 밀었다.

경찰에서 붙인 테이프인 만큼 접착력이 강할 거라 여겼는데, 찌지직 하는 소리와 함께 너무나 쉽게 떨어졌다. 완전히 열린 문을 지키는 건 몇 줄 남지 않은 노란 테이프뿐이었다.

"실례하겠습니다."

케이는 사다리를 눕혀 바닥으로 밀어넣은 뒤 테이프 사이로 숄더백을 던졌다. 이어서 숄더백 옆으로 한쪽 다리를 집어넣는가 싶더니, 어느새 사장실에 들어가 있었다.

준코는 문 앞에 서서 사장실을 들여다보았다.

넓이는 부사장실의 2배 정도인 20평쯤 될까? 반질반질한 마호가니 책상이며 벽돌색 가죽 응접세트며, 중후한 집기류에서 품격이 느껴졌다.

왼쪽에는 복도로 통하는 문이 있었다. 안쪽 카펫에 그려진 사람 모양의 표시를 제외하면 살인현장이었음을 암시하는 건 아무엇도 없었다. 특별히 사장실을 뒤진 흔적도 없고, 혈흔이 여기 저기로 튄 것도 아니었다.

사장실은 빌딩 북서쪽 코너에 위치해, 북쪽에만 창문이 있는 부사장실과 달리 서쪽에도 창문이 있었다. 수도고속도로와 마주한 북쪽 창문 두 개는 크고, 책상 뒤에 있는 서쪽 창문은 작았다.

케이는 세 개의 창문을 살펴본 뒤, 복도쪽에 있는 문을 꼼꼼히 살펴보았다. 자물쇠, 손잡이, 경첩까지.

준코는 마른침을 삼키며 그 모습을 지켜보았다. 등 뒤에서 계속 부사장의 기척이 느껴졌다.

케이는 커다란 책상과 바퀴다리 여섯 개가 달린 사장의 의자를 살짝 만졌다. 마지막으로 그는 천장을 올려다보았다. 그곳에는 공기조절용 환기구가 있었다.

준코는 순간적으로 숨을 들이마셨다. 설마 이것을 예상하고 사다리를 가져온 걸까?

케이는 사다리에 올라가 환기구 덮개를 밀어올렸다. 그러더니 숄더백에서 펜라이트를 꺼내 안쪽을 비추었다. 전부 살펴보는 데 15분 정도밖에 걸리지 않았다. 그는 숄더백과 사다리를 들고 준코쪽으로 돌아왔다.

"어떻습니까? 뭐 새로운 거라도 발견하셨나요?"

부사장의 질문에 케이는 포커페이스를 유지했다.

"아직 잘 모르겠습니다."

"그래요? 만약 뭐라도 알게 되면 내게 꼭 말씀해 주십시오."

준코는 부사장에게 협조해 줘서 고맙다고 말한 뒤 그곳을 나왔다.

"어땠어요? 새로운 사실이 있나요?"

엘리베이터 홀에 도착하자 준코는 봇물이라도 터진 듯 그에게 묻기 시작했다. 케이는 엘리베이터 버튼을 누른 후 사다리를 내려놓았다.

"글쎄요. 가능성은 꽤 좁혀진 듯합니다. 범인이 외부 사람이라고 가정하면, 12층 자체가 일종의 밀실이지만 얼마든지 침입은 가능합니다. 문제는 여벌 열쇠를 사용해 내부계단으로 들어오느냐 엘리베이터를 사용하느냐인데, 양쪽 모두 감시카메라 밖에 있더군요. 하긴 외부인이 여벌 열쇠를 손에 넣기란 어려울지도 모르지요. 하지만 엘리베이터라면 누구든 가능합니다."

"엘리베이터를 타고 12층까지 오려면 비밀번호가 필요하잖아요?"

"보통이라면 그것 때문에 용의자가 한정되겠지요. 하지만 슬프게도 엘리베이터 비밀번호는 최대 네 자리밖에 안 됩니다. 사용할 수 있는 숫자는 1부터 9까지의 아홉 가지니까 9의 4제곱, 즉 6,561가지가 되지요. 그런데 만약 비밀번호를 구성하는 네 개의 숫자를 안다면 가능한 순열은 4×3×2, 즉 24가지에 불과합니다."

"그 네 가지 숫자를 어떻게 알아내죠? 엘리베이터의 층수 버튼은 다른 층 사람들도 사용하고 사용 빈도도 달라요. 따라서 비밀번호 버튼에만 특별히 손때가 더 묻지는 않았을 텐데요."

I. 보이지 않는 살인자

"방법은 얼마든지 있어요. 실제로 12층으로 올라가는 비밀번호는 2, 3, 4의 조합입니다. 조금 전 과장이 층수 버튼을 네 번 눌렀으니 어느 한 숫자를 두 번 사용했겠지요. 예를 들어 2, 2, 3, 4의 경우 순열은 4×3의 12가지입니다. 2, 3, 3, 4나 2, 3, 4, 4의 경우도 마찬가지로, 각각 12가지니 총 36가지가 되지요. 약간 가짓수가 많아졌지만 이 정도라면 전부 시험해볼 수 있어요."

준코는 놀라서 입이 다물어지지 않았다.

"그 세 가지 숫자를 어떻게 알아냈어요?"

그때 엘리베이터가 도착해 문이 열렸다. 케이는 사다리를 들고 엘리베이터에 타면서 대답했다.

"아까 층수 버튼에 미세한 가루를 뿌려뒀거든요."

그는 1층 버튼을 누르고는, 주머니에서 용각산이 든 은색 용기를 꺼내 보여주었다.

"뿌리다니…… 어떻게요?"

준코 역시 층수 버튼을 계속 쳐다봤지만 전혀 눈치채지 못했다.

"손톱으로 튕겨 극소량을 묻혀놨어요. 그냥 보거나 만져서는 알 수 없지요. 12층에 갈 때 총무과장이 비밀번호를 눌렀는데, 나올 때 확인해 보니 버튼 표면의 가루가 흩어진 건 그 세 가지 숫자뿐이더군요."

이 사람은 방범 컨설턴트가 아니라 혹시 마술사가 아닐까? 아니면…….

"외부 사람도 그런 방법으로 비밀번호를 추정할 수 있다, 그 말씀인가요?"

"방법은 그것 말고도 많습니다. 미리 준비할 시간이 있다면, 핀홀 카메라로 층수 버튼을 도촬하는 편이 더 간단하겠지요."

"잠깐만요. 하지만 범인이 엘리베이터에 타면 감시카메라에 찍히잖아요."

준코는 엘리베이터 구석에 있는 감시카메라를 쳐다보았다.

"저건 위장 카메라입니다."

"정말이에요?"

"위장 카메라라도 진짜와 똑같은 케이스를 사용하면 잘 몰라보죠. 그런데 유감스럽게도 저건 대량으로 돌아다니는 싸구려예요. 한눈에 알 수 있지요."

"그렇군요."

"물론 범인이 엘리베이터 안을 도촬하려 했다면, 위장 카메라에 진짜 카메라를 넣었을 수도 있습니다."

준코의 입에서 신음소리가 흘러나왔다. 현재의 상황은 조금의 방심도 허락되지 않는 상황이었다.

"……그렇군요. 외부인이 12층까지 왔다고 쳐요. 그 다음은 어떻게 되죠?"

"사건이 일어난 건 점심시간이라서 사장실 문이 열려 있었을 겁니다. 그렇게 되면 남은 관문은 복도 끝의 감시카메라뿐이겠지요."

"하지만 그 감시카메라가 제일 문제 아닌가요? 범인이 카메라를 피해 사장실에 들어가는 게 가능한가요?"

"생각할 수 있는 방법이 몇 가지 있습니다."

그 말에 준코는 깜짝 놀랐다.

"정말요? 어떻게요?"

그때 엘리베이터가 1층에 도착했다.

"아직은 짐작 수준이니 지금부터 하나씩 검증해 갑시다. 그러다 보면 결국 진실이 밝혀질 겁니다."

두 사람은 경비실쪽으로 갔다. 안에 사람이 있는지 TV 소리가 희미하게 새어나왔다.

"살인사건이 일어난 직후인데도 경비가 제대로 이루어지지 않고 않군요. 이러면 누구든지 빌딩 안으로 침입할 수 있을 겁니다."

케이의 말투는 신랄하기 그지없었다. 준코가 경비실 창문을 노크했다.

"실례합니다. 계십니까?"

"네."

TV 소리가 멈추었다. 창문을 연 사람은 낡은 뿔테 안경을 긴 초라한 중년남자였다. 렌즈가 흐려 잘 안 보이는지 눈을 치켜뜨고 이쪽을 쳐다보았다.

"지난번에 인사드린 아오토입니다."

"아아, 변호사님이군요. 오늘은 무슨 일로 오셨나요?"

경비원이 말을 하자 입냄새가 코를 찔렀다. 준코는 얼굴을 찡그리지 않기 위해 애썼다.

"며칠 전 사건 때문에 빌딩의 경비체제에 대해 알아보고 있어요. 잠깐 경비실 안을 볼 수 있을까요?"

"네? 그건 좀……."

경비원은 곤란한 표정을 지었다.

"시간은 많이 안 뺏을게요. 지요다 경비보장과 시부야 빌딩보수회사 담당자에게도 허락을 받았어요."

"그러세요? 저기…… 워낙 너저분해서요."

경비원이 신문 따위를 정리하는지 부스럭거리는 소리가 들렸다.

"들어오세요."

잠시 후 문이 열리고, 준코와 케이가 경비실로 들어섰다. 경비원은 왠지 계속 흠칫거렸다.

"이게 녹화장치군요. 잠깐 보겠습니다."

케이가 선반에 있는 비디오데크쪽으로 가자, 경비원이 이 사람은 누구냐는 표정을 지었다

"이분은 방범 전문가예요. 협조 부탁드릴게요."

"네. 그거야 얼마든지 그래야죠."

경비원 이름을 잊어버렸는데, 가슴에 찬 명찰에 사와다라고 쓰여 있었다. 두 손이라도 비빌 듯한 비굴한 태도에 준코는 어색함을 느꼈다.

케이가 선반을 보자마자 말했다.

"감시카메라는 전부 다섯 대입니까? 그걸 모니터 세 대로 체크하는군요."

"그렇습니다."

"모니터 세 대로 카메라 다섯 대를 체크할 수 있나요?"

준코의 질문에 케이가 대답했다.

"프레임 스위처를 사용하면 화면을 정기적으로 전환할 수 있고, 4분할해서 표시할 수도 있어요."

프레임 스위처란 용어는 들어본 적이 없었다. 아마도 영상을 전환하는 기계를 말하는 것이리라.

선반의 가운데 단에 14인치 정도의 소형 모니터 세 대가 놓여 있었다. 그중 두 대는 흑백이고 오른쪽 끝의 하나는 컬러였다. 컬러 모니터에 나오는 영상은 방금 전에 있었던 12층 임원실 앞의 복도였다. 화면은 작지만 생각보다 영상이 선명하고 색조와 농도도 깨끗했다.

케이가 사와다를 보며 물었다.

"이건 각각 어느 곳 영상인가요?"

"A 모니터는 정면 현관에 있는 두 대의 카메라와 연결되어 있습니다. B는 지하 주차장에 있는 두 대의 카메라용이고, C가 12층이죠. 아까 두 분이 있는 걸 봤습니다."

사와다는 비굴한 웃음을 지으며 말했다. 성실하게 모니터를 보고 있었노라 주장하고 싶은 모양이었다.

"뒷문과 엘리베이터에는 카메라가 없나요?"

준코가 물었다.

"네에. 뒷문은 이 창문으로 직접 보니까요. 엘리베이터에는 검토를 했는데, 프라이버시를 배려해 위장 카메라로 충분하다고 결정한 것 같아요. 지금까지 엘리베이터 안에서 무슨 일이 일어난 적도 없었고요."

엘리베이터는 그렇다 치더라도 뒷문 감시가 충분하다고는 할 수 없었다.

"사건 당일 감시카메라가 전부 가동되었나요?"

"그러니까…… 휴일에는 정면의 현관문을 닫아놓으니 A는 멈춰 있었습니다. B와 C는 가동됐지만요."

케이가 선반 아랫단에 있는 세 대의 비디오데크를 확인했다.

"그건 왜요?"

"그냥이요. 조금 오래된 타임랩스(Time lapse) 비디오군요."

"타임랩스요?"

또 들어보지 못한 용어가 나왔다.

"간헐 녹화를 말합니다. 감시카메라 영상을 그대로 녹화하면 테이프가 몇 개라도 모자라죠. 따라서 보통 프레임을 줄여서 녹화합니다."

케이는 그렇게 설명한 뒤 사와다에게 물었다.

"녹화 모드는 몇 시간으로 설정합니까?"

"보통 720시간입니다."

"그럼 테이프 하나에 한 달이군요. 야간에도 동일한가요?"

"아뇨. 밤에는 사람들 출입이 없으니, 사람이 등장할 때만 불이 켜져 녹화하도록 되어 있습니다."

"알람 녹화 모드군요."

준코는 무슨 뜻인지 짐작이 가서 이번에는 묻지 않았다.

그보다 선반 아랫단에 있는, 감시카메라용 모니터와 비슷한 크기의 TV가 신경쓰였다. 사와다는 조금 전까지 그걸 보고 있었을 것이다.

감시카메라의 영상 가운데 하나는 TV의 빈 채널로도 볼 수 있다. 하지만 TV를 별도로 둔 이유는 한 가지이다. TV를 시청하는 동안에도 감시카메라를 봐야 하기 때문이다.

이렇게 하면 사와다가 TV를 보더라도 감시카메라용 모니터를 함께 볼 수 있다. 따라서 수상한 사람이 모니터에 등장하면 금방 알아차릴 것이다.

케이는 벽의 배선을 조사하기 시작했다. 벽의 콘센트 옆으로 나온 케이블이 평평한 금속상자에 연결되어 있었다. 이것이 프레임 스위처로, 거기서 갈라진 두 줄의 케이블이 각각 모니터와 비디오데크로 이어져 있었다.

"이 끝이 빌딩 안의 공배관(空配管)을 지나고 있지요?"

케이가 손가락으로 벽을 두드렸다.

"네……. 그럴 겁니다. 기계에 대해 잘 아는 이시이란 경비원이 있으니 그 사람에게 물어보시는 게 빠를 겁니다."

그러자 준코가 물었다.

"그분은 지금 어디에 있나요?"

"잠시 순찰을 가서요……."

사와다의 대답이 왠지 뜨뜻미지근했다. 준코가 고개를 갸웃거리며 케이를 쳐다보았다. 그는 감시카메라용 모니터를 등지고 반대쪽 벽을 살펴보았다. 그러더니 사다리를 이용해 벽걸이 시계 등 비품을 점검하기 시작했다. 무엇을 하는지 준코로서는 짐작도 되지 않았다.

잠시 후 케이는 사다리에서 내려와 사와다에게 물었다.

"열쇠는 평소 어디에 보관합니까?"

"저기 열쇠함에요."

사와다는 책상 앞 벽에 부착된, 금속으로 만들어진 얇은 상자를 가리켰다.

"마스터키가 이 안에 있나요?"

"네."

"잠깐 봐도 될까요?"

케이는 열쇠함을 열더니 곧바로 열쇠 하나를 꺼냈다. 끝에 새김자국이 있는 평범한 열쇠였다. 그는 미세한 흠집이 있는지 꼼꼼히 살폈다.

그때 문이 열리고 경비원 제복을 입은 남자가 들어왔다. 덩치가 컸는데, 손에 비닐봉투를 들고 있었다. 그는 준코와 케이를 보더니 흠칫 놀란 표정을 지었다.

이 사람이 이시이란 경비원일 것이다. 뭔가 물어보리라 생각했는데, 케이는 가볍게 인사만 할 뿐이었다.

"실례가 많았습니다."

케이는 마스터키를 열쇠함에 넣고는 경비실을 나갔다. 준코는 재빨리 그를 따르며 표정을 살폈다.

"변호사님, 이 빌딩의 설계도를 좀 구해 주십시오. 특히 공배관과 환기구 위치가 표기된 것으로요."

"네. 알아볼게요. 카메라와 비디오데크의 모델 번호는요?"

I. 보이지 않는 살인자

"그건 벌써 알아냈습니다."

준코는 더 이상 참기가 어려웠다.

"뭐 좀 알아내셨나요?"

"여러 가지요."

"뜸들이지 말고 가르쳐주세요."

"아까도 말했지만, 현 시점에서는 몇 가지 가능성이 있습니다. 가장 유력한 방법 역시 짐작이 가지만, 마음에 걸리는 게 두 가지 있어 그걸 먼저 확인하고 싶군요."

"뭔데요?"

"우선 차에서 이야기한 간병 로봇과 간병 원숭이 말인데요."

그러자 준코가 고개를 흔들었다.

"어느 쪽이든 살인 같은 건 불가능해요."

"그럴지도 모르지만, 둘 다 제 지식의 범주에는 없는 것이라서요. 직접 확인한 다음 판단하고 싶습니다."

"알았어요. 하지만 두 가지 모두 좀 멀리 있어요. 제가 지금은 구치소에 가야 하니, 오후에 다시 만나는 게 어때요?"

"상관없습니다."

"그럼 전화해서 준비해 두라고 할게요. …… 그런데 가장 유력한 방법이라고 하신 거요. 힌트라도 주실 수 없어요?"

"아까 12층 감시카메라에 이게 붙어 있더군요."

케이가 주머니에서 무언가를 꺼내 내밀었다. 그의 손에 가느다란 털 같은 게 쥐어져 있었다.

"그게 뭐예요?"

"다람쥐털입니다."

"다람쥐요?"

준코가 어이없다는 표정으로 말을 이었다.

"설마 다람쥐가 침입해 살인을 저질렀다는 건가요?"

"다람쥐에게 죽임을 당했다면 사장도 편히 눈감지 못하겠죠."

간병 원숭이

며칠 사이에 히사나가 도쿠지의 모습이 완전히 달라졌다.

"몸은 좀 어떠세요?"

준코가 물어도 그는 묵묵부답이었다. 얼굴은 흙빛이고, 눈은 움푹 들어간 채 생기를 찾아보기 어려웠다. 게다가 입매는 바보처럼 헤벌쭉해 있다.

"특별히 어려운 점은 없으세요? 경찰이 무리한 취조는 하지 않던가요? 하고 싶은 말씀이 있으면 뭐든지 말씀하세요."

역시 아무 대답이 없었다.

큰일이다. 벌써 구금반응이 시작되고 있는지도 모른다. 저지르지 않은 죄로 체포되고 구속되면 어떤 사람이라도 정신이 불안정해진다. 더구나 그의 경우 살해했다는 혐의를 받는 대상이 40여 년 동안 몸과 마음을 바쳐 모셔온, 조금 과장해서 말하면 신 같은 존재 아니던가?

"사모님께서 몹시 걱정하고 계세요."

부인이 많이 아프단 말은 일단 덮어두는 게 좋으리라.

"부디 몸조심하시라고 전해 달라셨어요. 따님인 마유미 씨도 아버지를 믿고 기다리겠다고 하고요. 쇼타 군도……."

손자 이름이 나오자 미세하나마 반응이 있었다. 눈꺼풀이 움찔거린 것이다.

"할아버지가 빨리 보고 싶대요. 엄마 말씀 잘 듣고 공부도 열심히 할 테니까 빨리 돌아오시라고 했어요."

히사나가가 나지막한 목소리로 무언가를 말했다. 하지만 잘 들리지 않는다.

"네? 지금 뭐라고 하셨어요?"

"끝났나요?"

"뭐가 말인가요?"

"꼭 하고 싶은 말이 있어서 그것만 기다렸는데……."

혼잣말처럼 중얼거리는 소리를 들으며 준코는 불길한 예감에 사로잡혔다. 간저증후군(Ganser syndrome). 히스테리성 심인성 반응에 의한 퇴행현상이다. 구금상태에 처했을 때 종종 발생하며, 거짓치매 때처럼 엉뚱한 대답을 하는 특징이 있다. 실제로 경험한 적은 없지만 선배 변호사에게 이야기 들은 적이 있었다. 그의 정신상태에 이미 문제가 생기기 시작한 걸까?

하지만 히사나가는 뜻밖에도 또렷하게 말을 이었다.

"장례식 말입니다. 이미 끝났겠지요?"

"네."

장례식은 가까운 사람만 참석한 가운데 조상의 위패를 모신 절에서 이미 치러졌다.

"사장님 장례식에 참석하지 못하리라곤 꿈에도 생각해본 적이 없어요. 목숨이 붙어 있는 한, 설사 죽을병에 걸렸더라도 기어서라도 갈 생각이었는데……. 사장님 영정 앞에서 '이제 회사 일은 걱정 마시고 편안히 쉬십시오. 사장님 유지를 받들어 더 크게 발전시키겠습니다' 하고 말씀드리고 싶었는데……. 그렇게 맹세하는 것만이 오랜 세월 받아온 하해와 같은 은혜에 보답하는 길이었는데……. 그런데 이 꼴이 되다니……."

그는 더 이상 말을 잇지 못했다. 투명 칸막이 너머로 눈물이 반짝였다.

"아직 기회는 있어요."

준코는 자기도 모르게 그렇게 말했다.

"무슨 말이죠?"

"언뜻 들었는데, 다음 달에 회사장을 치른다고 하더군요."

히사나가의 눈이 커졌다.

"회사장……. 그렇구나! 암, 그래야지요. 그래야 하고말고요."

"그러니까 그때까지 혐의를 벗고 석방되면 사장님께 작별인사를 할 수 있어요."

어쩌면 지금 헛된 희망을 주고 있는지도 모른다. 그때까지 석방될 가능성은 희박하고, 회사장에 참석하지 못할 경우 그의 절망감이 더욱 깊어질 것이다.

하지만 지금은 어떻게든 버틸 힘을 주어야 한다. 결백한 사람이라도 취조관이 매일 밤낮으로 "네 짓이지? 네가 그랬지? 어서 불어!"라고 몰아세우면 허위로 자백할 가능성이 높다. 상황증거가 크게 불리한 데다 일단 자백해 버리면 더 이상 희망이 없다. 그의 유죄가 그대로 확정될 것이다.

"히사나가 전무님, 사건 당일에 일어난 일을 다시 한 번 말씀해 주시겠어요?"

"몇 번이라도 말씀드릴 수 있습니다. 하지만 아무리 기억을 되살려봐도……."

그는 힘없이 머리를 가로저었다. 아무것도 기억나지 않는다고 말하고 싶은 것이리라.

"점심식사 후 갑자기 졸음이 쏟아졌다고 하셨죠?"

"네. 뭐랄까, 갑자기 머릿속이 몽롱해지면서 잠이 쏟아지는 바람에……."

"그런 일이 종종 있으셨나요?"

그는 잠시 생각에 잠겼다.

"아니, 그렇게 심한 적은 한 번도 없었습니다."

"밤에 자리에 누우면 금방 잠드시는 편인가요? 아니면 좀처럼 잠들지 못하거나 한밤중에 잠에서 깨는 편인가요?"

"그런 걸 왜 묻지요?"

그가 갑자기 눈을 번뜩이며 날카롭게 되물었다.

"전날 충분히 수면을 취하지 않으면 다음날 낮에 잠이 쏟아지기도……."

"변호사님도 내가 잠에 취한 상태로 사장님을 죽였다고 생각하는 건가요?"

"네?"

준코의 등줄기가 서늘해졌다. 최악의 경우 심신상실 상태에서 저지른 행동이라고 주장해야 하지 않을까 생각했기 때문이다. 그런데 '변호사님도'라는 말은 무슨 뜻일까?

"요전에 온 변호사 말입니다. 이마무라라고 했던가요? 내가 한 짓이 아니라고 몇 번이나 말했지만, 들은 척도 하지 않고 집요하게 그런 식으로 묻더군요."

"그런 일이 있었어요?"

준코는 적잖이 충격을 받았다. 이마무라에게 그런 말은 한 마디도 듣지 못했다. 아직 변호 방향이 정해지지 않았다고 알고 있는데, 변호인단 가운데 혼자 따돌림을 당하고 있단 말인가?

"분명히 말씀드리지요. 나는 몽유병에 걸린 적이 한 번도 없습니다. 그 변호사에게도 그렇게 말했고요."

"알겠습니다."

"만약 그런 식으로 몰고 나가겠다면 더 이상……."

그가 자리에서 일어나려는 걸 보고 준코는 다급한 목소리로 말했다.

"잠깐만요. 몽유병이니 뭐니 하는 말은 지금 처음 들었어요. 이마무라 변호사도 가능성을 하나씩 줄여나가기 위해 물었을 거예요."

"그럴까요?"

"다만 그날 전무님 상태는 사건의 진상을 밝히는 데 매우 중요한 단서가 됩니다. 평소에 규칙적으로 주무셨나요?"

그러자 히사나가가 침착한 목소리로 대답했다.

"나는 매일 밤 10시에 잠자리에 듭니다. 누우면 잠들기까지 10초도 안 걸리죠. 아침 5시 정각에 반드시 눈을 뜨고요."

"낮잠은 주무세요?"

"글쎄요. 사장님처럼 매일은 아니고 어쩌다 한 번씩 자긴 합니다. 점심식사 후 30분 정도요?"

"30분이요? 하지만 그날은 꽤 오래 주무셨잖아요?"

"그래요. ...... 그날따라 왜 그렇게 잠이 쏟아졌는지 정말 모르겠어요."

그때 준코의 머릿속에서 뭔가가 번뜩였다.

"혹시 수면제를 드시나요?"

"아니요. 그런 걸 먹을 이유가 없죠. 방금 말했듯이 저녁에 누우면 바로 잠이 드니까요."

"수면제를 드신 적이 한 번도 없나요?"

"없습니다."

대답은 명쾌했다.

만약 누군가가 그에게 몰래 수면제를 먹였다면 어떻게 될까? 살인죄를 뒤집어씌우기 위해서 말이다. 어쩌면 사장과 히사나가 두 사람에게 수면제를 먹였는지도 모른다.

"그날 점심 말인데요. 뭘 드셨어요?"

"배달 도시락이었어요. 늘 시켜먹던 곳입니다."

"맛이 이상하진 않았나요?"

"그런 느낌은 없었습니다."

"그것 말고는요?"

그는 고개를 갸웃거리며 생각에 잠겼다.

"식사 후 커피를 마셨어요."

"커피맛은 어땠나요?"

"글쎄요……."

"그밖에 드신 건 없나요? 식사 말고 비타민제 같은 거라도요."

"약은 필요할 때 말고는 먹지 않습니다. 그것 외에 그날 회사에서 먹은 건 녹차뿐이었어요. 출근하면 바로 비서가 갖다주는데……."

아침에 출근하자마자 먹은 수면제의 효과가 점심때 나타나기는 어렵다. 만약 그가 수면제를 먹었다면 배달 도시락이나 식후 커피에 섞여 있었으리라.

그때 경찰관이 접견실 문을 열고 나타났다.

"시간 다 됐습니다."

"또 올게요. 전무님, 모쪼록 마음 단단히 먹으셔야 해요. 아시겠죠? 하시지 않은 일을 절대로 했다고 말해서는 안 돼요!"

경찰관이 크게 헛기침을 했다.

"지금 그 상황에서 범행을 저지를 수 있는 사람이 없는지, 전문가에게 의뢰해서 조사하고 있어요."

"무슨 전문가를……."

"방범 컨설턴트인데, 침입 관련 전문가예요."

"침입 전문가요?"

"쉽게 말해 도둑과 비슷한 거라고 생각하시면 돼요."

하지만 그에게 힘을 주려고 꺼낸 이야기가 오히려 역효과를 가져온 듯했다. 그의 얼굴에 불안의 그림자가 드리워졌다. 그러더니 안절부절못한 모습으로 시선이 분주해졌다.

"그 사람이…… 사장실 안을 조사했나요?"

"네. 아까 잠깐이지만 부사장님 허락을 받고 사장실에 들어갔어요."

"찾았나요? 저기…… 뭐 특별한 거라도……."

특별한 거? 도대체 무슨 말일까?

"아뇨."

"그래요?"

전무의 얼굴에 안도하는 표정이 역력했다.

"시간 됐습니다."

경찰관이 접견을 끝내라고 재촉했다.

접견실을 나서는 준코의 마음이 무거워졌다. 의뢰인에 대한 의혹이 처음으로 가슴에 싹트는 걸 느꼈기 때문이다.

케이가 입을 열었다.

"동기에 대해선 일단 뒤로 제쳐놓죠. 그건 변호사님 전문이니까요. 저는 물리적으로 범행이 가능한가에 초점을 맞춰 검토하겠습니다."

"객관적으로 어때요? 전무에게 동기가 없는 건 분명하죠?"

준코는 반자동 변속기의 조작레버를 '+' 위치에 넣었다. 액셀을 밟자 아우디 A3의 속도가 단번에 빨라졌다.

'F&F 시큐리티 서비스' 로고가 들어간 짐니를 탔을 때는 주위의 시선에 신경쓰느라 스트레스가 쌓였다. 하지만 지금은 마음놓고 달릴 수 있었다.

"글쎄요. 회사 조직의 이해관계는 복잡하게 뒤얽혀 있는 법이니까요. 사장의 죽음으로 누가 이득을 보는지는 조사해 봐야 알 수 있어요. 게다가 다른 동기나 원한, 치정이 얽혀 있을 수도 있고요."

"용의자 명단에서 부사장이 일순위가 아닌 건 동기를 무시해서인가요?"

아우디는 바람을 가르며 상쾌하게 달렸다. 천천히 달릴 때는 조금 빡빡한 서스펜션이 마음에 걸렸지만, 속도를 올리자 상쾌하기 이를 데 없었다.

"물론 얼핏 보기엔 가장 수상쩍은 인물입니다."

케이는 순순히 인정했다.

"사장의 죽음으로 데릴사위인 부사장이 베일리프의 실질적인 소유자가 되니까요."

"그럴지도 모르죠."

"게다가 부사장이라면 살인을 위한 식사 준비도 간단했을 거예요. 사장에게 수면제를 먹이는 문제도 그렇고요."

준코는 가죽 핸들을 꼭 잡으면서 생각했다.

에바라 사장의 부검에서 페노바르비탈이라는 수면제가 검출되었다. 상당히 강력한 약으로 전문의의 처방 없이는 구할 수 없었다. 사장실 책상의 맨 아래 서랍에서 같은 약이 몇 알 발견되었다. 하지만 졸음이 와서 낮잠을 자려는데, 누가 수면제를 먹겠는가?

"범인은 틀림없이 식후 커피에 수면제를 넣었을 거예요. 그렇게 할 수 있는 사람은 함께 점심을 먹은 부사장과 히사나가 전무, 그리고 세 명의 비서뿐이죠."

"그렇게 단정을 짓기는 이르지 않을까요?"

"하지만 3자가 미리 커피 서버에 수면제를 넣었다고는 생각하기 어렵잖아요?"

"그건 그렇죠."

"3자가 넣었다면 같이 커피를 마신 부사장에게도 수면제가 작용했어야 해요. 하지만 부사장은 그대로 외출했어요. 만약 부사장이 범인이라면, 사장과 전무의 눈을 피해 커피 서버에 수면제를 넣을 수 있었을 거예요."

"유감스럽지만 그런 일은 있을 수 없습니다."

"왜죠?"

운전 중이었지만 준코는 무심결에 케이의 얼굴을 쳐다보았다.

"그 후에 비서들이 케이크와 함께 남은 커피를 마셨다면서요? 하지만 졸렸다고 말한 사람은 아무도 없잖습니까?"

"아아…… 그랬지요."

역시 만만치 않다.

"그럼 수면제는 제쳐두고, 살인에 대해서는 어떻게 생각하세요? 부사장은 사장의 시체를 발견하기 약 2분 전 회사로 돌아왔어요. 좀 빠듯하긴 하지만 살해 가능성이 있지 않나요?"

하지만 케이는 그것마저 부정했다.

"아뇨. 시신이 발견됐을 때의 상황을 생각해 보십시오. 창문을 닦던 청년이 시신을 발견하고 인터폰으로 동료에게 알렸어요. 마스터키가 없는 동료는 내부계단으로 12층에 갈 수 없었고, 엘리베이터로 1층까지 내려가 경비원에게 사태를 알렸지요. 그러자 경비원이 12층 비서실에 전화를 걸었고요. 시신이 발견되고 비서실로 전화가 가기까지, 아무리 짧게 잡아도 3~4분은 걸렸을 겁니다. 아마 실제로는 5분 이상 걸렸겠지요. 즉, 시신이 발견된 건 부사장이 회사에 돌아오기 전이라는 이야기입니다."

"부사장이 회사에 돌아오고 시신이 발견될 때까지 2분이 걸렸다는 것도 확실하진 않잖아요. 어쩌면 시간이 더 걸렸을지도 모르죠."

준코는 마지막 저항을 시도했다. 그러자 케이가 준코의 기억을 환기시켰다.

"창문을 닦던 청년이 또 한 가지 중요한 증언을 했어요. 사장실을 닦기 전 부사장실 창문을 닦았는데, 안에 아무도 없었다고요. 즉, 부사장은 그때 회사에 없었습니다."

유감스럽지만 부사장이 범인일 가능성은 산산이 흩어지는 듯했다.

"알았어요. 일단 부사장은 결백하다고 쳐요. 아무리 그래도 첫번째 용의자가……"

두 원숭이의 행동은 놀라웠다.

휠체어에 앉아 피간병인 역할을 하는 여성이 지시하자, 홰에서 뛰어와 잠옷 단추를 채워주고 전화기를 가져오고 냉장고에서 멜론을 꺼내오기도 했다.

"굉장해요! 정말 놀랍네요. 이렇게 작은 원숭이가……."

준코의 입에서 연신 감탄사가 흘러나왔다.

"남미가 원산지인 꼬리감기원숭이죠. 체구는 작지만 원숭이용 지능검사를 해보면 침팬지만큼 높은 점수가 나옵니다. 신세계 유인원이라는 별명이 있을 정도입니다."

안요지가 자랑스러운 표정으로 말했다. 대외적으로 베일리프의 간병 시스템 개발과장이라는 직함을 갖고 있으나, 실질적으로는 독립된 연구소의 직원인 듯했다.

"안요지 씨는 이 꼬리감기원숭이를 연구하고 계시나요?"

케이의 질문에 안요지가 웃으면서 대답했다.

"네. 그밖에 맹도견이나 청도견, 간병견에 관한 연구나 애니멀 테라피(동물 매개 치료)에도 관여하고 있습니다."

"애니멀 테라피라면, 양로원에 들어갈 때 개를 데려가는 것 말인가요?"

"그렇지요. 최근에는 돌고래 테라피도 하고 있습니다. 불과 일주일만 체험해도 자폐증 아이들이 몰라보게 변하죠. 그걸 보면 감동하지 않을 수 없어요. 동물과 접촉함으로써 정말 치유가 됩니다."

"그나저나 간병 원숭이는 새로운 분야 아닌가요?"

"아닙니다. 우리나라에서는 인식이 부족하지만 미국 등에서
는 오래전에 도입되었어요. 앞으로 맹도견이나 청도견 수준까지
가면 좋겠는데, 공무원들이 워낙 돌머리라서 아직 갈 길이 멉니
다. 대부분의 지자체에서 여전히 사육 허가가 필요한 위험동물
로 취급하고 있거든요."

"실제로 위험한가요?"

"송곳니가 있으니 물릴 위험이 전혀 없다고는 할 수 없지요.
하지만 덩치 큰 개보다는 훨씬 얌전합니다. 독사나 독거미까지
별다른 규제 없이 애완용으로 판매되는 나라에서 원숭이를 위
험동물로 취급하다니, 말이 된다고 생각하세요?"

안요지는 사랑스러운 눈길로 원숭이들 머리를 쓰다듬었다.

"여기서 연구 중인 건 한 걸음 더 들어간 분야입니다. 간병인
이 필요한 가정에서 사람의 지시에 따라 간병 원숭이가 일한다
고 칩시다. 그때 원숭이들이 사용하기 편한 기계 시스템을 설계
하면 어떨까요? 휴먼 몽키 인터페이스인 셈이지요."

그 말에 케이가 물었다.

"사람이 원숭이에게 명령하고 원숭이가 기계를 조작하는 겁
니까?"

"간단히 말하면 그렇습니다."

"사람이 직접 기계에 명령하는 게 더 간단하지 않을까요? 인
간과 기계 사이에 왜 원숭이를 개입시키는 거죠?"

케이의 질문에, 안요지는 자기 생각대로 되었다는 듯 회심의
미소를 지었다.

"좋은 질문입니다. 물론 사람이 직접 기계에 명령해도 되는 일까지 원숭이에게 시킬 필요는 없습니다. 하지만 방금 후사오와 마키가 보여준 간단한 일, 즉 작은 물건을 갖다준다든지 물건을 옮기는 일까지 기계에게 시키면 엄청난 비용이 발생합니다. 복지에서 로봇 분야가 빠른 속도로 발전하고 있지만, 꼬리감기원숭이만 한 크기에 그 정도의 능력을 갖춘 로봇을 만들려면 앞으로 50년은 걸릴 겁니다. 간병 로봇으로 개발한 루피너스 V만 해도, 힘쓰는 일은 잘하지만 섬세한 작업에는 한계가 있거든요."

그의 말에서 간병 로봇에 대한 라이벌 의식을 슬쩍 엿볼 수 있었다.

"게다가 아까도 말했듯이, 동물과 접촉하는 것만으로 치유 효과가 생겨납니다. 장애인에게 간병 원숭이는 단순한 노동력이나 애완동물이 아니라 생활의 파트너, 즉 컴패니언(companion. 동반자)이라고 할 수 있지요."

"그렇군요."

준코가 원숭이 두 마리를 번갈아 보며 말했다.

"꼬리감기원숭이는 사랑이 아주 많은 동물이군요."

"맞습니다. 그런 의미에서 사람과 전혀 다르지 않다고 생각될 때도 있습니다."

안요지는 원숭이와 일정하게 거리를 두려는 케이를 보며 미소를 지었다. 케이가 다시 물었다.

"이 두 마리는 안요지 씨가 시키는 일이라면 뭐든지 하나요?"

"미리 가르쳐준 일 외에는 어렵지만, 웬만한 일은 합니다."

"3차원 미로 같은 길을 기억해 왕복하는 일은 어떤가요?"

"그 정도는 포유류가 아니라도 학습이 가능합니다. 후사오나 마키에게는 아주 간단한 일이지요."

"만약 안요지 씨가 나를 물라고 명령하면 어떻게 될까요? 덤벼들까요?"

순간 안요지의 얼굴에서 웃음이 사라졌다.

"그런 명령은 가르치지 않습니다. 집 지키는 개 대신 키울 일은 없으니까요."

"만일 가르친다면 어떻게 될까요?"

안요지의 표정이 점점 더 일그러졌다.

"그건 잘 모르겠습니다. 억지로 가르친다면 가능할지도 모르지요. 하지만 꼬리감기원숭이는 원래 싸움을 좋아하지 않습니다. 더구나 그들은 인간을 동료로 인식해요. 아마도 굉장한 심리적 스트레스를 받지 않을까요?"

질문이 핵심에 다가가고 있음을 느낀 준코는 케이를 쳐다보았다.

"꼬리감기원숭이의 힘은 어느 정도인가요?"

"……어떻게 말해야 좋을까요? 이해하기 쉽게 체중으로 비교하면, 같은 체중의 인간보다 훨씬 힘이 세다고 할까요?"

"물건으로 치면 몇 킬로까지 들 수 있을까요?"

안요지는 잠시 생각에 잠겼다.

"그건 어려울 겁니다. 후사오의 체중은 3.6킬로고, 마키의 체중은 2.8킬로밖에 안 되니까요. 웬만큼 중심을 잡고 발에 힘을 주지 않으면 몸이 버티지 못할 겁니다. 혹시 물체에 손잡이가 있으면 몸 전체에 힘을 넣어 순간적으로 들어올릴 수 있을지도 모르죠."

"고맙습니다. 한 가지만 더 여쭐게요. 사건이 있던 날 후사오와 마키를 본사에 데려가셨는데, 이유가 뭐죠?"

"들어서 아시겠지만, 모회사인 베일리프는 올해 주식 상장을 앞두고 있어요. 그에 따라 IR 활동이란 걸 해야 합니다. 사장이 중심이 되어 은행이나 생명보험사 등 주식을 사줄 만한 기관투자가 앞에서 프레젠테이션을 하는 거죠."

"휴일이었는데도 사장님이 회사에 나온 건 그러한 준비 때문이군요?"

"네. 기관투자가들과 만날 때 후사오와 마키, 루피너스 V를 데려가 실연하는 게 어떻겠냐는 의견이 있어서요. 말로 설명하거나 슬라이드를 보여주는 것보다 호소력이 있지 않겠냐고 하더군요……."

그날 일이 떠올랐는지 안요지의 표정이 어두워졌다.

"원숭이를 데리고 회사에 도착한 게 몇 시쯤이었습니까?"

"아침 8시가 지나서였을 겁니다. 좀 일찍 도착했어요. 오전 중에 실연을 한다기에 일찍 가서 마음을 안정시키는 게 좋겠다 싶었죠."

"10시경 사장님이 부를 때까지 대기하셨군요?"

"계속 10층 회의실에 있었습니다. 관엽식물이 있어 마음을 안정시킬 수 있고, 너무 넓은 공간에 데려가면 이 애들이 불안해 하거든요."

안요지는 사랑스럽다는 듯 집게손가락으로 후사오의 턱밑을 간질였다.

"이번에도 허탕이네요. 후사오와 마키는 절대로 불가능해요."

연구소가 있는 마쿠하리의 빌딩을 나서며 준코가 말했다. 그런데 케이의 얼굴에서 웃음기가 사라져 있었다.

"……유감이지만, 꼭 그렇다고는 할 수 없습니다."

"하지만 원숭이 힘으로는……."

준코의 머릿속에, 후사오가 마운틴고릴라도 무색해할 만한 괴력으로 유리 테이블을 들어 사장의 머리를 내리치는 장면이 떠올랐다.

"간병 원숭이를 용의선상에서 제외하지 못하는 이유를 말해볼까요?"

케이가 어두운 목소리로 말을 이었다.

"이번 사건에서 이해할 수 없는 점 가운데 하나가 흉기입니다. 현재 그나마 가능성이 높은 건 유리 테이블과 재떨이죠. 유리 테이블에 피해자의 피가 묻어 있지만, 범행상황을 구체적으로 생각하면 이해할 수 없는 점이 많습니다. 재떨이의 경우 핏자국도 없고 현장에 떨어져 있지도 않았으므로, 억지로 엮은 걸로 밖에는 여겨지지 않습니다. 즉, 두 가지 모두 실제로 사용된 흉기인지에 대해 고개가 갸웃거려집니다."

"달리 흉기가 있다 치더라도, 범인이 밀실에 침입해 탈출한 것에 비하면 이상할 것도 없잖아요? 범인이 가져갔다고 생각하면 되니까요."

그러자 케이가 날카로운 눈길로 준코를 쳐다보았다.

"문제는 바로 그겁니다. 범인이 왜 흉기를 가져갔을까요? 만일 전무에게 죄를 뒤집어씌울 생각이었다면 그 자리에 둬도 상관없었을 겁니다. 아니, 흉기가 없을 경우 전무가 용의자라는 데 의문을 가질 수 있으니 어떻게든 두고 가는 게 맞지 않을까요?"

"하지만 범인의 시나리오에선 유리 테이블이 그 역할을 담당할 예정이었잖아요. 즉, 전무가 실수로 사장을 떠밀어 죽게 했다는……."

준코는 리모컨키로 주차해 두었던 아우디의 잠금을 풀었다. 케이가 조수석에 타면서 말했다.

"그렇다고 칩시다. 범인이 핏자국을 유리 테이블에 어떻게 묻혔을까요?"

준코는 시동을 걸면서 고개를 갸웃거렸다.

"시신을 들어올려서요?"

"글쎄요. 극히 미량이라면 시신의 핏자국을 다른 물체에 옮겼다가 유리 테이블에 묻힐 수 있겠죠."

"유리 테이블을 옆으로 세웠을지도 모르죠."

"그럴 수도 있겠죠. 하지만 번거롭기도 하고, 위험하다고 생각되지 않나요? 다른 물체에 옮겼다가 묻힐 경우, 감식을 통해 탄로날 가능성도 있습니다. 그렇게 복잡한 방법이 아니라, 평범한

I. 보이지 않는 살인자

흉기를 사용했다면 간단했을 겁니다. 사장을 살해한 후 그냥 바닥에 놔두면 되니까요."

준코는 차를 출발시켰다.

"음, 무슨 말인지 알겠지만 이렇게 생각할 순 없나요? 범인이 전무에게 범행을 뒤집어씌우려고는 했지만, 명백한 살인사건으로 만들고 싶진 않았어요. 이 부분이 미묘하긴 한데, 어디까지나 우연한 사고처럼 만들고 싶어 유리 테이블을 사용한 거죠."

"유력한 가설이 될 수 있겠군요. 사장을 살해하고 전무에게 죄를 뒤집어씌우면서도 회사가 받을 타격을 최소한으로 줄이고 싶었다면 그렇게 할 수 있었겠지요. 그럴 경우 범인이 누구인지 분명해지지만요."

케이는 빙긋이 웃으며 덧붙였다.

"하지만 역시 범인이 어떻게 밀실에 침입했느냐는 문제가 남습니다."

"밀실 문제를 해결할 수 있는 다른 가설이 있나 보죠?"

"물론입니다. 이렇게 생각하면 어떨까요? 범인이 흉기를 가지고 사라진 건 형사들의 눈에 띄면 곤란했기 때문이다, 즉 매우 특수한 것이었다고 말이지요."

"그럴 수도 있겠네요. 그런데 특수한 거라니, 예를 들면 어떤 거요?"

"간병 원숭이도 사용할 수 있도록 특별하게 만들어진 살인 도구 같은 거죠."

준코는 잠시 말문이 막혔다.

"그런 도구를 어떻게 손에 넣죠?"

"그 회사의 연구 테마가 그런 것 아닌가요? 사람뿐만 아니라 원숭이도 쉽게 사용할 수 있는 도구나 시스템을 개발하는 것 말입니다. 원숭이의 힘과 체격에 맞춰 이상적인 흉기를 만들어 내는 것쯤이야 식은 죽 먹기일 겁니다. 게다가 원숭이는 두 마리입니다. 두 마리가 힘을 합쳐 해낼 수 있는 방법이었는지도 모르죠."

"잠깐만요. 이야기가 이상해요. 그럼 유리 테이블에 핏자국이 어떻게 묻은 거죠? 범행 후 원숭이가 시신을 들어올려 묻혔단 말인가요?"

급소를 찔렀다고 생각했는데, 케이는 눈썹 하나 까딱하지 않았다.

"어쩌면 유리 테이블의 핏자국은 위장공작이 아니라 우연적인 것일지도 모릅니다."

"우연이요?"

살인을 저지른 원숭이 발에 피가 묻었는데, 실수로 유리 테이블을 밟기라도 했다는 말인가? 조금 전 후사오와 마키를 직접 본 준코로서는 도저히 믿을 수 없었다. 간병 원숭이를 써서 살인을 저지르다니, 그렇게 황당한 일이?

"말도 안 돼요. 안요지 씨의 설명을 들었잖아요. 그 정도로 지능이 높은 원숭이라면, 아무리 주인의 명령이라도 사람을 죽인다는 게 무슨 뜻인지 모를 리 없어요. 심리적 저항도 클 테고요."

"그 점은 연구를 통해 해결할 수 있었을 겁니다. 흉기가 특이하게 생겼다면 공격한다는 느낌이 거의 없을 수도 있고요. 더미 인형 같은 걸 사용해 게임처럼 훈련하면, 살인행위라고 인식하지 못할 수도 있지 않을까요?"

케이의 말투는 매우 냉정했다.

"잠깐만요. 이번 사건의 범인이 원숭이라고 가정할 경우 밀실 수수께끼가 풀린다는 전제로 말씀하시는 거죠?"

"그렇지요."

"애초에 원숭이가 어떤 방법으로 사장실을 드나들었을까요?"

"천장의 공기조절용 환기구를 이용했을 겁니다."

준코는 멍하니 입을 벌렸다.

"그런 게 가능해요?"

"사장실 천장의 송풍구를 살펴보았는데, 원숭이라면 아슬아슬하게 빠져나갈 수 있겠더군요."

준코는 자기도 모르게 케이의 얼굴을 빤히 쳐다보았다.

"만약 간병 원숭이를 이용했다면 범인이 안요지 씨인가요?"

"그렇게 되겠죠. 최소한 그가 아무것도 몰랐을 리는 없습니다."

준코는 잠시 할 말을 잃었다.

"……도저히 믿을 수 없어요."

"솔직히 말해서 저도 그렇습니다. 다만 한 가지 마음에 걸리는 게 있어요. 사장을 살해할 때 머리에 가해진 타격이 비교적 약했다는 점입니다."

흠칫 놀라는 준코를 보며 케이가 다시 말을 이었다.

"사장은 6개월 전에 머리 수술을 받아서, 강하게 때리지 않아도 살해할 수 있었지요. 범인은 그 사실을 알고 있었을 겁니다. 그런데 확실하게 살해해야 하는 상황에서 적당히 내리친다는 건 아무리 생각해도 부자연스러워요. 누군가를 죽이려는 사람이 힘을 조절해 살짝 내리치는 게 가능할까요?"

"나이 많은 전무에게 죄를 뒤집어씌우기 위해서 아닐까요?"

"전무의 체력이 그렇게 약한가요?"

"그건 아니에요."

준코는 마지못해 인정했다. 전무는 나이가 많았지만, 젊은 시절 검도로 단련한 만큼 등줄기가 반듯했다. 그 전날도 골프를 쳤다니 사람을 때려죽일 힘은 충분할 터였다.

"타격이 약한 이유에 대해 생각해 봤는데, 합리적인 설명은 두 가지밖에 떠오르지 않더군요. 하나는 범행을 저지를 때 가해자의 마음속에서 피해자에 대한 인간적 감정이 솟구쳐 순간적으로 망설였다. 또 하나는 범행방법의 제약으로 세게 내리칠 수 없었다."

"그렇게 생각하면 앞뒤가 맞긴 하지만……."

"둘 다 정신을 잃은 사장에게 범인이 최후의 일격을 가하지 않은 이유도 될 수 있습니다. 하지만 만약 후자에다 간병 원숭이를 사용해 범행을 저질렀다면, 현장에 흉기가 없었던 것에 대한 의문이 깨끗이 풀려요. 사람이 직접 손을 댔다면 현장에 가짜 흉기를 남겨두는 건 어렵지 않았을 테니까요."

준코는 학창시절 읽었던 세계에서 가장 오래된 밀실 미스터리가 생각났다. 사람의 침입이 어려운 방에서 무서운 살인을 저지른 범인은 오랑우탄이었다…….

그래도 이해할 수 없었다. 어쩌면 이 사람의 속셈은 그럴듯한 이유를 만들어 밀실트릭을 간파했다고 이야기함으로써 성공보수를 챙기려는 것 아닐까?

뭐라고 반론할지 생각하는 순간, 코트 주머니에서 휴대폰이 울렸다. 착신 멜로디는 '킬링 미 소프틀리(Killing Me Softly)'였다.

"잠깐 실례할게요. ……여보세요?"

준코는 한 손으로 핸들을 잡은 채 전화를 받았다.

"여보세요. 사무실에서 그러는데 전화해 달라고 했다면서?"

이마무라의 목소리였다.

"그래. 하고 싶은 말이 있어서."

"뭔데?"

"아까 히사나가 전무를 접견했는데, 얼마 전 당신이 왔었다고 하더군. 어떻게 된 거야? 변호인단에서 심신상실로 방향을 잡은 거야?"

"아니, 그런 건 아니야. 다만 상황이 너무 불리해서 말이야. 그쪽도 준비해야 할 것 같아서……."

"그쪽도라니……. 그 얘기만 한 게 아니라던데?"

"기본적인 사실관계는 새삼 확인할 것도 없고, 접견시간도 제한돼 있잖아. 그래서 일단 몽유병 가능성에 맞춰서 물어봤을 뿐이야."

"……후지카케 변호사님 지시야?"

그러자 이마무라가 한 박자 늦게 대답했다.

"아니."

"알았어. 7시쯤 사무실에 도착하니까 그때 다시 얘기해."

"그래. 그럼……."

준코는 휴대폰을 내려놓은 후에도 불쾌한 표정을 감추지 않았다. 케이는 어떻게 말을 걸어야 할지 몰라 잠시 망설였다.

"미안해요. 혼자 변호할 때와 달리 변호인단이 되니까 의사소통이 꽤 어렵네요. 세 명밖에 안 되지만요."

케이가 가볍게 미소를 지었다.

"건물 설계도를 입수했다고요?"

"네. 여기저기 알아봤는데, 처음부터 그 빌딩 안에 보관돼 있더군요."

"좋습니다. 일단 신주쿠의 가게에 들른 다음 로쿠센 빌딩으로 가서 내부를 볼 수 있을까요?"

"시간적으로 괜찮을 것 같긴 한데……."

준코가 시계를 보면서 말을 이었다.

"이번에는 어디를 보려고요?"

"우선 간병 원숭이의 혐의를 벗길 수 있을지 확인해 보죠."

6시에서 10분밖에 지나지 않았는데도 로쿠센 빌딩의 12층은 한산했다.

"벌써 아무도 안 계시나요?"

준코의 물음에 시노부가 고개를 끄덕였다.

"항상 마지막까지 회사에 남아 있는 사람이 사장님과 부사장님, 전무님 세 분이었거든요. 부사장님은 오늘 은행분들과 식사를 하기로 해서요."

오히려 다행이었다. 누구라도 남아 있으면 괜히 방해가 될 수 있었다.

"사장실은 출입금지인데요."

시노부가 걱정스러운 표정을 지었다. 그러자 케이가 건물의 설계도를 보면서 말했다.

"지금 보려는 덴 다른 곳입니다."

"어디인데요?"

"우선 남자 화장실을 좀……."

농담이라고 여겼는지 시노부가 웃었다. 그러나 케이는 재빨리 화장실쪽으로 걸어갔다.

"여기서 기다리실 건가요?"

시노부가 준코를 쳐다보며 말했다. 케이가 소변을 보러 간다고 생각한 모양이었다.

"그러죠 뭐."

남자 화장실로 들어가려던 케이가 이쪽을 돌아보았다.

"변호사님."

"네? 저도요?"

준코는 하는 수 없이 종종걸음으로 따라갔다. 시노부가 어리둥절한 표정을 지었다.

준코가 남자 화장실에 들어간 건 난생 처음이었다. 12층 임원들이 아무도 없어서 다행이라고 생각했다. 케이는 화장실 한가운데에 접이식 사다리를 세웠다. 오른쪽에는 소변기와 청소도구가 늘어서 있고, 왼쪽에는 개별실이 위치했다.

"뭘 보려고요?"

"천장 안쪽이요."

케이가 손으로 가리킨 천장에는 한쪽 변이 45센티미터쯤 되는 정사각형 점검구가 있었다. 그는 접이식 사다리의 발판에 걸터앉아 일자 드라이버로 나사를 돌렸다. 드디어 점검구의 문이 열리고 천장 안쪽이 모습을 드러냈다.

"혹시 천장을 통해 사장실 위로 갈 수 있나요?"

한순간 준코의 머릿속에 온몸을 검은 옷으로 감싼 닌자의 모습이 떠올랐다.

"유감스럽지만 그건 어려울 것 같군요. 하지만 만일을 위해 확인해 보죠."

그는 구멍으로 두 손을 넣더니 가볍게 몸을 움직여 머리를 집어넣었다. 프리 클라이머(인공 보조물을 사용하지 않는 등반가)처럼 민첩한 동작이었다. 방범 컨설턴트가 이렇게까지 몸을 단련해야 하나? 도둑이라면 몰라도…….

"그럼 잠깐 다녀오겠습니다."

말이 끝나자마자 케이는 빨려들 듯 점검구 안으로 사라졌다. 잠시 정적이 흘렀다. 귀를 기울였지만 아무 소리도 들리지 않았다.

I. 보이지 않는 살인자

준코는 초조한 마음으로 그가 돌아오기를 기다렸다. 남자 화장실에서 휑하니 뚫린 네모난 구멍을 올려다보고 있는 자신이 바보처럼 느껴졌다.

문득 시노부 생각이 났다. 어쩌면 아직도 밖에서 기다리는 게 아닐까? 둘이 남자 화장실에 들어간 걸 어떻게 생각할지 걱정이 되었다.

아니나 다를까, 밖을 내다보자 시노부가 엘리베이터 홀에 조용히 서 있었다. 등을 돌리고 있어 표정은 보이지 않았지만 생각에 잠긴 듯했다.

"미안해요. 금방 끝날 거예요."

준코의 말에 시노부가 돌아보았다. 안도하는 모습이 역력했다.

"정말로 화장실을 조사하는 거였군요."

"천장 안쪽을 살펴보고 있어요. 혹시 밀실 수수께끼를 풀 수 있을지도 몰라서요."

왠지 변명하는 듯한 말투가 되었다.

"밀실이요?"

시노부의 목소리에는 어이없음을 넘어 황당하다는 느낌이 배어 있었다.

"네. 만약 전무님이 결백하다면 범행이 발생한 사장실은 밀실이 되는 셈이잖아요. 그래서 저분에게 의뢰해 침입 가능한 경로를 조사하는 거예요."

"전무님은 결백하세요!"

시노부가 단호하게 말했다.

"그래요. 그런 분이 아니라는 건 우리도 알고 있어요."

"그게요…… 물론 그것도 그렇지만……"

시노부의 말투에서 뭔가 석연치 않은 느낌이 들었다. 준코는 다정한 목소리로 물었다.

"뭔가 아는 게 있나요? 사소한 거라도 좋으니까 말해 주세요. 그게 전무님을 구할 단서가 될지도 모르니까요."

그러자 시노부가 고개를 끄덕였다.

"담요요."

"담요요?"

"그날 전무님이 의자에 앉은 채 잠이 들어 담요를 덮어드렸거든요. 그런데 자꾸 밑으로 흘러내려 제가 떨어지지 않게 고정시켰어요."

"어떻게요?"

"전무님 의자는 등받이와 팔걸이 사이가 좁아요. 그래서 거기에다 담요 끝을 끼웠어요. 제가 그런 걸 잘하거든요."

"그런데 그게 왜요……?"

"사장님 시신을 발견한 뒤 부사장님이 전무님 방으로 들어갔을 때 담요가 그대로 덮여 있었어요. 제가 해놓은 그대로요."

그 사실은 전무가 잠들고 나서 한 번도 일어나지 않았다는 증거가 될지도 모른다.

"전무님이 직접 다시 덮었을 수도 있잖아요."

"아마 그러긴 힘들 거예요. 전무님 두 손이 몸의 양쪽에 밀착된 상태로 담요 안에 있었으니까요."

준코는 생각에 잠겼다. 물론 불가능하다곤 할 수 없지만…….

"경찰에 말했나요?"

"아뇨. 그땐 너무 충격을 받아 담요에 관해서는 까맣게 잊고 있었어요. 그러다 얼마 전에 생각이 났어요. 부사장님이 전무님 멱살을 잡았을 때도 담요는 그대로 있었고, 억지로 일으키자 떨어졌거든요."

어쩌면 이 내용을 변호에 쓸 수 있을지도 모르겠다. 대단한 증거는 아니지만, 적어도 판사의 심증에 불리하게 작용하지는 않을 것이다.

"필요한 경우 재판에서 증언해 줄 수 있을까요?"

"네."

준코로서는 담요가 그대로였던 것이 전무의 잔재주 때문이라고는 생각되지 않았다. 그렇게 했다고 결백을 증명할 수 있는 것도 아니고, 반대로 담요가 바닥에 떨어졌더라도 범인이 되는 것은 아니었다. 증거로 삼기엔 취약한 점이 오히려 그의 결백을 증명해 주는 느낌이 들었다. 역시 히사나가 전무는 결백하지 않을까?

마음이 좀 편해졌는지 시노부가 다시 입을 열었다.

"이건 외부 사람에게 절대로 말하지 말라는 지시가 있었는데요. 사장님이 얼마 전부터 협박을 받았어요."

"협박요? 누구에게요?"

"그건 잘 모르겠어요. 다만……."

준코는 끈기 있게 시노부의 다음 말을 기다렸다.

"예전에 간병 서비스센터에서 사망사고가 있었어요. 형사사건으로 번지지는 않았지만, 보상에 문제가 있었던 모양이에요. 유족 중에 강경파가 있어 몇 번이나 본사로 쳐들어왔거든요. 결국 합의를 한 것 같지만요."

"그게 언제쯤이죠?"

"2년 전이었어요."

"구체적인 협박내용을 아시나요?"

"아니요. 제가 들은 건 회사에 불을 지르겠다느니, 사장님 가족도 똑같은 꼴을 당하게 해주겠다느니 하는 정도예요. 이것도 소문으로 들은 것뿐인데요, 한 번은 경찰을 부를 정도로 떠들썩했대요. 그런데 문제는 그 다음에……."

시노부는 잠시 망설이다가 말을 이었다.

"작년 가을 누가 사장실 창문에 총을 쏘았어요."

준코가 깜짝 놀라 눈이 커졌다.

"총을 쏘다니, 라이플 같은 걸로요?"

"아니에요. 공기총 같았어요. 아침에 사장님 비서인 히로미 씨가 출근해 보니 사장실 서쪽 창에 구멍이 뚫려 있고, 반대쪽 문에 펠릿이 박혀 있었대요."

"펠릿(pellet)이 뭐죠?"

"공기총 총알이래요."

"경찰에 신고했나요?"

"그때는 신고하지 않았어요. 주식 상장을 앞두고 있어서, 사람들 입방아에 오르내릴 일은 되도록 외부에 알리지 않는 게 좋으니까요. 그 대신 12층 창문을 방탄유리로 바꾸는 등 여러 가지 방범시설을 도입했어요."

그동안의 의문이 조금씩 풀리는 듯했다.

"그렇더라도 이번 사건 후에는 그 일을 경찰에 얘기했겠죠?"

"그랬을 거예요."

또 정보 은폐다. 준코는 경찰에 대해 새삼 분노를 느꼈다. 사장이 협박당했고 누군가 총까지 쏘았다는 사실은, 범인이 외부에 있을 가능성을 시사하는 유력한 단서 아닌가?

그때 화장실에서 소리가 들렸다. 케이가 돌아온 모양이었다. 수도꼭지에서 물이 흐르는 소리도 들렸다. 준코는 발길을 돌려 남자 화장실로 갔다.

"어땠어요?"

그의 모습은 보기에 딱할 정도였다. 머리에서 발끝까지 먼지 투성이였다. 특히 무릎 주변은 분필가루를 묻힌 것처럼 새하얀 상태였다.

"어떤 빌딩도 천장 안쪽은 청소를 안 하니까요."

그는 콧등에 주름을 잡으며 물을 적신 손수건으로 얼굴을 닦았다.

"석고보드와 암면 흡음판을 붙여 천장을 만들었는데, 전체적으로 석고가루가 묻어 있더군요. 더구나 체중을 실으면 천장이 무너질 수 있어 뼈대인 경량철골 위로 이동하는 수밖에 없었어요. 그래도 이 지경이 되었지만요."

"뭐 좀 알아내셨어요?"

"이 빌딩은 복도 앞쪽에 방화구획이 있습니다. 천장 안쪽도 콘크리트벽으로 구분되어 있고요. 따라서 천장을 통해 사장실까지 가는 건 불가능합니다."

"그럼 천장 안쪽 루트는 제외해도 되나요?"

"사람의 경우라면 그렇겠지요. 하지만 작은 원숭이라면 이야기가 달라집니다."

"무슨 뜻이죠?"

"에어컨 덕트가 방화구획의 벽을 뚫고 사장실까지 이어져 있거든요. 그러니 원숭이를 덕트 안으로 집어넣을 수 있다면 사장실에 침입할 수도 있겠죠."

"아, 그렇군요. 덕트를 통과한다고 했죠? 사장실에 도착하면 안으로 들어갈 수 있나요?"

"환기구는 어디든 거의 마찬가지인데, 밀기만 하면 빠지는 간단한 구조입니다. 사장실을 조사했을 때 확인했고요."

그러고 보니 그가 덮개를 쉽게 젖혔던 기억이 난다.

"범인이 원숭이를 데리고 천장으로 올라가, 덕트 중간에 구멍을 뚫고 원숭이를 집어넣었다는 건가요?"

"방금 확인했는데, 이쪽 덕트에는 그런 일을 할 만한 곳이 어디에도 없더군요."

"그래요……."

준코는 문득 어떤 사실을 알아차렸다.

"잠깐만요. 방화구획 앞쪽의 천장 안쪽은 왔다갔다할 수 있죠?"

"그래요."

"그럼 여자 화장실 점검구도 조사해야 하는 것 아닌가요?"

"그건 그렇지만 여자 화장실에 들어가는 건 좀 꺼려지네요."

아니 내가 남자 화장실에 들어가는 건 아무렇지 않다는 말인가? 준코는 튀어나오려던 말을 집어삼키고 눈앞의 중요한 문제에 집중했다.

"그럼 원숭이가 어디서 덕트로 침입했을까요?"

"유일하게 가능성이 있는 건 기계설비실입니다."

그는 접이식 사다리를 들고 남자 화장실을 나왔다. 그리고 당황한 얼굴로 서 있는 시노부에게 기계설비실 문을 열어달라고 요청했다. 시노부는 엘리베이터를 타고 아래층으로 내려가 자동차 핸들처럼 생긴 열쇠꾸러미를 들고 돌아왔다.

거대한 철제상자처럼 생긴 기계가 기계설비실 대부분을 차지하고 있었다.

"이게 12층 공조기입니다. 그 옆에 덕트로 이어진 건 전열교환기인데, 바깥 공기를 받아들여 적당한 온도로 만든 다음 공조기로 보내죠. 공조기에서 나오는 바람은 그 위에 있는 체임버를 거쳐 사장실로 통하는 덕트로 보내집니다."

그는 이 회사의 설비 담당자라도 되는 것처럼 거침없이 설명했다.

"체임버는 단순한 빈 상자인데, 이 타입은 한 면을 떼어낼 수 있어요."

체임버는 천장에 닿을락 말락한 곳에 위치했다. 케이는 접이식 사다리에 올라가 체임버 판을 고정시키는 볼트를 풀었다.

"공기조절용 덕트에 원숭이를 넣는다면 여기밖에 없어요."

밑에서 올려다보니 그가 말하는 시나리오가 불가능하지는 않을 듯했다.

그는 숄더백에서 여러 겹으로 감은 가느다란 케이블을 꺼냈다. 그리고 한쪽 끝을 소형 비디오카메라의 잭에 끼운 뒤, 덕트 안으로 슬슬 밀어넣었다.

"파이버스코프입니다. 위내시경 같은 거죠."

그는 한동안 케이블을 움직이며 비디오카메라의 액정 모니터에 나타나는 천장 안쪽 영상을 뚫어지게 쳐다보았다.

"이런! 이건 생각도 못했는데?"

말은 그렇게 하면서도 놀란 기색은 별로 없었다. 그는 비디오카메라를 준코에게 건넸다.

"변호사님도 한번 보시죠. ……어떻게 생각하세요?"

"글쎄요……."

파이버스코프의 끝에 라이트가 달려 있어 좁은 범위를 비췄는데, 특별히 이상한 점은 보이지 않았다.

"빛이 닿는 부분을 자세히 보세요."

준코는 흠칫했다. 미세한 바람에 흔들리는 가느다란 수초 같은 것이 보였다. 덕트 안에 쌓인 먼지다.

"사장실 환기구는 이보다 깨끗했는데, 바람을 계속 보내도 먼지가 쌓이는군요."

"만약 무언가가 여기를 지나갔다면 금방 알 수 있겠네요."

원숭이가 아니라 작은 생쥐라도 뚜렷한 흔적이 남을 것이다.

"기왕 기다란 케이블을 가져왔으니 더 안쪽까지 들여다보죠."

케이는 비디오카메라에 시선을 고정하며 케이블을 더 깊이 밀어넣었다. 5~6미터쯤 넣었을 때 그가 손을 멈췄다.

"여기 좀 보세요."

준코가 받아든 카메라 화면에는 덕트 안쪽에 끼워진 격자 모양의 루버(louver. 미늘창)가 보였다.

"방화댐퍼(fire damper. 불꽃이나 연기 등을 차단하기 위해 덕트 안에 설치하는 장치)예요. 불이 났을 때 열로 퓨즈가 녹으면 날개 부분이 닫히는 구조인데, 이 정도 간격이면 아무리 작은 원숭이라도 빠져나갈 수 없겠는데요?"

"그렇다면……?"

"간병 원숭이는 100퍼센트 결백하단 말이죠."

후사오와 마키의 오명이 벗겨진 것은 반가운 일이다. 하지만 사건현장이 밀실이라는 사실은 더욱 확고해졌다.

"변호사님, 잠깐 차 한 잔 하시겠어요?"

온몸에 먼지를 뒤집어쓴 남자가 느닷없이 차를 마시자고 한다. 준코는 당황스럽지만 순순히 대답했다.

"네, 그러죠."

두 사람 다 배가 살짝 고팠던 터라 맥도날드로 갔다.

"일단 오늘 알아낸 일을 종합한 다음, 추후 방침을 의논하는 게 좋겠어요."

케이가 빅맥을 입안 가득 우물거리면서 말했다. 옷에 묻은 먼지 때문에 사람들의 호기심 어린 시선을 받았지만, 전혀 개의치 않는 듯했다.

"계속 같이 있었으니 대강 아시겠지만……."

준코는 감자튀김을 집으면서도 조금 우울했다. 오늘 하루의 성과라면 간병 원숭이의 혐의를 벗겨준 정도 아닌가?

그러나 그는 기묘하리만큼 자신만만했다.

"조사 결과, 침입 경로를 상당히 좁힐 수 있었어요. 내일은 남은 가능성 중에서 먼저……."

"잠깐만요. 어떤 식으로 좁힌 거죠?"

준코가 그의 말을 가로막았다. 그냥 두었다간 제대로 된 설명 없이 계속 이야기를 진행할 것 같았다.

"알겠습니다. 설명하죠. ……현장을 보고 확인했는데, 사장실과 이어지는 통로는 세 군데였습니다. 세 개의 창문과 두 개의 문, 그리고 천장에 있는 두 개의 구멍, 즉 공기조절용 환기구와 천장으로 통하는 점검구죠. 형광등 주변으로 몇 밀리미터 폭의 공기 흡입구가 있는데, 그건 무시해도 될 겁니다. 즉, 외부에서 침입했다면 앞에서 말한 세 군데 중 어느 하나일 거예요."

"그렇군요."

준코는 사장실 내부를 떠올렸다. 분명히 그것 말고 외부와 이어지는 통로는 없었다.

"그 가운데 창문은 제외해도 됩니다. 그 빌딩의 창문은 모두 붙박이여서 절대로 열 수 없으니까요."

"유리를 깨고 침입한 후 새 유리로 교체했을 가능성은 없나요?"

불가능한 일이라 여겼지만 그래도 확인이 필요했다.

"그런 일은 있을 수 없어요. 그 정도로 큰 유리를 교체하는 건 대규모 공사니까요. 즉석에서 할 수 있는 일이 아닙니다. 게다가 사장실 유리창은 깨는 것 자체가 매우 어렵지요."

"왜죠?"

"두께가 20밀리가 넘는 고층빌딩용이에요. 언뜻 보아도 22~23밀리쯤 되는 것 같더군요. 일반적인 판유리에는 그런 규격이 없으니, 아마도 방범용 겹유리 아닐까요?"

"12층 창문을 방탄유리 종류로 전부 바꿨다고 하더군요."

케이가 고개를 끄덕였다.

"아마 10밀리 초강화유리 두 장 사이에 120밀(mil. 천분의 1인치), 즉 약 3밀리의 폴리비닐부틸알 막을 끼워놓았을 겁니다. NIJ-II급의 방탄능력이 있으니, 관통력이 약한 권총의 총알이라면 막을 수 있을지도 모릅니다."

온전히 이해는 안 되었지만 그만큼 강하다는 뜻인 듯했다.

"금속방망이 정도론 깰 수 없다는 말이군요."

"아무리 때려봤자 금이 가는 게 고작이지 깨뜨리긴 어려울 겁니다. 그런데 왜 창유리를 바꿨을까요? 비용도 만만치 않고, 그걸 끼우기 위해 창틀째 교체한 것 같던데⋯⋯."

준코는 사장이 협박받고 있었다는 것과 저격 사건에 대해 말했다. 그러자 케이가 고개를 갸웃거렸다.

"공기총이요?"

"네. 경찰엔 신고하지 않았다는데 펠릿이라고 하나요? 공기총의 총알이 유리창을 뚫고 나무로 된 문에 박혔대요."

"총알 자국이 서쪽의 작은 창에 있었던 거죠?"

"네."

"그러면 총알이 발견된 건 동쪽 벽의 부사장실로 통하는 문이겠군요."

"그렇다고 했어요."

"이상한데요. 어디서 쐈을까요?"

케이가 콜라를 마시며 물었다.

"옆 빌딩이겠죠 뭐."

그러자 그가 고개를 가로저었다.

"서쪽 빌딩은 10층 건물입니다. 사장실은 로쿠센 빌딩의 12층이니 옥상에서 쏴도 탄도는 위를 향하게 되죠. 사장실은 상당히 크니까 천장이나 천장 가까운 벽에 맞을 테고, 반대쪽 문에 맞기는 어려운 상황이에요."

"……으음, 그렇군요. 궤도가 포물선이라면 어떨까요?"

그의 표정을 보고 준코는 황급히 말을 바꿨다.

"아니면 유리를 관통할 때 각도가 살짝 바뀌었거나……."

"그럴 일은 없습니다."

무시하는 듯한 그의 태도에 준코는 적잖이 기분이 상했다.

"어쨌든 그 이야기를 들으니, 왜 엘리베이터에 비밀번호를 부여하고 복도에 감시카메라를 설치했는지 알겠군요."

그는 잠시 생각에 잠긴 채 남은 빅맥을 먹었다.

"이야기를 원점으로 돌리지요. 세 군데 통로 중 창문은 철벽이고 천장 안쪽 역시 들어갈 수 없다는 걸 확인했어요. 그러면이제 두 개의 문이 남는데요……."

"하지만 양쪽 문 모두 감시카메라를 피해 사장실로 들어가는건 불가능하잖아요."

"얼핏 보기엔 그렇죠."

"무슨 말이죠?"

"상황에 따라선 감시카메라의 허를 찌를 수도 있어요."

"사람의 눈이라면 착각이 있을 수 있지만 카메라를 어떻게속여요?"

"사람의 눈이나 기계 시스템이나 나름대로 맹점이나 사각지대가 있는 법이죠. 속이기 쉬운 쪽과 어려운 쪽이 있는 게 아닙니다."

그는 치킨너겟을 맛있게 먹고 나서 말을 이었다.

"물론 전부 사장실에 침입자가 있었다는 걸 전제로 하는 이야기지만요."

"그야 그렇죠."

"지난번 계약에서 한 가지 수정하고 싶은 게 있습니다. 피의자 외의 누군가가 현장에 침입할 수 있음을 증명할 경우 보수50만 엔을 요구했는데, 피의자 외의 누군가가 피해자를 살해할수 있음을 증명할 경우로 조건을 바꿔주세요."

준코는 콜라로 목을 축였다.

"네. 이의 없어요. 범인이 사장실에 침입하지 않은 채 사장을 살해했을 수도 있다고 생각하는 거죠?"

"그럴 가능성을 무시할 수 없으니까요."

"구체적으로 무슨 생각을 하는 거예요?"

그는 빨대가 꽂힌 컵을 좌우로 살짝 흔들며 준코 앞으로 밀었다.

"로봇입니다."

준코가 사무실로 돌아왔을 때는 저녁 8시가 훌쩍 넘은 시간이었다. 이미 아무도 없을 거라 생각했는데, '레스큐 법률사무소'라 쓰인 젖빛 유리 너머로 불이 켜져 있었다.

문을 열자 안쪽 책상에 이마무라가 앉아 있었다. 와이셔츠 소매를 걷어올린 차림이었다.

"이제 와?"

이마무라 앞에는 커피가 든 스테인리스 머그컵 외에 배달용 중화요리의 포장용기가 나무젓가락이 꽂힌 채 아무렇게나 놓여 있었다. 변호사가 등장하는 미국 드라마를 의식한 듯한 모습이었다.

"늦어서 미안해. 7시에 온다고 해놓고……."

전투를 시작하기 전에는 저자세로 나가는 게 준코의 습관이었다.

"아니야. 나도 방금 들어왔는데 뭐."

오랜 경험을 통해 예사롭지 않은 분위기를 눈치챘는지 그의 말투가 매우 부드러웠다.

"그보다 어땠어? 오늘 하루종일 밀실 수수께끼를 풀 수 있는 지 알아본 거지? 성과가 좀 있었어?"

당신은 밀실이라고 생각하지 않잖아, 하고 따지고 싶었으나 준코는 대꾸하지 않았다. 그녀는 평소에 사용하는 파란색 도자 기컵에 커피를 따랐다.

"하긴 경찰이 이미 조사했으니, 새로운 사실이 쉽게 나올 리 는 없겠지."

준코의 침묵을 오해했는지 그는 혼잣말처럼 중얼거렸다.

"그렇게 경찰을 신뢰하는 줄은 몰랐네."

준코는 의자에 앉아 뜨거운 커피를 마셨다. 덕분에 정신이 맑 아졌지만, 케이의 방범용품 가게에서 마신 커피에 비하면 맛이 형편없었다.

"아니 그런 건 아니지만 뭐……. 하지만 경찰도 나름 훌륭하 잖아. 눈앞에 커다란 구멍이 뚫려 있는데 알아차리지 못할 리 는 없겠지."

"빨리 포기하라고 돌려 말하는 것 같은데?"

"무슨 말이야? 내가 왜 그러겠어? 현장이 밀실이 아니었음을 밝혀낼 경우 변호의 폭이 이만큼이나 넓어질 텐데."

그는 그렇게 말하며 두 손을 옆으로 쭉 벌렸다.

"폭이 넓어지지 않으면 심신상실로 가겠다는 거야?"

그는 의자에 깊숙이 몸을 기댄 채 수염으로 지저분한 턱을 문질렀다.

"그렇게 말하는 건 공정하지 못해. 현장이 밀실이라면 무죄를 주장할 수 없잖아. 혹시라도 다른 계획이 있다면 기꺼이 들을게."

"진실이 무엇인지에 대해선 관심도 없지? 전무는 범행을 완강히 부인하고 있어. 변호활동은 의뢰인의 말을 신뢰하는 것에서 시작되는 거 아닐까?"

"하지만 실제로 나타난 증거와 명확히 모순된다면 무조건 믿을 수도 없잖아."

"결론은 아직 안 나왔거든?"

"밀실을 깰 수 있겠어?"

"가능성은 얼마든지 있어. 신조 변호사님께 소개받은 방범 컨설턴트가 굉장하더라고. 2, 3일 안에 가능한 범행방법을 알아낼 수 있을 것 같아."

"청구서 말곤 결국 아무것도 안 남는 거 아닐까?"

준코는 순간적으로 발끈했으나, 눈을 감은 채 그의 빈정거림을 흘려보냈다.

"어쨌든 아직 결론은 나오지 않았어."

이마무라가 책상에서 메모지 하나를 집어들었다.

"이번에는 내 이야기를 들어줘. 전무가 잠을 자다 사장을 살해하고는 기억하지 못할 가능성도 있어."

"몽유병이란 거야?"

"아니, 몽유병과는 달라. 렘수면 행동장애라는 건데, 가끔 폭력적 발작을 동반한다더군. 특히 중년 이상의 남성에게 많이 나타난다는 통계가 있어."

그는 살짝 미소를 지으며 준코를 바라보았다.

"몽유병과 어떻게 다른데?"

"수면에는 렘수면과 논렘수면이 있어. 렘수면 중에는 뇌가 활발하게 활동하지만 신체는 잠든 상태에 있지. 눈동자가 심하게 움직인다고 해서 'REM(Rapid Eye Movement)'이라는 이름이 붙은 거야."

"그런 이름의 록밴드가 있어서 의미는 알아."

"한편 논렘수면은 그와 반대야. 뇌는 잠들어 있어도 신체는 활동이 가능해. 눈동자의 움직임은 보이지 않고. 흔히 말하는 몽유병이라는 것이 논렘수면기에 뇌가 외부의 어떤 자극을 받아서⋯⋯."

"됐어. 몽유병과는 관계가 없잖아."

준코는 조바심이 나서 이마무라의 말을 가로막았다.

"그래. 문제는 렘수면 행동장애야. 수면 중에 운동 억제기능이 저하되면서 꿈의 내용이 그대로 행동으로 나타나는 병인데⋯⋯."

"전무가 그렇다고 주장할 생각이야?"

"단지 전략으로 주장하려는 게 아냐. 실제로 가능성이 있어."

"그 병에 대해선 언제 알았지?"

"뭐?"

"내겐 한마디도 없었잖아."

"어쩔 수 없었어. 나도 이것저것 조사해 보고 오늘 처음 알왔거든."

"흐음, 오늘이라고? 그럼 묻겠는데, 지난번 접견 때 왜 전무에게 그런 이야기를 한 거야?"

"그건……, 그땐 렘수면 행동장애에 대해 몰랐어. 단지 수면 중에 발생하는 무의식적 범행 가능성에 대해 확인하고 싶었을 뿐이야."

"넘어갔군."

"뭐라고?"

"후지카케 변호사에게."

"잠깐만."

"후지카케 변호사는 그 회사의 고문변호사야. 당연히 회사의 뜻을 따르겠지. 주식 상장이 코앞인 상황에서 전무가 사장을 살해했다는 건 회사에 엄청난 타격이 될 수밖에 없어. 당연히 상장이 중지되거나 연기될 가능성이 크고. 하지만 수면 중의 발작으로 인한 심신상실 상태에서의 사고라면 충격이 최소한으로 줄어들겠지."

얼굴이 새빨개진 이마무라가 자리에서 벌떡 일어났다.

"말도 안 돼! 우리 의뢰인은 베일리프가 아니라 히사나가 전무야. 내가 의뢰인에게 마이너스될 일을 태연하게 할 거라고 생각해?"

"적어도 태연하게는 아닐 거라고 믿고 싶어."

"그 영감은 은인인 사장을 죽일 사람으론 보이지 않아. 하지만 인간관계엔 밖으로 드러나지 않는 부분도 있어. 아무리 은혜를 느끼고 존경심을 가져도, 그와 동시에 어두운 분노나 원한을 쌓아두는 경우가 존재하잖아? 그걸 억누를 경우, 꿈속에서 폭발한다고 해도 비난받을 일은 아니지. 렘수면 행동장애라는 건 그 꿈이 현실이 되는 병이야."

"왜 뜬금없이 그런 결론을 내리는 거지? 지금까지 전무에게 그런 증상이 나타난 적은 한 번도 없었잖아?"

"상황증거를 봐. 아무리 봐도 그 영감밖에 없잖아. 영감 말고는 범행을 저지를 수 있는 사람이 전혀 없어. 심신상실을 주장하는 것 외에 영감을 구할 방법이 있어? 있으면 말해봐!"

그러자 준코가 단호하게 대답했다.

"있어. 지금 그걸 찾는 중이야."

간병 로봇

    루피너스 전자공업의 연구실은 쓰쿠바 시에 있었다. 예전에는 공동으로 연구하던 대형 가전업체의 연구소 한쪽을 빌려 사용했다. 하지만 작년에 제휴 관계를 끊고 하이테크 벤처기업들이 입주해 있는 빌딩으로 이전했다고 한다. 사무실 규모는 조촐했지만 모회사가 있는 빌딩에 비해 훨씬 깨끗한 새 건물이었다.

    데스크에 찾아온 목적을 말하자 잡지사에서 취재 중이라고 했다.

    "죄송합니다. 잡지사에서 한 시간 이상 늦게 오는 바람에 조금 전 시작했어요."

    데스크에서 일하는 여성이 죄송하다는 표정으로 사과했다. 명찰에 스기타라고 쓰여져 있었다. 자기와 비슷한 또래일 거라고 준코는 생각했다. 이목구비가 뚜렷했지만 학생처럼 머리를 고무줄로 묶고 화장기는 전혀 없었다.

시계를 보니 오전 11시가 지나 있었다. 아마 한두 시간은 기다려야 하리라. 여기서 하릴없이 시간을 보내려니 막막했다. 하지만 육지의 외딴섬 같은 쓰쿠바에서는 달리 갈 만한 데도 없었다.

케이가 물었다.

"간병 로봇 취재인가요?"

"네. 로봇과 인간의 공생이 주제인데, 2월호 특집이래요."

스기타는 자랑스러운 얼굴로 상당히 보수적인 성격의 월간지 이름을 댔다.

"옆에서 같이 들어도 될까요? 어차피 비슷한 질문을 할 테니, 서로 시간이 절약될 것 같은데요."

"글쎄요……."

스기타는 약간 난처한 표정을 지었다. 회사로서는 살인사건 조사 같은 꺼림칙한 일보다 매스컴에 노출되는 쪽을 우선시할 게 틀림없었다. 게다가 취재를 받는 입장인 만큼 잡지사 사람들의 눈치를 볼 수밖에 없었다.

"모회사에서 온 사람이라고 하고 옆에서 들으면 안 될까요? 끼어들지 않고 가만히 듣기만 할게요."

준코도 옆에서 거들었다. 베일리프에서 조사에 협조하라는 지시가 내려왔을 테고, 약속시간에 늦은 건 잡지사쪽이다.

"알겠습니다. 안내해 드릴게요."

스기타가 앞장서서 걷더니 안쪽 회의실 문을 노크했다.

문을 열자 15평 정도의 넓은 공간이 나타났다. 회의실 가운데에 서 있던 사람들이 일제히 이쪽을 쳐다보았다.

준코는 기다란 팔이 두 개 달린 카트 같은 기계에 눈길을 빼앗겼다. 저게 사장실에 있던 간병 로봇 '루피너스 V'인가?

스기타는 설명 중이던 작업복 차림의 남자에게 다가갔다. 그리고 사정을 설명하는 듯했다. 남자가 이쪽을 쳐다보았다. 준코가 가볍게 고개를 숙였지만 특별한 반응은 없었다.

"지금 개발 담당자인 이와키리 씨가 설명하고 있으니 가까이 가서 들으세요."

스기타는 작은 소리로 준코에게 말한 뒤 서둘러 그곳을 나갔다. 갑자기 끼어든 불청객을 환영하지 않는 분위기가 온몸으로 느껴졌다. 준코와 케이는 가까이 다가간 다음 눈에 띄지 않도록 벽쪽에 섰다.

"……말로 설명하기보다 실제로 피간병인을 안아올리는 동작을 보시는 편이 더 이해하기 쉬우리라 생각합니다."

이와키리는 굵은 목소리로 말했다. 개발 담당자라면 과장쯤 될까? 머리는 아줌마파마를 한 것처럼 꼬불거리고, 두툼한 안경 너머에서 가느다란 눈이 날카로움을 자아냈다. 체격도 탄탄해 연구자라기보다 기술자라는 말이 더 어울리는 사람이었다.

"이게 컨트롤러입니다."

이와키리는 로봇과 케이블로 이어진 금속상자를 들었다. 스위치 몇 개와 모형 비행기의 조종기처럼 손가락으로 조작하는 조이스틱이 두 개 달려 있었다.

"루피너스 V는 아직 프로토타입이므로, 시중에서 파는 10채

널짜리 컨트롤러를 사용하고 있습니다. 상품화할 경우 스크램블이 달린 전용 컨트롤러를 만들 예정입니다. 에어컨의 리모컨처럼 간단하게요."

이와키리가 컨트롤러를 조종하자 루피너스 V가 나지막한 소리를 내기 시작했다. 동시에 로봇 상부의 모니터에 불이 켜지더니 낮고 부드러운 여자 목소리가 흘러나왔다.

"저는 간병 로봇 루피너스 V입니다. 피간병인의 이동, 휠체어 태우기, 목욕 보조 등의 기능이 있습니다. 현재 충전률은 100퍼센트입니다."

상부 모니터에 안내화면이 나타났다. 지금부터 어떤 작업을 할지 선택할 수 있도록 구성된 듯했다.

이와키리는 로봇의 안내를 무시한 채 커다란 엄지손가락으로 조이스틱을 움직였다. 그러자 루피너스 V가 천천히 움직이기 시작했다. 바닥 부분은 대형 전동 휠체어를 연상시키는 모습으로, 바퀴 대신 공이 여섯 개 끼워져 있는 육각형이었다.

"루피너스 V의 상부는 회전이 가능하며, 하부는 전후좌우 어느 방향으로든 부드럽게 움직일 수 있습니다. 계단은 올라갈 수 없지만, 20~30센티미터 높이는 어렵지 않게 넘어갈 수 있습니다. 또 피간병인을 안은 채 5센티미터 정도를 안전하게 넘어갈 수 있습니다."

간병 로봇은 회의실을 가로질러 천천히 앞으로 나아갔다. 앞쪽에 침대가 있고, 그 위에 파자마를 입은 사람 크기의 인형이 누워 있었다. 자동차의 충돌시험에 사용하는 크래시 더미(crash dummy. 충돌시험용 모형) 같았다. 로봇이 침대 앞에서 멈추었다.

"지금부터 피간병인을 안아올리겠습니다."

이와키리의 말이 끝나자 간병 로봇은 기다란 두 개의 팔을 들어올렸다. 사람의 팔과는 관절이 반대로 구부러져 팔꿈치가 위를 향했다. 유압 피스톤이 천천히 움직이며 팔 끝이 더미 인형에게 다가갔다.

"팔 끝에 있는 가이드에 주목해 주십시오."

이와키리는 굵은 팔 끝에 달린 구부러진 안테나 비슷한 부분을 가리켰다.

"이 가이드는 매우 유연한 소재로 만들어져 피간병인에게 상처를 입힐 가능성이 1퍼센트도 없습니다. 내장된 센서에 사람 손가락과 동일한 감각이 있어, 어디에 팔을 밀어넣을지 찾아낼 수 있습니다."

두 개의 가이드는 조심스레 더미 인형의 등과 무릎 밑으로 들어갔다. 뒤이어 굵은 팔이 매끄럽게 인형의 몸 아래로 들어갔다. 몸의 반대쪽에서 튀어나온 가이드가 위로 접히며 더미 인형을 가볍게 잡았다.

"이제 들어올리겠습니다."

이와키리가 조이스틱을 움직이자 간병 로봇이 더미 인형을 천천히 들어올렸다. 팔 자체가 납작한 모양이라 더미 인형의 등에 밀착되어 위험해 보이지 않았다.

"이동하겠습니다. 참고로 이 인형은 언뜻 가벼워 보이지만, 저와 비슷한 80킬로그램입니다."

간병 로봇은 더미 인형을 떠받치듯 해 천천히 이동했다.

"루피너스 V는 1초에 중심의 위치를 20회 측정합니다. 그리하여 조금이라도 정해진 범위에서 벗어나면 즉시 수정하지요. 따라서 균형을 잃는 일은 절대로 없습니다. 설계상으론 몸무게 300킬로의 피간병인까지 가능합니다."

사람들은 분위기에 압도당한 듯 침묵했다.

"그럼 입욕을 보조하겠습니다."

간병 로봇이 구석에 있는 욕조 앞으로 이동했다. 시속으로 치면 2킬로미터도 안 될 것이다.

"지금까지 환자의 입욕 보조는 중노동이었습니다. 적어도 도와주는 사람이 두 명 필요하고, 침대에서 욕조로 이동시 피간병인을 몇 번씩 들었다 내려놓았다 해야 하므로 피간병인 역시 괴로운 일이었지요. 그러나 루피너스 V를 사용하면 이렇게 됩니다."

간병 로봇이 욕조 앞에서 멈추더니 천천히 팔을 내렸다.

"루피너스 V는 완전 방수입니다. 특히 팔 부분은 그대로 물에 넣을 수 있습니다. 물론 센서에 의해 목욕물 양을 감지하므로, 조종자가 잠시 한눈을 팔아도 피간병인이 물에 빠질 염려는 절대 없습니다."

"대단히 훌륭한 기계라고 생각해요. 다만 안전성에 관해서는 어떤 경우든 절대란 말을 사용할 수 있을까요?"

메모용 수첩을 손에 든 중년 여성이 하이톤으로 질문했다. 그녀가 기자이리라. 이와키리는 발끈해서 불쾌감이 내비치는 목소리로 대답했다.

"안전성 프로그램은 모든 경우에 대비해 만전을 기하고 있습니다. 문제가 없을 겁니다."

분위기가 묘하게 무거웠던 게 자신들 때문이 아니었음을 준코는 그제야 알아차렸다.

"아무리 시스템에 만전을 기했더라도 사람이 하는 일이잖아요. 절대로 실수가 없다고는 말할 수 없지 않을까요?"

"그 점은 맨 처음 설명한 대로입니다. 공학상 실수가 가장 안 일어나게 하려면 사람이 지시하고 기계가 그걸 확인하게 해야지 그 반대가 아닙니다. 루피너스 V는 100퍼센트 자율제어형 로봇의 능력을 갖춘 동시에, 사람으로부터 피간병인 들어올리기, 이동시키기, 내리기 등의 지시를 받지 않는 한 움직이지 않습니다. 따라서 프로그램의 버그나 오작동으로 피간병인이 위험에 처하지 않을까 염려하지 않으셔도 됩니다."

이와키리가 퉁명스럽게 설명했다.

"하지만 지금 본 것처럼 결국 사람이 컨트롤러로 조종하는 거잖아요."

조금은 악의가 엿보이는 목소리로 기자가 물었다.

"그렇지 않습니다!"

이와키리는 지금까지 무슨 말을 들었느냐는 듯한 눈빛으로 그녀를 쳐다보았다.

"루피너스 V는 사람이 내리는 지시를 이해하고 200개가 넘는 센서의 정보와 비교해 안전성이 확인되어야 동작으로 옮깁니다. 만약 위험하다고 판단하면 지시를 거부하고 정지합니다."

"하지만 기계란 건 항상 오작동 가능성이 있지 않나요?"

"그건 그렇죠. 만약 사고가 생긴다면 이런 경우뿐입니다. 첫째, 사람이 피간병인에게 위험이 미칠 만한 잘못된 지시를 내릴 때. 둘째, 안전 프로그램에 오류가 발생해 위험한 지시를 체크하지 못하고 그대로 실행할 때."

이와키리가 컨트롤러를 만지작거렸다. 그러자 간병 로봇이 욕조에서 더미 인형을 끌어올린 뒤 천천히 뒤로 물러났다.

"피간병인을 바닥에 떨어뜨리도록 조종해 보겠습니다."

이와키리는 조이스틱을 흔들며 몇 번이나 버튼을 눌렀다. 하지만 로봇은 반응하지 않았다.

"보시는 것처럼, 센서가 몸을 받쳐줄 받침대의 존재를 확인하지 못할 경우 피간병인의 몸을 내려놓지 않습니다."

그는 바쁘게 손을 움직여 컨트롤러로 지시를 내렸다. 간병 로봇이 움직이기 시작했지만, 조종하는 손길과 달리 속도는 대단히 느렸다.

"루피너스 V는 급격한 동작을 전혀 하지 못하도록 설계돼 있습니다. 따라서 피간병인에게 위험이 미칠 만한 지시를 내리려해도 그럴 수 없습니다."

로봇이 천천히 벽으로 다가갔다.

"이대로 계속 전진시켜 부딪치도록 해보겠습니다."

실연의 본질이 바뀌면서 불순한 양상을 띠기 시작했다. 사람들은 숨을 죽인 채 로봇의 움직임에 시선을 고정했다.

벽과 가까워지자 간병 로봇의 속도가 점점 느려졌다. 결국 더미 인형의 머리 부분이 달팽이가 키스하듯 천천히 벽에 부딪친다 싶더니 그대로 정지했다.

"피간병인을 이동시킬 때 낙하사고와 더불어 가장 많이 발생하는 게 무언가에 부딪히는 사고겠죠. 이걸 방지하기 위해 루피너스 V에는 수많은 적외선 센서와 초음파 센서가 부착되었고, 벽과의 거리를 정확히 측정해 접촉할 때의 속도가 제로가 되도록 서서히 속도를 줄입니다. 또한 팔의 진동 센서가 조금이라도 충격을 느끼면 그 순간 정지하지요."

이와키리는 자부심이 느껴지는 표정으로 루피너스 V의 상부에 손을 얹었다. 음성은 끊어놓은 듯했으나, 액정 모니터에 위험한 조종을 경고하는 화면이 계속 깜빡였다.

"다시 한 번 말씀드리겠습니다. 루피너스 V는 애초 천천히 움직일 수밖에 없으므로, 조종자에게 악의가 없는 한 피간병인에게 위험이 미칠 일은 없습니다. 그리고 만에 하나 그런 조작이 있더라도 컴퓨터가 위험을 체크해 지시를 거부합니다. 거의 있을 수 없는 조종 실수에 안전 프로그램이 정상적으로 작동하지 않는다는 두 가지 우연이 동시에 일어날 확률은 사실상 제로에 가깝지요."

"알겠습니다. 안전 면에서 100퍼센트는 있을 수 없다 쳐도, 일단 대책은 강구해 두신 거군요."

이와키리의 기백에 밀린 듯, 기자는 립스틱을 엷게 바른 입술을 삐죽이며 한 발 물러섰다.

"그럼 이번 주제인 인간과 로봇의 공생으로 다시 돌아갈게요. 일단 물리적 안전대책은 충분히 이루어졌다고 칠게요. 그런데 마음 부분은 어떨까요?"

"마음이요? 무슨 말씀이신지……."

갑자기 질문의 방향이 바뀌자 이와키리가 당황한 표정을 지었다.

"피간병인은 사람이고 마음을 가지고 있잖아요."

"그야 당연하지요."

이와키리는 이제 불쾌감을 감추려 하지 않았다.

"간병이라는 지극히 인간적인 문제를 생산공학적으로 접근해 동작만 집중적으로 연구하면 아무래도 소홀해지는 부분이 있지 않을까요? 피간병인의 마음처럼 말이에요."

"무슨 말인지 잘 모르겠는데요."

"모르시겠다고요? 한마디로 말해 기계에게 간병을 받는다는 사실을 노인들이 어떻게 생각할까 하는 거예요. 포크리프트로 들어올려 이동하고 내려지는 것, 간병하는 쪽에서 보면 매우 편리하고 능률도 좋겠지요. 하지만 간병받는 쪽은 어떨까요? 물건 취급을 받으면서 과연 인간으로서의 존엄성을 유지할 수 있을까요? 그런 점에 대해서는 어떻게 생각하시죠?"

준코는 비열한 수법이라고 생각했다. 그 기자는 상대를 화나게 해서 이야기를 끌어내는 재주가 있는 듯했다. 하지만 실제로는 휴머니즘을 가장한, 내용 없는 트집에 불과했다. 기술적인 면에서 대항할 수 없음을 깨닫고 이와키리가 약해 보이는 모호하고 정서적인 문제로 싸움의 장을 옮긴 것이다.

"그게 그러니까……."

이와키리가 손수건을 꺼내 이마의 땀을 닦았다.

"그런 문제에 대해서는 깊이 생각해 본 적이 없나 보군요? 알 겠습니다. 물론 이곳은 기술적인 부분을 연구하는 곳이니……."

"제가 대신 대답해도 될까요?"

준코가 손을 들었다. 기자가 놀란 얼굴로 준코를 돌아보았다.

"방금 말씀하신 대로 여기서 연구하는 건 간병 로봇의 기술 적인 부분입니다. 윤리적 또는 심리적 문제에 관해서는 모회사 인 베일리프에서 검토하고 있습니다."

가만히 듣기만 하기로 해놓고 끼어드는 것은 제정신을 가진 사람의 행동이 아니었다. 하지만 잠자코 있을 수가 없었다.

"당신은……?"

"베일리프쪽에서 왔어요."

거짓말은 아니다. 베일리프쪽이라고 했지 베일리프 사람이라 고는 하지 않았으니까. 케이가 어이없다는 눈길로 준코를 바라 보았다.

"베일리프는 전국적으로 2백 곳 이상의 서비스센터를 통해 간 병현장에서 일해왔어요. 그때 느낀 가장 큰 문제는 간병인들의 육체적 부담이었죠. 사람을 들어올리고 이동시키는 일은 매우 힘든 작업이에요. 최근에는 노인이라도 체중이 많이 나가는 분 이 꽤 있으니까요. 그래서 간병인 중에는 만성요통에 시달리는 사람이 많습니다. 루피너스 V는 간병인들의 건강을 지키는 효과적인 수단이 될 거예요."

"그건 충분히 이해해요. 그런데 간병받는 쪽의 마음은 어떨
까요? 기계에 의해 물건처럼 취급받는 게 아니라 인간적인 접촉
을 바라지 않을까요?"

"루피너스 V의 도입으로 간병인의 육체적 부담이 줄어들면
노인들을 오히려 세심하게 배려할 수 있지 않을까요? 그러면 인
간적인 접촉도 더 충실히 할 수 있을 거고요."

"물건처럼 취급해 놓고 배려해 봤자······."

기자는 또다시 입술을 삐죽거리며 고개를 돌렸다.

"물론 '기계 입욕'에 대한 비판이 있다는 건 알고 있어요. 마치
튀김이라도 만들 듯 피간병인을 욕조에 똑같이 넣는 건 말씀하
신 대로 인간성을 무시하는 행동이라고 생각해요. 신체의 불편
한 부분이 제각기 다르기에 가능한 범위 안에서 스스로 입욕할
수 있도록 돕는 게 간병의 이상적인 모습 아닐까요?"

"그 말과 이 로봇은 모순되지 않나요?"

그러자 준코가 고개를 흔들며 말을 이었다.

"피간병인 중에는 몸을 전혀 움직이지 못하는 분도 계십니다.
그런 분들도 안전하고 쾌적하게 목욕할 수 있도록 루피너스 V
를 만든 거예요."

그 말에 이와키리가 덧붙였다.

"스스로 몸을 움직일 수 있는 사람은 간이 리프트처럼 앉은
자세로 욕조에 들어가는 것이 가능합니다."

"실제로 간병을 받는 분들 중에는 간병인에게 육체적 부담을

주는 것에 미안함을 느끼는 경우가 대단히 많아요. 특히 뚱뚱하신 분일수록 그렇지요. 하지만 상대가 기계라면 미안함을 느낄 필요가 전혀 없게 됩니다."

준코의 말에 기자는 입을 다물었다.

"세상의 모든 사물에서 영혼을 끌어내는 감성이 있어서인지, 우리 사회에는 로봇에 대한 알레르기 반응이 거의 없지요. 1980년대에 자동차 생산라인에 산업용 로봇이 도입되었을 때가 좋은 사례인데, 공장노동자들 사이에서 배척운동이 일어나기는커녕 로봇에 이름을 붙여주고 애정을 쏟는 등 미국이나 유럽에서는 상상도 못할 광경이 벌어졌습니다. 단순 노동은 로봇에게 맡기고 사람은 복잡하고 수준 높은 일에 종사하는 분업이 자연스럽게 이루어졌어요."

"간병 로봇과 산업용 로봇은 이야기가 다른데⋯⋯."

이미 승패의 향방이 정해졌음을 깨달았는지 기자의 반박은 혼잣말에 가까웠다.

"특히 지금의 중장년 세대는 〈우주소년 아톰〉 같은 만화를 보고 자란 탓인지, 로봇이라는 존재 자체에 지대한 관심과 친근감을 갖고 있어요. 루피너스 V도 분명히 인기를 얻지 않을까 저희는 기대하고 있습니다."

준코는 미소를 지으며 이렇게 이야기를 마무리했다.

"이것이야말로 로봇과 인간의 진정한 공생 아닐까요?"

잡지사 취재진은 불만 섞인 표정으로 돌아갔다. 그제야 이와키리는 준코와 케이를 마주했다. 이와키리가 준코의 명함을 보면서 물었다.

"변호사님이군요. 베일리프의 고문을 맡고 있나요?"

"아니에요. 고문변호사인 후지카케 변호사님을 돕고 있어요. ……주제넘게 끼어들어 죄송해요."

"아뇨. 말씀을 아주 잘해 주셨습니다."

이와키리는 벌레라도 씹은 듯한 표정으로 덧붙였다.

"저렇게 말도 안 되는 선입견을 가진 사람들이 많아서 피곤합니다. 로봇과 인간의 공생이라고요? 주제는 그럴듯하지만 기계는 차갑고 인간의 손은 따뜻하다는 선입견에서 한 발짝도 나아가지 못한 사람들이지요."

준코에게 특별한 계산이 있었던 것은 아니다. 그저 토론을 좋아하는 본성이 자기도 모르게 튀어나왔을 뿐이다.

"그나저나 로봇에 대해 공부를 많이 하셨던데요?"

"벼락치기예요. 아까 한 말도 거의 책에 있는 거예요."

"천만에요. 아주 훌륭하십니다. 다들 변호사님만큼만 생각해 주신다면 얼마나 좋을까요?"

이와키리는 외골수로 보이는 얼굴에 미소를 띠었다. 어쩌면 이야기를 끌어내기가 조금은 쉬워질지도 모른다. 준코가 마음속으로 회심의 미소를 짓는 순간 케이가 입을 열었다.

"얼마 전 베일리프의 에바라 사장님이 살해된 사건으로 조사 중입니다. 히사나가 전무님이 용의자로 경찰에 체포되었다는 건 알고 계시죠?"

이와키리의 얼굴이 다시 어두워졌다.

"물론 알고 있습니다. 아까 취재도 그 이야기부터 시작됐으니까요."

"히사나가 전무님에 대해 어떻게 생각하세요?"

준코가 물었다.

"전무님은 회사의 창업공신으로, 40년 넘게 사장님을 모셔온 분이죠. 그런 일을 저질렀을 리가 없습니다."

"저도 전무님의 결백을 믿고 있어요. 그래서 다른 사람의 범행 가능성을 알아보고 있습니다."

그 말에 이와키리는 힘차게 고개를 끄덕였다.

다시 케이가 물었다.

"그럼 단도직입적으로 묻겠습니다. 루피너스 V를 이용해 살인이 가능한가요?"

순간 이와키리의 얼굴이 시뻘게지고 턱 주위가 불룩해졌다.

준코는 차라리 눈을 감고 싶었다. 도대체 무슨 질문을 이따위로 한단 말인가? 모처럼 기분 좋게 협조해 줄 거라 생각했는데…….

하지만 예상과 달리 이와키리는 냉정하게 대답했다.

"경찰에서도 몇 번이나 물어보더군요. 답은 명백합니다. 절대로 불가능합니다."

이와키리가 간병 로봇을 가리키며 말을 이었다.

"루피너스 V의 개발담당자라서 감정적으로 대답하는 게 아닙니다. 나름 공학적으로 생각해 봤어요. 하지만 아무리 생각하고 또 생각해도 불가능하다는 게 최종 결론입니다."

"조금 전 설명을 들으면서 저도 불가능할 거라고 판단했습니다."

케이는 간병 로봇의 본체와 팔을 가까이 들여다보았다.

"에바라 사장님은 뭔가에 맞아 살해됐어요. 어떤 방법인지 모르지만 머리에 강한 타격을 입은 겁니다. 루피너스 V의 팔은 상하로 움직일 수 있지만 타격할 수 있는 형태는 아니군요. 흉기를 들 수 있는 기능도 없고, 보아하니 고정하기도 어렵겠어요. 또한 충격을 주려면 빨리 움직여야 하는데, 그것도 불가능하네요. 로봇 자체가 센서로 위험을 감지해, 인체에 해가 되는 명령은 거부하게 되어 있고요."

"정확히 보셨습니다."

"다만 조금의 가능성이라도 확인해야 하는 점을 이해해 주십시오. 예를 들어, 루피너스 V가 사장님의 몸을 들어올려 벽에 부딪치는 경우 말인데요."

"아까 보여드린 대로입니다. 애초에 천천히 움직일 수밖에 없는 데다 센서가 충돌을 막아주지요."

"만약 비닐테이프 같은 걸로 센서를 막으면 어떻게 될까요?"

"그건 눈앞에 장애물이 있는 것과 똑같아, 처음부터 움직이지 않겠지요."

이와키리는 한쪽에 있는 작업용 책상에서 검테이프를 가져왔다. 그리고 루피너스 V의 바늘구멍 같은 센서 중 하나를 여러 겹으로 가렸다.

"한번 해보겠습니다."

이와키리가 컨트롤러를 조종했다. 그러나 루피너스 V는 꼼짝도 하지 않았다. 액정 모니터에 경고를 나타내는 붉은 화면이 나타났다.

"정말 그렇군요."

"혹시 이 센서가 투명한 물체를 보지 못하는 경우는 없나요?"

준코가 물었다. 만약 그럴 경우 창문에 부딪치게 하면…….

하지만 이와키리는 단호히 말했다.

"유리 말인가요? 그렇지 않습니다. 그러면 위험해서 집 안에서 사용할 수가 없지요. 센서에 초음파를 사용해 유리도 정확히 알아냅니다."

케이가 재빨리 질문을 이어받았다.

"안전 프로그램 말인데요. 피간병인을 안고 있을 때에만 작동합니까?"

"아니, 어떤 경우라도 작동하게 돼 있습니다. 따라서 루피너스 V를 벽이나 가구에 충돌시키려 해도 받아들이지 않아요."

"조금 전의 실연을 통해 사람의 몸을 바닥에 떨어뜨리라는 지시에 불응한다는 사실은 알았는데요. 혹시 루피너스 V에게 그곳에 받침대가 있는 것처럼 착각하게 만들 방법은 없을까요?"

"그것도 생각해 봤습니다."

이와키리는 고개를 가로저으며 말을 이었다.

"하지만 받침대의 존재를 확인하는 건 단일 센서가 아닙니다. 우선 여러 초음파 센서가 피간병인의 몸을 내려놓을 곳에 충

I. 보이지 않는 살인자

분한 크기의 물체가 있는지 확인합니다. 이어서 천천히 팔을 내립니다. 여기서 팔 하부의 압력 센서가 받침대의 감촉을 확인하지요. 이때 몸이 조금이라도 흔들리면 작업은 중지됩니다. 최종적으로 받침대가 완전히 몸의 무게를 받아냈는지 확인한 후에야 팔을 빼죠."

준코는 역시 불가능하다고 생각했다. 안전 프로그램이란 그냥 하는 말이 아니라 안전성에 대해 철저히 검증한 결과물이었다. 어떤 수단을 쓰더라도 모든 센서를 속이기는 불가능해 보였다.

"저도 묻고 싶은 게 있는데요. 만약 범인이 루피너스 V를 조종했다고 가정한다면, 도대체 어디서 컨트롤했단 겁니까? 같은 공간에 있었다면 직접 죽이는 게 더 빠르지 않겠습니까?"

이와키리의 반문은 날카로웠다.

케이는 생각에 잠기며 손으로 턱을 괴었다.

"그렇겠죠. 그 점이…… 아니, 그 점도 문제군요. 무선으로 옆방에서 루피너스 V를 조종하는 게 가능한가요? 아니면 같은 층의 조금 떨어진 곳에선 어떤가요?"

"시도해 본 적은 없지만 얇은 벽 정도는 가능하겠지요. 송신기의 출력이 조금 부족하겠지만, 개조하면 얼마든지 보충할 수 있고요. 문제는 현장을 직접 보지 않는 한 조종할 수 없다는 겁니다."

"아까 루피너스 V에게 자율제어형 로봇 능력이 있다고 하셨지요? 혹시 앞에 있는 사람을 이동시키라는 지시만 내린 채 알아서 하게 둘 수는 없나요?"

준코의 질문에 이와키리가 빙긋이 웃었다.

"예전엔 그렇게 할 수 있었습니다. 하지만 결국 현재의 방식, 즉 사람의 지시를 직접적으로 받지 않는 한 움직이지 않도록 바꿨습니다. 가장 중요한 부분이 안전성이니까요."

준코가 케이를 쳐다보았다. 간병 원숭이에 이어 간병 로봇도 허탕이라는 걸 부인할 수 없었다. 하지만 케이는 아직 포기하지 않은 듯했다.

"루피너스 V의 안전 프로그램을 외부에서 해킹하거나 다른 방법으로 바꿀 수는 없나요?"

준코는 숨을 들이마셨다. 그런 가능성에 대해서는 상상도 못 했기 때문이다. 하지만 이와키리에게는 이미 확인이 끝난 문제인 듯했다. 그가 간병 로봇의 모니터와 키보드를 가리키며 설명했다.

"그건 완벽하게 불가능합니다. 설명해 드리지요. 루피너스 V에는 고성능 컴퓨터가 탑재되어 언젠가는 인터넷으로 음성과 사진을 보내거나 조종할 수 있게 됩니다. 하지만 아직은 인터넷에 접속할 수 있는 환경이 아니지요."

"누군가 몰래 기자재를 설치해 무선 랜이나 PHS(일본의 간이형 휴대전화 시스템)를 거쳐 인터넷에 연결할 가능성은 없습니까?"

"거의 불가능합니다. 루피너스 V에는 외부와 연결할 수 있는 단자가 없어요. 기기에 접속하려면 여기를 여는 수밖에 없죠."

이와키리는 가슴쪽 호주머니에서 열쇠 꾸러미를 꺼냈다. 그리고 간병 로봇의 등에 있는 작고 둥근 열쇠구멍에 막대기처럼 생긴 열쇠를 꽂았다. 뚜껑이 열리자 컴퓨터에 들어 있는 초록색 기판 석 장이 보였다.

"루피너스 V의 안전 프로그램은 컴퓨터를 통해 삭제하거나 변경할 수 없도록 되어 있습니다. 일시정지조차 불가능하죠."

"프로그램이 들어 있는 곳은 어디입니까?"

"메인보드 위의 롬(ROM)입니다."

이와키리는 기판 위에 있는 검은 부분을 가리켰다.

"프로그램을 바꾸려면 롬라이터로 바꿔 쓰거나 다른 롬과 교체하는 수밖에 없겠군요."

그러자 이와키리가 고개를 저었다.

"이건 바꿔 쓰기가 불가능한 원타임 롬입니다. 더구나 떼어내면 흔적이 남는 라벨로 철저히 봉인되어 어떤 방법으로도 불가능합니다. 이번 사건이 일어난 후 살펴봤는데, 봉인에 이상은 없었어요. 만일을 위해 우리 팀 전원이 프로그램을 확인했는데, 이상한 점은 발견되지 않았습니다."

루피너스 V의 연구실에서 나와 차에 탔지만, 케이는 한동안 입을 열지 않았다. 아마 머릿속이 바쁘게 돌아가고 있으리라.

"어떻게 생각하세요?"

무거운 침묵을 견디다 못해 준코가 말했다.

"역시 간병 로봇으론 범행을 저지르기 어려울 것 같군요. 우선 루피너스 V의 안전 프로그램을 무력화하기란 거의 불가능합니다. 손을 쓰려면 직접 메인보드를 건드리는 수밖에 없는데, 그

뚜껑의 잠금장치는 호리상회의 트라이덴트라서 아무리 전문가라도 쉽게 열 수 없어요. 롬의 봉인도 상당히 골치 아프고요. 그보다 더 큰 문제는 살인을 저지르기 위한 공작, 즉 바꿔치기한 롬 등을 처리할 시간이 범인에게 없었다는 점입니다."

말은 그렇게 하지만 아직 미련이 남은 말투였다.

"그나마 기회가 있었다면 부사장과 이와키리 씨뿐이겠네요."

"네. 하지만 시신이 발견되고 부사장이 사장실에 혼자 있었던 시간은 불과 1, 2분이라면서요?"

"네. 증거를 처리하기엔 너무 짧은 시간이에요."

"그렇다면 거의 불가능합니다. 한편 이와키리 씨에겐 꽤 유리한 점, 아니 불리한 점이 있습니다. 열쇠를 관리하고 있으며, 애초 자국이 남지 않는 가짜 라벨을 붙여 놓았다면 롬의 봉인문제를 해결할 수 있었을지 모르죠. 게다가 사건 이후 루피너스 V를 확인한 사람이 이와키리 씨예요."

"프로그램을 모두 함께 검사했다고 했잖아요?"

"그 점은 나중에 확인해 볼 필요가 있겠군요."

준코가 고개를 끄덕였다.

"확인해 볼게요."

"지금 생각이 났는데, 어쩌면 루피너스 V의 안전 프로그램에 처음부터 버그를 심어 놓았을지도 모릅니다. 마법의 주문 같은 패스워드를 보내면 중요한 기능이 삭제되도록 설정해 두었다든지 말이죠. 그렇다면 시스템 엔지니어 전원이 프로그램을 확인했어도 발견하지 못할 수 있습니다. 그 경우 범인은 이와키리 씨나 루피너스 V의 개발팀 멤버로 한정되겠지만요."

준코는 마음속으로 혀를 내둘렀다. 어떻게 그렇게까지 의혹을 제기할 수 있을까? 물론 의혹이라기보다 망상에 가깝다는 생각이 들지만.

"……하지만 그렇더라도 아직 최대의 난제가 남아 있습니다. 루피너스 V를 사용해 어떤 방법으로 사람을 죽였는가 하는 거지요. 안전 프로그램이 처음부터 없었더라도 그 기계를 사용해 사람을 죽이는 방법이 전혀 떠오르지 않거든요."

준코는 망설이면서 입을 열었다.

"그거 말인데요……. 아직은 막연하지만 어쩌면 방법이 있을 수도 있어요."

"정말인가요?"

케이가 놀란 얼굴로 준코를 쳐다보았다.

"정확하게 말할 수 있는 건 아니지만……, 게다가 루피너스 V를 어디서 조종했느냐는 문제도 있잖아요. 그건 아예 짐작도 안 되거든요."

"그거라면 세 가지를 생각할 수 있습니다."

케이는 대수롭지 않다는 듯 말했다.

"네?"

"첫째는 인터넷으로 조종하는 겁니다. 조금 전에 알았는데, 앞으로 영상을 보내기 위해 루피너스 V의 모니터에 작은 카메라가 달려 있었죠? 등의 뚜껑을 열어 인터넷에 접속할 수만 있다면, 이게 가장 간단하고 확실한 방법이죠."

"접속기기 문제는 어떻게 해결하죠?"

"문제는 그겁니다. 어댑터나 모뎀 같은 걸 어떤 방법으로 치웠는지 모르겠더군요. 게다가 인터넷의 경우에는 아무래도 접속기록이 남게 되지요. 이렇게 세심하고 치밀하게 계획한 범인이 증거가 남을 수 있는 인터넷을 사용하는 일은 거의 없을 것 같아요."

"그렇군요. 나도 그렇게 생각해요."

"둘째는 무선 카메라를 사용하는 겁니다. 도촬용 핀홀 카메라를 사장실에 몰래 설치한 다음, 그 영상을 보면서 조종하기는 어렵지 않을 거예요."

"멀리 떨어진 곳에서도 가능한가요?"

"이와키리 씨 말처럼, 가는 전파든 오는 전파든 강도는 어떻게든 처리할 수 있어요. 같은 층일 경우 충분히 가능합니다."

"하지만 그 경우에도 카메라를 어떻게 처리했느냐의 문제가 남잖아요."

"네. 현재로선 그게 최대 난관이지요."

그는 캔커피를 한 모금 마셨다.

"세 번째 방법은요?"

"그건 나중에 롯폰기센터 빌딩에 도착한 다음 설명할게요. 변호사님 눈으로 직접 보는 편이 이해하기 쉬울 테니까요. 그보다 변호사님이 생각하는 살해방법에 대해서도 말해 주세요."

준코는 두 손으로 핸들을 잡은 채 앞을 보았다. 조반 자동차도로는 교통량이 많지 않아 흐름이 순조로웠다. 차에 부딪히는 바람소리가 상쾌하게 들렸다.

"뭐랄까, 조금 전에도 말했지만 아직 제대로 정리된 건 아니에요. 다만 범인이 매우 똑똑하고 용의주도하다는 점은 분명해요. 그래서 만약 루피너스 V를 범행에 사용했다면, 성능의 한계를 확실히 알고 장기의 말 가운데 하나로 이용한 게 아닐까 싶어요."

"……계속하세요."

"옛날부터 머리 좋은 사람에 대해 이렇게 말하잖아요. 평소 익숙한 사물을 보통 사람은 상상도 못하는 방법으로 사용한다고 말이에요. 가위를 끈으로 매달아 진자로 사용한다든지, 연근 구멍과 물방울로 렌즈를 만든다든지 하는 식으로요. 하지만 그런 건 단순한 아이디어에 불과해요. 정말로 머리가 좋은 사람은 단편적인 아이디어를 유기적으로 연결시켜 결국 자신이 원하는 결과를 얻어내죠."

"……무슨 말이죠?"

"범인이 팔에 흉기를 묶는 등의 기묘한 짓을 한 게 아니라, 루피너스 V에게는 루피너스 V가 할 수 있는 일을 시키지 않았을까 하는 거죠."

케이는 크게 고개를 끄덕였다. 이에 용기를 얻은 준코가 말을 이었다.

"루피너스 V가 할 수 있는 일이라면 에바라 사장의 몸을 옮기는 것 아닐까요?"

"그렇죠. 수면제를 먹고 인사불성 상태였을 테니 사장을 원하는 곳으로 이동시킬 수 있었을 겁니다."

"문제는 어떤 식으로 충격을 가했느냐는 건데, 루피너스 V가 직접 타격할 수 없다면 원쿠션을 이용하지 않았을까요?"

"흥미롭군요. 예를 들어 어떤 식으로요?"

"……이런 건 어떨까요? 에바라 사장의 몸을 책상 바로 옆에 엎드린 자세로 눕힌다. 책상 가장자리의 아슬아슬한 곳에 무거운 물체를 반쯤 걸치게 놓아둔다. 루피너스 V의 팔이 살짝 닿게 해 물체가 균형을 잃고 떨어져 사장의 뒷머리에 부딪친다. 그 충격으로 사장이 죽음에 이른다……."

케이는 잠시 생각에 잠기더니 입을 열었다.

"발상은 재미있네요. 어쩌면 방향도 옳을지 모르지요. 타격이 약했다는 사실과 일치하니까요. 그런데 아무리 사장이 머리에 수술을 받았다지만, 그런 방법으로 살인이 가능할까요?"

"역시 그렇군요."

준코의 얼굴에 실망의 빛이 역력했다.

"TV 드라마라면 그럴 수도 있겠죠. 백 번에 한 번쯤은 명중해 사망할 수도 있고요. 하지만 확실성이 너무 부족합니다. 머리 좋은 범인이 할 짓은 아니죠."

그때 준코의 머릿속에서 뭔가가 번뜩였다.

"그렇다면 현장에 에바라 사장을 확실하게 살해할 수 있는 흉기가 있었던 것 아닐까요? 정확하게 무거운 물체를 떨어뜨릴 만한 것 말이에요."

그녀는 머릿속으로 단두대 같은 기계를 떠올렸다.

"만약 그런 게 있었다면, 루퍼너스 V를 이용해 에바라 사장의 머리를 정확히 위치시키기만 해도 가능하지 않았을까요?"

"그러려면 장치가 상당히 커야 할 텐데, 범행 후 사장실에서 어떻게 가지고 나갔을까요?"

"음, 흉기를 감추는 트릭이라······."

준코는 속도를 내 앞에서 천천히 달리던 왜건을 추월했다.

"어렵군요. 타격면이 평평하고 제법 무거운 흉기. 게다가 그걸 정확한 위치에 떨어뜨릴 장치도 필요하고요. 그런 것들이 전부 범행현장에서 연기처럼 사라졌다······."

케이가 혼잣말처럼 중얼거렸다.

연기처럼.

"거대한 드라이아이스였을까요?"

그가 미소를 지었다.

"그래도 다람쥐에게 살해당했다고 하는 것보다는 현실적이군요."

조반 자동차도로에서 수도고속도로로 접어들자 교통정체가 극심해졌다. 물리적 거리가 아니라 차로 이동하는 데 걸리는 시간으로 거리를 나타낸다면, 도쿄는 현재의 지도에서 삐져나갈 정도로 팽창해 사상 유례가 없는 거대도시가 되지 않을까?

40~50분이 지나 차가 겨우 달리기 시작했을 때 준코의 휴대폰이 울렸다. 지금 맡은 사건의 성격을 생각하면 '킬링 미 소프틀리'란 컬러링은 바꿔야 할지도 모른다. 전화의 주인공은 이마

무라였다.

"여보세요?"

"지금 어디야?"

"쓰쿠바에서 도쿄로 돌아가는 중. 곧 롯폰기에 도착할 거야."

"마침 잘됐네. 앞으로의 변호 방향에 대해 논의했으면 해."

"둘이서?"

"아니, 후지카케 변호사님도 같이. 베일리프의 에바라 부사장 까지 모두 네 사람이야."

준코는 자신의 귀를 의심했다.

"말도 안 돼. 외부인도 참석한다고?"

"화내지 마. 공식적인 회의가 아니니까. 우리만으론 아무래도 정보가 부족한 측면도 있고 말이야."

"잠깐만. 이익이 갈릴 가능성도 있잖아?"

"무슨 말이야? 전무가 무죄란 걸 밝혀내면 회사로서도 이미 지 추락을 피할 수 있어. 반대로, 회사의 이익이 전무의 이익을 해칠 가능성은 없잖아?"

"만약에 진범이 부사장이라면 어떡할 건데?"

잠시 침묵이 흘렀다.

"농담이지?"

"아하! 내가 정곡을 찔렀나 보네?"

"그 사람에게는 완벽한 알리바이가 있잖아?"

"알리바이든 밀실이든 무너지기 위해 있는 거야."

수화기 너머에서 깊은 한숨소리가 들렸다.

"알았어. 어쨌든 일단 참석해. 정 반대한다면 셋이서 이야기할 수밖에 없지. 하지만 외부인 앞에서 이야기하는 게 곤란하다 싶은 내용이면 당신이 스톱을 걸면 되잖아."

"어디서 하는데?"

"베일리프 12층 임원회의실에서."

왼쪽을 내다보니 젠니쿠 호텔을 지나는 중이었다.

"알았어. 갈게. 10분 후면 도착할 거야."

"그래. 당신이 이 사건에 흠뻑 빠진 건 알지만 미스터리……."

준코는 그대로 전화를 끊었다. 그리고 마음을 가라앉히기 위해 한동안 운전에 집중했다. 배려의 측면인지 케이도 말을 걸지 않았다.

"예정대로 로쿠센 빌딩으로 갈게요."

"네."

"나는 잠깐 12층으로 가서 변호 방향을 정하기 위한 회의에 참석해야 해요."

"독자적으로 조사하고 있을게요. 회의가 끝나면 휴대폰으로 연락주세요."

롯폰기센터 빌딩에 도착했을 때는 이미 해가 기울고 있었다. 준코는 지하에 주차하고 차에서 내렸다. 그런데 케이가 차 안에서 꼼지락거렸다. 보스턴백에서 양복을 꺼내 갈아입는 중이었다.

"어떡할 거예요?"

케이는 넥타이를 매면서 차에서 내렸다. 손에는 007 가방을 들고 있었다. 어디로 보나 평범한 회사원처럼 느껴졌다.

"짐을 차에 좀 놔둬도 되겠어요?"

12층에는 가지 않을 모양이다. 어디를 조사할 생각일까?

"네. 특별히 귀중품이 없다면요."

"그럼 나중에 보죠."

케이가 마음에 걸렸지만, 지금부터는 뒤에서 담합하고 있을 세 남자와 대결해야 한다. 준코는 심호흡을 하고 온몸에 힘을 넣었다.

이마무라에게 전화를 걸었는데, 이미 도착해서 기다리는 모양이었다. 비서를 보내겠다는 걸 거절하고, 엘리베이터로 11층까지 가서 내부계단으로 올라갔다.

12층에 도착하자 부사장 비서인 사야카가 계단쪽 문을 열고 기다리고 있었다.

"변호사님, 어서 오세요."

사야카는 우아한 미소를 지으며 고개를 숙였다. 화장은 짙지 않았지만 메이크업이 완벽하고 옷차림도 세련돼 보였다. 도저히 비서라곤 여겨지지 않았다. 부사장이 그녀를 비서로 삼은 데는 무슨 속셈이 있는 것 아닐까?

"사야카 씨는 꼭 배우 같아요."

준코는 앞장서서 걸어가는 사야카에게 말을 건넸다. 그러자 예상 밖의 대답이 돌아왔다.

"네. 실제로 활동하고 있어요."

"네? 배우로요?"

"네. 작은 극단에서요. 풀타임으론 시간을 낼 수 없어 단역으로 가끔 출연하는 정도지만, 도저히 그만둘 수가 없네요. 이건 비밀로 해주세요. 사규 위반이거든요."

이렇게 아름다우니 고정 팬도 상당하지 않을까?

"어떤 연극이에요? 사야카 씨만 괜찮다면 저도 보고 싶어요."

순간 사야카의 눈이 반짝거렸다.

"정말이세요? 마침 시모키타에서 공연 중인데, 이번 주말에 저도 출연해요. 아직 티켓이 조금 남아 있어요."

"구입할게요. 지금 가지고 있어요?"

"로커에 있어요. 사무실로 가져다놓을 테니 가실 때 말씀해 주세요."

"알았어요."

엘리베이터 홀에 도착하자 말소리가 들렸는지 이마무라가 복도로 얼굴을 내밀었다. 표정은 알아볼 수 없었지만, 왜 이렇게 늦었느냐는 조바심이 전해졌다.

"죄송합니다. 금방 가겠습니다."

사야카는 비서의 모습으로 돌아가더니 잰걸음으로 앞장서서 걸었다. 임원회의실은 복도의 왼쪽으로, 사장실 반대편에 있는 맨 끝방이었다.

"실례하겠습니다. 아오토 변호사가 왔습니다."

이마무라에 이어 사야카와 준코가 안으로 들어갔다. 20평쯤 되는 회의실에는 ㄷ자 모양의 테이블을 에워싸고 의자가 10여 개 놓여 있었다. 창가에 서서 이야기 중이던 에바라 부사장과 후지카케 변호사가 돌아보았다.

"오시느라 수고하셨습니다. 편한 곳에 앉으시지요."

에바라가 부드러운 미소를 지으며 의자를 권했다. 그리고 자신은 상석인 의장석에 자리를 잡았다. 그 옆에 후지카케가 앉았다.

준코는 의자 두 개를 비우고 앉았다. 이마무라는 준코 바로 옆에 앉았다.

"오늘 쓰쿠바에 갔었나요?"

에바라가 물었다. 준코의 행동을 전부 알고 있는 듯했다.

"네. 이와키리 씨에게 루피너스 V에 대해 이런저런 이야기를 들었어요."

"참고가 될 만한 거라도 있었나요?"

"글쎄요. 적어도 루피너스 V 단독으론 살인을 저지르기 힘들다는 걸 알았습니다."

후지카케가 책상에 팔꿈치를 대고 손바닥을 마주 잡으면서 끼어들었다.

"그건 처음부터 알고 있었던 일이잖아요. 여기 두 변호사는 아직 젊어서 행동이 민첩하죠. 하지만 나는 틀렸어요. 일부러 쓰쿠바 변두리까지 찾아갈 기운이 없거든요."

쓸데없는 짓을 하고 다닌다는 노골적인 비아냥에 준코가 발끈했다.

"골프라면 더 멀리까지 가시겠지요?"

에바라가 대신 대답했다.

"그건 경우가 다르지요."

개구리 합창 같은 영감들의 웃음소리. 이대로 저 사람들 페이스에 말려들어서는 안 된다.

"부사장님도 골프를 좋아하세요?"

준코의 질문에 다시 후지카케가 끼어들었다.

"이젠 부사장님이 아니야. 이번에 베일리프 사장님으로 취임하셨어."

"아, 그러세요?"

"오늘 아침에 긴급 이사회가 열렸는데, 거기서 에바라 씨의 사장 취임과 히사나가 전무의 퇴임이 정해졌어."

준코 옆에서 이마무라가 속삭이듯 말했다. 아닌 밤중에 홍두깨 같은 이야기에 준코는 어이가 없었다. 나만 배제되고 있었구나.

"언제까지 사장 자리를 비워둘 수는 없어서 말입니다. 원래 사장이 사망하면 곧바로 새 사장을 선임해야 하는데, 어쨌든 최근 일주일은 비상사태였으니까요."

에바라는 느긋하고 여유로운 태도로 말했다.

"에바라 씨의 사장 취임은 그렇다 쳐도, 히사나가 전무는 왜 해임된 거죠? 아직은 범인으로 확정된 것도 아니잖아요?"

에바라는 웃음을 띤 채 입을 다물었다. 그러자 후지카케가 준코 쪽으로 몸을 내밀었다.

"해임이 아니야. 어디까지나 본인이 원한 퇴임이지. 뭐 확실하게 마무리를 지은 거지."

"히사나가 전무의 의사는 언제 확인하셨죠? 제가 어제 만났을 때는……."

"그 전이야. 이마무라가 접견했을 때 히사나가 전무의 의사를 확인했어."

준코는 고개를 돌려 이마무라를 쳐다보았다. 이마무라가 시선을 피했다.

"내가 보기엔 오히려 너무 늦은 결정이야. 어쨌든 지금은 반성의 뜻을 보임으로써 조금이라도 재판에 좋은 인상을 주어야 하니까."

"잠깐만요. 히사나가 전무는……."

"전무가 아니야."

"……절대로 사장님을 살해하지 않았다고 했어요. 앞으로도 끝까지 결백을 주장할 거예요. 그러니 전무가 사임해야 할 이유는 어디에도 없어요."

준코는 조용하면서도 날카롭게 반박했다.

그러자 이마무라가 말했다.

"이미 정해진 일이야. 게다가 회사 내부의 결정에 대해 우리가 이래라저래라 할 수 있는 입장도 아니고."

"당연한 일이지만, 이사회에서는 일하기 어려운 임원을 해임할 권한이 있지. 스스로 물러난 걸로 처리한 건, 지금까지 회사를 위해 일해온 것에 대한 에바라 사장님의 배려라고나 할까?"

후지카케가 또다시 끼어들었다. 입가에는 웃음을 띠었지만 눈은 웃고 있지 않았다.

"그 일에 대해 이의를 제기할 생각은 없어요. 히사나가 전무가 어떻게 생각하는지 저는 잘 모르니까요. 다만, 이 문제는 앞으로의 변호 방향과도 관계가 있잖아요."

"바로 그거야. 의견을 통일해 두고 싶어서 이렇게 모이자고 한 거야."

후지카케는 주머니에서 담배를 꺼내 천천히 불을 붙였다.

"이마무라와도 의논했는데, 역시 심신상실로 갈 수밖에 없을 것 같아. 몽유병……이 아니라 뭐라고 했지?"

"렘수면 행동장애입니다."

"그래그래, 그거. 전무가 에바라 쇼조 사장님께 한 행동은 수면 중의 정신장애에 의한 것으로, 말하자면 꿈속에서 한 일이나 마찬가지야. 당연히 책임능력을 물을 수 없지."

"전문의가 그런 진단을 내렸나요?"

준코의 질문에 후지카케가 노골적으로 쓴웃음을 지었다.

"지금은 구속 중이니 누구도 그런 진단을 내릴 수는 없어. 하지만 이번 경우엔 그쪽 가능성을 충분히 생각할 수 있다는 거야. 전문가 의견은 받을 수 있지?"

"안세이 대학의 히로세 교수와 얘기가 돼 있습니다."

"잘했어. 공격하는 쪽이나 수비하는 쪽이나 모두 정신의학에는 아마추어야. 승패는 얼마나 대단한 권위자를 끌어올 수 있느냐에 달렸지. 나머지는 매스컴인데……."

그때 준코가 후지카케의 말허리를 잘랐다.

"저는 반대합니다. 전무는 한결같이 무죄를 주장하고 있어요.

그건 접견 때 분명히 확인했다고요."

후지카케는 한순간 얼굴에 분노의 표정을 드러냈지만, 최대한 부드러운 목소리로 말했다.

"본인도 기억하지 못하는 것뿐이야. 또 그 사람 입장에선 그렇게 말할 수밖에 없겠지. 비몽사몽 상태였다고는 하나, 친부모보다 존경했던 사람에게 돌이킬 수 없는 죄를 저질렀으니까 말이야."

"아니에요. 전무는 그 가능성에 대해 명확히 부정하고 있어요. 여태까지 수면장애였던 적이 한 번도 없다고 했습니다."

후지카케의 눈초리가 험악해졌다.

"그걸 누구한테 말했나?"

"아직은 아무에게도 말하지 않았어요. 만약 들었다면, 접견 때 입회한 경찰관 정도일 거예요."

순간 준코는 외부인인 에바라가 그곳에 있다는 사실을 깨달았다.

"일단 전무가 했던 말은 절대로 노출시키면 안 돼. ……과거의 병력은 문제가 되지 않아. 수면장애가 있어도, 반드시 본인이 인지하고 있다곤 할 수 없으니까."

"부인이나 가족은 알 거예요."

"그들은 우리 주장에 맞춰 증언해 줄 거야."

후지카케의 말은 기묘할 정도로 어긋나 있었다. 지금은 전술이 아니라 진상 규명에 대해 이야기해야 한다……. 준코가 그렇게 말하려는 순간 노크소리가 들렸다.

I. 보이지 않는 살인자

"실례하겠습니다."

사야카가 커피를 가지고 들어왔다. 준코가 쟁반을 받으려 하자 이마무라가 재빨리 자리에서 일어났다. 그의 페미니즘은 상대가 미인일 때만 발휘되는 모양이었다.

"고맙습니다. 저에게 주세요."

이마무라는 자기 커피만 내리고 쟁반째 준코에게 넘겼다. 준코도 자기 커피만 내릴까 생각했으나, 현재의 미묘한 분위기에 망설여졌다. 내키지 않았지만 에바라와 후지카케 앞에 커피를 내려놓았다. 아니나 다를까, 고맙다고 인사한 사람은 에바라뿐이었다.

커피잔에는 설탕과 크림이 곁들여져 있었다. 준코는 블랙으로 마셨다. 후지카케는 설탕과 크림을 모두 넣고 다시 이야기를 시작했다. 이번에는 준코가 아니라 에바라를 향해서였다.

"이마무라 씨나 아오토 씨가 아직 젊긴 하지만 몇몇 큰 사건을 경험했고, 형사변호 분야에서 높이 평가받고 있지요. 우리 사무실은 주로 민사만 담당해서 이번 변호인단에 특별히 참여시켰는데, 아주 기대가 큽니다."

그러자 에바라가 고개를 끄덕였다.

"솔직히 말해서 한때는 마음이 복잡했습니다. 하지만 지금은 전무님을 구해주셨으면 합니다. 고령이기도 하니 실형만은 피할 수 있게 해주세요."

"알겠습니다. 최선을 다하겠습니다."

역겨운 냄새가 풍기는 장면이었다. 이미 뒤에서 손을 잡은 것이리라. 심신상실로 밀어붙이면 회사의 이미지 추락을 최소한으로 줄일 수 있다. 의뢰인은 회사가 아니라 전무라고 말하려는 순간, 후지카케가 준코쪽으로 방향을 틀었다.

"아오토 변호사는 지금 하는 조사를 계속해. 만약 외부에서 침입이 가능하다는 걸 밝혀내면, 그건 아주 좋은 소식이야. 경우에 따라 변호 방향을 바꿀 수도 있으니까. 그동안 이마무라 변호사는 심신상실을 주장할 수 있도록 만반의 준비를 하고."

"알겠습니다."

이마무라가 목소리에 힘을 주어 대답했다.

"장시간 회의는 비효율의 상징이죠. 오늘은 이걸로 끝냅시다."

후지카케가 회의 종료를 선언했다. 준코의 저항이 만만찮음을 간파했기 때문이다. 준코는 마음속으로 준비했던 반론을 곱씹었다. 이대로 끝내면 안 된다.

"물어볼 게 있습니다."

"뭔가?"

후지카케의 목소리에 불쾌감이 묻어났다.

"변호 방향에 대해, 히사나가 전무에게 언제 전하실 건가요?"

"아직 미정이야. 지금 말한 것처럼 방침이 최종적으로 정해진 것도 아니니까."

"전무는 결백을 주장하고 있어요. 아마 무의식적 범행에도 동의하지 않을 거예요."

"이제부터 설득해 나가야지."

그때 이마무라가 끼어들었다.

"제가 다시 잘 설득해 보겠습니다."

"그건 잠시만 뒤로 미뤄 주세요."

"왜지?"

"전무는 자신의 결백을 믿기 때문에 그나마 안정을 유지하고 있어요. 그런데 자신이 사장님을 죽였다고 생각하면 그 상태가 단숨에 무너질 거예요. 최악의 경우 자살을 시도할 수도……."

달그락! 귀에 거슬리는 소리에 준코는 순간적으로 흠칫했다. 테이블 위로 컵이 쓰러져 소량이지만 커피가 쏟아졌다. 다행히 컵은 깨지지 않은 듯했다.

에바라는 오른손으로 커피잔을 바로잡고 쓴웃음 같은 표정을 지었다. 커피잔이 손에서 미끄러진 모양이었다.

준코는 에바라가 동요하고 있음을 알아차렸다. 왜일까? 히사나가가 자살할지도 모른다는 말에 왜 당황한 걸까?

"그런 일은 절대로 있어서는 안 됩니다. 어떻게든 막아야 합니다. 후지카케 변호사님, 경찰에 히사나가 전무가 자살을 시도할지도 모르니 철저히 감시해 달라고 전해 주십시오."

"알겠습니다. 단단히 못을 박아두지요. 하지만 괜찮을 겁니다. 구속 중인 용의자가 자살이라도 하면 그쪽 역시 큰일이니까요."

후지카케의 눈에도 에바라의 과민반응이 이상하게 여겨지는 듯했다.

왜일까? 에바라가 진심으로 히사나가를 걱정한다고는 여겨지지 않는다. 뭔가 다른 이유가 있을 것이다.

사야카가 들어와서 테이블에 쏟아진 커피를 닦았다.

준코는 쓰러졌던 커피잔을 무심코 쳐다보았다. 그 순간, 신의 계시처럼 머릿속에 번뜩이는 게 있었다.

알았다!

준코는 멍하니 입을 벌렸다. 루피너스 V를 이용해 살해하는 방법을 드디어 찾아낸 것이다.

탄도

롯폰기센터 빌딩의 서쪽에 위치한 것은 기네타 빌딩이라는 소
박한 10층짜리 건물이었다. 입주회사 면면을 보아도 2층에 대형
소비자금융이 있는 것 말고는 눈길을 끌 만한 회사가 없었다.
측량행정서사 사무소, 미니코미 잡지(소수독자 대상의 잡지)를 내
고 있는 출판사, 의류관련 일을 하는 것으로 보이는 상사 등이
오밀조밀 들어서 있고, 최상층은 비어 있는 듯했다.

에노모토 케이는 검정색 007 가방을 든 채, 도둑들의 유니폼
이라고 할 수 있는 쥐색 양복을 입고 빌딩으로 들어갔다.

도중에 정장 차림의 남자들이 스쳐 지나갔지만 케이를 주목
한 사람은 아무도 없었다. 엘리베이터를 탄 그는 특별한 조작 없
이 최상층으로 올라갔다. 내리기 전 1층 버튼을 눌러 엘리베이
터를 다시 1층으로 돌려놓았다. 입주회사가 없는 최상층에 엘
리베이터가 멈춰 있으면 수상쩍게 여겨질 수 있었기 때문이다.

이 빌딩의 계단쪽 문은 잠겨 있지 않아 누구라도 드나들 수 있었다. 하지만 옥상으로 통하는 무거운 철제문은 잠겨 있었다. 신축 아파트에 많이 사용되는, 업계에서 두 번째로 큰 회사의 실린더였다. 열쇠는 리버서블 딤플키로, 핀이 18개나 되어 피킹에 비교적 강했다.

하지만 이 실린더도 롯폰기센터 빌딩에서 사용하는 실린더와 마찬가지로 확실한 약점이 있었다. 딤플의 패턴이 단순하기 때문에 여벌열쇠를 만드는 임프레션이라는 기술로 쉽게 열 수 있다는 점이다.

그는 007 가방을 바닥에 내려놓고 짧은 광파이버 케이블이 달린 내시경을 꺼냈다. 본래는 귓속을 보기 위한 스코프인데, 끝에 달린 투명한 귀이개가 가장 작은 열쇠구멍에 맞추어 바늘처럼 가늘게 깎여 있었다.

반짝이는 바늘을 열쇠구멍에 끼우고 스코프를 들여다보았다. 빛에 비친 실린더 내부는 피킹당한 흔적이 없는 완전히 새것이었다. 최근에 디스크 실린더에서 교체했을지도 모른다.

그는 열쇠 모양으로 잘라놓은 강화 플라스틱판을 꺼냈다. 원래 색깔은 흰색이지만 매직잉크로 새까맣게 칠해놓았다. 통상적으로 여벌열쇠를 만들 때 아직 가공하지 않은 금속열쇠를 사용하는데, 그보다 플라스틱이 자르기가 쉬워 제작시간을 크게 단축할 수 있다. 수백 번 사용하지 않는 한 강도에서도 문제가 없었다.

플라스틱판을 열쇠구멍에 끼우고 좌우로 몇 번 비틀어 보았다. 당연한 일이지만 실린더는 꼼짝도 하지 않았다.

열쇠를 빼내자 검은색 표면에 미세한 흠집이 수없이 생겨나 있었다. 실린더의 핀이 닿은 흔적이다. 케이는 끝이 예리한 건전 지식 납땜인두를 사용해, 프로가 아니면 알아볼 수 없는 흔적을 따라 신중하게 작업했다.

긁어낸 찌꺼기를 손톱으로 제거하고 다시 플라스틱판을 끼워 움직여 보았다. 조금 전과는 느낌이 눈에 띄게 달랐다. 다시 납땜인두로 움푹한 곳을 넓혀가자 점자처럼 생긴 두 줄기 딤플(dimple, 열쇠 표면의 오목하게 들어간 곳)이 서서히 원래의 열쇠 패턴으로 변했다. 몇 차례 반응을 확인한 후, 끝이 뾰족한 막대 줄을 사용해 어루만지듯 세심하게 마무리했다.

녹아내린 플라스틱에서 기이한 냄새가 떠도는 가운데 그는 플라스틱판을 삽입했다. 실린더는 더 이상 반항하지 못하고 경쾌한 소리와 함께 회전했다. 여벌열쇠를 만들기 시작한 지 채 4분도 지나지 않았다.

케이는 문을 열고 좁은 옥상으로 나갔다. 사방에 벽처럼 높이 솟아 있는 것은 옥상 간판의 뒷면이었다. 석양이 콘크리트를 황혼빛으로 물들였다.

아직도 뜨거운 납땜인두를 콘크리트 바닥에 내려놓고 007 가방에서 필요한 도구를 꺼냈다. 어디에서도 지켜보는 사람이 없음을 확인한 그는 옥상 간판 밑으로 빠져나갔다.

수도고속도로를 달리는 차 소리가 가까이에서 들렸다.

간판에서 빌딩 끝까지의 거리는 불과 30~40센티미터밖에 되지 않았다. 고소공포증이 없는 사람도 여기에 서는 데는 상당한 용기가 필요하리라.

동쪽에 있는 롯폰기센터 빌딩을 보니 사장실 창문에 커튼이 쳐져 있었다. 지금 서 있는 곳에서 공기총을 겨눈다면 총구가 상당히 위쪽을 향하게 될 것이다.

케이는 007 가방에서 소형 레이저 포인터를 꺼냈다. 펜처럼 생긴 몸체 중간에 30센티미터쯤 되는 검은색 명주실이 묶여 있고, 그 끝에 5엔짜리 동전이 매달려 있었다.

빌딩 끝에 서서 레이저 포인터로 사장실 창문을 조준했다. 맞은편 빌딩 벽면에는 석양을 받은 옥상 간판의 그림자가 드리워져 초록색 휘점이 선명하게 보였다.

총잡이의 키는 약 170센티미터, 총탄을 맞은 곳은 창문 아래쪽 틀에서 15센티미터 위라고 가정했다. 오른손으로 레이저 포인터를 받치고 왼손으로 원형 각도기를 댔다. 수직으로 늘어진 명주실과 레이저 포인터 중심선과의 각도는 107도였다. 즉, 공기총의 총구는 수평보다 17도 위쪽이었다.

사장실 크기는 지난번 들어갔을 때 보폭으로 재두었다. 서쪽 창문에서 동쪽 문까지 9미터가 조금 넘었다. 휴대용 전자계산기로 계산하니 tan17＝0.305730. 따라서 9m×0.306＝2.754m가 되어, 총알은 창문에 난 구멍으로 봐서 2.7미터 이상 높은 곳에 맞은 것이 된다. 즉, 문이 아니라 천장에 맞았어야 한다.

물론 아오토 준코가 지적했듯이 탄도는 포물선 형태가 된다. 그러나 여기서 문까지의 거리를 17미터, 총알의 초속을 공기총의 평균인 170미터라고 한다면 착탄까지 0.1초밖에 걸리지 않는다. 그 사이에 낙하하는 거리는 대충 계산해 5센티미터 정도이니 무시해도 상관없을 것이다.

또한 사장실 천장 패널의 재질을 생각하면 총알이 튕겼다고 생각할 수도 없다. 총잡이의 키가 더 크고 총알이 창문으로 들어간 위치가 창문 아래쪽 틀에서 아슬아슬하게 위쪽이었다는 가정 하에 레이저 포인터의 방향을 바꿔보았다. 하지만 각도가 2도쯤 작아졌을 뿐이다. 계산상 문에 맞을 가능성은 없었다.

빌딩 사이를 뚫고 몸이 부르르 떨릴 만큼 매서운 바람이 불었다. 골목길과 마주하긴 했지만, 오랫동안 서 있으면 사람들 눈에 띌지도 모른다.

누군가 사장실에 총을 쏘았다면 사람들 눈을 걱정할 필요가 없는 한밤중이었을까?

케이는 간판 밑을 빠져나왔다. 뒤쪽으로 옥상 간판을 받치고 있는 경량철골의 뼈대가 보였다. 빌딩 두 개 층보다 높지만 관리 보수용 철제 사다리가 달려 있어 올라가는 건 식은 죽 먹기다. 그 위에서 쏜다면 당연히 각도가 달라진다. 문제는 범인이 그렇게까지 할 이유가 없다는 것이다.

그렇지만 범인이 사람들 눈을 두려워했다면, 위로 올라가 몸을 숨긴 채 총을 쏘았을 가능성도 배제하기 어려웠다.

그는 서쪽에 있던 철제 사다리에 올라가, 간판 위로 얼굴이 보이지 않도록 조심하면서 철골을 따라 반대쪽으로 이동했다.

동쪽에 도착해 롯폰기센터 빌딩쪽을 향하니 옥상이 한눈에 내려다보였다. 문이 달린 옥탑과 급수탱크. 피뢰침. 파라볼라 안테나. 철망으로 둘러싸인 네모난 상자. 옥상을 한 바퀴 에워싸고 있는 레일.

철골 위에 두 팔을 올린 채 그는 레이저 포인터를 사장실 창문에 맞추었다. 다시 중심선과 명주실의 각도를 재보니 71도였다. 이번에는 수평에서 19도 아래쪽이 되는 셈이다.

계산할 것까지도 없었다. 아래쪽을 향한 탄도로 창문을 뚫은 총알은 분명히 바닥에 맞았을 것이다.

케이는 철골을 따라 천천히 내려왔다. 그의 열 손가락은 프리 클라이밍으로 완벽하게 단련되어, 필요하다면 새끼손가락 하나로도 매달릴 수 있었다. 가죽구두를 신고도 전혀 구애되지 않았다.

간판 패널 뒤쪽으로 저격에 이용할 만한 구멍이 있는지 확인했다. 길거리와 마주한 북쪽과 달리 빌딩으로 절반 이상이 가려진 동쪽 면에는 네온사인을 사용하지 않았다. 평평한 철제판에는 작은 틈새 하나 보이지 않았다.

결론은 분명했다. 만약 기네타 빌딩 옥상에서 총을 쏘았다면, 총알이 사장실 창문을 통과해 반대쪽 문에 도달하지 못한다.

그렇다고 해서 기네타 빌딩보다 뒤쪽에 있는 건물에서 총을 쏘았다고 생각할 수도 없었다. 일반 공기총의 사정거리는 30여 미터밖에 안 된다. 50미터가 넘는 공기총도 있지만, 옥상 간판에 가려 어느 곳에서도 사장실 창문이 보이지 않았다.

처음에 저격 이야기를 들었을 때부터 이해가 되지 않았다.

I. 보이지 않는 살인자

각도상 문제가 없더라도 사격용 공기총의 위력은 기껏 6~7줄(Joule. 에너지의 단위), 수렵용이라도 10~60줄 정도다. 펠릿처럼 유연한 총알이 빌딩의 두꺼운 유리를 뚫고 9미터 이상 떨어진 단단한 나무문에 박히리라곤 상상하기 어려운 일이다.

범인은 틀림없이 실내에 있었다. 그리고 문에 직접 공기총을 쏘았다. 밖에서 쏜 것처럼 위장하기 위해 다른 방법으로 유리창에 총알자국을 만든 것이 틀림없다.

문제는 방법이었다. 창문 안쪽에서 총으로 구멍을 내면 파편이 바깥쪽으로 떨어진다. 카펫 위에 유리파편이 전혀 보이지 않을 경우 부자연스러울 테고, 행인이 길바닥에 떨어진 파편을 발견할 가능성도 있었다.

범인이 구멍을 낸 건 창문 바깥쪽일 것이다. 그렇다면 그런 조작이 가능한 곳은 롯폰기센터 빌딩의 옥상밖에 없었다.

사용했던 도구를 007 가방에 넣으면서 케이는 생각에 잠겼다.

아무래도 이상하다. 저격이 위장이었음은 이제 분명해졌다. 평범하게 생각하면 밀실살인의 준비공작이라고 봐야 할 것이다. 하지만 두 트릭에 숨겨져 있는 의도를 떠올리면 어이가 없을 만큼 모순점이 있었다.

저격사건을 위장한 목적은 범인이 외부에 있음을 강조하려 했다. 반면에 밀실살인은 분명히 내부의 범행으로 위장하려 한 것이다.

더구나 꼬리를 잡기 힘들 만큼 교묘하게 만들어진 밀실살인에 비해, 조금만 조사해도 허점이 드러나는 저격사건은 엉성하기 짝이 없었다. 도저히 같은 사람 짓이라고는 생각하기 어려웠다.

어쩌면 저격사건과 밀실살인을 따로 떼어내 생각해야 하는 것 아닐까?

007 가방을 닫고 옥상에서 철수하려는 순간, 안주머니에서 휴대폰이 진동했다. 아오토 준코였다.

"지금 어디세요?"

"직선거리로는 바로 근처입니다."

준코가 한순간 침묵했다. 수수께끼 같은 말투가 싫었던 모양이다.

"……죄송해요. 지금 사무실 파트너와 급히 의논해야 할 일이 생겼어요. 그래서 그런데……."

기묘하리만큼 억양이 없는, 감정을 억누르는 듯한 말투였다. 무슨 이유에서인지 꽤 흥분한 듯했다. 하지만 분노는 아닌 것 같았다.

"알겠습니다. 저는 그동안 좀 더 조사할게요."

"이쪽 사람들은 모두 돌아갈 테니, 지금이라면 12층도 가능해요. 오래 머물 순 없겠지만요."

"괜찮습니다. 신경쓰지 마세요."

"그래요? 간병 로봇을 조종하는 제3의 방법을 듣고 싶지 않나요?"

준코의 목소리는 어딘지 모르게 자신만만했다.

"뭔가 알아낸 것 같군요."

"네?"

"새로운 사실이나 힌트요."

다시 침묵이 찾아왔다.

"……그래요. 찾아낸 것 같아요."

준코는 거기서 멈추려 했으나, 한편으로 말하고 싶은 마음도 강했다.

"밀실 트릭을 깬 것 같아요. 확인을 위해 실험해 볼 필요는 있지만요. ……자세한 건 내일 말할게요."

"알겠습니다. 기대할게요."

"그럼 내일도 잘 부탁드려요."

"나야말로 잘 부탁합니다."

케이는 전화를 끊었다. 그런 다음 옥상 간판 밑으로 머리를 내민 채 롯폰기센터 빌딩의 현관을 내려다보았다.

준코가 깨트렸다는 밀실 트릭은 황당한 것이라 생각되지만, 말투가 너무도 자신만만했던 게 마음에 걸렸다. 어쩌면 그녀에게 선수를 빼앗겨 성공보수를 날리게 되었는지도 모른다. 뭐 지금 생각해 봤자 소용없는 일이지만.

로쿠센 빌딩 주차장에서 차 두 대가 나왔다. 연갈색 벤츠와 도요타의 초록색 셀시오였다. 위에서는 운전자가 보이지 않지만 한쪽이 에바라일 것이다. 차들은 롯폰기 방면으로 사라졌다.

이어서 준코의 아우디 A3가 나타났다. 조수석에 누군가 타고 있는 듯했다. 그 차는 시부야쪽으로 향했다.

케이는 옥상에서 나와 살며시 문을 잠갔다. 그런 다음 1층까지 계단을 이용했다. 그는 태연한 얼굴로 로쿠센 빌딩의 정면 현관으로 들어가 엘리베이터를 탔다.

비밀번호를 입력했다. 3, 4, 2, 4······.

이제 층수 버튼을 눌러보면 잠금이 해제되었는지 알 수 있었다.

빙고! 12층 버튼에 불이 들어오고 엘리베이터가 천천히 올라가기 시작했다.

어제 오구라 과장이 비밀번호 누르는 모습을 뒤에서 관찰했는데, 팔꿈치의 움직임으로 볼 때 분명히 첫 버튼만 왼쪽에 있었다.

엘리베이터의 층수 버튼은 두 줄이고, 밑에서부터 차례로 B1, 1, 2, 3, 4로 이어졌다. 비밀번호로 사용된 것은 2, 3, 4의 세 버튼임이 밝혀졌으니 첫 번째 버튼은 3이 되는 것이다. 거기서 생각할 수 있는 순열은 여섯 가지밖에 없다.

3424, 3442, 3422, 3244, 3242, 3224.

6분의 1 확률이라면 단번에 맞췄다 해도 그렇게 신기한 일이 아니다. 하지만 문득 왜 이 번호일까 하는 의문이 들었다.

조작반 밑에 있는 버튼은 몸으로 쉽게 감출 수 있는 이점이 있고, 가까운 번호라면 재빨리 연속해서 누를 수 있다. 3424는 적당히 생각한 의미 없는 숫자일지도 모른다. 또는 쇼와(昭和. 전일본 국왕의 연호로, 쇼와 1년은 1926년이다) 34년 2월 4일이 중요한 날짜일지도 모른다.

'밀실의 죽음'이라는 말과 발음이 비슷한 것은 단순한 우연일 것이다.('밀실의 죽음'의 일본어 발음은 '밋시쓰노시'이고, 3424의 일본어 발음은 '미쓰시니시'로 서로 비슷하다.)

엘리베이터가 12층에서 멈추고 문이 열렸다.

플로어의 불이 꺼진 걸 확인한 그는 1층 버튼을 누른 후 엘리베이터에서 내렸다. 잠시 귀를 기울여 아무 소리도 들리지 않자 엘리베이터 홀을 지나 복도로 갔다.

케이는 감시카메라의 사각지대에 몸을 숨기고 007 가방에서 무선카메라를 탑재한 장난감 자동차를 꺼냈다. 그것을 살며시 바닥에 놓으며 천천히 숨을 토해냈다. 그때 복도 막다른 곳에서 강렬한 빛이 쏟아졌다.

그는 반사적으로 몸을 낮췄다. 센서라이트의 감도가 이렇게 좋을 줄은 예상치 못했다.

밤이 되면 복도 막다른 곳의 감시카메라가 센서로 침입자를 탐지해 녹화를 시작하는 알람 녹화모드로 바뀐다. 동시에 센서라이트가 켜지면서 빛의 양을 보충하는 것이다. 두 센서는 침입자의 체온에서 나오는 적외선에 반응하는 독립적인 구조였다.

그런데 설마 복도 끝에서 나오는 호흡의 적외선까지 감지할 줄이야. 불이 너무 빨리 켜져 얼굴을 내밀 틈이 없었던 게 오히려 다행이었다.

케이는 장난감을 집어넣고 서둘러 엘리베이터 홀로 돌아갔다. 운행 표시를 보니 1층에서 엘리베이터가 올라오는 중이었다. 센서라이트가 켜지면 경비실에 경보가 울리게 되어 있는지도 모른다.

그는 계단쪽으로 나갔다. 경비원이 아무도 없는 걸 보고 오작동이라 여기면 좋으련만.

지금 아래층으로 내려가는 건 위험하다. 케이는 옥상으로 향했다. 안주머니에서 복제한 마스터키를 꺼냈다. 어제 경비실에 갔을 때 몰래 본뜬 것이다.

고요한 계단실에 실린더 회전하는 소리가 울려퍼지자 심장이 덜컹 내려앉았다. 그가 옥상으로 빠져나가는 것과 거의 동시에 엘리베이터 도착을 알리는 차임벨이 울렸다.

케이는 밖에서 재빨리 문을 잠갔다. 그 소리가 들릴 수도 있었지만, 옥상문이 열려 있는 걸 누군가 발견하면 모든 게 끝장이었다.

그는 철문에 귀를 대고 계단실쪽에서 나는 소리를 들었다. 귀를 댄 자국은 지문에 버금갈 만큼 확실한 증거가 되지만, 지금은 그런 것에 신경쓸 때가 아니었다. 만에 하나 경비원이 올라오는 기척이 들리면 어딘가로 즉시 숨어야 했다.

5분 정도를 기다렸지만, 다행히도 계단실 문을 여는 소리는 들리지 않았다. 12층에 비밀번호와 자동잠금이 이루어지고 있어, 단순한 센서라이트 오작동으로 판단하는 듯했다.

물론 두 센서가 동시에 오작동하는 일은 있을 수 없었다. 그러나 센서라이트에 불이 들어오면, 거기서 나오는 적외선 때문에 감시카메라 센서도 반응하게 된다. 그토록 감도가 예민하다면 센서라이트가 가끔씩 오작동을 일으킨다 해도 이상한 일이 아니다.

그는 손수건으로 귀를 댄 철문 부분을 꼼꼼히 닦아냈다. 여기를 빠져나가는 건 잠시 시간적 여유를 두는 편이 낫겠다. 어차피 옥상도 조사할 예정이었으니까.

이제 해는 완전히 저물었다. 하지만 불빛이나 네온사인이 구름에 반사되어 어렴풋한 회색으로 변해 있을 뿐, 마음 편히 쉴 수 있는 어둠은 없었다. 게다가 기네타 빌딩의 옥상 간판에 조명이 들어와 이쪽 옥상까지 희미하게 비추었다.

옆 빌딩에 있을 때와 마찬가지로, 수도고속도로에서 끊임없이 차 소리가 들려왔다.

새삼스럽게 옥상을 둘러보았다. 계단실 맞은편에는 급수탑이 있고, 탱크에는 맹꽁이자물쇠가 달려 있었다. 옥상 중앙은 두 줄로 된 초대형 실외기가 점령해, 지금도 나지막한 소리가 들려왔다. 북쪽 가장자리에는 청소용 상설 곤돌라와, 그걸 매다는 대차가 아무렇게나 놓여 있었다. 대부분의 빌딩에서 곤돌라는 비를 맞게 그냥 내버려둔다. 빌딩 가장자리를 따라 대차가 이동할 수 있도록 레일이 깔려 있고, 네 구석에는 대차 방향을 바꾸는 턴테이블이 있었다.

급수탑에서 내려오자 계단실 옆으로 작은 철제상자가 보였다. 상자는 잠겨 있었는데, 복제한 마스터키를 열쇠구멍에 집어넣자 실린더가 순순히 돌아갔다. 빌딩 안의 모든 자물쇠를 마스터키 하나로 열 수 있는 모양이었다.

상자 안에는 대형 플러그를 꽂는 전원 콘센트와 누전 차단기가 있었다. 곤돌라와 대차용 전원박스인 듯했다.

케이는 상자를 잠근 뒤 레일을 따라 빌딩 바깥쪽을 점검했다. 서쪽에 도착한 그는 발길을 멈추었다.

원색으로 칠해진 소비자금융의 간판이 눈앞을 가로막듯 솟아 있었다. 이쪽을 향한 부분에는 조명이 없었지만 위압감을 주기에 충분했다.

세상을 떠난 에바라 사장은 매일 이런 모습을 보았을 것이다. 얼마나 답답하고 부아가 치밀었을까?

레일을 넘어 빌딩의 끝자락까지 갔다. 높은 곳에 대한 공포는 없었지만, 아래쪽에서 올려다봤을 때 눈에 띄지 않도록 자세를 낮추었다.

옥상 바닥을 사이에 두고 아래쪽에 사장실이 있었다.

모든 창이 붙박이로 된 롯폰기센터 빌딩에서 정면 현관이나 뒷문을 통하지 않고 침입하기란 거의 불가능했다. 유일한 예외는 건물 외벽을 기어오르거나 옆 빌딩의 옥상에서 건너와 계단실 문을 부수는 방법이다.

하지만 로쿠센 빌딩의 경우, 외벽에 빗물받이처럼 손으로 잡을 만한 것이 없고 주위에 완전히 노출되어 기어오르기도 어려웠다. 또한 옆 빌딩과 높이도 다르고 간격도 너무 넓었다. 더구나 내부계단의 자물쇠를 부수고 12층에 침입한다 해도 적외선 센서와 감시카메라가 기다리고 있다. 이곳은 침입 루트로 적합하지 않았다. 하지만 다른 공작에는 충분히 이용할 수 있었다.

그는 빌딩의 벽면을 내려다보았다. 바로 눈앞에 사장실의 서쪽 창이 보였다. 발을 딛기에는 문제가 없으므로, 이 정도면 유리창에 구멍을 내는 게 어렵지 않을 것이다. 튼튼한 밧줄에 뾰족한 모양의 묵직한 추를 매달아 흔들다 유리를 세게 때리면 된다. 지금 끼워져 있는 튼튼한 겹유리라면 힘들겠지만, 일반 플로트 판유리라면 총알자국과 똑같은 구멍을 내기가 그리 어렵지 않다.

저격 방법은 알아냈다. 문제는 누가 무엇 때문에 그랬느냐는 것이다.

F&F 시큐리티에 도착했을 때는 오후 7시가 넘어 있었다.

안으로 들어가자 가게를 지키고 있던 이프가 고개를 들었다.

"선생님, 부디 다녀오셨습니까?"

"부디가 아니라 잘 다녀왔냐고 해야지. 뭐 좀 팔았어?"

"5천 엔 정도요. 방범 스티커와 피킹 알람 등을 팔았습니다."

"완전히 적자군. 네 아르바이트비와 똑같잖아."

케이는 아르바이트비 명목으로 준코에게 하루에 1만 엔씩 받고 있다는 말을 하지 않았다.

"죄송합니다. 제가 전문지식이 부족해서요. 열쇠에 대해 물어보는데, 제대로 대답을 못했습니다."

"자물쇠 따기 절도범처럼 생겼으니까, '이 열쇠는 안전해요'라고 말하는 걸로 충분해."

"선생님, 그건 차별이에요. 전 도둑이 아닙니다. 지금까지 남의 물건을 훔친 적이 한 번도 없습니다."

"그거 참 유감이군. 여기는 그런 경험을 살릴 수 있는 유일한 곳인데 말이야."

"그보다 아르바이트비를 조금만 깎을 수 없을까요?"

"정말 깎아도 돼? 혹시 올려줄 수 없냐고 말하려던 거 아냐?"

"그렇습니다."

"이거 놀라운데? 하루 매출이 5천 엔이라면서 아르바이트비를 올려달라고 하다니. 너무하는 거 아냐?"

"네, 일단 그냥 말해봤습니다."

이프는 카운터에서 읽고 있던 일본어 교과서를 천가방에 집어넣었다. 신주쿠에 있는 일본어학교에 다니는 모양인데, 장차무슨 공부를 할지는 정하지 않았다고 한다. 보증인이 확실해 가끔 주말에 가게를 맡기곤 했다.

"참, 선생님. 아까 메트로폴리탄 상사의 고노라는 사람에게서 전화가 왔었습니다."

대머리황새다. 지난번에 자신이 없을 때 전화를 걸어 사쿠라다 상사라고 했다고 한다. 요즘은 경시청에서 회식 자리를 예약할 때도 그런 이름은 쓰지 않으니, 아예 경시청의 영어 이름을 따서 메트로폴리탄 상사라고 하는 게 어떠냐고 한마디 했었다. 그런데 설마 그 이름을 진짜 쓸 줄이야.

"전해 달라는 말은 없었어?"

"특별한 말은 없었고, 전화를 부탁한다고만 했습니다."

"알았어. 수고했어."

"그럼 선생님, 그만 가보겠습니다."

케이가 내민 5천 엔짜리 지폐를 받고 이프는 활짝 웃으며 퇴근했다.

가게 문에 폐점이라는 푯말을 걸고 문을 잠갔다. 종이봉투에서 서브웨이 샌드위치를 꺼내 카운터에 올려놓았다. 그리고 사무실로 가서 특제 브랜드 커피를 탔다.

바람이 세차게 불어 창틀이 덜컹거렸다. 크레센트(창문 새시 등에 사용하는 반원형 모양의 잠금장치)를 잠가도 틈새가 약간 벌어졌기 때문이다. 누군가 침입할 가능성은 거의 없지만 아무래도 마음에 걸린다. 창문 새시 사이에 휴지를 끼우자 더 이상 소리가 들리지 않았다.

김이 피어오르는 커피를 들고 카운터로 돌아와 얼핏 벌레 먹은 것처럼 보이는 구멍에 열쇠를 끼워서 돌렸다. 비밀서랍을 열자 액정 모니터와 타임랩스 비디오가 몇 대 들어 있었다.

샌드위치와 커피를 먹으며 카운터 뒤의 비밀 카메라로 촬영한 오늘의 가게 상황을 고속으로 확인했다. 타임랩스 비디오는 프레임 단위로 녹화하는 시스템이라 보는 데 많은 시간이 걸리지 않았다. 찾아오는 손님도 거의 없었고, 매출은 이프의 말대로 한심한 수준이었다.

원래 불법 수입의 돈세탁용으로 시작한 가게였지만, 최근에는 방범 컨설턴트 관련 수입이 점점 많아지고 있었다. 이제 경영을 진지하게 생각해, 가게에서 얻는 수입만으로 먹고살 수 있도록 해야 할 것이다.

혹시나 해서 다른 카메라의 녹화영상도 확인했다. 준코에게 가게 안의 카메라가 전부 작동되고 있다는 말을 괜히 했는지도 모른다. 하지만 그녀도 이 카메라에 대해서는 상상하지 못했을 것이다.

액정 모니터에 다른 카메라의 영상이 나오기 시작했다. 화면을 멈추고 어제 오전 영상이 등장할 때까지 테이프를 되감았다. 거기에는 가게로 들어오기 직전의 준코가 찍혀 있었다.

키가 크고 청초하며 지적인 분위기의 여성이다. 속눈썹이 길고 눈에는 단호한 의지가 깃들어 있었다.

그녀는 진지한 눈길로 가게 문에 붙어 있는 상호와 'F&F'의 로고를 뚫어지게 쳐다보았다. 그리고 콤팩트를 꺼내 머리 모양을 확인하더니 연하늘색 손수건으로 옷의 어깨와 가슴팍에 묻은 물방울을 닦았다. 그러다 문득 생각난 듯 황금빛으로 반짝이는 둥근 배지를 칼라에서 떼어 숄더백에 넣었다…….

아직 햇병아리 변호사임을 나타내는 반짝이는 배지. 그녀는 핀홀 하나로 변호사인 걸 알아차렸다는 사기꾼 같은 추리를 믿을 만큼 순진할까? 이번에는 허점이 드러나지 않았지만, 앞으로는 셜록 홈스 흉내를 삼가는 게 좋을지도 모르겠다.

케이는 커피를 다 마신 후 일어섰다. 사무실로 간 그는 보온포트에서 늘 애용하는 티탄 머그컵에 한 잔을 더 따랐다.

밀실.

지금까지 경험해 보지 못한 도전정신이 온몸에서 솟구쳤다. 침입 프로라고 자부하는 자신에게조차 꼬리가 드러나지 않을 만큼 교묘한 범인에 대한 것인지, 아니면 아오토 준코라는 매력적이면서도 미묘하게 콤플렉스를 자극하는 여성에게 자신의 능력을 보여주고 싶은 마음 때문인지는 분명치 않았다. 아마 양쪽 모두일 것이다.

밀실살인.

전부 히사나가 전무에게 죄를 뒤집어씌우기 위해 계획된 것이 틀림없었다. 처음에 느꼈던 직감은 이미 확신에 가까웠다. 흉기만 해도 히사나가 전무를 범인으로 가정하기엔 석연치 않은 점이 너무 많았다.

밀실트릭.

방법상으로는 이미 꽤 좁혀졌다. 사장실로 가는 세 가지 통로 중 남은 건 문뿐이었다. 즉, 범인이 사용한 트릭은 감시카메라를 속이는 것뿐이다. 경찰도 이미 그 가능성을 조사했다.

그는 카운터로 돌아가 상단에 있는 작은 서랍에서 비닐 지퍼백을 꺼냈다. 안에는 가느다란 다람쥐털이 한 올 들어 있었다. 사장실 앞의 감시카메라에 붙어 있던 것이다. 지금까지 수없이 봐서 한눈에 알아보았다.

경찰 감식반에서는 지문을 채취할 때 현장 상황에 따라 여러 가지 방법을 사용한다. 기화된 요오드를 묻히기도 하고, 아미노산에 반응하는 닌하이드린 시약이나 접착제인 시아노아크릴레이트를 쓰기도 한다. 희미해서 잘 알아볼 수 없는 지문은 형광분말을 바르고 아르곤 레이저를 쏘인다. 인체에 묻은 지문에는 일본에서 개발한 사산화루테늄법 등도 사용한다.

그런데 예나 지금이나 가장 많이 사용하는 건 고전적인 분말법이다. 이것은 알루미늄, 벵갈라, 구리 등의 분말이나 풀고사리의 포자인 석송자 등을 지문에 묻힌 후 지문 브러시로 불필요한 분말을 털어내는 방법이다. 그런데 지문 브러시 중 가장 부드러워 지문을 망가뜨리지 않는 최고의 수단이 바로 다람쥐털이었다.

감시카메라에 다람쥐털이 붙어 있다는 건 감식반이 그곳의 지문을 확인했다는 뜻이다. 하지만 카메라가 설치된 곳은 범행 현장 밖이며, 더욱이 접이식 사다리가 없으면 닿지 않을 만큼 높았다. 상식적으로 범인의 지문이 남아 있을 리 만무했다. 따라서 경찰이 적어도 한 번은 감시카메라를 속였을지도 모른다고 의심했음을 알 수 있다.

케이는 팩스 겸용 전화기를 들고, 머리에만 담아둔 번호를 눌렀다. 호출음이 세 번 울리자 상대가 받았다.

"네."

잠에서 막 깨어난 맹수를 연상시키는 불쾌한 목울림 소리.

"메트로폴리탄 상사인가요?"

"너냐? 가게 전화를 휴대폰과 연결해 두면 어디가 덧나냐?"

"전화 같은 것에 얽매이지 않고 자유롭게 살고 싶어서 말야."

"그러려면 일본어라도 제대로 말하는 직원을 두든가."

고노 형사의 목소리는 마음 약한 사람이라면 오줌을 지릴 만큼 위협적이었다. 하지만 오래 알고 지내온 케이는 지금 그가 기분 좋은 상태임을 알 수 있었다.

"그래도 전에 있던 여자애에 비하면 훨씬 잘하잖아. 뭐 좀 알아냈어?"

"전혀. 도둑 주제에 무슨 바람이 불어 살인사건에 머리를 들이미는 거지? 어쨌든 알고 싶은 게 뭐야?"

고노가 나지막한 목소리로 말했다.

"경찰이 히사나가 전무를 범인으로 단정한 근거."

"그걸 몰라서 물어? 현장은 밀실이고 누구도 들어갈 수 없었잖아."

"하지만 현장에서 고개를 갸웃거리는 사람도 있었지?"

"고개를 갸웃거려? 무슨 말이야?"

"시치미 떼지 마. 당신은 어때? 히사나가 전무가 범인 같아?"

그러자 고노가 코웃음을 쳤다.

"심증만으로 범인을 알아낼 수 있다면, 내가 인간 거짓말탐지기지 형사냐?"

"그래서? 범인이야?"

잠깐 침묵이 흘렀다.

"그렇다곤 할 수 없어. 하지만 반쯤 노망든 영감탱이잖아. 범행을 기억하지 못할 가능성도 없진 않아."

"지문은 어때? 결국 발견 못했지?"

슬쩍 속내를 떠보자 고노의 목소리가 180도 바뀌었다.

"그걸 어떻게 알았어?"

"나도 현장을 조사했거든. 이것저것 눈에 들어오더라고."

"전무실까지 들어갔어?"

케이는 흠칫했다. 고노는 지금 감시카메라가 아닌 다른 지문에 대해 말하고 있다.

단도직입적으로 물어볼까 하다가 마음을 고쳐먹었다. 대머리 황새가 먹이 냄새를 맡을 경우 거래하자고 나올 게 뻔했다. 상대의 성격은 신물이 날 만큼 잘 알고 있다. 교묘하게 유도해 그쪽에서 심문하는 듯한 기분을 들게 해주면 주저리주저리 털어놓을 것이다.

"그 층은 구석구석 조사했지. 사건현장은 사장실이지만, 전무실과 부사장실이 나란히 있잖아? 원래 그 세 방은 전부 봉인해 현장을 보전했어야 하는 거 아냐?"

"그러기는 어려웠어. 회사 고문변호사가 업무에 지장을 준다고 했다더군."

고노의 목소리에 불쾌감이 감돌았다.

"하지만 세 곳 모두 감식반에서 철저히 조사했지……. 이봐, 말 돌리지 말고 문 손잡이에 대해선 어떻게 알았어?"

전무실, 그리고 문 손잡이. 스토리는 이어졌다.

케이는 신중히 생각하며 말했다.

"첫째, 히사나가 전무는 평소 부사장실로 통하는 문을 거의 사용하지 않았어. 서로 사이가 좋지 않았기 때문이지. 본인도 언제 마지막으로 손잡이를 만졌는지 기억하지 못할 정도니까. 둘째, 그 손잡이는 자주 닦여졌어."

"그걸 어떻게 알았지?"

"그 손잡이는 도금이 아니라 진짜 놋쇠더군. 아마 골동품을

I. 보이지 않는 살인자

수입한 거겠지. 놋쇠는 특수 가공하지 않는 한 표면이 금방 산화돼 갈색이 되거든. 자주 닦지 않으면 그런 색깔을 유지할 수 없지."

"흠, 여전히 재수 없을 만큼 꼼꼼한 놈이라니까."

"이 두 가지를 놓고 보면, 범행을 저지르기 전 전무실에서 부사장실로 통하는 문 손잡이에 히사나가 전무의 지문이 남아 있을 가능성은 제로에 가까워."

"그래서 어떻다는 거야?"

"히사나가 전무가 결백하다고 가정한다면, 문 손잡이에 전무의 지문이 묻어 있지 않을 거야. 그리고 지문이 없을 경우 전무의 처지가 대번에 유리해지지. 감시카메라에 노출되지 않고 전무실과 사장실을 왕복하려면 부사장실을 통하는 수밖에 없으니까."

고노는 잠시 생각에 잠겼다.

"하지만 지문이 묻어 있지 않다고 해서 결백하다곤 할 수 없잖아? 나중에 닦아내지 않더라도…… 장갑을 꼈다거나."

"장갑이라도 발견된 거야?"

"아니. 하지만 장갑이 아니더라도 상관없어. 손에 손수건을 감는 것으로 충분하니까."

변명 같은 고노의 말을 들으면서 케이는 고개를 갸웃거렸다.

왜 "장갑을 끼고 있었다"에서 "손에 손수건을 감았다"로 말이 바뀌는가? 맨손으로 손잡이를 잡고 손수건으로 지문을 닦아냈다고 생각하는 게 더 자연스럽지 않은가?

아니, 고노는 "나중에 닦아내지 않더라도……"라고 말했다. 범인이 손잡이를 닦아내지 않았다고 어떻게 단정할 수 있을까? 거기에는 닦아내지 않은 뭔가가 남아 있다는 말이다. 도대체 무엇일까?

케이는 과감하게 넘겨짚기로 했다.

"손잡이에 남아 있던 지문이 언제 묻은 건지 알고 있지?"

그러자 대머리황새가 혀를 찼다.

"거기까지 알고 있어? 그건 거의 정확한 시간이 밝혀졌어. 그날 아침 일찍 한 번 만졌다고 비서가 진술했거든. 전무가 출근하기 전에 말이야."

케이는 기쁜 마음이 드러나지 않도록 애썼다. 전무의 비서는 분명히 가와무라 시노부라고 했다. 그녀의 지문이 범행 전 손잡이에 묻어 있었단 말인가?

"가와무라 시노부가 부사장실에 들어간 거지?"

"전무 책상에 결재서류를 놓아두려고 갔는데, 마침 부사장에게 건넬 서류가 섞여 있었다더군. 부사장 비서에게 확인했는데 의심할 이유는 없었어."

"지문이 묻은 건 어느 쪽 손잡이야?"

"양쪽 다."

"그게 어느 정도 확실한 거지?"

"어느 정도? 완벽해. 양쪽 손잡이에서 비서의 엄지손가락과 검지손가락, 가운뎃손가락 지문이 나왔어."

"좀 부자연스럽지 않아?"

"뭐가 말이야?"

"비서의 지문이 문 손잡이를 잡은 형태로 선명하게 남아 있다면, 히사나가 전무는 자기 지문이 남지 않도록 보통은 잡지 않는 부분을 이용해 손잡이를 돌린 셈이 되잖아?"

"자기 지문을 남기고 싶지 않아서 그랬겠지."

"그럼 그 전에 묻은 비서의 지문은 어떻게 피했지? 천리안이라 잠재 지문이 보였을 리도 없을 텐데?"

고노의 대답은 돌아오지 않았다.

"게다가 그런 시나리오는 아까 말한, 반쯤 노망든 상태에서 범행을 저질렀다는 것과 모순되지 않아?"

그러자 고노가 버럭 고함을 질렀다.

"시끄러워! 그런 건 우리도 알고 있어. 경찰을 무시하지 마! 약간 이상하다고 용의선상에서 뺄 순 없잖아? 그 영감탱이 말고는 범행을 저지를 만한 놈이 없단 말이야!"

"부사장실과 사장실 사이의 문은 어땠어? 역시 손잡이에 전무의 지문은 없었지?"

지긋지긋하다는 듯 전화선을 타고 한숨이 흘러나왔다.

"……그래. 거기서는 누구의 지문도 나오지 않았어."

역시 그렇다. 히사나가는 진범이 파놓은 함정에 빠졌다. 진범이 현장을 밀실로 만든 것이다.

"이봐, 달리 범행을 저지를 사람이 없다는 건 성급한 결론일지도 몰라."

"무슨 말이야? 그럼 영감탱이 말고 다른 녀석이 사장을 죽였단 말이야?"

"경찰에서도 그렇게 의심하는 거 아냐?"

"뭐야?"

"감시카메라의 지문도 채취했잖아."

고노는 잠시 침묵했다. 그의 당황해하는 모습이 눈에 선했다.

"어떻게 그런 것까지……. 아니, 잠깐. 카메라에 알루미늄 가루가 남아 있었지? 그렇지?"

안타깝다. 조류라 그런지 반짝이는 것에만 눈길이 가는 모양이었다.

"그렇지 뭐. 감시카메라 트릭을 의심한 게 당신이야?"

"아니, 우리 반장이야. 영감탱이가 범인이란 걸 끝까지 받아들이지 못하더라고. 하지만 결과는 허탕이었지 뭐. 카메라에서 누구의 지문도 나오지 않았고, 배선 사이에 끼워넣는 것도 불가능했거든."

케이가 깜짝 놀라 물었다.

"확실해?"

"당연하지. 그 빌딩엔 그런 짓을 할 만한 곳이 없더군. 배관에서 엄청나게 긴 케이블을 전부 빼내 1센티미터 단위로 체크했어. 예상한 대로 모기에 물린 자국조차 없더군."

이번에는 케이의 말문이 막힐 차례였다. 그는 경찰이 처음부터 히사나가 전무를 범인으로 단정지었다고 여겼다. 그래서 거기까지 조사했으리라곤 생각조차 못했다. 그러나 이것으로 범행방법은 더욱 좁혀졌다.

"범행시간대의 비디오테이프 말인데, 이상한 곳은 없었어?"

"이봐, 카메라나 케이블 모두 이상한 점이 없다고 했잖아."

"테이프 자체는 어땠어? 범행시간보다 훨씬 전이라도 한순간 영상이 끊기거나 건너뛴 부분은?"

"흥!"

고노의 목소리 톤이 바뀌었다. 케이가 지나치게 파고든 모양이다.

"지금까지의 정보는 서비스야. 너한테 빚이 있으니까. 하지만 이제부터는 그냥 줄 수 없어. 얻고 싶은 게 있으면 너도 뭘 내놓아야지."

전화기를 통해 악취가 전해지는 듯했다. 시체에 떼로 몰려드는 대머리황새의 모습이 눈에 아른거렸다.

케이는 재빨리 화제를 바꾸었다.

"……반장이 미야타 경부지? 그 사람은 전무가 범인이 아니라고 생각해?"

"흥. 그 양반이야 돌대가리에 출세는 아예 포기해서 말이야. 관리관(일본 경찰 직책의 하나. 과장과 동등하거나 그 다음의 지위)과 꽤 시끌벅적하게 한바탕했지."

"만약 전무가 범인이 아니라면 미야타 반장의 주가가 올라가겠군."

"그렇게 되겠지. 관리관 체면은 땅에 떨어지겠지만."

"그걸 자네가 밝혀내면 미야타 반장에게 점수 좀 따지 않겠어?"

고노의 목소리에 의심스런 기운이 섞여나왔다.

"무슨 소리야? 경찰이 그린 그림을 뒤집을 수 있기라도 하단 말이야?"

"어쩌면."

"지금 제정신이야?"

"하지만 정보가 더 필요해."

"그건 피장파장이야. 정보는 서로 주고받아야지."

"현 시점에서 내가 건네줄 정보는 없어. 비디오테이프에 대해 조사해 알려줘. 손해보는 일은 없게 할 테니까."

대머리황새는 잠시 이해득실을 따지는 듯했다.

"……좋아. 미우나 고우나 오랫동안 아는 사이에, 나야 밀져야 본전이니까. 테이프 영상에 부자연스러운 점은 없는지, 조작 가능성은 없는지 말이지?"

"그래, 부탁해. 나도 뭔가 알아내면 즉시 전화할게."

"흥."

전화가 뚝 끊어졌다.

케이는 팔짱을 끼고 생각에 잠겼다.

대머리황새도 일단 황새와 동료인 만큼 진실이라는 아기를 데려다주었을까? 아니면 시체를 먹고 사는 대머리황새답게 이미 어미의 뱃속에서 죽은 아기의 시체를 데려다주었을까?

지금까지의 조사에서 밀실에 드나들 수 있는 건 복도쪽 세 개의 문 중 어느 하나라는 사실이 밝혀졌다. 그런데 범행 당시 모든 문은 카메라의 감시 밑에 있었다. 그렇다면 범인은 감시카메라를 속이기 위해 트릭을 사용했을 것이다.

하지만 잊어서는 안 될 것이 있다. 카메라 영상은 경비원의 눈을 거쳐 비디오에 녹화되고 있다는 사실이다. 즉, 사람의 눈이나 기계 어느 한쪽을 속인다고 넘어갈 수 있는 상황이 아니었다. 사람도, 기계도 각각 약점을 가지고 있지만, 양쪽 모두라면 서로의 단점이 보완되어 속이기 쉽지 않았다.

만약 감시카메라의 촬영영상을 가짜 영상과 바꿔치기했다면……? 입구에서 영상을 조작하면 출구에서는 사람과 기계를 동시에 속일 수 있다.

문제는 구체적인 방법이었다. 맨 처음 생각난 건 감시카메라의 배선에 손을 대는 것이다. 이때 필요한 건 빌딩의 배관 도중에 있는, 사람들 눈에 띄지 않는 사각지대다. 야간에 녹화가 멈춘 동안이라면 아무에게도 들키지 않고 배선을 자를 수 있다. 거기에 스위치를 넣어 비디오데크에 접속하고, 카메라에서 오는 영상을 언제든 비디오데크 영상으로 전환할 수 있도록 해둔다. 한편 촬영된 것 가운데 아무도 찍히지 않은 복도의 영상을 골라 테이프에 녹화해 둔다. 물론 날씨와 시간대에 따라 밝기나 광선의 각도가 달라진다는 걸 염두에 두어야 한다. 그리하여 범행 직전 스위치를 전환해 비디오데크 영상, 즉 사람이 없는 영상을 내보내면 범인은 사장실에 대놓고 드나들 수 있다.

그런데 이 방법에는 큰 단점이 있다. 배선에 결정적 증거가 남는다는 점이다. 악어 클립이나 굵은 이불바늘로 케이블의 피복에 구멍을 뚫는 것으로는 불가능하다. 감시카메라에서 보내오는 영상을 차단해야 하므로 어딘가에서 케이블을 잘라야 한다. 또한 범행 후 리모컨 스위치를 이용해 접속을 원래대로 돌려놓는다 해도, 기기를 처분할 시간적 여유가 없으므로 결국 모든 기기가 증거로 남게 된다.

대머리황새는 케이블이 깨끗했다고 분명히 말했다.

빌딩의 1층에서 12층까지 케이블을 배관에 통과시키는 건 쉬운 작업이 아니었다. 빼내는 것 역시 마찬가지다. 범인이 나중에 새 케이블로 교체했다고는 생각되지 않았다. 즉, 이 방법은 아니었다. 그렇다면 영상을 바꿔치기할 방법은 하나밖에 남지 않는다. 그리고 그것은 곧 범인이나 공범자의 이름을 가리켰다.

하지만 도무지 이해할 수가 없다. 석연치 않은 부분이 몇 가지 남는다. 정말로 그것이 진실일까?

케이는 경보장치를 '온(ON)'으로 하고 문단속을 한 다음 가게를 나섰다. 한 블록 떨어진 빌딩의 반지하로 내려가, '클럽 조인트'라는 놋쇠 간판 밑의 스윙 도어를 열고 안으로 들어갔다. 술잔을 닦고 있던 바텐더 가게야마가 케이를 쳐다보았다.

"케이 씨, 어서 오세요."

"한가한 모양이네."

"불경기잖아요."

열 사람 이상이 자리할 수 있는 기다란 카운터에 단골손님 두 명이 앉아있을 뿐이었다. 테이블은 텅 비어 있었다.

"잠깐 쳐도 될까?"

"얼마든지요. 비어 있습니다."

케이는 단골손님에게 인사를 건넨 뒤 안쪽에 있는 당구대로 갔다. 풋스팟(foot spot, 게임을 시작할 때 공을 놓는 기준점)에 맞추어 아홉 개의 공을 당구대에 놓은 후, 벽에 걸려 있던 큐의 끝 부분에 초크를 발랐다.

말하지 않아도 가게야마는 텀블러에 각얼음과 올드 그랜대드(버번 위스키의 한 종류)를 넣어, 체이서(독한 술 뒤에 마시는 음료)와 같이 당구대 옆에 놓았다.

케이는 버번 한 모금을 머금은 뒤 힘차게 브레이크샷(당구에서 오프닝샷)을 날렸다. 색색가지 아홉 개 공이 요란스런 소리를 내며 흩어졌다.

얼핏 무질서한 혼란상태처럼 보이는 공의 움직임은 모두 기하학적인 법칙에 따르고 있다. 그것을 지켜보는 사이 혼란스럽던 생각이 서서히 정리되는 듯했다.

다시 원점으로 돌아가 사건을 생각해 보자. 가능성이 희박한 것들을 차례로 제거하자 한 가지 방법밖에 남지 않았다. 하지만 그것도 상당히 미심쩍었다. 적어도 직감상으로는 그것이 정답으로 여겨지지 않았다.

아홉 개의 공이 당구대에서 흩어지더니 오렌지 색깔의 5번 공이 포켓으로 들어갔다. 출발이 좋다. 큐볼(cue ball)의 위치도 나쁘지 않았다. 케이는 당구대 반대쪽으로 돌아가 노란색 1번 공을 노렸다.

지금까지 어쩌면 너무 서둘렀는지도 모른다. 선입견 없이 사건을 바라보면 어떻게 될까?

노란색 공은 모서리 포켓의 바로 옆에 있었다. 큐볼의 힘을 죽이고 킬샷을 쳤다. 의도한 대로 큐볼은 표적공을 포켓으로 떨어뜨린 뒤 그곳에 멈추었다.

케이는 큐에 초크를 바르며 생각했다. 어쩌면 범인도 의도적으로 킬샷을 썼는지 모른다.

에바라 사장 살인사건의 특징 중 하나는 타격의 강도가 상당히 약했다는 점이다. 범인이 모든 걸 계산했다면 이 점도 계획의 일부분이라고 할 수 있다. 아마 약한 타격은 우연의 산물이 아니라 필연의 결과였으리라. 그 필연이 무엇인지는 현 시점에서는 짐작하기 어렵지만 말이다.

케이는 버번을 한 모금 마신 후 타는 듯한 목넘김을 즐겼다. 그리고 다음 공을 조준했다. 파란색 2번 공도 어렵지 않게 성공시켰다. 그런데 지나치게 힘을 주는 바람에 큐볼이 어려운 위치에 놓이게 되었다. 다음 목표는 빨간색 3번 공인데, 그 앞을 세 개의 공이 벽처럼 가로막았다. 두세 번 빈 쿠션을 넣어도 맞을 것 같지 않았다. 3번 공은 마치 밀실의 보호를 받고 있는 듯했다.

케이는 점프샷을 시도하기로 마음먹었다. 왼손의 브리지를 높이 세워 과감하게 큐볼의 위를 찔렀다. 큐볼이 튕겨올라 장벽을 넘어갔다. 곁눈으로 보고 있던 단골손님이 박수를 보내려 했지만, 안타깝게도 3번 공에는 맞지 않았다. 파울이다.

혼자 즐기는 게임이므로 큐볼을 원래 위치로 돌려놓아도 되었다. 하지만 일인이역으로 선수가 바뀐 것처럼 게임했다. 상대

I. 보이지 않는 살인자

의 파울로 교체된 후에는 큐볼을 원하는 곳으로 옮겨도 상관없었다. 케이는 큐볼을 '밀실'의 안쪽인 3번 공을 노릴 수 있는 가장 좋은 위치에 놓았다.

문득 준코의 목소리가 떠올랐다.

"루피너스 V에게는 루피너스 V가 할 수 있는 일을 시키지 않았을까 하는 거죠. ……루피너스 V가 할 수 있는 일이라면 역시 에바라 사장의 몸을 옮기는 것 아닐까요?"

범인은 큐볼이 아니라 목적구인 에바라 사장의 몸을 원하는 위치에 둘 수 있었다. 어쩌면 거기에 밀실을 푸는 열쇠가 숨어 있지 않을까?

케이는 3번과 4번 공을 쉽게 성공시켰다. 5번은 브레이크샷으로 이미 사라졌다. 다음은 녹색의 6번 공이다.

초록색 천 위에서 녹색 공은 가장 식별하기가 어렵다. 보호색. 카멜레온. 사라지는 마구(魔球). 그런 일은 있을 수 없다. 케이는 고개를 흔들고는 6번 공을 성공시켰다. 범인은 역시 감시카메라의 허를 찌르고 침입했다고밖에 생각할 수 없다. 하지만…….

7번의 적자색 공은 당구대 위로 몸을 쭉 내밀어도 제대로 조준하기가 어려웠다. 케이는 벽에서 기다란 자루가 달린 스틱브리지(톱니 모양의 헤드가 있는 막대)를 가져와 큐를 얹었다.

만약 원격살인 가능성이 있다면, 범인은 스틱브리지와 큐처럼 기다란 팔을 가졌어야 한다. 그 역할은 간병 로봇만큼 적당한 대상이 없을 것이다. 큐의 끝을 잡고 가볍게 치자 7번 공도 사라졌다.

그럴 경우 범인이 사용한 큐볼, 즉 흉기는 무엇이었을까? 에바라 사장을 때려서 숨지게 한 보이지 않는 망치의 정체는?

8번의 검은색 공과 9번의 투톤컬러 공이 절묘하게 모서리 포켓의 바로 앞에 겹쳐져 있었다. 데드 콤보(dead combo) 상태로, 8번 공을 가볍게 맞히면 9번 공을 떨어뜨릴 수 있다. 쉽게 처리한 다음 한 게임 더 할까 생각하는 순간, 바지 뒷주머니의 휴대폰이 울렸다. 가게에 전화가 걸려왔다는 신호. 팩스 겸용이라, 외부에서 받을 수 없는 점이 불편했다. 휴대폰으로 가게에 전화해 보니 부재중 메시지는 없었다. 아마 팩스가 온 모양이었다.

케이는 버번을 다 마시고는, 달아두라는 말을 남기고 클럽 조인트를 나섰다. 그가 가게 문을 열고 경보장치를 해제했을 때 사무실 전화가 울렸다.

"네, F&F 시큐리티 서비스입니다."

"에노모토 씨? 팩스 보셨어요?"

준코의 목소리였다.

"지금 막 들어왔습니다. 잠깐만 기다리세요."

케이는 팩스기가 토해낸 종이를 집어들었다.

이게 뭐야?

팩스에는 만화 같은 일러스트가 그려져 있고, 발신자는 레스큐 법률사무소로 되어 있었다. 일러스트는 신문 만화처럼 네 컷으로 구성되어 있었다. 어느 시대를 경계로 대부분의 여성이 만화식 그림을 그릴 수 있다는 건 알고 있었지만, 터치가 장난이 아니다. 도저히 변호사가 그린 거라곤 믿기지 않았다. 케이는 그

I. 보이지 않는 살인자

림을 살펴보고 충격을 받았다.

……이렇게 단순한 방법이 있었다니!

왜 알아차리지 못했을까? 분명히 이 방법이라면 루피너스 V
를 사용해 에바라 사장을 살해할 수 있었을지도 모른다. 이런
트릭은 자신의 주특기가 아니지만 모든 가능성을 염두에 두지
않았던가? 그런데 왜 이런 생각을 못했을까? 어리석었다. 멍청했
다. 발상을 전환하지 못해 쑥 빠진 부분이 있었던 것이다.

"여보세요. 지금 막 봤습니다."

"드디어 트릭을 알아낸 것 같아요. 아까 우연히 단서를 얻었
어요."

도대체 어떤 행운을 만난 걸까?

"정말 대단하군요."

케이는 경의를 표하지 않을 수 없었다.

"고마워요."

"루피너스 V를 어디서 조종했는지를 비롯해 아직 밝혀내야
할 점은 많지만, 가장 유력한 가설 같아요. 다만……."

"다만?"

"현실적으로 가능한지를 실험해 봐야겠지요."

"네. 내일 이와키리 과장에게 전화해 도움을 부탁하려고요."

"실험 말인데요. 현장에서 실물을 사용하지 않으면 아무런 의
미가 없습니다."

"그렇겠죠……."

준코는 생각에 잠긴 듯한 목소리로 덧붙였다.

"에바라 부사장의 양해를 얻지 않으면 실험 자체가 어렵다는 거네요."

"만약 부사장이 범인이라고 해도, 실험내용을 자세히 말하지 않으면 협조할 겁니다. 거절하면 자신이 의심받을 테니까요. 이제 와서 증거를 인멸할 수도 없을 거고요."

"알겠어요. 오전 중으로 준비해 가급적 내일 안에 실험할게요. 오실 거죠?"

"네. 꼭 가겠습니다."

전화를 끊고 케이는 바카라 텀블러에 각얼음을 넣었다. 그리고 축배용으로 간직하던 엘라이저 크레이그 18년 싱글배럴을 가득 따랐다.

이게 정답이라면 깨끗이 패배를 인정할 수밖에 없다. 그는 버번을 단숨에 들이켰다.

6

실험

많은 사람들의 시선이 집중되었다. 그 중에 범인의 눈이 있을
지도 모른다고 생각하니 심장이 조여드는 듯했다. 맨 처음 법정
에 섰을 때도 이 정도의 압박은 느끼지 않았다.

하지만 이것은 기회다. 많은 사람들이 지켜보는 가운데 밀실
살인의 트릭을 풀었을 때 범인이 어떤 반응을 보이는지 지켜보
고 싶다. 지금부터 공격을 하는 것은 이쪽이다.

"그럼 지금부터 실험을 시작하겠습니다. 이와키리 과장님, 부
탁드립니다."

컨트롤러를 손에 든 이와키리가 당혹스러운 표정으로 고개를
끄덕이더니 루피너스 V를 작동시켰다. 작동 메시지와 함께 사장
실 안에 모터 소리가 울려퍼졌다.

"저, 잠시만 기다려 주시겠습니까? 왜 이런 실험을 하는지 모
르겠는데요."

오구라 과장이 황당하다는 얼굴로 물었다. 뒤쪽에 서 있는 신임 사장을 비롯한 임원들의 뜻을 전한 것이리라.

"목적과 내용부터 먼저 말해주게. 안 그러면 실험이 성공했는지 실패했는지를 알 수 없잖나?"

후지카케의 입에서도 쓴소리가 나왔다.

"알겠습니다."

준코는 고개를 끄덕였다. 처음에는 사장실 사용 허가를 받아 몰래 실험할 예정이었다. 그런데 상황이 묘하게 돌아가는 바람에 일이 커졌다. 세 명의 비서까지 합하면 베일리프측 사람만 열 명이 넘었다. 이마무라가 후지카케에게 넘어간 지금, 준코의 편은 케이뿐이었다. 하지만 케이마저 조금 떨어진 곳에서 자신과는 상관없다는 태도로 책장에 꽂힌 책을 들추고 있었다.

명탐정은 원래 외로운 법이다. 준코는 스스로를 격려했다.

"아시다시피 에바라 쇼조 사장님이 살해되었을 때 현장은 밀실상태였습니다. 감시카메라에 찍히지 않고 사장실에 들어갈 수 있는 사람은 전무실에 있던 히사나가 전무님뿐이었죠. 그 때문에 경찰에선 전무님을 용의자로……."

"서론은 됐어. 그 부분은 다들 알고 있으니까."

후지카케가 조바심이 나는 듯 준코의 말을 가로막았다.

"알겠습니다……. 우리는 전문가의 도움을 받아 사장실에 침입할 수 있는 방법을 조사했습니다. 하지만 유감스럽게도 밀실의 비밀은 발견하지 못했어요. 그런데 그 과정에서 다른 가능성을 찾아냈습니다. 범인이 사장실에 들어가지 않고 원격살인을 저질렀을 가능성이죠."

사람들 사이에서 웅성거림이 일었다.

"그 일에 사용된 게 우리 로봇이란 말인가?"

가래 섞인 목소리로 말한 사람은 구스노키 회장이었다. 베일리프는 원래 에바라 쇼조가 설립한 에바라 완구라는 장난감회사였다. 그런데 구스노키가 사장으로 있던 구스노키 간병 서비스라는 회사를 인수하면서 간병사업에 뛰어든 것이었다. 구스노키는 실권이 없는 허수아비 회장자리에 만족스러워했다.

"그 가능성을 아예 무시할 수는 없다고 생각합니다. 루피너스 V는 베일리프의 상징적인 존재로 사장실에 계속 놓여 있었으니까요……."

그러자 이와키리가 발끈해 소리쳤다.

"잠깐만요! 연구실에 오셨을 때 그럴 가능성은 전혀 없다고 말씀드렸을 텐데요?"

"네. 과장님 말씀은 당연하다고 생각해요. 다만 그 부분에 빠져나갈 구멍이 있지 않을까 해서……."

"지금 원격살인이라고 했는데요. 도대체 범인이 루피너스 V를 어디서 조종했다는 겁니까? 눈으로 직접 보지 않고는 조종할 수가 없다고요!"

"확인하기는 어렵지만, 방법은 있을 거라고 생각합니다."

"구체적으로 어떤 겁니까?"

이와키리가 물고 늘어졌다.

"우선 루피너스 V의 모니터에 달려 있는 웹카메라로, 인터넷을 이용해 영상을 모니터했을 가능성이 있습니다. 또한 여기 어딘가에 카메라를 몰래 설치해 두고 무선으로 영상을 보냈을지도 모르고요."

"그 어느 쪽이든 기자재가 남지 않나요?"

"그건 그래. 범인에게는 그런 걸 치울 시간이 없었을 거야."

후지카케가 다시 끼어들었다. 이마무라는 화난 얼굴로 팔짱을 낀 채 준코를 쳐다보았다.

"과연 그럴까요?"

준코는 에바라 신임 사장을 힐끔 쳐다보고는 말을 이었다.

"예를 들어, 전임 사장의 시신을 발견한 에바라 씨는 약 2분간 사장실에 혼자 계셨습니다. 그 시간에 기자재를 치울 수도 있지 않았을까요?"

"그, 그게 무슨 소리입니까? 사, 사장님께……!"

오구라 과장은 눈에 핏발을 세우며 소리쳤다. 목소리가 반쯤 뒤집어졌다.

"아오토 변호사, 아무 증거도 없이 이게 무슨 결례인가? 어서 취소하게."

후지카케 역시 지금껏 들어본 적이 없는 목소리로 다그쳤다. 표정을 바꾸지 않은 사람은 에바라 신임 사장뿐이었다.

준코는 일단 입을 다물었다. 지금으로선 에바라를 경찰에 신고할 만한 증거는 갖고 있지 않았다.

그때 한쪽 구석에서 케이가 차분히 말했다.

"루피너스 V를 외부에서 조종하는 방법은 그것 외에 또 있습니다."

사람들의 시선이 일제히 케이에게로 옮겨갔다.

"그게 뭐요?"

후지카케가 날카로운 목소리로 물었다.

"범인이 곤돌라를 탄 채 창밖에서 사장실을 들여다봤을지
도 모르죠."

"곤돌라라고? 청소용 말인가?"

"잠시만요. 마침 그때 창문닦이가 곤돌라에 타고 있지 않았
나요?"

"그런 걸 아무나 사용 가능한가?"

후지카케와 이마무라, 그리고 구스노키 회장이 잇달아 질문
을 던졌다. 하지만 케이는 눈도 깜짝하지 않은 채 대답했다.

"사망 추정시각은 12시 55분에서 1시 15분까지, 창문을 청소
하기 시작한 건 1시 전후라고 하더군요. 둘 다 정확한 시간이 아
니므로 범인이 곤돌라를 사용했을 가능성은 존재합니다. 또 대
차와 곤돌라는 평소 옥상에 그대로 두니 전원박스의 열쇠만 있
으면 곧바로 작동시킬 수 있지요. 곤돌라에서 사용하는 건 상
하좌우로 움직이는 네 개의 버튼뿐입니다. 따라서 일반인도 얼
마든지 사용할 수 있습니다."

잠시 침묵이 흘렀다.

"말이 되는 소리를 해야지. 억지로 꿰어 맞추는 거 아닌가?"

후지카케의 목소리에 불쾌한 기색이 역력했다. 트집이라고만
은 할 수 없었다. 사망 추정시각이나 청소 시작시간을 앞뒤로 조

금씩 조정한다 해도 시간적 여유가 너무 없었다. 만약 청소하러 온 사람들과 맞닥뜨리면 그것으로 끝장 아닌가? 이런 이야기는 도저히 법정에 내놓을 수 없는 것들이다.

"가능성만으로 치면, 옆 빌딩 옥상에서 망원렌즈로 들여다보았다고 생각할 수도 있습니다. 공기총 저격사건을 생각하면 그것도 가능하지 않을까요?"

케이의 말이 끝나자 베일리프 임원들은 서로의 얼굴을 바라보았다. 어디에서 기밀이 새어나갔는지 생각하는 듯했다. 시노부는 불안한 표정으로 시선을 내리깔았다.

케이의 가설은 저격이라는 조작사건을 역으로 이용한 완전한 거짓말이었다. 사건 당시 사장실 창문에는 레이스 커튼이 쳐져 있고, 유리창은 상당히 더러웠을 것이다. 실내 상황이 명확히 보였는지 확신하기 어려웠다. 하지만 반론의 목소리는 더 이상 들리지 않았다.

이와키리 과장이 간신히 말했다.

"……알겠습니다. 사장실 밖에서 조종했을 가능성이 있다고 칩시다. 그렇지만 어제 말씀드린 대로 루퍼너스 V에는 안전 프로그램이 탑재되어 있어요. 살인은 도저히 불가능합니다."

그곳에 있는 사람들에게 루퍼너스 V의 성능은 이미 상식에 속하는 걸까? 그 부분을 묻는 사람은 아무도 없었다.

"오랜 연구 끝에 안전 프로그램을 만든 만큼, 일반적인 사고는 있을 수 없겠지요. 하지만 사용자의 악의까지 고려되었을까요?"

준코는 낮잠용 카우치를 가리켰다. 그곳에는 이와키리 과장의 연구실에서 가져온 크래시 더미 인형이 놓여 있고, 에바라 사장이 그랬던 것처럼 담요가 덮여 있었다.

"설계된 프로그램에 따라 루피너스 V는 안고 있는 사람을 떨어뜨리거나 어딘가에 충돌시키지 못합니다. 하지만 실은 거기에 맹점이 있습니다."

준코는 맹점이 무엇이냐며 사람들이 좀 더 파고들기를 기다렸다. 하지만 어느 누구도 질문하지 않았다.

"이와키리 과장님, 루피너스 V로 더미 인형을 안아서 올려주세요."

이와키리는 말없이 컨트롤러를 조종했다. 루피너스 V의 두 팔이 더미 인형의 몸통 밑으로 들어가 천천히 들어올렸다.

더미 인형이 위로 올려지자, 담요가 바닥으로 스르륵 떨어졌다.

"보신 그대로입니다."

"무슨 말이야? 그게 뭐 어쨌다는 말인가? 간병 로봇이 인형을 들어올린 것뿐이잖아?"

이제 후지카케는 조바심을 감추지 않았다.

"담요 말입니다."

"담요?"

"담요가 떨어졌는데, 이게 트릭이지요."

"무슨 말도 안 되는 소리……."

준코가 케이를 힐끗 쳐다보았다. 표정은 변함이 없었지만 눈빛은 더욱 날카로워진 듯했다.

"컴퓨터 프로그램은 아무리 잘된 것이라도 사람과 보는 것이 달라요. 프로그램은 미리 지시한 것에만 주의를 기울입니다. 만약 사람이었다면 담요가 떨어지려 할 경우 붙잡으려 했을 겁니다. 하지만 루피너스 V는 전혀 관심을 보이지 않았어요. 왜냐하면 안전 프로그램의 대상은 어디까지나 인간뿐이기 때문입니다."

에바라의 눈에 놀라움의 빛이 떠올랐다. 범행을 폭로당하는 사람의 표정으로는 도저히 보이지 않았다. 어떻게 된 일이지? 준코는 의아한 생각이 들었다. 이 사람이 범인이 아니란 말인가?

이마무라가 다그치듯 말했다.

"더 구체적으로 말해봐. 범인이 에바라 사장님을 어떻게 살해했다는 거지?"

"더미 인형을 다시 카우치에 내려놓으시겠어요?"

준코의 말에 이와키리가 컨트롤러를 조종했다. 그러자 루피너스 V가 조금 전의 동작을 거꾸로 했다. 담요는 여전히 바닥에 떨어진 채였지만, 더미 인형은 원래 상태로 돌아갔다.

"사건 당시 에바라 사장님은 카우치에서 이처럼 주무시고 계셨습니다. 범인은 루피너스 V를 이용해 사장님의 몸뿐만 아니라 카우치째 들어올린 거지요."

사람들 사이에서 웅성거림이 새어나왔다.

이마무라가 물었다.

"그게 가능해?"

"루피너스 V가 들어올릴 수 있는 무게는 300킬로그램입니다.

에바라 사장님의 체중은 70킬로그램이 조금 안 되고, 카우치 무게는 고작해야 40킬로그램 정도니까⋯⋯."

그때 준코의 머릿속에 의문이 떠올랐다. 루피너스 V를 왜 300킬로그램이나 들어올릴 수 있게 만들었을까? 안전성을 감안하더라도 일반적인 간병현장이면 그 절반으로 충분하지 않을까? 하지만 경직된 분위기에서 생각의 조각들은 순식간에 사라졌다.

"카우치째 들어올리는 게 뭐가 어떻다는 거야? 애당초⋯⋯."

후지카케는 흠칫하며 말을 끊었다. 그제야 이해한 모양이었다.

"만약 루피너스 V가 카우치째 에바라 사장님을 들어올렸다면, 안전 프로그램에 의해 보호해야 할 대상은 사장님이 아니라 카우치가 되는 거죠. 따라서 그 위의 부속물이 미끄러져 떨어져도 프로그램은 전혀 신경쓰지 않을 겁니다."

다시 침묵이 흘렀다. 조금 전과 달리 공기는 팽팽한 긴장감으로 가득 찼다.

"루피너스 V는 들어올린 물체를 세 방향으로 20도에서 30도까지 기울일 수 있습니다. 잠들어 있는 사장님을 카우치째 들어올려 집무실 한가운데까지 운반합니다. 그런 다음 유리 테이블 바로 위에서 카우치를 기울이면 사장님은 밑으로 떨어져 정수리 근처를 부딪치게 됩니다."

루피너스 V는 최고 160센티미터까지 대상물을 들어올릴 수 있었다. 게다가 카우치 높이 약 40센티미터를 더하면 에바라 사장의 몸은 200센티미터 높이에서 떨어지는 셈이다. 유리 테이블의 높이는 45센티미터니까 이것을 빼면 155센티미터가 된다. 머리 수술을 고려하면 뇌출혈로 사망한다 해도 이상하지 않을 것이다.

아니, 이상하지 않은 정도가 아니다. 핏자국이 묻었을 때 에바라 사장의 머리가 밑으로 향해 있었다는 감식 결과와 타격이 강하지 않았다는 점과도 잘 들어맞는다.

"이와키리 과장님, 더미 인형을 카우치째 들어올려 주시겠습니까?"

하지만 이와키리는 움직이지 않았다.

"이와키리 과장님!"

설마 저 사람이 범인이었나? 준코는 순간 그렇게 생각했다.

하지만 이와키리가 곧 한숨을 쉬며 말했다.

"그건 불가능합니다."

"불가능해요? 왜죠? 무게로는 상당히 여유가 있는데요?"

"실험 내용을 미리 말씀해 주셨더라면 알려드렸을 텐데요. 하지만 이렇게까지 밥상이 차려졌으니, 말로 설명하기보다는 실제로 보시는 편이 빠르겠네요."

그는 엄지손가락으로 컨트롤러의 조이스틱을 움직였다. 그러자 루퍼너스 V가 카우치로 다가갔다.

"일단 정면에서 카우치를 들어올려 벽에서 떼어놓은 다음, 뒤로 돌아가 다시 들어올려 주세요. 정면에서는 더미 인형을 떨어뜨릴 수 없으니까요."

"알겠습니다. 일단 해보겠지만……."

루피너스 V가 팔을 천천히 카우치 밑으로 집어넣었다.

사장실에 있던 모든 사람이 마른침을 삼키며 그 모습을 지켜보았다. 루피너스 V의 팔이 깊숙이 들어가 카우치를 들어올리려 했다. 하지만 기대와 달리 루피너스 V는 움직임을 곧 멈추었다.

"어떻게 된 거예요?"

준코의 질문에 대답한 건 이와키리가 아니었다. 바로 루피너스 V였다.

"리프트 불가능. 에러 넘버투. 리프트 불가능. 에러 넘버투……."

무거운 공기를 뚫고 부드러운 여성의 목소리가 울려퍼졌다.

"어떻게 된 거야? 왜 못 들어올리지?"

모두의 궁금증을 대신하기라도 하듯 에바라가 물었다.

그러자 이와키리가 설명했다.

"문제는 깊이입니다. 루피너스 V의 팔 끝에는 센서가 부착된 가이드가 있는데, 이게 꺾여 대상물을 단단히 잡지 않는 한 리프트 자세를 취할 수 없습니다. 따라서 물체의 깊이가 70센티미터까지일 때 들어올릴 수 있는데, 이 카우치는 90센티미터 이상으로 보여요. 그래서 불가능한 거죠."

예상치 못한 상황에 준코는 망연자실했다.

이럴 수가! 그렇다면 어떻게 밀실살인이 가능했다는 말인가!

그녀는 궁지에 몰린 심정으로 주변을 둘러보았다. 그렇다. 꼭 카우치여야 하는 건 아니잖은가? 준코는 생각을 정리하려 애썼다.

"잠깐만요! 카우치는 어렵더라도 받침역할을 하는 물체라면 뭐든 상관없을 거예요. 이렇게 생각하면 어떨까요? 범인이 루피너스 V를 이용해 사장님의 몸을 다른 물체 위로 옮긴 다음, 그 물체와 함께 들어올려……."

하지만 아무리 둘러봐도 그럴 만한 물건이 눈에 띄지 않았다. 유일한 예외는…….

"이 유리 테이블은 어떨까요? 지금까지 흉기라고만 생각했는데, 그 부분이 맹점이었을지도 몰라요. 사장님을 유리 테이블에 얹은 후 들어올려 다른 곳에 떨어뜨렸다면요?"

준코의 눈이 딱딱하고 평평한 물체를 찾았다. 하지만 결국 아무것도 찾아내지 못했다. 케이가 준코 곁으로 다가가 속삭였다.

"그만해요. 유감스럽지만 이번 실험은 실패 같아요. 다음 기회를 노리는 게 좋겠어요."

"하지만……."

"유리 테이블을 받침대로 썼을 것 같진 않습니다. 반짝반짝 닦여진 유리에 에바라 사장을 누일 경우 흔적이 남게 마련이죠. 하지만 머리에서 묻은 것으로 여겨지는 미량의 핏자국 말고는 아무것도 발견되지 않았어요."

"핏자국만 남기고 닦아냈다면요?"

준코는 그렇게 반문하는 과정에서, 사장을 유리 테이블에서 떨어뜨렸을 경우 머리에 묻은 핏자국이 설명되지 않음을 알아차렸다.

케이가 담담하게 말했다.

"그걸 할 수 있는 사람은 에바라 신임 사장뿐인데, 불과 1~2분 만에 해내기는 어려울 거예요. 더구나 유리 테이블을 받침대로 썼다면 흉기가 무엇이냐는 문제가 생기죠. 지금은 일단 후퇴합시다. 더 이상 밀어붙이면 창피만 당할 뿐입니다."

준코는 입술을 깨물었다. 하지만 패배를 인정하지 않을 수 없었다.

"알았어요……."

그녀는 명탐정 흉내를 낸 자기 자신이 창피해서 견딜 수 없었다. 사장실에서 우르르 나가는 남자들이 노골적으로 자신을 비웃는 듯했다. 적어도 얼굴만은 빨개지지 않으려 이를 악물었다.

임원들이 사라진 뒤 안됐다는 표정으로 쳐다보는 이와키리에게, 협조해 줘서 고맙고 루퍼너스 V를 의심해서 미안하다고 말했다. 준코와 케이는 사장실에서 나왔다.

"변호사님."

신임 사장의 임시 비서가 된 히로미가 복도에서 그들을 기다리고 있었다.

"괜히 소란스럽게 해서 미안해요."

준코가 머리를 숙였다.

"별 말씀을요. 사장님께서 임원회의실에서 기다리고 계세요. 드릴 말씀이 있다고 하시던데요."

무슨 말일까? 준코와 케이는 서로의 얼굴을 쳐다보았다.

"가시지요. 두 분 다 모셔오라고 하셨어요."

두 사람은 히로미의 뒤를 따라 회의실로 들어갔다.

"앉으세요."

에바라 신임 사장이 선 채로 ㄷ자 모양의 테이블 앞에 놓인 의자를 가리켰다. 준코가 머리를 숙였다.

"흉한 꼴을 보여서 죄송합니다."

"아닙니다. 예리함에 감탄했습니다."

에바라는 준코의 의혹을 마음에 담아두지 않는 듯 밝게 웃었다.

"그런데 하실 말씀이란 게……."

준코는 변호인단에서 손을 떼라는 말을 예상하고 반론을 준비했다. 그런데 에바라의 입에서 나온 건 뜻밖의 내용이었다.

"변호사님은 히사나가 전무의 결백을 확신하시나요?"

"네. 다른 분들은 처음부터 유죄라고 생각하는 모양이지만요."

"결백하다는 근거가 뭔가요?"

준코는 시노부에게 들은 담요 이야기를 했다.

"그렇군요. 하지만 그것만으로는……."

"그럼 지문은 어떤가요?"

잠자코 있던 케이가 전무실 문 손잡이에 비서의 지문만 남아 있었다는 사실을 말했다. 그러는 사이 준코는 에바라의 표정을 살폈다. 범인이라면 반드시 표정에 드러날 거라고 생각했다. 하지만 에바라는 정말로 놀란 듯했다.

"사장님은 지금도 전무님을 범인으로 생각하시나요?"

준코의 질문에 그는 잠시 망설이다 대답했다.

I. 보이지 않는 살인자

"솔직히, 지금은 잘 모르겠어요."

에바라의 진의가 무엇일까? 준코는 의심의 눈길로 그를 쳐다
보았다.

"난 아버님에게 물려받은 이 회사를 잘 지키고 키워나가야 합
니다. 그래서 전무가 아버님을 살해했을 경우 심신상실로 몰아
가려 했어요. 그래야 회사에 미칠 여파가 최소한으로 끝나고, 상
장도 중단되지 않을 테니까요."

에바라의 목소리에는 지금까지 느끼지 못한 솔직함이 담겨
있었다.

"하지만 만약 전무가 범인이 아니라면 어떻게든 진범을 찾아
야 합니다. 이건 경제가 아니라 정의의 문제니까요."

준코는 에바라의 얼굴을 똑바로 쳐다보았다. 연기하는 것처
럼 보이지는 않았다.

"내가 하고 싶은 말은 후지카케 변호사의 변호 방향과 별도
로, 진범을 찾는 일에 최대한 협조할 용의가 있다는 겁니다."

"그거 참 고마운 말씀이군요."

준코의 눈길에서 의혹의 그림자를 느꼈는지 에바라가 빙긋
이 웃었다.

"물론 나 자신도 혐의대상이라는 건 알고 있어요. 때문에 내
결백을 밝혀두고 싶습니다. 그런 편이 피차 시간을 절약할 수
있을 테니까요."

"증명할 수 있으신가요?"

"네. 우선 내게는 동기가 없습니다."

"그럴까요? 이런 말씀이 실례란 건 알지만, 전임 사장님의 죽음으로 회사를 물려받았으니 최대 수혜자라고 할 수 있지 않을까요?"

그 말에 화를 낼 것이라 생각했지만, 에바라는 눈도 꿈쩍하지 않았다.

"아버님은 작년에 머리를 수술하셨어요. 아버님께는 크게 심각하지 않은 비파열 뇌동맥류라고 말씀드렸지만, 진짜 병명은 뇌종양이었습니다."

준코는 망치로 머리를 얻어맞은 듯한 충격을 받았다.

"정말인가요?"

"못 믿으시겠다면 병원에 가서 확인해 보세요. 원하신다면 진료 카드를 보여드리라고 편지를 써드리지요."

"그건 언제 아셨죠?"

"수술 전입니다. 아버님 대신 의사에게 직접 들었어요. 더구나 뇌종양 발생 부위가 좋지 않아 완전히 제거할 수 없었습니다."

"그럼⋯⋯?"

"의사 말로는 오래 살아야 1년이라고 하더군요."

그 정도 기간을 기다리지 못해 위험을 자초하리라고는 생각하기 어렵다. 살인동기 측면에서 그의 혐의가 대폭 줄어들었음을 인정하지 않을 수 없었다.

케이가 물었다.

"사건 당일 외출하셨던데, 어디 가셨습니까?"

"사람을 만났습니다."

"상대를 밝힐 수 있나요?"

"네. 미국 투자사 관계자입니다."

에바라는 명함 한 장을 준코에게 건넸다. 그래턴 캐피털 도쿄 지점장, 앤드루 삭스라고 되어 있었다.

"연말에다 일요일인데, 특별히 만날 이유라도······."

"비밀 이야기라서 그러는 편이 서로 편했죠."

"장소는 어디였죠?"

"데이코쿠 호텔 로비입니다."

호텔 직원에게 사실 확인을 못하더라도 상대방만 증언해 준다면 에바라 마사키는 용의선상에서 제외된다. 그의 알리바이는 완벽하다고 할 수 있었다.

테니스화 바닥에서 귀에 거슬리는 소리가 났다. 짧은 테이크백(take back. 테니스에서 백스윙을 시작하는 동작)에서 예리한 각도로 라켓을 휘둘렀다. 강타를 맞고 찌부러진 고무공은 약 시속 200킬로미터 속도로 정면의 벽에 부딪쳐 튕겨온 뒤 등 뒤의 강화유리벽에 부딪쳤다. 뒤를 돌자마자 테니스 스윙으로 걷어올린 공이 왼쪽에 이어 오른쪽 벽에 바운드했다. 준코는 자세를 가다듬고 다시 정면 벽을 향해 스매시했다. 그녀의 파워 넘치는 플레이를 보기 위해 유리창 너머로 몇몇 관객이 자리했다.

이번 일은 운이 나빴던 것뿐이다. 자신은 실험을 통해 확인하고 싶었다. 그런데 일이 묘하게 돌아가는 바람에 실험장소가 곧 법정처럼 되어버렸다. 카우치 면적이 너무 넓어 간병 로봇이 들어울리지 못하리라 누가 상상이나 했겠는가?

준코는 속이 부글부글 끓었다. 개나 소나 모두 적들뿐이다. 후지카케는 베일리프의 고문변호사니 그렇다 쳐도, 이마무라의 태도는 뭐란 말인가? 사무실을 처음 오픈했을 때 거침없이 이야기하던 이상(理想), 거대한 힘에 짓밟히는 약자들의 아우성을 대변하고 싶다던 그의 이상은 단지 입에 발린 소리에 불과했단 말인가?

하늘색 고무공이 두둥실 떠올랐다. 그녀는 힘껏 강타해 벽에서 튕겨나오는 공을 권투선수처럼 잽싸게 피했다. 관객들이 가볍게 술렁거렸다.

준코는 뒤를 돌아보았다. 그러자 몇 명의 남자들이 얼빠진 얼굴로 쳐다보고 있었다. 그 모습이 사장실에 늘어서 있던 사람들과 겹쳐졌다.

준코는 벽에 두 번 바운드된 공을 그들을 향해 힘껏 스매시했다. 쾅 하는 소리가 나며 강화유리벽이 흔들렸다. 깜짝 놀라 뒤로 물러나는 남자들을 보니 기분이 좀 풀렸다.

30분 동안 정신없이 공을 치고 나서야 겨우 마음이 진정되었다. 라켓볼은 단위 시간당 칼로리가 테니스의 두 배쯤 된다. 오랜만에 운동을 해서인지 무릎이 후들거렸다. 아이가드를 벗자 땀이 얼굴로 흘러내렸다.

체육관에서 샤워를 끝내자 분노가 말끔히 사라지는 듯했다. 하지만 곧 우울감에 빠질 것 같다는 생각이 들었다. 오늘 받은 마음의 상처가 의외로 깊은 모양이다.

어쩔 수 없다. 지금은 더 큰 치유가 필요하다. 이럴 때 애인이라도 있으면 옆에서 위로해 줬을 텐데. 생각해 보니 맨 처음 라켓볼을 같이 친 상대가 이마무라였다. 하지만 사적으로 파트너가 될 수 없다는 결론을 내리고 헤어진 지 6개월이 지났다. 그리고 아직 만나는 사람이 없었다.

문제는 한심한 남자밖에 못 만났다는 사실이 아니라, 처음부터 남자의 한심한 모습이 눈에 들어온다는 것이다. 물론 세상의 기준으로는 한심한 남자들이 아닐지도 모른다. 이제 와서 그렇게 생각해 봤자 어쩔 수 없는 일이지만.

예약은 하지 않았으나 마사지실에 여유가 있었다.

지난번에 갔던 곳은 최악이었다. 큰 방을 칸막이로 구분해 놓았을 뿐이라서 옆 손님의 말소리가 그대로 들렸다. 마사지를 받을 때만은 조용히 하면 좋으련만, 마사지사를 향해 잠시도 쉬지 않고 수다를 떠는 젊은 여자였다. 대기업에 다니는 직장여성인 듯했는데, 등이 파인 웨딩드레스를 입기 위해 가슴과 등을 관리받는 모양이었다. 끝없이 이어지는 수다는 결혼상대의 외모와 연봉 자랑에까지 이르렀다. 꼼짝 못한 채 그 말을 고스란히 들을 수밖에 없었던 준코는 오히려 스트레스가 쌓이는 시간이었다.

풀코스 마사지를 신청한 그녀는 샤워한 다음 종이 팬티와 가운을 입고 침대에 누웠다. 일반 회사원보다 수입이 많다고는 하지만, 자동차 할부금도 내야 해서 마사지실에 자주 드나들 여유는 없었다. 오랜만에 노련한 손길로 얼굴 마사지를 받자니 몸과 마음에 쌓인 피로가 서서히 풀리는 듯했다.

이마무라는 자기가 다니는 유흥업소가 마사지실과 비슷하다고 큰소리쳤다. 그 말을 들었을 때 준코는 살의에 가까운 감정이 솟구치는 걸 느꼈다. 하지만 곰곰이 생각하면 의외로 비슷할지도 모른다. 사람의 마음을 가장 효과적으로 치유해 주는 건 역시 사람의 손길이다. 준코에게 레즈비언 성향은 없었지만, 여성의 손길만큼 기분을 좋게 하는 건 없다며 새삼 감탄했다.

어쨌든 스트레스 해소를 위한 3종 세트, 즉 혼자 미친 듯이 라켓볼 치기와 풀코스 마사지, 거기다 무제한 초콜릿 먹기가 술에 빠지는 것보다는 낫겠지만, 몸을 치유하는 건지 망가뜨리는 건지는 알 수 없다. 특히 남자들로서는 도저히 이해하기 힘들 것이다.

하지만 그렇게라도 하지 않으면 스트레스 많은 일을 도저히 감당할 수 없었다. 사람들은 변호사를 폼나는 직업으로 알고 있지만, 이미지와 현실의 차이가 이토록 큰 직업도 없지 않을까?

이 업계에서 괜찮은 남자를 찾기란 어려운 일임을 이미 오래전 깨달았다. 더구나 일을 통해 접하는 사람은 형사 피고인뿐이다. 준코는 땅이 꺼져라 한숨을 쉬었다. 그때 불현듯 에바라 마사키의 얼굴이 떠올랐다.

무슨 생각을 하는 거야! 그는 유부남이잖아!

아니, 그런 문제가 아니다. 준코는 재빨리 자신의 생각을 부정했다.

그 사람이 어쩌면 이번 사건의 진범인지도 모른다. 하지만 동기와 기회가 모호한 데다, 아직 확인은 안 했지만 알리바이까지 있다. 한 가지씩 따지면 의문의 여지가 없는 건 아니다. 하지만 현 시점에서 범인으로 단정짓기는 어려웠다.

게다가 사장의 살인사건을 '정의의 문제'로 단언할 때는 박력이 넘쳤다. 거만하며 냉정한 듯 보여 말 붙이기 어려운 상대지만, 나름대로 일관성이 있음은 인정하지 않을 수 없었다. 적어도 이마무라 같은 사람보다는 훨씬 심지가 있어 보였다.

에바라 말고 마음에 걸리는 남자가 한 명 더 있었다. 하지만 아무리 생각해도 이쪽 역시 틀렸다. 싱글이라는 점에는 점수를 주겠지만, 무슨 생각을 하는지 종잡을 수 없었다. 게다가 확실한 증거는 없지만, 십중팔구 그는 도둑이었다.

한심하고 패기 없는 남자들만 만난 탓에 위험한 향기에 끌리는 걸까? 하지만 진짜 위험한 남자에게 걸리는 날엔 지옥의 밑바닥까지 추락할 수 있었다.

리드미컬하게 발바닥 마사지를 받다 보니 기분 좋은 졸음이 쏟아졌다. 반쯤 감긴 눈에 하얀 옷을 입은 젊은 마사지사의 모습이 보였다.

준코는 흠칫 놀라 상반신을 일으켰다.

"아……, 아프셨어요?"

준코의 반응에 마사지사가 손을 멈추었다.

"아니에요. 갑자기 생각난 게 있어서요. 계속하세요."

그러자 마사지사는 안심한 얼굴로 다시 마사지를 시작했다. 얼굴을 마사지할 때는 늘 익숙한 사람이었는데, 어느새 딴 사람으로 바뀌어 있었다. 그래서 순간적으로 놀랐던 것이다. 생각해 보면 마사지 부위에 따라 잘하고 못하는 곳이 있을 테니, 한 사람이 담당하지 않을 수도 있다.

마사지사는 모두 같은 유니폼을 입고 지점마다 헤어스타일이나 화장까지 비슷해, 잘못 보았다고 해도 이상할 것이 없었다. 그런데 왜 그렇게 놀랐을까?

까무룩 잠들었을 때 의식을 가로지른 생각…….

맞다! 생각이 났다.

아무래도 다른 일을 할 때조차 의식의 밑바닥에 밀실 수수께끼가 똬리를 틀고 있는 모양이다. 어쩌면 무의식 세계에서는 경찰이 휘갈겨 쓴 표를 보았을 때 이미 알아차렸는지도 모른다.

하지만 이제야 깨달았다. 세상에는 너무 예상 밖이라 받아들이기 힘든 범인도 있다. 지금 단계에서는 범행동기가 상상조차 되지 않는다. 하지만 이거라면 밀실살인이 가능할지도 모른다. 아무리 마음을 가라앉히려 해도 한번 끓어오른 흥분은 쉽게 가라앉지 않았다.

고층호텔 유리창 너머로 보이는 신주쿠 야경은 신주쿠교엔(일본 환경성 소속의 일본식 정원)의 아름다운 자연 덕분에 마치 모형 정원처럼 깔끔했다.

준코는 바 입구에서 케이를 발견하고 손을 흔들었다.

"좀 늦었죠?"

"아니에요. 저도 방금 왔어요. 뭐 드실래요?"

준코가 마시던 건 파인애플을 곁들인 트로피컬 칵테일이었다. 케이는 계절에 맞지 않게 왜 그런 걸 시켰느냐는 표정으로 진토닉을 주문했다.

"그런 옷을 입을 때가 있군요."

케이는 코트 안에 짙은 감색 윗도리와 파란색 줄무늬의 버튼다운 셔츠를 입고 파란색과 은색의 레지멘탈 타이를 했으며, 회색 바지 차림이었다.

"오늘 업무가 끝났으니까요."

"난 또 어제 입었던 양복이 에노모토 씨의 일상적인 스타일인 줄 알았어요."

준코는 농담인 척하며 상대를 슬쩍 떠보았다.

"그건 작업복입니다. 승부복이라고 할까요?"

"작업복은 알겠는데, 승부복은 뭐예요?"

"동물들처럼, 도시에서 다크그레이는 보호색이죠. 특히 밤에는 도마뱀처럼 눈에 띄지 않습니다."

준코는 잠시 멍한 표정을 지었다.

"본업은 묻지 않는 게 좋겠죠?"

"물어도 상관없습니다."

"뭐라고 대답하실 건데요?"

"현실세계의 해커라고나 할까요?"

준코는 마시던 칵테일을 뿜을 뻔했다.

"뭐든 상관없어요. 억울한 의뢰인을 도울 수 있다면 악마하고도 거래할 생각이니까요."

"훌륭하시군요."

진토닉이 나왔다. 케이는 술잔을 입에 대기 전 신중하게 향을 맡았다. 독살 위험에 처한 적이라도 있는 걸까?

"혹시 데이트할 생각이었다면 미안해요……."

"알고 있어요. 이런 옷을 입고 온 건 오히려 눈에 띄지 않기 위해서예요."

그는 그제야 진토닉을 한 모금 마셨다.

"일부러 오시라고 한 건 밀실 때문이에요. 내 추리에 대한 생각을 듣고 싶어요."

그러자 케이가 고개를 끄덕였다.

"아까 보내준 팩스는 봤습니다."

"그것만 가지고는 이해하기 어려웠을 텐데요?"

"그래요. 어제 팩스는 단순명쾌했지만, 이번 팩스는 설명을 들어야 할 것 같아요. 어쨌든 방향성은 틀리지 않은 것 같더군요."

"그런가요?"

"지금까지 밀실에 대해 샅샅이 조사했어요. 이제 남은 건 진범이 감시카메라를 속였을 가능성뿐입니다."

그 말을 듣자 준코의 마음이 확실해졌다.

"그래요……. 역시 그렇군요. 실은 같은 이야기예요. 감시카메라요. 혹시 몰라 다른 가능성을 생각해 봤어요. 있을 수 없는 일이라고 생각하지만요."

"말씀해 보세요."

"큰 사진을 이용하는 거예요. 적어도 B0(1,000×1,414mm) 크기쯤 되는…….”

케이는 무표정한 얼굴로 잔을 비우더니 더블로 한 잔 더 주문했다.

“아무도 없는 복도의 영상은 거의 정지화면과 같겠죠? 따라서 사진을 대신 비추더라도 구별하기 어려울 거예요. 감시카메라 해상도야 아무리 좋아봤자 뻔하고, 테이프도 반복적으로 사용하니 화질이 엉망이겠죠.”

“아마도요. 한심한 아이디어 같지만, 사진이 충분히 크고 빛이 부자연스럽게 비치지 않는다면, 보통의 감시카메라로는 판별하기 어려울지도 모르지요.”

“그렇죠? 그렇다면 가능성이 없는 건 아니잖아요.”

“단, 커다란 문제가 네 가지 있습니다.”

케이는 지극히 사무적이면서도 단호하게 덧붙였다.

“첫째, 사진을 놓아두었다면, 범행 당일 복도에 아무도 없을 때겠죠. 하지만 이미 감시카메라가 작동 중이니, 사진을 설치하는 장면이 찍히지 않았을까요? 산타클로스가 아닌 이상 말이지요.”

그렇게 말하는 케이의 표정에 기묘한 그늘이 잔물결처럼 스쳤다.

“둘째, 계속 사진만 보았다면 모르겠지만, 라이브 상황에서 사진으로 바뀌면 영상의 질감이 달라질 겁니다. 그러면 아무리 무기력한 경비원이라도 알아차릴 테고, 경찰 눈에는 단박에 드러났겠지요. 셋째, 범행 후 사진을 치울 때도 카메라에 범인의 모습이 찍혔을 겁니다. 마지막으로 엄청난 사이즈의 사진과 고정용 프레임을 경찰이 오기 전에 처리해야 하는데……."

준코는 손을 들어 케이의 말을 막았다.

"그만하세요. 그 네 가지 중 어느 한 가지만으로도 치명적일 것 같네요. 알았어요. 사진 가능성은 깨끗이 접을게요."

그러더니 숄더백에서 클리어 파일을 꺼냈다. 손으로 그린 표가 들어 있었다. 여기에 오기 전 케이의 가게에 팩스로 보낸 것이었다.

"정말로 의견을 듣고 싶은 건 이쪽이에요."

케이도 안주머니에서 접힌 종이를 꺼냈다.

"이걸 처음 생각해 낸 건 현장이 밀실이었다는 말에 의심을 품었을 때예요. 감시카메라 영상 같은 객관적 증거뿐만 아니라, 경찰이 제시한 사망 추정시각에 얽매인 나머지 사고의 폭이 좁아진 건 아닐까 생각했거든요."

케이는 말없이 고개를 끄덕였다.

"경찰에선 사망 추정시각을 오후 12시 55분에서 13시 15분 사이의 20분이라고 했어요. 현장이 밀실이었다는 건 그 시간을 근거로 하고 있고요. 그런데 조금 전으로 거슬러 올라갈 수 있다면 사정이 전혀 달라져요."

"사망 추정시각에 관해선 아는 게 거의 없지만, 경찰의 추정이 틀릴 수도 있나요?"

"이번 사건에서는 사장이 사망한 후 한두 시간 만에 경찰이 도착했어요. 따라서 사망 추정시각이 정확할 거라고 생각하죠.

그런데 거기에 함정이 있어요."

"무슨 말이죠?"

"사망하고 어느 정도 시간이 지난 시신의 경우 사망시간을 시간 단위로 추정할 수 있지요. 하지만 죽은 지 얼마 안 된 경우는 분 단위로 추정하기가 거의 불가능해요. 시반(사후 시체의 피부에서 볼 수 있는 옅은 자줏빛 또는 짙은 자줏빛 반점)이나 사후경직 현상, 위 내용물의 소화상태도 참고가 안 되고요."

"체온 변화로 알 수 없나요?"

"네. 결국 직장 내 온도로 추정할 수밖에 없어요. 그런데 체온 저하는 겨울철이라도 한 시간에 겨우 1도 정도예요. 사후 두세 시간까지는 체내가 열평형 상태에 도달하지 않아 온도가 완만하게 저하되고요. 게다가 체온에도 개인차가 있고, 실내 온도나 입은 옷 등에 따라 미묘하게 다를 수 있죠. 오후 12시 55분부터 13시 15분 사이라는 건, 실제로는 관계자의 증언을 통해 적당히 규정된 숫자라고 할 수 있어요. 즉, 관계자가 거짓말을 할 경우 20분쯤 달라져도 이상할 게 없단 뜻이에요."

조명이 어두워 작은 글씨를 읽기가 힘들었다. 다시 주문한 진토닉이 나왔지만, 케이는 표를 뚫어지게 들여다보았다. 준코도 손에 들고 있던 표를 쳐다보았다.

"애초 이 표에 쓰여진 시각은 정확합니까?"

"일단 경찰이 써준 숫자니 정확하겠죠. 비디오테이프에 초 단위 기록이 남아 있을 테니까요."

"비디오 자체는 아직 확인하지 않았나요?"

그러자 준코가 고개를 가로저었다.

"변호사가 요구해도 경찰은 확실한 증거를 보여주지 않아요. 비디오테이프의 실물을 보고 확인할 수 있는 건 담당 검사가 전무를 기소해 증거조사 청구를 한 다음이지요. 피고의 방어권과의 균형을 생각하면 불공평하기 짝이 없어요. 이 메모를 얻어내는 데도 얼마나 힘들었는지 몰라요."

준코는 칵테일로 목을 축인 뒤 말을 이었다.

"……세 사람의 출입순서는 거기 있는 대로예요. 처음에 시노부가 비서실을 나서 전무실로 들어가고, 다음에 히로미가 사장실로 들어가죠. 그 다음 사야카가 부사장실에 들어가고, 시노부가 비서실로 돌아왔어요. 이번에는 히로미가 돌아왔고, 시노부가 다시 전무실로 들어갔으며, 사야카와 시노부 순서로 나왔지요."

케이는 종이에 구멍이 날 만큼 표를 뚫어지게 쳐다보았다.

"어떻게 생각하세요?"

"글쎄요. 방 세 개가 이어져 있으니 세 사람 모두 범행기회가 있었던 셈이지요. 그렇다 하더라도 시간이 너무 짧습니다. 여기에 적힌 시간이 정확하다면 가장 긴 것이 사야카의 18초인데, 그 사이에 살인을 저지른다는 건 전문 킬러가 아닌 이상 불가능해요."

"나도 처음엔 그렇게 생각했어요."

준코는 칵테일을 한 모금 마신 뒤 말을 이었다.

"시간이 얼마나 있어야 범행을 저지를 수 있다고 생각하세

	전무실	부사장실	사장실
PM 12:34:52	시노부 들어감. ↓		
09″ :35:01			히로미 들어감.
04″ :35:05	(16초)	사야카 들어감.	
03″ :35:08	시노부 나옴.		(10초)
03″ :35:11		(18초)	히로미 나옴.
06″ :35:17	시노부 들어감.		
06″ :35:23	(17초)	사야카 나옴.	
11″ :35:34	시노부 나옴.		
PM 12:37	점심식사를 하기 위해 히로미와 사야카가 엘리베이터를 타고 내려감.		

요?"

"어려운 질문이군요. 문제는 아직까지 범행방법을 모른다는 겁니다. 극단적으로, 사장실에 들어가 흉기로 내리친 다음 나오기만 한다면 18초로도 가능할지 모르죠. 하지만 이것은 탁상공론에 불과하지 않을까요?"

"만약 40초 정도라면요? 아슬아슬하게 성공할 수 있지 않을까요?"

"글쎄요. 어떨까요?"

"10여 초일 때와 달리 불가능하다고 잘라 말할 순 없겠죠? 실은 이게 힌트가 됐어요."

준코는 숄더백에서 작은 종이를 꺼내 케이에게 건넸다. 인쇄물을 본 그는 황당하다는 표정을 지었다.

"극단 근성 신춘 대공연, 〈세인트 엘모의 근성〉. 이게 뭐죠?"

"사야카가 활동하는 소극단의 공연이에요. 사규를 어기면서 양다리를 걸친 끝에야 겨우 따낸 배역이라고 하더군요. 어제 티켓을 샀어요."

"이게 무슨 힌트라는 건가요?"

준코는 천천히 칵테일을 비웠다.

"대학 동창 중에 지금은 미니코미 잡지 편집을 하지만 소극단에 대해 잘 아는 친구가 있어요. 그 친구에게 전화해 어떤 연극인지 물어봤죠. 금방 알더군요. 일부에서는 꽤 높은 평가를 받나 봐요."

"어떤 연극인데요?"

"무대는 호화 여객선이에요. 지명수배 중인 살인범과 그를 쫓는 형사, 거액을 횡령하고 도망친 레즈비언 커플과 자살하려는 공장주, 영매 기미가 있는 여고생 등이 타고……. 간단한 줄거리를 듣고 싶어요?"

"그건 됐고요. 어떤 부분이 힌트인지만 말해 주세요."

"좋아요. 이 연극의 등장인물은 모두 30명이 넘는데, 그걸 연기하는 배우는 열 명도 채 안 돼요."

"한 사람이 여러 역할을 하는군요."

"그래요. 모습이 나오지 않는 잠깐 동안 몇 번씩 옷을 갈아입고 역할을 바꾸는 거예요. 얼마나 빨리 변신하는지가 이 연극의 포인트죠."

준코는 파일에서 다시 종이를 한 장 꺼내 테이블에 놓았다. 조금 전의 표에서 세 비서가 각각의 집무실에 들어간 시간 대신 몇몇 글자와 부호가 적혀 있었다.

"……한마디로 말해 이런 건가요? 시노부가 12시 34분 52초에 전무실로 들어갔다. 그런데 도중에 나온 후 다시 들어간 건 그녀가 아니었다. 히로미가 시노부가 나온 것처럼 꾸미고 사야카가 히로미를 커버함으로써 9초간의 공백을 만들었지만, 시노부는 처음에 들어가 마지막으로 나타날 때까지 밖으로 나오지 않았다?"

표를 보면서 케이가 물었다.

"네. 그렇게 되면 시노부는 사장실에서 42초를 통째로 쓸 수 있죠. 아마도 미리 계산된, 살인하기에 충분한 시간 아닐까요?"

케이는 어이없다는 표정을 지었다.

"비서 세 사람이 공범이란 말인가요? 시노부가 왜 전무실에 두 번 들어갔다고 했죠?"

"전무에게 결재받아야 할 서류를 깜박해서 가지러 갔다더군요. 하지만 그 정도 말을 맞추는 건 식은 죽 먹기잖아요? 내가 알고 싶은 건 이 트릭이 현실적으로 가능하냐는 거예요."

"흐음……, 글쎄요. 변장이라는 게 픽션의 세계에서 흔히 나오지만, 현실적으론 상당히 어렵지 않을까 싶은데요."

"그 점도 생각했어요. 하지만 기가 막히게 조건이 좋더군요."

	전무실	부사장실	사장실
PM 12:34:52	시노부 들어감.		
09″ :35:01			히로미 들어감.
04″ :35:05		사야카 들어감.	
03″ :35:08	시노부 나옴.(A)		
03″ :35:11			히로미 나옴.(B)
06″ :35:17	시노부 들어감.(C)		
06″ :35:23		사야카 나옴.	
11″ :35:34	시노부 나옴.(42초)		
PM 12:37	점심식사를 하기 위해 히로미와 사야카가 엘리베이터를 타고 내려감.		

준코가 몸을 앞으로 내밀며 말을 이었다.

"세 사람 키는 모두 157에서 163센티미터 사이고, 특별히 마르지도 뚱뚱하지도 않아요. 구두도 검은색에 디자인까지 비슷해, 카메라 영상으로는 별 차이가 없을 거예요. 확실히 알 수 있는 특징은 복장과 머리모양, 안경뿐이에요. 자세와 걸음걸이만 따라하면 완벽하게 바꿀 수 있죠."

준코는 세 번째 종이를 테이블에 내려놓았다. 거기에는 범행 당일 세 사람이 입었던 옷에 대한 간단한 그림과 설명이 적혀 있었다. 그에 따르면, 시노부는 안경을 끼지 않았고 머리모양은 짧은 커트, 옷은 블라우스에 니트 베스트, 그리고 무릎까지 오는 스커트 차림이었다. 가슴을 펴고 성큼성큼 걷는 스타일인 듯했다.

사야카 역시 안경을 착용하지 않으며, 끝을 말아올린 짧은 머리에 바지정장 차림이었으며, 약간 안짱다리 걸음으로 천천히 걷는 스타일이다.

히로미는 세 사람 가운데 유일하게 안경을 끼며, 어깨까지 오는 머리를 뒤로 묶었다. 여유 있는 스커트 정장에, 보폭이 작고 종종걸음이 특징적이다.

"똑같은 옷과 안경, 그리고 가발만 준비하면 돼요. 어때요? 간단하지 않나요?"

"……아무리 감시카메라 영상이 조잡해도 얼굴이 찍히면 금방 알 수 있지 않을까요? 세 사람의 얼굴은 비슷한 점이 거의 없으니까요."

"이 트릭의 교묘한 점이 바로 그거예요."

준코는 잠시 설명을 중단하고 직원에게 사이드카라는 칵테일을 주문했다.

"이 표를 잘 보세요. 얼굴을 속여야 하는 장면, 즉 변장하고 있는 건 (A), (B), (C)의 세 번뿐이에요. 나머지 다섯 번은 본인이니 당당하게 얼굴을 보일 수 있죠. 또 (A)와 (C)는 전무실 앞이고, (B)는 사장실 앞이라는 게 포인트예요."

"무슨 뜻이죠?"

"감시카메라가 세 곳의 입구를 감시하기 위해 설치돼 있잖아요. 그렇다면 중간에 있는 부사장실 앞에 초점을 맞추지 않겠어요? 전무실 앞은 조금 거리가 있으니 사람의 얼굴이나 모습이 희미하게 보일 거예요. 얼굴을 돌리거나 서류로 가리면 충분히 속일 수 있지 않을까요? 반대로 사장실 앞에서는 가급적 벽에 가까이 붙어 카메라 바로 밑으로 지나가면 얼굴이 찍히지 않을 거예요."

"감시카메라는 자동으로 초점을 맞추게 되어 있고, 그런 식으로 지나가면 부자연스러울 텐데요. 더구나 그렇게 변장하는데 6~7초밖에 시간이 없고요. 조건이 너무 빡빡하지 않아요?"

"그렇진 않아요. 변장하는 건 전부 네 번인데, 그 중 세 번은 사야카가 하거든요. 순간적으로 재빨리 변신해야 하는 연극에 출연 중이니 그 정도는 쉽지 않을까요?"

준코는 내심 기대하며 쳐다봤지만, 케이의 반응이 신통치 않았다.

"음, 내 생각에 이건 역시 재미로밖에……."

"이게 진실일 경우 벽에 부딪쳤던 문제들이 거의 풀려요. 첫째, 사라진 흉기 문제. 그들은 사장실 출입이 가능했고, 두 사람이 빌딩 밖으로 나갔으니 쉽게 처분했겠죠. 게다가 문 손잡이에 시노부의 지문만 있었던 것도 이해가 되고요."

"그렇군요. 하지만……."

"그것만이 아니에요. 사장에게 수면제를 어떻게 먹였는지도 해결돼요. 만약 그들이 범인이라면, 커피에 수면제를 넣는 일이 간단해지잖아요. 남은 커피를 마셨다는 그녀들의 증언도 무시할 수 있고요."

"뭐 그 점은 큰 포인트일지 모르겠네요."

케이는 여전히 뜨뜻미지근한 표정을 지었다.

"어쨌든 그 부분은 테이프를 보고 확인할 수밖에 없겠어요. 만약 그래도 의혹이 남는다면 그때 가능성을 검토해 보죠."

"가능성이 없다고 생각하는군요?"

"그래요. 도저히 그렇게는 생각되지 않아요."

"이유가 뭐죠?"

준코는 쉬지 않고 몰아붙였다.

"우선 평범한 세 여직원에게 이런 줄타기 같은 살인을 저지를 만한 동기가 있을까 하는 의문이 들어요. 더구나 사람의 행동을 시간으로 재는 건 로봇의 동작과는 다르지요. 가령 18초가 42초가 된다 해도, 평범한 사람이 그처럼 짧은 시간에 살인을 저지른다는 건 심리적으로 어렵지 않을까요?"

"……역시 그럴까요?"

준코는 사이드카를 입으로 가져가면서, 마음 한편으로 안도하고 있음을 깨달았다. 같은 여성인 비서들을 범인 취급하는 것에 대해 스스로 부끄러움 같은 게 없지 않았다. 어쩌면 케이가 자신의 의혹을 깨뜨려주기를 바라고 있었는지도 모른다.

잠시 침묵이 이어지던 중 케이가 느닷없이 물었다.

"혹시 체스터턴(G. K. Chesterton. 영국 작가)의 「보이지 않는 남자」라는 단편소설을 아시나요?"

"네. 꽤나 미스터리 마니아였거든요. 하지만 줄거리는 잊어버렸어요."

"아파트의 자기 방에서 한 남자가 살해되는데, 집으로 통하는 계단이나 바깥 도로에는 지켜보는 시선이 많았죠. 그런데 범인은 감쪽같이 그 집에 드나들었고, 시체까지 밖으로 이동시킵니다. 범인의 모습이 어떻게 눈에 띄지 않을 수 있느냐가 그 소설의 포인트죠."

어렴풋이 기억이 났다. 분명히 범인은…….

"이번 사건에 그와 비슷한 트릭이 사용되었다는 거예요?"

"아닙니다. 현대 일본에서는 도저히 적용하기 어려운 내용이에요."

케이가 진토닉을 입으로 가져가며 덧붙였다.

"하지만 이번 사건을 접하고 왠지 그 소설이 떠오르더군요. 범인은 사장실에 침입하기 전 분명히 감시카메라 앞을 지나갔을 겁니다. 그렇다면 모니터를 통해 경비원 눈에 띄었을 테고, 비디오에도 녹화됐겠죠. 하지만 범인의 모습은 그 어디에도 잡히지 않았습니다. 말 그대로 '보이지 않는 남자'였던 거죠."

준코도 10여 년 전에 읽은 그 소설의 내용이 떠올랐다.

"그러고 보니, 브라운 신부의 조수 플랑보가 개과천선한 엄청난 도둑 아니었나요?"

그러자 케이가 무표정하게 말했다.

"지금 중요한 건 그게 아닙니다. 그 소설에서 가장 기묘한 건 「보이지 않는 남자」의 피해자가 가정용 로봇을 개발해 부자가 되었을 뿐만 아니라, 범행현장인 방에 그 로봇을 두었다는 점입니다."

마치 이번 사건을 예언이라도 한 것 같지 않은가? 90여 년 전에 선보인 소설임을 생각하면, 체스터턴이 왜 그렇게 황당한 설정을 했는지 상상조차 할 수 없었다.

"잠깐만요. 나는 범인의 모습이 보였지만 교묘하게 위장했다고 생각해요. 당신은 범인의 모습이 보이지 않았다고 생각하는 건가요?"

"그래요."

"어떻게요? 범인이 투명인간처럼 투명한 옷이라도 입었나요?"

"미국에서는 모습을 감추게 해주는 코트를 군사용으로 연구 중이라더군요."

"말 돌리지 말고 제대로 설명해 주세요!"

마침내 준코의 조바심이 폭발했다.

"보이는 쪽이 물리적으로 모습을 지울 수 없다면, 보는 쪽에 문제가 있다고 생각해야겠지요. 만약 당연히 보여야 할 것이 보이지 않았다면, 어떤 이유가 있을까요?"

"잘난 척 그만하고 범인으로 누굴 생각하는지 말씀해 보시죠."

그는 준코를 물끄러미 바라보았다.

"어젯밤엔 사와다 마사노리가 아닌가 했습니다."

"……사와다요?"

준코는 고개를 갸웃거리며 되물었다.

"그날 경비원 말입니다. 감시카메라 영상을 모니터하던 사람이죠. 그 사람이라면 비디오테이프를 바꿔치기할 수도 있으니까요. 하지만 오늘 똑같은 기종으로 실험해 봤는데, 증거를 남기지 않고 테이프를 수정하기란 거의 불가능하더군요."

"뭐가 문제인데요?"

"일단 무신호 검출입니다. 거기 있던 비디오테크나 프레임 스위처에는 카메라에서 보내는 영상신호가 끊어지면 부저가 울리고, 모니터 화면에 그 직전의 정지화면을 표시하면서 'VIDEO LOSS'라는 글자가 깜빡이는 기능이 있어요. 무신호 검출이 기록되면 카메라 번호와 날짜, 시각이 알람 데이터에 저장되어 지울 수가 없습니다."

"그건 왜죠?"

"녹화된 테이프를 수정하려면 별도의 기기와 시간이 필요하므로 불가능합니다. 따라서 녹화 도중 미리 준비한 다른 영상을 집어넣어야 하는데, 그 경우 일단 카메라에서 오는 입력을 중단시켜야 해요. 케이블을 도중에 두 개로 갈라놓으면 순간적으로 전환할 수도 있지만, 경찰 관계자의 정보에 따르면 케이블에 그런 흔적이 없다더군요. 그렇다면 BNC(고해상도를 지원하기 위해 사용하는 단자) 플러그를 빼내고 바꿔 끼울 수밖에 없는데, 그것 역시 무신호 검출에 걸립니다."

이 남자는 도대체 누구에게 정보를 얻는 걸까? 준코는 케이를 빤히 쳐다보았다.

"둘째, 그 점을 해결했다고 해도 테이프 영상의 시간적 변화는 어떻게 할 도리가 없습니다. 서쪽 복도의 막다른 곳은 외부계단이고, 문에는 젖빛 유리를 끼운 작은 채광창이 있어요. 낮에는 여기서 빛이 들어오므로 복도에 드리우는 그림자 길이는 시각이나 계절에 따라 조금씩 다릅니다. 이것 역시 경찰 관계자에게 얻은 정보인데, 사건 당일 테이프에 부자연스러운 부분은 전혀 없었다고 합니다."

"경찰 관계자까지, 발이 꽤 넓으시군요. 그래봤자 아무것도 모르는 건 결국 마찬가지잖아요."

준코는 입술 끝을 올리며 빈정거렸다. 그리고 사이드카를 한꺼번에 들이켰다.

"그렇지 않아요. 지금 변호사님의 이야기를 듣다가 중요한 힌트를 얻었어요."

"힌트라고요?"

"범인은 역시 시간을 훔쳐 밀실을 만든 게 아닐까요? 세 비서의 변신 연극과는 방법이 조금 다르지만요."

"시간을 훔친다……?"

준코는 멍하니 입을 벌렸다. 케이의 말을 반박하고 싶었지만, 혀도 머리도 잘 돌아가지 않았다.

"이봐요, 잘난 척 그만하고 말해줘요. 범인이 누군지 알아낸 거죠?"

"그래요."

케이가 히죽 웃으며 말했다.

"어쩌면 산타클로스였는지도 모르죠."

보이지 않는 산타클로스

1977년 12월, 시카고대학 물리학부에서 일반상대성 이론을 전공 중이던 대학원생 게일리 호로비츠와 버질 키산토폴러스는 '우리 눈에는 왜 산타클로스가 보이지 않는가'라는 수수께끼를 풀었다!

전 세계에 20억 가정이 균등하게 분포되어 있다고 한다면, 크리스마스 이브의 24시간 안에 모든 곳을 돌기 위해서는 한 집에 2만분의 1초밖에 사용할 수 없다. 따라서 광속의 40퍼센트 속도로 달리는 산타를 보기 어렵다는 것이다.

_별책부록 『수리과학』 상대론의 좌표~시간·우주·중력(1988년 사이언스사 발행)에서 발췌. 오카무라 히로시. 「블랙홀과 일반상대론(I)」 중에서.

준코는 머리를 흔들었다. 모니터에 있는 건 요코하마 어린이 과학관의 '중력 렌즈 페이지'라는 사이트였다.

이게 무슨 힌트가 된단 말인가?

머릿속에 애니메이션 캐릭터인 벅스 버니가 나타났다. 버니

I. 보이지 않는 살인자

가 빛의 속도로 사장실에 침입해 보통 속도로 돌아온 뒤, 잠자던 사장을 무언가로 때려눕히고 다시 섬광처럼 도망친다……

모르겠다. 케이는 도대체 무슨 생각을 하는 걸까? 어젯밤 과음한 탓인지 머리가 무겁고 생각이 정리되지 않았다.

팔짱을 끼고 의자 등받이에 몸을 기대자, 법원에 제출할 준비서면을 작성 중인 이마무라의 모습이 보였다. 아마도 주위 경관을 해치는 아파트 건설 중단을 요구하는 소송건이리라. 밀실살인에 대해선 아무런 의문도 갖지 않는 그의 태도에 갑자기 분노가 치솟았다.

일을 방해하자.

"이마무라 씨."

"왜?"

"에바라 마사키의 알리바이는 당신이 확인했지?"

"알리바이?"

"전임 사장의 사망 추정시각에 외출했잖아?"

"그깟 알리바이를 확인해서 뭐해? 에바라 씨에겐 사장실에 들어갈 기회가 없었잖아."

"들어가지 않고도 살인이 가능했을지 몰라."

이마무라는 하던 일을 멈추고 의자를 준코쪽으로 향했다.

"어제 그만큼 망신을 당한 것도 모자라 아직도 그 얘기야?"

준코는 발끈했다.

"망신? 난 확인하기 위해 실험한 것뿐이야. 그런데 당신들이 구경꾼을 우르르 데려왔잖아. 실험이 실패로 돌아가서 속이 후

련해?"

"그럴 리가 있겠어? 당신이 당한 망신은 곧 우리 사무실 망신인데."

"내가 우리 사무실의 수치란 거야?"

준코가 나지막하게 말하자 이마무라는 주춤거렸다.

"내가 언제 그랬어? ……어쨌든 로봇을 사용해 전임 사장을 살해하는 건 불가능하다는 사실이 증명됐잖아. 그 말을 하고 싶었을 뿐이야."

"그렇다고 다른 방법까지 불가능하다고 확인된 건 아니야. 어서 대답해 봐. 에바라 마사키의 알리바이는 확인했어?"

이마무라의 두 손이 키보드 위에서 잠시 방황했다. 입력하려던 내용을 잊어버린 것이리라. 그제야 마음이 좀 풀린다.

"에바라 씨는 그날 오후 1시 전후에 호텔 로비에서 사람을 만났어. 상대에게 에바라 씨 말을 뒷받침하는 증언도 들었고."

준코는 어슴푸레한 기억을 더듬으며 물었다.

"그라탕 펀드의 살만인가 하는 사람 말이지?"

"그래턴 캐피털의 도쿄 지점장인 앤드루 삭스."

"믿을 수 있어?"

"그래턴 캐피털은 일본에서만 수백억 엔의 자산을 가진 투자회사야. 그런 회사의 대표가 왜 거짓말을 하겠어?"

"투자회사? 힘없는 회사를 싸게 사들여 돈을 버는 대머리독수리 펀드(vulture fund)잖아. 그런 자들이 언제부터 그렇게 믿을 수 있는 사람이 됐지?"

"그렇지 않아. 물론 돈벌이가 된다면 더러운 일에도 손을 대겠지. 하지만 그건 법의 테두리 안이거나 적어도 불법이 되기 직전까지야. 미국 사람들은 위증죄가 얼마나 무서운지 알고 있어. 누군가 부탁했다고 해도 형사사건에서 거짓말을 하리라곤 생각하기 어려워."

"당신한테 거짓말했다고 위증죄가 되는 건 아니잖아."

"물론 법정에서 선서하고 증언한 건 아니지만, 경찰에도 똑같이 진술했어. 그 의미가 가볍지 않다는 건 알고 있을 거야."

의외로 이마무라가 제대로 확인한 듯하다.

"그래? 그런데 베일리프 부사장이 왜 갑자기 그 사람을 만났지? 주식을 상장하면 건실한 기관투자가들 자금이 들어올 텐데?"

"우리가 경영전략까지 참견할 필요는 없잖아."

"어느 정도 짐작은 할 수 있는 거잖아. 전임 사장이 살아 있을 때부터 에바라 마사키가 베일리프를 매각하려 했나 보군."

"설령 그렇다 해도 우리가 관여할 일은 아니야."

이마무라는 인내심이 한계에 이르렀음을 드러내기 위해 두 손을 펼쳤다.

"조만간 회사를 장악할 수 있다는 걸 알았기 때문에, 그렇게 행동하지 않았을까?"

이마무라는 커피메이커쪽으로 가서 남아 있던 커피를 스테인리스 머그컵에 따랐다. 그리고 준코의 도자기 머그컵에도 커피를 따라주었다.

"고마워."

전날 밤부터 보온되어 있던 커피는 완전히 졸아들어 쉰 단팥 죽 같은 맛이 났다.

"전임 사장의 건강상태가 꽤 나빴던 모양이야. 길어야 1년 정 도였대. 전임 사장 사망 후의 대책을 강구하는 건 경영자로서 당연한 일이잖아."

이마무라가 구역질이 날 것 같은 커피를 맛있게 홀짝거리면 서 말했다.

"그래, 그 말은 나도 직접 들었어. 전임 사장이 사망해도 경제 적 이득이 전혀 없다면……."

그때 이마무라의 얼굴에 곤혹스러운 표정이 스쳤다.

"왜 그래?"

"응?"

"뭔가 이득이 있는 거야?"

"내가 언제 그랬어?"

"방금 이상한 표정을 지었잖아. 시치미 떼지 마. 전임 사장이 일찍 사망하면 에바라 마사키에게 뭔가 이득이 있는 거지? 그 렇지?"

이마무라는 길게 한숨을 내쉬었다.

"당신은 검사가 되어야 했어."

"알았다! 유언이지? 전임 사장은 조만간 유언을 고칠 예정이 었어. 그러면 에바라 마사키의 몫이 대폭 줄어들 거고……. 맞 지?"

이마무라는 고개를 가로저었다.

"유언을 고칠 예정은 전혀 없었어. 에바라 마사키 부부가 대부분의 유산을 물려받도록 돼 있어."

"대부분?"

"회사 주식의 일부는 전무에게 물려주도록 예정되어 있더군."

준코의 뇌리에 에바라 마사키가 커피를 쏟던 모습이 떠올랐다.

"그랬구나. 이제야 의문이 풀리네."

"뭐가?"

"전무가 자살을 시도할 가능성이 있다고 말하자, 에바라 마사키가 몹시 당황했잖아. 아무리 봐도 전무를 걱정하는 모습은 아니었거든."

"얼굴만 보고 그걸 어떻게 알아?"

이마무라가 어이없다는 표정을 지었다.

"그 사람은 전무에게 주식이 상속되는 걸 어떻게든 막고 싶었겠지. 만약 전무가 에바라 사장을 살해했다면 결격사유가 되어 유산이 모두 에바라 마사키 부부에게 상속되잖아. 그런데 전무가 기소되기 전 자살해 버리면, 유언이 효력을 발생해 전무의 유족이 주식을 상속하게 되지."

"비약이 너무 심한 거 아냐? 애초 심신상실로 무죄가 되어도 상속의 결격사유는 안 되잖아."

"바로 그거야! 그것 때문에 내가 그 사람을 악마라고 하는 거야!"

"그런 말은 지금 처음 듣는데……."

이마무라가 혼잣말처럼 중얼거렸다.

"형사재판에서 유죄 판결을 받지 않아도 사장을 살해한 게 인정되면 전무는 심한 자책감에 시달릴 거야. 에바라 마사키는 전무에게 심리적 압박을 가해 상속을 포기시킬 작정이고!"

"악마란 말은……."

이마무라가 갑자기 말꼬리를 흐렸다. 그래서 무슨 말인지 알아들을 수가 없었다.

"지금 뭐라고 했어?"

"아무것도 아니야. 하지만 당신 말을 듣고 있자니, 마치 에바라 사장이 전무의 몫을 빼앗기 위해 전임 사장을 죽이고 전무에게 죄를 뒤집어씌운 것 같군. 전무에게 증여되는 주식은 소액은 아니지만 그렇다고 많지도 않아. 살인 동기로 보기엔 무리가 있지 않을까?"

"그건 그래. 전임 사장이 죽으면 에바라 마사키에게 또 다른 이익이 있었던 것 아닐까?"

준코가 빤히 쳐다보자 이마무라가 시선을 돌렸다.

"아니……, 그건……."

"에바라 마사키가 사장을 살해했다면 무엇 때문에 그렇게 서둘렀을까? 그냥 내버려둬도 얼마 살지 못했을 텐데."

준코는 말을 멈추었다. 뭔가가 어렴풋이 보이기 시작했다.

"설마……, 역시 주식?"

"……그래."

이마무라가 이젠 어쩔 수 없다는 듯이 대답했다.

"상장이지? 베일리프는 조만간 주식을 상장할 예정이잖아."

"그래. 유산을 그 전에 상속하느냐 후에 상속하느냐에 따라 크게 달라지는 부분도 있어."

"미공개 주식의 상속세군."

이마무라는 머그컵을 입으로 가져가며 고개를 끄덕였다. 이번에야말로 형편없는 커피맛에 어울리는 표정이었다.

"아직 상장되지 않은 회사의 주식, 즉 미공개 주식을 상속받았을 때 상속세 기준이 되는 주식의 가치는 회사의 순자산이나 동종 타사의 주식에서 유추한 가격에 따라 산정되지. 베일리프의 경우는 그렇게 대단하지 않아."

"그렇더라도 주식을 상장한 후에는 당연히 그 시점의 주가에 따라 계산되겠지. 상속세도 어마어마해질 거고. 상장 주가가 상당히 높겠지?"

"그럴 것 같아. 수익이 안정적이고, 루피너스 V를 개발한 기술력과 에바라 마사키의 경영 수완도 높이 평가받고 있으니까."

"그렇구나. 생각해 보면 당연한 일이네. 주식이 상장되면 창업자에게 엄청난 이익이 발생하는 법이지. 그 이익에 세금이 얼마나 붙느냐에 따라 상속세가 천지차이일 테고. ……얼마나 차이가 나는데?"

"상속세만 어림잡아 수억 엔 차이일걸?"

준코가 자리에서 벌떡 일어나 손뼉을 쳤다.

"됐어! 동기를 찾았어!"

하지만 이마무라는 여전히 떨떠름한 표정을 지었다.

"되긴 뭐가 돼? 아직 아무것도 증명하지 못했잖아. 에바라 씨로선 애초 살인이 불가능했고."

"그건 지금부터 재검토해 볼게."

"변호 방향은 알고 있지? 미리 말해두지만, 전무를 변호하기 위해 에바라 마사키 씨를 고발하는 일은 있을 수 없어."

"왜지? 에바라 마사키가 우리 사무실에 이익이 되는 인물이라서?"

"말도 안 되는 소리 하지 마."

이마무라가 벌레라도 씹은 듯한 표정을 지었다.

"뭐가 말도 안 되는 소리야? 전무와 에바라 마사키를 비교해 봐. 전무에게는 살인기회만 있고 동기는 전혀 없어. 한편 에바라 마사키에게는 강력한 동기가 있지만 범행기회가 없었다는 이유로 의심에서 자유로워. 이런 경우 정말로 수상한 게 누구라고 생각해?"

이마무라는 책상에 걸터앉아 아랫입술을 깨물었다. 생각하다 지쳤을 때의 표정이다.

"……이건 아직 확인을 못했지만 말해주는 게 좋겠군. 전무에게 동기가 전혀 없는 것도 아니야."

"뭐?"

"신임 사장의 지시로 과거 회계자료를 조사한 모양인데, 불투명한 자금 흐름이 있었던 것 같아."

"불투명한 자금 흐름?"

"연구개발비를 부풀리는 등 이런저런 방법으로 횡령해 온 것 같아. 그것도 15년 넘게. 어림잡아 6억 엔 가까이 된다더군."

준코는 놀라서 입을 다물지 못했다.

"전무가 회사 돈을 횡령했다는 거야?"

이마무라의 눈길이 진지하게 변했다.

"아니. 그가 관여했을 가능성도 있지만, 문제의 전표는 그의 결재범위를 넘어섰어."

"전무의 범위를 넘어섰다면……."

"죽은 사장밖에 없겠지."

다행히 오른쪽 방은 비어 있었다.

오전 10시. 도둑이 가장 활발하게 활동하는 시각이다. 주변에 인기척은 느껴지지 않았다.

오늘도 시궁쥐 차림으로 몸을 감싼 케이는 현관문 자물쇠를 내려다보았다. 한때 매스컴에서 그토록 피킹에 대해 떠들었음에도 구태의연한 디스크 실린더 자물쇠가 달려 있었다. 집을 빌려주는 사람도 그 집에 사는 사람도 방범에는 관심이 없는 듯했다.

'엘리건트코포 히가시오이'의 2층 복도 난간에는 노란 플라스틱 가림막이 있었다. 따라서 몸을 숙이면 건물 밖에서는 잘 보이지 않았다. 하지만 입주민들 눈에 띄면 골치 아파진다. 그는 선 채로 신속하게 일을 끝낼 작정이었다.

필요한 도구가 마술처럼 소매 안쪽에서 나타났다. 우선 더블텐션으로 자물쇠 안쪽에 압력을 가했다. 그런 다음 번개처럼 생긴 레이크피크를 열쇠구멍에 꽂아 애무라도 하듯 부드럽게 긁었다. 일명 '갈퀴 긁기'라는 대중적인 방법인데, 핀을 하나씩 맞추는 수고를 하지 않아도 한꺼번에 공략할 수 있다. 너무 여러 번 긁으면 핀이 파손되어 원래 열쇠로도 열지 못하는 문제가 있지만.

실린더는 불과 몇 초 만에 두 손을 들고 항복했다. 그는 아무도 없는 실내로 들어가 문을 닫았다.

신발을 가지런히 벗고 주방을 지나 안쪽의 세 평짜리 방으로 들어갔다. 007 가방을 열고 콘크리트 마이크(벽에 대고 소리를 듣는 고감도 장비)를 꺼냈다. 예전에 나온 워크맨과 똑같이 생겼는데, 도청에 필수적인 녹음 기능이 있었다. 음성 조절기능도 있어, 상대가 우연히 벽을 두드리더라도 고막이 찢어질 염려는 없었다.

두 귀에 이어폰을 꽂고 청진기를 다루듯 콘크리트 마이크를 벽에 댔다. '코포'나 '하이츠' 등으로 불리는 목제벽 공법의 아파트는 콘크리트벽의 맨션과 달리 방음성능이 제로에 가깝다. 큰 소리로 대화하면 특별한 장치가 없어도 그대로 들린다. 단순히 엿듣기가 목적이라면 유리컵 하나로도 충분했다.

그러나 케이는 감시 대상의 숨결까지 파악하고 싶었다. 귀중한 정보가 종종 미세한 잡음 속에 숨어 있기 때문이다.

그가 애용하는 이어폰은 미국에서 개인적으로 수입한 ER-4P라는 하이엔드 오디오용 기기였다. 가격이 일반적인 이어폰의 수십 배나 되므로 도청이라는 천박한 목적에 사용하는 사람은 거의 없었다. 케이는 여기에 잡음이 잡히지 않도록 PC 케이블

I. 보이지 않는 살인자

용 메탈실드를 덮어 사용했다.

옆집에서 사람의 기척이 확실하게 느껴졌다. 전기 포트에서 보글보글 물 끓는 소리. 타닥타닥 키보드를 치는 소리. 마우스를 클릭하는 경쾌한 소리. 컵에 인스턴트커피와 설탕, 분말크림을 넣는 듯한 희미한 금속음. 포트에서 물을 따르는 듯한 소리.

콘크리트벽에서는 아무리 고성능 마이크를 사용해도 필터가 한 장 가로막혀 있는 듯한 소리가 들린다. 그런데 벽이 얇아서인지 같은 방에 앉아 있는 듯한 현장감이 느껴졌다.

미세한 소리에 귀를 기울이면서 케이는 느긋하게 기다렸다.

전화벨 소리. 케이는 마이크의 감도를 올렸다.

"그래. ……응, 알고 있어. ……뭐 2~3일 안에는 어떻게 될 거야. ……물건은 이미 돼 있으니까. ……어디 홀이라고? ……응. ……그래. 잠깐 가서 한번 시험해 보지 뭐."

전화가 끊어지고 잠시 꼼지락거리는 소리가 들렸다. 욕실 문을 여는 소리. 안에 들어가서 뭔가를 하고 있다. 나사를 풀고 욕실 천장의 뚜껑을 여는 듯했다.

케이는 썰렁한 빈방의 낡은 다다미에 앉아 조용히 기다렸다. 옆집의 작은 소리는 당사자가 듣는 것보다 훨씬 선명하게 고막에 전달되었다.

케이는 잠시 생각에 잠겼다. 이렇게까지 할 필요가 있을까?

아오토 준코의 의뢰는 밀실 침입의 가능성을 확인해 달라는 것뿐이다. 그 부분은 이미 방법뿐만 아니라 진범까지 말해줄 수 있고, 이제 검증만 남았다. 50만 엔의 성공보수는 거의 손 안에 들어온 상태였다.

그런데 그만한 푼돈 때문에 불법침입이라는 위험을 무릅쓰면서 이렇게까지 할 필요가 있을까? 만에 하나 경찰에 체포된다면 단순한 가택침입으로 끝나지 않는다. 최악의 경우 지금까지 쌓은 모든 걸 잃어버릴 수도 있다.

물론 쉽게 들키지 않을 자신은 있었다. 하지만 아무리 신경쓰고 조심해도 운이 나쁘면 끝장이다.

아오토 준코란 여자에게 빠져 있는 걸까?

아무리 생각해도 자신과 변호사는 어울리는 상대가 아니다. 그런데도 어떻게든 잘 보이려 노력하는 건 부질없는 기대감 때문 아닐까? 아니, 그것만은 아니다. 가장 큰 원인은 밀실살인을 성공시킨 범인에 대한 극단적인 생각 때문이다.

만약 자신의 생각이 맞다면, 유례를 찾아보기 어려운 절묘한 방법이며 믿을 수 없을 만큼 대담한 실행력을 갖춘 사람이다. 그런 의미에서는 감탄하지 않을 수 없다.

그러나 살인자에 대한 거부감과 혐오감이 그보다 훨씬 강했다. 물건은 훔쳐도 되지만 사람을 다치게 하거나 죽여서는 안된다……. 그건 어쩌면 스스로를 격려하기 위한 마지노선일지도 모른다. 그 마지노선을 지켜온 케이에게, 자신의 욕망을 충족시키기 위해 타인의 생명을 빼앗는 인간은 결코 용서할 수 없는 존재였다.

이어폰을 통해 발소리가 들리고 옷걸이에서 거칠게 윗도리를 벗기는 소리가 들렸다. 케이는 소리에 모든 신경을 집중했다.

I. 보이지 않는 살인자

잠시 후 문의 손잡이가 삐걱거리고 현관문 열리는 소리가 들렸다. 상대는 거의 발소리를 내지 않고 케이가 있는 집 앞을 지나 멀어져갔다.

케이는 조용히 현관으로 나와 상대의 뒷모습을 바라보았다. 철제 계단을 내려가는 소리와 함께 마치 못이 박히듯 조금씩 머리가 사라졌다.

케이는 구두를 신고 1분을 기다린 후 행동을 시작했다. 조금 전과 똑같은 방법으로 옆집 자물쇠를 열었다. 그는 안으로 들어가 잠시 실내를 관찰했다. 오른쪽 집과 거울처럼 똑같은 구조였는데, 입구 오른쪽에 화장실과 욕실, 왼쪽에 싱크대가 자리했다. 세 평이 채 안 되는 주방 안쪽에 세 평짜리 방이 있고, 그 너머에 작은 발코니가 있었다.

케이는 가죽구두에 비닐 커버를 씌웠다. 현관에 슬리퍼도 있었지만, 이시이는 스니커즈를 신고 나간 모양이었다. 목적지가 근처는 아닌 듯했다. 돌아오려면 두 시간 이상 걸리리라 예상했다. 하지만 10분 안에 일을 끝내기로 마음먹고 시계를 맞췄다. 빈집털이는 '들어가는 데 3분, 물색하는 데 5분' 총 8분 안에 일을 끝내는 게 원칙이다. 이 정도 집을 조사하는 데 10분 이상 걸린다면 차라리 직업을 바꾸는 게 낫다.

방 하나짜리 원룸 공간에는 퀴퀴한 냄새가 가득했다. 어제 침입한 사와다의 집에도 담배냄새와 노인냄새가 구석구석 찌들어 있었다. 하지만 이 집보다는 조금 더 정돈되어 있었다.

바닥에는 벗어놓은 옷과 잡지, 페트병 등이 흩어져 있고, 주방에는 쓰레기로 가득 찬 비닐봉지가 나뒹굴었다. 싱크대에는 씻지 않은 그릇들이 산을 이루고 있었다.

도둑에게도 쓰레기장 같은 곳은 어떻게 해야 할지 막막하다. 그러나 조금 전의 전화통화로 뒤져야 할 곳이 확실해졌다.

우선 욕실 천장의 점검구를 살피기로 했다. 케이는 까치발을 하고 손을 뻗었다. 최근에는 뚜껑을 그냥 덮어놓는 타입이 많은데, 이건 귀찮게도 나사로 조여져 있었다. 열쇠고리를 꺼내 고리에 끼워놓은 십자드라이버로 나사 네 개를 풀었다. 그런 다음 플라스틱 뚜껑을 바닥에 살며시 내려놓았다.

거울을 꺼내 천장 안을 들여다보았다. 아무것도 없다. 이시이가 여기 숨겨두었던 걸 꺼내간 듯했다.

케이는 점검구의 뚜껑을 원래대로 해놓고, 세 평짜리 방에 있는 컴퓨터를 켰다. 해킹 방지용 방화벽 프로그램이 깔려 있었지만, 누군가가 침입해 자기 컴퓨터에 손을 대리라고는 상상도 못한 것 같았다. 인터넷 접속을 확인할 필요도 없이 브라우저 기록이 그대로 남아 있었다.

대부분 성인 사이트와 컴퓨터 관련 사이트였지만, 주목할 만한 것이 몇 개 있었다. 그는 주소를 메모한 다음 시스템을 종료하고 전원을 껐다.

시계를 보니 아직 5분 이상 남아 있었다. 우선 집 안을 샅샅이 뒤지기로 했다. 지저분한 모습에 어이가 없었지만, 옷장 서랍이며 벽장, 식기장, 냉장고 등을 살펴보는 동시에 뒤진 흔적을 꼼꼼히 없앴다.

돈이 될 만한 걸 찾는 경우와 달리, 막연하게 단서를 찾는 데는 시간이 꽤 걸렸다. 시간이 빠르게 흘러갔다. 그래도 남은 5분이 지날 동안 내부 조사를 대충 마쳤다.

살인 동기를 드러낸 편지나 일기 같은 걸 기대했지만, 어이가 없을 만큼 아무것도 없었다. 명색이 대학생이라면서 필기도구도 거의 보이지 않았다.

벽장 안에는 대량의 포르노 비디오와 DVD, 10대 초반 아이돌의 사진집 등이 있었다. 합판으로 만들어진 책장에는 대학교재인 듯한 공학 관련 책과 컴퓨터 전문서적이 몇 권 있을 뿐이었다. 나머지 공간은 파친코와 파치슬로 공략 잡지가 대부분이었다.

책상 서랍에서 예금통장이 발견되었다. 월초 집에서 돈을 입금해 주면 바로 전액 인출했다. 그것 외에 눈에 띄는 돈의 움직임은 없었다.

사와다의 예금통장에는 '지요다 경비보장' 이름으로 매달 같은 금액이 입금되었지만, 아르바이트생인 이시이는 현금으로 지급받는 모양이었다.

손목시계에서 작은 알람소리가 울렸다. 타임오프다. 한 번 정한 데드라인은 절대로 연장하지 않는다. 예상치 못한 사태를 피하기 위한 철칙이었다.

침입 흔적이 남지 않은 걸 확인하고 그는 즉시 이시이의 집에서 철수를 시작했다. 도어록의 섬턴(수동개폐장치)에 끈을 감은 뒤, 보는 사람이 없음을 확인하고 밖으로 나오자마자 재빨리 문을 잠그고 끈을 뽑았다.

유감스럽게도 이시이가 돈에 쪼들린다는 사실 말고는 살인 동기에 관한 정보를 찾지 못했다. 그러나 그 정도면 충분했다.

오이마치역까지 걸어가면서 케이는 범행의 세부사항을 떠올렸다.

"몸은 좀 어떠세요?"

준코의 질문에 대답하려던 히사나가는 그녀의 메모를 보고 새파랗게 질렸다.

돌아가신 사장님과 전무님이 총 6억 엔에 가까운 돈을 횡령했나요?
사실이라면 말로 하지 말고 고개를 끄덕여 주세요.

히사나가는 꼼짝도 하지 않았다. 변호사와 피의자에게는 입회인 없이 접견할 수 있는 접견교통권이 보장되어 있었다. 하지만 만에 하나 경찰관의 귀에 들어가는 건 피해야 한다. 준코는 준비한 다음 메모를 보여주었다.

이건 강력한 범행동기가 됩니다.
전무님께는 사장님을 살해할 기회가 있었어요.
자칫하면 전무님이 살해범으로 몰릴지도 모릅니다.

히사나가는 상당히 동요한 듯했다. 준코는 잠시 기다렸다가 다시 메모를 보여주었다.

변호사는 의뢰인의 비밀을 지킵니다.
이제 시간이 없어요.
횡령이 사실이면 고개를 끄덕여 주세요.

"취조를 할 때 지나치다 싶은 점은 없었나요?"
화석처럼 굳어져 있던 히사나가가 겨우 고개를 끄덕였다.

횡령한 돈은 어디에 있나요?

"취조를 받을 때 폭행이나 협박은 없었나요?"
히사나가가 고개를 가로저었다.

돈은 사장이 은닉했나요?

"그 사이 과거와 다른 진술을 하지는 않으셨죠?"
히사나가는 고개를 갸웃거리다 끄덕이며 말했다.
"진술은 달라지지 않았습니다."
준코는 재빨리 새로운 메모를 썼다.

은닉 방법은?
① 현금 ② 은행 계좌 ③ 유가증권 ④ 귀금속, 미술품 ⑤ 기타

"다시 한 번 생각해 보세요. 사건 당일에 대해 뭔가 생각난 건 없나요?"

준코는 손가락을 세워 번호를 알려달라고 몸짓으로 전했다.

"아니……, 특별한 건 없습니다."

히사나가는 잠시 망설이다 천천히 손가락 네 개를 세웠다.

"그래요? 다시 한 번 생각해 보세요."

준코는 조금 전의 메모를 다시 보여주었다.

횡령한 돈은 어디에 있나요?

히사나가는 고개를 흔들었다. 준코는 새로운 메모를 썼다.

결백을 증명하기 위해선 그걸 찾아야 해요.
횡령한 돈은 어디에 있나요?

하지만 히사나가는 여전히 침묵했다. 준코는 그가 알고 있다고 확신했다.

"상황이 매우 불리합니다. 변호사에게 숨기는 일이 있다가는 나중에 돌이킬 수 없게 돼요. 어서 말씀해 주세요."

히사나가는 궁지에 몰린 짐승처럼 간절한 눈빛으로 준코를 바라보았다. 인격자의 가면은 이미 벗겨졌다. 이제 그곳에 있는 건 비참한 좀도둑에 지나지 않았다.

"잘은 모릅니다. 모든 건 사장님이……."

"지금 굉장히 구체적으로 알려주셨잖아요. 그렇게까지 알고 있다면 어디에 있는지도 대강 아실 텐데요."

히사나가는 탁자에 팔꿈치를 대고 기도하듯 양손을 깍지 꼈다.

"이건 어디까지나 내 상상인데요······."

"괜찮으니까 말씀해 보세요."

"아마도 사장실 내부가 아닐까 싶습니다."

사와다는 비굴하리만큼 머리를 깊숙이 숙인 뒤, 휘청거리는 걸음으로 사무실을 나섰다.

이마무라가 혼잣말처럼 중얼거렸다.

"정말 놀랍군. 지금 그 이야기를 어떻게 해석해야 할까?"

그러자 준코가 대답했다.

"난 믿어도 좋을 것 같아. 분실물이었다는 건 거짓말치고 너무 어설프잖아? 에노모토 씨 생각은 어때요?"

"동감입니다."

케이는 레스큐 법률사무소의 커피를 한 모금 마시더니 얼굴을 찡그렸다.

"사와다가 호프풀스텍스의 복승 마권을 가지고 있었다는 건 확인했습니다. 아파트에 기록이 남아 있더라고요."

"기록이라뇨?"

"경마에 관해서는 매우 꼼꼼했어요. 지금까지 얼마를 썼는지 전부 노트에 적어 두었더군요. 특히 당첨된 마권에 대해선 자세히 적혀 있었습니다."

"호프…… 뭔가 하는 마권도 본인이 산 게 아닌가요?"

이마무라가 의문을 제기했다.

"100퍼센트 아니라곤 할 수 없지만, 사와다의 말대로 최근에는 사지 않은 것 같습니다. 오랜만에 구입한 마권이 아리마 기념이 아니라 호프폴스텍스란 것도 부자연스럽고, 애당초 복승 마권을 산 적은 한 번도 없는 것 같더군요."

"하지만 그게 위장공작이라면요?"

"사와다는 누군가가 자기 집에 침입해 기록을 볼 줄은 꿈에도 몰랐을 겁니다. 방금 추궁을 받을 때도 그것에 대해서는 입도 뻥끗하지 않았고요."

"……침입 이야기는 못 들은 걸로 하겠습니다."

이마무라는 두 손으로 귀를 막는 시늉을 했다.

준코가 고개를 갸웃거리면서 물었다.

"사와다 이야기가 사실이라고 쳐요. 그러면 어떻게 되죠? 누가 분실물 상자에 마권을 집어넣었을까요?"

"범인이겠지. 달리 누가 있겠어?"

"그렇겠지. 문제는 누가 그렇게 했겠느냐는 거지."

준코와 이마무라의 대화를 듣고 있던 케이가 말했다.

"출입구에는 감시카메라가 없으니, 그날 로쿠센 빌딩에 있던 사람이라면 누구나 상자에 마권을 넣을 수 있었겠죠."

"그렇게 범인을 좁혀가기는 어렵겠네요. 그럼 동기가 뭘까요? 무엇 때문에 마권을 집어넣었을까요?"

"그거야 뻔하지. 범행을 들키지 않도록 사와다의 신경을 경마에 붙잡아 놓은 거겠지."

"신경을 붙잡아 놓는다……. 무엇을 신경쓰지 못하게 한 걸까?"

"응?"

"경마에 신경을 붙잡아 놓는다는 건, 사와다가 다른 곳에 신경쓰지 못하게 한 거잖아. 그게 뭘까?"

"감시카메라를 보지 못하게 하려는 거겠지. 오후부터 경마중계가 있는 걸 알고, 마권으로 사와다를 TV 앞에 붙잡아 두려 생각했겠지."

케이가 다시 끼어들었다.

"그건 좀 이상한데요. 경비실을 살펴봤는데 TV와 감시카메라 모니터가 가까이 있었어요. TV에 빠졌더라도, 모니터 역시 시야에 들어오므로 이상한 장면이 나오면 바로 알아차렸을 겁니다."

"마권이 미끼였던 건 틀림없잖아요. 그런데 아리마 기념경주가 아니라 호프폴스텍스였죠. 즉, 13시 10분에 경기가 시작되는 마권이란 게 가장 결정적 증거죠."

"거기엔 이의가 없습니다."

준코가 조심스러운 목소리로 말했다.

"……사망 추정시각과도 일치하고, 범행시각이 그 전후였다는 게 명백한 증거예요."

"모니터를 보는 게 아니라면, 범인이 왜 사와다를 TV 앞에 묶어두려 했을까요?"

이마무라의 질문에 케이가 즉시 대답했다.

"경비실 밖으로 못 나가게 하려던 거겠죠."

"어차피 경마가 중계되는 동안에는 거의 안 나가잖아요."

"더 확실하게 해두고 싶었겠죠."

"범인에겐 사와다가 경비실 밖으로 나오면 곤란한 사정이 있었다, 하지만 모니터를 감시하는 건 아무 상관이 없었다, 이건가요?"

케이가 고개를 끄덕였다. 그러자 이마무라가 반신반의하는 얼굴로 물었다.

"그런 조건이면 전임 사장을 살해할 수 있다……. 그 방법을 발견한 건가요?"

"네. 다만 그게 가능했던 건 두 경비원, 즉 사와다와 이시이 중 어느 한쪽뿐입니다."

잠시 침묵이 흘렀다.

"동기는요……?"

준코가 물었다.

"그게 가장 이해가 안 되는 부분입니다. 누군가에게 고용되었다는 것도 말이 안 되고요. 그런데 아까 말씀드린 대로 횡령한 돈이 사장실에 은닉되어 있다면 말이 되지요."

"그 돈을 차지하기 위해서요?"

"돈이 은닉돼 있다는 걸 경비원이 어떻게 알았을까요?"

"그것까지는 모르겠습니다. 하지만 순찰 도중 우연히 알게 되었을 수도 있지 않을까요?"

이마무라는 복잡한 표정으로 팔짱을 꼈다.

"전부 억측이군요."

"결정적인 증거라고는 할 수 없지만, 누군가 사장실을 뒤진 흔적이 있었습니다."

"흔적이요?"

"책장의 장서 말입니다. 간병 로봇을 실험할 당시, 몇몇 책의 옆부분에 손으로 문지른 듯 거무칙칙한 자국이 있었어요. 아마 다른 곳을 찾은 후 먼지 묻은 손으로 만진 게 아닐까 싶습니다."

준코는 크게 숨을 들이마셨다.

"혹시 지문을 채취할 수 없을까요?"

"내가 보기에 지문은 없었습니다. 얇은 고무장갑 같은 걸 낀 듯해요."

"어쨌든 밀실살인의 방법이라는 걸 들어보지 않고는 뭐라고 말할 수 없을 것 같은데요?"

이마무라가 계속 고집을 부리자 케이가 자리에서 일어나며 말했다.

"지금 로쿠센 빌딩으로 가시겠습니까? 방법을 설명해 드리지요."

"사장실로 침입하려면 복도에 설치된 감시카메라 앞을 지나야 합니다. 문제는 카메라에 비친 영상을 경비원이 감시하는 데다 타임랩스 비디오에 녹화되고 있다는 사실이죠. 사람의 눈과 영상기록. 이 두 가지를 동시에 해결하려다 막다른 골목에 빠진 겁니다."

세 사람이 서 있는 곳은 경비실 모니터 앞이었다. 자세한 사정을 모르는 아사노라는 경비원이 경비실 한쪽에서 안절부절 못한 채 서 있었다.

"어쨌든 그 두 가지를 해결하지 못하면 범행이 탄로나겠죠?"

준코가 물었다.

"물론입니다. 하지만 사람과 기계의 약점이 서로 달라 한 가지 방법으로 양쪽을 속이기는 매우 어렵죠. 범인은 두 가지를 따로 공략했을 겁니다. 그걸 알아차리기까지 시간이 좀 걸렸죠."

케이가 모니터를 가리켰다.

"먼저 당직 경비원의 눈입니다. 일단 사와다가 범인이 아니라고 가정하죠. 사건이 벌어진 시간에 사와다는 이 의자에 앉아 TV로 경마중계를 보고 있었어요. 세 대의 모니터가 시야에 들어오니, 그런 와중에 카메라 앞을 가로지를 수는 없었을 겁니다."

마침 12층 복도를 보여주는 모니터에 전무 비서였던 시노부의 모습이 보였다. 모니터만 주시하지 않더라도, 지금처럼 그림자가 어른거리면 알아차리지 못할 리 없었다.

"하지만 사람의 주의력에는 반드시 끊어지는 순간이 있어요. 아무리 정신을 집중해도 잠시 눈을 떼거나 자리를 비우게 마련이죠. 그때를 노리면 당당하게 카메라 앞을 지나갈 수 있습니다."

"그때를 노리다니……, 어떻게요?"

I. 보이지 않는 살인자

이마무라가 귀신에라도 홀린 듯 물었다.

"방법은 한 가지밖에 없습니다. 역으로 경비원의 움직임을 감시하면 되는 거죠."

준코는 흠칫 놀랐다. 맨 처음 경비실에 들어섰을 때 케이가 모니터 반대쪽 벽을 자세히 살피던 게 생각났기 때문이다.

"이 방 어딘가에 무선으로 영상을 보내는 소형 카메라를 설치합니다. 범인은 모니터가 달린 수신기를 들고 최상층 엘리베이터 홀에서 기다리죠. 그러다가 경비원이 자리를 떠 감시의 눈길이 없을 때 카메라 앞을 통과하는 겁니다."

"하지만 도촬용 카메라의 전파는 굉장히 약하잖아요. 1층 경비실에서 최상층까지 닿을까요?"

"내부계단에 중계기를 설치하면 됩니다. 계단실은 아래부터 위까지 뻥 뚫려 있고, 중간에 콘센트도 있으니까요."

이마무라는 멍한 얼굴로 눈을 깜빡거렸다.

"……도촬 카메라를 어디에 설치했다는 겁니까?"

등 뒤의 벽을 살펴봤지만, 작은 카메라를 숨길 만한 곳은 보이지 않았다.

"단정할 수는 없지만, 적당한 곳이 한 군데 있습니다."

케이가 오른손 손가락으로 소형 TV를 두드렸다.

"사와다의 시선을 감시하는 위치로 더할 나위 없지요. 이 안이라면 전원도 쉽게 사용할 수 있고요. 스피커의 작은 구멍으로 얼마든지 촬영할 수 있습니다."

"그럼 이 안에 아직 카메라가 있을지도 모르겠네요?"

준코의 말에 케이는 고개를 가로저었다.

"아뇨, 벌써 처분했을 겁니다. 범인으로선 시간이 충분했을 테니까요. 최상층에서 살인사건이 일어났는데, 경찰이 1층의 TV 안까지 조사할 리는 없죠."

이마무라의 입에서 낮은 신음소리가 흘러나왔다.

"흐음……, 만약 사와다가 범인이라면 지금 이야기는 어떻게 되는 겁니까?"

"그럴 경우 사람의 눈을 속이는 트릭이 필요 없지요. 하지만 사와다가 범인 같지는 않습니다."

그러자 준코가 물었다.

"마권 때문에요?"

"그것도 그렇고, 집을 살펴봤더니 사와다에겐 기계 관련 지식이 거의 없는 것 같더군요."

그의 집에 침입한 사실은 더 이상 언급하지 않았다.

"또 하나의 트릭인 녹화를 피하는 방법까지 감안하면 범인은 역시 이시이라고 생각해야겠죠."

"그래요. 그 이야기를 듣고 싶군요. 경비원의 눈은 그렇다 쳐도, 기계에 잡히지 않다니 꼭 마술 같아요."

이마무라의 중얼거림이 준코의 마음을 대변했다.

"이제 최상층으로 가보죠."

엘리베이터에서 케이는 당연하다는 듯 비밀번호를 눌렀다. 그리고 숙제검사를 하는 교사처럼 말했다.

"아오토 변호사님에게는 미리 힌트를 드렸는데요."

"산타클로스가 우리 눈에 보이지 않는 이유 말인가요?"

"그래요."

"이 사건과 무슨 관계인지 아무리 생각해도 모르겠어요. ……
혹시 범인의 움직임이 엄청나게 빨랐다는 건가요?"

"상대적으로 보면 그렇습니다. 감시하는 쪽의 시간이 느렸다
는 게 더 정확하지만요."

"무슨 말인지 모르겠어요."

자존심이 상하긴 했지만, 모른다고 솔직히 인정할 수밖에 없
었다.

"매우 단순한 얘기입니다. 아까 경비실에 있던 타임랩스 비디
오는 촬영한 영상을 프레임 단위로 기록하죠. 여기서는 테이프
하나당 720시간 모드로 녹화하고 있는데, 그 간격은 6.017초에
한 프레임입니다. 따라서 이 간격을 뚫고 카메라의 시야를 빠져
나가면 녹화가 되지 않습니다."

"네? 하지만 그건……."

엘리베이터 문이 열리자 시노부가 서 있었다. 조사에 협조하
라는 신임 사장의 지시를 받은 모양이었다.

"수고가 많으십니다."

"아니에요. 또 폐를 끼치네요."

인사를 나누느라 질문이 중단된 사이 케이가 앞으로 걸어
갔다.

"여기서 잠시만요."

케이는 엘리베이터 홀에서 복도로 들어가기 직전의 위치를

가리켰다. 복도 문은 열려 있고 대각선 맞은편으로 전무실 문이 보였다. 하지만 비서실 뒤쪽이라 감시카메라에 찍히지 않는 사각지대였다.

"범인이 숨어 있었다면 바로 여기일 겁니다. ……점심시간 당번으로 비서실에 있을 때, 몇 번이나 밖에 나오시나요?"

갑자기 질문을 받은 시노부는 당황스러워했다.

"그게……, 거의 안 나가요."

"그것 역시 조사했겠죠. 그렇다면 조심해야 할 건 감시카메라뿐입니다. 범인은 소형 수신기로 경비원을 지켜보며 모니터에서 시선이 떨어지길 기다렸을 겁니다. 그러다가 다음 녹화 직후에 재빨리 뛰어갑니다."

케이는 손목시계의 스톱워치를 누른 뒤 빠르게 복도를 가로질러 전무실 문을 열었다. 미끄러지듯 안으로 들어간 그는 조용히 문을 닫았다. 그러는 사이 작은 소리 하나 들리지 않았다.

전무실 문을 열고 케이가 말했다.

"5초 정도밖에 안 걸렸어요. 따라서 범인에게 6초 정도면 여유가 있었을 겁니다."

전체적인 상황을 모르는 시노부는 케이의 갑작스런 행동에 어안이 벙벙한 표정을 지었다. 이마무라가 팔짱을 끼고 말했다.

"제일 가까운 전무실만 해도 시간이 빠듯한데……."

"낮에 사장실과 부사장실, 전무실 문이 열려 있다는 건 알고 있었겠지요. 전무는 깊이 잠들어 침입자가 있는지도 몰랐고요. 범인은 전무실에서 부사장실을 지나 사장실로 갔습니다……."

준코가 케이의 말을 끊고 질문했다.

"자, 잠깐만요. 녹화될 때 카메라 라이트가 깜빡이나요?"

"아뇨. 감시카메라를 보더라도 녹화되는 순간은 모릅니다."

"그럼 그 타이밍을 어떻게 확인하죠?"

"미리 경비실에서 타임랩스 비디오의 촬영주기를 기록해 두면 됩니다."

팔짱을 낀 채 듣고 있던 이마무라가 고개를 저었다.

"딱 6초라면 모를까 6,017초라뇨? 천분의 1초 단위라면 스톱워치를 사용해도 정확한 주기를 알아내기 어렵지 않을까요?"

케이가 주머니에서 15×6센티미터짜리 직사각형 상자를 꺼냈다. 끝부분에 스위치와 코드를 꽂는 단자가 있으며, 과거 휴대용 라디오와 비슷한 모습이었다.

"이걸 사용하면 가능합니다."

준코가 미간에 주름을 잡으며 물었다.

"그게 뭔데요?"

"체감기(體感器)라는 거죠."

"체감기요?"

준코로서는 처음 들어보는 단어였다.

이마무라는 놀라는 듯했다.

"이거 알아?"

"그래. 한때 문제가 됐었잖아. 전문 사기꾼이나 사기 도박꾼들이 체감기를 이용해 파치슬로에서 돈을 왕창 긁어모은 일 말이야. 파치슬로 기계 자체는 조작하지 않았으니 불법인지 아닌지 미묘한 부분이 있어. 하지만 피해액이 워낙 커 슬롯머신 업계의 요청으로 검찰에서 입건을 결정했을 거야."

"그렇습니다. 이마무라 변호사님에게는 설명할 필요가 없겠군요."

"난 여전히 뭐가 뭔지 모르겠어."

"아오토 변호사님은 파친코나 파치슬로에 대해 좀 아세요?"

"아뇨. 뭐가 어떻게 다른지도 몰라요."

"파치슬로는 파친코보다 슬롯머신에 가까워요. 회전하는 세 개의 드럼이 멈췄을 때 각각의 그림이 일치하면 되는데, 일치 여부는 내장된 0.0145초의 룰렛으로 정해집니다. 파친코 안에도 비슷한 시계가 있지요. 이것을 정확히 포착하기 위해 만든 기계가 바로 체감기입니다."

케이는 체감기에 접속한 코드를 준코에게 보여주었다. 끝이 담배개비만 한 굵기의 막대기 모양이었다.

"체감기는 아주 정밀한 메트로놈 같은 것인데, 100만분의 1초 단위로 리듬을 잴 수 있어요. 이 코드 끝에는 휴대폰과 같은 진동 모터가 달려 있어, 어디든 몸의 일부에 접촉시키면 정확한 리듬을 알아낼 수 있지요. 즉, 체감할 수 있는 겁니다."

범인이 이 기계로 정확한 녹화 주기를 쟀단 말인가……?

준코는 할 말을 잃었다. 감시카메라의 기나긴 깜빡임을 이용해 자신의 모습을 완전히 지워버린 것이다.

범인의 교활함에 등골이 오싹해졌다. 시간을 훔쳐 밀실을 만들었다는 케이의 수수께끼 같은 말이 비로소 이해되었다.

"그렇군요. 두 경비원 중 어느 한 사람이 범인이라는 건, 비디오데크를 마음대로 만질 수 있어야 한다는 뜻이군요?"

이마무라의 말투가 어느새 정중하게 바뀌었다.

"그렇죠. 단, 그렇게 하려면 비디오데크의 뚜껑을 열고 내부의 시계용 부품 등에서 직접 타이밍을 훔쳐야 합니다. 초보자에게는 어려운 일이지만, 이시이는 기계공학을 전공했으니까요."

"이시이가 실제로 체감기를 갖고 있었나요?"

"유감스럽게도 실물은 확인 못했지만, 컴퓨터로 체감기 설계도가 있는 사이트에 들어갔더군요. 만드는 방법에 대해 친구들과 주고받은 메일도 남아 있고요. 체감기를 만들어 파치슬로에서 한몫 챙기려 했을 가능성이 큽니다."

준코는 머릿속으로 단어를 고르며 천천히 말했다.

"……그것만으로는 유죄의 결정적인 증거가 안 돼요. 하지만 범행 가능성을 제시함으로써 전무의 혐의에 의문을 던지게 할 수는 있겠네요. 그래서 증거가 발견되면 검찰이 기소를 포기할 수도 있고요."

이것으로 모든 게 해결됐다. 준코는 내심 그렇게 생각했다.

마침내 난공불락으로 여겨지던 밀실이 무너졌다. 히사나가를 구할 수 있게 된 것이다. 그와 동시에, 구해줄 가치가 없는 사람임을 알게 된 건 운명의 장난이라고밖에 할 수 없었다.

경찰서의 긴 복도를 걸을 때면 항상 표현하기 어려운 압박감이 느껴진다. 사방에 경찰관이 깔려 있는 상황은 켕기는 게 전혀 없더라도 사람을 주눅들게 만든다.

케이의 경우에는 더 심할 수밖에 없었다. 경찰관에 대한 좋은 기억이 없는 탓에 가급적 멀리하고 싶은 곳 중 하나였다. 하지만 오늘은 전혀 신경쓰이지 않았다. 마음이 들떠서 그런지 발걸음도 가볍게 느껴졌다.

대머리황새가 이상하다는 얼굴로 뒤를 돌아보았다.

"정말 묘한 녀석이야. 왜 그렇게 흥분하지?"

"조건반사야. 중학생 때부터 비디오를 보기 전에는 흥분했거든."

"또라이 아냐?"

하지만 대머리황새의 표정은 부드러웠다.

키가 190센티미터가 넘는 대머리황새는 어디에 있어도 주위에 위압감을 내뿜는다. 술을 좋아하고 운동은 싫어해 체격이 탄탄하지 않았다. 하지만 힘이 서양인처럼 센 데다 악착같았다. 또 성격이 교활해 구태여 적이 되려는 사람은 없었다.

"여기서 기다려."

대머리황새는 회의실로 안내했다. 안에 있는 건 싸구려 책상과 파이프 의자뿐이었다. 안으로 들어간 케이는 느긋하게 기다리기로 했다. 여기까지 와서 서두를 필요는 전혀 없었다.

이제 조금만 있으면 결론이 나온다. 녹화된 영상을 면밀히 살피면 준코가 생각해 낸 황당한 트릭, 즉 세 비서의 재빠른 변신 이야기는 영원히 땅에 묻을 수 있다.

문제는 체감기 트릭이었다. 만약 범인이 모든 걸 완벽하게 마무리했다면 영상에서 꼬리를 잡기는 어려울 것이다. 하지만 어딘가에 증거가 반드시 작게라도 남아 있을 것이다.

범인이 카메라의 사각지대에 숨어 있는 동안 화면 구석에 그림자가 찍혔을지도 모른다. 어쩌면 복도에서 뛰어가다 카펫의 털에 영향을 주지는 않았을까? 혹시 전무실 문을 재빨리 여닫을 때 공기가 움직여 먼지가 날아오르진 않았을까?

이쪽에서는 요행이고 범인쪽에서 보면 불운인 상황에 기댈 수밖에 없었다. 하지만 가능성이 제로는 아니다.

20분쯤 지나자 문이 열리고, 대머리황새가 투덜거리며 들어왔다.

"……빌어먹을. 큰일날 뻔했어. 관리관과 마주칠 뻔했지 뭐야? 이봐, 나중에 문제가 생기면 다 네 녀석 탓이야! 알았지?"

그는 흰자위가 누렇게 변한 들짐승 같은 눈으로 케이를 노려보았다. 케이는 당황하지 않고 조용히 대꾸했다.

"말은 어떻게든 맞춰줄게. 비디오는 볼 수 있을 것 같아?"

"시끄러워! 지금 그럴 때가 아니라니까."

대머리황새는 소리를 지르더니 문을 열고 복도를 둘러보았다.

"오늘은 날이 안 좋아. 스톱이야, 스톱. 나중에 다시 와."

케이는 어떻게든 대머리황새를 설득하려 했다.

"이제 와서 그러면 어떡해? 지금 꾸물거리면 히사나가 씨가 기소될 거야. 비디오를 보면 진범을 알아낼 수 있다니까 그러네. 그 공은 다 당신한테 돌릴게."

대머리황새는 덫에서 먹이만 취하고 도망칠 수 있을지를 연구하는 여우 같았다.

"비디오는 우리도 신물이 날 만큼 봤어. 우리가 못 본 걸 볼 수 있다는 거야?"

케이는 강하게 나가기로 했다.

"그래, 틀림없다고. 트릭의 90퍼센트는 밝혀냈어. 알고 보는 것과 막연하게 보는 건 천지차이지."

"흐음. 기다려봐."

대머리황새는 뜻밖에도 케이의 대답이 마음에 든 모양이었다. 그는 어깨를 들썩이며 다시 문을 열고 나갔다.

한 시간 가까이 지난 후, 골판지 상자를 든 경찰서 직원이 회의실로 들어오며 묘한 표정을 지었다.

"응? 당신 누구지……?"

케이가 미처 대답하기 전에, 그의 등 뒤에서 대머리황새가 얼굴을 내밀었다.

"신경쓸 거 없어. 내 손님이야."

대머리황새는 음침하게 웃으며 케이에게 손짓했다.

"따라와."

케이는 대머리황새를 따라 취조실로 올라갔다. 한 평밖에 안 되는 좁은 공간에 책상과 의자 두 개가 빼곡히 자리잡았다. 책상 위에는 14인치 TV 모니터와 비디오데크가 놓여 있었다.

"조작 방법은 알지? 방해꾼이 들어오기 전에 얼른 해치워."

"나 혼자 보고 싶은데……"

좁은 공간에서 대머리황새와 얼굴을 맞대는 건 고역이었다.

"안 돼. 그건 오리지널이라고. 중요한 증거에 장난이라도 치면 안 되잖아."

대머리황새는 그렇게 말하더니 담배에 불을 붙였다. 케이는 뿜어져 나오는 담배연기에 고개를 저으며 비디오데크 리모컨의 재생 버튼을 눌렀다.

"이봐, 지금 이게 오리지널이라고 했지?"

"그래. 그게 왜?"

모니터에는 로쿠센 빌딩의 복도 영상이 나오고 있었다.

"이럴 수가! 말도 안 돼!"

케이의 입에서 낮은 신음소리가 흘러나왔다.

"왜 그래?"

"이 영상은……."

케이는 말문이 막혔다. 도저히 뒷말을 이을 수가 없었다.

"왜 그래? 뭐야?"

대머리황새는 자리에서 일어나 모니터를 들여다보았다.

화면에 비친 건, 사건 당일 아침 세 비서가 비서실과 사장실, 부사장실, 전무실을 왔다갔다하는 영상이었다. 하지만 6초에 한 프레임이 나오는 연속사진이 아니라 영화를 보듯 매끄럽게 흘러가는 화면이었다.

"어떻게 된 거지? 로쿠센 빌딩에 설치된 건 전부 타임랩스 비디오였는데……?"

대머리황새는 담배를 입에 문 채 음침한 눈으로 케이를 내려다보았다.

"그것도 몰랐어? 사장실 앞 영상은 베일리프가 자비를 들여 구입한 이 하드디스크 레코더에 녹화되고 있었어. 지요다 경비 보장에서 설치한, 한 프레임씩 나오는 비디오로는 불안하다면서 말이야."

"하지만 거기 있었던 건……."

"하드디스크만 빼낼 수 없어 비디오테크째 가져왔지. 그 후 경비회사에서 대체품을 놔뒀을 테고."

하드디스크에 기록된 영상은 부드럽고 선명했다. 세 비서가 움직일 때의 얼굴 또한 모두 모니터로 확인할 수 있었다. 즉, 재빨리 변신하는 트릭은 아예 불가능했다. 더구나 그녀들은 얄팍한 서류 말고는 아무것도 가지고 있지 않았다. 사장실에서 흉기를 가지고 나오기란 현실적으로 어려웠다.

이것으로 준코의 황당한 가설은 반박할 수 있게 되었다. 하지만 그와 동시에 6초간의 공백에 몸을 숨기는 체감기 트릭도 완전히 쓰레기통 신세가 되었다.

케이는 메마른 목소리로 중얼거렸다.

"도대체 어떻게 한 거야……?"

사장실에서

엘리베이터 문이 열리자 시노부가 깜짝 놀라 비서실에서 나왔다.

"어머, 저기……. 수고하십니다."

"금방 끝납니다. 감시카메라 좀 보겠습니다."

케이는 미소를 지으며 거침없이 걸어갔다. 시노부는 당황한 얼굴로 그 뒤를 따랐다.

"저……, 오늘 아오토 변호사님은 같이 안 오셨어요?"

"네. 저 혼자 왔습니다. 한 가지 확인할 게 있어서요."

케이는 복도의 막다른 곳에 접이식 사다리를 세웠다. 그리고 감시카메라를 살피는 시늉을 하면서 말을 이었다.

"경비실에서 놀랄지도 모르니, 연락을 좀 해주시겠습니까?"

"아, 네."

시노부가 발길을 돌리는 순간 히로미가 나타났다.

"경비실에는 방금 전화해 놨어요."

"감사합니다."

"······하지만 미리 연락을 주셔야 해요. 사장님께서 적극적으로 협조하라고 하셨더라도요."

"죄송합니다. 꼭 확인해야 할 부분이 생겼는데, 너무 급해서 그만······."

케이는 접이식 사다리 위에서 머리를 숙였다. 두 비서가 서서 그를 지켜보았다.

어떡하지? 이렇게 보고 있으면 곤란하다. 손재주에는 자신이 있었지만, 그렇다고 프로 마술사는 아니다. 빤히 쳐다보는 상황에서의 마술은 피하고 싶었다.

그때 엘리베이터 기계음이 커졌다. 도착했다는 차임벨이 울리자 두 비서는 엘리베이터 홀쪽으로 고개를 돌렸다. 잰걸음으로 걸어오는 사람은 오구라 과장이었다.

"맙소사. 이게······ 어떻게 된 일입니까?"

얼굴은 웃고 있었지만, 케이의 비상식적인 행동을 비난하듯 눈을 치켜떴다.

"연락도 드리지 않고 갑자기 밀고 들어와 죄송합니다."

"죄송하다니, 당치도 않습니다. 얼마든지 오셔도 됩니다. 다만, 방범상의 문제가 있으니 미리 연락을 주시면 고맙겠습니다."

"그렇군요. 앞으로 조심하겠습니다."

케이가 만면에 미소를 지으며 대꾸했다.

"그리고 말이죠······. 엘리베이터 말인데요. 여기까지 어떻게 올라오셨죠?"

"아아, 비밀번호 말씀이군요."

"네. 현재 대외비로 되어 있는데, 혹시……."

"그냥 층수 버튼을 눌렀더니 12층까지 올라오던데요?"

"네에? 그럴 리가……."

"오작동일지도 모르겠군요. 비밀번호에 대해 까맣게 잊고 있었는데……. 시크릿콜 기능에 문제가 생겼다면 언제 위험한 사람이 올라올지 모릅니다. 빨리 엘리베이터 회사에 연락해야 하지 않을까요?"

"아……, 그렇겠네요. 그거 큰일이군요. 당장 전화하라고 하죠."

오구라 과장이 손수건으로 이마의 땀을 닦으며 덧붙였다.

"그런데 오늘은 무슨 일로……."

"끝났습니다."

"네?"

"한 가지 확인할 게 있었는데, 이제 끝났습니다. 괜히 소란을 피웠군요. 이만 실례하겠습니다."

케이는 접이식 사다리에서 내려온 뒤 사다리를 접어 어깨에 멨다. 오구라 과장이 접대용 미소를 지으며 엘리베이터 홀까지 따라왔다.

"미리 연락을 드리지 않은 점, 거듭 사과드립니다. 앞으로는 주의하겠습니다."

케이는 엘리베이터를 타면서 다시 한 번 고개를 숙였다. 오구라 과장도 덩달아 고개를 숙였다. 하지만 비밀번호에 대한 걱정 때문인지 표정은 계속 찜찜했다.

"그럼…… 참, 엉뚱한 질문인지 모르겠지만……"

케이가 닫히려는 문을 멈추며 물었다.

"뭐죠?"

"혹시 쇼와 34년(1959년) 2월 4일이 귀사의 창립기념일입니까?"

"네에, 그렇습니다. 이 회사의 전신인 에바라 완구를 창립한 날이죠."

"아하, 그렇군요. 그럼 이만 가보겠습니다."

엘리베이터 문이 완전히 닫힐 때까지 오구라 과장은 귀신에 홀린 듯한 표정을 지었다.

케이는 지하주차장에서 접이식 사다리를 짐니에 실은 후 로쿠센 빌딩을 나섰다. 그리고 가까운 유료 주차장으로 들어가 차 안에서 작업복을 벗었다. 그는 온도조절 기능이 있는 아웃라스트(outlast) 속옷 위에 모직 양복과 트렌치코트를 입었다. 머리는 단정하게 7 대 3 가르마를 타고 도수가 없는 검은 테 안경을 착용했다.

케이는 필요한 기자재가 든 007 가방을 들고 로쿠센 빌딩으로 향했다. 정면 현관으로 들어가 엘리베이터를 탄 그는 인터폰만 설치되어 있을 뿐 관리인이 없는 8층에서 내렸다. 그런 다음 계단 문을 열고 옥상으로 갔다.

케이는 예전에 만든 마스터키의 여벌 열쇠로 철문을 열었다.

초겨울의 싸늘한 바람이 정면에서 불어왔다. 살을 에는 듯 차가웠다. 여기서 시간을 보낼 생각을 하니 벌써부터 몸이 떨렸다. 그러나 빌딩 안에 있으면 경비원이 순찰을 돌 때 발견될 우려가 있어 어쩔 수 없었다.

케이는 옥상을 둘러보았다. 몸을 숨길 만한 곳이 몇 군데 있었지만, 바람을 피하기 위해 청소용 곤돌라에서 기다리기로 했다. 파란색 방수 시트를 들추고 금속상자 안에서 몸을 웅크렸다.

생각할수록 자신의 어리석음에 화가 치밀었다. 준코가 세 비서의 출입 시간표를 보여주었을 때 왜 알아차리지 못했을까? 거기에 간격이 3~4초인 것도 포함되지 않았던가? 그때 대머리황새에게 확인했다면 체감기 트릭이 성립되지 않는다는 사실을 쉽게 알아차렸을 것이다. 타임랩스 비디오와 준코의 황당한 트릭에 대한 선입견이 눈을 흐리게 만든 것일까?

……하지만 이제 그런 건 아무래도 상관없다. 문제는 밀실의 진실이다. 그것만 알아내면 얼마든지 실수를 만회할 수 있다.

케이는 곤돌라 안에서 생각에 생각을 거듭했다. 밤이 깊어지려면 아직 멀었다. 이런 곳에서 잠들면 감기에 걸린다. 지금은 생각하는 것 말고는 특별히 할 일이 없었다.

손목시계에서 희미한 알람 소리가 났다. 보통 사람들에게는 들리지 않을 만큼 데시벨을 줄여놓았지만, 케이는 바로 정신을 차렸다. 문자반을 보니 날짜가 바뀌는 참이었다.

그는 곤돌라에서 천천히 빠져나왔다. 좁은 곳에 웅크리고 있었던 탓인지 손발이 마비된 듯했다. 케이는 손발을 움직이며 감각이 돌아오기를 기다렸다.

바람은 여전히 강하고 몸이 떨릴 만큼 추웠다. 잠시 귀를 기울이다 철문을 열었다. 캄캄한 계단을 내려가 12층 문 앞에 섰다. 잠금쇠 여는 소리가 아무도 없는 플로어의 정적을 깨트렸다.

케이는 잠시 움직임을 멈추었다. 혹시 경비원에게 소리가 들렸다면 엘리베이터를 타고 확인하러 올 것이다. 3분을 기다렸으나 아무 일도 일어나지 않았다.

그는 그제야 움직이기 시작했다. 복도의 막다른 곳에서는 고감도 센서라이트와 감시카메라가 이쪽을 노려보고 있었다. 하지만 케이는 사장실 문을 여는 것에 집중했다.

적외선을 감지해 감시카메라가 작동할 우려는 없었다. 두 비서가 잠시 시선을 돌린 틈에 감시카메라와 라이트의 적외선 센서에 커버를 씌워놓았기 때문이다. 커버라고 하지만 진짜 센서 부품 뒤쪽에 알루미늄 테이프를 붙여놓았을 뿐이니 보통 사람들 눈에는 원래 상태로 보일 것이다.

사장실 자물쇠는 마스터키를 꽂아도 열리지 않았다. 마스터키의 존재에 불안을 느껴 같은 종류의 다른 실린더로 교체한 모양이었다. 피킹해서 몇 분 안에 문을 열 자신은 있었다. 하지만 마침 전용 자물쇠 따기 공구를 가져온 터였다. 힘으로 여는 도구와 달리 흔적이 거의 남지 않고, 목적 달성에 채 2분도 걸리지 않았다.

케이는 묵직한 목재 문을 열고 사장실로 들어갔다. 문득 등줄기에서 기이한 냉기 같은 게 느껴졌다. 지금까지 수많은 곳을 불법으로 침입했지만, 한밤중에 살인현장에 들어간 적은 없다. 귀신이나 영혼 같은 건 믿지 않는다. 하지만 그는 자신도 모르게 두 손을 모아 합장했다.

우선 커튼을 조금 열었다. 불빛이 노출될 수 있어 평소에도 손전등은 사용하지 않았다. 그 대신 별빛을 4만 배 증폭하는 스타라이트 스코프가 달린 헤드기어를 장착했다.

대낮처럼 환해진 곳에서 다시 사장실을 둘러보니 사건 당시와 똑같았다. 신임 사장이 지금도 부사장실을 사용하는 모양이었다.

케이는 노련한 솜씨로 수색을 시작했다. 목적은 두 가지였다. 밀실살인의 단서를 찾는 일, 또 이 방 어딘가에 숨겨놓았을 6억 엔이 넘는 횡령금을 찾아내는 일.

6억 엔을 현금으로 숨겨놨을 리는 없었다. 또 금괴로 바꾸어도 무게가 상당할 것이다. 어쩌면 유가증권이나 보석류로 바꾸어놓지 않았을까? 전무의 말이 사실이라면 아마 보석일 것이다.

물론 아직까지 남아 있을 가능성은 거의 없었다. 하지만 숨겼던 곳을 알아내면 범인을 찾는 데 도움이 될 수 있다. 만약 그 돈을 찾는다면 즉시 탐정놀이를 그만두고 다른 계획으로 이행할 생각이다.

사장실을 30분 정도 뒤졌으나 결국 횡령금은 찾아내지 못했다. 역시 이미 가져간 뒤리라.

케이는 사장이 사용하던 의자에 앉아 천장을 올려다보았다. 횡령금은 아마 저곳에 숨겨두었을 것이다. 그렇다면 이번 사건에도 전혀 다른 각도에서 빛이 비칠 거라는 생각이 들었다.

재킷 주머니를 더듬었다. 커피와 담배 생각이 간절했지만 커피캔디로 참았다. 그때 안주머니에서 휴대폰 진동이 느껴졌다. 그는 혀를 찼다. 전원 끄는 걸 잊다니, 있을 수 없는 실수였다.

애초 이곳으로 휴대폰을 가져오는 게 아니었다. 아무래도 요즘 제정신이 아닌 것 같다. 발신자는 아오토 준코였다. 이제 곧 밤 1시.

케이는 잠시 망설이다 전화를 받았다.

"여보세요."

"여보세요, 에노모토 씨?"

"안녕하세요."

"……이런 시간에 전화해서 미안해요."

"아직 열심히 활동 중입니다."

"가게예요?"

"아니, 밖입니다."

무슨 상상을 하는 건지 한순간 침묵이 흘렀다.

"지금까지 계속 생각했는데, 범인은 역시 에바라 마사키 같아요."

여태껏 그 생각에 몰두한 모양이다. 그 끈기와 집요함이 역시 변호사답다.

"왜 그렇게 생각하시죠?"

I. 보이지 않는 살인자

"동기예요. 그에겐 강력한 동기가 있어요. 그래놓고 우리한테 거짓말을 했잖아요."

"거짓말이 곧 유죄의 근거가 되지는 않습니다."

"어머나! 에바라 마사키를 편드는 거예요?"

"그런 뜻이 아닙니다. 하지만 아무리 생각해도 이상하군요. 주식 상장과 관련된 세금 절약이 그렇게 강력한 동기인가요?"

"수억 엔이나 되잖아요. 지금 상황에서 이보다 강력한 동기가 있을까요?"

"보통 사람들에겐 그럴지도 모르죠. 하지만 그 사람은 가만히 있어도 상당한 재산을 상속받을 수 있습니다. 젊은 경영자로서 능력과 명성도 있고요. 설사 수억 엔을 더 얻는다 해도, 과연 그런 이유로 위험한 짓을 저지를까요? 가진 걸 다 잃을 수 있는데요."

"그만큼 완전범죄에 자신이 있었던 것 아닐까요? 실제로 지금까지 안 들켰잖아요."

"그건 결과론에 불과합니다. 아무리 완벽한 계획을 세워도 운이 나쁘면 실패할 수 있어요. 유능한 경영자로서 리스크 관리를 그렇게 어설프게 할 것 같지는 않은데요."

"하지만 수억 엔은 엄청난 돈이에요. 그 사람이 그처럼 많은 돈을 세금으로 호락호락 빼앗길 것 같아요?"

"에바라 마사키가 범인이 아니라고 생각하는 가장 큰 이유는요. 마음만 먹으면 그 돈을 지킬 수단을 얼마든지 생각해 낼 수 있기 때문이에요."

"……예를 들면요?"

"전임 사장이 잘해야 1년밖에 못 사니 그동안 상장을 막으면 되지요. 주식을 상장하려면 여러 가지 요건이 필요합니다. 자신의 심복을 시켜 상장을 지연시킬 수도 있을 테고요."

"그런가요? 그렇게 했다간 전임 사장이 알게 되지 않을까요?"

"상장을 미루기 어렵다면, 일부러 작은 스캔들을 만드는 방법도 있어요. 회사 평판에 흠집이 생기더라도, 나중에 회복할 방법은 얼마든지 있으니까요. 어느 쪽이든 살인이라는 미친 방법보단 훨씬 낫지요."

준코는 침묵했다. 케이의 반응이 뜻밖인 모양이었다.

"난 전임 사장 저격사건도 에바라 마사키 짓이 아닐까 했거든요. 상장보다 전임 사장이 먼저 세상을 뜨면 되잖아요."

"그건 아닙니다. 제가 조사한 바에 따르면, 저격사건은 위장이더군요. 사람을 죽이기 위해 총을 쏜 건 아니었어요."

"그럼 누구 짓이죠?"

"전임 사장의 자작극이었을 가능성이 큽니다."

준코는 황당한 표정을 지었다.

"전임 사장이 뭣 때문에 그런 짓을……."

"감시카메라를 설치하고, 엘리베이터에 비밀번호를 설정하고, 12층 창문을 모두 방범 겹유리로 바꾸기 위해서요."

"그러니까……, 대체 뭣 때문에……?"

"사장실에 거액의 횡령금을 숨겨두었다면 도둑이 훔쳐갈까봐 전전긍긍했다고 해도 이상할 게 없어요. 일반 유리의 경우 옥상에서 밧줄을 타고 내려와 최상층 창문을 깨는 건 간단한 일이니까요."

"굳이 그렇게 하지 않더라도, 막강한 실권이 있었으니 방범시설을 바꾸는 일쯤은 식은 죽 먹기 아닌가요?"

"감시카메라나 엘리베이터라면 몰라도 12층 유리를 전부 교체하려면 비용이 장난 아니에요. 아무 이유 없이 그런 일을 하면 주변 사람들이 이상하게 생각할 겁니다. 10여 년 동안 회사 돈을 횡령해 왔다면 사내에 소문이 돌았겠지요. 그런 상황에서 12층 보안에 갑자기 거금을 들인다고 해봐요. 불에 기름을 들이붓는 것이나 마찬가지 아닐까요? 국세청이 알게 될 경우 세무조사라는 최악의 사태를 맞이할 수도 있고요."

"루피너스 V를 지킨다는 명분으로는 어려웠을까요?"

"그 이유뿐이라면, 로봇을 다른 곳으로 옮기든지 금고에 넣어두는 편이 싸게 먹히겠죠."

준코가 입을 다물었다.

케이는 수화기에 귀를 바싹 대고 물었다.

"뭘 먹고 있나요?"

"초콜릿이요. ……그렇다면 전임 사장이 고르고 13(일본의 애니메이션. 의뢰받은 일을 반드시 수행하는 초일류 저격수가 주인공)처럼 공기총으로 자기 방을 쐈다는 거예요?"

"유리창에 총알 자국을 만든 건 공기총이 아닙니다."

케이는 각도가 맞지 않는다는 사실과 옥상에서 진자를 사용해 유리를 깨는 방법을 설명했다.

"이건 내 직감인데, 그걸 실행한 사람은 히사나가 전무였을 것 같아요."

준코가 한숨을 쉬었다.

"…… 자기밖에 모르는 이기적인 모습이 젊은이들에게만 해당되는 문제는 아니네요."

"아마 두 사건은 관계가 없을 겁니다. 하지만 이게 밀실 수수께끼를 푸는 중요한 단서가 될지도 모르겠어요."

"이거라니, 뭐 말이에요?"

"전임 사장의 인간성 말입니다."

케이는 천장을 올려다보며 말을 이었다.

"…… 변호사님 의뢰를 받고, 어떻게 하면 여기에 침입할 수 있을지 방법을 찾아봤어요."

"여기요?"

준코의 목소리에 어두운 의혹이 배어나왔다.

"…… 하지만 결국 불가능하다는 결론을 내렸습니다. 전에도 말했지만, 외부에서 이어지는 세 가지 통로 중 창문과 환기구로는 절대 드나들 수 없습니다. 유일한 가능성이 문인데, 타임랩스가 아니라 리얼타임 비디오가 감시하는 상황에선 들키지 않을 도리가 없더군요."

"그게 에노모토 씨의 결론이군요? 알았어요. 외부에서의 침입이 불가능하다는 사실을 증명한 것으로 인정합니다. 약속대로 10만 엔을 지불할게요."

"하지만 아무리 머리를 짜내도 밀실 수수께끼는 여전히 풀리지 않는군요."

케이는 묵직한 헤드기어를 벗고 눈언저리를 문지르며 덧붙였다.

"……이렇게 생각하는 게 타당하지 않을까요? 전임 사장의 죽음은 처음에 생각한 것처럼 역시 사고였다고요."

그때 수화기 너머로 "윽!" 하는 소리가 들렸다.

"왜 그러시죠?"

"잠깐…… 사레들렸어요. 그런데 감식에 따르면 사고 가능성이 없다고 하잖아요."

"남겨진 상황만 본다면 그렇지요. 하지만 사고 후 누군가 현장에 손을 댔다면 이야기는 달라집니다."

"잠깐만요."

준코가 일어나 걷는 기척이 느껴졌다. 냉장고 문을 여는 소리. 유리잔에 각얼음을 떨어뜨리는 소리. 위스키 같은 액체를 따르는 소리. 물을 붓고 머들러로 젓는 소리.

"기다리게 해서 미안해요. ……손을 댔다니, 무슨 말이죠?"

"물건 하나만 없어져도 상황이 완전히 달라집니다. 예를 들어, 사장실 한가운데에 접이식 사다리가 놓여 있었다면 어떨까요? 전임 사장의 머리 상처에서 설명이 안 된 건 한 가지뿐이죠. 바닥으로 쓰러질 경우 머리 꼭대기를 부딪치지는 않습니다. 하지만 접이식 사다리에서 떨어졌다면 이상할 게 없지요."

"……계속하세요."

준코의 목소리가 열기를 띠기 시작했다. 유리잔이 기울어졌을 때 나는 각얼음 소리가 들렸다.

"이야기를 좀 바꾸겠습니다……."

"왜요?"

케이는 준코의 항의를 무시하고 이야기를 이어나갔다.

"간병 원숭이를 의심했을 때 공기조절용 덕트를 조사했다고 했잖아요? 내가 그 부분을 말할 때 이상한 점을 알아채지 못했나요?"

"이상한 거요? 글쎄요……."

"기계설비실의 공기조절용 덕트 안은 온통 먼지로 뒤덮여 있었어요. 천장 위쪽과 마찬가지로 청소를 거의 하지 않는 곳이니 당연할지 모르죠. 그런데 사장실 덕트는 달랐어요. 적어도 눈길이 닿는 곳은 깨끗하더군요."

"그러고 보니 들은 것 같기도 하네요. 하지만 직접 보지는 못해서요. 그런데 그게 중요한 일인가요?"

"전임 사장이 횡령한 돈을 보석 같은 걸로 바꿔 덕트에 감추었던 게 아닌가 해서요."

준코는 흠칫 숨을 들이마셨다.

"아하!"

"쉽게 감출 수 있는 천장 위쪽에 비해 덕트 안이 안전했을 겁니다."

"가능성이 충분하네요."

"그렇다면 사고가 일어났을 때의 상황을 어렴풋이 짐작할 수 있지 않을까요?"

"그게 그러니까……"

또 유리잔을 기울이는 소리.

"실은 지금 사장실에 있습니다."

전화기 너머로 입에 머금었던 액체를 내뿜는 듯한 소리가 들렸다. 이어서 준코의 원망스러운 목소리가 이어졌다.

"……아까 여기라고 했을 때 이상하다 싶었어요. 불법침입 현행범이네요. 유감스럽지만 신고하지 않을 수 없겠어요."

"왜죠? 나는 어느 회사 사장실이라고는 말하지 않았는데요?"

"그야 그렇지만요."

"사장실에서 천장을 올려다보면 거의 방 한가운데에 환기구가 있습니다. 응접세트의 유리 테이블은 그보다 약간 동쪽에 있고요."

"그래서요? ……아, 잠깐만요. 그래요, 알겠어요! 전임 사장이 덕……"

케이는 준코의 말을 끊으며 정답을 말하지 못하게 했다.

"공기조절용 덕트에 숨겨놓은 보석을 꺼내려다 어떤 이유로 균형을 잃고 바닥에 떨어졌다고 쳐요. 그렇다면 유리 테이블에 머리를 부딪쳐도 이상할 게 없어요."

"잠깐만요. 그래도 이상하잖아요? 수면제는요? 약을 먹고 몽롱한 상태에서 그렇게 위험한 일을 벌일 사람이 있을까요?"

"네. 그러니까 수면제는 누군가가 먹인 거겠죠."

"누군가라뇨?"

"모든 게 억측에 불과하지만, 가령 에바라 마사키라면 커피에 약을 쉽게 탈 수 있었을 겁니다."

"무엇 때문에요? 전임 사장이 죽은 건 사고라면서요?"

"에바라 마사키는 대머리독수리 펀드의 대표를 만날 예정이었습니다. 사장 몰래 하는 일이라면, 낮잠을 자는 동안 끝내는 게 가장 좋은 방법이겠죠. 수면제를 이용하면 확실히 재울 수 있고요."

"음, 전혀 가능성이 없는 건 아니지만요. ……아무것도 모른 채 수면제를 먹은 사장이 갑자기 숨겨둔 보석을 꺼내려 했다, 그런데 수면제 탓에 균형감각을 잃고 아래로 떨어졌다……."

준코는 잠시 말을 끊었다. 아마도 초콜릿을 안주 삼아 물과 섞은 위스키를 마시는 모양이었다.

"그렇다면 에바라 마사키를 상해치사 혐의로 입건할 수 있을지도……. 참, 아까 하던 얘기가 아직 안 끝났잖아요. 전임 사장이 사용한 접이식 사다리요. 어디로 간 거죠?"

"치운 거겠죠."

"누가요?"

"그걸 할 수 있었던 사람은 한 명밖에 없습니다. 에바라 마사키죠."

생각에 잠긴 듯한 침묵이 이어졌다.

"에노모토 씨는 에바라 마사키 옹호파 아니던가요?"

"동기를 생각하면 계획살인 가능성이 거의 없다고 생각합니다. 하지만 매스컴을 두려워해 전임 사장의 횡령을 은폐하려 했을 수는 있다고 생각해요."

I. 보이지 않는 살인자

"그게 동기인가요?"

"그렇습니다. 사장이 쓰러져 있고 천장 환기구가 조금 열린 걸 보고는 무슨 일이 일어났는지 알았겠지요. 그래서 사람들을 사장실에서 내보내고 횡령한 돈을 꺼낸 겁니다."

"어떻게요?"

"사장실에 들어가자마자 커튼을 닫았어요. 아마 창문닦이 청년이 신경쓰였을 겁니다. 아무도 볼 수 없는 상태가 되자 돈을 부사장실로 옮기고, 경찰이 오기 전 회사의 다른 곳으로 숨겼을지도요. 보석이라면 부피가 그렇게 크지 않을 테니까요."

"흠……, 이건 어떨까요? 에바라 마사키가 처음 사장실에 들어갔을 때 세 비서도 함께였다고 했잖아요. 사장실 한가운데에 접이식 사다리가 있었다면 못 봤을 리가……. 참, 창문닦이 청년은 어때요? 에바라 마사키가 들어가기 전부터 현장을 봤으니, 그런 게 있었다면 기억할지도 모르잖아요."

"구석에 있었다면 알아차리지 못했을 수 있어요. 모든 시선이 문 가까이 쓰러져 있던 사장에게 집중되었을 테니까요."

"구석이요? 어째서요? 사다리를 발판으로 사용했다면 환기구 바로 밑에 있어야 하잖아요?"

"전임 사장이 발판으로 무얼 사용했을까요?"

다시 침묵이 이어지고, 유리잔에서 얼음 부딪치는 소리가 들렸다.

"루피너스 V요?"

"올라가기가 굉장히 힘들었을 텐데요?"

"그렇겠네요. 로봇에게 자신을 들어올리도록 하기도 쉽지 않았을 거고. 아…… 알겠다! 사장이 사용하던 의자죠?"

"그렇습니다. 발판으로 사용하기 안성맞춤이죠. 다리가 여섯 개니 넘어질 일도 없고요. 다만 골치 아픈 게 바퀴입니다. 이리저리 흔들리기 때문에 사고의 원인이 될 수도 있지요."

"그런데 의자가 뭐 어떻다는 거예요?"

"바닥으로 떨어진 순간, 전임 사장이 의자를 걷어차면서 그 반동으로 구석까지 굴러간 것 아닐까요? 에바라 마사키는 당연히 그 의자를 본래 위치로 돌려놓았겠지요. 사장이 무엇 때문에 그렇게 했는지 의심을 사고 싶지 않았을 테니까요."

준코는 침묵했다. 그런 상태가 1분 가까이 지나자 케이는 걱정스런 마음이 들었다.

"변호사님?"

"왠지 허탈해서요. 진실이 결국 그렇게 한심한 일이었다니……."

"진실인지 아닌지는 아직 모릅니다. 다만 그럴 가능성이 있다는 거죠."

"고마워요."

무심결에 가슴 안쪽이 뜨거워지는 목소리였다.

"별 말씀을요."

"당신 덕분이에요. 이제 피의자의 억울함을 풀어줄 수 있겠네요. 비록 피의자가 한심한 사람이라도요. 진심으로 고마워요."

"이제 뒷일은 변호사님께 달렸습니다."

"그래요. ……의뢰인에게는 진실을 발견했으니 50만 엔을 지급하라고 할게요."

"고맙습니다."

"하기야 당신에겐 50만 엔이 대단한 액수가 아니겠죠?"

"그럴 리가요."

"사업도 잘 되는 것 같고, 부럽네요. 난 자동차 할부금도 버거운데요."

"그럼 의뢰인에게 받은 돈으로 식사라도 같이할까요?"

"네에?"

"무엇이든 대접하겠습니다."

"저한테 식사를요?"

"그렇습니다."

"왜요?"

케이는 크게 숨을 들이마셨다.

"첫째……."

그가 말을 이어가려던 순간 창밖으로 세찬 바람소리가 들렸다. 그런데 그 소리에 섞여 희미한 소리가 들려왔다. 케이는 반사적으로 소리나는 쪽을 쳐다보았다.

"여보세요. 에노모토 씨?"

무슨 소리일까?

케이는 고개를 갸웃거리며 소리가 나는 쪽으로 천천히 다가갔다.

"무슨 일이에요?"

케이는 손을 내밀었다. 때로는 시각보다 촉각이 훨씬 많은 걸이야기한다.

말도 안 돼! 어떻게 이런 일이. 하지만 이건…… 어쩌면…….

다음 순간, 모든 단서가 번개처럼 하나로 이어졌다.

말도 안 돼! 그런 방법이 가능할까?

상식적으로는 도저히 생각하기 어렵다. 하지만 만약 의도적이라면, 그것 말고는 달리 해석하기가 불가능하다…….

"에노모토 씨, 내 말 들려요?"

케이가 휴대폰을 향해 나지막하게 속삭였다.

"아까 한 말은 전부 잊어버리세요."

그러자 준코의 목소리도 덩달아 낮아졌다.

"……네에?"

"빌어먹을! 설마 이런 짓을 할 줄이야. 미치지 않고서야 어떻게 이런 짓을 하지? 어떻게……. 이건 데드 콤보야!"

흥분한 케이의 목소리가 거칠어졌다.

"에노모토 씨? 갑자기 왜 그래요? 무슨 일이에요?"

"아, 죄송합니다."

케이는 가까스로 숨을 가다듬으며 말을 이었다.

"사고라니, 정말 어처구니없는 웃음거리가 될 뻔했군요."

"네? 무슨 말이에요?"

"이건 두말할 필요 없이 계획살인입니다."

준코가 크게 숨을 들이마셨다.

"그것도 도저히 믿을 수 없는 방법을 사용했어요."

II.

죽음의 콤비네이션

하이에나

시이나 아키라는 보이지 않는 문을 찾고 있었다.

지금까지의 인생은 전부 잘못되었다. 자신에게 어울리는 세계는 이곳이 아니다. 여기 말고 더 어울리는 세계가 있을 것이다. 아키라는 그렇게 생각하며 아무리 절망적인 상황에서도 참고 견뎠다. 결코 포기하지 않고 상황을 냉정하게 관망하며 조금이라도 개선하려 이를 악물었다. 하지만 결국 깨달은 건, 자신과 자신이 원하는 세계 사이에 투명하면서도 무서우리만큼 단단한 벽이 놓여 있다는 사실이었다.

이 벽을 돌파해야 한다.

그것이 그가 내린 결론이었다. 벽 이쪽에서 수백 번 기어다녀 봤자 어디에도 도착할 수 없다. 그렇다면 벽을 부수고 바람구멍을 내든지, 일부에게만 가능한 보이지 않는 문을 찾아 저쪽 세계로 탈출하는 수밖에 없다. 그렇게 하지 못하면 영원히 허공에 매달린 채 이러지도 저러지도 못하게 된다.

보이지 않는 문을 찾기 위해서라면 어떤 수단도 마다하지 않고, 어떤 위험도 감수하겠다며 이를 악물었다. 자신에게는 어려움에 굴하지 않는 근성과 계획을 실행하는 능력이 있다. 저쪽 세계로 갈 수만 있다면 사회의 높은 사다리를 까마득한 곳까지 올라갈 자신이 있었다.

인생의 출발점에서 돌부리에 걸려 넘어진 건 자기 책임이 아니다. 원인은 자신이 태어나기 훨씬 전부터 존재했다. 부모가 자식을 선택할 수 없듯이, 자식 역시 부모를 선택할 수 없으니까.

아버지 시이나 미쓰아키는 세상 사람들의 먹이가 되기 위해 태어난 것이나 다름없는 사람이었다. 살아 있다면 올해로 46세가 되겠지만, 지금쯤은 깊은 산에 파묻혀 땅속 박테리아 배양기로 변해 있거나, 무거운 돌덩이에 매달려 바다 밑바닥에서 갯가재나 불가사리의 파티장이 되었을 가능성이 높다.

예나 지금이나 아버지를 떠올릴 때는 아무런 감정도 생겨나지 않는다.

뭔가를 생각하는 머리도, 어떻게든 해내겠다는 의지도 찾아볼 수 없다. 머릿속을 차지하는 건 오직 눈앞의 사소한 쾌락뿐, 오늘의 행동이 내일 어떤 결과를 가져올지 생각하지 못한다. 종갓집 후계자로 거액의 재산을 물려받았다고 해서 약점이 가려지는 것은 아니다. 깐깐하기로 소문난 할아버지 기요하루가 세상을 뜨자 돈냄새를 맡은 포식자들이 떼거리로 몰려든 건 당연한 일이었다.

시이나 집안의 재산은 아버지 미쓰아키가 상속했을 당시 저택과 작은 산림, 논밭, 골동품, 유가증권 등을 합해 3억 엔 이상이었을 것이다. 그런데 채 1년도 못 돼 탈탈 털리고 남은 건 거액의 빚뿐이었다.

당시 고등학생이던 아키라가 자기 집안의 재산을 공략한 포식자들의 수법을 알게 된 건 아버지의 일기를 읽고 나서였다.

맨 처음 나타난 사람은 자산운용 전문가라는 명함을 들고 찾아온 상품선물(파생상품의 한 종류로 먼저 매매한 뒤 나중에 물건을 주는 거래방식)회사 사람이었다.

은행원처럼 어두운 색깔의 양복을 입은 남자들이 투자와 관련해 상담 중이라면서 집으로 들어왔다. 그리고 비굴한 웃음을 지으며 입에 발린 소리와 아부로 미쓰아키를 농락했다. 지금까지 한 번도 칭찬받은 적이 없던 미쓰아키는 봄철 종달새보다 더 높이 날아올랐을 게 틀림없다.

그들은 미쓰아키에게 가져온 술을 마시게 한 뒤 서류가방에서 인쇄된 자료를 꺼냈다. 그리고 어려운 전문용어를 남발하며 상품을 설명했다. 아마도 미쓰아키는 1퍼센트도 이해하지 못했으리라. 하지만 남자들이 입을 모아 그의 이해력과 통찰력을 칭찬하자, 모르겠다고 말하기가 민망해 아는 척했을 것이다. 어쩌면 본인이 정말로 이해했다는 착각에 빠졌는지도 모른다.

남자들이 돌아간 자리에는, 술에 취해 잘 익은 홍시처럼 새빨개진 얼굴로 역한 숨을 토해내는 미쓰아키와 선물거래 계약서

부본이 남겨졌다. 품목은 백금족의 희귀금속인 팔라듐과 로듐이었다. 물론 스페시움(울트라맨에 나오는 가공의 물질)이나 크립토나이트(슈퍼맨에 나오는 가공의 물질)에 투자하라고 권했더라도 미쓰아키에게는 큰 차이가 없었을 것이다.

아버지 미쓰아키와 어머니 데루코는 그 후 하루도 빠짐없이 부부싸움을 했다. 데루코는 한마디 의논도 없이 거액을 투자했다며 비난했고, 미쓰아키는 남자가 하는 일에 끼어들지 말라고 소리쳤다. 미쓰아키가 마음껏 화를 내는 상대는 오직 데루코와 어린 아키라뿐이었다.

결국 데루코는 새 옷을 사준다는 말에 넘어가 싸움을 멈추었다. 데루코가 신용거래의 구조를 알았다면 그토록 간단히 타협하지는 않았을 것이다. 하기야 두 사람 다 증거금 액수와 투자 금액이 다르다는 사실조차 몰랐으니, 오십보백보라고나 할까?

그런데 뜻밖에도 투자는 성공을 거두었다. 세계 팔라듐 생산량의 70퍼센트를 차지하는 러시아가 예측 불가능한 타이밍으로 공급 꼭지를 풀었다 조였다 할 때마다, 세계 선물시장은 널뛰기를 거듭했다. 미쓰아키가 투자를 시작했을 무렵, 팔라듐 가격은 장기간에 걸쳐 조금씩 오르고 있었다. 그런데 러시아로부터 또다시 공급 불안설이 흘러나왔다. 그로 인해 시장이 급등했고, 선물은 상당한 이익을 가져왔다.

이렇게 해서 미쓰아키의 짧은 황금시대가 막을 올렸다. 양복 차림의 남자들은 날마다 집으로 찾아와 미쓰아키의 판단을 칭찬하고 그의 명석함을 추켜세웠다. 뒤이어 왁자지껄한 술판이

II. 죽음의 콤비네이션

벌어지고, 얼굴이 시뻘게진 미쓰아키는 재벌이라도 된 것처럼 마구 돈을 뿌려댔다. 술자리는 미쓰아키가 완전히 정신을 잃는 한밤중까지 계속되었다.

사바나에서 초식동물이 빈사상태에 빠지면, 망원경 버금가는 시력을 가진 대머리독수리나 대머리황새가 제일 먼저 날아온다. 그걸 본 재칼이 뒤이어 달려오고, 마지막으로 요란스런 웃음소리와 함께 점박이하이에나가 다가온다.

미쓰아키의 투자 자체는 순풍에 돛을 달았지만, 판단력은 뇌사상태나 다름없다는 사실이 순식간에 소문났다. 먼 곳에 사는 친척이나 가까운 이웃들이 얼굴을 내밀면서 술자리는 밤마다 흥청망청 불야성을 이루었다.

아키라는 높이 쌓아올린 방석에 앉은 아버지의 모습을 딱 한 번 보았다. 앙상하게 마른 체구에 빈티가 줄줄 흐르는 어깨를 추켜세우고, 일본원숭이를 닮은 눈가가 새빨갛게 변한 채 감방의 우두머리처럼 주변을 내려다보는 모습은 기이함을 넘어서 있었다. 더군다나 이따금 균형을 잃고 방석에서 굴러떨어졌는데, 코미디라고밖에 할 수 없었다. 아버지가 손발을 버둥거리면 모두 뛰어와서 일으킨 다음, 다시 산처럼 쌓은 방석에 앉혔다.

미쓰아키는 알코올의 작용으로 몇 번이나 머리를 부딪쳐 케이오 당하기 직전의 권투선수처럼 정신이 혼미해졌다. 그리하여 술병을 들고 꼬리에 꼬리를 물고 나타나는 친척과 친구들의 부탁을 거절하지 못한 채 빚보증을 서주었다.

마침내 최후의 포식자인 점박이하이에나가 등장했다. 잇달아

보증을 서준 미쓰아키에게 경의를 표하며 금융업자들이 찾아온 것이다. 그리고 사냥터로 변한 미쓰아키의 집을 마지막으로 장악한 건 사채업자 두 명이었다.

고이케 겐고는 탄탄한 체격에 더블 양복을 입고, 숱이 많은 뻣뻣한 머리를 젤로 발라 올백으로 넘겼다. 하얗고 둥근 얼굴 가득 미소를 지을 때는 개그맨처럼 개구쳐 보였으나, 아무도 보지 않을 때는 커다란 눈에 들짐승 같은 날카로운 빛이 감돌았다.

그와 대조적으로, 아오키 데쓰오는 길쭉한 얼굴이 햇볕에 그을려 거무칙칙해 보이는 남자였다. 커터로 찢은 듯 가느다란 눈은 감정을 읽기가 어렵고 흙으로 빚은 검은 인형을 연상시켰다. 점박이하이에나 두 마리는 얌전히 앉아 사냥감의 숨통을 물어뜯을 기회를 엿보았다. 그렇게 많은 시간이 걸리지 않았다.

미쓰아키의 역사적인 '초심자의 행운(beginner's luck)'에 마침표를 찍은 건 의심에 따른 방향 전환 때문이었다. 팔라듐 가격이 3년간 끊임없이 상승하자 선물회사 관계자는 시세가 정점에 가까워졌다고 판단한 듯했다.

미쓰아키 역시 이익이 늘어날수록 불안에 휩싸이기 시작했다. 투자는 주사위 노름과 비슷해, 짝수만 계속 나오면 한 번쯤 홀수에 걸고 싶어지는 게 인간의 본성이다.

양쪽의 생각이 일치해 미쓰아키는 선물거래에서 손을 뗐다. 그러자 상상 속의 금액이 아닌 실제로 많은 돈이 통장에 들어왔다. 자신의 아버지가 평생 동안 모은 것보다 더 많은 돈을 몇 주 만에 벌어들인 것이다.

손님들이 돌아간 후 유리구슬 같은 걸 유심히 들여다보던 아버지의 모습은 먼 훗날까지 아키라의 기억에 선명히 자리잡았다. 유리구슬은 기이하리만큼 강렬한 빛을 내뿜었다. 아키라는 자신도 모르게 손을 내밀었다. 그러자 아버지가 손을 세차게 후려쳤다.

"멍청한 녀석! 손대지 마! 전부 다이아몬드란 말이야!"

그러더니 히쭉 웃으며 이렇게 말했다.

"이게 얼마인 줄 알아? 너는 상상도 못할걸? 나중에 모두 네 차지가 될 거야."

아키라는 '고양이에 금화, 돼지에 진주'라는 말은 있는데 '원숭이에 다이아몬드'라는 말은 왜 없을까 하고 생각했다.

미쓰아키는 평생에 처음이자 마지막으로 최고의 기쁨을 맛보았다. 그런 만큼 선물회사 직원에 대한 신뢰는 절대적이었다. 미쓰아키는 그들이 말한 대로 이번에는 팔라듐을 선물매도했다. 더구나 지난번 매입할 때와는 한 자릿수 다른 금액으로 말이다.

그러나 아무리 기다려도 팔라듐 가격은 계속 올랐다. 조언자들은 당황해 그의 집으로 찾아왔다. 그리고 추가 증거금을 내지 않으면 결제가 되기 때문에 막대한 손실이 발생한다고 말했다. 새파랗게 질린 미쓰아키에게 그들은 손바닥이라도 뒤집듯 달콤한 목소리로 속삭였다.

걱정 마세요. 조금만 참으면 됩니다. 시장은 반드시 바뀔 겁니다. 세계적인 추세를 봐도 팔라듐 수요가 그렇게 단기간에 늘어날 리 없습니다. 지금까지 팔라듐과 플래티나 가격은 대부분

연동해 왔어요. 그런데 이 차트 좀 보십시오. 1997년 팔라듐이 급등한 후부터 격차가 서로 벌어지지 않았습니까? 분명히 이제 곧 조정국면이 올 겁니다. 팔라듐은 반드시 하락세로 돌아섭니다. 따라서 승리는 우리 겁니다. 지금까지 손해본 금액의 적어도 열 배는 돌아온다니까요. 부디 저를 믿고 맡겨주십시오. 지난번에도 그렇게 해서 많이 버셨잖습니까? 지금 그만두면 손해가 이만저만이 아닙니다. 이 고비만 넘기면 틀림없이 승리할 겁니다. 지난번과는 비교도 안 될 만큼, 갈고리로 낙엽을 쓸어 모으듯 큰돈을 벌 수 있습니다. 바로 눈앞에, 손만 뻗으면 바로 닿을 곳에 다가와 있습니다!

미쓰아키는 가진 돈을 전부 긁어모으고 많은 유가증권을 처분해 추가 증거금을 납입했다. 다시 그들이 찾아와 똑같은 말을 늘어놓기까지는 채 일주일도 걸리지 않았다. 미쓰아키는 남은 주식을 전부 팔았지만, 그것으로는 부족했다. 그리하여 은행에서 부동산을 담보로 돈을 빌리려 했다. 1분 1초가 급박한 상황이었다.

이제 그때까지 얌전히 기다리던 사채업자 차례가 왔다. 고이케는 제로 해리버튼 서류가방에 지폐다발을 가득 채워 미쓰아키의 집으로 찾아왔다. 선물회사 직원과 고이케 사이에서 옴짝달싹 못하던 미쓰아키는 차용증에 서명했다. 이때의 금리는 15(열흘에 50%)나 17(열흘에 70%)이라는 사채업자 특유의 폭리가 아니라, 법정금리의 세 배쯤으로 비교적 '양심적'이었던 모양이다.

그러나 결국 미쓰아키를 기다리는 건 비탈길에서 굴러떨어지는 과정뿐이었다. 팔라듐의 가격 상승은 멈추지 않았다. 잇달아 추가 증거금을 내야 했고, 빚이 눈덩이처럼 불어났다. 파멸의 발자국 소리가 코앞으로 다가왔다.

사태의 결말은 미쓰아키나 사채업자뿐만 아니라 선물회사 직원조차 예상치 못한 뜻밖의 모습으로 찾아왔다. 팔라듐의 상한가가 8일간 계속되자 도쿄의 선물시장은 실질적인 사이드카(선물시장의 급등락이 현물시장에 과도하게 파급되는 것을 막기 위한 장치)를 발동했다. 이대로 방치하면 매도쪽 투자자가 파산하고 자살이 속출할지 모른다는 이유로, 매도와 매수 양쪽에 강제적으로 결제를 강요하는 조치였다.

이는 경사 급한 비탈길에서 곤두박질치는 도중에 깊은 구덩이가 입을 벌리고 기다리는 것이나 다름없었다. 강제결제 조치는 전시가 아닌 한 국제적으로 유례가 없는 일이었다. 일찌감치 정보를 파악하고 매수로 돌아선 대기업만이 위험부담 없이 이익을 챙길 뿐이었다. 각 방면에서 이에 대한 비판이 쏟아졌다.

하지만 그 덕분에 미쓰아키는 파산 직전 간신히 살아날 수 있었다. 막대한 손해를 감수하면서 계속 돈을 밀어넣을 상황이 아니었고, 전 재산을 탈탈 털어도 시세가 반전될 이듬해까지는 버티지 못했을 것이다.

그는 눈물을 흘리며 대부분의 부동산을 처분해 빚을 갚았다. 이자가 비싼 고이케의 돈을 먼저 갚으려 했지만, 하이에나들은 교묘한 연계 플레이로 그것을 막았다. 현금이 없으면 당장 어떻게 먹고사느냐며 위로하는 척했다. 돈이 없으면 체면도 자존심도 없다. 다시 재기하려면 '종잣돈'이 필요하지 않느냐고 부추긴 것이다. 그러면서 지난번보다 훨씬 유리한 조건으로 돈을 빌려주겠노라며 감언이설을 늘어놓았다.

미쓰아키는 결국 빚의 절반만 갚고 나머지는 아오키 데쓰오에게 빌리기로 했다. 연리 몇 퍼센트밖에 안 되는 유리한 조건이었다.

이제 그에게는 집과 창고에 있는 서화와 골동품밖에 남지 않았다. 유명 화가의 족자나 명도(銘刀. 글자를 새긴 칼), 설구이 도자기(잿물을 바르지 않고 낮은 온도로 구운 도자기) 등이 포함되어 있었는데, 하마터면 그것들마저 빼앗길 뻔했다.

시세가 급상승해 미쓰아키는 노이로제 직전까지 몰렸다. 그때 어디서 냄새를 맡았는지 음양사(풍수지리를 보고 길흉화복을 예언하는 일종의 역술인) 차림의 남자가 찾아왔다. 그리하여 현재의 곤경이 모두 조상의 악행에서 비롯된 업보라고 이야기했다. 또한 그의 집안을 지옥으로 끌고 가려는 세찬 물줄기를 막고 좋은 방향으로 상황을 이끌려면 영적인 힘이 담긴 도자기를 응접실에 놓아야 한다고 꼬드겼다. 현금으로 구입할 여유가 없으면, 이것 또한 사람을 살리는 일이니 창고에 있는 골동품과 교환해도 좋다고 했다.

지푸라기라도 잡고 싶은 심정이었던 미쓰아키는 하마터면 그 말에 따를 뻔했다. 하지만 그 이야기를 전해들은 고이케 일당이 흰옷으로 몸을 감싼 음양사를 벤츠의 트렁크에 쑤셔넣고 어디론가 데려갔다.

대부분의 재산을 잃은 미쓰아키는 실의의 나날을 보냈다. 그러던 중 고이케 일당이 극비 정보를 물어왔다. 어느 큰손 투기꾼이 중견 식품업체에 눈독을 들이고 일생일대의 작전을 펼치는 중이라고 했다. 그들의 뒤차만 타도 최소한 세 배는 벌 수 있다는 이야기였다.

그러나 투기라는 말에 공포를 느낀 미쓰아키는, 롤러코스터에 놀란 원숭이처럼 모처럼의 좋은 정보에도 응하려 하지 않았다. 그러자 고이케 일당은 기분전환이라도 하자며 미쓰아키를 밖으로 데리고 나갔다.

그들이 도착한 곳은 어느 상가빌딩에 있는 찻집이었다. 여기저기 벽지가 찢어진 어두컴컴한 곳이었는데, 테이블마다 게임기가 놓여 있는 옛날식 찻집이었다. 그래서인지 묘한 그리움을 불러일으켰다. 미쓰아키는 젊은 시절 인베이더 게임에 빠진 적이 있었다. 하루에 12시간 이상 정신없이 매달렸던 기억이 되살아났다.

그런데 그 찻집에 있는 것은 추억의 슈팅 게임이 아니었다. 화면에 있는 건 트럼프 다섯 장이었다. 아마 포커 게임기인 듯했다. 옆을 보자 1백 엔짜리 동전을 넣는 대신 지폐 투입구가 있었다. 주변을 둘러보니 손님 몇몇이 게임에 열심이었다.

고이케 일당은 찻집 주인과 심각한 표정으로 이야기를 나누었다. 하릴없이 앉아 있던 미쓰아키는 한 게임만 하기로 하고 1천 엔짜리 지폐를 넣었다.

맨 처음 받은 카드는 K 원페어였다. 별 기대 없이 세 장을 체

인지했다. 그러자 믿을 수 없는 행운이 찾아왔다. K 한 장에 Q
가 두 장 나온 것이다. 풀하우스의 배당은 아홉 배였다. 순식간
에 8천 엔을 벌어들였다.

다음 판은 잃어도 상관없었다. 그런데 느닷없이 A카드가 세
장 나왔다. 이 시점에서 세 배는 확정적이다. 두 장의 체인지는
별 볼 일 없었지만, 그것만으로도 1만 엔을 땄다. 세 번째 판은
하트 네 장에 스페이드 한 장. 망설이지 않고 스페이드를 버렸
다. 심장이 터질 듯 쿵쾅거렸다. 그런 다음 받은 카드는 놀랍게
도 하트 A였다.

여세를 몰아 더블업 게임에 도전했다. 다음에 받을 카드가 7
보다 위인지 아래인지를 맞히면 점수가 두 배가 된다. 그는 깊
이 생각하지 않은 채 '위'를 선택하려다 순간적으로 멈추었다.
여기 오는 도중 차창으로 '시타데(下出) 전당포'라는 간판을 본
게 생각났다.

'아래'다. '아래(下)가 나온다(出)'. 하늘의 계시 같은 번뜩임은
어느새 확신으로 변했다. 그리고 화면에서 젖혀진 카드는 그가
옳았음을 보여주는 4였다.

오랫동안 잊고 있던 승리감에 온몸의 피가 뜨겁게 끓어올랐
다. 그는 모든 근심을 잊고 포커 게임에 몰두했다. 그날은 이상
하리만큼 감이 좋았다. 혹시나 하고 기대했던 카드가 모조리 들
어맞았다. 연전연승이었다. 그날 집에 돌아갈 무렵까지 10만 엔
가까이 벌어들였다.

이 모든 게 엉터리 연극이었다는 사실을 아키라가 안 것은, 근한 달 만에 귀가해 미쓰아키의 일기를 읽고 나서였다. 집을 나서기 전에도 뭔가 이상하다 여겼지만, 설마 이렇게 급속도로 파멸이 다가올 줄은 꿈에도 생각지 못했다.

집에 돌아와 보니 집안은 이미 파산했고, 한창 빚잔치 중이었다. 운송회사 직원들이 값비싼 가구와 살림살이를 실어나가고, 뺨이 움푹 패고 험악하게 생긴 사내가 조심하라며 소리쳤다.

아버지와 어머니의 모습은 보이지 않았다. 집 안을 차례로 둘러봤지만, 마구 어지러진 채 돈이 될 만한 건 하나도 보이지 않았다. 아버지 방에 서랍 속 물건들이 쏟아져나와 있었는데, 책상은 이미 사라진 후였다.

아키라는 흩어진 종이다발 속에서 미쓰아키의 일기장을 발견했다. 거기에는 포커 게임에 빠져 빚더미에 올라선 경위가 쓰여 있었다.

빌린 돈의 액수가 위험수위에 도달한 지 며칠 후, 미쓰아키가 보증을 서준 채무자들이 모습을 감추었다. 그리고 혹독한 빚 독촉이 시작되었다. 일기는 이틀 전이 마지막이었다. 맨 마지막 페이지에 아키라에게 남긴 글이 있었다.

"네 애비는 말이야, 결국 빚 때문에 옴짝달싹 못하게 되자 어디론가 날랐어."

망연자실해 있던 아키라가 고개를 들자 고이케가 서 있었다. 발소리도 내지 않고 들어온 모양이었다. 더블 양복을 입었는데, 소매 끝에 금팔찌와 롤렉스시계가 보였다.

"어디 있는지 몰라?"

아키라는 고개를 가로저었다.

"그냥 내버려두면 무슨 일을 저지를지 몰라. 표정이 심상치 않았거든. 어쩌면 자살할지도 몰라. 우리에게도 책임이 있으니, 그렇게 되기 전에 찾고 싶어. 어때? 알고 있지?"

"몰라요."

"이 자식이……. 모르긴 뭘 몰라?"

고이케는 즉시 폭발하며 야쿠자의 본색을 드러냈다.

"좋은 말 할 때 불어. 숨기면 가만 안 둘 거야. 애비가 없으면 자식이 갚아야지 뭐. 빚은 이제 전부 네 차지야."

고이케는 금색 라이터로 담뱃불을 붙이더니 다다미 위에 재를 털었다.

"네 엄마도 잽싸게 이혼하고 친정으로 튀었어. 그걸로 안심할지 모르지만 어림 반푼어치도 없어. 잔머리 쓰지 말라고 해."

고이케는 험악한 눈으로 아키라를 노려보며 덧붙였다.

"입 아프니까 자꾸 말하게 하지 마. 니 애비가 어디로 날았는지 알고 있지? 얼른 불어. 불라고!"

"전 진짜 아무것도 몰라요."

"뭐야?"

"이제 막 집에 온 거잖아요. 알면 집에 왔겠어요?"

고이케는 담배연기를 내뿜으면서 눈을 가늘게 떴다.

"그러고 보니 한동안 안 보이던데, 어디 갔었나?"

"기숙학원에요."

"그래? 더운데 수고 많았네. 뭐 집안꼴이 이렇게 됐으니 대학은 포기해야겠지만."

고이케는 히죽 웃었다.

"내 말 잘 들어. 이제 여긴 너희 집이 아니지만, 특별히 당분간 공짜로 있게 해줄게. 대신 노숙자들이 못 들어오게 잘 지켜야 돼."

밖으로 나가려던 고이케가 뒤를 돌아보았다.

"네 애비가 빚을 얼마나 졌는지 알아? 아마 알면 거품 물고 쓰러질걸? 부모가 남긴 빚은 자식이 갚는 게 도리지. 행여나 토낄 생각은 마. 허튼수작 부리지 않는 게 신상에 좋을 거야."

아키라를 쳐다보는 건 인간이 아닌 맹수의 눈이었다.

"착실하게 일해서 갚으면 5~6년이면 끝날 거야. 아직 젊잖아. 인생은 얼마든지 다시 시작할 수 있거든. 혹시라도 토끼면 용서하지 않겠어. 우리와 손잡은 조직이 일본 전역에 쫙 깔려 있거든. 늦냐 빠르냐의 문제일 뿐, 지구 끝까지라도 쫓아가 결국 잡아내지. 그때는 울며불며 사정해 봤자 소용없어. 바로 네 몸에서 신장과 각막을 도려낼 테니까."

아키라는 고이케의 모습이 사라질 때까지 꼼짝도 하지 않았다. 등과 겨드랑이에서 식은땀이 흘렀다. 그는 단순한 사채업자가 아니라 진짜 야쿠자가 틀림없었다. 그의 말은 협박용이 아니다. 분명히 자신의 말대로 실행할 것이다.

아키라는 일기장의 마지막 페이지를 찢어내고 속표지에 끼워져 있던 플라스틱 카드를 빼서 살며시 집을 빠져나왔다.

도망칠 수밖에 없었다. 그 사실에 의심의 여지는 없었다. 놈들은 미쓰아키의 전 재산을 수중에 넣고도 만족하지 못했다. 이대로 집에서 꾸물거리다간 문어방(신체를 구속해 비인간적으로 노동력을 착취하는 곳)에 끌려가거나 참치잡이 어선에 팔리고 말 것이다. 아니면 더 비참한 운명이 기다릴지도 모른다.

경찰에 신고한다고 해서 제대로 처리되리라곤 생각하기 어려웠다. 그들이 빌려준 돈을 받기 위해 행동했을 뿐이라고 말하면 그만이다. 그리고 정말 무서운 것은 그 후의 일이다. 경찰이 무한정 아키라의 신변을 보호해 줄 리는 만무했다.

당장이라도 도망치고 싶은 충동에 사로잡혔다. 이대로 전철을 타고 도망칠까? 한시라도 빨리, 조금이라도 멀리 야쿠자와 멀어지고 싶었다. 그러나 자신이 그렇게 하지 않으리라는 걸 알고 있었다.

고이케는 당장 자신을 납치하거나 감금하려 하지는 않았다. 어차피 도망칠 용기가 없다며 얕잡아보든지, 어디로 도망치든 잡을 수 있다는 자신감 때문이리라.

어쨌든 그 자는 조만간 나를 과소평가했다는 사실을 깨닫게 될 것이다. 무슨 수를 쓰든 반드시 도망칠 테니까. 아키라는 마음속으로 그렇게 생각했다.

하지만 무턱대고 도망치다가는 벽에 부딪칠 것이다. 성공적으로 도망치기 위해서는 완벽한 계획을 세워야 한다.

아키라는 전철을 타고 이따금 이용하는 이웃마을의 도서관으로 갔다. 그리고 가출한 미성년자가 독자적으로 살아갈 수 있는 방법이 담긴 책을 찾았다. 원하는 책을 두 권이나 발견했다.

그것들을 대충 훑어보고 깨달은 사실이 있다. 혼자 살아갈 때 가장 중요한 건 신분을 증명할 무언가였다. 그것이 없으면 변변한 일자리도 얻을 수 없고, 거처를 마련하기도 어려웠다.

그렇다고 본명으로 생활하기는 너무 위험하다. 어디서 놈들 귀에 들어갈지 모르고, 어디엔가 이름을 적으면 인터넷 검색 등에서 걸릴지도 모른다. 책을 읽을수록 눈앞이 캄캄해졌다.

일본 관공서는 프라이버시라는 고급 개념을 이해하지 못하는지 주민등록부 '공개'가 원칙이었다. 부정한 목적으로 청구할 경우 거부한다고 되어 있으나, 신분을 확인하지 않는 상황에서는 허튼소리에 불과했다. 사실상 호적도 마찬가지라서, 변동이 생기면 즉시 놈들이 알게 될 것이다. 본명에 대한 미련은 버릴 수밖에 없었다.

책에 최소한 3개월은 준비하라고 쓰여 있지만, 그럴 여유가 없었다. 당장 내일 납치될지도 모른다. 어딘가에 숨는다 해도 가능한 기간은 고작 2~3일이다. 그 안에 놈들이 모르는 사람의 신분증명서를 구해 되도록 멀리 도망쳐야 한다. 아키라는 오토바이 운전면허 취득방법에 관한 책을 빌려가기로 했다.

가출 지침서에 또 한 가지 마음에 걸리는 일이 쓰여 있었다. 집에서 나와 자립하려면 최소 40만 엔을 준비해야 한다는 대목이었다.

남들 눈에 띄지 않는 곳으로 가서 가진 돈을 확인해 보았다. 2만 엔과 잔돈 몇 푼. 이래서는 멀리 도망치기도 전에 교통비만으로 바닥이 드러날 것이다. 그 후로 어떻게 먹고살지 대책이 서지 않았다. 신세를 질 만한 친척이나 지인 또한 전혀 떠오르지 않았다.

아키라는 미쓰아키가 남긴 유일한 재산(유산?)인 신용카드를 꺼내 물끄러미 바라보았다. 옆에 써놓은 40만 엔의 쇼핑 한도액이 남아 있기를 바라는 수밖에 없었다. 하지만 그걸 갖고 도망치는 게 현명한 방법이라곤 여겨지지 않았다. 사용처가 밝혀질 가능성도 있고, 애초 카드의 유효기간이 그렇게 길지 않았다. 그렇다면 환금성이 높고, 갖고 다니기 편한 물건을 구입하는 게 좋지 않을까?

하지만 실종을 위한 방법론에 대한 책에도 거기까지는 쓰여 있지 않았다. 따라서 어떤 물건을 사야 할지 짐작하기가 어려웠다.

아키라는 책상 앞에 앉아 노트북 컴퓨터에 PHS를 연결했다. 그리고 인터넷으로 신용카드의 쇼핑 한도액 현금화법을 검색했다. 그러나 이때만 해도 신용카드의 쇼핑 한도액을 현금으로 바꿔주는 업자는 존재하지 않았다. 금권(金券, 표시된 금액의 가치를 인정받는 증권)을 사는 방법 정도만 찾을 수 있을 뿐이었다. 또 신용카드를 써서 전철 회수권이나 고속도로 통행권, 도서상품권 등을 대량으로 사들이는 고객은 경계의 대상이 된다는 사실을 깨달았다.

뭔가 다른 방법이 없을까? 이번에는 서가 사이를 돌아다니며 필요한 정보가 담긴 책을 찾아보았다. 아이러니컬하게도 사채업자들 수법을 설명해 놓은 책이 가장 도움이 되었다.

그들은 신용카드의 쇼핑 한도액을 현금화할 때, 주로 18K 금 목걸이를 산다고 한다. 특히 조폐국이 보증한다는 검정 마크가 새겨진 제품은 골드바에 준하는 유통성이 있다고 했다.

최근에는 돈으로 바꾸는 데 시간이 안 걸리는 대기업 가전제 품이 더 인기가 있는 듯했다. 하지만 도망칠 걸 생각하면 이 방 법은 사용할 수 없었다.

아키라는 마지막으로 친구와 지인들에게 보낼 메일을 노트북 컴퓨터로 작성했다. 그런 다음 조금 전 고른 오토바이 면허취득 관련서를 대출해 도서관을 나섰다.

그는 전철역 화장실에서 보스턴백에 들어 있던 원색의 알로 하셔츠로 갈아입고 싸구려 선글라스를 꼈다. 무스로 머리카락 에 힘을 주면 햇볕에 탄 피부색 덕분에 18세라는 나이를 감출 수 있을 듯했다.

아키라는 귀금속 가게로 들어갔다. 어쨌든 당당해야 한다. 야 쿠자의 똘마니로 보여도 상관없었다. 설령 신용카드 사용이 정 지되었다 해도 그 일로 경찰에 신고될 일은 없었다.

40만 엔의 쇼핑 한도액으로 100그램짜리 금목걸이를 세 개 구입한 게 고작이었다. 아키라는 최대한 쉰 목소리로 물건을 주 문한 뒤 신용카드를 카운터에 올려놓았다.

입시학원의 영문법 강사와 똑같이 생긴 여직원이 신용카드를 리더기에 통과시켰다. 그는 목이 바싹 타고 심장은 당장이라도 폭발할 것 같았다.

다행히 신용카드에는 아무 문제가 없는 모양이다. 땀이 밴 손을 셔츠 자락에 몰래 닦고는 부친의 필적을 흉내내 사인했다.

성공적인 쇼핑에 배짱이 두둑해진 그는 가까운 상품권 판매소로 갔다. 그리하여 남은 쇼핑 한도액을 모두 사용해 도서상품권을 구입했다. 2만 엔 조금 넘는 금액이었다.

이제 자금은 어느 정도 확보되었다. 아키라는 전철을 타고 집 근처 역으로 돌아왔다. 아직은 낯익은 곳을 떠날 수 없었다.

그는 집에서 멀지 않은 한적한 신사로 갔다. 어릴 때 자주 놀러왔던 곳이다. 인기척 없는 경내에서 이끼가 낀 듯 축축한 공기를 들이마셨다. 그러자 마음 깊은 곳에서 안도의 한숨이 새어나왔다. 썩어가는 본전의 뒤쪽으로 가서 전리품을 확인했다.

금목걸이는 단지 쇠사슬에 지나지 않았다. 철이나 동에 비해 약간 무거울 뿐이다. 하지만 거울처럼 매끄러운 표면에서 뿜어 나오는 황금빛은 영혼을 모조리 빨아들이는 듯했다. 체인 주위로 오라 같은 후광이 감돌았다.

아키라는 난생 처음 가져보는 황금에 완전히 매료되었다. 황금을 차지하기 위해 왜 피비린내나는 전쟁을 벌이는지 이해할 수 있을 것 같았다.

하지만 재빨리 고개를 가로저었다. 지금은 황금에 정신을 뺏길 때가 아니다. 그는 금목걸이를 싸서 보증서와 함께 돌담 사이에 끼워넣었다. 이제 소용없어진 신용카드는 이름과 번호를 알아볼 수 없게 돌로 짓이겨 풀숲에 던졌다.

집으로 가니, 마침 철수하는 참인지 고이케의 벤츠가 밖으로 나왔다. 아키라는 급히 큰 나무 뒤로 숨어 벤츠가 지나가기를 기다렸다. 운전석에 앉은 고이케의 모습이 잠깐 보였다. 입에 담배를 문 채 뭐가 그리 좋은지 헤실헤실 웃고 있었다. 차가 네거리를 돌아 완전히 사라질 때까지 아키라는 꼼짝하지 않았다.

1분쯤 후 집으로 들어섰다. 현관에는 '공생 파이넌스 관리물건'이라고 쓴 종이가 붙어 있었다. 찢어버리고 싶었으나 용기가 나지 않았다. 뒤쪽으로 돌아가 잠금장치가 망가진 화장실 창문으로 숨어들었다.

집 안은 캄캄하고 여기저기 쓰레기가 나뒹굴었다. 대부분의 가구가 실려나간 탓에 휑뎅그렁했다. 불을 켜려다 조명기구마저 없어졌다는 사실을 깨달았다. 하이에나들이 그런 것까지 챙긴 모양이다. 전원 차단기를 보니 아직 전기는 끊기지 않은 듯했다. 어떻게 할까 고민하던 중, 보스턴백에 작은 펜라이트가 들어 있다는 사실이 생각났다.

어둠 속에서 작은 빛에 의지하려니, 마치 도둑이 된 듯했다. 상품가치 없는 물건들이 사방에 나뒹굴어, 익숙한 공간인데도 몇 번이나 걸려 넘어질 뻔했다.

자신의 개인정보가 들어 있는 것들은 모두 처분해야 했다. 편지와 주소록, 졸업앨범 등을 보자기에 쌌다. 가장 중요한 것은 사진이다. 사람을 찾는 데 그보다 위력을 발휘하는 건 없을 것이다. 앨범뿐만 아니라 책상 속에 있던 사진이나 현상이 끝난 필름도 모두 챙겼다.

그런 다음 늘 갖고 다니던 노트북을 연결해 아까 작성한 메일을 주변 사람들에게 BCC(Blind Carbon Copy. 같은 이메일을 여러 이용자에게 보낼 때 수취인 외의 주소를 숨김 상태로 전달하는 기능)로 보냈다. 간단한 상황 설명과 함께, 전화나 우편물은 사채업자에게 단서가 될 수 있고 혹시 폐를 끼칠 수도 있으니 앞으로 연락하지 말라고 부탁하는 내용이었다.

아키라는 짐을 들고 집을 나섰다. 이것으로 태어나고 자란 집과 영원히 이별하게 되었지만, 아무런 감회도 생겨나지 않았다. 일단 안전한 곳으로 도망쳐야 한다. 지금은 다른 생각을 할 때가 아니다.

희미한 달빛 아래 들판을 가로지르자, 졸졸 흐르는 강물 소리가 들렸다. 가파른 비탈을 내려가니 강가에 커다란 돌이 둥그렇게 쌓여 있었다. 호기심 많은 여행객들이 바비큐 파티라도 했던 걸까?

그는 집에서 가지고 온 사진과 편지들을 돌로 만들어진 아궁이에 넣었다. 밤바람에 두세 장이 날아가려 해 무거운 돌로 눌렀다. 지포라이터로 불을 붙이자 새빨간 불꽃이 활활 타올랐다. 생각보다 기세가 강해 조금 당황스러웠지만, 불길은 이내 수그러들었다. 불길이 꺼질 듯 약해지자 타다 남은 종이를 뒤집어 다시 불을 붙였다. 추억이 모두 재로 변하기까지 10분도 걸리지 않았다. 끝까지 타지 않은 건 초등학교와 중학교 졸업앨범의 표지뿐이었다. 아직 뜨거웠지만, 신발 끝으로 차낸 후 끄트머리를 잡고 강물로 던졌다. 두 개의 나뭇조각 같은 물체는 돌에 부딪치며 천천히 하류로 떠내려갔다.

다음은 오늘 하룻밤 묵을 곳을 찾아야 했다. 최악의 경우 노숙도 각오했다. 하지만 내일 단정한 차림새가 필요했기에 가급적 제대로 된 곳에서 자고 싶었다. 새벽까지 집에 있을 수도 있지만, 그건 너무 위험했다.

생각나는 사람이라곤 한 명밖에 없었다. 여름방학 중이라 여행을 갔을지도 모른다. 부디 집에 있기를 바라며 아키라는 달빛 쏟아지는 자갈길을 걸었다.

히데오의 집에 불빛은 없었지만, 개집에 채피가 있었다. 그렇다면 가족 모두 여행을 떠난 건 아니리라. 채피는 아키라의 냄새를 맡고는 나른한 듯 머리를 들더니 꼬리를 흔들었다. 그리고 다시 잠의 세계로 빠져들었다.

아키라는 큰 비파나무로 올라가 히데오 방의 창문을 두드렸다. 10초쯤 후 불이 켜지고 창문이 열렸다.

"난 또 누구라고."

"벌써 자고 있었어?"

아키라는 창문을 타고 넘어가며 말했다.

"깜빡 잠들었나 봐. 오늘 아침 5시에 일어나 스키장엘 다녀왔거든."

히데오는 입이 찢어져라 하품을 했다.

"오늘 좀 재워주라."

"왜?"

"우리집에 사정이 있어서."

"흐음. 좋아. 마침 제삿날이라 집에 아무도 없거든."

원래 대범한 성격의 히데오는 더 이상 캐묻지 않았다.

"잘됐다."

히데오는 주방으로 가서 일본 술을 병째 들고 왔다. 두 사람은 물잔에 술을 따라 홀짝홀짝 마셨다.

"안주는 없어?"

"없어."

"마른안주 같은 것도?"

"없어."

"마른오징어도?"

"아무리 물어봐도 없는 건 없어."

히데오는 일본 술을 물처럼 들이켜고는 다시 잔을 채웠다.

"너 한 병쯤은 안주 없이 그냥 마셨잖아."

"그건 교무실에서 마셨을 때 이야기지."

중학생 시절 한밤중에 교무실로 숨어든 적이 있었다. 겨우 4~5년 전 일인데 옛날일처럼 아득하게 느껴지는 건 왜일까?

"……그 인간들, 교무실에 술을 숨겨 놓다니. 덕분에 우리가 한 방울도 안 남기고 잘 마셨지."

히데오가 히죽 웃었다.

"네가 취해서 담임 책상에 토하는 바람에 다 들통났잖아."

그로 인해 교무실에 누군가 침입했다는 사실이 탄로났다. 하지만 범인은 끝내 밝혀지지 않았다.

"그래, 무지막지 토했지. 위액까지 전부. 그 냄새는 영원히 못 잊을 거야."

히데오가 유쾌한 목소리로 대꾸했다.

"누가 교무실에 술을 숨겨 두래?"

아키라와 히데오는 문제집에서 시험문제를 통째로 베끼던 담임에게 한방 먹일 생각이었다. 그래서 교무실에 잠입해 무엇을 묻는지 이해할 수 없도록 문제를 바꾸었다.

"학교에 침입하기 위해 일주일이나 준비작업을 해야 했잖아."

아키라가 투덜거렸다. 그는 학교 창문에 적외선 센서가 설치돼 있음을 알고, 일부러 매일 밤 센서를 건드렸다. 그때마다 비상벨이 울렸고, 주변 집들에서 불평이 터져나왔다. 반복되는 오작동을 견디다 못한 학교측에서 센서의 스위치를 끄기까지 꼭 일주일이 걸렸다.

"그랬었지. 어떻게 그런 생각을 했는지……. 넌 도둑으로서의 자질이 충분해."

어쩌면 정말로 그런 재능이 필요하게 될지도 모른다. 아키라는 술을 한꺼번에 들이켰다. 히데오가 물었다.

"어제까지 기숙학원에 있었지?"

"응. 아침부터 저녁까지 공부에 찌들어 있었어."

"정말이야? 난 아직 손도 안 댔는데."

"재수하면 안 되니까."

"그렇게까지 안 해도 되잖아. 원래 머리가 좋으니. 초등학교 때 우리 현에서 IQ가 제일 높았지?"

"그런 걸로는 머리가 정말로 좋은지 알 수 없어. IQ 100 전후를 측정하기 위해 내놓은 문제들이니까."

잡담 중에도 아키라의 머릿속에는 여러 생각이 소용돌이치고 있었다. 신분을 바꾸려면 스즈키 정도의 평범한 성이 이상적이다. 스즈키 히데오라는 이름은 일본에 수없이 많지 않을까?

하지만 히데오는 내년에 어느 대학엔가 입학해 4, 5년 후에는 취직할 것이다. 한시도 가만히 있지 못하는 성격이니, 그 사이에 활발히 활동할 것이다. 어디선가 '스즈키 히데오'란 이름이 나올 경우, 아무리 흔한 이름이라도 동명이인으로 치부하리라 장담하기 어렵다. 누군가 의아하게 생각해 호적이라도 조회하면 바로 끝이다.

다른 타깃을 찾아야 한다. 흔한 이름에 호적이 깨끗하며, 가급적 성인에 사회생활을 하지 않고 숨어 지내는 사람…….

그런 조건을 가진 사람이 있을까? 다음 순간 어렴풋이 떠오르는 이름이 있었다.

"히데오, 우리 중학교 2년 선배 중 사토라는 사람이 있었지?"

"사토? 누구 말이야? 그런 성을 가진 사람은 워낙 많잖아."

스즈키라는 흔한 성을 가진 녀석이 할 말은 아니지만, 바로 그 점이 아키라가 원하는 바였다.

"왕따 문제로 학교에 안 나오고 계속 집에만 틀어박혀 있던 선배 말이야. 이 근처에 사는 것 같았는데?"

"아아, 사토 마나부?"

"그래, 그 사람. 최근에 본 적 있어?"

"왜?"

히데오의 의아해하는 표정을 보고 아키라는 말을 얼버무렸다.

"아니, 오늘 얼핏 본 것 같아서."

"그래? 어디서?"

"도서관."

그러자 히데오는 웃음을 터트리며 손을 내저었다.

"말도 안 돼. 딴사람일 거야."

"어떻게 알아?"

"벌써 4, 5년 넘게 자기 방에서 한 발짝도 안 나왔대. 무슨 게임에 빠져 하루종일 손과 게임기가 하나가 된다던데? 어떤 게임이든 못하는 게 없나 봐. 참, PS2(플레이스테이션2)의 신작 게임 해봤어?"

그 다음부터 히데오의 말은 한마디도 귀에 들어오지 않았다.

찾았다. 이거야말로 이상적인 타깃이다. 사토라는 성은 스즈키보다 훨씬 흔해, 일본에서 가장 숫자가 많다고 들은 적이 있었다. 더구나 자신과 직접적인 관계가 없다. 아무리 뛰어난 탐정이라도 찾아낼 리 만무하다.

아키라는 히데오가 몇 번씩이나 부른 후에야 정신을 차렸다.

"뭐?"

"미시마 사오리 말이야. 어떻게 할 거야?"

"어떻게 하다니?"

히데오는 어이없다는 표정을 지었다.

"내 말 안 들었어? 너, 사오리 좋아했던 거 아냐?"

그 말을 듣자 아키라는 가슴 한쪽을 도려내는 듯한 느낌이 들었다. 그제야 자신의 정체성을 버리는 게 어떤 일인지 알게 되었다. 사오리에 대한 마음을 포함해 사랑하는 모든 것들과 작별해야 한다는 의미였다.

"내가 말할까? 사오리도 너한테 마음이 있는 것 같던데."

"아니야, 내가 직접 할게. 내일이라도 만나러 가지 뭐."

"그래, 잘해봐."

그렇게 말하면서 히데오는 미간을 찌푸렸다.

"너, 무슨 걱정거리라도 있어?"

"어? 아니, 별로……."

아뿔싸! 히데오는 예민한 성격은 아니었다. 하지만 아키라의 표정을 보고 의아했던 모양이다.

"뭐든 나한테 말해. 단칼에 해결해 줄게."

히데오는 벌떡 일어서더니 침대 머리맡에 놓아둔 일본도를 빼들었다.

"아아……, 뭐하는 거야?"

히데오는 칼로 허공을 두세 번 내리치더니, 이제는 야구방망이처럼 휘둘렀다.

"으아, 위험해. 그만해!"

히데오는 평소부터 도둑이 들어오면 두 동강을 내겠노라 큰소리치곤 했다. 이놈이라면 충분히 그럴 수 있었다. 옛날부터 체력과 체격이 뛰어났고, 성격이 급한 데다 발끈하는 측면까지 있었다. 여자친구에게 집적거리던 건달을 반쯤 죽여 경찰서 유치장에 감금된 일도 있었다.

사채업자에 대해 의논하고 싶었지만, 너무 앞서나가다 체포되거나 야쿠자에게 살해당하기라도 하면 큰일이다. 그런 아키라의 마음을 읽기라도 한 듯, 히데오는 뚜껑이 달린 만년필 같은 걸 내밀었다.

"가져."

"이게 뭔데?"

"뚜껑 열어봐."

히데오의 말대로 뚜껑을 여니, 펜촉 대신 소형 나이프가 달려 있었다.

"호신용이야. 크기는 작지만 꽤 쓸 만해."

마치 경험자 같은 말투였다. 도대체 어떤 경우에 쓸 만하단 걸까? 아키라는 잠시 망설였다. 하지만 모처럼의 호의를 거절하지 않기로 했다. 앞으로 어떤 사태가 벌어질지 모른다. 미리 대비해서 손해볼 일은 없으리라.

"그럼 나중에 돌려줄게."

"안 돌려줘도 돼."

한동안 의미 없는 잡담을 나누다 밤 1시가 넘어 자리에 누웠다. 그러나 온갖 잡념이 머릿속을 헤집고 다녔다. 아키라는 거의 잠을 자지 못했다.

이튿날 아침, 아키라는 희미한 기억을 더듬으며 사토의 집을 찾아갔다. 지은 지 꽤 오래되었지만, 백 평 가까운 큰 집이라 금방 찾을 수 있었다.

문패와 전신주의 번지를 메모하고 공중전화 부스에 들어가 전화번호부를 들추었다. 전화번호부에 정확한 주소와 아버지 이름이 실려 있었다.

사토의 집은 오래전부터 그곳이었으니, 본적지도 현주소와 같을 것이다. 이제 필요한 정보는 거의 입수한 셈이었다.

아키라는 문구점으로 가 '사토'라고 새겨진 플라스틱 막도장을 샀다. 그리고 옆에 있는 사진관에서 오토바이 면허증용 사진을 찍었다. 그런 다음 동사무소에서 수수료를 내고 사토 마나부의 주민등록부 다섯 통과 호적초본을 뗐다. 신청자를 본인으로 썼기 때문에 신청 이유를 표기할 필요가 없었다. 본인 여부는 확인조차 하지 않았다. 호적초본 덕분에 필요한 마지막 정보, 즉 사토 마나부의 생년월일을 알 수 있었다.

시계를 보니 이미 11시가 넘어 있었다. 오늘 안으로 오토바이 면허시험을 보고 싶었지만, 지금 간다고 해도 오후 시험을 신청하기는 늦었다.

아키라는 인적이 드문 공원으로 갔다. 그리고 그네에 걸터앉아 어제 빌려온 오토바이 면허취득 수험서를 꼼꼼히 읽었다. 대충 훑어봐도 쉽게 붙을 것 같기는 했지만, 반드시 합격해야 했다. 지금까지 이토록 진지하게 공부한 적이 있었던가?

문득 허기가 느껴져 시계를 보니 오후 1시가 넘었다. 아키라는 빵가게로 가서 제일 싼, 봉지에 든 스틱빵을 샀다. 음료도 사고 싶었으나 물로 때우기로 했다. 앞으로 어떤 상황을 헤쳐나가야 할지 모르는 상태에서 현금은 무엇보다 귀한 보물이다.

스틱빵을 먹으며 길을 걷는데, 문득 뒤에서 어떤 시선이 느껴졌다. 아키라는 흠칫 놀라 뒤를 돌아보았다. 다행히 사채업자는 아니었다.

"선배."

미시마 사오리가 살포시 미소를 지으며 다가왔다. 그녀는 아키라의 손에 들린 빵을 보며 미소를 지었다.

"기숙학원에서 돌아왔군요. 이런 데서 뭐해요?"

"그냥 간단히 요기 중이야."

"빵만요?"

"다이어트 중이거든."

아키라는 마음의 동요를 감추려 애썼다. 하지만 히데오와 달리 사오리는 쉽게 속을 것 같지 않았다.

"무슨 일 있어요?"

사오리는 미간에 주름을 잡으며 걱정스런 목소리로 물었다.

"아니?"

"하지만……."

"아무 일도 없다니까."

아키라는 고개를 돌렸다. 더는 표정 관리할 자신이 없었다.

"혹시 스즈키 선배에게 못 들었어요? 미즈키랑 오키나와에 여행가기로 했는데, 미즈키가 갑자기 남자친구를 동행시키자고 해서요. 그래서…… 혹시……."

아키라는 사오리의 말을 도중에 가로막았다.

"난 안 돼. 요즘 좀 바쁘거든."

"그래요?"

사오리의 풀죽은 목소리가 이어졌다.

"내일은 시간 있어요?"

"바쁘다고 했잖아!"

아키라는 미련을 떨치듯 잰걸음으로 걷기 시작했다. 사오리는 따라오지 않았다. 잠시 후 슬쩍 돌아보니, 그녀는 여전히 그 자리에 서 있었다. 사오리와 직접 말을 나눈 건 그게 마지막이었다.

그날은 주변을 어슬렁거리며 보냈다. 고이케 일당과 마주칠 가능성이 있어, 사람이 많은 곳이나 집 근처에는 가지 않았다.

밤에는 공원에서 노숙했다. 히데오에게 하룻밤 더 재워 달라고 할 수도 있었지만, 이상하게 여길 게 뻔했다.

이튿날, 아직 날이 밝기도 전에 눈을 떴다. 수많은 새들의 재잘거림이 공원을 메웠다. 시계를 보니 5시도 채 안 됐다.

부자연스런 자세로 잠을 자서 그런지 온몸이 뻣뻣했다. 아키라는 라디오 체조로 근육을 푼 다음, 수돗물로 입을 헹구고 세수했다. 공복을 달래기 위해 미지근한 물을 많이 마셨다.

이틀 동안 입은 티셔츠에서 땀냄새가 진동했다. 다행히도 보스턴백에 쑤셔넣었던 빨랫감을 공원 수돗물로 세탁해 나뭇가지에 걸쳐 놓았는데, 다 말라 있었다.

옷을 갈아입고 짐을 정리한 다음, 역까지 걸어가 첫 전철을 탔다. 전철을 갈아타고 운전면허시험장 인근 역에 도착했다. 아침 러시아워까지는 아직 시간이 있어서인지 주위가 한산했다.

견디기 힘들 만큼 공복감이 밀려왔다. 그는 아침 일찍 문을 연 커피숍에서 커피와 토스트, 삶은 달걀, 채소샐러드가 딸린 모닝세트를 주문했다. 그리고 스포츠신문과 만화잡지를 보며 시간을 때웠다. 멍하니 있을 때면 사오리의 얼굴이 떠올랐다. 그러면 서둘러 앞으로 어떻게 살아나갈지로 생각을 전환했다.

출근 전 가볍게 식사하려는 샐러리맨들로 북적거리기 시작하자 아키라는 커피숍에서 나왔다. 버스를 타고 운전면허시험장으로 갔다. 신청서에 주소와 이름, 본적지 등 필요한 사항을 적었다. 들킬 리 없다고 생각하면서도, 남의 이름을 사칭하자니 가슴이 두근거렸다. 마지막으로 어제 찍은 사진을 붙였다.

신청서와 주민등록부를 창구에 내고 수험표를 받아 학과시험을 치렀다. 겨우 반나절 공부했지만 거의 만점이 예상되었다. 합격자가 발표될 때까지 매우 따분했지만, 예상대로 전광판에 그의 번호가 나타났다. 간단한 시험임에도 떨어진 사람이 꽤 많았다.

신청서에 수입인지를 붙이고 면허증에 사용할 사진을 찍은 뒤 교육장으로 향했다. 예전에 친구의 오토바이를 무면허로 타고 다닌 적이 있었다. 따라서 출발이나 코너링은 어렵지 않았다. 하지만 너무 잘하면 의심받을 수 있어, 일부러 시동을 한 번 꺼트렸다.

교육이 끝나자 안전운전과 사고 관련 비디오를 보여주었다. 그리고 기다림 끝에 면허증이 발급되었다.

사토 마나부. 20세. 주소도 본적지도 자기 것이 아니다. 그러나 붙어 있는 사진은 틀림없이 자신의 모습이었다.

폭풍우가 휘몰아치는 바다에서 이리저리 떠다니는 작은 배, 그 배 위에서 필사적으로 던진 닻……. 이것이 앞으로 자신과 사회를 이어주는 유일한 구명줄이 될 것이다.

생각보다 오토바이 면허증을 쉽게 취득해 긴장이 조금 풀어졌는지도 모른다. 아키라는 신사의 돌담 사이에서 금목걸이와 보증서 꾸러미를 꺼내 역으로 향했다. 그런데 뒤에서 자동차가 다가왔다. 하지만 전혀 알아차리지 못했다.

차가 멈추더니 문 열리는 소리가 들렸다. 차에서 뛰어나오는 발소리에 흠칫 놀라 돌아보았을 때는 이미 늦었다. 상대가 천하장사 같은 힘으로 그의 두 팔을 잡으며 소리쳤다.

"대가리에 피도 안 마른 녀석이, 감히 날 우습게 봐?"

고개를 들자 더블 양복으로 씨름꾼처럼 탄탄한 몸을 감싼 고이케가 눈앞에 있었다.

"튀면 어떻게 되는지 말했을 텐데. 안 그래?"

아키라는 죽을힘을 다해 목소리를 짜냈다.

"죄송합니다. 도망칠 생각은 아니었어요. 그저 잠깐……."

고이케의 입가에 잔인한 웃음이 머물렀다.

"그저 잠깐? 잠깐 외출했다고? 그런 말이 나한테 통할 것 같아? 그래도 멀리는 안 갔으니 정상을 참작해 주지. 하지만 넌 맞아죽어도 싼 짓을 한 거야. 대가리에 피도 안 마른 녀석이 사채업자 돈을 스리슬쩍해 도망치려 했어? 알고 있지? 야쿠자에게 소년법 같은 건 적용되지 않는다는 사실 말야!"

절체절명의 순간이었다. 아키라는 궁지에서 벗어나기 위해 젖 먹던 힘까지 짜냈다.

"돈이라뇨? 무슨 말씀이세요? 전 아무것도 몰라요."

"모른다고? 이 녀석 좀 보게. 이런 상황에도 시치미를 뗄 작 정이냐?"

고이케가 무릎으로 명치를 걷어찼다. 그러자 아키라는 그대 로 고꾸라진 채 노란 위액을 토해냈다. 고통으로 헐떡이는 와중 에도 점심 이후 먹은 게 없어 다행이라는 묘한 생각이 들었다.

"어제 네가 그랬지? 그 빌어먹을 자식이 숨겨놓은 카드를 한 도액까지 쓴 거 말이야. 거기다 금목걸이까지 사다니. 어린놈이 제법 잔머리를 굴렸어. 다 알고 있으니까 어서 불어!"

어제 신용카드 사용한 걸 어떻게 알고 있을까? 신용카드 회사 라면 사용내역을 실시간으로 파악할 테지만…….

"카드는 어디 있어. 엉?"

"버렸어요."

"버렸다고? 그따위 변명이 통할 것 같아?"

"정말이에요. 한도액을 다 썼으니 갖고 있어봤자 소용없잖아 요. 돌로 짓이겨서 버렸어요. 저기 신사에서요."

고이케는 무서운 눈으로 아키라를 노려보다 히죽 웃었다.

"뭐 믿어주지. 어차피 이제 사용하지 못할 테니. 그보다 앞으 로 빚을 어떻게 갚을지 얘기해 볼까? 조금 멀지만 우리 사무실 까지 같이 가자고."

아키라는 고개를 끄덕이며 마음을 굳혔다. 벤츠를 타고 야쿠자 사무실까지 끌려가면 모든 게 끝이다. 도망치려면 지금밖에 없다. 더구나 고이케는 혼자였다. 하늘은 아직 자신을 버리지 않았다.

"운 좋은 줄 알아. 내가 아니라 아오키 눈에 띄었다면 넌 죽음이야. 그 녀석은 지옥의 염라대왕보다 잔인하거든. 그럼 지금쯤 어떻게 됐을까?"

고이케는 아키라의 팔을 잡은 채 벤츠의 조수석 문을 열었다. 상대방이 양손을 쓸 수 없는 지금이 절호의 찬스였다.

아키라는 주머니에서 히데오가 준 나이프를 꺼냈다. 그리고 엄지손가락으로 뚜껑을 열었다. 아스팔트 위로 무언가가 떨어져 구르자 고이케가 수상쩍은 듯 쳐다보았다.

"엉? 뭐야……?"

아키라는 고이케의 왼쪽 허벅지를 거꾸로 잡은 나이프로 냅다 찔렀다. 고이케는 짐승처럼 비명을 질렀다.

두 번, 세 번.

마침내 아키라의 왼팔을 잡고 있던 강철 같은 손의 힘이 느슨해졌다. 그대로 몸을 날려 달아나려는 순간, 고이케가 오른발로 버티며 아키라의 옷깃을 움켜잡았다.

"젠장. 이 염병할 녀석! 죽여 버리겠어……!"

마치 귀신같은 얼굴이었다. 아키라는 공포로 온몸이 움츠러들었다. 다음 순간, 얼떨결에 그는 고이케의 얼굴에 나이프를 꽂았다.

고이케는 비명을 지르며 나이프를 빼내려 했다. 하지만 나이프는 점점 깊이 박혀, 지방층과 근육을 뚫고 광대뼈를 지나 턱뼈까지 도달했다.

아키라는 대여섯 걸음 뒷걸음질쳤다. 고이케는 길바닥에 엎드려 얼굴을 감싼 채 비명을 질렀다. 손가락 사이로 엄청난 선혈이 쏟아져 아스팔트를 적셨다.

도망쳐! 빨리 도망쳐!

굳어서 뻣뻣해진 오른쪽 주먹을 억지로 펴자 피범벅이 된 나이프가 수직으로 땅에 떨어졌다. 아키라는 중상을 입은 고이케를 뒤로하고 뛰기 시작했다. 다리에 힘이 빠져 마치 악몽 속에서 도망치는 것 같았다.

뒤에서 등골을 오싹하게 만드는 소리가 들려왔다. 죽기 직전 짐승의 입에서 띄엄띄엄 나오는 저주의 소리는, 고이케가 그동안 쏟아낸 어떤 협박보다 무서웠다.

돌아보지 마. 도망쳐. 도망쳐야 돼.

지금 그것 말고는 길이 없어.

공포로 숨을 쉴 수가 없었다. 온몸에서 힘이 빠져나가는 듯했다. 그렇지만 아키라는 계속 달렸다. 무서운 늑대에게 쫓기는 연약한 토끼처럼.

다이아몬드

고속버스 안에서 아키라는 가까스로 마음을 진정시켰다. 괜찮다. 발견될 리 없다. 이제 나는 시이나 아키라가 아니라 사토 마나부니까.

스스로에게 아무리 그렇게 말해도, 창밖으로 퍼지는 어둠 속에 그들 일당이 숨어 있다는 황당한 느낌은 지워지지 않았다.

나는 죽지 않는다. 살아가겠다.

어떤 일이 닥쳐도 끝까지 살아남겠다.

머릿속에서 주문처럼 되뇌었다. 인생을 포기하기는 쉽지만, 죽은 뒤 다시 시작할 수는 없다. 지금이 최악의 시기일지라도 언젠가 반드시 기회가 올 것이다. 그때까지는 무슨 짓을 해서라도 버텨야 한다.

불행 중 다행이라고나 할까? 도쿄역에 도착한 순간부터 크고 작은 문제에 대처하느라 어느새 공포심이 저 멀리 사라졌다.

우선 그날 밤 잘 곳을 정해야 했다. 게다가 가진 돈이 얼마 안 되는 걸 감안하면, 서둘러 금목걸이를 현금으로 바꿔야 했다.

일단 석간신문 구인광고를 통해 파친코의 숙식제공 일자리를 알아보았다. 맨 처음 면접을 본 파친코에서는 여름방학 중이라는 게 역효과를 불러일으켰다. 가출청소년으로 의심받은 것이다.

여기서 사토 마나부 이름의 면허증을 보여주었다면 20세라는 나이 덕분에 문제 없이 채용되었을 것이다. 하지만 아키라는 같은 반 친구의 이름을 짜맞춘 요시다 마코토라는 가명을 썼다. 면허증은 지금의 자신에게 비장의 수단이었다. 따라서 중장기로 일할 수 있는 직장을 위해 아껴둬야 했다. 게다가 실종자가 취업하기 쉬운 파친코는 야쿠자나 사채업자들과 이어져 있을 가능성이 컸다.

첫 번째와 두 번째 가게에서는 문전박대를 당했다. 하지만 세 번째 찾아간 변두리 가게에서는 쉽게 채용되었다. 그 이유는 금방 알 수 있었다. 근무조건이 열악한 데다 급료가 낮아 종업원이 오래 붙어 있지 않았던 것이다.

아키라는 직원용 숙소라는 낡아빠진 3평 남짓의 방으로 안내되었다. 짐을 내려놓은 뒤 밤 12시가 넘어 방으로 다시 들어갔는데, 가방의 위치가 미묘하게 달라져 있었다. 본명으로 된 여권과 사토 마나부 이름의 면허증, 그리고 금목걸이는 한시도 몸에서 떼지 않았으므로 특별히 없어진 것은 없었다. 하지만 이곳에 오래 머물면 위험하겠다는 직감이 들었다. 당장이라도 나가고 싶었지만, 일주일을 참은 끝에 첫 급료를 받았다. 몸을 아끼지 않고 일한 덕에 신뢰도 얻었다. 하지만 그런 것은 중요하지 않았다. 얼마 안 되는 급료를 손에 들고 아키라는 미련 없이 파친코 가게를 나왔다.

그러는 사이 전당포를 돌며 금목걸이를 현금으로 바꿀 수 있는지 알아보았다. 하지만 아키라가 만만해 보였는지 가는 곳마다 값을 후려쳤다. 그러던 중 시세의 70퍼센트 정도에 매입하겠다는 곳이 나타났다. 일단 하나만 팔기로 했다. 한꺼번에 여러 개를 팔았다가는 괜히 주목받을 수 있었다. 또한 하나만 팔아도 당장 먹고사는 데는 지장이 없었다.

하지만 진짜 이유는 황금을 손에서 떼어놓을 수 없었기 때문인지도 모른다. 세 개 있던 금목걸이가 두 개로 줄어들자, 몸의 일부가 떨어져나간 듯한 상실감이 온몸을 휘감았다.

아키라는 일자리와 주거를 한꺼번에 해결하려는 안이한 방법에 함정이 있음을 깨달았다. 거처를 정한 뒤 꾸준히 노력해 신뢰를 얻지 않으면, 제대로 된 일자리를 얻을 수 없었다.

하지만 주거 문제는 만만치 않았다. 입주자가 거의 없는 폐허 같은 아파트라도 보증인이 없으면 빌려주지 않았다. 집세를 안 내거나 떼어먹는 사람이 늘어났기 때문이다. 보증을 대신 서주는 곳도 있는 모양이었다. 하지만 정체 모를 사람에게 자신의 존재를 알리고 싶지 않았을 뿐더러, 그런 데 쓸 돈도 없었다.

겨우 해결책을 찾은 게 파친코에서 나오기 전날이었다. 친절한 부동산업자가 외국인 하우스의 존재를 가르쳐준 것이다.

아키라는 그때까지 이름조차 들어본 적이 없었다. 외국인 하우스는 원래 일본을 방문하는 배낭족을 위한 시설이라고 한다. 지금은 게스트 하우스라는 듣기 좋은 이름으로 불리는 곳이 많은데, 보증금 2만 엔에 월 6만 엔 정도의 집세를 내면 싱크대와 냉장고, TV, 에어컨까지 갖춘 방을 빌릴 수 있었다. 공용 공간에는 샤워실과 화장실, 세탁기 등이 비치되었다. 보증인도, 신원보증 서류도 필요 없다는 점이 무엇보다 큰 장점이었다.

아키라는 기타이케부쿠로에 있는 '프리덤 하우스'라는 외국인 하우스를 선택했다. 불황 탓인지 일본인 비율이 늘어나고 있다는 사실은 입주하고 나서 알게 되었다. 그곳에 들어갈 때 그는 사토 마나부 이름을 사용했다.

집이 정해지자 외국인 하우스 주소와 오토바이 면허를 이용해 PHS를 신청했다. 전화할 상대도 없는 상황에서 분에 넘치는 사치이자 가슴 아픈 지출이었으나, 취직을 위해서는 어쩔 수 없었다. 전화도 없고 연락도 안 된다면 제대로 된 회사에 채용되기 어려울 것이다. 최근 집전화를 사용하지 않는 젊은이가 늘어나는 추세니, PHS만 있다고 해서 수상쩍게 여겨지는 않을 것이다.

다음으로 그는 오토바이 면허증 주소를 외국인 하우스로 변경했다. 취득 후 세 번째 생일 안에 갱신 관련 서류를 보내오는데, 진짜 주소로 발송되었다. 사토 마나부의 우편함에 언제 도착할지 모르는 통지서를 훔쳐내기는 거의 불가능했다.

따라서 통지서가 도쿄의 자기 주소로 발송되도록 해야 했다. 면허증 주소를 바꾸기 위해 고향으로 가서 사토 마나부의 주소지를 몰래 옮겨야 하는 게 아닐까 걱정했다. 그런데 알고 보니 맥이 빠질 만큼 간단했다. 면허증과 사진, 새 주소로 온 PHS 청구서를 경찰서에 가져가면 되었다.

마지막으로 그는 새 주소가 적힌 오토바이 면허증과 막도장을 이용해 은행에서 통장을 만들었다.

다음날 아키라는 문구점에서 이력서 용지를 구입해 경력을 적당히 기입한 다음 도쿄를 돌아다녔다. 직업소개소에도 가보았으나 불황 탓에 사람들로 발 디딜 틈이 없었다. 일자리를 구할 수 없을지도 모른다는 실망감이 가슴을 메웠다. 하지만 밑져야 본전이다 싶어 구직표를 제출했고, 행운의 여신은 그에게 미소 지었다. 외국인 하우스에서 두 정거장 떨어진 곳의 건축사무실에서 면접을 치르게 된 것이다.

건축사무실 사장은 쉰 살쯤 되었을까? 빡빡머리에 진실해 보이는 안자이라는 사람이었다. 아키라는 젊음과 건강, 패기를 전면에 내세우면서 솔직함과 좋은 머리, 풍부한 일반상식 등을 은근히 강조했다. 지금까지 내세울 만한 경력이 없다는 게 문제였지만, 허점이 드러날 만한 경력은 꾸미지 않았다. 고등학교 졸업 후 일자리를 얻지 못해 프리터로 일했는데, 장래에 불안감을 느껴 직장을 구하게 되었다고 설명했다.

안자이가 그의 말을 100퍼센트 믿은 것은 아니리라. 하지만 수습사원으로 채용되어 그날부터 일을 시작했다.

안자이 건축사무실은 최근에 유행하는 리모델링을 주로 맡았는데, 주요 분야가 유리공사였다. 10여 년 전부터 방음성능

향상과 결로 방지를 캐치프레이즈로 내걸고, 창문이나 새시 유리를 페어유리라 불리는 겹유리로 교체하는 데 힘을 쏟았다. 그런데 최근 창문을 통해 침입하는 도둑이 늘어나자 방범 겹유리 수요가 급속히 증가했다. 그리하여 눈 깜짝할 사이 주 수입원으로 자리잡았다.

아키라는 선배직원을 따라 가게나 가정집을 돌며 유리공사를 보조했다. 새시에서 유리를 빼내고 부착물을 덧대어 두께를 조절한 다음, 새 유리를 끼우고 실링재로 고정했다. 상점 등의 대형유리는 상당히 무거워 두 사람이 거대한 흡반을 사용해 운반해야 했다. 따라서 잠시도 긴장을 늦출 수 없었다. 그러나 완성된 모습을 보면 지금까지 경험하지 못한 성취감이 느껴졌다.

아키라는 안자이 건축사무실에서 약 2년간 일했다. 그동안 판유리의 절단 및 가공을 익히고, 새시와 창틀의 가공기술도 배웠다. 한가할 때면 사무실에 있는 유리 관련 자료를 꼼꼼히 읽으며, 유리라는 물질의 기묘한 특성에 흥미를 갖게 되었다.

상식적으로 생각하면, 유리는 고체지만 결정을 만들지 않고 원자배열이 불규칙하기 때문에 굉장히 점도 높은 액체로 볼 수 있었다. 그러나 성질을 보면 액체 이미지와 정반대다. 모스 경도(광물이나 보석의 경도를 나타내는 기준)로 말하면 철이 4.5인 데 비해, 유리는 보통 5.5 전후, 석영유리는 7로 매우 단단한 물질이었다. 그런데 어이없을 만큼 쉽게 부서진다.

유리가 부서지는 메커니즘에는 두 종류가 있다. 작은 범위에 강한 충격이 가해졌을 때 생기는 헤르츠 파괴와 넓은 범위에 큰 압력이 가해졌을 때 일어나는 굽힘 파괴다. 전자의 대책으로는 물리강화나 화학강화 등의 수단을 사용해 유리 자체의 강도를 높이는 수밖에 없었다. 반면, 유리 두 장 사이에 특수한 수지막을 끼운 겹유리는 굽힘 파괴에 대한 저항력을 높일 뿐만 아니라 관통성능에 대한 저항력도 대폭 높일 수 있었다.

아키라는 몸을 아끼지 않고 일했다. 덕분에 쥐꼬리만 했던 월급이 눈에 띄게 많아졌다. 술이나 담배, 노름 따위로 낭비하지 않았기에, 얼마 안 되지만 저축도 할 수 있었다.

더구나 정직원이 된 후로는 의료보험에도 가입되어 신분증이 하나 더 늘어났다. 진짜 사토 마나부는 아버지의 의료보험에 등재되어 있을 테니, 엄밀히 말하면 이중가입인 셈이다. 하지만 거기까지 체크할 수 있는 시스템이 아직은 갖춰지지 않았을 것이다. 우연히 발견된다 하더라도, 동명이인에 생년월일까지 같은 경우가 충분히 있을 수 있었다.

그래도 의료보험증을 가급적 사용하지 않는 게 상책이었다. 다행히 안자이 건축사무실에서 지낸 2년 동안 가벼운 감기에 한 번 걸렸을 뿐이다.

아키라가 안자이 건축사무실을 떠나기로 결심한 것은 친구인 히데오의 휴대폰에 전화를 걸고 나서였다. 2년 만의 일이었다.

"아키라? 지금 어디야?"

히데오가 어찌나 소리를 지르던지, 아키라는 공중전화를 귀에서 얼른 떼어내야 했다.

"도쿄. 더 이상은 말할 수 없어."

"왜?"

"여러 가지 사정이 있어."

"사정이라니, 복잡한 일이야? 네가 사라지고 나서 야쿠자 같은 놈들이 우리집에 들이닥쳤어. 네가 어디 있는지 모른다고 해도 계속 협박하더라고. 아버지가 펄쩍 뛰며 경찰에 신고했더니 그제야 돌아갔어."

"미안해. 나 때문에 괜히 시끄러웠겠구나."

"그런 건 괜찮아."

"어떤 놈들이었어?"

"지금은 잊어버렸는데, 뽀글이파마에 빈티가 좔좔 흐르는 놈과 금발머리에 젊은 놈이었을 거야."

아무래도 고이케나 아오키는 아닌 듯했다. 부하가 있다는 건 결코 반가운 소식이 아니었다. 하지만 본인이 직접 나서지 않았다는 건 히데오를 진짜로 의심하지는 않았다는 증거다.

"그보다 지금 어떻게 지내?"

"그럭저럭 지내고 있어. ……넌 어때?"

"순조롭게 삼수 돌입이야."

히데오는 마음 상한 기색도 없이 말을 이었다.

"하기야 고등학교 3년 동안의 공부를 처음부터 다시 해야 하니, 적어도 3년은 필요하겠지. ……참, 그러고 보니 사오리도 지금 도쿄에 있어. 역시 똑똑한 애는 다르더라고. 단번에 원하는 대학에 들어가더라."

"그래……?"

순간 희미한 아픔 같은 게 느껴졌다. 이제 자기와는 관계없는 이름이었다.

"휴대폰 번호를 알고 있어. 가르쳐줄까?"

히데오는 이쪽 반응과 상관없이 수첩을 펼쳐 열한 자리 번호를 말했다. 하지만 아키라는 메모하지 않았다. 그저 말없이 흘려들을 뿐이었다.

"맞다. 너네 집 헐렸더라. 알고 있었어?"

"그래……."

예상은 하고 있었다.

"아! 또 생각났어. 우리집에 야쿠자가 다녀간 다음 너네 집을 지나는데, 다른 야쿠자가 거기서 얼쩡대고 있었어. 집 주변을 살펴보았더니 너에 대해 꼬치꼬치 캐묻더라고. 물론 모른다고 했지만."

"어떤 놈이었는데?"

"한 녀석은 얼굴을 붕대로 칭칭 감은, 어깨가 떡 벌어진 놈이었어. 그놈이 꼬치꼬치 캐물었는데, 눈이 꼭 악어 같더라고. 찰거머리처럼 아주 끈질겨 보였어. 또 한 녀석은 진흙인형처럼 생긴 기분 나쁜 놈이었어. ……조심하는 게 좋을 거야. 그놈들, 굉장히 위험해 보였거든."

고이케가 살아 있는 걸 알고 나니 조금 안심이 되었다. 하지만 여전히 자신을 쫓고 있다는 사실에 기분이 가라앉았다. 언제쯤이면 포기할까? "야쿠자에겐 시효가 없다"고 으름장을 놓던 고이케의 목소리가 들리는 것 같았다.

"그 작자가 명함을 줬는데, 이 전화번호는 필요 없겠지?"

"무슨 필요가 있겠어?"

아키라는 씁쓸하게 웃었다.

"하지만 공생 파이넌스인가 뭔가 하는 야쿠자 사무실도 도쿄에 있거든."

그 순간 아키라는 숨이 막혔다. 고이케가 걸쭉한 오사카 사투리를 사용했기 때문에 막연히 오사카에 위치한 회사라고 생각했다. 설마 멀리 도쿄에서 출장왔으리라곤 꿈에도 생각지 못했다.

"회사 주소가 어디로 되어 있어?"

"어디 보자, 도시마 구 이케부쿠로……."

아키라는 온몸이 얼어붙는 듯했다. 지도로 확인해 보지 않더라도, 외국인 하우스에서 직선거리로 1킬로미터도 떨어지지 않은 곳이다. 제 발로 호랑이굴에 뛰어든 거나 마찬가지였다. 지금까지 녀석들과 맞닥뜨리지 않은 게 행운이었다고나 할까?

물론 손바닥만 한 시골과 달리 도쿄는 가까운 곳에 살더라도 마주치기가 쉽지 않다. 그러나 사실을 알고 나니 공포심이 끝없이 커져갔다. 차라리 도쿄를 떠날까 하는 생각마저 들었다.

하지만 사람들이 우글거리는 도쿄 같은 대도시가 아니면 어떻게 자신의 존재를 완벽히 숨기겠는가? 그런 의미에서 오사카나 요코하마는 지방의 소도시에 불과했다.

은신처로 이용할 도시에서 중요한 것은 물리적 거리가 아니라 인구다. 도쿄는 수많은 소도시가 모여 있는 집합체 같은 곳이었다. 따라서 활동영역이 다르면 1천 킬로미터쯤 떨어져 있는 것이나 다름없었다. 지금은 녀석들과 우연히 마주칠 가능성을 무시하는 수밖에 없었다.

"아키라, 그 붕대 감은 놈 말인데, 혹시 네가 그랬어?"

"그래."

아키라는 순순히 인정했다.

"내가 준 나이프로?"

"그래."

"제법인데?"

히데오는 호쾌하게 웃었다.

"그때 나이프를 떨어뜨렸어."

"그랬구나. 호신용으로 휴대하려면 길쭉한 드라이버를 구해. 얼굴을 찌르려면 일자형도 괜찮지만, 아무 데나 찌를 수 있는 십자형이 더 실용적이야. 경찰의 불심검문에도 DIY용이라든지 오토바이 수리용이라고 얼버무릴 수 있고. 집에 놔둘 거라면 일본도가 좋겠지만, 그보다는 쇠파이프가 나을 거야. 되도록 잡기 쉬운 가느다란 걸 구해봐. 구경(口徑)에 비해 두껍고 묵직한 게 좋아. 그거 한 방이면 쉽게 못 덤벼들거든."

아키라는 히데오가 시키는 대로 쇠파이프를 구하기로 마음먹었다. 싸움의 달인이 하는 말에는 나름 설득력이 있었다.

"그런 걸로 때리면 안 죽어?"

그러자 히데오는 웃음을 터트렸다.

"그랬다간 내 주위에 시체가 산더미처럼 쌓였을걸?"

"그러고 보니 신기하네. 너한테 얻어맞은 놈들 중 왜 한 놈도 안 죽었을까?"

"몰라서 물어? 조심하니까 그렇지. 머리를 때리면 한 방에 죽으니, 어깨를 후려치는 거야. 쇄골이 부러지면 웬만한 놈은 항복하거든."

"그래도 상대가 계속 움직이잖아. 잘못해서 머리에 맞으면 어떡해?"

그러자 히데오가 자랑스럽게 말했다.

"다 요령이 있어. 민첩한 놈일 경우 머리를 겨냥해 그냥 내리치는 거야. 그러면 상대가 재빨리 피하니까, 거의 적당한 데를 맞거든."

"……콜럼버스의 달걀이군."

이 세상에는 아무리 무모하게 행동해도 신의 축복을 받고 탈없이 사는 사람이 있는 법이다.

"무슨 일 생기면 또 전화해. 내 힘이 필요하면 언제든지 말하고."

"그래. 부탁할 일이 있으면 연락할게."

아키라는 당장 부동산중개소로 갔다. 다른 외국인 하우스로 옮길 생각이었다. 그런데 확실한 직장이 있었기 때문에 보증인 없이도 아파트를 구할 수 있었다.

새로 이사한 곳은 시부야 구의 사사즈카였다. 이사를 마치고 곧바로 안자이 건축사무실을 그만두었다. 사장을 비롯해 동료들이 붙잡았지만, 사정이 있다며 말끝을 흐렸다. 그러자 사연이 있다는 걸 눈치채고 있었는지 더이상 말하지 않았다.

사사즈카로 이사한 후, 외출 때마다 긴장을 늦추지 않았다. 그러다 보니 도수가 없는 검은 테 안경을 쓰고 모자를 깊숙이 눌러쓰는 버릇이 생겼다.

다행히 새로운 일자리는 금방 찾았다. 시부야 빌딩보수회사에서 청소원을 모집했는데, 곤돌라나 그네를 타고 빌딩의 바깥 창문을 닦는 하이그라운드 일은 시급이 좋았다. 유리 청소는 안자이 건축사무실에서도 자주 하던 일이라 자신이 있었다.

회사에 지원하자 간단한 교육을 마친 후 즉시 현장에 투입되었다. 회사 이름이 적힌 파란 멜빵바지식 작업복에 헬멧을 쓰고 허리에는 구명줄이 달린 안전띠를 감았다. 그리고 20층이 넘는 빌딩 옥상으로 가서 곤돌라를 타고 빌딩의 벽면을 내려갔다. 세제에 적신 샴푸라는 이름의 대걸레로 유리 표면의 때를 불린 후, 와이퍼처럼 생긴 스퀴지로 긁어내는 것이다.

단순한 작업이지만 처음에는 쉽지 않았다. 고소공포증이 없다고 생각했는데, 50미터 이상의 높이에서 직접 바깥공기를 쐬는 것만으로 온몸이 떨리고 손이 뻣뻣해졌다. 더구나 발밑이 묘하게 흔들려 불안했다. 특히 바람이 불 때면 곤돌라가 크게 흔들거렸다. 곤돌라를 같이 탄 선배직원에게 몇 번이나 잔소리를 들었지만, 유리 닦는 일에 집중하기가 어려웠다.

그날 일은 예정시간을 훌쩍 넘겨서야 끝났다. 아키라는 땀으로 범벅이 된 채 사무실로 돌아왔다. 당연히 잘릴 줄 알았는데 직원으로 채용되었다. 나중에 들은 이야기로는, 마지막까지 우는 소리를 하지 않은 근성을 높이 평가했다고 한다.

다음날부터 하이그라운드 일이 시작되었다. 처음 사흘간은 공포와의 싸움이었다. 하지만 높은 곳에 익숙해지자 차츰 요령이 생겼다.

도쿄의 12층 이상 빌딩에는 옥상에 곤돌라가 설치되어 있는 경우가 많았다. 큰 빌딩의 벽면에 곤돌라용 홈이 파여 있는데, 대부분의 곤돌라는 그저 옥상에 매달려 있을 뿐이다. 따라서 가장 무서운 존재는 바람이었다. 바람이 강하게 불면 작업을 뒤로 미루어야 한다. 작업을 시작하기 전에는 바람이 안 불거나 약하다가, 갑작스런 돌풍으로 곤돌라가 흔들리는 바람에 심장이 내려앉은 일도 있었다.

하지만 제일 골치 아픈 건 곤돌라가 없는 어중간한 높이의 빌딩이었다. 그런 곳은 옥상에서 등산용 자일을 내려뜨려 자일 끝의 그네에 걸터앉은 채 벽면을 타고 내려가야 했다. 구명줄이 따로 있지만, 극심한 공포에 휩싸이곤 했다. 더구나 그 정도 높이의 빌딩은 사후관리 같은 건 염두에 없는 건축가가 엉뚱한 곳에 공을 들인 경우가 많았다. 따라서 벽면이 경사지거나 창문 위에 거치적거리는 차양이 있어 잠시도 긴장을 늦출 수 없었다. 흔히 말하듯 가장 무서운 것은 내려가기 시작할 때이다. 벽을 바라보며 유리창을 청소하다 보면 잡념은 저절로 사라진다.

아키라는 빌딩 창문닦이 일에 모든 정성을 쏟았다. 신속하고 꼼꼼하게 일하면 자신의 가치를 높일 수 있고, 육체의 안전도 보장된다. 더러움을 닦아낸 뒤 아름답게 반짝이는 유리창은 새로운 인생의 상징처럼 보였다. 회사에서도 그런 모습을 인정받아, 어느새 아르바이트 직원이나 신입사원을 지도하는 위치가 되었다.

정신없이 일하다 업무가 궤도에 올라 여유가 생기자, 장래에 대한 수많은 두려움이 소용돌이치기 시작했다. 자신은 사토 마나부로 새 인생을 시작했다. 그러나 이것은 긴급대피이자 거짓 인생에 지나지 않는다.

사토 마나부라는 신분이 언제까지 안전할지 가늠하기 어려웠다. 진짜가 고향집에 계속 틀어박혀 있다면 좋겠지만, 어떤 계기를 통해 사회에 나오지 않는다고는 장담할 수 없었다. 자동차 면허를 취득한다면 별다른 문제가 없겠지만, 만에 하나 오토바이 면허를 따겠다고 결심한다면 이미 취득한 사실이 밝혀지게 된다. 또한 그가 생활보호를 신청하거나 사망할 경우 심각한 문제가 발생한다. 현재 자신에게 지급되는 급여는 사토 마나부의 주민등록부를 근거로 하기 때문이다.

그렇다고 주민등록을 멋대로 옮길 수도 없다. 절차는 간단하지만, 누군가 알게 되는 건 시간문제 아닌가?

처음 야반도주를 계획했을 때는, 언젠가 불법 사채업자들이 경찰에 잡히면 고향으로 돌아가 시이나 아키라로 살 수 있으리라 믿었다. 하지만 현재 상황에서는 낙관하기 어려웠다.

만약 시이나 아키라라는 이름을 영원히 버려야 한다면, 돈으로 새로운 호적을 사는 수밖에 없었다. 그러려면 상당한 목돈이 필요했다. 돈만 있으면 어떤 문제라도 해결할 수 있다.

　　　　　　　　　　　　　　　Ⅱ. 죽음의 콤비네이션

아니, 돈만 있으면 애초 모든 걸 버리고 도망칠 필요가 없었다.
돈만 있으면.

돈만 있으면…….

그 광경을 목격한 것은 그야말로 우연이었다.

그날은 일요일로, 아키라가 선배직원이 운전하는 차를 타고 롯폰기센터 빌딩, 일명 로쿠센 빌딩에 도착한 건 오전 10시가 지난 시각이었다. 경비실에서 열쇠를 받아 옥상으로 가서, 늘 하던 대로 미리 시설을 점검했다.

처음에 살펴본 것은 전기공급 설비였다. 캡타이어 케이블의 피막에 손상은 없는지, 플러그나 콘센트에 금이 가 있거나 문제는 없는지, 접속상태는 양호한지를 조사하고, 누전차단기가 제대로 작동하는지 확인했다. 그런 다음 주행로와 대차, 와이어로프를 살펴보고, 마지막으로 대차와 작업 바닥의 스위치, 인터폰을 점검했다.

아키라가 매뉴얼대로 점검하는 동안 선배는 대충 곤돌라를 살폈다. 창문닦이용 곤돌라는 보통 2인승이 많은데, 로쿠센 빌딩의 곤돌라는 1인승이라서 작업을 혼자 했다. 나머지 한 사람은 곤돌라 바로 밑에 사람이 오지 않는지 지켜보며 비상사태에 대비해 대차 옆에서 대기했다.

선배와 짝을 이룰 때면, 아키라는 거의 창문을 닦는 역할이었다. 상대방에게 미안한 마음을 갖게 하는 게 이로운 측면이 있고, 자동차 면허가 없어 직접 운전하지 못하는 미안함 때문이었다.

점검이 끝나고, 아키라가 탄 곤돌라가 건물 북쪽에서 천천히 내려가 최상층 서쪽 끝의 창문 앞에 멈췄다. 유리창은 디젤차의 미세먼지 등으로 꽤나 더러워져 있었다. 샴푸로 유리창에 세제 거품을 바르던 그는 문득 이상한 생각이 들었다.

최상층 북쪽의 창문에는 블라인드가 아니라 두툼한 고급 커튼이 쳐져 있었다. 그런데 일요일임에도 불구하고 커튼이 활짝 열려 있었다. 주름 잡힌 드레이프 커튼뿐만 아니라 레이스 커튼까지 그러했다.

사무실 안으로 사람의 모습이 보였다. 큰 책상 너머에 남자가 앉아 있었는데, 백발의 노인이었다. 미키마우스를 연상시키는 거대한 귀가 유난히 눈에 띄었다. 노인은 핀셋을 들고 무슨 일엔가 열중해 있었다.

그러다 햇살이 가로막혀 이상한 낌새를 알아차린 모양이었다. 노인은 흠칫 놀라 고개를 들더니 이쪽을 쳐다보았다. 창문 닦는 일을 하는 사람이라면 누구나 그러하듯 아키라는 상황을 재빨리 얼버무렸다. 마치 매직미러처럼 안쪽이 전혀 보이지 않는 듯 계속 창을 닦은 것이다. 샴푸를 이용해 유리창을 거품으로 뒤덮고, 스퀴지로 네 귀퉁이에서 한가운데를 향해 거품을 긁어모은 다음, 빙그르르 굴리듯이 닦아냈다.

노인은 무표정하게 책상 위에 있던 리모컨을 들더니 이쪽을 향해 스위치를 눌렀다. 그러자 전동식 커튼이 좌우에서 닫히며 아키라의 시야를 완전히 차단했다.

아키라는 다른 창으로 이동한 후에도 완벽하게 연기하며 여느 때처럼 창을 닦았다. 하지만 머릿속에서 수많은 생각이 맴돌았다. 짧은 순간이지만, 노인이 책상에 펼쳐놓았던 것들이 선명하게 떠올랐기 때문이다.

까만 벨벳으로 보이는 천 위에서 빛나던 수많은 별들. 유리구슬과 비슷하지만, 믿을 수 없을 만큼 강렬한 빛을 내뿜었다. 노인은 그 물체를 핀셋으로 집어 도자기 커피잔에 떨어뜨린 뒤 옆에서 펜라이트로 비추었다.

아키라는 딱 한 번이지만 그와 비슷한 광경을 본 적이 있었다. 아버지가 응접실 책상에서 뚫어지게 보던 유리구슬도 그처럼 강렬한 빛을 내뿜었다.

"멍청한 녀석! 손대지 마! 전부 다이아몬드란 말이야!"

아버지의 목소리가 기억 속에서 되살아났다.

그렇다. 그것과 똑같은 빛이었다.

노인이 보고 있던 것은 틀림없이 다이아몬드였다.

혹시 보석상일까? 고객에게 판매할 다이아몬드를 감정하고 있었던 걸까? 지금 상황에서는 그렇게 생각하는 게 타당할 듯했다. 그때 기억의 한구석에서 어떤 영상이 되살아났다. 과거 이 빌딩의 유리창을 청소할 때의 일이었다.

그때도 사무실에 그 노인이 앉아 있었다. 그날 역시 일요일이었다. 틀림없다. 평일엔 사람의 왕래가 많아 위험하므로, 이 빌딩의 창문 청소는 거의 휴일에 이루어졌다.

쉬는 날 사무실에 나와 다이아몬드를 바라보는 노인. 그것이 무엇을 의미하는지 그때는 미처 몰랐다.

작업을 끝내고 경비실에 곤돌라 열쇠를 돌려주러 갔을 때, 빌딩의 입주사 안내판을 보고 최상층의 회사 이름을 확인했다.

베일리프(주). 같은 회사가 최상층 세 개를 사용하는 중이었다. 그렇다면 그 노인은 사장이나 회장이 틀림없으리라.

일을 마치고 아키라는 PC방으로 갔다. 돈을 절약하기 위해 집에 인터넷을 연결하지 않았기 때문이다. 베일리프라는 회사를 검색해 보니 비슷한 이름이 몇 개 나타났다. 로쿠센 빌딩에 있는 회사는 간병 서비스 분야의 대표주자 중 하나로, 도쿄증권거래소 2부 상장을 앞두고 있는 듯했다.

대표이사 사장은 에바라 쇼조인데, 얼굴 사진이 함께 실려 있었다. 백발에 나이가 많은 신사풍 얼굴이었다. 유달리 두툼하고 큼지막한 귀가 눈에 띄었다. 그 사람이 틀림없었다.

그런데 뭔가 수상쩍은 냄새가 났다. 간병업계에 대한 지식은 없지만, 상식적으로 간병회사와 다이아몬드는 아무런 관계가 없지 않은가? 회사의 정당한 자산처럼 보이지는 않았다. 혹시 개인 소유물이라면 엄청난 가격일 것이다. 그런데 일반적으로 은행의 대여금고에 넣거나 집에 보관하지, 아무리 사장실이라 해도 그런 물건을 회사에 두는 사람이 있을까?

처분할 목적으로 회사에 가져왔다고도 생각하기 어려웠다. 요즘 들어 날치기나 강도가 극성을 부리고 있다. 따라서 가급적 휴대하지 않으려는 게 상식일 터이다. 더구나 휴일에 다이아몬드를 회사에 갖고 나올 필요가 있겠는가?

아키라는 다시 생각에 잠겼다. 어쩌면 당당하게 밝힐 수 없는 보석이 아닐까? 회사 돈을 횡령했다거나 탈세로 공중에 뜬 돈을 이용해 구입한……. 드라마나 소설에 등장하는 국세청 사찰부를 피해 회사에 숨겨둔 게 틀림없다. 그렇다면 고령임에도 휴일에 자주 출근하는 것이 이해가 되었다. 다이아몬드가 걱정스러워 견딜 수 없기 때문일 것이다.

이번에는 다이아몬드 감별법을 검색해 보았다. 결과는 예상한 대로였다. 다이아몬드 모조품을 알아보는 고전적인 방법 가운데 물방울을 떨어뜨려 부풀어오르는 상태를 보는 게 있었다. 그런데 그것만으로는 구분할 수 없는 모조품이 존재했다. 그런 경우 검사할 물체를 흰 커피잔에 넣어 옆에서 빛을 비춘다고 한다. 지르코니아는 빛이 갈라지며 무지갯빛이 나오는데, 진짜 다이아몬드는 새하얀 빛밖에 보이지 않는다는 것이다.

아키라는 커피를 마시면서 생각에 생각을 거듭했다. 그 광경을 목격한 건 로또에 낭첨된 것만큼이나 행운일지도 모른다. 그렇다면 이런 기회를 쓰레기통에 그냥 버릴 수는 없다. 다이아몬드를 일부라도 내 것으로 만들 수 있다면, 인생이 크게 달라진다. 작은 소리에도 겁먹고 숨을 죽이며 도망치려고 발버둥치는 생활에서 벗어날 수 있는 것이다. 더구나 당당하게 밝히지 못할 성격의 물건이라면 신고하지 않을지도 모른다.

아키라는 지금까지 책이나 영화에서 본 미스터리 지식을 총동원했다. 자신이 목격한 사실을 국세청이나 경찰에 신고하겠다고 협박하면 어느 정도 이익을 얻을 수 있을지 모른다.

하지만…….

그는 다시 생각을 고쳤다. 다이아몬드를 훔쳐내는 것 자체가 쉬운 일은 아니다. 빌딩 내부로 침입하기도 어렵고, 다이아몬드를 어디에 숨겼는지도 모른다. 아마 찾아내기 어려운 곳에 감추었을 것이다. 게다가 없어졌다는 사실이 발견되었을 때, 그 가치를 생각하면 순순히 단념하지 않을 것이다.

아무도 존재를 모르는 다이아몬드를 도둑맞았다. 사장은 기억을 모조리 뒤져 용의자를 찾고, 결국 창문닦이에게 들켰다는 사실을 생각해 낼 것이다. 그러면 경찰에 신고는 못하더라도 다른쪽 사람을 이용하지 않을까?

아키라는 고이케와 아오키를 떠올렸다. 그 자들보다 몇 배 무서운 사람들이 눈에 핏발을 세운 채 자기를 찾아다니는 모습이 눈에 선했다.

한편, 노인을 협박하는 것도 현실성이 없었다. 다이아몬드를 다른 곳으로 옮기면 전혀 증거가 남지 않는다. 더구나 노인은 협박자의 입을 막는 데는 돈보다 폭력이 더 확실하다고 생각할지도 모른다.

……어쨌든 다이아몬드는 이미 그 사무실에 없을 것이다.

철저하고 용의주도한 사람이라면, 남에게 들켰다고 생각한 순간 장소를 바꿀 것이다. 유감이지만 이번에 목격한 사실이 도움될 일은 없을 것이다. 그는 스스로에게 그렇게 말하며 다이아몬드를 머릿속에서 지웠다.

그런데 한 달 후, 다시 로쿠센 빌딩에 창문을 닦으러 갔다가

II. 죽음의 콤비네이션

새로운 상황에 직면했다. 12층 유리창을 닦으며 아키라는 고개를 갸웃거렸다. 유리가 크게 지저분하지 않았던 것이다.

유리창을 자세히 살펴보았다.

다르다.

유리공사 경험이 없었다면 알아차리지 못했으리라. 하지만 전에 왔을 때와 분명히 다른 유리가 끼워져 있었다.

유리를 창틀에 고정하는 실링재를 집게손가락으로 문질러 보았다. 틀림없다. 아직 새것이다. 더구나 새시까지 통째로 교체한 모양이었다.

무엇 때문일까?

빌딩 유리창은 어지간해선 파손되지 않는다.

손가락 마디로 유리창을 두들겨 소리를 확인했다. 상당히 두꺼웠다. 더구나 도중에 소리가 흡수되는 듯한 느낌이 들었다. 안자이 건축사무실에서 얻은 경험 덕분에 유리 종류를 짐작할 수 있었다.

새 유리는 두께가 2센티미터쯤 되는 방범용 겹유리였다. 중간막이 몇 밀(mil)이냐에 달렸지만, 아마 커다란 망치로 내리쳐도 깨지지 않을 것이다. 빌딩 창문을 닦으며 살펴보니, 최상층 창문만 전부 유리를 교체했다는 사실을 알게 되었다.

다이아몬드를 목격한 사장실쪽으로 갔다. 백발의 에바라 쇼조는 보이지 않았다. 그러나 지난번처럼 커튼이 열려 있고, 책상에는 마시다 만 찻잔이 놓여 있었다. 이날도 휴일이었지만 역시 출근한 모양이었다.

아키라의 두뇌가 다시 풀가동하기 시작했다.

에바라 사장은 무엇 때문에 유리창을 방범용 겹유리로 갈아 끼웠을까? 자신이 다이아몬드를 봤기 때문일까?

아니, 그렇지는 않다. 누군가 봤다고 생각했다면 다이아몬드 감춘 곳을 바꾸지 않았을까? 그럴 경우는 유리창에 손댈 필요 가 없다.

그렇다면 그때의 연극이 먹혔는지도 모른다. 자신이 창밖에서 본 걸 모를 수 있다. 하지만 곤돌라가 내려오는 걸 보고 누군가 창문으로 침입할 수 있다고 생각한 건 아닐까? 그로 인해 깨뜨 리기 어려운 방범용 겹유리로 바꾼 것이다. 그렇다면 다이아몬 드는 아직 사장실에 있다.

그렇게 생각한 순간, 등줄기가 서늘해지며 온몸에 소름이 끼 쳤다. 사장실에 침입해 다이아몬드를 찾아낸다면 얼마든지 훔 칠 수 있다. 확실하게 훔쳐낼 수 있다. 작은 다이아몬드일 경우, 느긋하게 마음먹으면 돈으로 바꾸는 건 일도 아니다.

어차피 자신은 도망자 신세다. 또다시 쫓긴다 해도 별 차이가 없다. 몸을 숨기는 노하우는 이미 알고 있다.

그날 아키라는 동료에게 솟구치는 흥분과 떨리는 몸을 들키 지 않으려 애썼다. 하지만 이는 지금까지의 고통과 달리 기쁨을 억누르기 위한 고생이었다.

1단계 계획은 빌딩 안으로 침입하는 일이었다. 그러기 위해서 는 정보를 수집해야 했다. 다행히 아키라가 근무하는 시부야 빌딩보수회사는 롯폰기센터 빌딩의 전체적인 관리를 맡고 있었다.

그는 자연스럽도록 신경쓰면서 가키누마라는 담당자에게 접근했다. 처음에는 잡담을 나누는 정도였다. 그러다 퇴근길에 몇 번 같이 술을 마시게 되었다. 가키누마는 30대 초반으로, 술에 취해도 일 말고는 할 이야기가 없는 무미건조한 사람이었다. 덕분에 아키라는 로쿠센 빌딩에 대한 정보를 쉽게 수집할 수 있었다.

가키누마에 따르면, 최근 외부에서 베일리프 사장실 창문을 공기총으로 쏜 사건이 있었다고 한다. 범인은 밝혀지지 않았지만, 사장 이하 임원들의 안전을 고려해 최상층 창문을 모두 방범용 겹유리로 교체했다. 베일리프가 비용을 전액 부담하는 조건이라서 빌딩 소유주도 승낙했다고 했다.

저격사건에 대해 아키라의 마음속에서 의혹의 연기가 모락모락 피어올랐다. 동기도 방법도 석연치 않았다. 어쩌면 모두 사장이 꾸며낸 일로, 유리창을 바꾸기 위한 구실 아니었을까?

다시 한 단계 들어가니, 그것 말고도 안전강화 조치가 또 있었다. 우선 엘리베이터에 비밀번호를 설정해, 그 번호를 누르지 않는 한 최상층에 올라갈 수가 없었다. 또한 사장실이 있는 복도의 막다른 곳에 감시카메라를 설치해, 경비실에서 24시간 모니터 중이었다.

침입은 예상보다 훨씬 어려울 듯했다. 창문을 깨기는 무척 어렵고 확실한 흔적마저 남기게 된다. 따라서 최상층 복도를 지나 사장실로 들어가는 수밖에 없다. 엘리베이터 비밀번호도 문제였지만, 감시카메라를 어떻게 따돌릴지 감이 잡히지 않았다.

그러나 눈앞에 놓여 있는, 어쩌면 일생에 한 번뿐일 수 있는 기회를 구경만 할 생각은 털끝만큼도 없었다. 역으로 생각하면 그 두 가지 관문만 해결하면 된다. 잠입한 다음 보물찾기를 해야 하지만, 보석가게든 대부호의 저택이든 수확물의 가치에 비해 경비가 이렇게 허술한 곳도 없을 것이다.

아키라는 얼마 안 되는 예금을 전액 인출했다. 그리고 소중히 간직했던 금목걸이 두 개도 현금으로 바꾸었다. 군자금은 총 1백만 엔쯤 되었다. 직장이 있는 만큼 신용대출업체에 가면 어느 정도 돈을 빌릴 수 있었다. 하지만 무슨 일이 있어도 빚은 지고 싶지 않았다. 따라서 쓸 수 있는 돈은 이것이 전부다. 한 푼도 낭비하지 않도록 효과적으로 활용해야 한다.

우선 헌옷 가게에서 한 벌에 5천 엔짜리 양복과 와이셔츠, 넥타이, 가죽구두를 샀다. 안경을 벗고 7 대 3 가르마에 양복을 입은 그는, 일이 없는 평일 로쿠센 빌딩을 몇 차례 찾아갔다. 이 정도 변장으로 충분한지, 평소 얼굴을 알고 지내는 경비원조차 제지하지 않았다.

물론 최상층에는 들어가지 못했지만, 1층부터 11층까지 세말하게 살핀 후 사진을 찍었다. 데스크에서 누구를 찾아왔는지 물으려 하면, 층수를 착각한 척하거나 재빨리 화장실로 향해 상황을 모면했다.

그 결과 적어도 2층부터 11층까지는 엘리베이터나 화장실 위치가 같고, 사무실 배치도 동일하다는 사실을 알게 되었다. 내부계단을 이용해 각 층의 문을 살펴보았는데, 예상대로 전부 도어록 시스템이었다.

아키라는 집으로 돌아와 최상층의 사무실 배치도를 만들었다. 창문 청소하던 기억을 총동원해 시야에 들어온 것들을 그려 넣었다. 사장실과 임원실, 비서실, 복도의 위치로 볼 때 감시카메라가 어디에 있는지 대충 짐작이 갔다.

일이 여기에 이르자 어떻게든 안으로 들어가보고 싶어졌다. 시부야 빌딩보수회사에서 그 빌딩의 내부청소도 맡고 있었다. 그래서 담당자에게 한 번만 일을 바꿔달라고 부탁해 볼까 하는 생각도 했다.

하지만 심사숙고 끝에 그 아이디어는 포기했다. 자부심 강한 하이그라운드 직원이 일부러 빌딩 내부를 청소하려는 이유가 도무지 떠오르지 않았다. 훗날 의심을 초래할 만한 행동은 피해야 한다.

대신 그는 틈만 나면 아키하바라 전자상가에 들렀다. 방범용품 가게를 드나들며 감시카메라 등에 대한 지식을 넓히고 필요한 기자재를 사기 위해서였다.

그러는 사이 로쿠센 빌딩의 다음 청소일이 돌아왔다. 아키라는 입사한 지 얼마 안 되는 신입직원과 한 조를 이루게 되었다. 경비실에서 열쇠 세 개를 받아 옥상으로 가서 기본사항을 점검했다.

창문 닦는 일을 맡은 신입직원이 곤돌라를 타고 내려가는 동안, 아키라는 스포츠 가방을 들고 계단으로 내려갔다. 최상층

문에 귀를 대고 인기척이 없음을 확인한 그는 마스터키를 밀어 넣었다. 그러자 실린더가 회전했다. 역시 이 마스터키 하나로 빌딩 내 모든 자물쇠가 열리는 모양이다. 다시 문에 귀를 대고는 만일의 상황에 대비해 살피며 문을 열었다.

아키라는 다시 열쇠로 문을 잠근 후 1층으로 내려가 밖으로 나왔다. 그리고 지하철 화장실에서 작업복을 양복으로 갈아입었다. 그는 택시를 타고 시부야로 이동해, 휴일에도 영업하는 열쇠가게에서 로쿠센 빌딩의 마스터키를 복제했다.

아키라는 다시 작업복으로 갈아입고 빌딩으로 돌아왔다. 곤돌라의 위치를 보니 창문닦이 작업은 크게 진척되지 않은 상태였다. 입구에서 경비원에게 인사했으나, 작업 중 몇 번씩 들락날락하는 게 일반적이어서 특별히 이상하게 여기는 것 같지는 않았다.

엘리베이터로 11층까지 올라가 내부계단을 통해 옥상으로 올라갔다. 그는 대차 인터폰으로 열심히 작업 중인 신입직원을 호출했다.

"이봐, 어때?"

"죄송합니다. 생각보다 오래 걸리네요."

더위에 녹초가 된 듯한 목소리였다. 곤돌라에서 가장 견디기 힘든 게 뜨거운 햇볕이다.

"서두르지 않아도 되니까 꼼꼼하게 해."

아키라는 새로 만들어온 마스터키를 만지작거리며 말했다. 여기까지는 놀라우리만큼 순조로웠다. 문제는 감시카메라인데,

아무래도 실물을 볼 필요가 있었다.

처음으로 침입을 단행한 건 이튿날 밤이었다. 저녁때 양복을 입고 큼지막한 가방을 손에 든 아키라는 정면 현관을 통해 빌딩으로 들어갔다. 드나드는 사람도 많지 않고 입주회사 직원에게 발견될 염려도 거의 없는 8층에서 엘리베이터를 내렸다. 그리고 내부계단으로 올라가 복제한 마스터키로 옥상 문을 열었다.

그곳은 아키라에게 너무도 익숙한 곳이었다. 한밤중까지 여기서 시간을 보내야 한다. 몸을 숨길 장소도 미리 물색해 놓았다. 늘 같은 자리에 놓여 있는 곤돌라 안이었다.

방수 시트를 살짝 젖히고 답답한 금속상자로 들어간 아키라는 조용히 눈을 감았다. 수많은 일들이 머릿속을 가로질렀다. 고향집, 부모님, 히데오, 그리고 사오리. 불과 2~3년 전의 일들이 먼 옛날처럼 느껴졌다.

싸구려 전자음이 들렸다. 아키라는 눈을 뜨고 손목시계의 알람을 껐다. 어느새 깜빡 잠들었던 모양이다. 문자판의 라이트를 켜자 액정화면이 오전 1시를 나타내고 있었다. 드디어 활동할 시간이다.

아키라는 곤돌라에서 나와 천천히 스트레칭했다. 그런 다음 옥상 문을 열고 12층으로 향했다.

이런 시간까지 임원 전용층에 누군가 남아 있을 리는 없었다. 하지만 철문에 귀를 대고 안쪽 기척을 살핀 뒤 자물쇠를 열었다.

어둠 속에서 신경을 긁는 듯한 금속음이 울려퍼졌다. 아키라는 잠시 숨을 고른 뒤 철문을 조심스럽게 열었다. 최상층의 엘리베이터 홀은 내부계단보다 훨씬 어두웠다. 그는 짙은 어둠에 시선을 고정하고 안쪽을 살폈다.

이런 어둠 속에서 일반 감시카메라는 쓸모가 없었다. 적외선을 사용한 암시(暗視) 카메라가 있지만, 비싼 가격 대비 영상이 선명치 않았다. 가키누마의 이야기가 맞다면, 그것을 대신해 저렴한 센서라이트를 설치해 놓았을 것이다.

인체에서 나오는 36.5도 전후의 적외선 파장은 6~14마이크로미터다. 이 파장이 투과하는 필터를 부착한 센서는 인체를 비롯한 생물의 열에 선택적으로 반응하게 된다. 센서가 6~14마이크로미터의 적외선을 감지했을 경우 라이트가 켜지는 것이다.

한편 야간에 알람 녹화 모드로 설정해 놓은 하드디스크 레코더도 동일한 센서를 가지고 있다. 같은 파장의 적외선을 감지하고 녹화를 시작하는 것이다. 그리고 동시에 경비실에 경보음이 울린다.

아키라는 은색의 덧옷을 가방에서 꺼냈다. 머리와 몸통, 양손, 양다리의 여섯 부분으로 이루어져 있으며, 틈새는 알루미늄테이프를 여러 겹 감아 완전히 밀폐했다.

덧옷의 재료는 단열재인 알루세폴리였다. 알루미늄 증착 필름, 와리프(강화섬유 부직포), 폴리에틸렌 발포체 등 3중 구조로 이루어진 시트인데, 몸에서 나오는 열과 적외선을 완벽하게 차단했다. 발에는 고무장화를 신고 손에는 내열 작업용 알루미늄 장갑을 끼었다. 가장 고생스러운 건 밖을 봐야 하는 구멍 부분이었다. 밖에서 가시광선을 받아들이는 한편, 내부의 적외선은 새어나가지 않도록 해야 했다. 전자상가에서 구입한 센서라이트로 실험한 결과, 지름 1센티미터쯤 되는 구멍을 뚫고 안쪽에 천체 촬영용 적외선 차단필터를 장착함으로써 해결할 수 있었다.

실험은 성공했지만, 실전에 돌입하자 불안감으로 심장이 요동쳤다. 센서의 감도가 제품에 따라 각기 다르기 때문이다.

엘리베이터 홀을 가로질러 복도로 천천히 나아갔다. 눈은 이미 어둠에 익숙해져 복도의 막다른 곳이 밝게 느껴졌다. 비상구라는 녹색 표시등과 문에 있는 작은 창으로 들어오는 달빛 덕분에, 어두운 렌즈 너머라도 주위 모습이 잘 보였다.

아키라는 비상구 위에 있는 감시카메라를 확인했다. 그 밑에는 센서라이트의 둥근 그림자가 자리하고 있었다. 하지만 라이트는 켜지지 않았다. 성공이다. 아키라는 회심의 미소를 지었다.

보이지 않는 빛을 감지해 내는 외눈박이 괴물. 지옥을 지키는 문지기의 코앞에서 어둡고 위험한 지하감옥을 무사히 통과했다. 마침내 용사가 보물창고 입구에 선 것이다.

아키라는 장갑을 낀 채 사장실 문의 손잡이를 돌렸다. 그러나 열리지 않았다. 잠겨 있었던 것이다. 열쇠구멍에 마스터키를 넣어보려 했으나 들어가지 않았다. 여기는 다른 열쇠를 사용하는 듯했다.

아키라는 자신도 모르게 혀를 찼다. 전문 도둑이라면 피킹 등을 이용해 자물쇠를 열 텐데.

만약 사장 혼자 열쇠를 갖고 있다면 그것을 확보하기란 하늘의 별따기처럼 어려울 것이다. 한순간 문을 부술까 하는 생각도 들었다. 하지만 꾹 참았다.

서둘지 마라. 다이아몬드를 숨겨놓은 장소도 아직 확인하지 못했다. 침입한 흔적을 남겨도 상관없는 건 최후의 순간뿐이다.

한줄기 땀이 이마를 타고 흘러내렸다. 가을밤이라고는 하나 사우나에 들어앉은 것이나 마찬가지 상황이었다. 꾸물거리다가는 덧옷 자체의 온도가 높아져 적외선을 내보내게 된다.

그는 옆에 나란히 있는 부사장실과 전무실 문을 열어보았다. 하지만 양쪽 모두 잠겨 있었다. 역시 마스터키로도 열리지 않았다.

갑자기 눈앞이 캄캄해지면서 거친 분노가 솟구쳤다. 문을 부술까 하는 생각이 다시 들었다. 하지만 마음을 고쳐먹고 복도 반대편에 있는 비서실을 조사했다. 휴대품 보관소 옆의 문이 잠겨 있었지만 마스터키로 열 수 있었다.

비서실로 들어가 문을 닫은 그는 덧옷에서 알루미늄테이프를 떼어낸 뒤, 머리 부분을 열고 내부의 열기를 내보냈다.

벽 앞에는 복사기와 캐비닛 등이 나란히 위치하고, 중앙에는 책상 세 개가 섬처럼 자리잡고 있었다. 펜라이트를 비추며 책상 서랍을 차례로 확인했다.

첫 번째 책상의 가운데 서랍을 열자 플라스틱 트레이에 작은 열쇠가 들어 있었다. 마스터키와는 생김새가 미묘하게 달랐다.

비슷한 열쇠는 두 번째, 세 번째 책상에도 있었다. 겹쳐보니 열쇠의 머리 부분이 모두 같았다. 세 방이 동일한 열쇠를 사용하는 모양이었다.

감시카메라를 전적으로 신뢰해서인지 열쇠 관리가 허술한 점이 행운이라면 행운이었다. 이럴 거면 굳이 마스터키와 다른 열쇠를 사용할 이유가 없지 않을까?

아키라는 다시 덧옷의 머리 부분을 쓰고 사장실 문으로 향했다. 어둠 속에서 작은 실린더가 소리를 내며 회전했다. 손끝에 선명한 승리의 감촉을 남기고.

드디어 보물창고의 문이 열렸다.

이제 보물을 손에 넣기만 하면 된다.

하지만 가장 중요한 다이아몬드가 어디에 있는지 감이 잡히지 않았다. 생각해 보면 당연한 일인지도 몰랐다. 에바라 사장은 국세청의 세무조사를 무엇보다 두려워했을 것이다. 쉬운 장소에 숨겨놓았을 리 만무했다.

사장실에 있는 건 커다란 책상과 가죽의자, 동쪽 벽면의 3분의 1을 차지하는 캐비닛, 휴식을 취하거나 잠깐 잠을 잘 때 사용하는 카우치, 소파와 유리 테이블로 이루어진 응접세트, 거기에 소형 포크리프트 같은 기묘한 기계뿐이었다.

아키라는 알루미늄 장갑을 정밀작업용 장갑으로 바꿔 착용한 뒤 마호가니 같은 중후한 천연목 책상을 살펴보았다. 상판이 한 평쯤 되게 큼지막했는데, 흠집 하나 없는 한 장짜리 나무였다. 서랍을 살핀 뒤, 숨겨진 공간이 없는지 확인하기 위해 펜라이트를 입에 물고 철제 줄자를 집어넣어 길이를 쟀다.

하지만 결과는 허탕이었다. 서랍의 안쪽과 바깥쪽 길이가 약

1센티미터밖에 차이나지 않았다. 아마도 나무판 두께일 것이다. 나무판을 파냈을 가능성도 있지만, 많은 다이아몬드를 감추기는 어려워 보였다. 아키라는 10엔짜리 동전으로 나무판 표면을 세심히 두드렸다. 하지만 나무소리 말고는 그 어떤 소리도 나지 않았다.

다음은 캐비닛이다. 깊이가 상당해 웬만해서는 쓰러지지 않을 듯 보였는데, 내진용 벨트로 확실히 벽에 고정되어 있었다.

윗부분의 장식 선반에는 장식품과 서적이 번갈아 놓여 있었다. 우선 책을 한 권씩 빼내 책장을 넘겨보았다. 이상한 점은 없었다. 두툼한 가죽 장정의 외서가 많았지만, 다이아몬드를 숨길 곳은 보이지 않았다.

장식품도 하나하나 살펴보았다. 높이 60센티미터쯤 되는 크리스털 유리 트로피가 눈길을 끌었다. 하지만 크기는 충분해도 다이아몬드를 숨길 수는 없었다. 투명한 액체를 채우고 다이아몬드를 넣었다 해도 굴절률 높은 다이아몬드가 밖에서 안 보일 리 없었다.

아랫부분에 있는 여닫이문과 서랍도 확인했지만 별다른 수확이 없었다. 줄자로 재보니 여기저기 숨은 공간이 있는 듯했다. 어딘가에 비밀 서랍이 있을지 몰라 세심하게 조사했지만, 문은 찾지 못했다. 아무리 정교한 목공 기술자라도 이음새까지 완벽하게 없애기는 불가능하다. 물론 도료나 니스를 발라 굳힐 수도 있다. 하지만 그렇게 하면 넣었다 꺼냈다를 할 수 없다.

아키라는 초조해지기 시작했다. 여기까지 왔는데 마지막 문이 보이지 않았다.

천장을 올려다보니 공기조절용 환기구가 눈에 들어왔다. 혹시 저곳에 숨긴 건 아닐까? 의자에 올라가 환기구 뚜껑을 들어올렸다. 하지만 아무것도 보이지 않았다.

공기조절용 덕트에 숨기는 건 너무 안이하다는 생각이 들었다. 국세청 감찰관이 찾아내지 못할 리 없다. 하지만 좀 더 깊이 감추었을 가능성은 없을까?

아키라는 깜깜한 덕트 안을 펜라이트로 비추었다. 왼쪽으로 꽤 안쪽까지 직선으로 이어지다 오른쪽으로 꺾이는 듯했다. 감추려면 그 안쪽이 유력한데, 사람이 지나다닐 수 있는 공간이 아니었다. 따라서 그곳에 감추려면 무언가 장치가 필요할 것이다.

그렇게 생각하며 덕트의 바닥을 펜라이트로 비추었는데, 결과는 실망스러웠다. 눈길이 닿는 곳마다 먼지가 얇게 쌓여 있었기 때문이다.

그 먼지는 적어도 6개월 동안 이곳에 들어간 사람이 없음을 증명한다. 이는 여기에 다이아몬드가 숨겨져 있지 않다는 이야기다. 다시 원점으로 돌아가야 한다.

카우치를 살피던 아키라는 손목시계의 알람 소리에 정신을 차렸다. 오전 4시 30분. 곤돌라에서 나와 활동을 시작한 지 세 시간 반이 지났다. 앞으로 한 시간쯤 후에는 날이 밝는다. 타임오프다.

그는 은색 덧옷으로 다시 무장한 뒤 사장실에서 나왔다. 그런 다음 원래대로 문을 잠그고 감시카메라 앞을 가로질렀다. 아키라는 비서실로 들어가 복사기를 켠 다음, 열쇠 모양을 양면으로 복사했다. 사이즈가 정확한지 비교하기 위해 자신의 집 열쇠도 함께 복사했다. 복사한 열쇠는 책상 서랍에 돌려놓았다. 그리고 내부계단을 통해 옥상으로 갔다.

이렇게 해서 최초의 침입은 끝이 났다.

이튿날 아침, 그는 사람들이 출근하는 틈을 타 로쿠센 빌딩을 빠져나왔다.

"사토 선배, 왜 그래요?"

후배인 야부 다쓰야의 목소리에 아키라는 퍼뜩 정신이 들었다.

"왜 그렇게 멍하니 있어요?"

"아, 잠시 생각 좀 했어."

아키라는 야부의 명치를 손으로 찌르는 시늉을 했다. 그러자 야부는 "어이쿠, 그러셨어요? 미처 몰라봤네요" 하면서 호들갑스럽게 뒤로 물러났다. 고무줄로 묶은 긴 머리가 이리저리 흔들렸다.

야부는 프리터로 일하지만, 고등학교 시절 운동부였기 때문인지 손윗사람에게 깍듯했다. 아키라가 자신의 나이를 사토 마나부의 실제 나이인 23세라고 말했던 것이다. 실제로는 스물하나로 둘이 동갑내기였다.

아키라는 다시 손으로 턱을 괴었다.

"무슨 생각을 그렇게 해요?"

"일본 경제의 미래에 대해서."

……다이아몬드는 과연 어디에 있을까? 요즘은 자나깨나 오직 그 생각뿐이었다. 하지만 좀처럼 답이 보이지 않았다.

"선배, 요즘 들어 좀 이상해요."

"이상하다고? 마나부가 드디어 연애라도 시작한 거야?"

두 사람의 대화를 엿들은 사타케가 여드름 자국이 귤껍질처럼 남아 있는 얼굴로 웃으며 끼어들었다. 고졸에 스물여섯이지만, 시부야 빌딩보수회사의 정직원으로 조만간 결혼이 예정되어 있었다. 상대는 복지사무실에 근무하는 스물두 살의 여성이었다. 틈날 때마다 보여주는 사진이 보정을 거치지 않았다면, 사타케와 어울리지 않을 만큼 미인이었다.

"네에? 진짜로 연애하세요?"

야부의 눈이 동그래지자 아키라는 가볍게 부정했다.

"바보 아냐? 맨날 유리창이나 닦는데, 어디서 여자를 만나?"

"미유는 어때요?"

"아직 열여섯이잖아."

"이제 어른이에요. 가슴도 쭉쭉빵빵하고."

야부는 사무실에서 일하는 미유에게 들리지 않도록 작은 소리로 말했다.

"난 달걀프라이 스타일이 더 좋아."

아키라의 대꾸에 야부가 미간을 찌푸렸다.

"하여튼 이상한 사람이라니까."

다이아몬드의 은닉 장소에 대해 또 한 가지 생각해 두어야 할 일이 있었다.

"마나부, 세탁기 어떡할래?"

사타케가 물었다. 신혼집에는 애인이 갖고 싶어하는 드럼 세탁기를 살 거라며 자랑했었다.

"……네, 필요해요."

"고물이 다 됐는데 괜찮겠어? 전자동이긴 하지만, 20년이나 지난 거라서 말이야."

"그래도 괜찮아요."

"뭐 보기는 그래도 작동은 되니까. 나야 대형 쓰레기로 내놓는 것보다 낫지. 그런데 어떻게 가져갈 거야?"

"문제는 그거예요."

사타케가 미소를 지으며 다정한 눈길로 고개를 끄덕였다.

"좋아. 시간 있을 때 차로 가져다줄게. 실은 한밤중에 어디로 버리러 갈까 생각했거든. 그보다 훨씬 낫지 뭐."

"그래주면 저야 고맙죠."

아키라는 웃는 얼굴로 말했다. 동시에, 이걸로 문제 하나가 해결되었다고 생각했다.

두 번째 침입은 그로부터 일주일 후 월요일이었다. 복사 비율이 비교적 정확해 열쇠는 쉽게 복제할 수 있었다. 하지만 도청장비를 입수하는 데 다소 시간이 걸렸다.

열쇠를 복제할 때 그는 시중에 나온 잡지의 특집을 참고했다. 먼저 도큐 핸즈에서 아무것도 새겨지지 않은 블랭크키를 구입

II. 죽음의 콤비네이션

해, 복사한 그림에 맞춰 줄질하며 새김자국을 만들었다. 줄은 눈이 가장 고운 걸 사용하다 통줄로 홈을 깊게 파고, 평형줄로 표면을 매끄럽게 만들면 된다. 이제 필요한 건 끈기다.

힘든 부분은 도청용 장비였다. 소유자를 찾아내지 못하도록 뒷거래로 파는 선불요금제 휴대폰이 중요했는데, 인터넷을 뒤진 끝에 겨우 구했다.

저녁때 로쿠센 빌딩으로 들어간 아키라는 지난번과 동일한 방법으로 사장실에 숨어들었다. 직접 만든 열쇠는 조정할 필요도 없이 사장실 문을 매끄럽게 열었다.

그는 새로 구입한 선불요금제 휴대폰 두 대와 휴대폰용 집음기를 꺼냈다. 휴대폰 한 대는 미리 개조해 케이블처럼 생긴 외부 안테나를 연결해 두었다. 엉덩이 부분의 외부접속 단자에는 집음기를 연결해, 수명이 긴 배터리와 이어진 충전기 안에 넣었다.

천장에 있는 환기구를 열고 화학 걸레로 덕트의 안쪽까지 닦은 그는 휴대폰과 충전기, 배터리를 덕트가 꺾이는 부분의 안쪽에 양면테이프로 붙였다. 코드로 이어진 집음기는 환기구 뚜껑 가까운 곳에서 덕트의 옆면에 붙이고, 안테나는 둘둘 감아 뚜껑 안쪽에 고정했다. 환기구를 닫자, 밑에서는 전혀 모를 만큼 감쪽같았다.

무선 도청장치를 설치할 경우, 전파를 받기 위해 가까운 곳에서 대기해야 한다. 더구나 어떤 주파수를 사용해도 제3자가 도청파를 수신해 발각될 위험이 있었다.

하지만 휴대폰을 사용할 경우, 환기구 안쪽의 휴대폰으로 전화를 걸면 집음기가 호출음을 울리지 않고 자동으로 착신해 주파수가 미치는 범위의 음성을 잡아준다. 도청파를 내지 않으므로 도청 방지업자도 알아낼 수 없다. 또한 휴대폰 전파에는 스크램블이 걸려 있어 3자가 수신할 우려도 없다.

환기구는 평소에 청소하지 않음이 분명했다. 물론 우연히 발견될 가능성이 전혀 없다고는 할 수 없었다. 하지만 집음기는 전자상가에서 판매하며, 선불요금제 휴대폰 두 대는 가공 명의로 계약해 몇 차례나 전매를 거친 것이었다. 따라서 통화기록을 조사한다고 해도 신원이 노출될 염려는 없었다.

문제는 환기구 안쪽까지 휴대폰 전파가 닿느냐 하는 것인데, 외부 안테나 덕분에 전화가 쉽게 걸렸다. 바람소리가 약간 들어가긴 했지만, 사장실 내부의 음성도 그럭저럭 선명히 잡혔다.

도청 준비를 마무리한 그는 또다시 그곳을 탐색하기 시작했다. 남아 있는 것은 커다란 가죽의자와 카우치, 응접세트와 소파, 그리고 간병 로봇인 루피너스 V뿐이었다.

의자와 카우치, 소파의 결과는 지난번과 같았다. 가죽 이음새 역시 꼼꼼히 바느질되어, 다이아몬드를 감출 수는 있어도 수시로 꺼내거나 넣기는 어려워 보였다. 소파에 지퍼가 달려 있었지만, 물건을 넣을 수 있는 공간은 없었다.

마지막으로 로봇이 남았다. 로봇 뒤쪽의 단자에 벽의 콘센트와 접속된 충전기가 이어져 있었다. 일부러 배터리팩을 떼어내지 않아도 충전할 수 있게 만들어진 것이다. 두 개의 납작한 팔로 노인을 비롯해 간병이 필요한 사람을 안아올려 운반하는 시스템인 듯하다.

베일리프 사의 홈페이지에 따르면, 루퍼너스 V는 간병인의 육체적 부담을 덜기 위해 개발한 획기적인 로봇이라고 한다. 1호기인 후쿠시아 I의 일곱 번째 시제품으로 300킬로그램까지 지탱하고 운반할 수 있으며, 안전성 프로그램을 적용해 최고의 안전성을 실현한…….

그런데 로봇 안에 과연 다이아몬드를 감추었을까? 아키라는 고개를 갸웃거렸다. 물건을 넣을 수 있는 곳은 본체 중앙부와 하부의 자물쇠가 있는 문 안쪽일 것이다. 하지만 그곳은 기판이나 모터가 들어 있는 중추부여서 그만한 공간이 존재하기는 어려웠다. 또한 로봇이 완성품이라 해도 유지보수 등을 위해 기술자가 안을 살펴보는 일이 있지 않을까?

게다가 은닉장소로 누구나 제일 먼저 떠올릴 만한 곳이었다. 만약 국세청에서 세무조사를 나온다면 반드시 로봇을 조사할 것이다. 또 산업 스파이가 로봇 본체나 내부의 기판을 훔치려 할 수도 있다. 결과적으로 다이아몬드를 그런 곳에 감추는 건 아무런 이점이 없다.

그럼에도 아키라는 묘하게 로봇이 마음에 걸렸다. 다른 곳에 대한 조사를 대강 마쳤기 때문이 아니라, 뭔가 이상하다는 생각이 계속 들었다. 왜 이상한지는 모르겠지만, 어쨌든 더 조사해 보기로 했다.

로봇 본체에는 화재경보기처럼 생긴 빨간색 긴급정지 버튼 외에 스위치 종류가 달려 있지 않았다. 유선 리모컨이 없는 대신 윗부분에 수신기가 있고, 뒷부분에 무선조종 송신기가 달려 있었다.

고등학교 친구인 히데오가 무선조종 모형비행기에 빠진 적이 있었다. 그래서 아키라도 옆에서 몇 번 조종해 본 경험이 있었다. 송신기에서 전파를 보내면 본체에 있는 수신기가 그것을 받아 서보(servo. 큰 기계의 자동 제어장치)나 증폭기에 전달한다. 거기서 신호가 전류로 변환되어 비행기의 모터를 움직이는 것이다.

루피너스 V의 송신기도 일반적으로 사용되는 컨트롤러가 그대로 사용되었다. 각 부분을 움직이는 주파수 밴드는 무선조종 헬리콥터 수준인 10채널도 있고, 지상용과 수상용으로 할당된 27MHz대의 26.975MHz에서 27.195MHz까지였다.

웬만한 소음은 새나가지 않겠지만, 로봇을 움직이는 데는 용기가 필요했다. 전원을 켜자 나직한 모터 소리와 함께 로봇의 상부에 있는 모니터에 불이 들어왔다. 그러더니 나지막하고 부드러운 여성의 목소리가 흘러나왔다.

"저는 간병 로봇 루피너스 V입니다. 피간병인의 이동, 휠체어 태우기, 목욕 보조 등의 기능이 있습니다. 현재 충전율은 100퍼센트입니다."

아키라는 컨트롤러의 조이스틱을 쥐고 신중하게 루피너스 V를 움직였다. 희미한 소리와 함께 충전기에서 멀어진 로봇은 느린 속도로 전진했다. 동작이 빠르지 않아 전진, 후퇴, 회전 등의 요령을 쉽게 파악할 수 있었다. 팔 조작도 그다지 어렵지 않았다. 이 정도라면 에어컨용 리모컨으로도 충분하다. 굳이 무선조종 비행기용 컨트롤러를 사용하는 건 프로토타입으로 혹독하게 실험해야 하기 때문일 것이다. 조종법을 대강 확인한 아키라는 원래대로 충전기와 접속시킨 후 전원을 껐다.

이 로봇이 중요한 열쇠를 쥐고 있다고 느낀 건 단지 기분 탓이었을까? 여전히 머릿속은 뿌연 안개들 천지였다. 시계를 보니 이번에도 몇 분만 있으면 타임아웃이다.

아키라는 자신의 흔적이 남지 않았는지 확인한 뒤, 사장실을 나와 옥상으로 갔다. 결국 두 번째 침입에서도 다이아몬드의 소재를 파악하지 못했다. 하지만 도청을 위한 포석은 깔아놓았다. 조바심내지 말자고 스스로를 타일렀다.

사장실에 분명 다이아몬드가 있을 것이다. 그 사실은 의심의 여지가 없다. 단지 비밀장소의 문이 사각지대거나 무언가로 위장되어 당장 보이지 않는 것뿐이다.

에드거 앨런 포가 쓴 『도둑맞은 편지』가 떠올랐다. 혹시 다이아몬드 앞에 있는 문이 노골적이고 너무 당당하게 열려 있어 보이지 않는 건 아닐까?

아니면……

계획

　다음날부터 아키라는 몇 킬로미터 떨어진 사장실을 열심히 도청했다.

　본래 청소용 곤돌라를 탈 때는 휴대폰 같은 개인물품을 휴대할 수 없었다. 수십 미터 높이에서 떨어뜨릴 경우, 일회용 라이터조차 치명적인 흉기가 될 수 있었기 때문이다.

　하지만 그는 선불요금제 휴대폰을 유니폼 안쪽에 테이프로 고정한 뒤, 옷깃 위로 뽑아낸 이어폰으로 소리를 들었다. 이렇게 하면 라디오를 듣는 것처럼 보인다. 물론 그것도 규칙 위반이었지만, 평소 신뢰를 쌓아서인지 뭐라고 하는 사람은 없었다.

　사장실에서는 거의 아무 소리도 들리지 않았다. 사람이 없거나 혼자 일하는 시간이 많기 때문이리라. 목소리가 잡히면 이쪽으로 전화가 걸려오도록 하는 시스템이 바람직했지만, 지금으로선 분에 넘치는 이야기였다.

II. 죽음의 콤비네이션

소리가 들리지 않는 상태가 계속되면 일단 전화를 끊고 잠시 후 다시 걸었다. 배터리 용량은 충분했으므로, 지속적으로 전화를 걸어 귀를 기울였다.

이윽고 노력한 보람이 있었다. 사장실에서 사장과 직원이 나눈 대화가 들려온 것이다.

"이게 뭐야? 이걸 보고서라고 가져온 거야? 안 돼, 안 돼, 안 돼! 처음부터 전부 다시 해!"

"보고서엔 도입부에 결론을 쓰라고 했잖아. 도대체 몇 번을 말해야 알아듣겠어?"

"개나 소나 쓸모 있는 놈들이 없다니까! 우리 회사에는 왜 인재가 하나도 없는 거야?"

고함소리가 더 잘 들린 탓이겠지만, 대부분 사장의 일방적인 호통으로 시작해 욕설로 끝났다. 처음 얼마 동안은 무능한 직원만 모여 있나 싶어 고개를 갸웃거렸다. 하지만 시간이 지나고 그 원인이 사장에게 있음을 알게 되었다. 아무래도 침을 튀기며 사원들을 매도하고 질책하는 게 경영자의 임무라고 굳게 믿는 듯했다. 회사의 공익성과 숭고한 이념을 내세우며 상대를 궁지에 모는 것도 그의 특기였다.

"우리 회사에는 허튼 곳에 쓸 돈이 한 푼도 없어! 알고 있어? 현장에서 간병원들이 땀 흘리며 벌어들인 피 같은 돈이야. 그런 돈을 함부로 써서 되겠어? 오구라, 자넨 간병원들에게 미안하지도 않아?"

'간병원'이란 '간병인'을 가리키는 사장만의 호칭인 듯했다. (아

마) 회사 돈을 횡령해 대량의 다이아몬드를 숨겨둔 사람의 말이라곤 생각할 수 없었다.

여비서들을 제외하고, 사장이 다짜고짜 야단치지 않는 사람은 회사에 둘밖에 없었다. 바로 부사장과 전무였다.

마치 충견처럼, 사장이 기분 상하지 않게 아부하는 전무의 뛰어난 말솜씨에 감탄하지 않을 수 없었다. 그와 대조적으로 부사장은 기가 세서 때로 사장과 정면으로 충돌하기도 했다. 하지만 상당한 실력자인지, 사장도 그에게는 한수 접어주는 기색이었다. 한번은 두 사람 사이에 흥미로운 대화가 오갔다.

이어폰을 꽂자 부사장의 떨떠름한 목소리가 들렸다.

"……아무쪼록 좀 더 건강에 신경을 쓰시는 게 좋겠습니다."

"집에서 빈둥거리면 오히려 숨이 막혀."

"하지만 최근 두 달 동안 하루도 안 쉬셨잖아요?"

"내 몸은 내가 제일 잘 알아."

"지금은 매우 중요한 시기예요. 만에 하나 쓰러지시기라도 하면 상장이 물 건너갈 수 있습니다. 개두수술을 받으신 지 6개월밖에 안 되었고요."

개두수술이 뭘까? 아키라는 그것의 의미를 얼른 이해하지 못했다.

"괜찮다고 했잖아. 머리를 열었다곤 하지만, 소란을 피울 만큼 대단한 수술은 아니었어. 이제 완전히 회복되었고, 덕분에 뇌졸중 걱정도 없어지고 말이야. 요즘은 날아갈 것처럼 컨디션이 좋아."

그제야 개두수술이 머리를 여는 수술임을 알아차렸다. 계속 대화를 듣자니 비파열 뇌동맥류라는 걸 클립으로 집는 수술이었던 모양이다. 수술 자체는 간단하지만, 두개골을 톱으로 절단했기에 혹시라도 머리를 부딪치면 위험하다며 부사장은 염려했다. 이때도 결국 사장이 고집을 꺾었다. 그리하여 다음 일요일은 쉬기로 했다.

아키라는 이어폰에서 들려오는 목소리에 정신을 집중했다. 그러다 에바라 사장의 업무 리듬을 파악한 뒤로는 효율적으로 도청할 수 있게 되었다.

사장이 출근하는 건 오전 9시 반에서 10시 사이였다. 전속 운전사가 회사 차로 모시고 오는 듯했다.

사장이 회사에 나타나면 히로미라는 이름의 비서가 엽지차와 물수건, 5대 조간신문의 스크랩 자료를 가지고 온다. 스크랩 자료와 우편물, 그날 결재할 서류를 검토하는 사이 오전 시간이 끝난다. 그 시간에는 종이 넘기는 소리와 차 마시는 소리만 들려 도청하는 보람이 거의 없었다.

정오가 되면 대부분 히사나가라는 전무와 점심을 먹으러 나간다. 일이 많을 경우 도시락을 주문하기도 했다. 식사를 하는 곳은 임원회의실인 듯했다. 회의실 상황은 알 수 없지만, 식후에는 반드시 비서가 타주는 커피를 마시는 것 같았다. 블루마운틴을 좋아하며, 부사장은 블랙, 사장과 전무는 설탕과 우유를 듬뿍 넣은 커피를 선호했다.

커피를 마신 뒤 사장은 사장실에 있는 카우치에서 낮잠을 자곤 했다. 어차피 잘 거라면 카페인이 함유된 커피는 마시지 않는 게 좋을 텐데. 낮잠시간은 보통 30분에서 한 시간 정도였는데, 피로가 쌓였을 때는 더 길어지기도 했다.

낮잠에서 깨어나 기운을 회복하면 직원을 한 명씩 불러야 단쳤다. 노골적으로 욕하거나, 끈적끈적한 빈정거림을 쏟아내거나, 비난하는 식이었다. 아무래도 상대방을 가장 자극하는 방법을 고르는 듯했다.

오후에는 손님이 찾아오는 경우도 있었다. 내년 봄 주식 상장을 앞두고 있어, 주관사인 오가와증권 관계자 외에 은행의 대출 담당자, 제휴를 검토 중인 간병 서비스 회사 대표, 동종업계 신문사나 잡지사 기자 등이었다.

그제야 아키라의 머릿속에서 계속 제기되던 의문의 답을 찾았다. 사장실에 왜 간병 로봇이 있는가 하는 문제였다.

에바라 사장은 손님 앞에서 늘 루피너스 V를 작동시켰다. 개발 담당자인 이와키리라는 과장이나 젊은 직원을 불러 루피너스 V의 간병 실연을 선보이는 것이다. 더미 인형을 대상으로 할 때가 많았으나, 가끔은 젊은 여직원이 이용되기도 했다.

루피너스 V는 기술력의 상징이자 회사의 마스코트였다. 주식 상장시 투자를 유도하기 위해 프레젠테이션이 예정된 모양인데, 거기서도 루피너스 V를 활용할 계획인 듯했다. 그렇게 중요하다면 방범 겹유리와 비밀번호를 설정한 엘리베이터로 보호하고, 가장 안전한 사장실에 루피너스 V를 두는 게 이해가 된다.

아키라가 사장실에 간병 로봇을 둔 진짜 이유를 알아차린 건 도청을 시작한 지 이주일째 되는 날이었다.

그날 오후, 에바라 사장은 비서 히로미에게 앞으로 한 시간 동안 아무도 들여보내지 말라고 엄명을 내렸다. 그런 다음 사장실 문을 잠그는 소리가 들렸다.

아키라는 익숙한 손놀림으로 샴푸와 스퀴지를 다루면서 들려오는 소리에 신경을 집중했다. 낮잠 시간은 이미 지났다. 사장 혼자 안에 틀어박혀야 할 일이 무엇일까? 마침내 그 순간이 다가온 걸까?

단서는 소리뿐이었다. 아키라는 작은 소리도 놓치지 않기 위해 이어폰을 고쳐 끼웠다. 그리고 바지 주머니 안의 녹음기 스위치를 눌렀다.

휴대폰을 통해 들려온 건 뜻밖의 소리였다. 꿀벌의 날갯짓 같은 나직한 모터 소리. 설마……. 하지만 이어서 들려온 건 부드러운 여성의 목소리였다.

"저는 간병……봇 루피……입니다. 피간병……휠체어……, 보조 등의 기능이……. 현재 충전……퍼센……입니다."

소리가 가늘어 알아듣기 힘들었지만, 의심의 여지가 없었다. 에바라 사장이 루피너스 V를 작동시킨 것이다. 도대체 무엇 때문일까? 비밀장소에서 다이아몬드를 꺼내려던 게 아니었나?

괜히 좋아했다고 생각한 순간, 나무가 스치는 소리와 무거운 물체를 바닥에 내려놓는 듯한 소리가 들렸다. 뭐지? 아키라는 작업을 멈추고 눈을 감았다.

루피너스 V가 천천히 이동하는 소리. 멈췄다. 이번에는 팔의 높이를 조정하는 듯했다. 마치 집이라도 흔들리듯 나무가 삐걱거리는 소리. 그리고 과부하가 걸린 듯한 불안정한 모터 소리.

아키라는 들려오는 소리를 토대로 머릿속에서 상황을 짜맞추었다. 하지만 퍼즐 조각을 맞추기는 쉽지 않았다. 사장실에 있는 물건 중 이런 소리를 낼 만한 게 뭐가 있을까?

모터 소리가 갑자기 작아졌다. 삐걱거리는 소리도 멎었다.

휴대폰의 통신상태가 나빠진 걸까? 그렇지 않다. 이제 작은 소리가 귀 안쪽에서 울렸다. 옷이 스치는 듯한 희미한 소리. 헛기침. 힘을 주는 듯한 신음소리. 이어서 나무 표면을 손톱으로 긁는 것 같은 소리가 들렸다.

혹시 비밀문을 더듬고 있는 걸까? 이번에는 이미지가 확실히 떠올랐다. 그 문은 틀림없이 에바라 사장의 눈에 보이지 않는 곳에 있다. 손을 뻗어 열심히 더듬는 듯했다.

그리고…… 열렸다.

에바라 사장은 중요한 작업을 끝낸 듯 크게 한숨을 쉬었다. 사무실 안을 걷는 발소리. 의자를 끌어와 앉았다. 책상 위에 무언가를 올려놓았다. 유리라도 다루는 듯 더없이 신중하고 조심스럽게……

책상서랍을 열었다. 무엇인가를 꺼냈다. 가볍지만 금속처럼 단단한 소리. 핀셋일까?

뭔가에 홀린 듯한 노인의 중얼거림.

"6백……17, 18, 19. 응? 17, 18, 19……. 17, 18…… 역시 19구나."

성공이다! 아키라는 오른쪽 주먹을 불끈 쥐었다. 틀림없었다. 마침내 에바라 사장이 비밀장소에서 다이아몬드 꺼내는 소리를 포착한 것이다.

다시 들어보지 않으면 비밀장소가 어디인지 잘 모르겠다. 하지만 알아낸 사실이 한 가지 있었다. 간병 로봇을 사장실에 놔둔 진짜 이유다. 비밀장소에서 다이아몬드를 꺼내고 넣는 데 루피너스 V가 필요했던 것이다.

그곳이 어디일까? 로봇은 어떤 역할을 하는 걸까?

수없이 반복해서 듣는 사이, 마지막 문이 열리는 소리가 머릿속에서 완벽하게 재생되었다. 하지만 그 정체는 도무지 짐작할 수가 없었다.

아마도 비밀문이 있는 게 틀림없다. 집이 울리는 듯한 삐걱거림은 아키라의 뇌리에서, 석회석 가루를 흩뿌리며 사장실 벽 전체가 천천히 움직이는 영상으로 바뀌었다.

그런데 현실적으로 그렇게 큰 비밀문이 존재할 수 있을까? 베일리프 사는 로쿠센 빌딩의 주인이 아니다. 어디까지나 입주사일 뿐이다. 게다가 공사 규모가 커질수록 비밀을 유지하기는 어려워질 것이다.

일하는 도중 그 소리를 재생해서 듣는 시간이 많아졌다. 에바라 사장의 동향이 마음에 걸렸지만, 배터리 용량에 한계가 있으니 쓸데없는 도청은 삼가야 한다. 그렇다고 배터리를 교체하기 위해 로쿠센 빌딩에 자꾸 숨어드는 건 위험하다. 아키라는 다음의 세 번째 침입을 마지막으로 하고 싶었다. 어쨌든 우선은 다이 아몬드를 어디에 숨겼는지 알아내야 한다.

그날, 아키라는 곤돌라를 타고 오피스 빌딩의 유리창을 닦고 있었다. 이음매가 없는 완만한 곡선의 유리를 공사하는 데 로쿠센 빌딩과 비교가 안 될 정도로 많은 돈이 들었으리라.

블라인드는 위로 올려져 있었다. 훤히 들여다보이는 실내 모습이 여느 기업과 달랐다. 바닥에는 부드러운 크림색 카펫이 깔려 있고, 천연목 파티션으로 공간이 나뉘어 있었다. 군데군데 놓인 거대한 관엽식물 화분이 사무실을 얼마나 넉넉하게 사용하는지 보여주는 듯했다.

분위기상 외국계 기업 같았다. 키 큰 남자가 성큼성큼 눈앞을 가로질렀다. 화려한 파란색 줄무늬 와이셔츠에 노란 넥타이를 매고 있었다. 칼라에는 금속핀이 꽂혀 있고, 걷어올린 소매는 팔뚝밴드로 고정되어 있었다. 여전히 시궁쥐 스타일이 대다수인 일반 샐러리맨과 180도 다른 느낌이었다.

남자는 창을 닦고 있는 아키라에게 눈길 한 번 주지 않았다. 무시한다는 느낌은 아니었다. 아예 처음부터 눈에 들어오지 않은 듯했다.

파티션 너머에서 고급 연보라색 정장을 입은 여성이 나타났다. 그녀의 얼굴을 본 순간, 아키라는 일손을 멈추었다.

미시마 사오리. 설마 그럴 리가 없다. 헤어스타일도 다르고, 무엇보다 그녀는 아직 대학생 아닌가? 하지만 온몸에서 풍기는 분위기가 너무도 비슷했다.

여성이 파란색 와이셔츠 남자에게 미소를 지으며 뭐라고 말을 걸었다. 그들은 여성이 들고 있는 서류철을 보며 웃는 얼굴로 대화를 나누었다. 두 사람 다 3~4미터 떨어져 있을 뿐인 아키라에게는 전혀 관심이 없었다.

그는 스퀴지를 이용해 창의 거품을 닦아내고 곤돌라를 아래쪽으로 내렸다. 그들이 시야에서 사라지는 찰나 여성의 얼굴을 제대로 확인할 수 있었다.

아니다……. 딴 사람이다. 미시마 사오리가 아니다.

당연하다.

아키라는 잠시 동요했던 자신을 비웃었다. 하지만 왠지 기분이 우울해졌다. 그래서인지 창문을 닦는 일이나 IC 녹음기 소리에 집중할 수 없었다.

자신이 잃어버린 게 얼마나 큰지 새삼 깨달았다. 사오리나 히데오가 사는 세계는 이 창의 안쪽이다. 그리고 자신이 사는 세계는 여기, 창의 바깥이었다.

지금까지 살아온 인생이 크게 잘못됐다고 생각할 수밖에 없었다. 자기에게는 여기가 아니라 더 어울리는 세계가 있을 것이다. 창 안쪽의 사무실처럼.

지금까지 그 어떤 절망적인 상황에서도 약한 소리 한번 하지 않은 채 견뎌왔다. 결코 자포자기하지 않고 냉정하게 판단하며 조금이라도 상황을 바꿔보려 노력했다.

하지만 결국 깨달았다. 자신과 자신이 본래 있어야 할 세계 사이에는 투명하지만 무섭도록 강하고 단단한 벽이 가로막고 있다는 사실을…….

어딘가에서 벽을 돌파해야 한다.

벽 이쪽에서 수백 번 기어다녀봤자 어디에도 도착할 수 없다. 그렇다면 벽을 깨부수고 바람구멍을 내든가, 극소수만이 발견하는 보이지 않는 문을 찾아 저쪽 세계로 탈출하는 수밖에 없다. 그렇게 하지 못하면 영원히 허공에 매달린 채 인생이 끝나게 된다.

이곳에서.

강풍이 휘몰아치는 지상 수십 미터의 수직절벽에서.

사무실에 돌아와서도 우울한 마음은 사라지지 않았다. 경리 아주머니가 어디 아픈 게 아니냐고 물어와 살짝 감기기운이 있다고 얼버무렸다.

일찍 퇴근하고 싶었으나, 이런 날일수록 귀찮은 일이 생기는 법이다. 응접실 배치 바꾸는 일을 도와달라고 해서, 어쩔 수 없이 가구 옮기는 걸 보조했다. 와인 색깔의 소파는 인조가죽 제품이고, 관엽식물인 알로카시아조차 조금 전 창문 너머로 본 화분과 비교가 안 되게 초라했다.

"이런, 자국이 났네."

소장이 빛바랜 카펫 위에 뚜렷이 찍힌 소파 다리의 자국을 보고 말했다.

"시간이 지나면 없어질 겁니다."

아키라는 대걸레 자루로 카펫을 문질렀다. 하지만 싸구려 카펫에 보풀이 일어 더 흉하게 보였다.

겨우 일을 마치고 집을 향해 터덜터덜 걸어갔다. 고개를 숙인 채 생각에 잠겨 걷다가 얼굴을 든 순간, 그는 흠칫 놀라지 않을 수 없었다. 현관 옆에 험악하게 생긴 남자 세 명이 서성거리고 있었다. 되돌아갈까 생각했으나, 이미 한 남자가 이쪽을 보고 말았다. 사냥꾼 특유의 끈적거리는 시선이었다.

내가 왜 방심했을까? 스스로를 원망하면서 아키라는 똑바로 걸어갔다. 그리고 남자들에게는 눈길도 주지 않은 채 현관 앞에 도착했다.

"이봐, 형씨."

뒤에서 한 남자가 말을 걸었다. 이제 끝장이다. 아키라는 배에 힘을 주고 천천히 돌아보았다.

"9호에 사는 사이토란 사람, 어디 갔는지 몰라?"

짧게 자른 머리에 눈초리가 험상궂은 사내였다.

"모르는데요."

"설마 당신이 숨겨준 건 아니겠지?"

"말을 나눈 적도 없거든요."

아키라는 내뱉듯이 말하고 안으로 들어갔다. 사내도 더 이상 추궁하지 않았다. 다행이다. 다른 사람을 찾고 있다. 집 안으로 들어서자 안도감이 솟구쳤다.

사이토란 사람과 말을 나눈 적은 없었다. 쉰 살쯤 됐으며, 콧수염을 기르고 안색이 좋지 않은 남자였다. 역시 빚독촉에 시달리는 걸까? 아니면 다른 일 때문일까? 어쨌든 자기와는 관계없는 일이다.

관계가 없다는 걸 안 순간, 공포는 사라졌다. 그 패거리는 아무리 봐도 건실한 사람들이 아니다. 하지만 고이케나 아오키에 비하면 별로 위협적이지 않다. 고이케 녀석들 덕분에 웬만한 일에는 겁먹지 않게 된 모양이다. 냄비에 물을 받아 가스레인지에 올리는 아키라의 입가에 미소가 번졌다.

가스레인지에 불을 붙이고는 씻어서 엎어두었던 라면그릇을 꺼냈다. 그런 다음 배달하는 어린아이 그림이 있는 라면봉지를 뜯었다. 봉지에서 꺼낸 마른 면이 손 안에서 부스러졌다.

빌어먹을 녀석들.

갑자기 격렬한 분노가 솟구쳤다. 아키라는 쇠파이프를 들고 밖으로 뛰어나갔다. 자신이 무슨 짓을 하려는지 모른다. 단지 온몸에서 아드레날린이 분출되며 분노에 휩싸였다. 그러자 오히려 기분이 후련해졌다.

그는 아파트 입구에서 걸음을 멈추고 거친 숨을 토해냈다. 남자들은 이미 사라진 후였다.

내가 지금 무슨 짓을 하는 거지?

그는 천천히 발길을 돌렸다.

무슨 생각을 하는 거야? 아까 그 작자들도 사회의 쓰레기지만, 나와는 아무 관계없는 패거리다. 그런 놈들에게 덤비려 하다니, 지금 제정신이냐? 미쳤냐? 죽고 싶냐?

아키라는 집으로 돌아왔다. 누구의 눈에도 띄지 않은 게 천만다행이다.

냄비의 물은 아직 끓지 않았다. 하지만 식욕이 사라졌다. 그는 가스레인지를 껐다.

분노가 완전히 사라진 건 아니었다. 폭발 위기는 지나갔지만, 마음속에서 여전히 부글부글 끓고 있었다.

주먹으로 벽을 쳤다. 두 번, 세 번. 얼얼한 아픔이 오히려 기분 좋았다.

다이아몬드를 손에 넣으면 어떻게 할까?

자신이 어떻게 하고 싶은지 알 수 없었다.

정말로 고이케 일당에게 돈을 갚으러 갈 건가? 그 짐승보다 못한 불한당들 앞에 무릎을 꿇고 용서를 구하기 위해?

돈은 곧 힘 아닌가? 그렇게 단순한 사실을 왜 깨닫지 못했을까? 619개의 다이아몬드가 뜻하는 건 지금까지 상상도 못할 정도의 거대한 힘이란 사실을.

그렇다면 돈을 갚는 대신 놈들을 표적으로 삼으면 된다. 놈들 목에 현상금을 걸겠다. 용병을 고용해 돈과 항공권을 제공하면 놈들 대가리에 납덩이 총알을 박는 일도 마다하지 않으리라.

폭탄을 만들어 부하들까지 한꺼번에 날려버리는 것도 좋다. 요즘 세상에 돈만 있으면 얼마든지 재료를 구할 수 있고, 만드는 방법도 인터넷에 나와 있다. 하수인도 구할 수 있다. 요컨대 방법은 얼마든지 있는 것이다.

내 인생을 흙발로 짓밟고 만신창이로 만든 놈들은 합당한 대가를 치러야 한다. 당한 만큼 반드시 갚아주겠다. 그것도 최고의 타이밍에 최고의 방법으로. 나를 괴롭힌 걸 죽도록 후회하게 해줄 테다.

아키라는 어두컴컴한 세 평짜리 다다미방에 큰대자로 누웠다. 끊임없이 머리를 굴리며 놈들에게 어떻게 복수할지 생각했다. 피비린내나는 공상에 지치자, 이제는 코앞의 문제로 생각을 전환시켰다.

그러자 귀신에 홀린 듯한 기분이 들었다. 도대체 무엇을 망설이는가? 할 일이 너무도 분명하지 않은가?

다이아몬드를 훔쳐낸 뒤 영감의 입을 틀어막으면 된다. 나를 의심할 사람은 아무도 없다. 경찰은 동기조차 모를 테니.

영감만 없어지면 다이아몬드를 찾을 사람은 아무도 없다. 뿐만 아니라 다이아몬드의 존재 자체가 영원한 비밀이 될 것이다. 만에 하나 다이아몬드가 있었다는 사실이 알려지더라도 내가 훔쳤다는 건 결코 드러나지 않을 것이다.

……하지만 내 욕망 때문에, 내 이기심 때문에 아무 관계없는 사람을 죽여도 될까? 마음 깊은 곳에서 양심이 꿈틀거리기 시작했다. 그러나 그는 이를 악물었다.

아니야, 뭐가 나쁘다는 거야? 세상에선 권력자의 욕망 때문에 날마다 죄 없는 사람들이 대량으로 학살당하지 않나? 그 영감은 입으로는 그럴싸하게 말하지만, 간병 비즈니스에 기생해 횡령과 탈세로 사리사욕을 채우고 있다. 그 죄는 백 번 죽어 마땅하지 않은가? 영감이 죽으면 세상은 지금보다 조금 나아질 것이다. 해충을 제거함으로써 조금이나마 정의사회를 만드는 데 공헌하는 것이다.

하지만 마음의 소리는 집요했다.

……살아야 할 인간과 죽어야 할 인간을 마음대로 정할 권리는 누구에게도 없어. 아무리 그럴듯하게 말해도 결국 돈을 노린 살인 아닌가? 강도살인과 뭐가 다르단 말인가? 아니, 처음부터 사람을 죽이기로 마음먹었으니, 그들보다 더 악질이다.

강한 자가 약한 자를 짓밟고 죽이고 강간하고 빼앗는 것은 이 사회뿐만 아니라 자연의 섭리다. 법치국가란 말은 최근에야 부르짖게 된 공허한 주장에 불과하며, 환상에 지나지 않는다. 방법이 더욱 교묘해져 겉으로 드러나지 않을 뿐, 약육강식의 원리는 앞으로도 영원할 것이다.

아버지는 어리석었기 때문에 사냥꾼의 표적이 되어 처참하게 잡아먹혔다. 난 잡아먹히기를 단호히 거부했다. 잡아먹히기 전에 먼저 잡아먹고, 놈들보다 강해져 오히려 이쪽에서 잡아먹겠노라 결심했다.

……하지만 어떤 이유로도 살인은 용서받을 수 없다.

아키라는 입술을 깨물었다.

내가 하려는 일은 누구에게도 용서받을 수 없는 행위다. 하지만 굳이 누군가에게 용서받을 필요는 없지 않은가?

악마의 영감(靈感)은 아무런 예고 없이 연달아 찾아왔다.

평소와 다름없이 유리를 닦고 있는데, 빛바랜 카펫이 머릿속에 떠올랐다. 어제 사무실의 가구 배치를 바꿀 때 본 광경이었다. 거기에는 소파의 다리 자국이 선명하게 남아 있었다.

아키라는 손을 멈추고 눈을 크게 떴다. 마침내 알아차렸다.

다이아몬드를 숨겨놓은 방법을.

이제 남은 가능성은 그것밖에 없지 않은가? 그렇게 가정하면 모든 게 설명된다. 왜 간병 로봇을 사장실에 두었는지, 왜 다이아몬드를 감춰둔 비밀문이 보이지 않았는지.

흥분한 그는 오른손에 들고 있던 스퀴지를 떨어뜨렸다. 그것은 창문과 곤돌라 사이로 떨어져 컬코드(curl cord)에 걸렸다.

침착해. 스퀴지를 끌어올리며 아키라는 스스로를 타일렀다. 단정하기는 이르다. 직접 확인하지 않고는 뭐라고 말할 수 없다. 정말로 거기에 비밀문이 있는지.

하지만 그것은 이미 확신으로 변해 있었다. 그곳에 다이아몬드를 숨겨두었다고 가정하면 모든 사실이 들어맞는다.

마음이 급해지며 당장 오늘밤에라도 다이아몬드를 훔쳐오고 싶었다. 괜히 시간을 끌었다가 모처럼의 기회가 사라질지도 모른다.

하지만 가장 중요한 에바라 사장 살해계획이 아직 정해지지 않았다. 오늘밤 다이아몬드를 훔치더라도, 운이 좋으면 며칠 내지 1~2주 정도 들키지 않을 수 있다. 하지만 에바라 사장이 내일 당장 다이아몬드를 확인하지 않으리라는 보장은 없었다. 다이아몬드 입수와 에바라 사장 살해는 되도록 시간차를 두지 말아야 한다.

하지만 상당히 어려운 문제였다. 우선 어디서 죽일 것인가? 집이 어디인지도 모르는 데다, 평소의 용의주도한 성격으로 미루어 보안장치를 철저히 했을 것이다. 운전사가 딸린 차를 이용하니 출퇴근 도중을 노리기는 불가능했다.

그렇다면 로쿠센 빌딩 안에서 처리해야 한다. 하지만 아무도 없는 한밤중이라면 몰라도, 대낮에 사장을 살해하고 탈출하기란 불가능에 가깝다. 감시카메라가 작동하는 시간대에는 적외선을 차단하는 방법도 쓸 수 없다.

아키라는 스퀴지로 유리창의 거품을 끌어모으며 무심결에 내부를 들여다보았다. 어디서나 볼 수 있는 평범한 사무실이었다. 회색 사무용 책상이 가운데에 모여 있고, 컴퓨터가 한 대씩 놓여 있었다. 그리고 그걸 감독하는 곳에 한층 큰 관리자용 책상과 의자가 위치했다.

그 모습에 베일리프 사장실이 겹쳐졌다.

저 의자에 목표물이 앉아 있다면 어떨까? 만약 창밖에 있으면서 살해할 수 있다면 완벽한 밀실살인이 된다. 그러면 용의선상에서 확실히 제외될 수 있다.

창밖에서 실행하는 원격살인.

그 즉시 한 가지 방법이 생각났다. 사장실에 놓여 있는 루피너스 V를 이용하는 거다. 두꺼운 겹유리도 전파는 그대로 통과되고, 일반 컨트롤러로 조종할 수 있을 듯하니 컨트롤러를 따로 구할 필요도 없다.

게다가 에바라 사장의 습관마저 아키라 편이었다. 점심식사 후 사장실에서 낮잠 잘 때를 이용하면 간단히 살해할 수 있다. 강력한 수면제를 먹으면 중간에 깰 염려도 없을 것이다.

에바라 사장에게는 또 하나의 취약점이 있다. 개두수술을 받았으니, 보통 사람보다 타격에 약할 것이다. 상대의 약점을 철저히 이용하려면 타격을 가하는 방법, 즉 타살(打殺)을 선택해야 하리라.

그러나 계획은 곧 암초에 부딪쳤다. 루피너스 V를 이용해 타격할 방법이 떠오르지 않았다. 동작이 너무 느린 데다, 홈페이지에 따르면 안전 프로그램이 내장되었다고 한다. 따라서 목표물에 강한 충격을 가하는 건 불가능에 가깝다.

긍정적으로 생각한다면, 만일 루피너스 V로 쉽게 타격할 수 있다면 당연히 나도 의심받을 것이다. 그 일이 불가능하기 때문에 의혹에서 제외될 수 있는 것이다. 하지만 가장 중요한 트릭을 생각해 내지 못하면 다이아몬드는 그림의 떡에 불과했다.

아키라는 손으로 유리창을 짚었다.

마치 교묘한 저주라도 걸린 것처럼, 인생의 중대문제가 다시 같은 곳으로 돌아오곤 했다. 투명하면서도 단단한 벽. 이 벽을 돌파할 방법을, 보이지 않는 문을 찾아내지 못하면 한 발짝도 앞으로 나아갈 수 없었다.

초조감이 목구멍까지 차올라, 아키라는 주먹으로 유리를 힘껏 쳤다. 쿵 하는 둔탁한 소리가 났다. 순간 벼락을 맞은 듯한 충격이 온몸을 내달렸다.

설마.

말도 안 돼.

정말 그런 방법이 가능할까?

그는 두 손을 유리에 대고 멍하니 바라보았다.

……그래, 가능하다. 그곳 창은 튼튼하기 이를 데 없는 방범용 겹유리다.

심장이 조여드는 느낌에 그는 크게 심호흡했다.

그런데 정말 그런 일이 가능할까?

악마가 귓가에 불어넣은 아이디어는 순식간에 부풀어오르며 선명한 범행계획을 만들어냈다.

그래, 할 수 있다. 이 방법을 사용하면 에바라 사장을 살해할 수 있다.

유리창 치는 소리를 들었는지, 새우등을 한 남자가 아키라를 쳐다보았다. 검은 테 안경 너머로 수상쩍게 여기는 듯한 눈빛이 반짝였다. 아키라는 실수로 부딪힌 시늉을 하며 곤돌라를 아래로 내렸다.

마침내 해답을 발견했다. 지금까지 자신의 인생을 가로막은 투명하고 단단한 벽이, 이번에는 자신을 지키는 방벽이 되었다.

경찰이라고 해봤자 어차피 관료조직이다. 날마다 판에 박힌 범죄만 대량으로 처리하다 보니 머리가 굳었으리라. 그들이 이런 방법을 알아차릴 리 만무하다. 내가 의심받는 일은 만에 하나도 있을 수 없다.

그날 아키라는 처음으로 꾀병을 부려 사무실에서 조퇴했다. 그리고 도서관에 틀어박혀 범행의 세부계획을 짰다. 하지만 여기저기서 문제점이 발견되었다. 미처 쓰지 못한 휴가를 한꺼번에 사용해 그러한 문제의 해결법을 고민했다.

자신의 아이디어를 다각도로 검증하며, 작은 힌트라도 발견하면 책이나 인터넷으로 정보를 수집했다. 꼬박 사흘을 투자해 계획을 마무리했다. 물론 아직 완벽하지는 않았다. 특히 흉기를 처리하는 중요한 문제가 남아 있었다.

하지만 그 점에 대해서는 잠시 접어두는 것이 좋을지도 모른다. 아무리 생각해도 완벽한 해결책은 떠오르지 않았고, 무작정 시간을 끌 수는 없으니 말이다. 범행의 전체 모습을 파악하지 못하면 흉기를 찾을 수 없지 않을까?

그보다 골치 아픈 일이 손도 대지 못한 채 남아 있었다.

살해를 실행할 때, 에바라 사장은 완전히 인사불성 상태여야 한다. 그러려면 점심식사 후 강력한 수면제를 먹어야 했다. 방법도 어려운 문제지만, 어떤 약을 선택해 입수하느냐가 더 중요한 문제였다.

인터넷으로 정보를 수집했다. 그 결과 수면제로 많이 처방하는 벤조디아제핀계통 약으로는 효과가 충분하지 않다는 걸 알았다. 복용 후 완전히 의식을 잃을 만큼 강하게 작용하는 건 마약이나 강력한 신경안정제, 또는 10여 년 전 많이 사용한 바르비투레이트라는 수면제 정도였다.

마약류는 가장 먼저 제외했다. 에바라 사장의 혈액에서 그런 성분이 검출되면 엄청난 소동이 벌어질 것이다. 강력한 신경안정제도 마찬가지였다.

이제 남은 것은 바르비투레이트뿐이다. 바르비투르산을 함유한 진통수면제의 총칭인데, 수면장애로 고생하는 사람들이 몰래 구해 사용한다고 해도 그렇게 이상한 일은 아니지 않을까?

아키라는 바르비투레이트로 분류되는 약품을 조사해 보았다. 바르비탈, 아모바르비탈, 페노바르비탈, 펜토바르비탈, 세코바르비탈…….

그중 가장 먼저 눈길을 끈 건 아모바르비탈이었다. 이소미탈이라는 이름으로 알려졌는데, 주로 최면진정제나 항불안제로 사용되었다. 하지만 안전성을 담보할 수 있는 용량이 소량에 불과하고 약물 의존에 빠지기 쉬워, 최근에는 별로 처방되지 않았다.

불면증 치료에 사용하는 양은 하루에 불과 0.1~0.3그램이라고 한다. 뭔가에 섞는다면 되도록 소량으로 끝내는 편이 좋다.

만일을 생각해 치사량도 알아보았다. 마약 관련 사이트나 유명한 자살 매뉴얼에 따르면 1.6~8그램 정도라고 한다. 독살이 목적은 아니므로, 1그램 미만을 투여하는 게 좋지 않을까? 본인이 직접 마시는 시나리오니, 최대 안전용량의 두 배인 0.6그램 정도가 무난할 듯하다.

모양은 하얀 결정이나 분말 상태로, 냄새가 없고 약간 쓴맛이 난다고 한다. 제약회사 사이트를 훑어보니 정제 사진도 실려 있었다. 깨끗한 백색 분말이며, 언뜻 그래뉴당(싸라기설탕 중 결정이 가장 작은 설탕)처럼 생겼다.

아키라는 숨을 들이마셨다.

그래뉴당과 동일한 모양에 무취, 유일한 문제점이 쓴맛이라고 하면, 어디에 넣어야 할지 자명하지 않은가?

카페인은 수면제와 반대작용을 한다. 하지만 에바라 사장은 커피를 마신 후 낮잠을 자는 습관이 있으니, 그 영향은 무시할 수 있을 것이다.

문제는 깨끗이 해결된 듯했다. 이제 남은 일은 그걸 손에 넣는 것뿐…….

그때 아키라의 시선이 한 부분에서 멈추었다.

'물에 잘 녹지 않는다.'

실망감이 그의 심장을 움켜쥐었다. 설탕처럼 녹지 않는다면 사용할 수 없었다. 커피잔 바닥에 앙금으로 남은 모습이 떠올랐다.

다른 바르비투레이트도 비슷한 구조일 테니, 대부분 잘 안 녹을지도 모른다. 여러 약의 특성을 알아본 결과 예상대로였다.

그러다 바르비투레이트에 나트륨을 더하면 무슨 이유인지 쉽게 녹는다는 사실을 알게 되었다. 그밖의 특성은 거의 비슷해 안성맞춤이었다. 특히 아모바르비탈나트륨과 페노바르비탈나트륨이 이상적이었다.

아키라는 인터넷으로 두 약품의 구입방법을 알아보았다. 일본에서는 구하기 어렵지만, 태국 업자의 사이트에서 주문하면 개인 수입이 가능했다. 단, 이 방법에는 위험이 따른다. 대금이 선불이므로 사기당할 가능성이 있고, 두 가지 약이 제2종, 제3종의 향정신성 의약품이라서 최악의 경우 경찰이나 마약단속반에게 적발될 수 있었다.

생각에 생각을 거듭하는 사이, 2년 전 '프리덤 하우스'에 살았던 미도리카와 아미라는 20대 초반 여성이 떠올랐다. 자칭 만화가였으니 필명일지도 모른다. 얼굴은 제법 미인축에 속했지만, 표정이 없고 말붙이기 어려울 만큼 쌀쌀했다. 소문에 따르면, 우울증 내지 경계형 인격장애라는 마음의 병에 걸렸기 때문이라고 했다.

사채업자에게 쫓기는 상황이지만, 한 사람이라도 자기편이 필요하다고 생각한 아키라는 그녀에게 친절하려 애썼다. 가끔 그녀의 마음이 안정되었을 때를 이용해 이런저런 이야기를 나누기도 했다. 대화의 대부분은 만화에 관한 내용이었다. 그러던 어느 날, 그녀가 약 케이스에 든 색색가지 알약을 보여주었다. 매일 어마어마하게 많은 약을 복용하는 모양이었다.

그때 그녀는 이런저런 루트를 통해 방대한 종류의 향정신성 의약품을 보유 중이라는 사실을 넌지시 내비쳤다. 아키라가 선택한 두 종류의 수면제는 약물 중독자에게 인기가 높은 편이니, 어쩌면 그녀에게 있을지도 모른다. 혹시 없더라도 대체할 다른 약이 있지 않을까?

외국인 하우스는 입주민이 자주 바뀌는 편이다. 혹시 다른 곳으로 이사가지는 않았을까? 아키라는 내일 당장 찾아가보기로 했다.

"어? 감기는 다 나았어?"

사흘 만에 출근하자 회사 사람들이 한마디씩 했다.

"걱정을 끼쳐서 죄송합니다. 심각한 건 아닌데, 열이 좀 있어서요."

"간사이 지방 출신은 감기에 안 걸리는 줄 알았는데, 꽤 심했나 보군."

주임인 사타케가 웃으며 말했다.

"네? 저도 사람이라고요."

"참, 어제 자네를 찾아온 사람이 있었어……."

순간 아키라의 온몸이 얼어붙는 듯했다.

설마 여기를 알아낸 걸까?

고이케와 아오키의 모습이 눈앞에 나타났다 사라졌다. 도망칠까? 하지만 사토 마나부가 시이나 아키라라는 사실은 아직 확인하지 못했을 것이다.

어디로 도망쳐야 할까? 집으로 가서 소지품을 챙기는 데는 20분도 걸리지 않는다. 하지만 새로운 신분증이 없다.

게다가 완벽한 살인계획……. 그걸 포기할 수는 없다. 수억 엔의 다이아몬드를 손에 넣는 일이 초읽기에 들어갔는데.

"차 드세요."

아르바이트 직원인 미유가 책상 위에 찻잔을 내려놓았다. 아키라는 멍한 상태로 찻잔을 잡으려다 그만 쓰러뜨리고 말았다.

맙소사! 그는 황급히 걸레를 찾았다.

"이봐, 왜 그래? 왜 이렇게 당황하지?"

사타케가 히죽거리며 말했다.

흥정을 할까? 잠시 시간을 주면 빚을 두 배로 갚겠다고 하자. 아니다. 그건 안 된다. 응할 리도 없고, 어디서 돈이 나오는지 쓸데없는 억측을 부르게 된다.

아키라가 우물쭈물하는 사이에 미유가 걸레를 가져와 책상을 닦았다.

가짜를 내세울까……?

그렇다. 그 방법밖에 없다. 그들이 여기에 왔더라도 내 얼굴은 확인하지 못했으리라. 사진을 한 장도 남겨두지 않았으니까. 사토 마나부의 얼굴은 아직 탄로나지 않았을 거다. 그 자들이 다시 찾아왔을 때 가짜를 내세우면 적당히 넘어갈 수 있지 않을까?

아키라는 최대한 평정을 가장하며 물었다.

"저……, 저를 찾아왔다는 사람 말인데요."

"응?"

"어떤 사람이었어요?"

"어떤 사람이었냐니, 그건 뭐…….'

사타케는 웃기만 할 뿐 대답하지 않았다.

"말씀해 주세요."

"굉장한 미인이더군. 창을 닦는 사토 씨의 늠름한 모습을 보고 한눈에 반했어요, 제 애인이 되어주세요, 하던데?"

사타케가 더 이상 참지 못하고 웃음을 터트렸다.

"뭐야? 진짜 줄 알았나?"

야부가 이상하다는 듯 아키라의 얼굴을 쳐다보았다.

"선배, 혹시 짚이는 사람이라도 있어요?"

"멍청하긴. 그런 사람이 어디 있어?"

아키라의 얼굴에 그제야 경직된 웃음이 떠올랐다.

"뭐야? 얌전한 고양이가 부뚜막에 먼저 올라간다더니, 칙실힌 척하면서 여자들을 울리고 다니는 거 아니야?"

"혹시 요 며칠도 꾀병부리고 데이트한 거 아니에요?"

아키라는 머리를 긁적였다.

"당연하지. 실은 말이야, 임자 있는 여자와 홋카이도에 있는 온천에 다녀왔어."

"임자 있는 여자라……."

"꼭 3류 유행가 가사 같군. 너 혹시 40대 아냐?"

그 자리에 있던 사람들이 한꺼번에 웃음을 터뜨렸다.

아키라는 어색한 미소를 지으며, 손바닥에 배어난 땀을 바지에 훔쳤다.

그날 밤, 아키라는 세 번째 침입을 단행했다.

해야 할 일이 여섯 가지나 됐다. 시간을 낭비하지 않으려면 효율적으로 움직여야 한다.

처음 향한 곳은, 사장실이 아니라 엘리베이터 오른쪽에 있는 탕비실이었다. 장식장 맨 위쪽에 금테두리가 있는 찻잔과 도자기 커피잔 세트가 가지런히 놓여 있었다. 그 다음 단에는 투명한 플라스틱 용기에 원두가 들어 있고, 각각 블루마운틴, 모카 등 테프라(라벨 라이터 상표명)로 찍은 테이프가 붙여져 있었다. 그 옆으로 드리퍼와 필터, 계량스푼, 도자기로 된 각설탕 용기 등이 보였다.

세 번째 단에는 병에 든 싸구려 인스턴트커피와 크림, 25개들이 티백 상자, 봉지에 든 스틱슈거 등이 있고, 그 옆에 작은 머그잔이 나란히 놓여 있었다. 핑크색, 흰색 바탕에 꽃무늬, 격자무늬 등 세 개인데, 아마 비서들 것이리라.

보아하니 위쪽 두 단에 있는 것은 사장과 임원, 그리고 손님용이고, 세 번째 단은 비서들이 사용하는 모양이었다.

그 밑의 문이 없는 선반에는 커피 그라인더, 주둥이가 길고 가느다란 드립용 주전자, 에스프레소 머신 등이 빼곡히 자리잡고 있었다.

상단에 있는 각설탕 용기를 확인해 보니, 하나씩 종이로 포장된 각설탕이 여섯 개 들어 있었다. 안쪽에 있는 종이상자에도 많은 각설탕이 있었다. 종이에 적힌 상표를 보니 산온토 각설탕이었다.

에바라 사장은 커피에 넣는 설탕까지 직원들과 차별을 두는 모양이었다. 그는 종이상자에서 각설탕 다섯 개를 샘플로 꺼냈다.

다음에는 은색 덧옷으로 몸을 감싸고 사장실로 들어갔다. 우선 환기구 안에 놓아둔 휴대폰을 꺼내 보조 배터리를 교체했다.

그런 다음 서쪽 한 군데, 북쪽 두 군데의 정확한 창문 치수를 쟀다. 그리고 유리창을 고정시키는 실링재 끝을 표시나지 않게 커터로 잘라 비닐봉지에 넣었다.

네 번째로, 창문용 적외선 리모컨을 찾아 커튼을 여닫을 수 있는지 확인했다. 빛을 받는 센서가 창틀 밑에 있어 커튼이 닫히면 가려지지만, 레이스뿐만 아니라 드레이프 커튼 너머로도 문제없이 신호를 잡아냈다.

이 리모컨이 내보내는 신호를 복사해야 했다. 그는 전자상가에서 구입한 적외선 기억 리모컨을 꺼냈다. 그리고 센서에 커튼의 리모컨이 보내는 적외선을 쐬어 열기와 닫기 신호를 기억하게 만들었다. 기억시킨 리모컨의 신호는 진짜 리모컨과 똑같이 작동했다.

이번에는 사장실 반대쪽으로 복사한 적외선 신호를 보내 커튼이 움직이는지 확인했다. 창문 중앙에서 반대편 벽의 중앙보다 조금 아래쪽으로 신호를 보내면 적외선 신호가 잘 반사되어 커튼이 움직였다.

이제 전자상가에서 구입한 무선조종용 컨트롤러를 이용해 간병 로봇에 전원을 넣었다. 나직한 모터 소리와 함께 로봇 상부의 모니터에 불이 켜졌다. 그리고 루피너스 V가 부드러운 여자 목소리로 자기소개를 했다.

아키라는 입술을 핥으며 몇 가지 동작을 테스트했다. 결과는 거의 예상대로였다. 루피너스 V는 안아올린 물체를 세게 부딪치게 할 수도, 바닥으로 떨어뜨릴 수도 없었다. 살인용으로 쓰기에는 무능하기 짝이 없는 기계였다.

예상 밖이었던 건 물체를 들 때 제약사항이 있다는 점이다. 팔 끝에 달린 두 개의 안테나가 센서 역할을 해, 안테나를 위쪽으로 접지 않으면 들어올리지 못했다. 즉, 깊이감이 큰 물체는 들 수 없었다.

아키라는 미간을 찌푸렸다. 이런 제약이 있으리라곤 생각도 못했다. 하긴 실제로 시험해 보지 않고는 모르는 법이다.

아키라는 마지막 작업을 실행하기 위해 동쪽 벽에 있는 캐비닛으로 다가갔다. 처음 침입했을 때 비밀문을 찾으려 철저히 조사했지만, 아무것도 발견하지 못한 곳이다.

장식 선반에 있는 물건이나 서적은 그대로 둔 채 하단의 서랍 네 개를 확인했다. 이상한 점은 보이지 않았다. 그는 잠시 생각하다 맨 아래쪽 서랍에 손을 댔다. 무늬가 없는 무거운 판자로 만들어진 서랍에는 스토퍼가 없어 매끄럽게 빼낼 수 있었다.

아키라는 장갑을 벗고 캐비닛의 빈 공간을 손으로 더듬었다. 여기에 비밀문이 없다는 건 처음에 확인했다. 일반적으로 서랍과 서랍 사이는 합판 같은 얇은 판자로 막아놓는다. 이 캐비닛의 경우 매우 두껍고 탄탄한 판자를 사용했지만, 역시 물건을 숨겨둘 만한 공간은 보이지 않았다.

하지만 판자를 더듬던 손끝에 살짝 들어간 부분이 감지되었다. 드디어 추리가 확신으로 바뀌었다. 아키라는 손수건으로 판자에 묻은 지문을 꼼꼼히 닦아냈다. 그런 다음 서랍을 빼낸 공간에 루피너스 V의 두 팔을 넣도록 조종했다.

걱정은 기우에 불과했다. 루피너스 V는 캐비닛을 꽉 붙잡았다. 네 개의 서랍 안쪽에는 세로로 빈 공간이 있었다. 따라서 팔이 안에서 위쪽으로 접혀 서랍부분을 안을 수 있었다.

그는 루피너스 V에게 그것을 들어올리라고 명령했다.

모터 소리가 한층 커졌다. 조금 걱정되었지만, 1층까지 들릴 리는 없었다. 경비원이 순찰하러 올 경우 엘리베이터 소리가 날 것이다.

이윽고 나무 삐걱거리는 소리와 함께 캐비닛이 위로 들어올려졌다. 속도가 느리고 안정되어 트로피 같은 장식품도 쓰러지지 않았다. 캐비닛은 20센티미터쯤 올라가다 윗부분이 천장에 닿자 멈추었다.

아키라는 루피너스 V 옆에 누워, 캐비닛 밑으로 손거울을 놓고 펜라이트를 켰다.

있다!

자세히 안 보면 모르겠지만, 캐비닛 바닥에 비밀문이 있었다. 캐비닛 다리 높이는 겨우 2~3센티미터인데, 나무 스커트로 가려져 있었다. 따라서 무거운 캐비닛을 수직으로 들어올리지 않는 한 바닥에 있는 비밀문을 발견하기란 불가능에 가까웠다.

보이지 않는 비밀문의 원리는 단순했다. 캐비닛 바닥에 숨겨져 있었던 것이다. 효율적인 간병을 위해 현대 기술의 정수를 집약해 만든 로봇은 단지 지게차나 잭(Jack. 자동차 타이어를 교체할 때처럼 무거운 것을 들어올릴 때 쓰는 기구)의 대용품에 불과했다.

손을 뻗어 비밀문을 더듬었지만 열리지 않았다. 한참을 더듬자, 조금 떨어진 곳에서 퍼즐처럼 움직이는 나뭇조각이 손에 잡혔다. 손끝으로 나뭇조각을 밀자 걸쇠가 빠진 것처럼 스르륵 문이 열렸다.

좁은 공간에는 주머니 같은 게 들어 있었다. 꺼내보니 은색 천이 상당히 두꺼웠다. 아마도 내화섬유와 단열층으로 된 이중 구조의 천이리라. 에바라 사장이 두려워한 건 화재였을 것이다.

우주에서 가장 단단한 물질인 다이아몬드도 충분한 산소 속에서 고온의 불길을 받으면 연소해 이산화탄소의 한숨으로 변해 버린다.

공기를 차단하기 위해서인지 매직테이프로 단단히 봉해놓은 주머니를 열자, 똑같은 천으로 된 작은 주머니가 여러 개 들어 있었다.

상당히 불룩한 주머니 여섯 개에 매직으로 '100'이라고 쓰여 있었다. 또 하나의 작은 주머니에는 내용물이 별로 없고, 아무것도 쓰여 있지 않았다. 차례대로 열어 펜라이트로 비추어 보았다. 안에는 종이로 싼 물건이 들어 있었다. 세 주머니에서 무작위로 하나씩 골라, 종이를 붙여놓은 셀로판테이프를 조심스럽게 떼어냈다. 접혀 있던 종이는 감정서였다.

안에 있던 건 모두 아찔할 정도로 눈부신 브릴리언트컷(광채를 최대로 내는 다이아몬드 연마법) 다이아몬드였다. 펜라이트의 빛을 받아 어둠 속에서 반짝이는 일곱 빛깔은 달빛처럼 맑으면서도 차가웠다.

드디어 찾아냈다!

뜨거운 기쁨이 온몸을 휘감았다. 지금 그의 손에 수억 엔의 가치를 지닌 보석이 있다.

심장이 빠르게 고동쳤지만, 의식은 기묘하리만큼 맑고 냉정했다. 마치 다이아몬드를 손에 들고 흥분한 나와, 그런 자신을 남의 일처럼 차갑게 바라보는 나, 그렇게 두 사람이 존재하는 듯했다.

냉정한 쪽의 나는 아직 절반의 성공일 뿐이며, 결코 일을 마친 게 아니라고 끊임없이 경고했다. 문제는 지금부터다. 최대 난관은 다이아몬드를 훔쳐내는 일이 아니다.

……이젠 됐다. 네가 얼마나 유능한지 충분히 보여주었다. 주머니에 들어 있는 건 아름답고 투명한 돌멩이에 불과하다. 겨우 이런 것 때문에 정말로 사람을 죽일 셈인가?

마음 깊은 곳에서 비난의 목소리가 솟구쳤다. 세 번째 들려오는 자신의 목소리다.

하지만 여기까지 와서 그만둘 수는 없지 않나? 지금까지 무엇 때문에 그렇게 고생했단 말인가?

그는 다이아몬드를 싸서 주머니에 넣은 후 원래 자리로 되돌려놓았다. 그리고 루피너스 V를 이용해 캐비닛을 내려놓은 뒤, 빼낸 서랍을 다시 집어넣었다.

사장실을 떠나기 전, 다시 뒤돌아보지 않을 수 없었다.

619개의 다이아몬드. 손에 들어온 빛나는 미래를 어둠속에 남겨두려니, 마치 심장을 꺼내놓고 가는 심정이었다. 비록 한순간의 이별임을 알고 있을지라도.

일요일 아침. 공기는 차갑고 건조했다. 하지만 겨울 날씨치곤 따뜻해 꼭 단풍구경을 가는 늦가을 같았다.

아키라는 1년여 만에 '프리덤 하우스'를 찾아갔다. 사람들이 모두 자고 있거나, 어제 나가 아직 돌아오지 않았는지 조용했다.

우편함을 열어보니 미도리카와 아미 앞으로 우편물 두 통이와 있었다. 그녀는 여전히 같은 집에 사는 듯했다. 지내기 편해 서일 수도 있지만, 혹시 경제적 이유 때문 아닐까? 2년 전에도 그녀는 몹시 어려워 보였다.

편지봉투 하나에는 중견 출판사 이름이 찍혀 있었다. 자칭 만화가라고 소개했는데, 망상만은 아니었을지도 모른다. 다른 한 통에는 보낸 사람 이름 없이 '친전, 중요'라는 스탬프가 찍혀 있었다.

짚이는 데가 있었지만, 직접 확인하고 싶었다. 오늘 안으로 돌려놓으면 되리라. 아키라는 우편물 두 개를 슬쩍한 뒤 발길을 옮겼다. 오늘까지 필요한 물건을 구입해야 했기 때문이다.

야마노테선에서 소부선으로 전철을 갈아타자, 갑자기 가족 단위의 사람들이 눈에 띄었다. 맞은편에도 중년 부부가 다섯 살쯤 되는 어린아이와 함께 앉아 있었다. 어린아이는 부모와의 외출에 흥분한 듯 신발을 신은 채 의자로 올라가 괴이한 소리를 질렀다. 하지만 부모는 빙긋이 웃으며 바라볼 뿐 주의를 주지 않았다.

문득 먼 과거의 기억이 되살아났다.

어디로 가던 길인지는 모른다. 어린 아키라는 부모님 사이에서 신발을 벗고 창문쪽을 향해 앉아 있었다. 눈에 보이는 모든 것이 신기해 연신 이건 뭐야, 저건 뭐야 하고 물었다. 하지만 아버지는 불쾌한 얼굴로 입을 다물었다. 어머니는 어린 아키라가 보기에도 건성이거나 엉터리 대답을 반복했다.

아키라는 결국 질문을 포기하고 공상에 잠겼다.

옛날부터 휘발유 냄새가 나는 버스보다 전철이 좋았다. 지금 생각해 보면 규칙적인 진동과 목적지까지 레일이 깔려 있다는 안도감 때문이었을지도 모른다.

왠지 그때부터 지금까지 계속 전철을 타고 있는 듯한 느낌이 들었다. 어렸을 때의 자신과 지금의 자신이 똑같은 진동에 몸을 맡기고 있다. 그 무렵, 10여 년 후 사람을 죽이기 위해 전철을 탄 자신을 상상이나 했을까?

지바에서 두 정거장을 더 간 후 소부행 쾌속열차에서 내렸다. 일부러 낯선 곳까지 찾아온 건 필요한 물품을 조금이라도 먼 곳에서 구입하기 위해서였다. 게다가 도쿄의 홈센터에서는 안자이 건축사무실 사람들과 마주칠 가능성도 있었다.

게이세이 버스를 타자 목적지인 대형 홈센터까지 금방이었다.

홈센터는 뜻밖에도 사람들로 북적거렸다. 아키라는 전문가용 자재가 있는 전문관으로 가서 실링건과 실리콘계 실링재 카트리지 몇 종, 원형 백업재, 프라이머(도료), 유리 흡반기, 주걱, 솔, 마스킹테이프 등 창문유리 공사에 사용하는 자재 일체를 카트에 담았다. 그리고 강력한 에폭시 수지 접착제와 주사기처럼 생긴 주입기를 골랐다. 카운터에서 계산하자 몇만 엔이 나왔다.

이번에는 일용품관으로 가서 '가구 스베루프로'라는 제품을 구입했다. 나프론이라는 불소수지로 된 기다란 판자로, 무거운 가구 밑에 깔아두면 잘 미끄러져 가구를 쉽게 움직일 수 있었다. 불소수지가 비싼 소재여서인지 두 장 세트에 7천 엔이 넘었다.

조각칼 세트와 쐐기모양의 도어 스토퍼 여섯 개, 스펀지가 달린 틈새막이용 테이프 두 롤도 샀다.

구입한 물건을 백팩과 가방에 나누어 담았다. 무게가 상당했지만, 배달시키기 위해 주소를 남길 수는 없었다. 그는 전철역 보관함에 그것들을 넣었다.

그런 다음 근처 대형마트로 가서 마직으로 된 쇼핑백을 골랐다. 쇼핑 바구니에 쏙 들어가는 크기인데, 유료 비닐봉지 대신 사용하는 모양이었다. 크기가 적당한 데다 손잡이의 바느질도 꼼꼼해 상당히 튼튼해 보였다.

쇼핑백을 계산한 다음, 그는 스포츠용품 파는 곳으로 걸음을 옮겼다. 수입 볼링공이 여러 종류 전시되어 있었다.

아키라는 가장 무거운 16파운드(7.257킬로그램)짜리를 골랐다. 되도록 말랑한 제품이 바람직한데, 요즘 볼링공은 옛날 소재인 에보나이트보다 부드러운 리액티브 우레탄이 주류를 이루는 듯했다. 겸사겸사 스노보드용 고형 왁스와 스키 마스크, 수영용 고글도 구입했다.

다음에는 주방용품 전문점으로 가서 0.1그램까지 잴 수 있는 천평칭을 샀다. 가격이 1만 4천 엔이나 해서 깜짝 놀랐다.

그 옆 문구점에서는 B0 크기의 코트지와 매직잉크, 스티커 제거제를 구입했다. 이어 100엔샵에서 오토바이 수리에 사용되는 기다란 십자드라이버와 금속용 줄을, 슈퍼마켓에서 페트병에 든 물엿을 두 개 샀다.

짐이 점점 많아져 집에 도착했을 때는 온몸이 땀범벅이 되었다. 하지만 샤워시설이 없었으므로, 수건을 물에 적셔 몸을 닦았다.

다시 나가기 전에 해둘 일이 있다.

방금 사온 실링재 카트리지에 매직잉크로 번호를 매겼다. 그리고 방안 가득 B0 크기의 코트지를 펼쳐 카트리지 번호를 쓰고, 그 옆에 작은 직사각형 모양으로 실링재를 발랐다.

문제는 같은 회색 계통 실링재라도 색상이 미묘하게 다르다는 점이었다. 만에 하나라도 탄로나지 않게 하려면 사장실 창문에 사용된 것과 완벽하게 같아야 했다. 그러기 위해서는 마른 다음 색깔을 확인하는 수밖에 없었다.

실링재가 마르기를 기다리는 동안 또 한 가지 작업을 끝내야 한다.

그는 아미의 우편함에서 가져온 두 통의 우편물에 접착제 제거제를 발랐다. 그리하여 고무풀의 점착력이 사라지기를 기다렸다가 개봉했다.

출판사에서 온 편지는 투고한 작품을 거절하는 내용이었다. 상세히 읽기엔 왠지 꺼림칙해 봉투에 집어넣고 원래대로 봉했다. 조금 지나면 점착력이 되살아나 감쪽같이 붙을 것이다.

또 다른 편지의 내용은 아키라의 짐작대로였다. 대형 사금융 회사에서 보낸 독촉장이었다. 금액은 얼마 안 됐지만, 그녀가 돈을 빌릴 수 있었다는 점이 놀라웠다.

그녀는 돈에 쪼들리고 있다.

이 사실이 아키라에게 유리하게 작용할 터였다.

그녀에게서 어떻게 약을 구할지는 여러모로 생각해 두었다. 우선 단도직입적으로 부탁하는 방법이 있다. 얼굴도 알고 인간관계도 있기 때문에 돈이 궁한 그녀가 응할 가능성이 컸다.

하지만 여기에는 두 가지 단점이 있었다. 왜 바르비투레이트 같은 위험한 약을 구하려 하는지 납득할 만한 대답을 해야 했다. 대충 얼버무린다고 해도, 자신이 약을 샀다는 사실을 그녀가 아는 건 곤란했다. 현재 그가 사용 중인 '사토 마나부'란 이름을 알고 있기 때문이다.

물론 그걸 미끼로 협박하는 일은 없을지도 모른다. 하지만 약물건으로 경찰에 잡히기라도 하면 모조리 털어놓을 수 있었다. 문득, 그렇다면 그녀도 없애버리면 되지 않나 하는 생각이 들었다.

말도 안 돼!

아키라는 황급히 머리를 흔들었다.

나는 살인미가 아니다. 화가 미칠지 모른다는 이유로 아무 관계없는 사람을 죽인단 말인가?

그렇다면 에바라 사장은 괜찮냐는 생각이 솟구쳤지만, 애써 외면하고 당면한 문제에 관심을 집중했다.

……역시 내 정체를 밝힐 수는 없다.

익명으로 접촉하자. 가장 간단한 방법은 협박이다. 어디에 숨겼는지 모르지만, 그녀가 향정신성 의약품을 가지고 있는 건 분명했다. 그 사실을 신고하겠다고 협박하며 약을 조금 나눠 달라고 하면 웬만해서는 따를 것이다.

문제는 그녀가 경계형 인격장애를 앓고 있다는 점이었다. 그렇게 오래 보진 않았지만, 그녀와의 접촉에서 가장 기억에 남는 건 감정이 매우 불안정하다는 사실이었다.

다시 인터넷으로 검색해 보았다. 그러한 인격장애의 특징은 평소 침착하고 냉정하게 판단하는 것처럼 보여도, 사소한 일로 감정이 격해지면 공격적으로 바뀌거나 자기파괴적 행동을 한다는 점이었다. 즉, 성급하게 협박으로 밀고 나가면 통제할 수 없는 지경에 빠질 위험성이 있었다. 이런 경우에는 당근과 채찍을 절묘하게 섞어야 한다.

아키라는 노트북 컴퓨터로 그녀에게 보낼 편지 문안을 신중하게 써내려갔다.

상대를 자극하지 않는 정중한 말투를 사용해, 일단 자신이 경계형 인격장애인 20대 여성이라고 운을 띄웠다. 그는 같은 병을 가진 사람이 운영하는 사이트를 참고해 지금까지 얼마나 고통스럽게 살았는지 늘어놓았다.

……직접 만나뵌 적은 없습니다. 우연히 어떤 사람에게 미도리카와 씨에 대한 이야기를 들었습니다. 아주 오래전 『노래하는 저녁놀』이라는 만화를 보고 크게 감동한 적이 있어, "아, 그 작가분이 나와 같은 병으로 싸우고 있다니!" 하며 매우 친근감을 느꼈습니다.

실은 미도리카와 씨에게 부탁드릴 일이 있습니다. 그 작품을 그리신 분이라면 이해해 주실 것 같아, 실례를 무릅쓰고 이렇게 펜을 들었습니다. 편지에는 쓸 수 없는 복잡한 사정이 있는데요. 이 편지 끝부분에 적어

　　　　　　　　　　　　　　Ⅱ. 죽음의 콤비네이션

놓은 약이 꼭 필요합니다. 그 가운데 어떤 약이라도 좋습니다. 그 약을 구하지 못할 경우 저는 목숨을 끊을 수밖에 없습니다.

적은 양이라도 상관없습니다. 혹시 나누어 주실 수 없을까요?

물론 사례는 하겠습니다. 경제적으로 넉넉한 편은 아니지만, 갑작스럽고 뻔뻔한 부탁이란 걸 알기에 시세의 몇 배 정도는 드리려고 합니다.

미도리카와 씨께서 여러 가지 약을 갖고 있다는 건, 당신에 대해 말해준 사람에게 들었습니다. 약을 나누어 주실 경우, 미도리카와 씨에 관해선 어느 누구에게도 말하지 않겠습니다.

원래는 직접 찾아뵙고 부탁드려야겠지만, 그렇게 할 수 없는 피치 못할 사정이 있습니다. 익명으로 이런 부탁을 드리는 게 얼마나 무례한 일인지 알지만, 부디 용서해 주시기 바랍니다.

이 편지가 장난이 아니라는 증거로, 2만 엔을 약값의 일부로 동봉합니다.

약을 나누어 줄 의향이 있으시다면, 수고스럽겠지만 2채널(일본의 익명 커뮤니티 사이트) 〈포엠, 시〉의 '향수를 불러일으키는 시를 쓰자'라는 게 시판에 다음과 같이 써 주시기를 바랍니다…….

　냉정히 바라보면 이야기가 이상하다는 사실을 금방 알 수 있다. 문장은 장황하고 중요한 부분은 설명이 되지 않아 앞뒤가 안 맞는 부분도 있었다.

　그녀의 자존심이나 동정에 호소하려 했지만, 얼마나 효과가 있을지는 분명치 않다. 에두른 협박도 효과가 있으리라 장담할 수는 없었다. 하지만 이 정도면 달려들지 않을까?

동봉한 미끼에 그만한 위력이 있다. 돈에 쪼들리는 사람 앞에 현금을 들이밀지 않았는가? 그것을 거부하려면 초인적인 힘이 필요할 것이다. 돌려주려 해도 상대를 모르는 데다, 불법적인 약 이야기가 얽혀 있어 경찰에 신고할 수도 없다. 더구나 선금을 써버리면 이쪽 부탁을 거절하기가 심리적으로 더 어려워진다.

그런데 이건 아키라가 그토록 혐오해 온 사채업자와 똑같은 수법 아닌가?

물론 편지 한 통으로 성공하리라곤 기대하지 않았다. 허탕을 치면 다시 편지를 보내 압력을 가하면 된다. 마지막에 상당히 큰 금액을 제시하면 결국 꺾일 수밖에 없으리라.

네 번째 침입.

그토록 강렬했던 긴장감과 압박감이 점점 희미해졌다. 그리고 이곳을 완전히 지배하고 있다는 자신감이 생겼다. 철통같이 방어하는 상대의 허를 찌르며 마음대로 드나드는 것에 쾌감이 느껴졌다.

이번 미션은 한 가지였다. 하지만 이것이야말로 계획의 성패를 좌우하는 가장 중요한 문제였다.

유리공사 기술은 충분히 습득했으며, 아직 실력이 녹슬지 않았다는 자신감도 있었다. 그러나 머릿속 구상뿐, 실제로 작업을 해봐야 했다. 어떻게든 제한시간 안에 끝내야 한다. 자신의 미래가 그 일에 달려 있었다.

아키라는 사장실에 들어가 대형 스포츠 가방에서 컨트롤러를 꺼내 루피너스 V를 작동시켰다. 손목시계로 시간을 확인했다. 밤 0시 정각. 여느 때보다 한 시간 빠르지만, 작업을 마치기엔 아슬아슬할지도 모른다.

아키라는 크게 심호흡을 하고 대형 NT 커터를 꺼내 서쪽 창문을 고정하는 실링재를 제거하기 시작했다. 창틀에서 고무 같은 실링재를 깨끗이 벗겨내고 드라이버로 나사를 풀어 상하 누름테를 떼어냈다. 그는 유리가 앞쪽으로 넘어지지 않도록 루피너스 V를 받침대로 이용했다.

그대로 드러난 창틀 위에 세팅 블록이 두 개 있고, 유리는 그 위에 놓여 있었다. 앞쪽에는 발포 폴리에틸렌으로 된 로프 모양의 백업재가 붙어 있었다. 백업재는 유리를 단단히 고정하며 충격을 완화시키는 완충재 역할을 한다. 따라서 고정된 유리를 조금이라도 느슨하게 하려면 단단한 백업재를 제거하고 부드러운 재질로 바꿔야 했다.

처음에는 그것만으로 충분하다고 생각했다. 그런데 머릿속으로 과정을 그려보다 다른 문제가 있음을 깨달았다.

유리가 올려져 있는 세팅 블록은 전선의 피복이나 방진(防振) 패드에 사용되는 클로로프렌 고무로 되어 있다. 유리 밑바닥 면과 마찰력이 있어 잘 미끄러지지 않는데, 이걸 잘 미끄러지는 물질로 바꿔야 했다. 그래서 선택한 게 고체 가운데 최소 마찰계수를 지닌 불소수지였다.

로프 모양의 백업재를 모두 떼어내고 한 손으로 유리를 들어 올렸다. 방범 겹유리는 생각보다 매우 무거웠다. 유리와 창틀 사이에 고무로 만든 쐐기 모양의 도어 스토퍼 여섯 개를 끼워넣은 뒤 세팅 블록을 당겨 겨우 빼낼 수 있었다.

세팅 블록을 대신하는 건 불소수지제의 가구 스베루프로를 잘라 만든 네 개의 블록이었다. 유리와 접촉하는 윗면에는 스노보드용 왁스를 듬뿍 발랐다. 이 정도면 아키라가 원하는 만큼 미끄러질 것이다.

도어 스토퍼를 제거하고 두께를 원래의 절반으로 깎은 새 백업재와 스펀지가 달린 틈새막이 테이프를 네 변에 꼼꼼히 부착했다. 그 위에서 원래대로 나사를 이용해 누름테를 고정하고, 미리 실링재를 말려 테이프 상태로 만든 걸 프라이머로 접착해 유리와 누름테의 틈새를 막았다. 테이프에는 유리가 움직여도 주름이 잡히거나 떨어지지 않도록 여유를 주었다.

이렇게 해서 드디어 완성했다. 세부사항을 면밀히 확인하고, 뒤로 물러나 전체상황을 체크했다. 겉으로 보기엔 만족할 만한 수준이었는데, 문제는 성능이었다. 아키라는 루피너스 V를 창문과 떨어지게 한 후 유리 흡반기로 겹유리를 흔들어 보았다.

훌륭했다. 기대한 반응이 나타났다.

유리가 움직이는 거리는 최대 몇 밀리미터에 불과했지만, 감촉은 매끄럽고 저항은 작았다.

가슴이 두근거리며 흥분이 솟구쳤다. 그는 흐뭇한 마음으로 시계를 보았다. 오전 2시 35분. 시간에도 여유가 있었다. 자기 자신을 칭찬해 주고 싶은 심정이었다.

철수 준비를 마치고 환기구를 쳐다보았다. 휴대폰과 집음기,

배터리는 다이아몬드를 훔쳐낼 때 회수하려 했는데, 이제 도청할 필요가 없을 것 같았다. 쓸데없는 걸 오래 놔두면 위험성만 커질 뿐이다.

아키라는 환기구에서 도청용 도구를 꺼내고 흔적을 지운 뒤 사장실을 나섰다. 그리고 출근하는 사람들 틈에 끼어 로쿠센 빌딩을 탈출했다. 좁은 곤돌라에서 잔 탓에 온몸이 쑤셨다. 하지만 기분은 지금까지 느껴본 적이 없을 만큼 흥분되었다.

집으로 돌아가다 편의점에서 제일 저렴한 샌드위치와 캔커피를 샀다. 그리하여 공원에서 아침을 먹기로 했다. 샌드위치는 평범한 마요네즈 맛이었지만, 놀랄 만큼 맛있게 느껴졌다. 발치에서 종종거리는 살찐 비둘기에게 식빵 테두리를 던져 주었다. 정글보다 혹독한 도시에서 어떻게 이런 생물이 살아갈 수 있을까, 생각하며 한동안 멍하니 쳐다보았다.

그는 커피를 마시면서, 계획대로 도청에 사용한 도구들을 처분해야겠다고 생각했다. 하지만 사장실을 도청한 증거는 아무것도 남아 있지 않았다. 따라서 구태여 그럴 필요가 없다고 마음을 고쳤다.

착신 전용이었던 선불요금제 휴대폰은 아직 사용이 가능하다. 문득 스즈키 히데오에게 전화를 걸어볼까 하는 생각이 들었다. 하지만 버튼을 누르려던 손가락이 허공에서 멈추었다.

이 전화번호를 이용해 주인을 찾아낼 수는 없지만, 가까운 기지국을 거쳐 연결되므로 이쪽의 대략적인 위치가 드러나게 된다. 이 공원은 아파트와 너무나 가까웠다. 놈들이 히데오의 휴대폰까지 그물을 쳤으리라곤 생각하기 어렵지만⋯⋯.

아키라는 무거운 가방을 들고 벤치에서 일어났다.

집으로 돌아와 맨 먼저 문과 아래쪽 문틀 사이에 풀로 붙여 놓은 머리카락을 확인했다. '프리덤 하우스'에 입주한 후부터 계속 실행 중인 습관이었다. 집주인 몰래 문 안쪽에 리모컨식 보조 자물쇠를 부착해 누군가 침입하기는 거의 불가능했다.

이번에는 안쪽 창문을 확인했다. 새시창은 유리를 깨면 그것으로 끝이다. 최근에는 열쇠가 달린 크레센트 자물쇠를 팔고 있지만, 펜치로 받침쇠 부분을 구부리면 아무런 의미가 없다. 이건 안자이 건축사무실에서 배운 것인데, 크레센트 자물쇠는 본래 새시를 밀착시켜 공기가 통하지 못하게 하는 쇠장식에 불과했다. 방범성능 면에서는 옛날 창문에 달려 있던 나사형 자물쇠가 훨씬 안전했다.

아키라는 새시의 홈에 쇠파이프를 괴었다. 홈에 괸 쇠파이프를 밖에서 빼내기는 어려우므로, 침입하려면 유리 전체를 깰 수밖에 없다. 창문에선 아무 이상도 발견되지 않았다.

본인이 몇 번씩 로쿠센 빌딩에 침입했기 때문에 지나치게 예민하게 구는지도 모른다. 하지만 큰일을 앞에 두고 조심해서 나쁠 것은 없었다.

사장실 창문에 사용한 공구류를 정리하고 노트북 컴퓨터를 켰다. 어제 요금이 가장 저렴한 인터넷에 가입한 참이었다.

그는 익명 커뮤니티 사이트인 2채널에 들어갔다.

있다.

아키라가 지정한 창작시 투고 게시판에서 기다리던 글을 발견했다.

추억이 가득 담긴
낡은 책상서랍
잉크가 나오지 않는 펜
부서진 암모나이트 화석
작은 피리와
금이 간 소다병
이지러진 부석

소다병을 살며시 손에 든 채
입술에 대고 불어본다
스무 명의 천사가 하늘에서 춤을 추는
그리운 소리가 들려온다

글을 읽다 무심코 웃음이 흘러나왔다. 어떻게 협박할지 몇 가지 방법을 생각했는데, 전부 필요 없게 되었다. 편지 두 통과 현금 4만 엔을 먼저 보냈을 뿐인데, 그것으로 흥정은 끝났다. 상대는 즉시 미끼를 물고, 거래에 응하겠다는 신호를 보냈다.

펜은 펜트바르비탈, 암모나이트는 아모바르비탈, 피리는 페노바르비탈의 암호다. 소다병은 나트륨, 부석은 칼슘을 각각에 더한 유도체를 뜻한다.

'잉크가 나오지 않는' 펜과 '부서진' 암모나이트는 재고가 없음을 의미하고, '금이 간' 소다병과 '이지러진' 부석은 나트륨이나 칼슘을 첨가한 아모바르비탈나트륨이나 아모바르비탈칼슘이 없다는 뜻이다. 다만 피리, 즉 페노바르비탈은 어느 정도 가지고 있는 듯했다.

한 줄을 띄우고 소다병을 피리처럼 분다는 대목은 페노바르비탈나트륨도 입수할 수 있다는 의미였다. 천사의 머릿수로 표시된 가격은 총 20만 엔이다.

필요한 양은 첫 번째 편지에 제시했다. 바가지가 이만저만이 아니었지만, 가격을 깎다가 기분을 상하게 하면 곤란하다.

그래, 좋아. 가진 돈을 탈탈 털면 가능하니, 마약중독에 빠진 가난한 만화가를 구제해 주자. 최종적으로 손에 넣을 것들은 그녀에게 주는 돈의 수천 배가 될 테니까.

아키라는 약과 돈을 어떻게 교환할지에 대해 편지를 쓰기 시작했다.

살해

　결행을 눈앞에 둔 목요일과 금요일에는 하늘이 뿌옇고 꾸물거
리는 날씨가 이어졌다. 아키라는 창문 닦던 손을 멈추고 음울한
빛깔의 하늘을 올려다보았다.

　만약 일요일에 비가 내리면 로쿠센 빌딩의 청소는 다음으로
미뤄진다. 그러면 에바라 사장의 살해계획도 중지하지 않을 수
없다. 그리고 전날 밤 다이아몬드를 빼낼 수 없게 된다.

　더구나 창문 청소가 월요일이나 화요일로 늦춰지면 그 계획
은 실행할 수 없다. 주중의 오피스 가는 사람들 시선이 너무 많
기 때문이다. 그럴 경우 다음 청소일인 한 달 후까지 기다려야
한다.

　그 사이 다이아몬드를 다른 곳으로 옮길 가능성도 있었다. 하
지만 그보다 현재의 긴장상태가 계속 이어진다고 생각하니 견
뎌낼 자신이 없었다.

나는 정말로 사람을 죽일 수 있을까? 그것도 말 한 번 나눈 적 없는 사람을.

그건 양심의 가책이라기보다는 단순한 공포였다. 이제 와서 마음이 흔들리고 있음을 깨달았다. 이래서는 냉정한 판단과 행동이 필요한 상황에서 실수해 자신의 목을 조를지도 모른다.

그날이 다가오는 게 두려웠다. 하지만 어정쩡한 상태로 해를 넘기는 건 더욱 싫었다. 어떻게 해서든 이번 주말에 마무리를 짓고 싶었다.

그래도 날씨만은 어쩔 도리가 없었다. 만약 일요일에 비가 와서 에바라 사장을 살해할 수 없다면, 다이아몬드만 훔쳐 도망치는 편이 현실적일지도 모른다. 이렇게까지 준비해 실행하지 못한다면 모든 게 물거품이 되어도 상관없다는 생각이 들기 시작했다.

일이 끝나고 동료들이 한잔하러 가자는 것도 뿌리치고 집으로 왔다. 요즘 술자리를 거절하는 일이 많아져 이상하게 여길지도 모르겠다.

휴대폰으로 일기예보를 보았다. 주말에는 날씨가 좋다는데, 어디까지 믿어야 할지 불안했다. 집에 틀어박혀 마음을 가라앉히려 했지만 생각이 뿔뿔이 흩어졌다. 그는 우리에 갇힌 짐승처럼 방 안을 빙빙 돌았다.

이러다 머리가 터져서 미치는 게 아닐까? 오랫동안 예민한 상태가 이어졌으니 휴식이 필요할지도 모르겠다.

모레 계획을 실행하려면 최고의 컨디션을 유지해야 한다. 그러기 위해 오늘은 기분전환을 하는 게 좋겠다. 힘들게 구한 약이 걱정되었으나, 숨기는 건 자신 있었다. 만에 하나 도둑이 들더라도 훔쳐가지 못할 것이다.

아키라는 지갑과 휴대폰만 들고 집을 나섰다. 차가운 공기를 쐬니 기분이 조금 가라앉았지만, 어디로 가야 할지 망설여졌다. 오랫동안 금욕생활을 한 탓에 욕구가 상당히 높았으나, 유흥업소에 갈 만한 돈은 남아 있지 않았다. 또 혼자 술을 마시면 쓸쓸함만 더해질 뿐이다. 이럴 줄 알았으면 동료들과 어울릴 걸 그랬다. 결국 인스턴트 라면으로 식사를 마치고 심야영화를 보기로 했다.

신주쿠역 동쪽 출입구를 나서자 안개비가 흩뿌렸다. 역 안에는 아키라 또래의 젊은이들이 삼삼오오 모여 휴대폰 화면을 들여다보고 있었다.

그렇다. 여기라면 역탐지를 당한다 해도 걱정할 필요가 없다.

아키라는 휴대폰을 꺼냈다. 한순간 망설이다가 히데오의 휴대폰 번호를 눌렀다.

"여보세요……?"

예상과 달리 중년 여성이 전화를 받았다. 어디선가 들어본 목소리였다. 히데오의 어머니란 사실이 금방 떠올랐다.

"저……, 시이나 아키라인데요."

"세상에! 시이나니?"

숨을 들이마시는 기척이 느껴졌다.

"여전히 건강하시죠?"

"그거야 뭐. 여러모로 힘들지? 히데오에게 들었어."

"네, 뭐……. 저기, 히데오는요?"

잠시 침묵이 흘렀다.

"그래, 아직 몰랐구나. 히데오는 죽었어."

"네?"

이번에는 아키라의 말문이 막힐 차례였다.

"벌써 넉 달이 지났네. 오토바이 사고였어."

"그럴 수가. 저는 전혀……."

아키라의 목소리가 그녀의 귀에 들리지 않는 모양이었다.

"히데오는 올해 겨우 대학에 붙었단다. 겉으론 태연한 척했지만 속으론 초조했을 테니, 겨우 한숨 돌렸겠지. 그래서 여름에 여기저기로 여행을 다녔어."

"히데오는 오토바이 운전에 능숙했어요. 웬만큼 잘하는 정도가 아니라 아주 뛰어나게요. ……그런데 사고라니요?"

"원인은 지금도 잘 몰라. 가랑비가 내렸는데 산길을 백 킬로 넘게 달린 모양이야. 경찰에선 자살이 아니냐고 하더구나. 하지만 그 애는 자살할 애가 아니야. 도저히 믿을 수가 없어. 유서도 없었고."

"말도 안 돼요! 히데오가 자살했을 리 없어요!"

아키라는 소리치듯 말했다. 조금 떨어져 휴대폰으로 문자를 보내던 여고생이 호기심 어린 눈으로 이쪽을 힐끔거렸다.

히데오가 스스로 목숨을 끊었을 리 없다. 더구나 삼수 끝에 대학에 합격해 마음껏 날개를 펼칠 수 있게 되었는데 왜?

"우리도 도저히 믿을 수가 없어. 히데오 친구가 그러는데, 히데오가 누군가에게 쫓기고 있었다는구나. 그 상대가 차로 히데오를 쫓아갔나봐."

"누군가라니요……?"

"잘은 모르지만 하얀색 벤츠를 몰았대. 그걸 본 애가 경찰서로 찾아갔지만, 폭주족 전력 때문인지 상대도 안 해주더래."

휴대폰을 부여잡은 아키라의 손에 식은땀이 배어나왔다.

설마! 설마 그렇진 않겠지. 문제를 향해 막무가내로 돌진하는 녀석이었으니, 야쿠자와 다툼이 있었다고 해도 이상할 것은 없다.

하지만 하얀색 벤츠라는 말이 마음에 걸렸다. 물론 비슷한 차는 셀 수 없이 많다. 애초 히데오가 운전하는 오토바이의 스피드는 일반 자동차로는 따라잡기 어렵다. 그러나 만약 잠복하고 기다렸다면…….

"이상한 말을 해서 미안하디. 하지만 부모로서는 끝까지 포기가 안 되니까."

"……네."

"전화해 줘서 고맙다. 히데오가 네 걱정을 많이 했단다. 자세한 얘기는 하지 않았지만."

"그랬어요?"

퉁명스런 대답이다 싶었지만, 머릿속이 새하얘진 상태였다.

"참, 깜빡할 뻔했네. 네 어머니가 한 번 전화하셨었어. 잠깐만 기다리렴."

잠시 메모를 찾는 듯했다.

아키라는 망연히 선 채 휴대폰을 움켜쥐었다.

불쑥 히데오가 전화를 받는 게 아닐까 싶었다. 엄마 말은 전부 농담이야. 당연하잖아. 생각해 봐. 내가 죽을 리 있어? 우리 엄마는 왜 그렇게 농담을 좋아하는지…….

"……아, 찾았다. 혹시 네가 연락하면 이 번호를 가르쳐주라고 하더구나."

히데오의 어머니가 알려준 건 070으로 시작하는 PHS 번호였다. 조금 전 이야기가 농담이었다고 말할 기색은 전혀 없었다. 그렇다면 히데오의 죽음은 현실이다.

가까스로 애도의 말을 한 뒤 아키라는 전화를 끊었다.

아까부터 아키라를 빤히 쳐다보던 여고생과 시선이 마주쳤다. 순간 여고생은 겁먹은 얼굴로 도망치듯 그곳을 떠났다.

아키라는 휴대폰을 움켜쥔 채 가만히 서 있었다.

희미한 빗소리가 귓가에 맴돌았다. 너무도 혼란스러워 어떻게 해야 좋을지 몰랐다. 정신을 차렸을 때는 또 하나의 번호를 누르고 있었다. 미시마 사오리의 휴대폰 번호였다. 히데오에게 딱 한 번 들었을 뿐인데, 기억 속에 선명히 새겨져 있었다.

호출음을 들으며 자신이 사오리에게 전화하는 이유를 생각해 보았다. 어쩌면 히데오에 대해 좀 더 알고 있을지도 모른다. 지금 이대로는 뭐가 뭔지 알 수 없었다. 누구라도 좋으니 상황을 아는 사람과 이야기하고 싶을 뿐이다. 그리고 지금으로선 사오리 말고는 없다…….

Ⅱ. 죽음의 콤비네이션

"여보세요……?"

사오리의 목소리였다. 낯선 번호라서 경계하는 눈치였다. 전화기 너머로 떠들썩한 소리가 들렸다. 술집인 모양이다.

"여보세요."

"누구세요?"

"나야, 시이나."

한순간 침묵이 흘렀다. 누군가 사오리를 부르는 소리가 들렸다.

"잠깐만요……."

사오리가 술집 현관쪽으로 이동한 듯했다. 소음이 조금 작아졌다.

"선배, 지금 어디 있어요? 다들 얼마나 걱정하는지 알아요?"

사오리가 볼멘소리를 했다.

"사정이 있었어."

"스즈키 신배에게 들었어요. 아버지 빚 때문에 그렇죠? 그건 선배가 해결할 의무가 없잖아요."

"그 정도는 나도 알아."

"그럼 왜요?"

"세상은 법대로 움직이는 게 아니니까."

"그런 게 어디 있어요? 왜 변호사에게 의논 안 해요? 사채업자들은 상대가 약하게 나오면 기어올라요. 대학선배 중에 변호사가 많은데, 필요하면 소개해 줄게요."

"괜찮아."

하기야 비용걱정 없이 처음부터 변호사 사무실로 갔다면 상황이 이렇게 되지는 않았으리라. 적어도 고이케의 얼굴을 나이프로 찌르기 전이라면.

"왜 싸우지 않는 거예요?"

아키라는 희미하게 웃었다. 왜 싸우지 않느냐니, 재미있는 질문이다. 나는 지금 싸우고 있다. 누구보다 진지하게, 누구보다 교묘하게, 누구보다 처절하게. 그리고 궁극적인 목표는 단지 나 자신을 지키는 일만이 아니다.

"선배……?"

아키라가 가만히 있자 사오리가 조심스러운 목소리로 불렀다.

"히데오 일, 들었어?"

"네. 오토바이 사고였다는……. 여름 무렵이었나?"

"자세한 이야기는 몰라?"

"나도 전화로 전해들었을 뿐이에요. 장례식에도 못 갔고요. 그런데 왜요?"

"아니, 모르면 됐어."

"저, 아까 그 얘기 말인데요……."

"완전히 도쿄 말씨가 됐구나."

"네?"

"나도 도쿄에 온 지 2년이 되었지만, 말씨는 잘 안 바뀌던데. 간사이 사투리가 여전해."

"지금 도쿄에 계세요?"

"내가 괜히 방해했지? 잘 있어."

"저기……."

아키라는 전화를 끊었다.

심야영화관은 금요일 밤인데도 자리가 드문드문 비어 있었다.

아키라는 꼼짝도 하지 않은 채 스크린을 쳐다보았다. 빨간색과 파란색 빛이 망막에 반사되었다 사라졌다. 굉음에 가까운 중저음이 고막을 뒤흔들었다.

영화가 끝나고 밖으로 나오자 가랑비는 말끔히 개어 있었다. 휴대폰 수신기록을 보니 사오리에게서 세 번이나 전화가 왔었다.

이 전화는 이미 제 역할을 충분히 했다. 이젠 처분하는 길밖에 없었다.

신주쿠역 동쪽 출입구의 광장에서 히데오 어머니가 가르쳐준 번호로 전화를 걸었다. 호출음이 세 번 울리고 누군가 전화를 받았다.

"여보세요……?"

아키라는 평범한 목소리로 속삭이듯 말했다. 하지만 상대는 말이 없었다.

위험을 감지한 그는 곧장 전화를 끊었다. 그러자 저쪽에서 전화를 걸어왔다. 잠깐 망설였지만 받기로 했다. 말없이 귀를 기울였다.

"여보세요."

처음 들어보는 나지막한 남자의 목소리였다. 아키라는 짤막하게 "네"라고 대답했다.

"누구시죠?"

아키라는 일부러 거친 말투를 사용해 상대를 떠보기로 했다.

"이 멍청한 녀석! 상대에게 묻기 전에 자기 이름부터 대야지!"

그러자 전화기 너머로 분노를 억누르는 기색이 역력했다.

"방금 그쪽에서 전화해 다시 걸었는데……."

아키라는 바로 전화를 끊었다.

직감적으로 함정이라고 확신했다.

전화번호를 전해 달라고 부탁해 놓고 왜 본인이 받지 않을까? 물론 누군가에게 신세를 지고 있을 가능성도 있었다. 하지만 전화를 받은 남자의 말투는 정중한 듯하나 수상한 냄새가 물씬 풍겼다.

역시 섣불리 전화한 게 잘못이었다. 잘못 걸었다고 여기면 좋을 텐데, 그럴 가능성은 거의 없으리라. 신주쿠에서 전화한 게 드러날 테니, 이 근처에는 당분간 얼씬도 하지 않는 게 좋겠다.

아키라는 전철역 화장실로 들어가 휴대폰을 물에 담근 후 쓰레기통에 던졌다.

두세 시간 전까지 흔들렸던 자신의 모습이 믿기지 않았다. 죽이지 않으면 죽임을 당한다.

앉아서 죽음을 기다릴 생각은 털끝만큼도 없었다.

마지막 침입은 짧은 시간에 끝났다.

다섯 번째가 되니 침입 순서에 한 치의 오차도 없었다. 오히려 익숙함에서 오는 안이함을 경계해야 할 정도였다.

가장 먼저 향한 곳은 탕비실이다. 장식장 문을 열고 도자기

용기에서 각설탕 네 개를 꺼낸 뒤, 자신이 가져온 각설탕 두 개를 넣었다.

흔히 사용하는 스틱형이라면 수면제를 혼입하기 쉽겠지만, 에바라 사장의 커피 집착증으로 각설탕을 가공하는 데 꼬박 이틀이 걸렸다.

지지난번 침입했을 때 각설탕 샘플을 가져갔지만, 같은 상표의 각설탕을 결국 찾지 못했다. 그래서 연습 재료로 색깔이 비슷한 사탕수수 각설탕을 사용했다.

홈센터에서 구입한 조각칼 세트 중 지름 3밀리미터의 둥근 칼을 골라 날카롭게 연마했다. 그리고 각설탕 한가운데에 둥근 구멍을 뚫었다. 구멍이 각설탕의 중심에 이르면 물 묻힌 면봉으로 내부 공간을 넓혔다. 잠시 건조시킨 후 페노바르비탈나트륨 대신 0.6그램의 탄산수소나트륨을 넣고 슈거 페이스트로 구멍을 막았다.

슈거 페이스트란 설탕을 사용해 여러 가지 모형을 만드는 설탕공예의 재료인데, 그래뉴당의 분말과 말린 물엿, 전분, 점도를 높여주는 잔탄검 등으로 구성된 분말이다. 물을 넣어 반죽하면 점토 상태가 되며, 건조시키면 강도가 강해진다.

그런데 하얀 슈거 페이스트를 그대로 사용하면, 연갈색 각설탕 겉면에 주사위의 점처럼 하얀 자국이 뚜렷하게 남는다. 그래서 잘게 부순 산온토 각설탕과 함께 이겨 색깔을 연갈색으로 바꾼 후 구멍을 막았다. 그리고 각설탕 표면을 적셔 굵은 입자를 붙였다.

완전히 건조시키니, 아키라마저 어느 면을 가공했는지 알아차리기 어려웠다. 굴려보고 때려봐서 강도에 문제가 없음을 확인하고 맛을 시험해 보았다.

커피 두 잔에 오리지널과 가공한 각설탕을 넣었다. 단맛이 약간 부족하리라 생각했는데, 거의 차이가 없었다.

다시 연습용으로 각설탕 세 개를 만들었다. 그중 하나에 귀중한 수면제를 사용했다. 커피에 넣어 페노바르비탈나트륨에 의한 맛의 변화를 확인하기 위해서였다. 분명히 약간 쓴맛이 강해진 듯했다. 하지만 기분 탓이라고 할 수 있는 범위였다.

그는 효과를 확인하기 위해 수면제가 든 커피를 3분의 1쯤 마셨다. 기대한 대로 10분도 지나기 전에 효과가 나타났다. 그리하여 12시간 동안 누가 업어가도 모를 만큼 푹 잤다.

마지막으로 실전에 사용할 각설탕 두 개를 가공했다. 이번에는 샘플로 가져온 진짜 각설탕을 사용했다. 몇 번이나 연습한 보람이 있어, 제법 그럴듯했다. 이제 원래의 포장지로 깔끔하게 싸고 풀로 붙이면 완성이다.

문제는 수면제가 든 각설탕을 에바라 사장이 사용하도록 만드는 것이다. 그러기 위해선 두 개 모두 수면제가 든 걸로 바꾸는 수밖에 없었다. 사장과 전무가 동시에 잠드는 건 아무래도 부자연스럽다. 하지만 아무리 생각해도 마땅한 방법이 떠오르지 않았다.

아키라는 선반 안쪽에 있는 산온토 각설탕이 든 상자를 처다보았다. 커피를 준비할 때는 보통 눈앞에 있는 두 개를 사용할 테지만, 미리 각설탕을 보충해 놓자고 생각하면 상황이 골치 아파진다.

각설탕 상자를 통째로 가져갈까 하는 생각도 들었다. 하지만 그럴 경우 비서 중 누군가가 의문을 가질지도 모른다. 각설탕이 두 개만 남은 사실에 주목해서는 안 된다.

아키라는 각설탕 상자를 장식장의 맨 아래쪽 선반에 밀어넣었다. 여기라면 잘 보이지 않을 테고, 누군가 잘못 넣었다고 여길지도 모른다.

다음에는 적외선 센서를 가로질러 사장실로 갔다. 이번이 마지막이라고 생각하니 기분이 묘했다. 이곳에서 보낸 기묘한 시간 또한 인생의 일부다. 앞으로 수십 년이 지난 후에는 그리움으로 떠오를까? 설령 그게 살인이라는 저주스러운 기억과 깊이 이어져 있다고 해도…….

책상의 맨 아래 서랍을 열고, 비닐봉지에 든 페노바르비탈 정제시트 두 장을 서류 밑에 끼워넣었다. 그중 한 장에는 알약을 두 개만 남겼다.

그런 다음 지난번에 공사한 창문을 살펴보았다. 이상한 점은 보이지 않았다. 프라이머로 붙인 실링재 역시 주름이 잡히거나 벗겨진 부분이 없었다.

아키라는 크게 숨을 내쉬었다. 계획에 청신호가 켜졌다. 망설이거나 고민할 시간은 이미 지났다. 지금은 오직 앞만 보고 루비콘 강을 건너는 수밖에 없었다.

루피너스 V를 작동시켜 캐비닛을 들어올린 후 비밀문을 열었다. 혹시 다이아몬드가 없어지지 않았을까 염려했지만, 기우에 지나지 않았다.

손바닥에 올린 다이아몬드가 펜라이트의 빛을 받고 찬란하게 빛났다. 그 순간 마음 한쪽에 있던 망설임이 어딘가로 날아가는 듯했다.

사람의 목숨은 한순간 타오르는 불꽃에 불과하다. 아무도 이 돌멩이보다 오래 살 수 없다. 짧은 인생 속에서 아름답게 빛나기 위해 때로는 가장 어두운 곳을 통과해야 한다.

마지막 난관은 한밤중에 로쿠센 빌딩에서 빠져나가는 일이었다.

오전 2시 30분. 오늘은 사람들 출입이 많은 아침까지 기다릴 수가 없었다.

아키라는 일반 마스크 위에 스키 마스크를 써서 얼굴을 감추고, 수영용 고글을 썼다. 그런 다음 발소리가 나지 않도록 양말만 신은 채 내부계단을 내려갔다. 12월이라서 마치 얼음 위를 걷는 것처럼 차가웠다. 1층 층계참까지 내려갔을 때는 발바닥의 감각이 완전히 사라졌다.

스포츠 가방을 내려놓고 스니커즈를 신은 그는 숨을 죽인 채 1층 상황을 살폈다. 만에 하나 경비원과 마주치면 재빨리 쓰러뜨려야 한다. 오늘밤 당직은 이시이라는 젊은 친구다. 사와다라는 영감이면 쉽게 해치울 수 있을 텐데, 이시이는 키도 크고 젊어서 결코 만만한 상대가 아니었다. 그래도 아르바이트 직원에 불과하니 목숨을 걸고 맞서지는 않을 것이다.

아키라는 왼손엔 사정거리 5미터짜리 최루 스프레이를, 오른손엔 100엔샵에서 산 길이 50센티미터의 십자드라이버를 들었다. 드라이버의 끝은 금속용 줄로 정교하게 연마해 송곳처럼 날카로웠다.

이 드라이버는 생사를 걸고 싸울 때 나무꾼의 칼처럼 재빨리 휘두를 수 있어, 나이프나 특수 방망이보다 위험한 무기가 된다. 물론 상대를 찔러 죽이려는 건 아니다. 최루 스프레이로 눈을 못 뜨게 한 후 동맥간이 지나지 않는 어깨나 허벅지 앞쪽을 찔러, 격한 통증으로 대항할 마음을 사라지게 할 작정이었다. 검테이프로 둘둘 묶어놓으면 도망칠 시간 정도는 벌 수 있을 것이다.

철문 너머에서는 아무 소리도 나지 않았다. 무한하다고 여겨질 만큼 많은 시간이 흘렀다. 만약 여기서 싸움이 벌어지면 내일 계획은 물거품이 된다. 하지만 대신 살인은 피할 수 있다. 아키라는 멍하니 그런 생각을 했다.

이윽고 경비실 문 열리는 소리가 들렸다. 한숨을 쉬면서 귀찮은 듯 엘리베이터로 향하는 발소리. 순찰시간이다.

엘리베이터 올라가는 소리가 들리자 아키라는 살며시 문을 열었다. 어두운 복도는 쥐죽은 듯 조용했다. 뒷문은 직접 감시할 수 있다는 이유로 감시카메라가 설치되지 않았다.

아키라는 안쪽으로는 잠겨 있지 않은 철문을 열고 밖으로 빠져나왔다.

안도의 숨을 쉴 틈이 없었다.

날이 밝기 전에 해야 할 일이 남아 있었다.

하늘을 올려다보니 구름 한 점 없이 쾌청했다. 이것 역시 계획대로 일을 진행하라는 신의 사인이리라.

어젯밤에는 잠시도 눈을 붙이지 못했다. 극도의 긴장 때문인지 피로나 졸음이 느껴지지 않았다.

오늘 하루다.

오늘 하루를 무사히 넘기면 새로운 인생이 시작된다.

천천히 심호흡해 몸의 긴장을 풀었다.

괜찮아. 계획은 완벽해. 모든 게 잘될 거야.

아키라는 시부야 빌딩보수회사에 도착했다. 하지만 일하러 가기까지 아직 여유가 있었다. 커피를 마시고, 로커에서 짐을 꺼내 옷을 갈아입는데 휴대폰이 울렸다. 손목시계를 보자 12시 반 전이었다. 거의 계산한 대로였다.

"사토 선배, 죄송해요. 사고가 나는 바람에……."

"사고라니, 무슨 사고?"

"출근하다 오토바이 엔진이 꺼졌어요. 시동이 안 걸려요."

"그거 큰일이네."

아키라는 짐짓 걱정하는 듯 말했다.

"죄송한데, 일단 오토바이를 어떻게 해야 할 것 같아요. 그래서 좀 늦을 것 같은데……."

"알았어. 먼저 로쿠센 빌딩으로 가 있을게."

"죄송합니다."

"지각하는 건 감싸줄 수 없지만, 작업이 늦어지는 건 둘러댈 수 있어. 사전점검에서 문제가 발견됐다든지 하는 식의 적당한 이유를 댈게."

"감사합니다. 되도록 빨리 갈게요."

"그래. 1시 반까지만 오면 돼."

"죄송합니다."

"어떻게 됐는지 걱정되니까 30분마다 연락해."

"알겠습니다."

아키라는 전화를 끊었다.

야부가 2시 반까지 오는 건 거의 불가능하다.

한밤중에 그의 아파트로 가서 오토바이 연료통에 물엿과 모래를 잔뜩 집어넣었다. 연료통 뚜껑에 자물쇠가 없다는 걸 미리 확인했기 때문에 1분도 걸리지 않았다.

엔진 내부의 스트레이너(Strainer. 불순물을 걸러주는 장치)가 제 역할을 하더라도 모래와 물엿 때문에 필터가 막혀 엔진이 작동하지 않을 것이다. 분해해 가솔린 탱크를 깨끗하게 씻어내지 않는 한 야부의 오토바이는 사용할 수 없다.

가까운 수리센터에 오토바이를 맡기고 바로 지하철을 탄다고 해도, 로쿠센 빌딩에 도착하는 건 빨라야 2시경이다. 그때쯤이면 아키라의 일은 이미 끝난 후일 것이다.

아키라는 오토바이 면허로 운전이 가능한 회사 소유의 베스파를 타고 출발했다. 길에는 차가 별로 없었다. 하지만 경찰청 표창이라도 받을 만큼 안전운전에 신경썼다. 로쿠센 빌딩에 도착한 그는 베스파의 엔진을 끄고 차량 진입로로 밀고 들어갔다. 그리고 비어 있는 주차공간 구석에 얌전히 베스파를 세웠다.

그는 살며시 뒷문을 열고 경비실 앞의 분실물 상자에 갈색 봉투를 밀어넣었다. 봉투 안에는 오늘 아침 시부야의 마권발매소에서 사온 마권이 들어 있었다. 그런 다음 큰소리로 인사했다.

"안녕하세요! 시부야 빌딩보수회사에서 왔습니다!"

신문 접는 소리. 의자 끄는 소리. 열쇠함에서 열쇠다발 꺼내는 소리. 경비실의 작은 창으로 옥상 문과 전원박스, 곤돌라용 등 열쇠 세 개를 건네받았다. 무거운 기자재가 든 스포츠 가방의 손잡이가 어깨를 파고들었지만, 가급적 가볍게 보이려 애썼다.

"수고가 많군. 어? 오늘은 혼자 왔나?"

사와다라는 경비원이 물었다. 깎다 만 반백의 수염이 보기 흉했다. 그쪽에서는 아키라에게 친근감을 느끼는 듯했지만, 술에 찌든 입냄새를 견디기 어려웠다.

"잠깐 도구를 가지러 갔어요. 한 시간이면 끝날 겁니다."

"그래? 연말인데 고생이 많네."

"괜찮습니다. 늘 하던 대로 한 시간이면 끝나니까요."

"끝나거든 열쇠를 갖다줘."

아키라는 가볍게 고개를 숙인 뒤, 경쾌하게 엘리베이터 홀로 향했다.

일요일 오후만 되면 사와다는 거의 경비실에서 나오지 않는다. UHF 방송국의 경마중계를 보기 위해서인데, 조잡한 화질에도 정신없이 빠져드는 듯했다. 아키라가 일을 끝낼 때까지 빌딩 밖으로 나오는 일은 크게 없을 것이다.

조금만 지나면 된다. 조금만 지나면 모든 게 끝이다.

그는 엘리베이터를 타고 올라가며 자세한 순서를 머릿속으로 곱씹었다.

11층에서 내려 옥상까지 계단을 이용했다. 정식 마스터키를 이용해 철문을 열자 강한 바람이 머리칼을 흩날렸다. 시계를 보니 12시 57분이었다.

가장 먼저 해야 할 일은 여느 때처럼 사전점검이었다. 시간을 절약하기 위해 급전 설비와 캡타이어 케이블의 피복 손상, 플러그나 콘센트의 금이나 결손 및 접속상태, 누전차단기 점검은 생략한 채, 주행로와 대차, 와이어로프를 대충 확인했다. 대차와 작업 바닥의 스위치, 인터폰 점검도 생략했다.

전부 이상 무. 채 3분도 걸리지 않았다. 여기까지는 완전히 계획대로다.

이제부터 실전에 들어간다. 리허설도 없고 NG도 낼 수 없는 딱 한 번의 기회.

사방을 둘러보았지만 주변 빌딩에서 인기척은 없었다. 괜찮다. 보는 사람이 아무도 없다. 본다면 수도고속도로를 달리는 차 안의 사람들뿐이다. 하지만 제대로 보일 리 만무했다.

일단 대차를 북서쪽 모서리로 이동시키고 점찍어 둔 창문 바로 위에 곤돌라를 위치시켰다. 그리고 필요한 기자재가 든 스포츠 가방을 들고 올라탔다.

곤돌라가 천천히 내려가는 동안 심장은 폭발하듯 쿵쾅거렸다. 돌이킬 수 없는 길로 들어서고 있음이 온몸으로 느껴졌다.

사장실 창문이 눈앞에 나타났다. 레이스 커튼이 쳐져 있었다. 계획대로 낮잠을 자고 있을까? 레이스 커튼 너머로 들여다보려 했지만, 안쪽이 컴컴해 잘 보이지 않았다.

숨을 크게 들이마신 후 기억 리모컨을 꺼냈다.

커튼을 열었는데 에바라 사장이 책상 앞에 앉아 있을지도 모른다. 오늘따라 커피를 안 마셨을 수도 있다.

멍청하긴. 그럴 리가 없다. 그렇다면 왜 사무실 안이 캄캄하단 말인가?

만약 자고 있지 않다면……. 그때는 그때다.

아키라는 기억 리모컨의 스위치를 눌렀다. 적외선은 유리창과 레이스 커튼을 투과해 벽에 반사되었다. 그리고 다시 레이스 커튼을 통과해 센서에 도달했다. 커튼이 좌우로 천천히 갈라졌다.

에바라 사장은 카우치에 담요를 덮은 채 누워 있었다. 햇살이 얼굴에 비쳤지만 일어날 기색은 없었다. 깊이 잠든 모양이었다.

기억 리모컨을 내려놓고 유리 흡반기로 유리창을 흡착시켰다. 재빨리 실링제를 체크했지만 아무 문제가 없었다. 유리 흡반기를 잡고 앞뒤로 살짝 움직였다. 가동 거리가 겨우 몇 밀리미터에 불과해 조금 흔들리는 느낌이 있지만 벨벳처럼 부드러웠다.

유리 흡반기를 앞으로 잡아당겨 유리가 자신의 앞쪽으로 오게 만들었다. 그런 다음 컨트롤러를 이용해 루퍼너스 V를 카우치 앞으로 이동시켰다. 조작방법은 이미 숙지하고 있었다. 하지만 긴장한 탓인지 스틱을 조종하는 손이 마음대로 움직이

Ⅱ. 죽음의 콤비네이션

지 않았다.

아키라는 컨트롤러에서 손을 뗀 후 두세 번 심호흡했다.

마지막 순간에 뭐하는 거야? 실패하면 모든 걸 잃게 돼! 알
고 있어?

그는 스스로에게 기합을 넣고 다시 도전했다. 이번에는 성공
이었다. 루피너스 V는 에바라 사장의 몸을 카우치에서 안아올
렸다. 그리고 앞쪽으로 이동했다.

에바라 사장의 옆얼굴이 보였다. 입을 반쯤 벌리고 깊이 잠들
어 있었다. 아니, 의식을 잃었다고 하는 편이 정확할지도 모른다.
각본대로 페노바르비탈나트륨 각설탕을 커피에 넣은 모양이다.

숨을 쉴 때마다 가슴이 위아래로 천천히 움직였다.

그 순간 공포가 온몸을 휘감았다. 그제야 자신이 무슨 짓
을 하려는지 실감한 것이다. 그는 솟구치는 두려움을 애써 억
눌렀다.

이제 와서 멈출 수는 없다. 달리 선택의 여지가 없다.

책상을 돌아 루피너스 V를 창 앞으로 오게 했다. 그리고 에
바라 사장의 뒤통수가 보이도록 루피너스 V의 상부를 반회전
시켰다.

에바라 사장의 머리는 창과 조금씩 가까워졌다. 큼지막한 귀
가 클로즈업되었다. 센서가 유리의 존재를 감지한 모양이다. 점
차 움직임이 느려지더니 백발의 머리가 유리에 딱 붙었다.

그는 컨트롤러를 내려놓고 스포츠 가방에 들어 있던 볼링공
을 꺼냈다. 16파운드짜리 볼링공을 마직 쇼핑백에 넣어 움직이

지 않도록 철사로 단단히 묶어 놓아서인지 그로테스크한 대머리 인형처럼 보였다.

왼손으로는 두 개의 손잡이를 단단히 붙잡고, 오른손으로는 볼링공의 바로 밑을 잡았다. 다시 한 번 주변을 둘러보았다. 보는 사람은 어디에도 없었다.

지금이다.

아키라는 볼링공을 해머던지기 자세로 잡고 몸을 비틀었다.

몇 번이나 반복했던 리허설을 머리에 떠올렸다. 불안정한 바닥이 흔들리지 않게 발에 힘을 준 뒤, 짧고 정확한 궤도로 모든 운동 에너지를 팔에 집중시켰다.

하지만 아무리 해도 몸이 움직이지 않았다.

아키라는 가쁜 숨을 몰아쉬었다.

해치워.

해치우는 수밖에 없어.

빨리 끝내버려.

다시 이를 악물었다.

이놈을 고이케나 아오키라고 생각하는 거야.

이놈이……

시위를 떠난 화살 같은 기세로 몸이 회전했다.

다음 순간, 마직에 싸인 16파운드짜리 경질 우레탄공이 두께 2센티미터 겹유리 너머의 에바라 사장 뒤통수를 가격했다.

쿵 소리와 함께 유리창 전체가 안쪽으로 쑥 들어갔다. 동시에 에바라 사장의 머리가 튕기듯 유리창에서 떨어졌다.

그 반동으로 곤돌라가 크게 흔들렸다. 아키라는 필사적으로 균형을 취하며 자세를 바로잡았다.

흔들림이 가라앉은 후에도 그는 한동안 움직이지 않았다. 수지막을 끼운 강화유리 소리는 보통 판유리보다 작지만, 예상보다 훨씬 강력했다. 밑으로 누군가 지나가는 중이었다면, 틀림없이 주변을 둘러보며 소리의 근원지를 찾았을 것이다.

문제는 복도 너머에 있는 세 비서들이었다. 점심을 먹으러 나갔으면 다행이지만, 비서실에 있다면 두꺼운 두 개의 문을 통과해 소리가 들릴 수도 있었다.

이상한 소리가 들리면 사람은 본능적으로 하던 일을 멈추고 귀를 기울이게 마련이다. 그때 다시 소리가 들리면 무슨 일이 생겼다고 판단해 확인하려 할 것이다.

움직이고 싶은 마음을 억누른 채 아키라는 꼼짝도 하지 않았다.

30초가 지났다. 그제야 그는 안도의 한숨을 쉬었다.

볼링공을 내리고 에바라 사장의 모습을 눈으로 찾았다. 여전히 루피너스 V에게 안긴 상태였으나 축 늘어져 있었다. 숨이 멎은 듯했다. 조금 전 충격으로 유리창에서 10센티미터쯤 떨어져 있었다. 머리가 찢어졌는지 백발에 피가 묻어 있었다.

출혈은 많지 않았지만, 머리에 수술을 받은 사람이 그 정도 타격을 받았으면 틀림없이 숨이 끊어졌으리라.

아키라는 떨리는 가슴으로 유리 상태를 확인했다. 유리 전체가 안쪽으로 몇 밀리미터 들어가고 실링재 일부가 벗겨졌다. 하지만 표면에는 작은 흠집 하나 남지 않았다. 그런데 자세히 보니 유리의 지저분함 위로 뚜렷한 자국이 남아 있었다.

그는 즉시 샴푸와 스퀴지를 사용해 창문을 닦아냈다. 그러자 이번에는 유리 안쪽의 희미한 얼룩이 눈에 띄었다. 에바라 사장의 머리칼에서 기름기가 묻은 모양이었다. 육안으로는 보이지 않지만, 미량의 피가 묻었을지도 모른다.

다시 컨트롤러로 루피너스 V를 조종했다. 움직이지 않는 에바라 사장의 오른쪽 어깨를 유리의 얼룩 부분에 대고 문질렀다. 극도의 긴장감과 사건의 끔찍함으로 구토가 치밀었지만, 같은 동작을 반복하는 사이 유리는 깨끗해졌다.

아직 끝난 게 아니다. 이번에는 에바라 사장을 사장실 한가운데로 이동시켜 천천히 내려놓았다. 머리 밑으로 응접세트의 유리 테이블이 위치했다. 에바라 사장의 머리를 아래로 향하게 해 테이블과 접촉시킨 뒤, 4~5초 후 들어올렸다. 멀리서는 눈에 띄지 않지만 그곳에 핏자국이 묻었을 것이다.

아키라는 시신을 바로 옆의 카펫에 누인 뒤 루피너스 V를 제자리로 돌려놓았다. 그런 다음 충전기에 접속시키고 전원을 껐다.

시계를 보니 곤돌라를 타고 내려온 지 약 10분이 지나 있었다. 예정 시간을 상당히 초과했다. 실링재 안쪽에 에폭시 수지를 주입해 유리를 완전히 고정시켜야 하는데, 최소한 5~6분이 걸릴 것이다.

이대로 둬도 진상이 드러나지는 않겠지. 그래도 굳이 화룡정

점을 찍어야 할까? 그때 스포츠 가방에서 휴대폰이 울렸다. 번호를 보니 야부였다.

"여보세요."

"아, 사토 선배. 죄송해요. 10분쯤 후 도착할 겁니다."

"도착한다고? 회사로?"

"아뇨. 로쿠센 빌딩이요."

이렇게 빨리 올 줄은 몰랐다.

"오토바이는 고쳤어?"

"아니, 못 고쳤어요. 누가 장난으로 연료통에 뭔가를 집어넣은 것 같아요. 마침 수리센터에서 아는 사람을 만나 오토바이를 얻어타고 가는 중이에요."

"그래. 기다릴게."

"지금 어디세요?"

"옥상."

"알겠습니다."

아키라는 전화를 끊었다.

큰일이다. 10분 안에 도착한다면 벌써 근처까지 왔을 것이다. 로쿠센 빌딩이 시야에 들어오면 곤돌라가 보일 것이다.

그는 유리 흡반기를 사용해 안쪽으로 밀린 창을 바깥쪽으로 되돌렸다. 그렇게 하지 않으면 안쪽에서 밀었을 때 유리가 움직인다는 사실을 알게 되기 때문이다.

그런 다음 실링재가 벗겨진 부분을 프라이머로 접착시켰다. 아키라는 기억 리모컨으로 레이스 커튼을 닫은 후 곤돌라를 상승시켜 옥상으로 갔다. 그리고 레일을 따라 대차를 움직여 원위치로 돌려놓았다.

마지막으로 흉기 역할을 한 볼링공을 처리했을 때 옥상 철문을 두드리는 소리가 들렸다. 아슬아슬한 타이밍이었다.

아키라는 이마의 땀을 훔치고 철문을 열었다.

"늦어서 죄송해요."

"괜찮아. 그보다 큰일날 뻔했네."

"누가 아니래요? 분명히 아래층 사는 녀석이 그랬을 거예요. 얼마 전 오토바이 소리가 시끄럽다며 찾아왔더라고요. ……그래요, 틀림없어요. 젠장! 그 자식, 가만두지 않겠어!"

야부는 대차를 움직이며 연신 투덜거렸다. 로프에 얽히지 않게 뒤로 묶은 머리가 그의 울분처럼 좌우로 흔들렸다. 그러다 갑자기 아키라를 돌아보며 물었다.

"그런데 사토 선배, 왜 옥상 문을 잠그고 있었어요?"

오른쪽 손목에서 묵직한 통증이 느껴졌다. 볼링공으로 타격할 때 삐었나 보다. 16파운드짜리 볼링공이 튕겨질 때 손목에 가해질 부담을 미처 생각하지 못한 것이다.

하지만 그보다 더한 정신적 고문이 있었다. 하릴없이 옥상에서 시간을 보내는 일이다. 늦게 왔다는 미안함으로, 야부는 창문 닦는 작업을 전부 맡겠다며 고집을 부렸다. 다른 때 같으면 환영할 만한 일이다. 또한 현재 손목상태로는 스퀴지를 사용하기가 힘들다.

시간이 지날수록 형언할 수 없는 불안감에 휩싸였다. 혹시 어디선가 치명적인 실수를 저지른 게 아닐까? 만전에 만전을 기했지만 간과한 게 있는 듯해 견딜 수가 없었다.

동쪽의 마지막 줄을 닦은 뒤 야부가 탑승한 곤돌라가 위로 올라왔다.

"이제 북쪽으로 갑니다."

야부의 말에 아키라는 퍼뜩 정신이 들었다.

북쪽 창이다.

사장실 안은 어두컴컴했다. 하지만 빛이 앞쪽뿐만 아니라 왼쪽에서도 희미하게 비치는 것 같았다. 어쩌면 북쪽 커튼이 완전히 닫히지 않은 건 아닐까?

그렇다면 야부가 에바라 사장의 시체를 발견하게 될 것이다. 물론 누군가는 첫 발견자가 될 것이므로, 그 사람이 야부라 해도 문제는 없다.

하지만 혹시 다른 것도 발견한다면?

다른 각도에서는 자신이 보지 못한 걸 볼 수도 있다.

생각할수록 불안했다. 정신이 들었을 때, 그는 이미 한 발짝 앞으로 나서고 있었다.

"수고했어. 이쪽은 내가 할게."

"아니에요. 제가 할게요. 늦어서 죄송하기도 하고요."

"됐다니까. 가만히 있자니 심심해서 돌아가시겠어."

반 강제로 야부를 곤돌라에서 내리게 했다. 그리고 로쿠센 빌딩 북쪽 면의 동쪽 끝부터 창을 닦기 시작했다.

하지만 아키라는 즉시 후회했다. 지금까지 의식한 적은 없지만, 창문을 닦는 일은 손목을 쓰는 동작의 연속이었다. 평소 같으면 아무렇지도 않을 움직임이 오늘은 극심한 고통을 안겨주었다. 견디다 못해 왼손으로 시도했으나 잘 되지 않았다.

야부가 손목 삔 사실을 눈치채서는 안 된다. 그는 이를 악물고 단조로운 작업을 계속했다. 사장실 옆의 부사장실 창문을 다 닦을 무렵, 통증은 최고상태에 이르렀다.

곤돌라가 올라가자 야부가 물었다.

"괜찮아요? 땀이 많이 나는데요. 교대할까요?"

"아니야. 이제 두 줄밖에 안 남았어."

아키라는 곤돌라 조작반의 주행 스위치를 눌렀다.

"혹시 컨디션이 안 좋은 거 아니에요?"

"아니, 괜찮아. 어제 좀 많이 마셔서 그래."

"역시 술은 적당히 마시는 게 좋아요."

"적당히 마셨어. 죽을 정도는 아니니까 걱정 마."

"설마 술 좀 많이 마신다고 죽기야 하겠어요? 그런데 안색이 정말 안 좋아요."

"아까부터 머리가 좀 아프네."

"저도 과음하면 머리가 아프더라고요. 어쨌든 작업이 꽤 늦어졌으니, 서두르세요."

야부는 아키라를 위하는 척하면서도 일을 재촉했다.

"늦게 온 게 누군데 독촉이야?"

아키라는 투덜거렸다.

대차가 천천히 오른쪽으로 이동하자, 북쪽 면의 서쪽부터 두 번째 줄의 창문이 나타났다. 레이스 커튼은 닫혀 있었지만 가운데가 약간 벌어져 있었다. 실내는 어두웠다.

수도고속도로와 마주한 북쪽 면은 유리창이 특히 더러웠다. 그는 세제가 든 양동이에 샴푸를 넣고 유리에 거품을 듬뿍 발랐다.

통증을 참으며 천천히 거품을 쓸어모으는 순간, 오른손에서 스퀴지가 미끄러지며 밑으로 떨어졌다. 커튼 사이로 믿기 힘든 광경이 펼쳐진 것이다.

소스라치게 놀라 창문에 얼굴을 댔다. 사장실 문 바로 옆에 사람이 쓰러져 있었다. 얼굴은 보이지 않았다. 움직임이 없었고, 숨을 쉬는 것 같지도 않았다.

살아 있는 걸까?

창밖에서는 판단이 어려웠다. 잠시 주저하다 주먹으로 유리를 두들겼다. 둔탁한 소리가 났지만 아무런 반응이 없었다.

잠깐 망설이다 그는 인터폰을 집어들었다.

"야부, 거기 있어?"

긴박한 상황에도 농담이나 하는 상사처럼 입에서 태평한 소리가 나왔다.

"네."

잠시 후 야부가 대답했다.

"비상이야, 비상! 즉시 경비실에 연락해 줘!"

"무슨 일인데 그래요?"

"최상층 북서쪽 사무실에 사람이 쓰러져 있어."

"사람이 쓰러져 있다고요?"

"말대꾸 그만하고 얼른 뛰어가지 못해!?"

아키라가 소리치자 야부는 "알겠습니다" 하고 대답했다. 그리고 발소리가 들렸다. 인터폰을 그대로 둔 채 뛰어간 모양이다.

아키라는 쓰러져 있는 사람을 다시 쳐다보았다. 온몸에 소름이 돋았다. 아무리 봐도 시체가 틀림없었다.

데드 콤보

스스로 최초의 발견자가 된 것이 현명한 선택이었을까?

참고인 조사를 위해 경찰서의 작은 방에서 기다리며 아키라는 끊임없이 자문자답했다. 아무리 생각해도 그때는 그럴 수밖에 없었다. 에바라 사장의 몸이 문 가까이 이동해 있는 건 예상 밖이었다. 커튼 사이로 상황이 보이는 곳에 있었으면서 신고하지 않았다면 의심을 샀을지도 모른다.

쓰러진 위치가 달라져 있는 시체를 보았을 때는 너무 놀라 숨을 쉴 수가 없었다. 타격의 위력이 약해 즉사하지 않은 걸까? 그래서 기어가다 죽은 걸까?

아니다, 잠깐만.

불길한 가능성이 떠오른 아키라는 몸을 앞으로 숙인 채 기도하듯 두 손을 깍지 꼈다. 아직 죽었는지 살았는지 확실하지 않다. 적어도 얼마 동안은 살아 있었다. 어쩌면 일찍 발견되어 치료를 받고 살아났을지도 모른다.

가령 그렇더라도 왜 머리에 타격을 받았는지 본인도 모를 테니, 생명의 은인인 자신을 의심할 리는 없으리라. 하지만 다이아몬드가 없어진 걸 알게 되면……?

맨 먼저 의심할 대상은 사장실에 들어갈 수 있는 회사 내부인일 것이다. 그러나 어떤 이유로든 전원이 결백하다고 밝혀지면……?

신고하지 말고 죽기를 기다려야 했을까?

하지만 어차피 누군가 발견했을 것이다. 시간차라고 해봐야 겨우 10분 정도 아니었을까? 그렇다면 역시 신고한 건 잘못이 아니다…….

안절부절못하고 있을 때 형사가 나타났다.

"기다리게 해서 미안해. 몇 가지 질문에 대답해 주겠어?"

아키라는 자리에서 일어서며 말했다.

"저기, 형사님."

"왜?"

"쓰러져 있던 사람은 괜찮나요?"

그러자 형사는 유감스럽다는 표정을 지었다.

"아니, 안타깝지만 이미 늦었더라고."

"그렇군요."

아키라는 시선을 떨구었다. 안도감이 마음 구석구석까지 퍼져나갔다. 보는 사람이 없으면 승리의 포즈라도 취하고 싶을 정도였다.

잔뜩 긴장했던 참고인 조사는 너무도 간단히 끝났다.

어쩌면 당연한 일인지 모른다. 두꺼운 유리 너머로 시체를 발견했고, 시신이 있는 사무실에는 한 발짝도 들어가지 않았으니까. 평범하게 생각하면 범행기회 제로에 죽은 사장과는 아무 관계가 없었다. 형사가 물어본 건 시체를 발견한 경위와 주변에서 수상한 사람을 보지 못했느냐는 정도였다.

여태껏 판에 박힌 범죄만 접해온 경찰이 어찌 상상이나 하겠는가? 아키라는 절대적인 자신감으로 형사의 질문에 여유롭게 대답했다.

오히려 심장이 덜컹했던 건 맨 처음 신원을 확인할 때였다. 이름과 주소, 본적지를 물었는데, 틀릴 리가 없는 대답에 두 번이나 말을 더듬었다. 하지만 그것 역시 시체를 발견한 충격 때문이라고 좋게 받아들인 모양이었다. 근래 지방에서 상경한 젊은이들이 많아 개인적 배경까지 물어보는 일은 드물었다.

경찰서에서 해방되자, 아키라는 회사로 돌아가 사건에 대해 보고했다. 작업 중 시체를 발견하는 건 회사에서도 처음 있는 일이었다. 그 덕분에 사람들에게 폭풍 질문을 받아야 했다. 일을 마치고 돌아온 직원들도 잇달아 이야기에 끼어들었다. 급기야 창문을 닦는 도중 얼마나 충격적인 광경을 목격했는지에 대한 자랑이 경쟁적으로 이루어졌다.

경찰에서 조사받느라 지쳤다는 핑계를 대고 그는 일찍 사무실에서 빠져나왔다. 몸의 중심에 똘똘 뭉쳐 있는 기묘한 긴장을 풀기 위해 한잔하고 싶었으나, 지갑에는 1천 엔짜리 몇 장밖에 남아 있지 않았다. 그동안의 계획을 준비하느라 착실히 모아온 돈도 금목걸이도 사라져버렸다. 게다가 시가 수억 엔의 다이아몬드는 당분간 돈으로 바꿀 수 없었다.

현재 가장 두려운 것은 집에 도둑이 드는 일이었다. 집에 도착한 아키라는 편의점에서 사온 종이팩 보리소주와 각얼음으로 온더락을 만들었다.

기나긴 하루였다. 하지만 나는 완벽하게 해냈다…….

알코올의 취기에 몸을 맡기며 그는 성취감에 젖었다. 오른쪽 손목은 여전히 욱신거리며 통증이 심했다.

심신이 극도로 지친 탓인지, 평소보다 취기가 빨리 돌았다. 석 잔째 비워갈 즈음 방이 빙글빙글 도는 듯한 느낌에 빠져들었다.

싸늘한 다다미에 드러누운 채 그의 의식은 점점 희미해졌다.

아키라는 흠칫 놀라 눈을 떴다.

시야 가득히 깜깜한 천장이 펼쳐졌다.

몸이 쇠사슬에 묶인 것처럼 움직이지 않았다. 이제 끝장이다. 공포로 온몸의 털이 곤두섰다. 경찰 수사가 바로 코앞까지 다가왔다.

나는 돌이킬 수 없는 짓을 저질렀다…….

방안은 얼어붙을 듯 추운데, 온몸은 샤워한 것처럼 젖어 있었다. 오른쪽 손목은 퉁퉁 부어오르고 욱신거렸다. 마치 인생의 마지막 남은 시간을 카운트다운하는 것처럼 느껴졌다.

빨리 지나갔으면 좋겠다.

이런 인생 따위, 얼른 끝나버리면 얼마나 좋을까? 그러면 고통도 끝이 날 테니까.

아키라는 온몸을 담요로 둘둘 만 채 밤을 지새웠다.

뜻밖에도 다음날부터는 악몽에 시달리지 않았다. 평온한 가운데, 도쿄로 오고 세 번째 설을 맞이했다.

아키라는 하루의 대부분을 집에 틀어박혀 보냈다. 설 연휴에 대비해 쌀 같은 식료품은 미리 사두었다. 밖으로 나가는 건 2~3일에 한 번 빨래방에 갈 때뿐이었다.

남아도는 시간을 주체하기가 어려웠다. 하는 일이라곤 쓰레기장에서 주워온 잡지를 읽는 것뿐이었다.

술과 여자에 쓸 돈은 없지만, 조금 멀리 바람을 쐬러 갈 정도는 되었다. 하지만 다이아몬드 생각에 불안이 머리 꼭대기까지 차올라 단 5분도 집을 비울 수 없었다. 다이아몬드는 나름 잘 숨겨놓았다. 하지만 그토록 교묘하게 숨겨놓은 다이아몬드를 자신이 찾아냈다고 생각하면 마냥 안심할 수는 없는 노릇이었다.

집에서 가만히 무릎을 껴안고 있으려니 망상적인 공포와 적의가 점점 커져갔다. 설마 이런 낡아빠진 집에 무언가를 훔치러 오는 도둑은 없겠지만, 작은 소리에도 황급히 몸을 도사렸다.

손닿는 곳에 쇠파이프와 대형 드라이버를 준비해 놓았으나, 그것만으로는 불안했다. 그렇다고 값비싼 일본도를 살 수 있는 형편은 아니었다. 하지만 공포를 견디다 못해 결국 2일부터 영업하는 홈센터에서 쇠로 된 자를 사왔다. 연마기가 없어 처음에는 콘크리트벽에 대고, 나중에는 물에 적신 벽돌을 이용해 날카롭게 갈았다. 정신이 아득해질 만큼 단조로운 작업이었지만, 시간을 보내는 데는 최고였다.

연마를 마친 쇠자는 군데군데 이가 빠졌지만 부엌칼만큼 예리했다. 나무 자루에 끼워 접착제로 고정하자, 볼품은 없으나 사람은 충분히 죽일 수 있는 무서운 흉기로 변했다. 끝이 날카롭지 않아 찌를 수는 없지만 목의 경동맥쯤은 간단히 절단할 수 있지 않을까? 옷 위로 공격해도 깊은 상처를 입힐 것이다.

아키라는 자신의 알을 지키는 물장군처럼 다이아몬드 곁을 떠나지 않았다.

가끔 자신의 현실이 믿어지지 않았다. 다이아몬드를 손에 넣고 에바라 사장의 입만 막으면, 그 즉시 세상이 자기 것이 될 줄 알았다.

그런데 현실은 어떤가? 마치 다이아몬드에 들어 있던 악령을 물려받은 것 같았다.

보이지 않는 곳에 숨겨두었음에도, 다이아몬드의 존재는 집 전체를 점령한 채 오직 자신을 지키라고 명령했다.

조심해라. 도둑은 모든 곳에 숨어 있다. 놈들은 예리한 후각으로 돈냄새를 맡는다. 아무리 엄중히 경비해도 뚫고 들어와, 상처를 입히고 죽이고 모든 걸 빼앗아간다.

악령은 끊임없이 아키라의 귓가에 속삭였다.

눈을 크게 떠라. 귀를 기울여라. 오감을 총동원해 습격에 대비하라. 싸울 준비를 게을리하지 마라.

아키라는 하루종일 식은땀이 배어나온 손으로 직접 만든 칼을 움켜쥔 채 보이지 않는 적을 기다렸다.

회사에서 휴대폰으로 연락이 온 건 설날 분위기가 조금은 희미해질 무렵이었다. 아키라는 연초부터 계속 일을 쉬었다. 삔 손목은 많이 좋아졌지만, 곤돌라를 타고 창문 닦을 마음이 생기지 않았다.

오른손에 에바라 사장을 타격했을 때의 느낌이 그대로 남아 있었다. 창문을 닦을 때마다 그때 일이 생각날까 봐 두려웠다.

회사를 그만둘까도 생각했다. 하지만 새 직장을 구하기 어렵다는 점, 이 시점에 그만두면 누군가 이상하게 여길지도 모른다는 점 때문에 선뜻 결정을 내리지 못했다. 어쨌든 하이그라운드 일은 포기하지 않을 수 없었다. 기회를 봐서 빌딩 내부청소로 바꿔달라고 부탁하는 수밖에 없으리라.

회사에서 온 전화는 빨리 일터로 복귀하라는 독촉이 아니었다. 로쿠센 빌딩 사건으로 그 회사 전무가 체포되었다는 건 TV를 통해 알고 있었다. 그런데 담당 변호사가 자신을 만나고 싶어한다는 내용이었다.

털끝만큼도 의심을 사고 싶지 않아 아키라는 흔쾌히 승낙했다.

약속장소인 찻집에 나타난 사람은 놀랍게도 젊은 여성이었다. 20대 후반이나 30대 초반쯤 됐을까? 맑은 눈빛과 눈부신 미모의 소유자였다.

"늦어서 미안해요. 사토 마나부 씨죠?"

"그렇습니다. 변호사님은……."

"아오토 준코예요. 만나서 반가워요."

준코는 자연스럽게 손을 내밀었다. 아키라는 조심스럽게 그녀의 손끝을 잡았다.

"들으셨을지 모르지만, 히사나가 도쿠지 전무님의 변호를 맡고 있어요. 히사나가 전무님은 지난 연말 발생한 로쿠센 빌딩 사건의 피의자로 경찰에 구속되어 있지요."

아키라는 고개를 끄덕였다.

"그래서 그날 시신을 발견했을 때의 상황을 알고 싶어요."

"……도움이 되실지는 잘 모르겠습니다만."

아키라는 곤돌라를 타고 사장실 창문을 통해 시신을 발견하기까지의 과정을 이야기했다. 그 부분은 거짓말할 필요가 없었으므로 사실대로 말했다. 경찰에 진술한 적이 있었기에 요령껏 이야기를 정리할 수 있었다.

"고마워요. 많은 참고가 됐어요."

준코는 커피잔을 한 손에 들고 생각에 잠겼다.

당신이 그 아름다운 머리를 아무리 쥐어짜봤자 알아내지 못할걸? 그녀의 이지적인 이마를 바라보며 아키라는 묘한 기쁨에 젖었다.

"당신이, 시신을, 발견했을 때 말인데요. 시신에, 무슨, 이상한 점은 없었나요?"

준코는 생각을 정리하듯 한 마디씩 또박또박 말했다.

"이상한 점이요……?"

아키라는 미소가 감도는 입가를 커피잔으로 감추었다.

그러고 보니 사장을 살해한 후 분명히 사장실 가운데에 뉘어 놓았는데, 나중에 보니 문 근처까지 이동했더군요. 이상한 점이라면 그 정도일까요?

"시신을 발견했을 때는 창에 커튼이 쳐져 있어 사장실 안이 어두웠지요?"

"그렇지요."

"게다가 창은 꽤 더러웠고요?"

"네."

"그렇다면 자세히 안 보였을 것 같네요."

"창은 깨끗이 닦았지만……, 분명히 잘 안 보이긴 했습니다."

"이상한 질문일지 모르겠는데, 당신이 본 게 분명 사장의 시신이었나요?"

"네?"

아키라가 멍하니 입을 벌린 건 결코 연기가 아니었다.

"시신의 얼굴은 보이지 않았죠?"

"그거야 뭐, 엎드린 데다 반대쪽을 향해 있었으니까요."

"그렇다면 사장의 시신이 틀림없다고 장담하기는 어렵겠네요?"

"그러니까……, 사장인지 아닌지는 잘……. 애초 얼굴도 잘 모르고요."

"가령 딴사람이었다 해도 몰랐을까요?"

이야기가 의도치 않은 방향으로 진행되고 있었다.

"처음 시신을 발견한 뒤로 계속 지켜봤어요. 5분쯤 후 사람들이 들어오기까지요."

"부사장과 여비서 세 명 말인가요?"

"그럴 겁니다."

준코는 마치 비밀 이야기라도 하듯 몸을 앞으로 내밀었다. 은은한 향수냄새가 아키라의 코끝을 자극했다.

"하지만 실제로 시신을 확인한 건 부사장뿐이에요. 비서들은 당황한 나머지 제대로 못 봤거든요."

"네? 그게 무슨……."

"한 가지 더 물어보고 싶은 게 있어요. 당신이 시신을 발견했을 때 말인데요. 사장실 오른쪽 안쪽에 있는 카우치를 봤나요?"

"카우치요?"

"소파처럼 생긴 거요. 응접세트와 별도로 벽쪽에 놓아두고 사장이 잠깐씩 잠을 잘 때 사용하던 거예요."

아키라는 기억을 더듬었다.

"……기억이 안 납니다. 못 본 것 같아요. 커튼 사이로는 아주 좁은 범위밖에 안 보이니까요."

"그렇군요."

준코는 만족스러운 표정을 지었다. 옅은 색 립스틱을 바른 입술 사이로 새하얀 치아가 보였다.

"저기……, 혹시 시신이 둘이었다는 건가요?"

아키라는 당황스러웠다. 시신이 이동한 것과 어떤 관계가 있을까?

"아니, 시신은 한 구였어요. 둘이었다면 당연히 경찰이 발견했겠죠."

아키라의 머릿속은 여전히 오리무중이었다. 그때 준코가 미소를 지으며 말했다.

"비밀, 지킬 수 있어요?"

"당연하죠."

아키라는 생각도 하기 전에 고개부터 끄덕였다.

"지금 문제가 되고 있는 건 사장실이 완벽한 밀실이었다는 거예요. 히사나가 전무님이 결백하다고 가정한다면, 달리 범행을 저지를 수 있는 사람이 없거든요."

"……그런가요?"

그래서는 곤란하다. 불가능한 범죄를 연출할 생각은 털끝만큼도 없었다. 그런데 결과적으로 그렇게 된 모양이다.

원래 계획대로라면 사고로 처리되는 게 가장 이상적이다. 하지만 아무래도 살인이라는 게 밝혀진 것 같다. 이렇게 되면 히사나가 전무에게 죄를 뒤집어씌울 수밖에…….

"하지만 당신이 본 사장의 시신이 더미였다면 이야기는 달라져요. 부사장과 비서들이 사장실 문을 열었을 때 진짜 사장이 카우치에서 자고 있었다면요? 실제로 그 후에 범행을 저지를 수 있었으니까요."

아키라는 아연해졌다.

"더미라뇨……?"

"그 회사엔 진짜 더미 인형이 있거든요. 자동차 충돌실험에 사용하는 크래시 더미라는 건데요. 아마 TV에서 본 적이 있을 거예요."

준코는 핸드백에서 더미 인형의 사진을 꺼냈다.

"이것만 보면 인형이란 걸 알지만, 옷을 입히고 가발을 씌우면 얼핏 봐서는 모르거든요. 또 엎드려 있으면 얼굴이 안 보이니까요."

도대체 더미 인형을 언제 갖다두었다는 말인가? 아키라는 어안이 벙벙했다.

"그래서 하는 말인데, 당신이 본 게 이 더미 인형일 가능성은 없나요?"

아키라는 웃음이 터지려는 걸 간신히 참으며 커피를 한 모금 마셨다.

"그럴 가능성은 없습니다."

"사건이 발생한 지 한참 지났잖아요. 자세한 부분까지는 기억나지 않을 텐데요."

"네. 그건 그렇지만 분명히 달라요."

"정말이요?"

"네."

"어떻게 확신할 수 있죠?"

아키라는 혀로 입술을 핥았다. 신중하게 살해 당시의 영상을 떠올렸다.

"글쎄요……. 목덜미와, 그리고 손이 보였어요."

"흐음, 틀림없이 사람의 것이었나요?"

"물론 영화에서 이용되는 특수효과를 사용했다면 구별할 수 없겠지만, 이런 인형과는 전혀 달랐습니다. 뭐랄까, 피부의 질감 같은 거라고나 할까요?"

"그래요?"

준코는 낙담한 모양이었다.

변호사 양반, 꽤나 고민스러운 표정이군.

아키라는 식은 커피를 입으로 가져가며 그녀의 얼굴을 빤히 쳐다보았다.

정답을 가르쳐주고 싶은 마음이 굴뚝같지만, 내 인생이 걸려 있어서 말이야.

미안해, 준코 씨…….

그 후로 아무 일 없이 일주일이 지났다. 아키라의 일상은 서서히 안정을 되찾는 듯했다.

회사에 빌딩 내부청소 업무로 바꿔줄 것을 요청했는데, 순순히 받아들여졌다. 시신을 발견한 것 때문에 충격을 받았다고 생각한 모양이었다.

아키라는 신입직원들과 함께 빌딩 바닥 세정과 왁스칠에 대한 교육을 받았다. 마른 대걸레로 바닥을 닦거나 흡수 진공청소기로 더러운 물을 빨아들이는 일은 별로 어렵지 않았다. 왁스칠할 때 얼룩이 생기지 않도록 노하우가 필요했는데, 그것 역시 곧 습득했다.

가장 어려웠던 건 뭐니 뭐니 해도 바닥닦이용 기계인 폴리셔를 조종하는 일이었다. 전동모터로 회전하는 브러시에 핸들이 달린 단순한 기계였지만, 처음에는 직진조차 쉽지 않았다. 조종하는 입장에서는 브러시가 왼쪽으로 회전해, 중심이 조금만 앞으로 쏠려도 왼쪽으로 돌아가 버렸다. 교육 도중 사람들은 폴리셔에 끌려다니며 우왕좌왕했다.

얼마 되지 않아 아키라는 운전요령을 파악했다. 회전방향과 회전력을 머릿속으로 계산하며 머리 나쁜 개를 훈련하듯 유도하면 된다. 30분쯤 후에는 거의 자유자재로 운전이 가능해져, 아키라의 시범에 박수가 터질 정도였다.

낮에 몸을 움직이니 기분이 전환되어 다이아몬드에 대한 것도, 살인에 대한 것도, 사채업자에 대한 것도 모두 머릿속에서 사라졌다.

가장 마음이 우울해지는 때는 일을 끝내고 집으로 돌아가는 시간이었다. 사채업자 패거리들이 들이닥치지 않을까 하는 공포는 어느 정도 사라졌다. 하지만 형사들이 잠복하고 있지는 않은지, 도둑이 다이아몬드를 훔쳐가지는 않았는지 등의 새로운 망상 때문에 심장 박동이 빨라지곤 했다. 불길한 상상은 현관문을 열고 불을 켤 때까지 사라지지 않았다.

아키라가 일을 마치고 사무실로 들어서자, 사타케가 웃으며 어깨를 툭툭 쳤다.

"마나부, 여자한테 전화왔었어. 목소리가 엄청 예쁘던데? 애인 생겼나?"

"이제 다른 방법 좀 생각해 보세요."

아키라는 무뚝뚝하게 대꾸했다.

"아니야, 오늘은 진짜라니까."

"씨도 안 먹힐 소리는 이제 그만하세요."

그러자 사타케는 메모지를 찢어 아키라에게 내밀었다.

"이거 봐. 아오토라고 하던데? 전화해 달라면서 휴대폰 번호를 알려줬어. 별 사이 아니라면 휴대폰 번호까지 남길 리가 없잖아. 너한테 마음이 있는 거 아냐?"

아오토 준코. 그 이름을 똑똑히 기억하고 있었다.

"아아……. 그 사람, 변호사예요."

아키라는 태연한 척 대답했다.

"변호사?"

"그 사건 있잖아요. 지난번에 상황을 듣고 싶어해서 만났거든요. 또 그것 때문이겠죠 뭐. 증인이 돼 달라든지 말이에요."

"그렇구나. ……미안해."

천성적으로 착한 사타케는 금방 풀이 죽었다.

"그 번호, 나도 적어뒀는데 지워야겠네."

사타케가 제자리로 돌아간 뒤, 아키라는 사무실 전화로 메모지에 적힌 번호를 눌렀다. 상대는 금방 전화를 받았다.

"여보세요. 아오토입니다."

"사토 마나부입니다. 전화주셨다고 해서요."

"네……."

준코는 왠지 망설이는 듯했다.

"……잠깐 할 얘기가 있는데, 오늘 시간이 되나요?"

무슨 일일까? 아키라의 뇌리에 온갖 상상이 뛰어다녔다. 하지만 그녀의 목적이 무엇이든 거절은 생각할 수 없었다.

"좋습니다. 마침 지금 일이 끝났거든요."

"그럼…… 7시 반까지 신주쿠로 올 수 있어요?"

준코는 그렇게 말하며 가게 이름과 주소를 덧붙였다. 이름만으로는 어떤 곳인지 짐작도 되지 않았다. 술집일까? 아키라는 가슴이 두근거리는 걸 느꼈다.

"알겠습니다. 그럼……."

전화를 끊고 탈의실로 가서 꼼꼼히 세수했다. 수건을 적셔 몸을 닦았지만, 땀냄새가 남는 게 마음에 걸렸다. 갈아입은 티셔츠와 진바지, 스웨터는 깨끗하지만 낡은 평상복이었다. 이럴 줄 알았으면 좀 더 괜찮은 옷을 입고 올 걸 그랬다. 어차피 데이트에 입을 만한 옷은 한 벌도 없지만.

하지만 어떤 명품 브랜드라도 가게를 통째로 살 만큼 많은 재산을 갖고 있지 않은가? 이제 조금만 참으면 된다. 그는 조바심을 누르며 스스로를 타일렀다.

성공으로 가는 문의 열쇠는 이미 손에 넣었다. 조금만 더 참으면 미래의 문이 활짝 열릴 것이다.

신주쿠역 동쪽 출입구를 나서는 순간, 갑자기 불길한 예감에 휩싸였다. 어머니를 가장한 상대의 PHS에 전화한 곳이 여기였다. 이미 상대가 기지국을 알아냈을지도 모른다. 그렇지만 계속 감시하고 있을 리는 없다. 그쪽도 돈이 안 되는 일에 무제한으로 사람을 풀어놓을 수는 없을 테니까.

아키라는 모자를 깊숙이 눌러쓰고 잰걸음으로 사람들 사이를 지나갔다.

아오토 변호사가 오라고 한 곳은 뒷골목에 있는, 잡다한 가게들이 들어선 빌딩의 반지하였다. 여기가 맞을까? 그는 '클럽 조인트'라는 이름을 확인하고 계단을 내려갔다.

스윙 도어를 열고 들어가니 내부는 의외로 깔끔한 느낌의 술집이었다. 카운터에 앉아 있는 아오토 준코의 모습이 보였다. 안쪽으로 당구대가 하나 있고, 남자 한 명이 당구를 치고 있었다. 두 사람 외에 다른 손님은 보이지 않았다.

아키라가 들어가자 준코가 쳐다보았다. 표정이 왠지 슬퍼 보였다.

"여기까지 오라고 해서 미안해요."

"안녕하세요. 늦어서 죄송합니다."

아키라는 손목시계를 보았다. 약속시간이 5분쯤 지나 있었다.

준코는 말없이 고개를 가로저었다.

"뭐 마실래요?"

아키라는 지갑 속을 떠올리며 잠시 망설였다. 준코는 자신이 사겠다고 말했다. 아키라는 안쪽 스툴에 앉아 바텐더에게 맥주를 주문했다. 상표를 물을 거라 생각했는데, 바텐더는 곧바로 버드와이저를 건넸다.

"……이런 곳을 풀바(Pool bar. 당구를 칠 수 있는 술집)라고 하나요? 이런 데가 아직 있군요."

"네. 옛날에 친구들과 자주 왔었어요. 고등학생 때부터요."

"그래요?"

아키라는 맥주병에 입을 댔다. 빈속에 술기운이 스며들었다.

"그 후 조금 살아나는가 싶더니, 이제 풀바의 시대는 끝났나 봐요. 아, 죄송해요."

준코는 잔을 닦던 바텐더에게 사과했다.

"괜찮아요. 사실인데요 뭐. 당구대 놓을 공간에 손님 받을 테이블을 더 놓는다고 생각하면, 역시 도심에서는 힘들지요."

콧수염을 기른 바텐더는 웃는 얼굴로 대꾸하더니 안쪽으로 들어갔다.

"저, 그런데 오늘은 무슨 일로……."

겨우 방해꾼이 사라졌다고 생각한 아키라는 준코쪽으로 자세를 고쳐앉았다.

"그게요……."

준코는 칵테일잔을 입술로 가져가며 뜨뜻미지근하게 대답했다. 그때 등 뒤에서 시끄러운 소리가 들렸다. 남자가 브레이크샷을 한 것이다. 당구대 한가운데에 모여 있던 색색가지 공이 사방으로 흩어졌다.

"소개할게요. 이분은 에노모토 씨예요."

준코가 남자쪽으로 시선을 돌렸다. 아키라는 귀신에라도 홀린 듯한 표정을 지었다.

"에노모토 씨가 로쿠센 빌딩 사건에 대해 조사해 주셨어요."

"탐정이신가요?"

남자가 숙였던 몸을 일으켜 이쪽을 보았다.

"뭐 비슷하다고 할 수 있지. 묻고 싶은 게 있어서 와달라고 한 거야."

상대는 작은 체구에 몹시 말라보였다. 나이는 짐작이 가지 않았다. 피부가 하얗고 섬세한 느낌이었지만, 눈빛은 강렬했다.

아키라의 내부에서 강한 경계심이 솟구쳤다. 이 남자는 얕보지 않는 게 좋겠다.

"묻고 싶은 거라뇨? 그게 뭐죠?"

"다이아몬드는 어디 있지?"

남자는 그렇게 말하고는 큐로 하얀색 공을 쳤다. 하얀색 공은 노란색 공에 부딪치고, 노란색 공은 포켓으로 빨려들어갔다.

"다이아몬드요? 그게 무슨 말이죠?"

허를 찔린 아키라는 당황스러움을 감추고 맥주를 한 모금 마셨다. 침착해라. 넘겨짚은 거다. 이 남자가 어떻게 알겠는가?

남자는 낮은 자세로 큐를 잡고 다음 샷을 날렸다. 파란색 공이 포켓으로 떨어졌다.

"그렇게 시치미 뗄 필요 없어."

이어서 남자는 세 번째 공을 노렸다. 이번에는 빨간색 공이 당구대에서 사라졌다.

"당신에게 정말 감탄했어. 첫째는 사장실에 숨겨져 있던 다이아몬드를 찾아낸 거야. 나도 완전히 속았지. 공기조절용 덕트에 숨겨놓지 않았을까 생각했는데 말이야."

남자는 당구대 반대편으로 돌아갔다.

"설마 캐비닛 아래쪽에 비밀문이 있으리라곤 상상도 못했거든. 내가 사장실을 조사했을 때는 이미 간병 로봇이 없었으니까. 캐비닛 밑으로 파이버스코프를 쑤셔넣기 전까지는 눈치도 못 챘지."

네 번째 샷. 하얀색 공은 쿠션을 이용해 역방향에서 공격했다. 보라색 공이 포켓 안으로 들어갔다.

"둘째는 다이아몬드를 감쪽같이 훔쳐낸 수법이야. 사실 적외선 센서를 어떻게 피했는지는 아직도 모르겠어. 센서에 커버를 씌울 기회는 없었을 텐데 말이야."

다섯 번째 샷의 터치는 깃털처럼 가벼웠다. 오렌지색 공이 천천히 포켓 안으로 떨어졌다.

"저 사람이 대체 무슨 말을 하는 건가요?"

아키라는 준코쪽으로 몸을 돌렸다. 한심하게도 목소리가 약간 떨렸다.

"이런 말도 안 되는 연극을 보라고 일부러 불러낸 겁니까?"

준코는 아무 말도 하지 않았다.

"그만 가야겠어요."

아키라가 자리에서 일어서자 남자가 날카로운 목소리로 말했다.

"서둘러 집에 가면 다이아몬드를 처분할 수 있다고 생각하는 거야?"

아키라는 그를 쳐다보았다.

"아까부터 무슨 말을 하는 겁니까? 도대체……."

"당신이 여기서 나가면 우리는 경찰에 신고해야 돼. 그러면 체포될 테고, 형사들이 집을 수색하겠지."

아키라는 그 자리에 얼어붙었다.

"무, 무슨 증거가 있어서 그런……."

남자는 큐 끝에 초크를 바르더니 여섯 번째인 녹색 공을 포켓 안으로 떨어뜨렸다.

"에바라 사장이 숨겨둔 건 환금성 높은 1캐럿 미만의 다이아몬드가 대부분이겠지. 그렇다면 한두 개가 아닐 거야. 아마 수백 개쯤 되겠지. 따라서 감출 곳이 한정될 수밖에 없어."

"……도대체 무슨 말을 하는 거야?"

"그런 건 어디 먼 곳에 파묻는 게 가장 안전해. 그럼 가택수색을 당해도 괜찮으니까 말이야. 최악의 경우, 감옥에 들어가도 누군가에게 불지만 않으면 자유의 몸이 된 다음 파낼 수 있거든."

남자는 태연하게 말하며 일곱 번째 공을 노렸다.

"하지만 그렇게 못하는 게 인간의 속성이야. 아무리 인적이 드문 시골구석에 깊이 파묻어도, 누군가 훔쳐가지 않을까 생각하며 밤잠을 설치게 되지. 그래서 자신의 눈길이 닿는 곳에 두게 되고 말이야. 당신도 마찬가지였을 거야. 완전범죄라고 믿었으니 가택수색은 상상도 못했을 거고. 아마 그런 가능성은 일부러라도 머릿속에서 밀어냈을걸? 걱정거리는 그저 집에 불이 나거나 도둑이 들어오지 않을까 하는 정도? 내 말이 틀려?"

적자색 공이 포켓 안으로 떨어졌다.

"당신, 머리가 어떻게 된 거 아냐?"

하지만 아키라가 듣기에도 자신의 말이 공허한 울림처럼 느껴졌다. 끈적한 땀이 이미 온몸에서 흘러내리기 시작했다.

남자는 거침없이 말했다.

"조금 전에 당신 집을 살펴봤지."

"⋯⋯ 거짓말."

"리모컨식 보조 자물쇠만 달아놓으면 아무도 들어가지 못할 거라고 생각했지? 실제로 그건 꽤 괜찮은 방법이야. 하지만 유감스럽게도 수억 엔어치 다이아몬드를 지키기에는 역부족이지. 보통 도둑들은 자물쇠를 따고 들어가봤자 별게 없다고 생각하면 다른 곳으로 가거든. 하지만 어떻게든 그곳에 침입하겠다고 마음먹으면 방법은 얼마든지 있는 법이야."

정말로 우리 집에 들어갔을까? 아키라는 다리가 후들거리는 걸 느꼈다.

"집에 들어서자마자 이상한 느낌이 들더군. 싱크대 옆의 낡은 전자동 세탁기 말이야. 빨래방에 자주 다니지 않아?"

아키라의 몸이 떨렸다. 남자는 말을 이으며, 여덟 번째 검은색 공을 모서리 포켓에 넣었다.

"용케 그런 생각을 했더군. 그렇게 낡은 세탁기는 쓸모없는 대형 쓰레기에 불과해. 따라서 아무도 훔쳐가지 않겠지. 세탁조를 떼어낼 수 없는 구조니, 보자기에 다이아몬드를 싸서 내조와 외조 사이에 끼워두면 발견하기도 힘들고 꺼내기도 어렵겠고. 더구나 빨랫감을 넣어 물을 채워두면 위장도 되고 화재도 방지되니 일석이조지. 물론 탈수하려고 세탁조를 회전시키면 들통이

나겠지만, 모터 배선을 잘라 작동이 안 되게 해놓았더군."

이제 당구대에는 표적공이 하나밖에 남지 않았다. 남자는 아무렇게나 스트로크했다. 큐볼은 스리쿠션을 하며 테이블을 한 바퀴 돌더니 노란색과 하얀색이 절반씩 칠해진 9번 공에 부딪쳤다. 떠밀린 공은 결국 포켓 안으로 사라졌다.

아키라는 간신히 목소리를 짜냈다.

"어떻게 그런 짓을 할 수 있죠? 엄연한 주거침입이잖아요!"

"그래, 주거침입이야. 신고할래?"

남자는 당구대 밑의 포켓에서 그동안 떨어뜨린 공을 꺼냈다.

"……거래하자는 건가요?"

남자는 말없이 당구대 위에 공을 올려놓았다.

"거래할 생각이죠? 안 그러면 일부러 불러낼 필요도 없었을 테니까."

남자가 아키라를 쳐다보았다.

"절반씩 어때요?"

남자가 이번에는 준코를 쳐다보았다.

"아니, 3분의 1씩. 그래도 한 사람당 2억 엔이 넘을 겁니다."

남자는 무표정하게 고개를 가로저었다.

"그럼 얼마나……?"

아키라는 희망의 끈을 놓지 않은 채 물었다.

"난 그렇게까지 욕심이 많진 않아. 다른 때 같으면 그 절반에도 그러자고 했겠지. 거기 있는 아오토 변호사에게는 비밀로 하고 말이야. 다이아몬드를 처분할 루트도 소개해 줄 수 있었을 거야."

남자가 탄식하듯 말을 이었다.

"하지만 당신은 최악의 선택……, 살인을 저질렀어."

그러더니 딴사람이라도 된 것처럼 목소리가 날카로워졌다.

"당신과 거래하는 건 살인자와 공범이 되는 거나 마찬가지라고."

"잠깐만요. 내가 다이아몬드를 훔친 건 전날 밤이에요. 사건 당일엔 사장실에 못 들어갔다고요! 그런데 어떻게 살인을 했겠어요?"

아키라는 가까스로 변명을 짜냈다. 도둑질에 관해서는 이미 발뺌할 수 없는 상황이다. 그렇다면 그 부분은 인정하고 재빨리 태세를 전환하는 수밖에 없다.

"그래. 그날은 사장실에 들어갈 수 없었지. 완벽한 밀실이었으니까. 하지만 사장을 살해할 수는 있었어."

설마 모든 게 탄로났단 말인가? 그럴 리 없다. 그 방법을 그렇게 쉽게 알아냈을 리 없다.

"이 당구대를 사장실이라고 가정할까? 이게 에바라 사장이야."

남자는 당구대 한가운데에 노란색과 하얀색이 절반씩 칠해진 9번 공을 놓았다.

"그날 에바라 사장은 수면제 때문에 인사불성 상태였지. 구워 먹든 삶아먹든 마음대로 할 수 있었어. ……아니, 트릭은 이미 밝혀졌어. 수면제는 커피용 각설탕 안에 넣어 두었겠지. 여기까지는 간단한 이야기야."

남자는 아키라를 쳐다보았다.

"그런데 범행 당일, 사장실에 침입하는 건 도저히 불가능했어. 그렇다면 원격조정으로 살해할 수밖에 없었겠지. 그러기 위해선 사장실을 내려다볼 수 있는 곳에 있어야 했어. 곤돌라에 탄 당신처럼 말이야."

"단지 그 이유만으로……."

"하지만 가장 중요한 원격살인 방법을 알아내기는 쉽지 않았어. 물론 무엇이 당신 손을 대신했는지는 분명해. 간병 로봇이었지. 그런데 간병 로봇으로 사장을 직접 죽일 수는 없어. 그 로봇의 소프트웨어는 피간병인에게 상처를 입힐 수 없도록 되어 있으니까."

남자는 큐 끝으로 9번 공을 쿡쿡 찔렀다.

"이건 이 게임의 기본적인 룰이야. 당구에서 큐로 표적공을 직접 쳐서는 안 되는 것처럼. 당신도 처음부터 여기까지 예상했던 건 아니겠지. 하지만 결과적으로 밀실은 더욱 견고해졌어."

등에 식은땀이 흘렀다. 아키라는 무의식중에 도움이라도 청하듯 준코를 쳐다보았다. 그러나 그녀는 시선을 아래로 향하고 있었다.

"목표물을 직접 노릴 수 없다면 한 단계가 더 필요해지지."

남자는 테이블에 공을 세 개 놓았다. 포켓 왼쪽에 녹색의 6번 공. 그 앞쪽에 하얀색 큐볼. 그리고 그 앞쪽에 투톤 컬러의 9번 공.

"예를 들어 이 키스샷처럼, 큐볼로 친 표적공이 일단 다른 공에 키스한 뒤 포켓으로 들어가는 것 말야."

남자가 섬세한 터치로 스트로크하자 하얀색 큐볼은 목표물인 9번 공에 부딪쳤다. 9번 공은 포켓 왼쪽에 있는 녹색 공에 부딪치며, 남자가 말한 대로 모습을 감추었다.

남자는 당구대 밑에서 공을 꺼내 다시 테이블에 배치했다. 이번에는 포켓 앞쪽에 9번 공. 그 훨씬 앞쪽에 하얀색 큐볼. 그 중간에서 조금 오른쪽으로 치우친 곳에 6번 녹색 공을 놓았다.

"다음은 캐논샷이야. 큐볼로 직접 목표물을 노리지 못할 때 사용하는 방법이지. 큐볼을 일단 다른 공에 맞혀 궤도를 수정한 다음 표적공에 부딪쳐 떨어뜨리는 거야."

남자는 큐를 약간 세게 쳤다. 힘을 얻은 하얀색 큐볼은 6번 녹색 공을 맞히고 왼쪽으로 진로를 바꿔 9번 공을 때렸다. 표적공은 멋지게 포켓 안으로 빨려들어갔다.

"마지막은 콤비네이션샷."

남자는 포켓 근처에 9번 공, 앞쪽에 큐볼, 그 중간쯤에 녹색의 6번 공을 놓았다.

"큐볼로 표적공을 치면, 그 표적공이 노린 다른 표적공을 떨어뜨리지. 당구에서 가장 고난도의 샷이야."

자동차의 연쇄추돌 사고 같은 연쇄반응. 하얀색 공이 녹색 공에 부딪치고, 녹색 공이 투톤 컬러 공을 밀어 포켓으로 떨어뜨렸다.

"……당신이 당구를 잘 친다는 건 충분히 알겠어요. 그래서

II. 죽음의 콤비네이션

뭐가 어떻다는 건가요? 내가 사장을 살해할 수 있었다고요?"

아키라는 비아냥거리듯 말했다. 상대가 엉뚱한 방향으로 가고 있는 건 아닐까 하는 희미한 기대감이 고개를 내밀었다.

"유감이지만 불가능했어. 간병 로봇을 이용해 다른 물체를 움직여 에바라 사장의 머리를 타격하든지, 에바라 사장의 몸을 도구로 사용해 죽음에 이르게 하는 방법을 검토해 봤지만 전부 불가능하단 걸 알았지."

"그렇다면……."

아키라는 얼굴을 찡그렸다.

남자는 다시 공 세 개를 꺼냈다.

"결국 아오토 변호사 말이 맞았어. 간병 로봇에게는 간병 로봇이 할 수 있는 일을 시킨 게 아닐까? 즉, 당신은 에바라 사장의 몸을 사장실 내 임의의 장소로 이동시켰어. 살해하는 데는 그것으로 충분했지."

남자는 당구대 위에 9번 공을 놓더니 큐 끝으로 굴렸다. 준코가 스툴에서 몸을 움직였다.

"에노모토 씨, 이제 그만해요……."

"아니, 조금만 기다려요."

남자는 큐를 든 손으로 준코의 말을 막았다.

"연극이 너무 어설퍼 봐주기가 힘들군요. 넘겨짚는 건 이제 그만하시죠."

아키라는 온몸의 용기를 짜내어 말했다.

"넘겨짚는다고?"

"그래. 사실 아무것도 모르지? 뭔가 있는 것처럼 말해, 나를 흔들고 자백시키려는 것뿐이야."

그러자 남자가 가볍게 웃었다.

"아직도 큰소리인가? 그 트릭에 상당히 자신이 있나 보군. 그래, 그것도 무리는 아니지. 우연의 장난이 아니었다면, 나도 알아차리지 못했을 테니까."

"우연……?"

"내가 사장실에 들어간 건 우연히도 강풍이 몰아치는 밤이었어."

엄청난 충격이 아키라의 몸을 뒤흔들었다. 그는 자신의 동요를 들키지 않으려고 스툴의 등받이를 꽉 붙잡았다.

"사장실 창문엔 두꺼운 방범용 유리가 끼워져 있었어. 웬만한 부실공사가 아니라면, 바람이 분다고 소리가 날 리 없었지. 그런데 유리창이 덜컹거리더군."

아키라의 등으로 식은땀이 흘러내렸다.

"유리창을 자세히 살펴봤어. 그랬더니 누가 교묘하게 장난을 쳐놨더군. 유리를 빼낸 게 아니라 확실한 말은 할 수 없지만, 아마 세팅 블록에도 장난을 쳤겠지. 그렇지 않고서는 그처럼 부드럽게 움직이지 않을 테니까."

아키라는 무슨 말인가를 하려 했으나 목소리가 나오지 않았다.

"……콤비네이션샷은 실패할 확률이 높아 거의 사용하지 않지만, 한 가지 예외가 있지."

남자는 큐를 이용해 9번 공을 굴려 포켓의 10센티미터 앞으로 갖다놓았다. 그리고 바로 앞에 6번 공을 바짝 붙였다. 거기서 다시 50센티미터쯤 떨어진 연장선에 하얀색 큐볼을 놓았다.

남자는 먹이를 노리는 육식동물처럼 상체를 앞으로 숙인 뒤 눈을 치켜뜨고 조준했다.

"이 배치가 데드 콤보야. 일본에서는 즉사 콤비네이션이라고도 하지. 큐로 친 큐볼은 포켓으로 떨어뜨리고 싶은 목표물에 직접 닿지 않아. 바로 앞에 있는 표적공에 부딪칠 뿐이지. 하지만 큐볼이 가지고 있는 운동량은 표적공을 빠져나가 목표물로 전해지지. 이건 초보적인 물리법칙이야."

남자가 천천히 큐볼을 때렸다. 하얀색 큐볼이 6번 녹색 공에 부딪쳤지만, 6번 공은 살짝 흔들렸을 뿐이다. 그 대신 6번 공과 붙어 있던 9번 공이 튕기듯 움직이며 포켓으로 떨어졌다.

"저 녹색 공이 사장실 유리창에 해당하지. 아마도 창틀과 유리가 살짝 분리되도록 미리 손을 써놨을 거야. 유리가 완전히 고정된 상태에서는 힘이 전해지지 않기 때문이지. 간병 로봇으로 사장의 몸을 이동시켜 유리창에 머리를 대게 한 다음 바깥쪽에서 타격했어. 중량이 충분하되 유리만큼은 단단하지 않은 둔기로 말이야."

남자는 하얀색 큐볼을 들어올려 6번 녹색 공을 때렸다. 딱딱한 소리가 울려퍼졌다.

"수지막을 끼운 초강력 방범용 겹유리는 작용면적이 넓어 부드러운 타격에 매우 강하지. 당연히 금 하나 가지 않았어. 하지만 수술을 받고 약해진 두개골에는 유리 너머로 전해진 충격이 치명적이었지. 그야말로 즉사 콤비네이션이었는데, 아이러니하게도 즉사하지는 않았어."

"그런 둔기가 어디 있다는 말이죠? 나는 시신을 발견하고 바로 신고했다고요."

아키라는 다급한 목소리로 말했다.

"확실히 둔기를 처분할 시간이 없었지."

남자는 하얀색 큐볼을 공중으로 던지며 말을 이었다.

"그렇지만 감출 수는 있었어. 그 빌딩 옥상에 커다란 둔기를 감출 만한 곳은 오직 한 군데."

남자가 공중으로 던졌던 큐볼을 받아 아키라쪽으로 던졌다. 아키라는 반사적으로 그것을 받았다.

"오늘 발견했어, 급수탱크에서. 당신이 사용한 볼링공을……."

이제 틀렸다.

아키라는 당구공을 움켜쥐고 천천히 눈을 감았다.

전부 들키고 말았다. 이제 발뺌의 여지가 없다.

그런데 왜 실패한 걸까? 도무지 이해가 되지 않았다. 남자가 사장실에 들어갔을 때 강풍이 불었다고 한다. 단지 그것 때문에 그토록 완벽한 계획이 실패했단 말인가?

두 다리에서 힘이 빠져나갔다. 아키라는 무너지려는 몸을 가까스로 스툴에 의지했다. 눈 깜빡할 사이 모든 게 바뀌었다는 사실이 아직도 믿어지지 않았다.

나는 정말로 모든 걸 잃은 걸까?

다이아몬드도, 복수할 기회도……. 그리고 미래도.

"혹시 자수할 마음이 있다면 지금 변호사님과 같이 가. 혼자서 가면, 기껏 자진출두했는데 경찰서에서 긴급체포되는 상황이 발생할지도 모르니까."

갑자기 숨이 막힌 아키라는 스웨터를 입은 가슴팍을 거머쥐었다. 손가락 사이로 당구공이 빠져나가 바닥에서 데굴데굴 굴렀다.

남자가 혼잣말처럼 중얼거렸다.

"유감이군. ……하지만 사람을 죽이면 모든 게 끝이야."

아키라의 눈에 풀바의 스윙 도어가 비쳤다.

내일로 이어져 있다고 믿고, 모든 걸 희생하며 문을 열었는데…….

그 너머에 있는 건 그저 허무함뿐이었다.

에필로그

준코는 책상에 있던 봉투를 케이 앞으로 밀었다.

"받으세요. 금액이 맞는지 확인해 보시고요."

"그럼……."

케이는 봉투에서 지폐다발을 꺼내더니 은행원처럼 부채꼴로 펼쳐 다섯 장씩 헤아렸다. 설마 눈앞에서 확인하리라곤 상상도 못했다. 준코는 어이가 없었다.

케이는 순식간에 50만 엔을 세었다.

"맞습니다. 현금으로 달라고 해 죄송합니다."

"아니에요. 계좌이체 기록이 남는 걸 좋아하지 않는 분들이 꽤 있죠."

준코는 비아냥을 듬뿍 담아 말했다.

"여기에 서명하고 도장을 찍어주시겠어요?"

케이는 수금원이 들고다닐 법한 가방을 열고 손으로 더듬었다.

"도장이 없으면 손도장이라도 괜찮아요."

"아뇨…… 공교롭게도 전 지문이 없거든요."

준코는 뜻밖의 말에 놀라 입을 다물지 못했다. 케이는 아무 일도 없었다는 듯 영수증에 막도장을 찍었다. 그리고 돈을 가방에 넣었다.

"변호사님께 한 가지 물어보고 싶은 게 있는데요."

"……뭔데요?"

준코는 그제야 경직된 마음을 조금 풀었다.

"내가 창문닦이 청년을 범인으로 지목했을 때 별로 놀라지 않더군요. 오히려 수긍하는 듯한 인상을 받았습니다. 그 전부터 그를 의심할 만한 이유가 있었나요?"

난 또 뭐라고. 준코는 그렇게 생각하며 고개를 끄덕였다.

"귀 때문이에요."

"귀요?"

"사진을 보니, 사망한 에바라 사장의 귀가 매우 특징적이더군요. 단순히 복귀 정도가 아니라 귀가 상당히 두툼하고 큼지막했어요. 정치가들 중에 그런 귀를 가진 사람이 많잖아요."

"……그게 왜요?"

"시이나 아키라에게 당시 상황을 물으면서, 혹시 그가 본 시신이 더미 인형일 가능성은 없는지 확인했어요. ……뭐가 우스우세요?"

준코가 케이를 노려보았다.

"아니요. 아무것도 아닙니다."

"그때 단호한 태도로 부정했는데, 그 이유를 거듭 물었더니 목덜미와 손 때문이라고 대답했어요. 피부 느낌이 분명 사람이 었다고요."

"흠."

"그런데 반대쪽으로 엎드려 있는 시신의 목이나 손이 그처럼 확실하게 보일까요? 자세에 따라 다르겠지만, 언뜻 보았을 때 사람과 더미 인형의 가장 큰 차이는 귀라고 생각해요. 더미 인형은 시험에 방해가 되지 않도록 귀를 작게 만들거든요. 그런데 그 사람은 귀에 대해 말하는 걸 피했어요."

케이는 고개를 끄덕였다.

"살해할 때 본 에바라 사장의 큼지막한 귀가 기억에 깊이 새겨져 있었겠지요. 그래서 귀에 대해 말하는 걸 피했을 거예요. 창밖에서 보이지 않았어야 할 것을 무심코 말하게 될까 봐 두렵기도 했겠죠."

"실언을 두려워한 나머지 증언이 부자연스러워졌군요."

"그 당시엔 이상하다고 생각했지만, 그 후로 특별히 생각해 본 적은 없어요. 현장에 들어갈 수 없는 상황에서 범행을 저지른다는 건 절대로 불가능하다고 여겼으니까요."

"무리도 아니죠. 나도 용의선상에서 그를 제외했었으니까요."

케이가 차 마시는 모습을 지켜보며 준코가 말했다.

"……그런데 그렇게까지 해야 했나요?"

"시이나 아키라를 풀바에 불러내 추궁한 일 말인가요?"

"그래요."

케이는 쓴웃음을 지었다.

"연출이 조금 지나쳤나요? 하지만 자수를 시키려면 일단 궁지로 몰아붙여 패배를 인정하게 만들어야 했어요. 그 일은 이해해 주신 걸로 알았는데요."

"하지만 지나쳤다는 생각이 들어서요."

"상처를 준 게 아닐까 걱정하시는 건가요?"

케이의 놀리는 듯한 말투에 준코는 발끈했다.

"좀 사디스트적인 면이 있는 같더군요."

"어이쿠. 이거 단단히 오해하셨네요."

케이가 자리에서 벌떡 일어나며 덧붙였다.

"그동안 여러모로 신세 많았습니다."

느닷없는 행동에 준코는 어안이 벙벙해졌다.

"아니에요. 나야말로 신세가 많았어요."

"무슨 일이 생기면 언제든지 불러주십시오."

케이는 가볍게 고개를 숙인 뒤 사무실에서 나갔다.

준코는 책상에 있던 은행봉투를 구겨 쓰레기통으로 던졌다.

이주일 만에 방문한 베일리프 본사의 분위기는 어딘지 모르게 예전과 달랐다. 준코는 엘리베이터를 타고 12층 버튼을 눌렀다. 비밀번호가 없어진 덕분에 쓸데없는 일을 하지 않게 된 건 다행이었다.

문이 닫히기 직전 작업복 차림의 남자가 엘리베이터에 탔다. 얼굴을 보니 이와키리 과장이었다.

"어머나."

"아아……, 안녕하세요."

"지난번에는 여러모로 고마웠어요."

"뭘요. 제가 한 게 뭐가 있다고요."

이와키리의 표정이 어딘가 어두워 보였다. 그 사이 흰머리가 눈에 띄게 늘어난 듯했다.

"잘 지내시죠?"

준코는 자기도 모르게 그렇게 물었다.

"네. 그럭저럭이요."

"사건을 마무리하느라 힘들지 않으셨어요? 언론사에서 매일 찾아오는 것 같더군요."

"히사나가 전무님의 결백이 입증되어, 변호사님께는 대단히 감사해하고 있습니다."

이와키리가 허공에 시선을 고정하며 말을 이었다.

"다만 제가 지금까지 심혈을 기울여온 일이 무엇이었나를 생각하니, 마음이 복잡해지더군요."

"왜 그런 생각을 하세요? 훌륭한 일을 하고 계시잖아요."

이와키리는 고개를 흔들었다.

"간병인과 피간병인의 마음이 이어지기를 바라며 루피너스 V 를 설계했어요. 그런데 사람을 죽이는 도구로 사용되다니……. 그럴 줄은 꿈에도 몰랐습니다."

"그건 이와키리 씨 책임이 아니에요."

그러는 사이 엘리베이터가 10층에 멈추었다.

"하지만 자꾸 그런 생각이 떠오르는군요."

이와키리는 내리려다 말고 엘리베이터 문을 잡았다.

"사장님을 살해하기 위해, 범인이 루피너스 V에게 사장님을 이동시키라고 명령한 거지요?"

준코는 뭐라고 대답해야 할지 몰라 입을 다물었다.

"……만약 간병 로봇에게 마음이 있다면, 분명 눈물을 흘렸을 겁니다."

준코는 힘없이 사라지는 이와키리의 뒷모습을 바라보았다.

12층에서 내리자 가와무라 시노부가 그녀를 맞았다. 준코는 시노부의 뒤를 따라 응접실로 들어갔다. 예전에 회장실이었던 곳이다.

"사장님께서 곧 오실 거예요. 잠시만 기다려 주세요."

"바쁘신 것 같네요."

그러자 시노부가 살포시 미소를 지었다.

"덕분에요."

"시노부 씨가 사장님 비서가 되었군요?"

"네. 그렇다기보다 히로미 씨는 비서과장으로 승진했고, 사야카 씨는 그만두는 바람에 비서가 저밖에 없어요."

이제 비서가 셋이나 필요치 않은 것이리라. 구스노키 회장을 비롯해 임원 대부분이 퇴임하게 된 경위는 준코도 이미 들었다.

"사야카 씨는 결혼 때문에 그만뒀나요?"

"아니에요. 연극배우의 꿈을 이루겠대요. 지난번 연극이 성공을 거두면서 결심했다고 하더라고요."

"그래요? 뭐랄까……, 정말 멋진 일이네요."

하지만 준코는 마음속으로 고개를 갸웃거렸다. 솔직히 내용조차 이해하기 어려운 그 연극에 왜 수많은 사람들이 몰려들고, 심지어 감동의 눈물을 흘리는지 이해가 되지 않았다.

"그런데 시노부 씨도 눈이 반짝거리고 얼굴에서 빛이 나요."

"그런가요?"

시노부는 하얀 치아를 드러내며 웃었다.

"지금에야 하는 말이지만, 한때는 그만두려고 했어요. 일에서 보람이란 걸 느끼지 못했거든요. 하지만 지금은 열심히 해 볼까 해요."

"왜 마음이 변했나요?"

"……글쎄요. 왜일까요? 제 일이 누군가에게 도움이 된다는 걸 입사하고 처음으로 실감했기 때문이라고나 할까요? 신임 사장님이 일에는 엄격하지만 누구에게나 기회를 공평하게 주시기도 하고요."

"제 눈엔 좀 차가워 보이던데요."

"다들 그렇게 오해하는데, 비정하기는 해도 냉혹한 분은 결코 아니에요."

준코는 그 두 가지가 어떻게 다른지 이해할 수 없었다.

10분쯤 기다리자 에바라 마사키가 모습을 드러냈다.

"기다리시게 해서 죄송합니다."

"아닙니다. 제가 억지로 시간을 내달라고 했으니까요. 오늘 후지카케 변호사님은 안 오시나요?"

에바라 마사키가 맞은편 소파에 앉으며 대답했다.

"나 혼자인 편이 이야기가 빠를 것 같아서요. 단도직입적으로 이야기합시다. 그쪽 요구가 뭔가요?"

에바라 마사키에게서 느껴지는 강력한 오라에 준코는 기가 죽을 뻔했다. 하지만 마음을 굳게 먹고 정신을 가다듬었다.

"히사나가 씨에 대한 징계성 해고와 손해배상 청구의 철회입니다."

"그건 곤란합니다. 그가 횡령에 가담해 회사에 손해를 끼친 건 사실이에요. 횡령금액과 그동안의 금리를 따지면, 회수된 다이아몬드는 피해액의 60퍼센트 정도밖에 안 됩니다."

"하지만 횡령을 주도한 건 전 사장님이잖아요. 히사나가 씨는 방조자였을 뿐이에요."

"그걸 어떻게 증명하죠?"

"두 사람의 관계로 본다면 누가 생각해도 그렇지 않나요?"

그러자 에바라 마사키가 미소를 지었다.

"죽은 사람은 말이 없다더니, 역시 선인들의 말은 틀리지 않는군요. 죽으면 일방적으로 악인이 돼요."

"애초 히사나가 씨에게만 손해배상을 청구하고, 전 사장님의 범죄는 불문에 부치는 건 너무 불공평하지 않나요? 횡령한 돈이 히사나가 씨 주머니로 한푼도 들어가지 않았는데요."

"유감스럽지만 고인에게 청구할 수는 없잖아요."

"하지만 거액의 유산을 남겼죠."

그 말에 에바라 마사키의 눈썹이 움찔거렸다.

"상속인인 나와 내 처에게 손해배상을 청구해야 한단 말인가요?"

"당연한 일 아닐까요?"

"그렇게 생각할 수도 있군요. 하지만 특정 가해자에게 손해배상을 청구하지 않았다고 해도, 그건 이쪽 재량권에 속하는 일이지요."

"그게 최종적인 답변이라면, 우리쪽에서도 손해배상 청구소송을 제기할 수밖에 없겠군요."

그러자 에바라 마사키가 코웃음을 쳤다.

"그쪽에서요? 그쪽은 가해자 아닌가요?"

"동시에 피해자이기도 하죠. 히사나가 씨는 베일리프 주식을 가진 주주니 주주대표 소송을 제기할 수 있어요. 당연히 해야 할 손해배상 청구를 게을리해 회사에 손해를 끼쳤다고 볼 수 있으니까요."

"……그렇군요."

두 사람은 서로를 뚫어져라 쳐다보았다.

에바라 마사키가 금딱지 롤렉스를 보며 말했다.

"다음 일정이 있어서 이제 그만 실례하겠습니다."

"그 전에 대답을 들려주실 수 없나요?"

에바라 마사키는 자리에서 일어서더니 차가운 눈으로 준코를 내려다보았다.

"횡령범인 히사나가 씨의 복직에는 응할 수 없습니다."

"그럼 거부된 걸로 생각해도 될까요?"

"단, 본인의 희망에 따른 퇴직으로 처리해 규정된 퇴직금은 지급하지요. 그리고 손해배상 청구는 철회하겠습니다. 히사나가 씨가 주주대표 소송을 포함한 어떤 청구도 하지 않는다는 조건으로요."

내용 면에서는 정중했지만 말투는 딱딱했다.

준코는 빈정거리듯 대꾸했다.

"한 가지 더요. 이건 부탁인데요, 다음주에 에바라 전 사장님의 회사장이 치러진다고 하던데요. 히사나가 씨의 참석을 희망합니다."

"마음대로 하시죠. 그 누구든 장례식에서 쫓아내는 일은 없을 테니까요. 그럼 이만……."

에바라 마사키는 응접실에서 나가려다 뒤를 돌아보았다.

"그러고 보니 시이나 아키라의 변호도 맡았다면서요?"

"네. 히사나가 씨의 혐의가 풀린 이상, 이익이 상충되는 일은 아니니까요."

"아무리 극악무도한 죄인이라도 변호받을 권리는 보장되어야겠지요. 하지만 피해자 유족으로서 한마디 하자면, 최근 재판에서 종종 나타나는 도가 지나친 법정 전술은 도저히 이해하기가 어렵더군요."

"재판은 공정하게 진행될 거예요. 전 그저 변호인으로서 최선을 다할 거고요."

"그 최선이라는 게 문제입니다. 변호사님의 합의방식을 보니, 실례지만 불안감을 떨칠 수 없군요. 살인범의 죄를 가볍게 만들기 위해 고인의 명예를 더럽히는 전략은 삼가주시기 바랍니다."

"그쪽에서 우려하시는 건 고인의 명예가 아니라 회사의 체면 아닌가요?"

한순간 에바라 마사키의 눈빛이 날카로워졌다.

"마찬가지입니다. 만약 우리 회사에 대해 도저히 묵과할 수 없는 비방이나 중상모략을 한다면, 모든 방법을 동원해 싸울 겁니다. 이 점을 꼭 염두에 두시기 바랍니다."

"네. 깊이 새겨두지요."

준코는 도전적으로 대답했다.

그러자 에바라 마사키가 조용히 말했다.

"……어쩌면 범인에게 동정할 만한 사정이 있을지도 모르죠. 하지만 아버님은 세상을 떠나기 전 일생을 걸고 키워온 회사가 상장하는 걸 꼭 보고 싶어하셨습니다. 그런데 범인의 욕심 때문에 그런 기회를 빼앗겼어요. 절대로 그 사람을 용서할 수 없습니다. 나는 극형을 원합니다."

말을 마치고 성큼성큼 걸어가는 에바라의 뒷모습을 보며 준코의 마음은 착잡해졌다.

"그럼 먼저 실례할게."

이마무라가 트렌치코트를 손에 들고 말했다.

"수고했어."

준코는 키보드를 치며 건성으로 대답했다. 시이나 아키라의 구속 연장에 준항고장을 작성하는 중이었다.

"아직 멀었어?"

"오늘 중으로 끝내야 하거든."

"그래? ……너무 늦게까지 일하지 마. 그러다 몸 상하겠어."

"고마워."

이마무라가 우물쭈물하자 준코가 뒤를 돌아보았다.

"왜?"

"아니, 생각해 보니까 아직 축배도 안 들었잖아. 히사나가 씨의 석방을 멋지게 쟁취했는데 말이야."

"아……, 그건 이미 지난 이야기야."

준코는 대수롭지 않은 목소리로 대꾸했다.

"사과해야 할 게 있어. 난 히사나가 씨의 결백 가능성을 처음부터 무시했지. 의뢰인을 믿는 게 기본이라는 걸 잊고 있었던 거야."

"믿을 만한 노인네가 아니었다는 건 나도 인정해. 우연히 결백했을 뿐이야."

"조만간 일이 마무리되면 한잔 살게."

"기대할게. 당분간은 힘들겠지만."

준코는 다시 컴퓨터쪽으로 몸을 돌렸다.

등 뒤에서 사무실 문이 닫히는 소리가 들렸다.

준코는 기지개를 켠 뒤, 커피메이커로 가서 머그컵에 커피를 따랐다. 다시 자리로 돌아왔을 때 전화벨이 울렸다. 준코는 머그컵을 내려놓고 모니터에 시선을 고정한 채 수화기를 들었다.

"네, 레스큐 법률사무소입니다."

"밤늦게 죄송합니다. 아오토 변호사님인가요?"

케이의 목소리였다. 누군지 모르는 척할까 하다가 귀찮아서 그만두었다.

"오늘도 밖에서 전화하시는 건가요?"

"아뇨. 지금은 가게예요. 요즘 방범상담이 끊이질 않아 이 시간까지 일하고 있지요."

"나날이 번창하셔서 다행이네요. 그런데 무슨 일이죠?"

"네. 시이나 아키라의 변호를 맡으셨더군요."

"어쩌다 보니 그렇게 됐어요. 기왕 한 배에 탔으니까요."

아키라를 자수시키기 위해 경찰서로 향했을 때만 해도 그렇게까지 예상한 건 아니었다. 그러나 그를 사법당국에 넘기고 모르는 척 외면할 수는 없었다. 현행 제도상 피의자가 기소되기까지는 국선변호인이 따라붙지 않는다. 즉, 아키라는 누구의 도움도 받지 못한 채 취조를 받아야 했다.

당직 변호사 대신 아키라에게 조언하던 준코는 그의 변호를 맡기로 결심했다. 끔찍한 범죄를 저질렀다지만, 그에게도 변호받을 권리는 충분히 있었다. 이미 세밀하게 조사한 사건인 만큼 자기보다 나은 적임자는 없다는 자부심도 있었다.

"실은 그 일과 관련해 얼핏 들었는데……."

여느 때와 달리 케이의 말투는 뜨뜻미지근했다.

"뭘 말이에요?"

"아키라가 배후에 공범이 있다고 진술했다던데요? 사채업자에게 협박을 당해 어쩔 수 없이 살인을 저질렀다고 말입니다."

준코는 수화기를 움켜쥔 채 망연한 표정을 지었다. 버큠포트(증기의 압력과 삼투압 현상을 이용해 추출하는 진공식 추출방식)처럼 천천히 끓어오른 피가 머리끝까지 올라왔다.

"그런 걸 당신이 어떻게 알죠?"

준코의 분노를 케이가 알아차린 듯했다.

"진정하시죠. 정보가 누설된 게 아니라 우연히 귀에 들어온 거니까요."

이 인간은 도대체 경찰과 어떤 인연이 있는 걸까?

"그걸 누구에게 말했나요? 매스컴이라든지?"

"아뇨. 다른 사람에게 말할 생각은 없습니다. 다만 변호사님에게 말해주고 싶은 게 있어서요."

"뭔데요?"

"아키라의 진술은 거짓입니다."

준코는 손에 든 샤프펜슬을 손가락으로 빙글빙글 돌렸다.

"그걸 어떻게 아시죠?"

"뒤에 사채업자가 있다면 에바라 사장을 살해할 필요가 없었을 겁니다. 다이아몬드를 도둑맞더라도 경찰에 신고할 수 없었어요. 당당하게 밝힐 수 없는 재산이니, 오히려 협박 수단으로 사용했을 테지요."

"그 점이 마음에 걸리긴 했지만……."

"아키라의 목적은 자기 죄를 가볍게 하려는 게 아니라 사채업자에게 복수하려는 겁니다. 어차피 파멸을 맞을 바엔 지옥으로 가는 길동무로 삼겠다는 거죠."

준코는 모든 걸 포기한 듯한 아키라의 표정을 떠올렸다.

"하지만 그건 필요 없는 계획입니다. 경찰은 아키라가 말한 사채업자를 체포하기 위해 이미 준비 중이었어요. 죄목엔 여러 건의 살인이 포함된 것 같더군요."

"……살인이요?"

"피해자는 시이나 미쓰아키, 데루코, 스즈키 히데오, 세 명입니다."

준코는 경악했다.

"아키라에게 진술을 철회하라고 하세요. 그 사채업자는 일본에서 가장 큰 전국적인 폭력단의 일원입니다. 사실이라면 모를까 거짓 증언으로 함정에 빠질 경우, 체면이 구겨지는 건 물론이고 자기들 조직에 먹칠을 했다고 생각할 겁니다. 반드시 무서운 보복을 하겠지요."

"……알았어요. 그건 내게 맡기세요."

준코는 머그컵을 입으로 가져가며 덧붙였다.

"그 사람을 이렇게까지 걱정해 주다니, 뜻밖인데요?"

머리에 돈밖에 없는 사람이라고 여겼는데.

"내가 아키라를 걱정한다고요?"

케이는 코웃음을 쳤다.

"솔직히 말하면, 그 사람이 어떻게 되든 관심 없습니다. 오히려 야쿠자의 손에 당하는 편이 뒤탈이 없지 않을까 싶기도 하고요."

"말이 좀 심하지 않나요?"

준코는 자기도 모르게 소리쳤다.

"그런가요?"

"그 사람은 분명히 사람을 죽였어요. 그렇다고 개인적인 보복을, 더구나 야쿠자의 보복을 정당화하다니……. 그건 절대로 용납할 수 없어요."

"피해자의 유족 입장에서 본다면, 잔인하게 사람을 죽여놓고 기껏 몇 년 후에 가석방되어 세상으로 나오는 게 훨씬 용납하기 어렵지 않을까요?"

"유족의 마음을 이해하지 못하는 건 아니에요. 하지만……."

이럴 때는 어떻게 말해야 좋을까?

"지금까지 소년사건의 피의자들을 수도 없이 봤어요. 대부분 가정환경에 문제가 많았죠. 가해자가 되기 전에는 어른들에게 폭력을 당해온 피해자였고요."

"그런 이유로 눈감아준다면 모든 범죄자를 봐줘야겠지요."

준코는 한숨을 쉬었다. 수많은 생각들이 머릿속에서 소용돌이치는 바람에, 자신의 생각을 제대로 표현하기 어려웠다.

"어느 시대든 젊은이는 어찌할 수 없는 모순 덩어리예요. 사회를 변혁시킬 만큼 폭발적인 에너지를 가졌는가 하면, 사소한 일에도 상처받고 작은 일에도 부서져 버리죠. ……마치 유리로 만든 흉기처럼."

"그럴지도 모르죠. 하지만 문제는 유리망치로도 사람을 죽일 수 있다는 겁니다. 살해되는 쪽에서는 아무런 차이가 없어요."

케이의 목소리에는 그 어떤 감정도 담겨 있지 않았다.

"그래요. 그래서 복수가 아니라 재교육이 필요한 거예요. 사회는 어차피 그들을 다시 받아들여야 하니까요. 유리로 만든 망치가 진짜로 위험한 흉기가 되는 건 부서진 다음이죠."

준코는 목소리에 힘을 주어 말했다.

그러자 케이가 조용히 반문했다.

"그럴 수도 있겠죠. 그런데 그 재교육은 어디서 이루어지나요?"

"네? 그야 물론 교도소지요."

"교도소에서 재교육이 이루어진다고요? 일본의 교도소 중 범죄성향을 교정해 주고 확실한 재교육 프로그램을 실시하는 곳이 있던가요?"

"그건······."

"내가 아는 한 그런 교도소는 어디에도 없습니다. 징역이나 금고는 수형자를 일정기간 세상에서 격리하는 조치일 뿐이에요. 교도소 측이 신경쓰는 건 그 사이 문제를 일으키지 않도록 하는 것에 불과하죠. 극단적으로 말하면, 출소 후 무슨 짓을 하든 알 바가 아닙니다. 당연한 일이지만, 누구 하나 책임지지 않고요. 그 때문에 이렇게 재범률이 높은 것 아닌가요?"

"맞는 말씀이에요. 그렇다고 죽여 버리라는 건 너무 심하지 않나요?"

준코는 마음을 가라앉히기 위해 심호흡을 했다.

"관료주의의 문제점을 전부 수형자에게 돌리는 건 공정치 못해요."

잠시 침묵이 흘렀다.

"결국 우리에겐 기도하는 일밖에 없는 것 같군요. 몇 년 후, 그가 출소할 때 스스로 다시 일어설 수 있기를 말이죠."

준코는 맞는 말이라고 생각했다. 우리가 할 수 있는 건 오직 기도뿐이다.

"에노모토 씨도 거짓말을 했네요. 아키라에게 관심이 없는 게 아니잖아요?"

"무슨 뜻이죠?"

"그 사람을 돕기 위해 이렇게 전화했잖아요."

"내가 전화한 건 아키라를 위해서가 아닙니다."

"네?"

"보복의 손길이 변호사님에게도 미칠 수 있기 때문이죠."

준코는 말문이 막혔다. 그럴 가능성은 생각지도 못했다. 그렇다면 케이가 자신을 걱정해 일부러 전화했다는 말인가?

준코는 조용히 커피를 마셨다. 케이도 말이 없었다. 담배에 불을 붙이는 기척이 느껴졌다.

잠시 후 준코가 침묵을 깨고 말했다.

"한 가지 묻고 싶은 게 있는데요."

"뭡니까?"

"시이나 아키라의 집에서 발견된 619개의 다이아몬드 중 24개는 진짜 다이아몬드가 아니라 화이트 지르콘이었어요. 어떻게 된 거죠?"

준코의 말투가 차갑게 바뀌었다.

"글쎄요. 에바라 사장이 속은 것 아닐까요? 암거래상에게 다이아몬드를 구입했을 테니까요."

"그런데 그 24개가 전부 같은 꾸러미에 있었던 건 왜일까요?"

"같은 시기에 샀을 테죠. 그때 속았나 봅니다."

"당신이 아키라의 집에 침입했을 때 바꿔치기할 시간이 충분하지 않았나요?"

"그런가요? 그건 생각도 못했습니다. 이거 아까운 기회를 놓쳤네요."

역시 이 자의 소행이군!

"어쨌든 충고해 줘서 고맙습니다. 많은 참고가 됐어요."

준코는 쌀쌀맞은 목소리로 그렇게 말한 뒤 전화를 끊으려 했다. 그런데 수화기 너머로 케이의 목소리가 들려왔다. 준코는 다시 수화기를 귀에 댔다.

"지금 뭐라고 했어요?"

"언제가 좋을까요?"

"뭐가요?"

"식사 말입니다. 식사 한번 대접하겠다고 했잖아요? 요즘 주머니가 두둑하거든요."

준코는 대화의 흐름을 생각하고는 어리둥절한 상태가 되었다.

"그 뒤에 전부 잊어버리라고도 했잖아요."

준코는 거칠게 수화기를 내려놓았다.

그로부터 정확히 1분 후, 다시 전화벨이 울렸다.

밀실트릭을 이용한
지적 유희의 세계로 떠나는 미스터리 여행!

추리소설에 반드시 등장하는 것이 있다. 바로 살인사건이다. 그리고 살인사건에는 세 가지 물음표가 등장한다.

누가 죽었는가?

왜 죽었는가?

어떻게 죽었는가?

이 세 가지 중 어느 것에 중점을 두느냐에 따라 작품의 성격은 완전히 달라진다. 『유리망치』는 그 가운데 '어떻게 죽었는가?'에 초점을 맞춘 밀실트릭에 해당한다.

밀실트릭……

추리소설의 영원한 테마이자 모든 추리작가들이 한 번쯤 꼭 도전해 보고 싶은 분야가 아닌가? 밀실트릭을 구사한 추리소설이란 사실만으로 책을 펼치기 전 가슴 설레는 사람이 비단 나뿐만은 아닐 것이다. 이번 작품의 명탐정은 과연 얼마나 매력적이며, 어떻게 밀실트릭을 풀어나갈 것인가?

밀실트릭을 처음 이야기로 풀어낸 사람은 추리소설의 아버지 에드거 앨런 포다. 그는 1841년 발표한 최초의 추리소설 『모르그 거리의 살인』에서 두 모녀의 처참한 죽음을 다루었는데, 누구도 나갈 수 없고 누구도 들어올 수 없는 밀실을 만들었다. 그 후로 이어진 추리소설의 황금기에 작가들은 앞다투어 밀실트릭을 주요 소재로 삼았다.

그러나 시간이 지나면서 밀실트릭은 점점 자취를 감추게 된다. 여기에는 크게 두 가지 이유가 작용한다.

첫째, 더 이상의 밀실트릭은 존재하기 어렵다?

밀실트릭이 여기저기 등장하면서, 새로운 밀실트릭을 짜내기 쉽지 않은 상황이 되었다. 그로 인해 밀실트릭을 구사한 많은 작품이 억지스럽다고 평가받거나 결국 밀실이 아니라는 지적에 시달리곤 했다.

둘째, 그동안 과학이 많이 발달했다.

감시카메라를 비롯해 최신 기기들이 등장한 지금, 완벽한 밀실을 만들어내기란 결코 쉬운 일이 아니다. 그래서인지 최근에는 밀실트릭 같은 세밀하고 전문적인 지식이 필요한 분야보다, 범죄의 동기를 밝혀내는 심리 미스터리나 사회적 부조리에 주목하는 사회파 미스터리가 주를 이루고 있다.

더불어 밀실트릭을 구사한 작품은 주인공을 선택하기도 쉽지 않다. 일반 추리소설에서 사건을 풀어가는 주인공은 평범한 인물인 경우가 많다. 어느 날 갑자기 사건에 휘말리면서 새로운 능력을 발휘하거나, 주변인의 도움을 받으며 사건을 해결해 나가는 것이다. 그리하여 독자들은 단숨에 감정이입을 하며 책 속으로 빠져든다.

한편, 밀실트릭의 주인공은 경찰이거나 탐정이거나 때로는 천재 과학자이기도 하다. 밀실트릭의 복잡한 수수께끼를 풀기 위해서는 전문적인 지식과 치밀한 논리력, 반짝이는 영감을 보유해야 하기 때문이다. 거기에 참신한 매력까지 겸비하지 않으면 눈이 높아진 독자를 만족시킬 수 없다.

이런 상황에서 기시 유스케가『유리망치』로 밀실트릭에 도전장을 내밀었다. 혀를 내두르게 만드는 반전과 이름만 들어도 미소가 배어나오는 매력적인 캐릭터를 들고서 말이다.

감시카메라를 비롯해 방범장치가 완벽한 사장실에서 살인사건이 발생한다. 정황상 그 시간 그곳에 들어갈 수 있는 사람은 전무뿐. 따라서 경찰은 그를 범인으로 체포한다. 하지만 그는 시종일관 무죄를 주장한다. 전무의 변호를 맡은 아오토 준코는 방범 컨설턴트 에노모토 케이를 고용해 밀실트릭을 풀어나가기 시작하는데…….

『유리망치』는 크게 두 개의 장으로 구성되어 있다.

1장에서는 사건이 일어나는 과정이 시간 단위로 전개되며, 사건 발생 후에는 밀실트릭을 풀기 위한 에노모토와 준코의 고군분투가 펼쳐진다. 밀실트릭의 모든 가능성을 검토하지만 결국 실패로 끝나는데……

　2장에서는 무대가 바뀌고 등장인물도 바뀐다. 드디어 '범인'이 등장하는 것이다. '사람을 죽여서는 안 된다'고 생각하던 그가 어찌하여 '왜 사람을 죽여서는 안 되는가?'로 생각을 바꾸게 되었을까? 무엇이 그를 벼랑 끝으로 내몰았을까? 기시 유스케는 2장에서 사회적 모순과 부조리, 인간 내면에 깃든 나약함을 섬세한 터치로 그려나간다.

　1장을 지배하는 것이 치열한 긴장감과 지적 유희라면, 2장을 지배하는 것은 애절함과 안타까움이라고 할 수 있겠다.

　『유리망치』에는 전문적인 지식과 참신한 매력을 겸비한 새로운 형태의 콤비가 등장한다. 방범 컨설턴트이자 전·현직 도둑인 에노모토 케이와 변호사인 아오토 준코다. 에노모토는 셜록 홈스, 준코는 왓슨에 비유할 수 있을 듯하다.

　기시 유스케가 쓴 『엔터테인먼트 글쓰기』에 따르면, 특히 준코의 캐릭터에 공을 들였다고 한다. 왓슨 역할을 만들어낼 때 그는 두 가지 규칙을 적용한다. 첫째, 지적 수준이 독자와 같을 것. 둘째, 탐정 역할에게 질문하는 입장일 것. 그렇게 해야 독자에게 홈스의 생각을 통역해 줄 수 있기 때문이란다. 그런 면에서 인간미가 물씬 느껴지는 변호사 준코는 이 책에서 자신의 역할을 완벽하게 수행한다.

　『유리망치』는 2005년 제58회 일본추리작가협회상을 수상한 작품으로, 발표 당시부터 지금까지 수많은 독자들의 갈채와 찬사를 받고 있다.

　　　　　　　　　　　　옮긴이의 말

기시 유스케가 누구인가? 한 작품을 쓰기 위해 상상을 초월할 만큼 연구하고 조사하는 작가 아닌가? 그런 그가 밀실트릭을 허술하게 만들었을 리 만무하다. 그런 믿음에 보답이라도 하듯 그의 밀실트릭은 나도 모르는 사이 "헉!" 소리가 나오게 만들었다. 그리고 중반 이후 놀라운 반전을 구사함으로써 나를 지적 유희의 롤러코스터에 태웠다.

　솔직히 고백하건대, 나는 이 책의 중반이 넘어가도록 범인을 짐작조차 하지 못했다. 뒷부분에서 작가가 "이 사람이 범인입니다"라고 내놓는 순간, 내 입에서는 긴 탄식과 한숨이 새어나왔다. 범인을 둘러싼 작가와의 팽팽한 줄다리기에서 결국 항복하지 않을 수 없었던 것이다.

　자, 이제 당신 차례다.

　밀실트릭을 기반으로 기시 유스케와 기분 좋은 지적 유희를 즐기시길 바란다.

2017년 4월
이선희

유리망치

지은이 기시 유스케
옮긴이 이선희

펴낸곳 도서출판 창해
펴낸이 전형배

출판등록 제9-281호(1993년 11월 17일)
1판 2쇄 인쇄 2019년 04월 01일
1판 2쇄 발행 2019년 04월 09일

주소 서울시 마포구 토정로 222(신수동 448-6) 한국출판콘텐츠센터 316호
전화 02-333-5678
팩스 02-707-0903
E-mail chpco@chol.com

ISBN 978-89-7919-011-3 03830
ⓒ CHANGHAE, 2017, Printed in Korea.

「이 도서의 국립중앙도서관 출판예정도서목록(CIP)은
서지정보유통지원시스템 홈페이지(http://seoji.nl.go.kr)와
국가자료공동목록시스템(http://www.nl.go.kr/kolisnet)에서
이용하실 수 있습니다.(CIP제어번호:CIP2017007568)」